LERNA

JAVIER PELLICER

LERNA
El legado del Minotauro

edhasa

Consulte nuestra página web: https//www.edhasa.es
En ella encontrará el catálogo completo de Edhasa comentado.

Diseño de la sobrecubierta: Estudio Calderón

Primera edición: octubre de 2020

Diputación, 262, 2.º1.ª
08007 Barcelona
Tel. 93 494 97 20
España
E-mail: info@edhasa.es

ISBN: 978-84-350-6360-9

Impreso en Liberdúplex

Depósito legal: B. 8470-2020

Impreso en España

A mi familia, a cuantos están detrás de esta obra…
y a Irlanda, por susurrarme inspiración desde la distancia.

«La Historia se parece a menudo al mito debido a que ambos, en última instancia, están hechos de la misma materia».

J. R. R. Tolkien

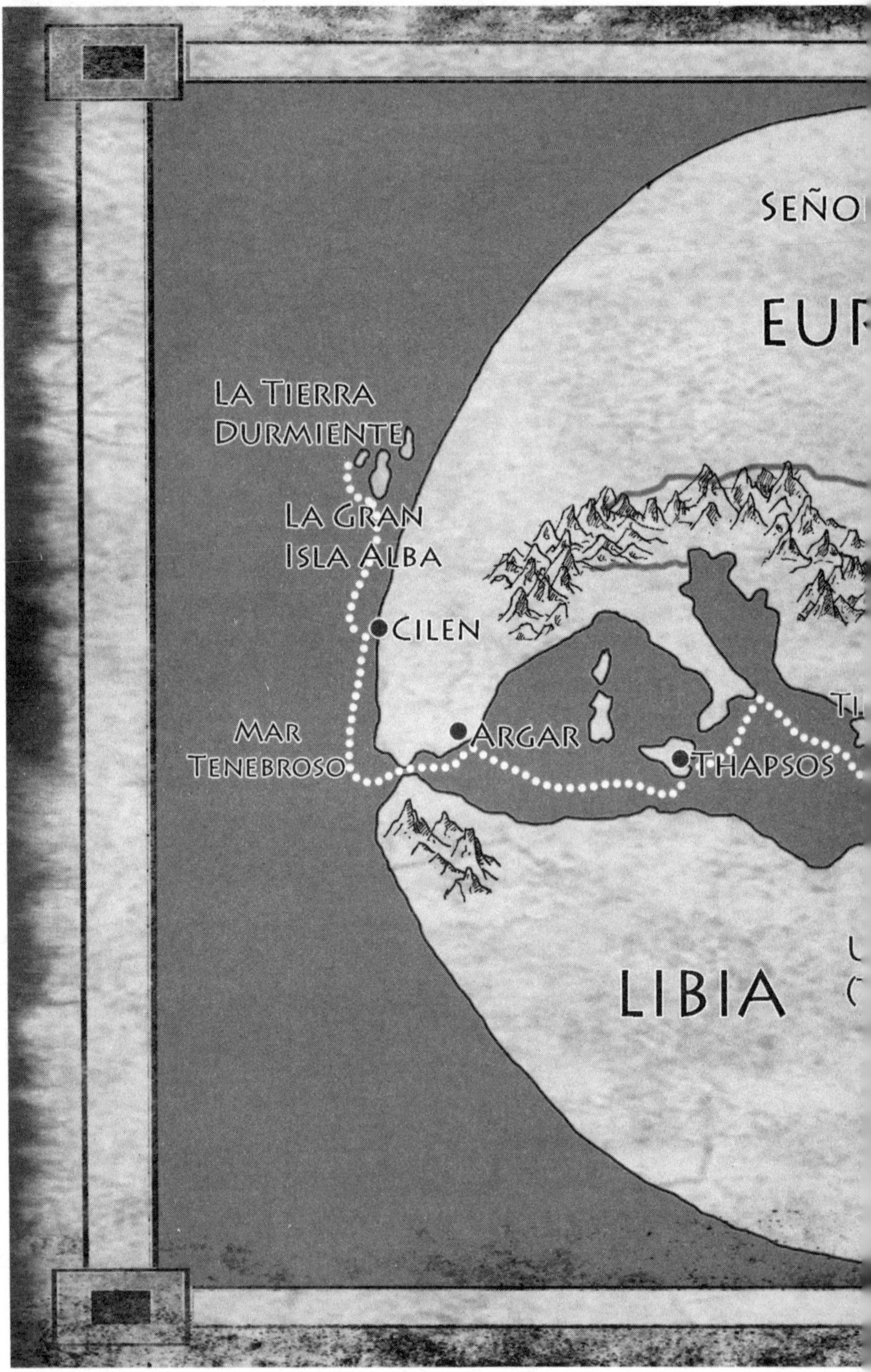
La Tierra Durmiente
La Gran Isla Alba
Cilen
Mar Tenebroso
Argar
Thapsos
Libia

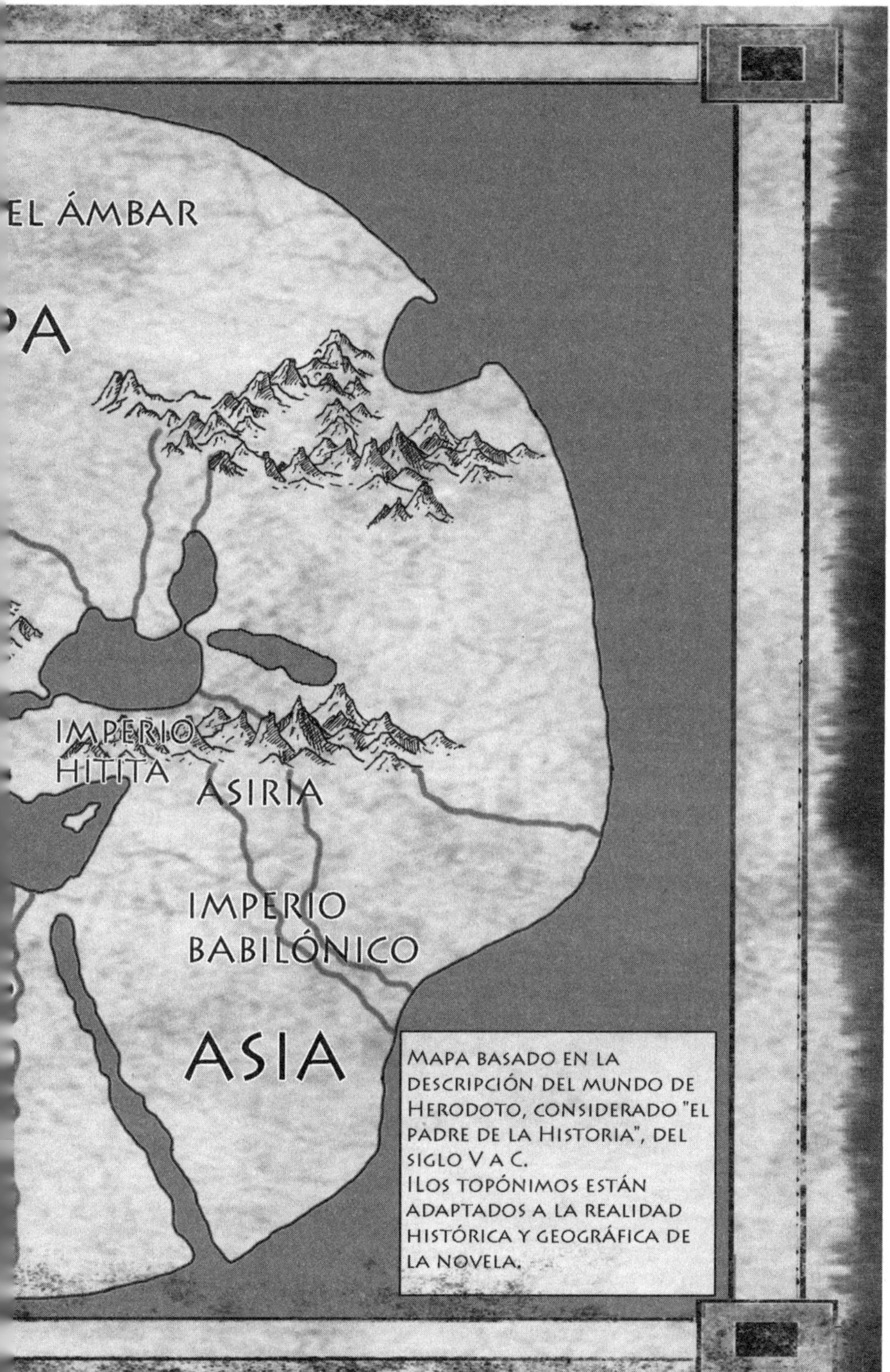

EL ÁMBAR
PA
IMPERIO HITITA
ASIRIA
IMPERIO BABILÓNICO
ASIA
Mapa basado en la descripción del mundo de Herodoto, considerado "el padre de la Historia", del siglo V a C.
lLos topónimos están adaptados a la realidad histórica y geográfica de la novela.

Prólogo
El peso del destino

En una Irlanda recién despertada

Partolón estaba más que dispuesto. Había desenvainado la espada y sujetaba la cabeza de su enemigo con la firme convicción nacida de la ira, de la venganza. El filo de bronce rozaba ya el cuello de Ciogull, cabecilla de los fomorianos. Su aspecto asilvestrado, sucio de barro y sangre, lo hacía parecer un animal salvaje, pero disponía del suficiente orgullo para sostener la mirada de su verdugo.

Nadie parecía tener el valor de romper el momento, ya fuera con una queja o siquiera un mísero resuello. Ni siquiera Starn. Tenía más motivos que el resto y, aun así, contemplaba la escena sobrecogido, casi sin parpadear. Sabía que debía detenerlo, presentía que las consecuencias de aquel terrible acto serían devastadoras, pero era incapaz de reaccionar.

Sólo él lo comprendía, sólo él. La cruel verdad: que aquél era el momento, el punto de inflexión, el acto del que pendía el destino de los suyos e incluso de muchos otros, lejanos en el espacio y el tiempo. Las gratas experiencias, las penurias, cada enseñanza aprendida a través del gozo y el dolor... Todo aquello se desvanecería, quedaría reducido a una sucesión de suspiros dentro de la larga historia que conducía a ese instante. A ése, y no a otro.

Una decisión sin retorno.

A Partolón no le tembló el pulso. Al fin y al cabo, lo que ocurrió entonces había estado macerando durante largos años. Aquel hombre eligió su camino cuando decidió interponer el orgullo al amor, así que ahora sólo estaba siendo coherente consigo mismo.

El movimiento fulgurante con el que rebanó el pescuezo de Ciogull empezó en otro tiempo. En otra tierra.

Una tierra a punto de morir, al igual que todos sus hijos.

La carne del fomoriano se abrió en una línea y durante un instante pareció que quedaría sólo en eso, en un fino trazo sin consecuencias. Pero llegó la sangre. Brotó con fuerza y provocó la agonía del caudillo. Se le fue la vida al mismo tiempo que la sangre. Entre ahogos.

Starn tuvo que mirar hacia otro lado.

Sus ojos fueron a posarse justo en la espada de Partolón, teñida de rojo carmesí. La sangre resbalaba por la hoja, manchando el resto del bronce. Le pareció que era el peso del destino quien hacía descender la savia vital, hasta que se acumuló en la punta, formando una gruesa gota a punto de desprenderse. Recordó su visión, y supo que no había vuelta atrás. La perla roja se separó, salvando el trecho entre el bronce y la tierra. Y se unió a ella, en el mismo instante en que Ciogull se desplomaba...

Primero llegó un repentino sofoco. Lo sintieron hasta los caballos que quedaban con vida; se encabritaron y se pusieron a pifiar, algunos incluso se alejaron al trote, llevados por una repentina demencia. Y, aunque no lo supieron hasta días más tarde, en Hija de Cnosos los toros que contenían la simiente divina de Posidón bramaron, enloquecieron, huyeron o cayeron muertos. Posidón, el Dios Cornudo.

Posidón, Agitador de la Tierra.

Luego, el corazón mismo del mundo se estremeció. El temblor hizo palidecer a los partolonianos mucho más que la batalla recién librada. Una vibración leve, en apariencia insignificante pero aun así terrorífica. Pues se colaba a través de los pies como si de sarmientos se tratara, arraigando en el vientre al igual que cientos de agujas. Resultaba tan enloquecedor que muchos de los hombres, que instantes antes se habían enfrentado a la muerte con el rostro bien alto, se echaron al suelo y gimotearon socavados por el pánico.

–Empieza... ya empieza... –susurró Starn, y pensó en Bacor, en Egos el Arrinconado.

El terremoto se prolongaba y ganó en fuerza. Sonaba distante, venía de tierras muy lejanas, aunque de algún modo todos los allí presentes intuyeron su origen. El presentimiento se confirmó cuando, en la cúspide de uno de los temblores, el fuego estalló en el horizonte.

Ningún ojo humano había visto aquello antes, y muchas generaciones pasarían para que algo similar volviera a contemplarse: una gran llamarada, delgada y casi invisible por la distancia, pero que se elevaba poderosa en el cielo hasta alcanzar las nubes. Nadie se atrevió a respirar, hasta que un estruendo potente y siniestro los golpeó. Venía del mismo lugar que el humo y las llamas. Del sur, y también del este.

Venía de Cnosos.

Libro I

LA CASA DEL HACHA

«Creta es una tierra en mitad del vinoso mar,
hermosa y fértil, bañada por todos los lados; hay en ella
muchos, innumerables hombres y noventa ciudades;
su lengua está mezclada con las de otros».

Homero, *Odisea*, XIX, vv. 172-175

1

Cnosos, isla de Creta
1635 a. C.

Ha pasado tanto desde que abrí los ojos al mundo... Estoy cansado, viejo amigo. El tiempo no pasa en vano, sobre todo cuando se vive en soledad. A veces pronuncio mi nombre en voz alta para sentir que no me he desvanecido, que sigo aquí... Tuan... Tuan... Tuan... Se me antoja insuficiente, debo admitirlo. Desearía que otros lo pronunciaran por mí, o dárselo yo mismo a conocer. Supongo que por eso hablo contigo, por eso siento la necesidad de narrarte esta historia. Eres el único oyente que tengo.

Pero me temo que no es bastante con un espectador tan fiel como tú. La oscuridad, la muerte, el dolor y la ira siguen colándose por las rendijas de mi carne y alcanzan el espíritu. Y allí forma un poso que crece día a día, se acumula, agosta el ánimo. Es lo que permanece, por encima de lo bueno, cuando se vive tanto.

Sin embargo, los días fueron luminosos antes de mi nacimiento. Una buena era, no perfecta pero sí de abundancia. Cierto, en aquellos años el mundo era como la lira que acompaña e inspira mi narración: mucho más simple. Al menos en las tierras donde comenzó mi historia. ¿Y por dónde empezar a narrarla? No encuentro mejor punto que aquella mañana en la que Starn, hijo de Sear, regresó a su hogar tras una larga ausencia. Un hogar que en cierto modo también es el mío, aunque jamás lo haya conocido. Porque él era mi padre..., o lo sería algún día.

El carruaje tirado por bueyes con el que afrontaba la última parte del viaje dobló un recodo del sendero. Y entonces apareció. La imagen le arrancó un suspiro en los labios, idéntico al que yo mismo soy incapaz de contener cuando lo recuerdo. El corazón le brincó en el pecho tal y como lo haría ante una muchacha hermosa. Ahora que sus ojos le devolvían aquello que fue tan habitual durante la niñez, advirtió cuánto lo había echado de menos. Durante unos instantes sólo fue capaz de dejarse llevar, de deleitarse con cada detalle de tan emocionante visión.

Cnosos.

¡Ah, ojalá pudieras verla como yo lo hago ahora mismo! Te aseguro que llenaría tu alma de asombro, la colmaría con creces. Comprenderías por qué a la llanura sobre la que crecía la colina se la conocía como el Mar de los Olivos. Pues, a la luz del mediodía, el verde secano de los árboles centenarios parecía un océano que se extendía desde la ladera del altozano. A Starn no le costó dar vida en su mente al recuerdo de las arboledas floridas en el multicolor primaveral. Y, entonces, el manto de jade se convertía en una bruma iridiscente.

El palacio se alzaba en lo más alto del cerro. Labyrinthos, la Casa del Hacha, parecía una isla de marfil. El escarlata de las columnas emergía sobre el glauco de la fronda, como si de robles incandescentes se tratara. A su vez, el edificio bajaba por las laderas del mismo modo que lo haría una riada, formando terrazas de pórticos, galerías, jardines y cornisas que imitaban la cornamenta de Posidón. Señalaban al cielo en una conexión entre tierra y aire, un eterno homenaje al amor entre el Dios Cornudo y la Gran Madre.

Advierto en tu rostro acuoso no pocas dudas. Te preguntas cómo es posible que sepa todo esto. ¿De qué modo puedo describir una época y un mundo que, en realidad, jamás vi con mis propios ojos? Ése es uno de los misterios de mi vida. Las imágenes de rincones que ya no existen, los hechos ya olvidados, incluso las palabras de individuos que hace mucho que desaparecieron... Sólo preciso cerrar los ojos para ver de nuevo lo que fue. A veces, incluso puedo discernir lo que está por venir. Ése es el legado de mi progenitor: la riqueza de los recuerdos; los suyos y los de todo su pueblo, mi primer pueblo. La historia de Creta yace en mi interior.

Pero sigamos con la narración, si me lo permites. De repente, ante la mirada emocionada del joven Starn, un rayo de sol se reflejó en algún punto de la fachada, quizás en uno de los adornos de plata que salpicaban los muros exteriores. Infinidad de ojos habían admirado la urbe. La Ciudad Alba, la llamaban los extranjeros; una visión acostumbrada a arrebatar suspiros de admiración. Cnosos era considerada la maravilla del mundo civilizado, y sus habitantes, los más insignes. La sociedad cretense era el ejemplo vivo de que el progreso podía fundamentarse en la prosperidad y la paz. ¿La miseria? ¡Desconocida en Creta! Al igual que el peligro o la maldad, o al menos eso creían quienes allí moraban. Vivían ajenos a los sinsabores de las gentes de otras tierras menos afortunadas, pues habían pasado centurias desde la última guerra, de la que ni los más viejos guardaban recuerdo. Los dioses estaban satisfechos y por ello colmaban de placidez a los isleños: los niños jugaban de sol a sol, los hombres y mujeres se mostraban siempre gentiles y los ancianos aportaban su sabiduría al pueblo durante largos años. No cabía esperar que todo aquello tuviera un final.

El Camino Real, que llevaba desde el puerto al gran complejo, quedaba delimitado por sendas hileras de árboles frutales. Perales, higueras y manzanos casi ocultaban las villas de los nobles, las granjas, los huertos y las aldeas. Al alcanzar la avenida que desembocaba en la entrada oeste, los gigantes arbóreos daban paso a otros más artificiales. Starn pidió al conductor que detuviera el carro.

–Seguiré por mí mismo desde aquí –le dijo–. Deseo deleitarme con el paisaje lo máximo posible.

El buen hombre asintió. Era un simple mercader a quien había encontrado al poco de dejar atrás el puerto y que, amable, le ofreció un sitio a su lado. Lo despidió con una sonrisa. No hacía falta más. En Egipto le habría ofrecido unas monedas para premiar su ayuda, pero en Creta aquello supondría una afrenta, como ofrecerle limosna.

Así que cogió su hatillo y se lo echó a la espalda, con mucho menos cuidado que la hermosa lira que también portaba. Era su más preciada posesión y la trataba con esmero en todo momento, y no precisamente por su belleza. En cualquier caso, era un artefacto de factura sublime, labrada con maestría en madera de magnífica calidad, con celosías de plata y oro a lo largo de los mástiles.

El cuerpo del instrumento contenía el grabado del *labrys*, el hacha ceremonial cretense. El cuidado que le dedicaba tampoco venía, en exclusiva, por el hecho de que fuera el regalo que le hiciera su madre antes de partir hacia Egipto. No, había algo más que lo evidente. Era un sentimiento, un aprecio nacido del alma, inexplicable y profundo, como el que se guarda a alguien de carne muy querido. Por eso, como hacía siempre, la tomó con gesto protector y se la colgó del hombro, por la parte del pecho, amarrándola mediante unas correas como si de un escudo se tratara.

Lo primero que hizo al posar los pies en el camino fue acariciar una de las columnas de rojo y azul oscuro, típicas del buen hacer cretense, que engordaban conforme el pilar ganaba altura. El tacto rugoso de la madera de ciprés lo estremeció. Cinco años eran demasiados para según qué cosas, y ése era justo el tiempo que había pasado lejos del hogar.

La música llegó hasta él. En realidad, no es correcto decirlo así. La música siempre estaba en el interior de Starn. Formaba parte de su alma, sólo que habitualmente permanecía dormida, esperando un soplo de inspiración. ¿Y qué mayor iluminación que estar de nuevo en casa? Sin siquiera pensarlo, los dedos se le fueron a las cuerdas. Cedió al impulso tal y como había aprendido a hacer mucho tiempo atrás, siendo apenas un niño. Surgió un primer rasgueo que hizo enmudecer el resto de sonidos que el mundo solía ofrecer.

Para Starn, tocar era algo así como soñar despierto. Entonces, y sólo entonces, podía expresar de verdad todo cuanto sentía en las profundidades de su ser. La melodía que surgía de aquellos cordeles hechos con cáñamo era su auténtica voz, con la que era capaz de hablar libremente de la alegría, la rabia, la añoranza o el amor.

Y en ese instante, la tonada, muy superior a las palabras vulgares y limitadas, dibujó Cnosos con mayor detalle de lo que unos ojos jamás podrían. Los acordes se sucedieron, en una trama que mencionaba, sin mencionar, los recuerdos de su infancia, el cariño hacia un tiempo al que volvía durante un momento, el esplendor de su ciudad. Pero, ay, ni siquiera la música está libre de ser engañosa. El joven pronto comprendería que la sencillez del pasado era justo eso: cosa del ayer.

Cuando se sintió satisfecho, dejó de tocar e inició la ascensión por la gran escalinata que daba acceso a la plaza occidental, dejando a su izquierda los tres grandes pozos votivos. El lugar bullía de actividad. La gente iba y venía. Los nobles viajaban sobre palanquines cubiertos, tirados por esforzados porteadores, y se cruzaban con las carretas que llegaban para descargar la mercancía en los almacenes del palacio. Allí moraría la miel, el aceite de oliva, el vino, los tintes, la madera y todo cuanto Cnosos daba a sus hijos, así como los productos llegados del otro lado de las aguas. Trabajadores, sirvientes, mercaderes o simples paseantes formaban un goteo incesante de humanidad que entraba y salía de la ciudad. Pues la Casa del Hacha era una y varias al mismo tiempo: la ciudad, que albergaba miles de almas; el templo, centro de los ritos en honor a los dioses, y el palacio, hogar de la familia real y primera entre las noventa ciudades del reino más próspero conocido: Creta. Sólo Egipto podía comparársele en esplendor.

Nadie lo reconoció. Nada sorprendente, por otra parte, pues había cambiado mucho desde su partida. El adolescente se había convertido tanto en un adulto como en un desconocido para sus conciudadanos. Por si fuera poco, no había anunciado su regreso.

Salvo a una persona. Un hombre lo esperaba en el propileo, de aspecto grácil y a la vez solemne. Todo en él resultaba cretense: los grandes ojos; la melena negra, ensortijada y bien aceitada, que caía en mechones ondulados por los hombros y contrastaba por su abundancia con el rostro imberbe; la cintura espigada, a pesar de la corta estatura y el pecho amplio, bien cincelado... Sólo la nariz, con el puente un tanto abultado en vez de recto, parecía alejarse de los cánones de su gente.

Starn le dedicó toda la atención. Lo sorprendió con un abrazo que casi aplastó la lira y que alteró a los miembros del Cuerpo de Guardia que vigilaban la entrada. Pero, cuando las risas estallaron, los centinelas se relajaron.

–¡Que la Gran Madre me lleve! –exclamó aquel que lo esperaba–. ¡Es como si habitaras un cuerpo nuevo! ¿Qué has hecho con el muchachito que se marchó de Cnosos?

–¡Lo dejé en Egipto! –rio Starn.

Miró directamente aquellos orbes negros, idénticos a los de su propio reflejo en las aguas cristalinas. Y de pronto le pareció que la vida volvía a ser estable, como antaño.

Estaba de nuevo con su hermano.

–¡Cuánto te he echado de menos, Partolón!

* * *

Los hermanos dejaron atrás el vestíbulo porticado y accedieron a un largo pasillo. Aquél siempre había sido un corredor oscuro. Las lucernas que, estratégicamente colocadas, iluminaban el resto del complejo, no tenían sentido allí. El Corredor de las Procesiones representaba las sombras, representaba la muerte. Durante las festividades en honor a la Gran Madre, la comitiva sacerdotal recorría la vía para realizar un ritual que se perdía en la noche de los tiempos. Aquel desfile ancestral imitaba el nacimiento, el tránsito entre la vida que se abandona y la nueva, el momento en el que nada se es, sólo el alma pura. Alma que, del mismo modo que la larva, se abre paso hasta alcanzar la luz de la existencia.

Los candiles de aceite eran todo cuanto alumbraba los magníficos frescos de las paredes. Representaban una de las procesiones con fidelidad y exquisitez, con los portadores de ofrendas, jóvenes acólitos y fieles acudiendo con sus regalos a la Señora de la Tierra, quien, gustosa, los recibía.

–Y dime, hermano menor, ¿qué tal las cosas por Egipto? –preguntó Partolón en voz baja, respetuosa con el lugar en el que se hallaban–. Se oyen rumores de conquistadores llegados de Oriente.

–Toda palabra se exagera cuando recorre grandes distancias. Ya lo sabes.

–Entonces, ésos que llaman... *hicsos*... –Starn asintió con la cabeza–. ¿No han invadido aquellas tierras?

–Ni siquiera han alzado una espada, créeme. Han sido más listos, más... cretenses, diría yo... –dijo, y se le escapó una risa ligera–. Aprovechando los tiempos de hambruna y el lógico descontento en las regiones donde desemboca el Gran Río, se han asentado entre la población y, con el tiempo, también entre la clase gobernante. Su influencia ha ido creciendo hacia el sur desde la plaza fuerte de Avaris, hasta el punto de que durante mi estancia en Uaset ya se comenzó a sentir su presencia. Pero el faraón Merkara no parece muy dispuesto a aceptar las pretensiones de estos forasteros, por muy lisonjeras que suenen sus proclamas.

–Extranjeros que llegan y se hacen con el dominio... –ronroneó Partolón–. Tal vez no por las armas, pero me sigue sonando a conquista.

Starn frunció el cejo y contempló el juego de luces y sombras en el semblante de su hermano. Acrecentaba la seriedad que en él era natural, algo que no parecía haber cambiado mucho. Seguía siendo un hombre precipitado y cabezota, de temperamento volátil. Le resultaba imposible esconder las alegrías, los temores... y los odios. Había que escoger bien las palabras antes de entregárselas. Salvo que fueras su hermano más querido, lo cual permitía ciertas licencias.

Y en esos instantes sus ojos centelleaban con una mezcla de preocupación y cólera. Sin embargo, al advertir la mirada escrutadora de su hermano, convirtió los rasgos graves en una sonrisa de dientes blancos.

Doblaron un recodo hacia la izquierda. Recorrer los pasillos y salas del palacio podía resultar enloquecedor para cualquiera que no estuviera habituado. Pero Starn había nacido y crecido entre aquellas paredes. Conocía cada recoveco, cada una de las mil habitaciones, hasta el lugar más oculto. Había vivido cientos de aventuras, escabulléndose del monstruo del que hablaban las viejas para asustar a los niños o buscando fabulosos tesoros escondidos por los antiguos constructores de la ciudad-palacio. Y a su lado siempre estuvo Partolón.

El pasaje los llevó de nuevo hacia el norte. Allá, al final del corredor, atisbó al fin una luz que se colaba desde el gran patio central. En efecto, era como volver a la vida luego de una larga oscuridad. Parpadeó como un recién nacido ante el poderoso fulgor del día, hasta que sus ojos se acostumbraron. Mientras recorrían el blanco enlosado, la gente los observaba. Tal vez al principio no cayeran en la cuenta de quién era aquel muchacho delgado, pero sí reconocían a Partolón. Y pronto advirtieron que la semblanza entre ambos era tan evidente que sólo podía tratarse del hermano que había marchado tiempo atrás. Algunos, incluso, se atrevieron a saludarlo, y Starn respondió con amabilidad.

Se detuvieron en el centro de la plaza, en el lado izquierdo, donde se abría un pórtico escalonado.

–Y aquí estamos, hermano –le dijo Partolón, señalando con la cabeza hacia la entrada.

Starn suspiró antes de acceder a la antecámara, donde dos centinelas flanqueaban la entrada a una sala que se abría a continuación. Las lanzas y escudos de cuerpo entero eran más bien ornamentales, pues Cnosos no contaba con un ejército a la manera de otros reinos. Sus armas para enfrentarse a los problemas eran la diplomacia y el comercio, que siempre les habían servido mejor como protección que la más alta de las murallas. Sí, sé que eso suena ingenuo en un mundo como el actual. Hoy la espada ordena y el débil se arrodilla, pero los cretenses consiguieron ganarse el respeto de cualquier posible enemigo de otras maneras. A fin de cuentas, ¿quién desearía acabar con la gallina de los huevos dorados? Creta compraba cuanto se le ofrecía, y por ello nadie se atrevía a levantar el filo en su contra, por temor a perder el oro que aportaban.

Partolón no esperó a que los guardias le dieran permiso para entrar en la habitación. Pasó ante ellos con su descaro habitual, seguido de un Starn que, en cambio, sí dirigió un saludo a cada uno de los centinelas.

De este modo, el joven volvió a pisar una de las estancias que más había añorado, y de nuevo le dio la sensación de que todo seguía igual. Una cascada de luz se derramaba por la abertura realizada en la parte superior, dando vida al gran mural que rodeaba dos de las paredes enyesadas. Parecía que en cualquier momento los grifos que descansaban entre lirios, contra un fondo carmesí, iban a saltar de las pinturas y convertirse en carne. ¡Cuántas veces lo había imaginado durante su niñez! Que los poderosos leones, con cabeza de águila y una serpiente por cola, despertarían de su reposo; que los guardianes de la Gran Diosa reconocerían así la lealtad de los cretenses a la madre de la tierra.

La sala tenía adosado un baño ritual, que se llenaba gracias a la red de cañerías de barro cocido que conducía el agua desde los pozos hasta las estancias que lo necesitaban. Puedes imaginar que aquella idea era el orgullo de los ingenieros cretenses y el asombro de los forasteros. En su ignorancia, creían que el dulce líquido brotaba de las paredes por arte de algún poder sobrenatural, de ahí que se dijera que la prosperidad de Creta era tal que hasta los muros exudaban vino y miel. En el centro de la habitación, un amplio brasero de piedra llameaba alegremente, y el humo se liberaba a través de la claraboya.

Pero era el asiento frente a la cuenca ardiente el que, devorador, consumía la atención del visitante. En el caso de Starn, la convulsión fue todavía mayor. Esculpido en alabastro, se alzaba un trono. Y, acomodado sobre él, escuchando los consejos de un anciano sentado en un banco a su diestra, un hombre de edad madura. Tenía la misma expresión solemne que el joven recordaba, y su gesto era grave, aunque no por ello desagradable. La negra y luenga cabellera estaba arreglada al estilo tradicional, con rizos y algunos mechones trenzados adornados con una diadema. Una lujosa túnica púrpura cubría la parte superior de su cuerpo, sin mangas, dejando parte del pecho al descubierto.

Los hombres callaron al advertir la entrada de los hermanos. Ojos abiertos de par en par. Sorpresa en el gesto. El morador del trono se alzó de pronto y, abriendo los brazos cuan largos eran, olvidó todo recato y buscó con cariño a Starn. El abrazo fue silencioso, pues ninguno de los dos tuvo palabras que vencieran la emoción del reencuentro.

Pues aquel joven que volvía a casa era Starn, hijo de Sear.

Sear, minos de Cnosos. El primero entre los reyes de Creta.

2

Mientras aquello ocurría, otra vida importante se desarrollaba lejos. Porque toda gran historia está hecha de muchas y diversas vidas que se complementan; pequeñas por separado, aunque igual de necesarias, cada una es un hilo del gran tapiz, y basta que falte sólo uno para que éste se deshilache.

Como suele ser habitual, la criatura a la que me refiero no tenía constancia del papel que estaba a punto de jugar. Lerna, pues así se llamaba la muchacha, se limitaba a pasear por una playa de la región que más tarde sería conocida como la Argólida. El día se acercaba a su fin, la luz languidecía por momentos, y la brisa mecía sus largos cabellos morenos mientras sus pies menudos dejaban un rastro de improntas sobre la arena. A veces se detenía y, de pie, contemplaba hechizada a las gaviotas que volaban en círculo sobre el modesto puerto de Tirinto o a los buscadores de ostras que recogían sus enseres y abandonaban ya el espolón rocoso que se adentraba en las aguas calmadas. Pero era el mar, el mar, quien siempre acababa ganando la partida de su atención.

Que un príncipe cretense había vuelto a su hogar era un acontecimiento del que nada sabía, todavía. En su corazón sólo tenía espacio para la melancolía. ¿Y por qué semejante desazón? Para la hermosa Lerna, la de ojos como la miel, los días eran largos y siempre iguales entre sí. Hija de un humilde aunque floreciente mercader, no pasaba ningún apuro para subsistir y sus deberes eran escasos en comparación con los de otros adolescentes, que debían trabajar hasta la puesta del sol. Y, sin embargo, en ocasiones le parecía que la implacable monotonía acabaría con su cordura. No podía explicarlo muy bien, pero sentía que unos muros la constreñían, una jaula invisible de la que no sabía cómo escapar.

Cuando ese sentimiento se hacía insoportable, escapaba a la playa. Allí perdía su razón en el mar. Tan insondable, tan vasto que la hacía sentirse diminuta. Pequeña, sí, pero de algún modo no insignificante, sino valiosa, como la perla que se forma en una ostra. Despertaba en ella un anhelo extraño e incomprensible. Y el viento le traía aromas extraños, que nada tenían que ver con los propios del mar, a vegetación y tierra mojada, a ruinas antiguas y sueños dormidos. Imaginaciones que sólo estaban en su cabeza, pensaba cuando recuperaba el raciocinio. Pero, hasta que eso ocurría, su mente fantasiosa se convertía en un bote que navegaba en libertad, buscando esa línea final del horizonte que, así lo decían los marineros, jamás se alcanzaba. Lerna solía abandonarse con gusto a aquella sensación, se dejaba mecer por el arrullo del agua lamiendo la arena, e incluso le parecía que flotaba, que el espíritu surgía de su cuerpo y volaba hacia lo inalcanzable. Como si algo o alguien la reclamara. Como si una parte de su alma residiera allá a lo lejos y deseara reunirse con ella.

El trance no se prolongaba mucho, pero dejaba a la muchacha más extenuada de ánimo que antes, con lo que esa herida inidentificable que la atormentaba crecía aún. Sólo algo la liberaba: bailar. No, no me refiero a un baile común, al son de flautas o arpas. Lerna amaba otro tipo de baile: el que se practicaba desafiando a la muerte en busca de la máxima expresión de gozo.

La sagrada danza del toro.

No entraré en detalles al respecto. La historia nos llevará a ello en su debido momento. Por ahora bastará con decir que aquel arte era el más valorado en esos tiempos. No había joven que creciera sin soñar con ser un gran bailarín, pero tal honor estaba reservado para muy pocos. Incluso los más humildes eran amados por la gente, que consideraba que estaban inspirados por los dioses. Sin embargo, ninguno de ellos comprendía de verdad lo peligroso y arduo de semejante práctica. Y muchos menos imaginaban lo que bullía en el interior de un recortador cuando se enfrentaba al toro.

A Lerna era lo único que le daba vida. Nada más hacía que valiera la pena seguir respirando; levantarse cada mañana, concluir sus tareas en el mercado y correr al ruedo de prácticas para su entrenamiento diario. Todo era mejor incluso durante las grandes celebraciones en que danzaban delante del público. Era entonces cuando su existencia cobraba sentido, cuando se sentía plena de veras. Luego, al igual que ocurría tras sus trances junto al mar, llegaba el vacío; siempre, de manera inexorable. Y sólo quedaba esperar a la próxima danza para volver a llenar ese hueco en su corazón.

La noche se hizo fuerte al fin, sin un atisbo del rojo atardecer. Lerna suspiró, frustrada, e inició el regreso a la ciudad. Como todos los días, cada paso representaba una rendición a una tierra que de algún modo le parecía ajena. Nunca había sentido pertenecer al lugar donde nació. Ni siquiera debajo de su propia piel creía estar en un verdadero hogar, como si su alma en realidad debiera estar en otro sitio, en otro cuerpo. ¿Y si los dioses se habían equivocado? Solía pensarlo a menudo. ¿Y si ella hubiera tenido que ser otra criatura, un pájaro libre, un ciervo o una liebre? Incluso, por qué no, algo que no estuviera hecho de carne, sangre y huesos: un árbol en conexión con un bosque entero, una montaña alzándose por encima de las nubes... Cualquier cosa, salvo una chiquilla indefensa ante el destino infausto.

Tirinto era, por aquel entonces, una ciudad humilde. Sí, con el tiempo se convertirá en una urbe grandiosa y poderosa en riqueza. En esas ocasiones en que veo el futuro se me presenta tal y como la llamará el sabio que está por nacer, Homero: «La bien amurallada». Pero todavía queda mucho para que se levanten esos muros soberbios. En aquel entonces era un amasijo de unos pocos edificios de adobe rodeados por una empalizada. Nada que ver con Creta, aunque estuviera influenciada por su aura y hubiera adoptado algunas costumbres, entre ellas la danza sagrada. Además, las tierras firmes del continente no eran tan idílicas, no estaban exentas de amenazas en forma de bandidos y maleantes, así que necesitaban protegerse.

Lerna recorrió los senderos polvorientos hasta alcanzar el ágora, en cuyo centro se levantaba una gran construcción redonda, de grandes portones de madera que durante el día siempre estaban abiertos, pero que ahora permanecían ya cerrados. Aunque no bloqueados, y la joven pudo colarse en el interior. Era el almacén de sus padres, que hacía las veces de centro del mercado. Ambos estaban recogiendo los excedentes y guardándolos: los imperecederos, como el grano, esperarían a otro día para ser vendidos; los que ya iban a malograrse, como el pescado, serían apartados como deshechos.

–¡Ah, al fin regresas, hija! –dijo Olana, su madre, al verla.

–Dichosos los ojos que te ven –refunfuñó su padre–. Nos hubiera venido bien tu ayuda hace un rato.

Lerna contuvo un suspiro de decepción. Ahí estaba, de nuevo, la cantinela de cada jornada.

–Estaba entrenando, padre.

–Ya, y seguro que luego de eso te has perdido en la playa, con tus ensoñaciones...

–He trabajado muy duro en la academia de instrucción. ¿Acaso no merezco un poco de sosiego?

Efimestes dejó el capazo que se disponía a cargar, con pescado que ya empezaba a oler mal, y la observó con un rictus agriado.

–Trabajo duro es éste. Y no dar vueltas delante de un monigote de madera con cuernos...

–Prueba a hacerlo tú, si tan sencillo crees que es.

–Yo tengo ya un trabajo con el que mantengo a mi familia.

–No empecéis de nuevo, los dos –intervino Olana, tratando de poner paz como casi siempre.

Efimestes lanzó un bufido, recogió el capazo y, tras echárselo al hombro, salió del edificio para vaciarlo.

–A veces creo que no os sentís orgullosos de mí. ¡A los padres de mis compañeros les honra que sus hijos sean bailarines del toro! En cambio, de vosotros sólo recibo indiferencia o desprecio. Ni siquiera acudís a mis danzas.

–Sabes que es porque sufro al ver cómo te pones en peligro... –adujo su madre.

–Es lo único que me llena.

–Pues no puedes estar toda tu vida así, Lerna –las interrumpió el padre, que cruzaba la puerta de vuelta–. ¿Crees que serás joven y ágil para siempre? En unos años tus huesos y músculos empezarán a decaer, y se habrá acabado eso de esquivar bestias cornudas. De un modo u otro.

Sabía a lo que se refería con ese «de un modo u otro». La carrera de un danzarín sagrado no era muy larga. Los reflejos y la destreza se perdían pronto, y entonces sólo había dos finales posibles: el sensato, con una retirada por amarga que resultara; o el estúpido, continuar hasta cometer un error y que fuera el toro quien acabara el asunto, de la peor manera posible. Lerna había visto a varios bailarines cabezotas, demasiado mayores ya, ser alanceados. Ninguno sobrevivió.

Pero ella era incapaz de concebir el dejar de bailar. El simple hecho de pensarlo la hacía zozobrar e, irremediablemente, echarse a llorar.

–Claro, y sé cuál es tu solución, padre: buscar un marido, casarme y convertirme en una esposa más, sumisa y complaciente.

–Ésa es la ley de la vida, hija. Tienes ya catorce veranos. Todas las muchachas de tu edad han parido una o dos veces y sacan adelante un hogar. ¿A qué esperarás? ¿A que tu piel se marchite y ya ningún hombre te desee como esposa? ¡Abre los ojos!

Lerna se mordió el labio, como hacía siempre que la impotencia la invadía. Maldijo el razonamiento de su padre. Una parte de ella sabía que tenía razón, que aquel mundo marcaba un camino a cada cual y, si uno se apartaba de él, acababa relegado, convertido en una rareza que todos señalaban. Los sabios que discutían en el ágora decían que existía un orden natural, y que cualquiera que quisiera oponerse a él estaba destinado al fracaso.

Y, sin embargo, no podía concebir plegarse a lo estipulado por la sociedad. Abandonar la danza, ceder su espíritu y su cuerpo a un hombre que no la amaría, que en el mejor de los casos le dispensaría un respeto distante y frío, como si eso fuera suficiente para sostenerla durante toda la vida. En el peor, la trataría como una yegua de crianza: válida mientras pudiera engendrar potrillos, inservible cuando ya no fuera así. ¿Ésa era la única meta a la que podía aspirar? ¿El conformismo?

Un intenso dolor se adueñó de su corazón. Una rabia negra, mezclada con la pena absoluta, que trepó por el pecho hasta la garganta, reptando de ahí hasta sus ojos, donde formó las inevitables y conocidas lágrimas. Incapaz de soportarlo, se marchó corriendo del almacén, dejando atrás a sus padres, sus reproches y ese mañana que tanto la angustiaba. Por desgracia, sabía muy bien que por rápido que volara jamás podría escapar del destino.

Aunque eso no siempre era algo de lo que huir.

3

Partolón prefería tener la cabeza en el presente, así que no era muy propenso a dejarse llevar por los recuerdos. Sin embargo, a veces se veía arrastrado a algún momento del pasado, a ciertos episodios concretos. Especialmente cuando discutía con su padre.

El regreso de Starn y el modo en que lo había recibido Sear fue la chispa que lo motivó a viajar catorce años hacia atrás. De nuevo le parecía que se estaba envolviendo la mano derecha con las tiras de piel de vaca, apretando la tela, sujetándola con firmeza contra la piel. Mientras lo hacía, contemplaba a su rival. Ith tenía la misma edad que él, nueve años, y sin embargo le sacaba un palmo de altura. Ambos estaban desnudos, pero, donde el primogénito del rey dejaba entrever las costillas, el otro mostraba un pecho sólido.

Partolón levantó los brazos y los flexionó en posición defensiva, dejando las manos cerradas a la altura de los ojos. Dio un paso hacia su contrincante, quien lo imitó, y tras aquella primera aproximación empezaron a moverse en círculo, sin apartar la mirada el uno del otro. Los habían enseñado bien. La principal virtud para lograr la victoria en un combate de púgiles era la atención. Uno podía ser fuerte y rápido, pero si se descuidaba hasta el rival más débil podía derrotarlo.

El hijo del minos estaba profundamente comprometido con la victoria. Era el primer duelo formal que libraba, para el cual se había preparado durante mucho tiempo siguiendo una disciplina férrea. Los instructores contratados por su padre habían sido inflexibles, conforme a las órdenes del rey. Todavía le quedaban marcas en los nudillos. Los primeros golpes le pareció que el saco de grano era blando, pero bastaron varias series para empezar a sentir dolor. Un dolor que creció hasta arrancarle lágrimas a borbotones. Cuando creyó que empezaba a acostumbrarse, llegaron las prácticas con los postes de madera. La piel se le agrietó tras el segundo puñetazo y, un instante después, la sangre goteaba en el enlosado y manchaba el fuste. La agonía fue tal que se desmayó, pero, aun así, al día siguiente se obligó a sí mismo a continuar con el adiestramiento. «Las hojas se templan mediante golpes, no con caricias», solía decir Sear. Y él no quería defraudarlo.

Partolón decidió atacar. Lanzó un primer golpe en busca del estómago de Ith, pero éste interpuso el antebrazo izquierdo con decisión. Respondió con celeridad, tanta que el príncipe no vio llegar el puño. Sin embargo, lo sintió: un impacto directo en la mejilla, con una fuerza tal que le ladeó la cabeza mientras la carne y la piel se le deformaba durante un instante. Se tambaleó, aunque logró reaccionar antes de caer al suelo. Ith sonrió, deleitándose por el pequeño triunfo de anotarse el primer golpe exitoso. Incluso permitió a Partolón palparse la zona dañada. Por la Gran Madre, ¡le ardía!

Al reparar en la sangre entre los dedos, la cólera lo inundó. ¡Jamás permitiría que lo venciera el hijo de un simple comerciante! ¡Qué indignidad! En su mente sólo tenía cabida la vergüenza, el desprecio que le ofrecería su padre a partir de entonces. No. No. No.

Podía encajar un puñetazo, pero nunca el fracaso.

Apretó los dientes. Rugió. Crispó las facciones, tiznándolas de rabia. Adelantó el brazo izquierdo para entorpecer la defensa de Ith, quien cayó en la jugarreta. El puño derecho de Partolón se movió desde abajo para dar de lleno en el costado que su contrincante había dejado al descubierto. El crujido le inundó los oídos, tanto como el gemido de Ith.

Lejos de relajarse y perder la ventaja, el príncipe acosó al niño alto con una tempestad de puñetazos. Fue a por la mandíbula primero, luego a la frente, el pecho, el estómago... El brazo de Partolón era un borrón en movimiento que descargaba furia sin descanso.

Al fin, Ith cayó a la arena extendida sobre las losas del patio central y, con las escasas energías que le quedaban, levantó el dedo para reclamar su ignominiosa rendición. Alterado, Partolón no quería detenerse. El fuego que bullía en su sangre le demandaba que continuara, que vaciara por completo su corazón de tanta ira. Por fortuna, el comisario que vigilaba el combate se interpuso y lo dio por ganador. La mayoría del público reunido en torno al terreno de juego exclamó en vítores y coreó el nombre del príncipe, al tiempo que unos pocos abucheaban a Ith por no seguir luchando hasta el final. Éste, escupiendo sangre, fue llevado a rastras por un par de compañeros. Le esperaba un correctivo doble de su progenitor: por la derrota y sobre todo por la rendición.

Ahora Partolón sonreía. La victoria siempre sabía dulce, en especial si se alcanzaba con esfuerzo. Recibió la copa de bronce y la corona de olivo dedicados al vencedor, y fue en busca de su padre para ofrecerle el primero de los trofeos, tal y como demandaba la tradición.

Toda su felicidad se desvaneció cuando advirtió el gesto agrio de Sear. No era lo que esperaba. Había creído que se sentiría orgulloso, pero aquélla no era la faz de alguien lleno de alegría. Era la mueca de la decepción.

Aun así, le entregó la recompensa.

–Padre mío, mi rey, a ti consagro este triunfo –le dijo, entre tartamudeos.

El minos de Cnosos observó con desdén a su primogénito, sin adelantar la mano para aceptar el premio en ningún momento.

–Te has dejado golpear. Has sido descuidado, algo imperdonable después de todo lo que he insistido en ese aspecto. No es una victoria de la que alardear.

Partolón sintió que un abismo se abría a sus pies. El ardor que precede al llanto le subió por la garganta hasta llegar a los ojos. No consiguió detener la lágrima que se le deslizó por la mejilla.

Aquélla fue la última vez que lloró.

* * *

Tras aquel combate Partolón comprendió que, hiciera lo que hiciera, jamás estaría a la altura de las expectativas de su progenitor. Es el eterno conflicto, el más universal de todos: el de la sombra de quien te precede, un gigante de virtudes tan grandes que uno cree imposible igualar. ¿Qué hijo no lo ha padecido? ¿Quién no se ha visto intimidado por los logros de su padre?

Partolón lo supo de un modo visceral, como se advierte todo lo que nace del corazón: no recibiría de Sear las risas que éste le dedicaba a Tríome o el cariño que reservaba para Starn. El primero de los hijos del rey sólo obtendría exigencias, deberes y lecciones que aprender; victorias que conseguir, y no derrotas con las que curtirse. El heredero había luchado y lucharía desesperadamente por actuar como se esperaba de él, incluso a partir de entonces, cuando supo que jamás lograría ser tan magno: más voluntarioso, más fuerte, más fiel al legado del minos... Siempre más. Un combate eterno contra lo imposible.

Esas reflexiones envenenadas lo carcomieron desde que, aquella misma mañana, contemplara el alegre abrazo con que el rey recibió a su hijo menor. Las sombras de la tristeza y el fuego del rencor se conjugaron de nuevo. Partolón había deseado durante toda su vida ser merecedor del título de minos llegado el momento. Pero por encima de ello pretendía que Sear le entregara el gobierno de Cnosos con gusto, bañándolo de alabanzas. Cualquier otra cosa era hiel para su corazón herido.

–Tendrías que haber visto cómo se comportó cuando fui yo quien volvió de Egipto hace unos años –le dijo a la mujer tendida en su cama–. ¿Un abrazo? ¡Ni una frase de añoranza me ofreció!

Su esposa lo escuchaba con mirada ausente. Delgnat, ése era su nombre. Se podrían decir muchas cosas de ella, aunque siendo injustos lo primero que llamaba la atención era lo deseable que resultaba. No pretendo ofender a la moral, pero creo que incluso tú serías capaz de apreciar la belleza femenina. Y Delgnat era extraordinariamente hermosa en el aspecto más venéreo posible: exuberante en sus formas, rebosante de curvas bien perfiladas, con labios carnosos que arrebataban la vista de inmediato...

–La severidad de tu padre no debería ya sorprenderte, ni mucho menos afectarte de este modo –respondió ella, pero Partolón parecía no escucharla.

–¡Si al menos tuviera en cuenta mis opiniones! Starn lo ha confirmado: en el sur también hay movimientos preocupantes: ejércitos que se mueven y tierras ocupadas por extranjeros. Aquí, mientras tanto, seguimos empeñados en comer y beber sin dedicar un pensamiento al mañana.

Delgnat se levantó del lecho, caminó hacia él y lo rodeó por detrás. Partolón sintió los pechos duros contra la espalda, los pezones erectos rozándole la piel.

–No te valora, es cierto. Pero algún día lo hará –le susurró, mientras le lamía el cuello–. Y ahora ven, hagamos el amor para olvidar todos estos sinsabores.

Partolón se zafó del tentador abrazo.

–¡Yo te hablo de cosas importantes y tú sólo piensas en fornicar! –la acusó.

La futura reina levantó los hombros, sin mostrarse demasiado afectada por la reprimenda. Se alejó de su marido y volvió a acostarse. El príncipe se sorprendió un poco de aquella reacción, pues cuando le negaba saciar su fogosidad ella solía enojarse. «Al fin está aprendiendo a aceptar mis órdenes», pensó, satisfecho.

Luego su cabeza volvió a los muchos planes que tenía por preparar.

4

El regreso del príncipe menor, ya de por sí un acontecimiento digno de ser celebrado, sucedió en el mejor momento posible. Los cuarenta días de la recogida de la miel casi habían llegado a su fin. Los artesanos trabajaban a destajo para elaborar el hidromiel con que se realizarían las libaciones en la fiesta más importante de la temporada.

Faltaban dos semanas para el solsticio de verano. La Estrella de la Diosa pronto se alzaría sobre el horizonte en conjunción con el sol, anunciando que la Gran Madre marchaba a dormir. Era la hora de darle las gracias por las prósperas cosechas y pedirle que no olvidara del todo a sus hijos cretenses durante el sueño.

El minos dio las órdenes oportunas para que aquella fiesta fuera más especial aún por la vuelta de su hijo. Los primeros mensajeros ya habían partido para extender la buena nueva por todas las regiones aliadas de Cnosos. En unos días, las calles, corredores y patios del palacio serían engalanados a conciencia. Miles de flores esperaban en sus canastos para ser extendidas sobre el suelo, y los pebeteros aguardaban las teas que prenderían el incienso sagrado. Una suave fragancia lo llenaría todo, envolvería la ciudad en un manto aromático del que todos podrían disfrutar por igual. Pues allí, en Creta, la diferencia entre el insigne y el humilde era, apenas, una cuestión de título.

En el amanecer del segundo día tras su retorno, Starn contemplaba las primeras luces desde la terraza de sus aposentos. Por supuesto, portaba consigo la lira, aunque la inspiración no le había inducido todavía ninguna melodía. Así de caprichosa era la música: uno podía estrujarse la cabeza tratando de componer una tonada, pero ésta negarse a acudir o hacerlo como algo vulgar y sin valor alguno. De pronto, por sorpresa, surgía una chispa y encendía la creatividad. Y en avalancha las notas brotaban con una fuerza imparable, adueñándose del lírico, de su entorno y de la existencia entera.

La primera persona que le ayudó a colocar los dedos sobre las cuerdas de una lira había sido Bacor. El sabio supo ver antes que nadie, incluso que su madre, que aquel niño despierto tenía sensibilidad para la música. Resultó ser todo un acierto. El joven Starn se sintió arrebatado por el arte, hasta el punto de que ni siquiera la dura bienvenida inicial de los cordeles vibrantes lo disuadió. El dolor fue intenso al principio, y cada día acababa con los dedos ensangrentados. Pero había algo en aquellos sonidos todavía torpes, algo que lo incitaba a volver a intentarlo. Sí, cuando la voz de la música te atrapa es imposible escapar de ella. Bien que lo sé.

Al igual que el gusano que se hace fuerte escapando de su crisálida y emerge convertido en mariposa, Starn logró vencer en su particular lucha. Los dedos se le llenaron de callos, lo bastante para resistir el mordisco de las cuerdas. Y el dominio de la lira creció y, poco a poco, aprendió a llenarla de vida, a insuflar belleza a los acordes. Fue constante, no cedió a las provocaciones de lo cómodo; mientras Partolón o Tríome se divertían entrenando como púgiles o competían por las muchachas, él se escondió de todos, en algún rincón oculto de la ciudad. En soledad, cortejaba a su amada y odiada lira. Luego, cuando logró que esa relación al fin fuera íntima y cómplice, irrompible, vinieron otras cosas, como su entrenamiento como bailarín del toro. Pero por encima de todo siempre estuvo la música.

Aquel día, al igual que le ocurría a cierta muchacha de Tirinto, su mente sólo podía pensar en una cosa. Si había un momento álgido, un evento que Starn esperaba fervientemente, era el de la danza sagrada. En Egipto, donde había completado su formación, no existía nada parecido a sus tan queridos bailes rituales; tampoco en ningún otro lugar del mundo conocido. ¿Hombres y mujeres erguidos frente a bestias que podían destrozarlos? ¿Quién tendría semejante coraje, salvo un pueblo que se sabía ungido por el Dios Cornudo?

Los pensamientos se le iban sin remedio a su propia adolescencia. Suyo fue el honor de ser reconocido como el danzarín cretense más joven frente a los sementales bóvidos. Eran otros tiempos, desde luego, y las circunstancias le permitieron ser partícipe de una tradición que, debido a su alto riesgo, estaba vetada a los herederos al trono. Pero él era el más joven de los hijos de Sear, tercero en la línea sucesoria, de quien no se esperaba que jamás tuviera que tomar el cetro del minos. Y bien que daba las gracias por semejante libertad en ocasiones como aquélla y en muchas otras. Era más divertido no tener que preocuparse por las apariencias, poder relacionarse con quien deseara, hablar de vulgaridades y reír con anécdotas de cama y caza de quienes no ostentaban sangre real. En Egipto había tenido mucho de eso y, aunque ahora que estaba de vuelta sabía que tendría que empezar a tomar las responsabilidades de un príncipe adulto, siempre ostentaría mayor albedrío que su hermano Partolón. No lo envidiaba. No deseaba el peso que le estaba reservado.

El sonido de una tela rozando el suelo le hizo volverse. Del fresco corredor y a través de la puerta doble de su alcoba, apareció una figura que parecía flotar sobre el pavimento. Starn sonrió a Ariaghne, reina y madre, señora de Labyrinthos, cuya pureza de alma conmovía a todo corazón de Cnosos.

La imagen que me ha legado mi padre de ella hace que me cueste verla como lo que en verdad fue: mi abuela. ¡Qué joven parecía! ¡Y qué hermosa! El blanco maquillaje sobre su piel era tenue, innecesario en realidad, pues todavía no había ganado ni la menor arruga, pero le daba un bonito fulgor. Resplandecía en verdad. Lucía una larga falda con volantes, casi etérea, y el corpiño que subía desde su talle todavía delgado –a pesar de los tres embarazos– quedaba abierto a la altura de los senos, que se dejaban ver, opulentos. El joven no sintió el menor pudor ante la visión de los pechos, álgidos como los de una muchacha, pues eran símbolo de la fertilidad de las hijas de Creta. En su viaje preparatorio como futuro embajador de la Casa del Hacha a Egipto había descubierto otras culturas que se ruborizaban ante la contemplación de la desnudez, pero él era cretense. Y ningún otro pueblo ensalzaba tanto el esplendor de los cuerpos. En todo caso, sentía auténtico orgullo de ser hijo de una criatura tan bella.

Los dedos de Starn tejieron una armonía delicada y a la vez grave. Pues así era Ariaghne: grácil de cuerpo, espíritu y carácter, pero también con una voluntad tan firme como la del propio minos. Nadie podía considerarla una simple consorte resignada a estar a la sombra de su esposo. Ella era la señora de Labyrinthos, la Primera de Cnosos. No es poco decir, y desde luego hacía honor a sus títulos y responsabilidades. Nunca permanecía callada cuando creía que tenía algo que decir. Su voz era tan respetada y tenida en cuenta como la del rey. Incluso éste cedía a sus designios, pues la razón solía estar siempre de su lado.

Así pues, la convirtió en música, como tantas otras veces. Cada acorde era una oda a alguno de sus maravillosos detalles: una nota dedicada a la forma que sus labios adquirían al sonreír; otra, a la redondez de sus pechos, y varias más, al brillo de esos ojos profundos y sinceros, cargados de auténtico amor, de absoluta devoción por su hijo. Un sentimiento recíproco.

Cuando Ariaghne llegó hasta él, le acarició el rostro y le dio un beso en los labios, tal y como había hecho tantas veces desde que lo sacara de su vientre.

–Tu arte con la lira no ha hecho más que crecer, tanto como tu belleza. Aún no puedo creer lo apuesto que te has vuelto –le dijo.

El joven dejó de tocar y frunció la nariz. Uno y otro sabían que era una pose jocosa.

–¿Es que acaso me considerabas feo antes, madre?

Ambos rieron.

–Sabes que siempre has sido mi preferido, en todos los sentidos –respondió la reina–. Pero ahora eres un hombre. Pronto volarás de mi compañía.

–Nunca dejaré de estar a tu lado.

–Sé que no del todo. Si bien es ley de vida que los hijos maduren y su camino se aparte poco a poco del de los padres.

Starn dejó la lira sobre la cama con delicadeza. Todavía podía recordar la emoción del momento en que su madre se la había entregado, justo antes de marchar hacia Egipto. «Toma el mundo que te encuentres y conviértelo en música; que tu alma sensible no se embote ante la dureza, mi amado niño», le había pedido Ariaghne cuando se despidieron en el puerto. Ella más que nadie lo alentó a las artes desde que tuvo uso de razón, pues decía que era el único camino para que su corazón jamás dejara de ser gentil, inocente y alegre.

De entre los hijos que había parido, sólo Starn demostró desde el principio una bondad sin ambages ni artificio alguno. Conforme se hacía mayor y se afianzaba en él un carácter sensible, tanto así crecía el amor de su madre por él. Hasta que muy pronto llegó a quererlo más que a Partolón o Tríome. Trataba de esconderlo ante sus otros retoños, pues no era cuestión de que se sintieran menos queridos. En verdad también le eran imprescindibles.

Se dirigió a la jofaina situada sobre un soporte de bronce, cerca de la cama tendida sobre un pedestal de piedra. Retiró el tapón que obstruía la cañería que surgía de la pared. El fino hilo de agua no tardó mucho en llenar el recipiente. Tras atascar de nuevo el tubo de cerámica, se lavó el rostro y el pecho. Adelantándose a él, su madre tomó el paño y lo secó con ternura.

–Permítele a una madre el pequeño placer de acicalar a su hijo –pidió ella.

–¿Cómo han ido las cosas por aquí? –preguntó el príncipe, mientras la mujer empezaba a peinarle los cabellos–. Partolón y padre no me han contado mucho.

–Porque no hay gran cosa que narrar. Las jornadas siempre transcurren tranquilas en Cnosos. Desde el Infausto Temblor, en tiempos de tu bisabuelo, nada destacado ha ocurrido.

–¡Así es! Nada que ver con los egipcios, que parecen vivir corriendo. Aunque, la verdad, no nos vendría mal alguna sorpresa de vez en cuando. A veces da la impresión de que los cretenses estamos adormilados. Que sólo sabemos festejar y saborear las mieles de la comodidad.

–No desees tanto despertar, porque tal vez no te guste lo que encuentres al abrir los ojos.

El hijo de la reina tomó a su madre por las muñecas, deteniendo el agradable peinado. La miró, alertado por la inesperada preocupación en ella. Creyó ver una sombra en sus pupilas verdes.

–¿Ocurre algo? –quiso saber.

Ni siquiera esperaba una respuesta. El esplendor de Creta era tal que tenía del resto de pueblos un profundo respeto, incluso entre las colonias y ciudades que les enviaban tributo. Era un reino justo con los suyos y los forasteros. Tal y como ya he comentado, jamás necesitaron un ejército con el que defenderse, salvo una pequeña guardia real de uso más decorativo que militar. ¿Qué enemigo podría tener quien es amado por todos?

–Si tú, que eres de espíritu calmo, te quejas de la parsimonia en la que se ve envuelto nuestro reino –comentó–, imagínate a tus hermanos. Ya sabes lo apasionados que son ambos. Últimamente Partolón y Tríome andan siempre airados. Y no pocas veces entre ellos.

–Eso no es una novedad. Nunca han dejado de competir por ver cuál de los dos es mejor a ojos de padre.

Ariaghne dulcificó el gesto.

–Sí, tienes razón. Aunque no siempre fue así. ¡Qué tiempos aquellos en que los tres jugabais juntos entre risas cantarinas!

A Starn le hubiera gustado poder decir que también recordaba esos días. Sin duda habían ocurrido, pero él contaba con muy pocos años de vida. Su cabeza sólo albergaba imágenes de los juegos con Partolón, y le costaba concebir que éste hubiera sido inseparable de Tríome. Aunque así fue, yo puedo asegurarlo gracias a mi memoria heredada. Por desgracia, aquella relación se tornó demasiado competitiva con el tiempo, y el hermano mayor decidió relegar al mediano en favor del pequeño Starn. En ocasiones, el más joven de los príncipes se sentía culpable por Tríome. Tanto que en el pasado intentó acercarse a éste, con escaso éxito: Partolón no lo toleraba, y el segundo hijo del minos, al verse excluido, tomó su propio camino. Ahora prefería pasar los días y las noches con su criado preferido, Glauco, de quien rara vez se alejaba. Las miradas entre ambos delataban algo más que simple amistad.

–Pero tienes razón, ya debería estar acostumbrada. Perdona, pues, los desvaríos de tu vieja madre.

Ahora Starn sí levantó una sonora carcajada.

–¡Vieja, dices! No hay en toda la isla una mujer, de la edad que sea, que no envidie tu hermosura.

No mentía. La belleza de su madre era conocida en toda Creta y más allá, la recompensa de un linaje heredado de los mismos dioses. La pureza de la estirpe se había mantenido mediante matrimonios de parentesco en lo posible. Sin ir más lejos, Sear y Ariaghne eran hermanos.

–¡Adulador! –bromeó ella, mientras vaciaba entre sus manos una redoma de aceite con el que untó el torso de su hijo–. Por cierto, me han comentado que tu regreso ha desatado suspiros entre todas las muchachas de palacio. Tengo entendido que las bailarinas que hoy saltarán ante los toros lo harán para conseguir tu favor.

Starn levantó la mano para rozar con los dedos las hebras que caían desde el moño arreglado de su madre. Luego tomó de nuevo la lira y volvió a tocar esa canción sin nombre que bien podría titularse «Madre».

–No creo que ninguna de ellas me quiera como tú.

5

Justo en ese preciso instante, pero en Tirinto, Lerna despertó a un nuevo día con una suave tonada y la imagen de una mujer bellísima surgiendo de las brumas del sueño. La muchacha, por supuesto, no podía imaginar que su vida estaba conectada a ciertos individuos y lugares. ¿Por la decisión de algún ser divino? Quizás en parte. Pero, por encima de cualquier otra cosa, son los pasos que damos los que nos conducen hacia nuestro destino. Nosotros mismos dictaminamos sin saberlo con quién nos encontraremos. Incluso a veces, si escuchamos con atención, ese destino que construimos decisión a decisión nos habla desde el mañana, antes de que acontezca.

Habían pasado dos días desde la última discusión con sus padres. Siempre hacían igual: tensaban la cuerda de vez en cuando, pero nunca llegaban a romperla. Sin embargo, Lerna sabía que en algún momento ocurriría, que una de aquellas disputas sería la definitiva. En parte, podía entender que sólo querían lo mejor para su hija, y creían firmemente que para ello debía adaptarse a lo que la sociedad dictaba: encontrar un marido, formar una familia y olvidarse de ensoñaciones juveniles.

Pero ésos no eran los pensamientos que ocupaban su mente mientras saltaba alegremente de la cama. En absoluto. La mañana apenas era una ilusión susurrada por el amanecer cuando se puso el peplo de lana. Se lavó el rostro, tomó un rápido desayuno a base de pasas y leche de cabra, y dejó el hogar para dirigirse a la academia de instrucción de los bailarines.

Aquél era un día especial, o podía serlo al menos. Glaia, su instructora, les había comunicado que tras el entrenamiento anunciaría a los dos elegidos para representar a Tirinto en la fiesta del solsticio de Cnosos. Lerna se sentía excitada, aunque sabía que no debería estarlo. Semejante honor difícilmente recaería en ella, pues lo habitual era designar a una pareja de danzarines veteranos. Los favoritos eran Lekos y Chara, los mayores del grupo, que estaban a punto de cumplir los diecisiete y, por tanto, sería casi su última posibilidad. Pero ¿y si se obraba el milagro? La única con posibilidades de conseguir algo así era Lerna. Desde los doce años había trabajado y mejorado, hasta el punto de que era ya la mejor bailarina que Tirinto había dado nunca. Así la consideraban sus compatriotas, también sus compañeros, y así se consideraba ella misma. No era presunción ni vanagloria, sino realidad. Poseía una destreza que asombró desde el primer momento a sus instructores. Muchos no se lo dijeron, pues temían que se le subiera a la cabeza, pero ella misma podía percibir su progreso, bastante más veloz de lo habitual. De algún modo, parecía que había nacido para el arte de esquivar bestias enfurecidas.

En cualquier caso, no sólo su habilidad física la convertía en la preferida del público. Muchos bailarines eran diestros, pero hacía falta algo más para encandilar a los asistentes año tras año. Si por algo destacaba Lerna frente a un toro era por su total abandono al juego. Su baile era la conjunción perfecta entre cuerpo, mente y espíritu. Se dejaba llevar por el momento, sin preocuparse de lo que éste pudiera depararle. Un error, por minúsculo que fuera, y la muerte la reclamaría. Algo que no le quitaba el sueño. ¿Por qué habría de importarle? Sería una liberación, la huida de esa vida monótona que la aguardaba más allá del baile. De hecho, Lerna aspiraba en secreto a morir en el ruedo. Un final glorioso, mucho más deseable que retirarse cuando su carne empezara a marchitarse y ya no fuera capaz siquiera de realizar la más sencilla de las fintas.

Era esa insensatez, porque no podía describirse de otro modo, la que daba alas a su bravura. Se atrevía con todo; no había proeza, por peligrosa que resultara, que rechazara probar. El problema residía en que sólo tenía catorce años. La presión de portar sobre los hombros la carga de toda una ciudad había derrotado a más de un bailarín experto en tiempos pasados. Danzar en la urbe más grandiosa del mundo, ante el gran y afamado minos, observada por cientos de almas... Pensarlo era emocionante al tiempo que aterrador.

Tras aligerar su atuendo en los vestidores con la túnica corta y ceñida habitual para los entrenamientos, salió a la arena de prácticas, apenas un descampado rodeado por una empalizada, pero bien equipado. Tenían monigotes de madera, piel y esparto con forma de toro, algunos móviles y otros estáticos, con los que simulaban las cabriolas. Varios de sus compañeros ya habían empezado a calentar. Lerna se les unió, aunque sin intercambiar más palabras que un saludo matinal rápido y desapasionado. Así era ella, poco dada a congeniar con los demás. Le costaba encontrar afinidad con nadie, solía preferir mantener las distancias. No desconocía que a causa de esta actitud fría muchos la miraban con cierto desprecio, pues pensaban que lo hacía porque se creía mejor. La realidad era más simple: Lerna se sentía desligada de la mayoría, desplazada, como si aquel lugar y aquellas gentes no fueran las suyas. Ni en Lekos, Driana la coqueta, Kovos o el fanfarrón Imilios encontraba puntos en común que merecieran su esfuerzo. A veces, cuando reflexionaba sobre ello en la playa, le daba la impresión de que la Gran Diosa se había equivocado poniéndola en Tirinto.

Sólo había un par de personas que le resultaban más cercanas. Uno era el muchacho que, poco después, se acercó hasta tocarle el hombro con un infantil gesto.

–Buen amanecer, mi querida Lerna –le dijo el chiquillo de cabello ensortijado, tan alto y recio como un árbol.

–Buen amanecer, apreciado Aristes.

Aristes era su pareja de baile. Lerna lo conocía de toda la vida. Habían crecido juntos y sabía bien que él la idolatraba desde mucho antes de todo. ¿Por qué a él lo aceptaba mientras que a otros les cerraba las puertas de su corazón? Quizá porque en Aristes sólo existía espacio para la inocencia. Sus escasas luces, sobrevenidas por un mal parto, hacían que no albergara ningún mal pensamiento. Además, bebía los vientos por ella hasta tal punto que, cuando Lerna decidió convertirse en una bailarina del toro, él la siguió en esa aventura.

Ah, pero Lerna no tenía el corazón dispuesto para el amor. Apenas si se permitía ofrecerle el cariño de la amistad, el aprecio de una hermana, pues cualquier otro sentimiento le parecía lejano, muy lejano, a la pasión que sentía al danzar frente a una bestia cornuda. Pero de eso hablaremos más adelante.

La joven y su compañero se dedicaron a realizar ejercicios de estiramientos, masajes en los músculos... Era vital, antes del entreno, porque de otro modo se corría el riesgo de una lesión. Del mismo modo, un cuerpo entonado era más flexible y estaba más dispuesto a reaccionar con rapidez.

–¡Vamos, panda de niños perezosos! –se escuchó, y todos atendieron a quien lanzaba aquella proclama–. Si ya habéis calentado suficiente, os quiero practicando una ronda de saltos sobre el toro de esparto.

Glaia, la maestra instructora de la academia de Tirinto, era la otra persona con la que Lerna había establecido un vínculo cercano a la intimidad. En muchos aspectos la apreciaba más que a su propia madre, pues de ella había aprendido lecciones de mayor valía, o eso al menos pensaba entonces. Era una mujer entrada en la madurez, que le había dedicado la vida entera a la danza sagrada, bien siendo bailarina cuando joven, bien entrenando a las nuevas generaciones. Tenía sangre cretense, o eso le gustaba proclamar, y de ahí la pasión con la que se enfrentaba al toro. Pronto se convirtió en una gran bailarina, la más diestra que jamás hubiera actuado en la ciudad; rápida como el rayo, elegante como un colibrí. El público la adoraba, incluso llegó a participar en varios festivales de verano en Cnosos. Ganó fama hasta que, un día, el tiempo dictó su terrible sentencia: un movimiento ligeramente más lento de lo habitual y una res estuvo a punto de cornearla.

–Todos pasaréis por ese momento, uno en el que la vida os dé un aviso –solía decir a sus alumnos; era en lo que más insistía–: No habrá más. La siguiente vez acabaréis tendidos en un camastro, perdiendo vuestra preciada sangre mientras compañeros y padres lloran conforme os apagáis. Así que más os vale escuchar y obedecer ese toque de atención llegado el instante: el de la retirada.

Ahora ella entrenaba a sus alumnos, los mejores en Tirinto, aquellos que demostraban un don para un arte tan exigente y peligroso. Y lo hacía con la misma devoción con que en su época se entregara al baile. Era dura, muy exigente, jamás se contenía a la hora de criticarlos. Pero también resultaba comprensiva y atenta, pues ¿acaso no había estado ella al otro lado? ¿Quién podía entenderlos mejor?

A su orden, los jóvenes se pusieron en fila y fueron saltando uno detrás del otro sobre el muñeco de esparto que simulaba al toro. Bien atenta a cada uno de ellos, Glaia daba instrucciones cuando así lo creía oportuno, en especial a los alumnos menos avezados.

–¡Flexiona más las rodillas antes de saltar, Gyrion! –dijo a un chico alto y desgarbado–. ¡Y por la Diosa, mantén la mirada en todo momento en la bestia! ¿Es que quieres que te ensarte como a una pieza de cordero asado?

–Éste poco ensartará, sólo es cuero y madera –bromeó Imilios, siempre dispuesto a la chanza.

–Con lo lento que eres, yo no apostaría –le recriminó la instructora, provocando las risas de los demás estudiantes. Imilios enrojeció.

Así, mientras el sol subía y subía, los muchachos se dedicaron a practicar hasta que el sudor empapó sus túnicas, únicamente con breves descansos para beber agua y recuperar el resuello. Sólo cuando empezaron a moverse agarrotados por el agotamiento, a saltar con cierto retraso y realizar las cabriolas con más apuro, Glaia dio por concluido el entrenamiento. Para entonces era ya mediodía.

Lo habitual era que los jóvenes se retiraran a los vestuarios. Algunos, los más populares, correrían hasta el río donde, entre risas, se bañarían para eliminar el sudor y el cansancio. Las chicas tontearían con sus compañeros, quizás incluso hubiera algún beso, y luego irían a por un chusco de pan con miel para reponer fuerzas. Pero Lerna no acudiría. No, ella permanecería en la arena, seguiría entrenando hasta embotarse la cabeza y el cuerpo. Y sólo cuando el estómago le rugiera y las piernas le flaquearan, sólo entonces lo dejaría.

Pero aquel día iba a ser diferente. Ninguno de los bailarines se movió de la arena. Estaban expectantes ante la decisión que se avecinaba. Ahora, terminada la sesión, fue Glaia quien bromeó.

–¿Es que hoy no vais al río? –les dijo.

–¡No seas cruel, maestra! –le espetó Driana, la de los bucles dorados–. ¡Sabes bien lo que estamos esperando!

–Sí, lo sé, y no lo prolongaré más. Sin embargo, antes debo decir que estoy orgullosa de vosotros, de todos y cada uno. Pocas veces lo he tenido tan difícil para elegir. Cualquiera habría podido realizar un gran trabajo en Cnosos, sé que nadie desentonaría. Pero mi decisión está tomada, y desearía que la respetarais.

Aquella palabrería era una ligera brisa que se iba tan rápido como llegaba. Los jóvenes sólo querían escuchar una cosa: su nombre.

–Los elegidos para viajar a Cnosos este año serán Aristes y Lerna.

Al principio nadie reaccionó, Lerna menos que ninguno. ¿La había mencionado a ella? Todavía no podía creerlo. ¿Cómo había pasado? ¿Y si lo estaba soñando? Su rostro era el de la pura incredulidad, y durante unos primeros instantes lo mismo ocurrió con sus compañeros, que no daban crédito. ¡La más joven, la elegida! Hasta que el silencio quedó roto por el grito exultante aunque no malicioso de Aristes, que se lanzó a abrazar a su compañera. Entonces los otros reaccionaron.

–Pero ¿qué es esto? –se quejó Chara, quien veía frustrada su gran oportunidad, pues ya había sido dispuesta su boda y por tanto el abandono como bailarina–. ¿Eliges a la más inexperta? ¿Y a ese bobalicón que no sabe ni leer?

Un rictus de pena cruzó la cara de Aristes, al que siempre le dolían ese tipo de insultos. Lerna se enfureció, más ante el insulto a su amigo que a la falta de respeto sobre su edad. Dio un paso para enfrentarse a aquella presumida, pero Glaia se adelantó.

–Mide tus palabras, Chara. Es una falta de respeto hacia la decisión de tu maestra, pero sobre todo un insulto a tus compañeros. Sabes muy bien que no tolero el egoísmo. Discúlpate ahora mismo.

La chica bajó la cabeza un tanto avergonzada y susurró de mala gana un «perdón» poco sincero, que la instructora dio por válido.

–No tengo por qué explicar mis actos, pero lo haré porque quiero. Todos sois excelentes bailarines, lo repito. Sin embargo, a Cnosos sólo pueden ir los mejores. Lerna lo es, y eso es algo que sabéis, lo reconozcáis o no. Y su pareja, con quien se siente más cómoda, es Aristes, que está al nivel de cualquiera de vosotros. No hay más. Olvidad cualquier sospecha de favoritismo. El honor de Tirinto está por encima de mis afectos y de vuestros intereses personales. Así os lo he enseñado.

Todos asintieron con frágil convicción, respetuosos con el discurso de Glaia. Ya sabes cómo son los jóvenes: de corazón ardiente y alocado, dispuestos a oponerse a lo establecido y a competir entre ellos por los mejores trabajos. Una actitud necesaria, hasta cierto punto, pues fomenta el afán de superación. En cualquier caso, la mujer sabía manejarlos si se excedían en su acaloramiento, pues siempre acababan plegándose a su voz autoritaria.

Sólo Lerna callaba cuando sus compañeros estallaban en aquellas discusiones orgullosas. Cuando todos gritaban y discutían, ella simplemente se esforzaba más en los ejercicios. Le parecía que combatir en verborrea y ego era una pérdida de tiempo, que el esfuerzo marcaba la valía de alguien mucho mejor que alardear. Quizá por eso Glaia la miraba más a ella que a sus otros alumnos.

La instructora los despidió con el saludo oficial de la academia, posando la mano abierta sobre el corazón de cada uno de ellos. Marcharon al fin, pensando en olvidar el mal trago con el divertimento del clásico baño en el río o tal vez en la taberna. Incluso Aristes volvió al puerto para ayudar a sus padres a descargar el pescado que habrían atrapado por la mañana. Se iba contento, cantando una canción cuya letra improvisaba y parando a todo aquel con quien se cruzaba para darle la gran noticia de que, en unos días..., ¡viajaría a Cnosos!

Pero Lerna se quedó en la arena. A pesar de que debería estar tan contenta como su compañero, por alguna razón no se sentía satisfecha. Glaia la observaba con expresión entristecida.

–Sé que no sueles ir con el resto a divertirte, pero hoy sería un buen día para empezar a cambiar tus costumbres. Tienes mucho que celebrar, hija –le comentó, tras acercarse a donde la muchacha había reiniciado los ejercicios.

–Ya habrá tiempo para eso cuando regrese de Cnosos –respondió, tras realizar un salto hacia atrás sobre el toro falso–. Ahora debo seguir preparándome.

–Hace tiempo que estás más que preparada.

–Yo no lo siento así...

–Por supuesto que no. ¡Has cambiado tanto! Recuerdo todavía a aquella muchacha a la que la alegría se le derramaba con cada risa y cada movimiento. Nunca imaginé que esa luz se extinguiría, no haciendo lo que tanto amas. Pero mírate ahora, apenas sonríes ya.

Aquellas palabras eran tan certeras que emocionaron a Lerna. Dejó caer los brazos a los costados, se le quitaron las ganas de seguir con sus ejercicios.

–Me siento confusa, Glaia –reconoció al fin–. Todo a mi alrededor parece tan... irreal. Como si no tuviera sustancia. O tal vez sea yo quien me esté convirtiendo en un fantasma.

–No creo que te esté ocurriendo tal cosa. Sencillamente, tu alma desea más de lo que esta tierra puede ofrecerle. A algunas personas, el mundo se les queda pequeño.

Lerna no supo qué responder. Le parecía un análisis muy acertado de los fuegos que bullían en su interior. Como siempre que estaba con Glaia, sintió que el muro tras el que guardaba emociones y pensamientos se resquebrajaba. Trató de resistir lo que consideraba una debilidad, pero la verdad era que en el fondo lo que más deseaba era abrirse, que alguien le dijera qué debía hacer.

–Los dioses te sonríen, hija mía, aunque tú no lo veas. Te desvelaré algo que no quería decirte todavía, para no aumentar tu nerviosismo. A primera hora ha llegado un mensajero de Cnosos. Por lo visto, el solsticio será una festividad más importante de lo que imaginábamos. Resulta que el joven príncipe Starn, el tercer hijo del minos, regresó hace unos días tras su formación en Egipto. Su padre ha ordenado que las celebraciones recaigan en su honor, por lo que todo será más fastuoso.

Desde luego, era una noticia muy relevante. Si la fiesta del verano ya congregaba a infinidad de visitantes, con aquella excepcionalidad la afluencia sería mayor si cabe.

–La arena rebosará de público –añadió la instructora–. ¿Qué mejor oportunidad para brillar como sólo tú sabes?

Lerna asintió con la cabeza, aunque no mostró ninguna alegría. Porque no la sentía. Que asistiera más o menos gente..., minucias. ¡Bah! No le reportaba emoción alguna. Ella no bailaba para los demás. Sólo lo hacía para sí misma.

–¿No estás contenta? –cuestionó Glaia.

–Claro que lo estoy –respondió, tratando de esbozar una sonrisa que le quedó falsa.

–La mentira no es algo natural en ti –la reprendió la profesora–. ¡Déjate llevar, olvida tanta reflexión! Eres la bailarina más querida por todos y cuando dances en Cnosos serás famosa. Te querrán allí, te adorarán y, si así lo deseas, jamás volverás a esta tierra apagada. ¿Qué más necesitas para ser feliz, Lerna?

La joven se limitó a sacudir la cabeza. Sólo un rato después, cuando al fin decidió regresar a su casa, le surgieron palabras de la boca:

–Ojalá lo supiera. Ojalá.

6

La comitiva, encabezada por la familia del rey al completo, ya se hallaba en el patio central. Desde allí partiría hasta el teatro al aire libre situado fuera del palacio, junto al Camino Real del norte.

Y en la plaza, al fin, Starn se reencontró con su otro hermano, Tríome. Se besaron en las mejillas, como era costumbre en Creta, y luego se justificó por haber estado ausente desde el día de su regreso. Según aseguró con gran énfasis, había participado en la cacería de un toro salvaje que llevaba semanas atemorizando a los habitantes de las aldeas cercanas.

–¡Ah, hermanito, ha sido épico! –El menor de los príncipes agrió el gesto de los labios; siempre había odiado que Tríome lo llamara «hermanito», pues lo hacía con un aire de superioridad que rayaba el desprecio–. Seguro que podrías componer una canción que resonara por todas las eras. ¡Esa bestia medía el doble que un hombre! Su piel era de un marrón que casi parecía rojo, y sus cuernos, lanzas de marfil.

Por el tono con el que hablaba, Starn habría pensado que no hacía más que bravuconear. Pero la verdad era que los bóvidos machos que poblaban Creta parecían montañas vivientes.

–Logramos acorralarlo en el campo de olivos del Llano del Ciervo –aseguró, mientras se mesaba las trenzas castañas de las que tan orgulloso estaba, pues el cabello claro no era común entre los cretenses–. Fue entonces cuando su mirada quedó inyectada de sangre, por la ira. La posó en nosotros y, tras rascar la tierra con sus pezuñas traseras, embistió. ¡Los terrones secos saltaban ante el ímpetu de su cabalgada! ¡El suelo temblaba como no lo había hecho desde el Infausto Temblor! Juro por la Gran Madre que de sus ollares surgía fuego.

Starn entornó los ojos al escuchar aquello. Esta vez, sí. Ahí estaba, esa fanfarronería tan típica de su hermano mediano. Desde luego tenía alma de narrador de cuentos. Lástima que éstos siempre tuvieran el mismo final, con un Tríome salvando la situación de manera heroica y poco creíble.

–Los cazadores que me acompañaban recularon unos, se apartaron otros. ¡Pero yo no, Starn! Me mantuve firme, soportando el enloquecido mirar de la bestia. Aferré con fuerza la lanza y, recordando mis días de danzarín sagrado, aguanté la posición. Su aliento ya inundaba mis sentidos, y sólo entonces salté por encima. Me dejé caer sobre su lomo y cabalgué sobre lo que se me antojó una tormenta desbocada, terrible y destructora. Sin embargo, resistí, gracias a que crucé el venablo entre las dos astas. ¡Ah, cómo me hacía bailar, a un lado y a otro! Hasta que al fin su ímpetu decreció lo justo para sujetarme con las piernas y hundirle la jabalina.

–Fue un momento glorioso –se atrevió a intervenir Glauco.

La fina voz que surgía de sus labios destilaba admiración absoluta hacia su señor. Era un muchacho poco mayor que Starn, de aspecto y atavíos siempre refinados. Si los cretenses eran pulcros por naturaleza, aquél rebasaba cualquier límite establecido. No podía negarse que era hermoso, con los cabellos ensortijados y la esbeltez de sus facciones.

–Un relato grandioso –asintió Starn, tratando de disimular su escepticismo.

–¡Y pronto será más que eso! Ya he llamado a Téctamo, el muralista real. Con el beneplácito de padre le he encargado que pinte un fresco en el propileo norte que inmortalizará la hazaña.

Starn lo felicitó por ello, aunque en su interior no dejaba de pensar lo triste que resultaba su ego desmedido. Una causa más por la que dejó de insistir pronto en recuperar cualquier relación con él. Pues, aunque Partolón era igual de orgulloso, cuando estaba con su hermano menor dulcificaba las formas.

Pero las bravatas de Tríome no pasaron de ser una anécdota en comparación con lo que estaba por venir. Un chiquillo, de tez rubicunda y la cabeza afeitada como era común en los niños, interrumpió la conversación de los dos hermanos. Se echó encima del más joven, arrancándole una larga carcajada.

–¡Tío Starn!

–¡Rudraige! ¡Por la Luna y el Sol! ¡Cuánto has crecido, sobrino!

Deseó tomar en brazos al hijo de Partolón, pero había crecido demasiado para algo así y seguro que no le habría gustado. En lugar de eso, se puso en cuclillas y le habló a la cara, con la complicidad que siempre había tenido con él. Al fin y al cabo, sólo ocho años los separaban. Casi lo tenía más por un hermano menor.

–Te he añorado, tío Starn.

–Y yo a ti, pillastre. Me he aburrido mucho sin poder jugar contigo.

–Todos te hemos echado en falta –dijo entonces una voz grave y femenina, cargada de sensualidad.

El príncipe levantó el rostro. Apartó la mirada del niño para posarla en una mujer. Resultaba complicado contener los impulsos del cuerpo en presencia de Delgnat. Su belleza era muy distinta a la de la señora de Labyrinthos, cierto, aunque no menor. Donde Ariaghne destilaba pureza, la esposa de Partolón ofrecía auténtico deseo. Y también artificio, a qué negarlo. Ninguna dama en toda Creta lucía collares de oro ni brazaletes engarzados tan ostentosos como los suyos.

–Tanto como yo a vosotros, cuñada –asintió Starn, procurando no mostrar anhelo alguno en su mirada.

Ella, sin embargo, era plenamente consciente del efecto que causaba en los hombres. De hecho, el príncipe estaba convencido de que le gustaba hacerse ver, atraer, provocar el apuro en otros. Eran sus armas, que manejaba con la misma destreza con que un habilidoso púgil movía los puños. Se acercó hasta el joven, tanto que éste se sintió ofuscado por la intensidad del aroma a flores de iris que despedía su perfume. Resultaba agradable a la par que sofocante.

La sangre divina de Posidón también corría por sus venas. Su madre guardaba un cercano parentesco con Sear, lo que le había servido para vivir en la corte de Cnosos con la esperanza de desposarse con alguno de los hijos del minos. El objetivo de su familia –que Delgnat hizo propio a muy temprana edad– se vio cumplido con creces cuando quedó claro que los reyes no tendrían más descendencia que los tres varones y que, por tanto, no habría hermanas para perpetuar el linaje. En esos días se acordó su matrimonio con el heredero y su futuro como señora de Labyrinthos, un honor que inflamó su orgullo hasta cotas muy altas.

Delgnat estiró el brazo y, con un descaro que en ella resultaba acostumbrado, posó la mano en la mitad del torso que el cruzado de lino de Starn dejaba al descubierto, en el lado opuesto del que colgaba la lira. Recorrió el musculado pecho, obligando al joven a hacer auténticos esfuerzos para reprimir un escalofrío.

–Veo que la hermosura es cosa de familia –comentó la princesa consorte, haciendo gala de una desvergüenza impropia hasta de los cretenses, que tan efusivos eran en el trato–. Diría incluso que mejora en cada generación.

–Ni siquiera delante de tu hijo te reprimes ya –intervino Tríome, con gesto asqueado.

Pero no fue Delgnat quien levantó la voz ante tal comentario, sino Partolón, que se había acercado hasta ellos justo en ese momento.

–¿Cómo te atreves a insultar a mi esposa?

–Tal vez si se comportara...

Y así se inició una nueva discusión entre ambos. Starn comprendió entonces que Ariaghne no había exagerado un ápice cuando le insinuó que la relación entre los dos hermanos había empeorado. Avergonzado por el cariz que empezaban a cobrar los insultos, el menor de los príncipes trató de poner paz. No le resultó sencillo, y sólo una autoritaria orden de la reina refrenó la contienda dialéctica.

–¡Dejad de insultar a la Diosa con vuestras afrentas!

Tríome se apartó de mala gana. Partolón también se retiró.

Pero allí quedó Delgnat. Seguía mirándolo con un ligero brillo de lascivia en los ojos... y una sonrisa triunfante en los labios.

* * *

La sombra del rey de Cnosos se alargaba bajo el sol de mediodía. La diadema de plata refulgía entre las flores de lis con la que había sido adornada. Envuelto en telas púrpura, grave en su pose, Starn pensó una vez más que no existía hombre bajo el cielo más digno que su padre. El amor del hijo se mezclaba con la admiración de un súbdito rendido, pues, aunque los gobernantes de la capital de Creta siempre se mostraron elogiables, ninguno de ellos se había ganado el cariño de los suyos como Sear. Si la grandeza de un pueblo se medía por la fortaleza de su rey, sin duda los cretenses eran los más afortunados.

Frente al acceso al santuario –al sur de la sala del trono–, bajo la atenta mirada de su pueblo, el minos dio inicio a las celebraciones. Junto a él, las dos sacerdotisas mayores y, en torno a ellos, los doce sabios formaban un círculo. Todo era solemnidad; ninguna voz osó surgir de boca alguna mientras el monarca acercaba la tea al pebetero sagrado. No lo prendió, no todavía. Primero, con el fuego sobre su cabeza, leyó la inscripción grabada en el borde de la cóncava superficie exterior del recipiente. En realidad, la recitó de memoria. No había hombre, mujer o niño entre los presentes que no la tuviera cincelada en el alma.

–El firmamento se mueve. Las aguas se mecen. La tierra tiembla. Nada permanece quieto, salvo el amor de la Diosa por sus hijos fieles.

–¡La Gran Madre nos ampara! –corearon las sacerdotisas.

–¡La Gran Madre nos ampara! –repitieron los cientos de asistentes.

Sear volvió a tomar la palabra. Y recitó. Y cantó.

¡Oh, suprema Gran Madre, te saludamos!
Omnipresente eres, a la cabeza de los dioses.
Acude en esta celebración y recibe con placer nuestro cántico;
lo tejemos para ti con liras y flautas,
en torno a tu casa amurallada.
Yo, minos de la Casa del Hacha, renuevo tu llama.
¡Tuyos somos y a ti pertenecemos!

La antorcha descendió. Lenguas de fuego brotaron del aceite, iluminando el rostro del rey. Pero Starn sabía que la ceremonia apenas había comenzado.

–¡Te ofrecemos ahora los frutos que, por tu gracia, hemos conseguido esta temporada! –vociferó entonces Ariaghne, pues, como encarnación de la Diosa, suya debía ser la última palabra.

Partolón, primogénito del monarca, entregó a su padre una jarra repleta de hidromiel. Éste derramó parte del caldo en el pebetero, cuidando de no apagar las llamas. Luego bebió un buen trago, pues si la primera cata correspondía a la divinidad, la segunda, sin duda, debía ser saboreada por su hijo preferido.

Las acólitas de las religiosas, muchachas especialmente elegidas por su devoción e instruidas en los misterios secretos, se acercaron trayendo consigo un gran toro. El animal, negro tal que el ónice y con los cuernos pintados de rojo, se mostraba dócil. Había crecido en la calma de los corrales sin que jamás le faltara comida y, a diferencia de sus parientes salvajes, no había tenido que enfrentarse a peligro alguno. No conocía el miedo y por tanto era ajeno a la desconfianza hacia sus portadores. Elegido entre los mejores vástagos del minotauro, el bóvido que el minos adoptaba cuando tomaba posesión del trono tenía reservado el final más honorable. Al fin y al cabo, la criatura pertenecía al linaje de Posidón, tal como cantaban los poemas.

¿No los conoces, mi buen compañero de penurias? Por supuesto que no, qué cabeza la mía. Hace décadas que ya nadie recita esas historias. Deja que te resuma los cuentos originales: según se decía, un antiguo príncipe pidió ayuda al Dios Cornudo para suceder a su padre por delante del favor de sus hermanos. El consorte de la Gran Madre atendió las súplicas e hizo nacer un maravilloso toro blanco de entre las olas del mar, con las que fertilizaba a la tierra. Como gesto de agradecimiento, el príncipe prometió sacrificar a uno de los hijos del bóvido si se convertía en minos. Así ocurrió al fin. Y desde entonces cada rey de la Casa del Hacha elegía el mismo día de su coronamiento a un descendiente del toro divino para que consagrara su reinado.

Hermoso relato, ¿verdad? Quién sabe, quizás haya algo real en él, nunca me atrevería a negarlo. ¿Es que acaso las fábulas no surgen de acontecimientos verídicos? Sin duda se desvirtúan con el correr de los años. Pero, si uno es capaz de ver más allá, descubrirá que siempre queda algo veraz, un remedo del pasado.

Regresemos ahora a la historia principal antes de que me desvíe del todo. Una de las religiosas colocó una crátera debajo de la cabeza del animal. La más anciana, sacerdotisa mayor de Cnosos, tomó la *labrys*, el hacha doble ceremonial, tan grande como un hombre. No resultaba fácil de manejar, pero aquella mujer contaba con la experiencia de sus muchos años al servicio de la Diosa. Uno de los filos estaba rodeado de ribetes de oro, pues representaba a la tierra del mismo modo que el otro, adornado con plata, simbolizaba las aguas de Posidón. El borde dorado rozó la garganta de la bestia, que ni siquiera notó el corte. La sangre manó de inmediato, oscura como el vino, y comenzó a llenar el recipiente. Al fin, el toro perdió sus fuerzas. Se le doblaron las patas luego de un débil mugido y, tras arrodillarse, cayó de costado sobre el blanco enlosado, que pronto se volvió rojo.

Las dos religiosas ofrecieron el cuenco al minos. Sear lo recibió entre sus manos para acto seguido verter de nuevo un poco en el sahumador mientras realizaba una nueva proclama:

–¡Que la simiente de Posidón te llene una vez más, Gran Madre, y gestes nueva vida para nosotros!

Era aquella petición reflejo de las más profundas creencias cretenses: que el Dios Cornudo, dueño de las aguas, envolvía a la amada esposa con el abrazo de los mares y penetraba en su carne formando ríos, preñándola de vida para que ella diera a luz ricas cosechas, animales sanos y niños alegres.

Luego Sear bebió lo que quedaba en la escudilla. Cerró los ojos, levantó el rostro al cielo y sonrió antes de gritar:

–¡Que tu sueño sea plácido!

–¡Que tu sueño sea plácido! –repitieron los asistentes

Y así concluyó aquella parte de la celebración.

* * *

El sol resplandecía ya muy alto cuando se inició la procesión, que partió en filas de cuatro hacia el teatro al aire libre donde tendrían lugar los juegos taurinos. Los participantes, nobles llegados de las villas cercanas al palacio, formaron un ciempiés que se adentró en el corredor norte.

El viento ondeaba las banderolas de los estandartes, otorgando movimiento al escudo de doble lóbulo que representaba a la familia real. El minos y la señora de Labyrinthos caminaban al frente, tomados de la mano, parapetados por las dos sacerdotisas. Resplandecían ambos, como si estuvieran más allá de la mundanidad. Él, grande en su estampa, gigantesco se diría; ella, sublime en su etérea perfección, fiel encarnación de la Gran Madre: la falda larga, la red sagrada sobre ella y el corsé que ceñía su esbelto talle y dejaba visibles los pechos; alrededor de los brazos lucía brazaletes con forma de serpientes enroscadas, el símbolo de la sabiduría de la diosa; un tocado cubría su cabeza, coronado por la figura de un león. Incluso para Starn, acostumbrado a ver el lado humano de los regentes, le parecía que había algo en ellos que los hacía especiales en comparación con el resto.

El primer heredero marchaba a continuación, ataviado con las más altas galas después de los reyes, tal era su derecho. Partolón portaba el torso al descubierto, al igual que la mayoría de hombres y mujeres. El faldellín corto ribeteado en oro hacía juego con la hermosa corona de iris de la que surgían, cual fuente manando, varias plumas de pavo real de diversos colores. El collar de cuentas de oro caía sobre su pecho moreno y, a su paso, la gente lanzaba flores de lis, con lo que parecía que flotaba entre un campo de lirios. Iba acompañado por su esposa, altiva en cada uno de sus gestos. Y Rudraige caminaba con una formalidad aprendida de una madre que siempre se había tomado más en serio las lecciones protocolarias que las demostraciones de cariño maternal. Junto a él, de la mano, su hermano Laiglin, que con dos años se esforzaba por no tropezar. El más pequeño de los hijos de Partolón, Slanga, que todavía no había cumplido una añada, asistía a su primera festividad en brazos de Topa, su sirviente principal; un hombre de aspecto imponente para lo que era habitual entre los cretenses, habitualmente de escasa estatura. Sin embargo, su característica más llamativa era la mudez. Nadie, jamás, había escuchado cómo sonaba su voz.

Los seguían Starn y Tríome, cuyas vestimentas imitaban a las de su hermano mayor, salvo que más comedidas por el rango menor. Junto al mediano, uno de los doce sabios, Tath. Y a la vera del hijo menor, el más anciano del grupo de eruditos, consejero principal de Sear: Bacor.

Bacor, mi querido Bacor. Mi abuelo. Cuando pienso en él me inunda la nostalgia. Era un gran hombre, de los mejores que han pisado este mundo, y también de los más sabios. Un padre para mí cuando me faltó el verdadero, un maestro y un amigo, del mismo modo que lo fue para Starn. Quizá porque, a diferencia de otros instruidos, se mostraba cercano, sin pizca de soberbia.

–¿Has echado de menos todo esto? –le preguntó, con un susurro apenas audible; el anciano no era tan estricto con las normas como otros de sus iguales, a los que jamás se les ocurriría romper el silencio que se espera de una procesión.

–Las fiestas egipcias son muy interesantes –respondió el príncipe–, pero sí, nada como las costumbres de la tierra donde uno nace. Aunque he tenido que irme lejos para comprenderlo.

El consejero lo miró de reojo y sonrió.

–Ésa, sin duda, es la mejor lección que podía brindarte tu viaje.

Accedieron a la sala de los pilares, el inmenso vestíbulo que precedía a la Puerta Norte. Desde allí partía la calzada que, más adelante, se unía al Camino Real. Pero la comitiva se detuvo antes, en una zona empedrada flanqueada por dos rampas de escalones y un edificio rectangular. En la parte superior, el espacio abierto donde se realizaban representaciones rituales, tertulias de los doce sabios o recitales. Aquel día, sin embargo, se había alzado un cercado de tablas y en el centro se había extendido una capa de arena prensada que varios operarios todavía rastrillaban cuando la familia real tomó asiento en el palco erigido para la ocasión. Los espectadores comunes se situaron en las gradas construidas a dos alturas, mientras otros observarían desde los muros de piedra que rodeaban el empinado teatro. Por último, algunos de los asistentes prefirieron la cercanía con el ruedo, pues se encaramaron a la empalizada.

–Va a ser una gran faena, lo huelo en el aire –dijo alguien a sus espaldas.

Reconoció la voz de Ith, uno de los más destacados escoltas de Partolón. Su historia era, desde luego, curiosa. ¿Recuerdas que te la conté? Él fue el niño al que el heredero de Sear había derrotado en aquel duelo de púgiles. El padre de Ith lo hubiera despreciado por rendirse de no ser por la mediación del hijo mayor del minos, quien lo acogió como amigo y le devolvió con ello el honor. Desde entonces, nadie en Cnosos fue tan leal a Partolón como Ith.

Starn se volvió y le sonrió. Advirtió que estaba con su hijo, Calio, que había heredado la complexión robusta de su padre. Era la viva imagen de éste a su edad.

–Esperemos que así sea –dijo Starn–. Echaba en falta todo esto.

–Sí, en Egipto no saben divertirse como nosotros –le devolvió la broma Ith.

Las trompas rasgaron el aire con su poderoso cantar, como si de una lluvia de jabalinas de plata se tratara. Pero fue el retumbar de los tambores lo que dio inicio a los festejos, un poderoso batir de las manos contra las pieles estiradas de los instrumentos que arrebató los corazones de los presentes.

Y el más exultante era Starn.

El público detuvo su algarabía y prestó atención al minos, que se había erguido de su asiento para dar el beneplácito a la celebración. Lo hizo como marcaba la tradición: lanzando una rama de olivo a la arena.

–¡Pueblo de Cnosos, disfrutad de este día sagrado! –vociferó–. ¡Que nuestra alegría llegue a oídos de la Gran Madre, que de todo nos surte!

La bienvenida del rey dio paso a los verdaderos protagonistas del evento. Un grupo de veintiséis jóvenes entró en la plaza. Eran los bailarines del toro, adolescentes que se habían preparado para aquel momento durante el año. La mayoría, siete varones y otras tantas féminas, eran atenienses, tributos que aquella ciudad enviaba cada año para honrar un antiguo pacto de amistad que se perdía en los tiempos.

¿Cómo? ¿Que deseas saber también el origen de esta tradición? Puedo contártelo sin problema alguno. Bacor me la enseñó durante mi primera infancia, así que, aunque no poseyera la memoria colectiva, la recordaría. Sea, pues. Se produjo una guerra entre Atenas y Creta siglos antes de la historia que nos entretiene. Un estúpido malentendido, como suele ser habitual, a cuenta del desagravio que causó que un isleño venciera en unos juegos en la ciudad del norte. El conflicto se dirimió con victoria para los cretenses, y el tributo que ofrecieron los derrotados, aconsejados por un oráculo, fue la entrega de los siete jóvenes más vigorosos y las siete muchachas más hermosas al minos correspondiente. Según el acuerdo, bailarían frente a los toros igual que lo hacían los cretenses, como acto de sumisión. Con el transcurrir de los años tal obligación se tornó en honor.

El mismo Starn tenía sus dudas sobre la autenticidad de esta historia. La idea de que Cnosos se hubiera visto envuelta en una guerra le resultaba tan antinatural...

Pero en ese momento otra media docena de danzarines aparecían en la arena; procedían de las colonias y ciudades que rendían alianza a la Casa del Hacha, como Argos, Pilos o Tirinto. Venían con la idea de formar parte de una tradición alabada en sus regiones, una participación que por sí misma ya suponía un regalo para ellos. El resto eran cretenses, no todos ellos ilustres, pues los juegos estaban abiertos a cualquier muchacho siempre y cuando demostrara cualidades durante su adiestramiento.

Los participantes se situaron en el centro y saludaron a la concurrencia. Eran jóvenes en el mejor momento de sus vidas, de cuerpos tan perfectos que parecían esculpidos por la misma Diosa. Tanto ellos como ellas vestían sólo un taparrabos, con el torso al descubierto y los pies descalzos. Sus pieles, morenas, brillaban a la luz del mediodía gracias a la pátina de aceite que los cubría. El público los aplaudió, ensalzándolos como héroes incluso antes de su actuación. Ser un danzarín del toro era la mayor honra que cualquier cretense podía alcanzar durante su juventud, un recuerdo que llenaba de orgullo por muchos años que pasaran.

El príncipe menor fue uno de los que más ovacionó a los bailarines. Sin embargo, interrumpió el batir de palmas cuando el grupo de acróbatas se acercó para mostrar sus respetos a la familia real. La mirada se le quedó prendada en una de las muchachas forasteras. No fue el tono del largo cabello lo que atrajo su atención, pues aquel azabache era común entre los nacidos en las tierras conocidas; ni el talle esbelto ni las suaves curvas que ondulaban la, en apariencia, delicada figura; sus pechos no eran muy grandes, y desde su posición no alcanzaba a apreciar los rasgos de su rostro. ¿Qué, entonces, arrebató la atención de Starn? Todo. La conjunción de cada elemento por separado formaba algo superior de lo que no fue capaz de evadirse.

Respiró hondo, y luego lanzó un suspiro.

7

Aquella muchacha que conmovió a Starn era, como imaginarás, nuestra ya conocida Lerna. ¿Cómo fue para ella presentarse ante un público tan fervoroso? Retrocedamos un poco para saberlo, sólo unos instantes. La jornada estaba a punto de empezar. Los gritos de la muchedumbre en las gradas se colaba entre las paredes de madera hasta alcanzar los vestuarios. Allí, los bailarines del toro terminaban de preparar sus atuendos, de calmar los temores.

Lerna estaba entre ellos, pero apenas si los atendía. Su atención se centraba en trenzarse la cabellera y sujetarla con tiras. Se aseguró de que no quedaba ni una hebra colgando, pues eso podría resultar una fatalidad. Más de un danzarín había visto sus cabellos enredados en el asta de un toro, sin poder reaccionar hasta ser demasiado tarde. Y tarde era muerte en un ruedo.

Muerte. Muerte. Pensar en evitarla era un acto reflejo, sobre todo teniendo en cuenta la decisión que Lerna había tomado unos días antes. En realidad, ya no quería escapar de ella. Sabía que su tiempo se acababa; aunque no se lo anunciaron directamente, sus padres habían empezado a contactar con algunos de los pretendientes que deseaban desposarla, y sospechaba que, tras el solsticio, le anunciarían que debía contraer matrimonio sin falta. Y ella no podría oponerse, tal era la ley. Entonces todo se arruinaría. Habría de dejar la danza y sumirse en una vulgar sucesión de días.

Lloró mucho, siempre en el silencio de la noche o durante los paseos por la playa. Pero su convicción se afianzó entre las lágrimas y urdió una estrategia propia: no se rendiría a las convenciones absurdas, no estaba dispuesta a ceder su carne y su vida a un varón cualquiera. En lugar de ello, había decidido entregarse a la

Diosa en el escenario más grandioso del mundo. Bailaría como nunca lo había hecho, sin precauciones, vaciándose por completo, bordando una actuación que se recordara durante generaciones sin fin. Arriesgaría cuanto pudiera y más para, al final, ofrecerse en sacrificio. Permitiría que el toro la atrapara.

Sí, aquella tarde, Lerna moriría. O ésa al menos era su intención.

Asumido su destino, feliz de ser ella quien lo eligiera y no otros, tenía el alma serena y abierta a otras sensaciones. Todavía le quedaba gran parte del asombro que había sentido al avistar Cnosos por primera vez. La muchacha había crecido escuchando los relatos de los comerciantes que negociaban con su padre; hablaban de las maravillas de la Casa del Hacha, pero siempre creyó que tales comentarios eran exageraciones. ¿Un palacio tan grande como una ciudad, que ocupaba toda una colina? Debemos disculpar la incredulidad de Lerna, amigo mío, pues vivía en una tierra que no conocía los lujos, sólo el duro y humilde trabajar. Su mente no podía albergar, todavía, tanta grandeza.

Por eso, cuando tuvo ante sus ojos los pórticos y balcones de Cnosos, descendiendo por la ladera del cerro en terrazas, se quedó sencillamente sin habla, embobada.

Y todo ello a pesar de que ni siquiera había entrado en la ciudad.

Los encargados de preparar la danza los condujeron por el camino del norte y los dejaron en los aposentos del teatro preparados para los bailarines. Allí, agotados por el viaje, los jóvenes forasteros trataron de descansar y recuperar las fuerzas gracias al ágape con el que Cnosos los agasajaba, en consideración a su actuación.

Sin embargo, tras saciar el hambre lo justo –resultaba peligroso bailar con la barriga demasiado llena–, Lerna decidió salir. Largo rato contempló la inmensidad del palacio, sus muros, los cuernos superiores que podrían pasar por algo similar a almenas, las columnas de rojo vivo... Se sentía como una niña pequeña, tosca, que de repente hubiera descubierto lo insignificante que había sido su mundo hasta ese momento.

* * *

Pero el instante decisivo se acercaba y no era bueno que las poderosas impresiones vividas debilitaran su percepción. Mientras esperaba, sentada en la antesala de la arena, cerró los ojos y dejó que la algarabía exterior colmara su cabeza. Era adecuado, así cuando saltara fuera estaría preparada para los gritos y éstos no conseguirían sofocarla. Al mismo tiempo, buscó calmar cualquier tribulación que afligiera a su espíritu. Cruzó las piernas, dejó reposar los brazos sobre las rodillas y aspiró profundamente siguiendo las pautas de purificación que le habían enseñado desde niña.

Y recitó la oración.

–Mi amada Madre, señora de lo próspero y lo amable, del arrojo y la fuerza, de la vida y la muerte, escucha mi petición, la petición de una hija y sierva; derrama sobre mí, si me consientes digna, tu favor; abrázame cuando baile para ti, si la danza te conmueve; yo soy tu sacrificio, mi cuerpo te ofrezco, mi espíritu te entrego; haz de mis pasos los tuyos...

Las voces risueñas de los otros bailarines rompieron su concentración. Cuchicheaban como las viejas que se reúnen en coro para cotillear. Las chicas cretenses no dejaban de hablar de ese príncipe Starn, de lo guapo que era y, sobre todo, de cómo impresionarlo para que se fijara en ellas. Las forasteras se apuntaron pronto a aquellas habladurías coquetas.

–Dicen que es músico, que toca la lira con una delicadeza sin parangón –murmuró una–. ¿Os imagináis con qué destreza recorrerá el cuerpo de una mujer?

El comentario provocó una oleada de carcajadas.

–Pues dicen que, ahora que ha vuelto a la Casa del Hacha, buscará esposa con la que formar su propio hogar –dijo otra.

–No me importaría que se fijara en mí para esa tarea. Con gusto consentiría en ser su mujer.

–¡Tú y todas!

Al abrir los ojos de nuevo, Lerna miró con reprobación la fría veleidad de las muchachas. ¿Eso significaba para ellas el baile?

¿Una simple excusa para encantar a los hombres? ¡Cuánta ligereza! Qué impropio y qué vulgar.

Decidió apartarse más. Tampoco es que ninguna se mostrara interesada en conversar con ella. Desde que pisó Creta se había mantenido distante con sus compañeras. Sólo toleraba a su lado a Aristes, que ya estaba acostumbrado a su carácter frío. Junto a él, realizó los ejercicios de calentamiento con los que poner a punto su agilidad y elasticidad. Era una especie de ritual que ayudaba no sólo al cuerpo, sino también a la mente, que de este modo se entretenía ante cualquier posible temor.

Sí, porque incluso para alguien tan entregado como Lerna el primer paso con el que se cruzaba el portón de salida a la arena era un acto de voluntad supremo. Allí, bajo el cielo y las proclamas del público, les esperaba la gloria o la muerte. Quizás ambas. Y no era un plato de fácil digestión.

De hecho, hubo quien no pudo soportarlo. O tal vez fuera el destino, actuando bajo sus caprichosos designios. Se fijó en los dos bailarines cretenses que habían sido elegidos para protagonizar el acto final. Dos chicos, uno de los cuales estaba sentado en el suelo, agarrándose el vientre, mientras el otro lo miraba con frustración.

–¿Te pones enfermo ahora? ¿Justo ahora? –recriminaba al que estaba de rodillas.

–Es el estómago... Me duele... –trató de justificar el otro, balanceándose hacia delante y hacia atrás como si eso pudiera aliviarlo.

–¡No, no te duele! ¡Maldita sea, sólo son los nervios!

Lerna sintió pena por el muchacho. Su compañero tenía razón: aquella repentina dolencia nada tenía que ver con un mal físico. Sencillamente, el miedo lo había paralizado, rebelándose, adoptando la forma de un dolor que no era tal.

Al final no tuvieron más opción que hablar con el maestro del ruedo. El hombre, un anciano que a pesar de su avanzada edad era robusto como los toros que trataba, decidió que el joven no estaba en condiciones de saltar a la arena. Se mostró decepcionado durante un instante, pero con toda probabilidad ya había pasado antes por situaciones similares y reaccionó con rapidez: ordenó al compañero del chico enfermo que se uniera a una de las parejas cretenses, en un trío, pues había entrenado con ellos y conocía sus movimientos. Sin embargo, eso dejaba vacío el acto final. El más difícil y comprometido; con el toro más peligroso.

–¿Alguien desea ocupar ese puesto? –preguntó el maestro.

Nadie habló. El honor era grande, tanto como la presión que habría de recoger sobre las espaldas quien decidiera presentarse voluntario. El éxito convertiría en leyenda a quien se enfrentara al reto, pero el fracaso podía significar caer en desgracia... o perder la vida.

Y eso fue lo que hizo que Lerna diera un paso al frente.

–Yo lo haré.

* * *

Terminados sus ejercicios, la muchacha y su compañero se acercaron hasta el ánfora que había en un rincón, repleta de aceite perfumado. Hundió las manos en el líquido dorado y, cuando las sacó a la superficie de nuevo, era como si una segunda piel hubiera cubierto la antigua. Se extendió el óleo por todo el torso, abarcando el cuello, vientre, pechos y pezones; se embadurnó con esmero cada palmo hasta que toda ella fue como una estatua de bronce. El toque final, para conseguir que sus dedos no resbalaran cuando los necesitara, fue vendarse primero y luego enarenarse las palmas con polvo de caliza.

El ruido de los aplausos y el barruntar de las trompetas les indicó que casi era la hora. Una voz se alzó cuando el jaleo se desvaneció.

–¡Pueblo de Cnosos, disfrutad de este día sagrado! –escuchó–. ¡Que nuestra alegría llegue a oídos de la Gran Madre, que de todo nos surte!

Los mozos abrieron las puertas. Al fin. A partir de entonces ya no hubo lugar para las chanzas ni las fruslerías insensibles. Los danzarines, todos ellos serios y conscientes de que era su momento, salieron a la arena. En el primer instante, el sol cegó a Lerna, así que le llegó antes el clamor del público que la visión de las banderolas y pañuelos multicolor que revoloteaban en las gradas. Pero pronto se acostumbró a la brillante luz. Quedó sobrecogida por la rebosante efervescencia de aquella marea de cabezas. Levantó el rostro hacia los asientos y no vio a ser alguno que no bullera de excitación, diera palmas, aclamara o saltara. Aquélla era la plaza más grande y concurrida en la que había actuado. Sobrecogía. Había tantas almas pendientes, tanta emoción que brotaba hacia ella...

Dejó que toda aquella pasión la embargara. Era preciso: un suspiro para sentir, sólo un par de latidos antes de recuperar la compostura y tomar de nuevo el control de la situación.

Tras inclinarse hacia el público desde el centro, los bailarines desfilaron hacia el lado opuesto por el que habían surgido. Allí, en el palco, tal y como les habían explicado los ujieres, estaba la familia real, con el minos de Cnosos a la cabeza. Ante él se detuvieron para ofrecer el saludo protocolario. Lerna apenas pudo distinguir un rostro u otro. Pero, aunque la distancia hubiese sido menor, para entonces la joven ya sólo pensaba en el baile que pronto interpretaría.

Pues así es la vida. Es habitual que los momentos trascendentales nos lleguen por sorpresa. Y era justo lo que se avecinaba para la joven y hermosa Lerna. No podía sospechar que su vida estaba a punto de cambiar para siempre, y no como había planeado.

8

Los portones que daban a los establos se abrieron y apareció el primer toro. Tras recorrer el pasillo cercado que conectaba con el ruedo, el animal entró en la plaza sacudiendo la cabeza a un lado y al otro. Era un joven semental, todavía no demasiado robusto, aunque con el ímpetu encendido.

Los cuidadores utilizaban varios métodos para que los bravos, habitualmente tranquilos, se mostraran activos y dieran un buen espectáculo: a algunos les untaban las patas con un ungüento que les producía un fuerte picor, lo que los impelía a no dejar de moverse; otros eran azuzados con ligeros varazos, poco más que estorbos para enojarlos. Allí acababa toda molestia que pudieran sufrir, por supuesto, pues eran animales considerados sagrados, incluso los menos bravíos, y por ello resultaba inconcebible causarles un daño físico verdadero. Cuando terminaban su involuntaria actuación les esperaba una vida plácida, dedicada a pastar y a seguir fecundando, mientras pudieran, a las hembras encargadas de mantener la estirpe divina.

Los danzarines se colocaron tal como habían practicado. La mayoría se situó cerca de la empalizada, tras unas barreras levantadas para protegerlos. Sólo dos quedaron en la arena, dos foráneos, un chico y una chica.

El público había enmudecido por completo, pues hasta el más leve grito de ánimo podía convertirse en distracción para los bailarines. Éstos empezaron a gesticular hacia el animal, el cual no necesitó mucho aliciente para lanzar una primera embestida. La pareja se dividió: el hombre rodeó al bóvido por el flanco, pero éste estaba demasiado ocupado persiguiendo a la joven y no reparó en él. Entonces, ella se detuvo de modo brusco, posicionó los pies y se enfrentó a la bestia. Firme, inmóvil, una estatua de piedra a punto de ser arrollada por una fuerza imparable.

En ese instante de duda, Starn ni siquiera se atrevió a respirar.

Ahora bien, la muchacha había sido bien adiestrada. Justo en el último suspiro realizó un grácil movimiento. Danzó sobre sí misma como una peonza, al mismo tiempo que se apartaba a un lado. Los cuernos del astado pasaron a un palmo de su cuerpo, coincidiendo con el gemido aunado de todo el público.

Los músicos empezaron a tocar una melodía. Las flautas, liras y tambores llenaron el recinto y, al compás de los instrumentos, la pareja realizó un ejercicio de baile elegante en torno al animal. Les sucedieron el resto de danzarines no cretenses. Por turnos, sorteaban al toro, sus pies titilaban sobre el suelo arenoso como el batir de las alas de sendas mariposas. Daba la impresión de que flotaban, de que sus pasos en realidad se elevaban en el aire. Jirones de viento que giraban y saltaban alrededor del cada vez más confuso toro.

Al final, la bestia se hartó de perseguir a aquellas criaturas fugaces como rayos de luz. Se quedó quieta, jadeando, agotada después del infructuoso esfuerzo. Cuando quedó claro que el animal no iba a dar más juego, los mozos abrieron de nuevo la puerta para que volviera a la tranquilidad del establo. El público estalló en nuevos vítores, premiando así el esfuerzo de los bailarines antes de que éstos dejaran paso a otros compañeros.

Las siguientes dos parejas ejercitaron su número frente a un toro blanco moteado de manchas pardas. Demostró más fortaleza que el anterior, lo que obligó a un mayor esfuerzo de los danzarines. Era, además, muy rápido, y en varias ocasiones estuvo a punto de golpearlos. Pero consiguieron esquivarlo siempre, con una destreza que parecía superar lo imaginable. De todos modos, aquel baile no fue gran cosa. El toro pronto dejó de mostrarse participativo, lo que deslució la faena. Cuando el animal se retiró, los muchachos también lo hicieron, cabizbajos ante la tímida ovación del público.

Los dos últimos bailarines se colocaron en el centro de la arena. A Starn le dio un vuelco el corazón al reconocer a la muchacha. Por los rumores que ya se extendían entre el público supo que no era cretense, lo cual resultaba bastante extraño: los foráneos rara vez tenían reservado el último acto.

–Parece ser que uno de los chicos que debía cerrar la jornada no ha podido con la presión y se ha retirado –siseó Tríome.

–Qué deshonor –apuntó Partolón.

Y qué gran oportunidad para aquella joven. El último acto era siempre el que quedaba en la memoria del público.

Así saltó a la plaza Kiroi. Los asistentes compartieron una exclamación de terror ante la aparición de semejante monstruo. Starn calculó que le sacaba dos cabezas al anterior bóvido y que era el doble de ancho. Los cuernos, pintados de rojo en la punta, eran tan largos que bien podrían atravesar el tronco de cualquier olivo joven. Una mole negra, un abismo que hacía brincar la arena con unas pezuñas de hierro que, más que pisar la tierra, la removía.

El nuevo baile dio comienzo. Los jóvenes empezaron a correr formando un círculo alrededor del toro, que los observaba entre mugidos, sin saber muy bien qué hacer. La pareja daba pasos al son de la música, giraban, movían las manos cual olas marinas. Su agilidad y gracia enamoró al instante a los espectadores.

De pronto, el adolescente de mechones rizados quebró hacia dentro en una repentina carrera, buscando el costado de Kiroi, que parecía hipnotizado por la fluida danza de la muchacha. Saltó por encima del lomo y se lanzó de cabeza, recibiendo la arena con las manos y rodando para amortiguar el impacto. Con el mismo movimiento, sin detenerse, se puso en pie antes de que el animal lograra alcanzarle. Volvieron a correr alrededor del toro. El joven repitió el ejercicio en varias ocasiones, apurando cada vez más, sin cometer ningún error. La piel le brillaba por el sudor cuando decidieron dar paso al siguiente acto. El muchacho se retiró, consciente de que ya había pasado su instante.

Llegó el turno de la chica. Sin dejar de mirar al animal, retrocedió hasta la pared de madera, mientras Kiroi arañaba la arena con la pezuña delantera. Starn sintió que el vello del brazo se le erizaba al reconocer el ejercicio que se proponía. El más arriesgado de todos cuantos existían.

–Va a hacer un salto frontal –le dijo a Partolón, sentado junto a él–. La Diosa la ampare.

–¿Preocupado por ella, hermano? –sonrió él, con cierta picardía.

Sí, lo estaba, pero no lo dijo. Aquella cabriola que la bailarina se proponía precisaba de una técnica muy depurada y una ejecución perfecta. No eran pocos los danzarines que, bien en la plaza o en los entrenamientos, habían muerto tratando de realizarla. Por ello sólo los más diestros –y temerarios– se atrevían. El propio Starn había intentado ejecutarla en una ocasión durante un entrenamiento como bailarín y casi le costó ser alanceado.

La acróbata se lanzó a la carrera. Y, como si se tratara de la imagen de un espejo, Kiroi la imitó; bajó la testa y emprendió un poderoso trote. El mundo calló. Starn sintió que el tiempo se ralentizaba, que el aire se volvía denso como la jalea y que la distancia entre cada latido de su corazón se alargaba. Miraba los pasos de la muchacha. Uno. Luego otro. Y otro. Sus zancadas parecían quedar suspendidas antes de apoyar las plantas y elevar una pequeña nubecita de arena.

El príncipe no advirtió que se había levantado de su asiento.

Toro y bailarina se encontraron al fin. Cuando todos creyeron que arrollaría a la chiquilla, ésta realizó lo imposible, lo impensable, lo que ni siquiera Starn habría esperado. Con un rápido giro sobre sí misma le dio la espalda al bóvido, dobló las rodillas mientras abría los brazos en cruz... y saltó hacia atrás. Se elevó y se elevó, por encima de aquellas astas que buscaban cornearla. El príncipe, con los ojos abiertos de par en par, observó cómo la muchacha salvaba aquel primer peligro mediante tan espectacular voltereta. Luego apoyó las manos en la grupa de la bestia, y allí permaneció, cual mástil de una barca navegando por un mar tempestuoso. Kiroi se agitó, se convulsionó violentamente para sacarse de encima aquella molesta pulga, pero no lo logró. Al menos hasta que ella decidió poner fin al ejercicio impulsándose hacia atrás, posando los pies en la arena con la gracilidad de una gacela.

¡Qué momento, viejo amigo! Me arde la sangre tanto como le ardía a Starn, a todo el público. No hubo alma que no se levantara del asiento. Mientras, el resto de bailarines distraía al toro para que su compañera recibiera lo que se había ganado con creces. Los aplausos y las ovaciones eran ensordecedoras.

Starn se unió al jolgorio, incluso por el rabillo del ojo advirtió que su siempre estoico padre daba palmas. ¡Cnosos ardía de entusiasmo! Nunca, desde que tenía uso de memoria, había visto una actuación como aquélla. Y se lo debía a esa hermosa bailarina.

Un nombre estalló en los labios de los presentes.

Lerna. Se llamaba Lerna.

9

Las estrellas perlaban la oscuridad de la noche formando una red de puntos de luz. ¿Podía existir mejor techo para una celebración?

Starn caminaba entre el gentío que se había reunido en el patio central del palacio. Un pensamiento ocupaba su mente, sólo uno. Y ninguno de los conciudadanos que lo paraban para ofrecerle un saludo ni las muchas jovencitas que le tendían una flor para que se fijara en ellas lograron distraerlo. Algo más poderoso lo espoleaba, y no tenía deseo alguno de contenerlo.

El corazón le dio un vuelco cuando, al fin, la encontró. Se había engalanado el cabello con una corona de flores. Jazmines y lirios la señalaban como la gran triunfadora de los juegos. El público la había elegido para que fuera su favorita, honor que atesoraría durante el resto de sus días. Sentada en el suelo, con las piernas entrelazadas, recibía una tras otra las interminables felicitaciones. Le dio la sensación de que una aureola la envolvía, convirtiéndola en un faro en mitad de la bruma; por el contrario, el resto de gente resultaba difusa, rostros desenfocados, eclipsados por la radiante presencia de la muchacha. ¿Qué era aquel influjo? ¿Por qué desde que la vio por primera vez le resultaba imposible apartarla de su cabeza? Sí, para nosotros, que lo contemplamos desde la distancia de las eras, resulta obvio. Pero no para él. Todavía debía hacerse a la idea.

Le intrigaba su pose reservada. Atendía con evidente frialdad a quienes se acercaban con la intención de alabar su exitosa faena en la plaza. Comprendió que tantos cumplidos la estaban agobiando. Así pues, se detuvo. ¿Cómo se aproximaría? ¿De qué modo podría entablar conversación sin que ella lo tuviera por otro que venía a recitarle lisonjas vacías? Parecía melancólica. No eran cumplidos lo que necesitaba.

Era música.

* * *

Lerna ofrecía sonrisas a cuantos se le acercaban. Docenas de personas elogiaron aquella noche su valor, la belleza y la pasión que su danza frente al toro les había transmitido. Debería estar feliz, satisfecha, pletórica.

Debería.

En realidad, cada alabanza le sabía a ceniza. Las cosas no se habían desarrollado tal y como esperaba. Su plan, del que tan orgullosa estuvo durante días, se desvaneció como el hielo al llegar la primavera. No fue capaz de llevarlo a cabo. Cuando sus pies tocaron la arena de nuevo, tras el salto final, todo había cambiado tanto que la idea de dejarse atrapar por el toro ni siquiera existía ya en su mente.

El salto. El salto. Un momento trascendental, inesperadamente trascendental, se había adueñado de su alma. La intensidad, la apasionada punzada de miedo, el fuego en el vientre cuando se elevó sobre la bestia... Al erguirse sobre el lomo del toro le había embargado una mezcla de sobrecogimiento y paz, un equilibrio perfecto que incluso ahora que ya había pasado le resultaba sobrenatural. O quizá más natural que cualquier otra cosa que hubiera sentido antes.

Pero nada de aquello podía compararse con la voz. Y la música. Un canto precioso, sutil; también rabioso y animoso. Un susurro más bien, tal vez el roce del aire colándose en sus oídos durante el salto. Sin embargo, escuchó la melodía, y las palabras que la acompañaban. «Yo te sujeto, hija mía». No, no había lugar para la duda. La Gran Diosa había saltado con ella aquel día.

Después de aquello, el mismo mundo se le antojaba de repente anodino, vulgar. ¿Cómo podía algo emocionarla cuando, por un momento, había sido una con la Gran Madre? Jamás antes le había ocurrido algo similar. El placer del baile nunca fue tan poderoso, nunca le resultó tan intenso. La fuerza de sus emociones era tal que al rememorarlo temblaba... y sufría. Porque había quedado atrás. La existencia se agolpaba sobre sus hombros, más pesada a cada latido que se alejaba del éxtasis del ejercicio, más mundana. Estaba convencida de que nada le dejaría de nuevo un poso de sabor. Pues, ¿podía existir algo que se asemejara en grandeza a estar en comunión con una divinidad?

Lerna se vaticinó a sí misma una vida desgraciada donde los días pasarían como arena entre los dedos, sin dejar huella. Y, aun así, no se quedó quieta frente a Kiroi. No se entregó a sus cuernos letales. ¿Por qué? Como un misterio, le resultaba indescifrable, y esa incomprensión ahora la asfixiaba, la destrozaba por dentro. ¿Qué estaba esperando? ¿Qué más quedaba por descubrir en la vida?

No pudo soportarlo. Se levantó, dejando sin habla a quienes la alababan, y salio corriendo con lágrimas en los ojos. La desesperación era tal que chocó con un grupo de cretenses. Uno de ellos, preocupado, trató de sujetarla y transmitirle calma, pero la joven se soltó y siguió adelante sin atender ni al aspecto de sus rostros. Cada paso que daba era tan caótico como los pensamientos que bullían en el interior de su cabeza. Ignoraba hacia dónde la encaminaban, hasta que, de pronto, se encontró en un pasillo, el corredor al norte del patio.

Allí pareció recuperar un poco el control, así que se detuvo. Las antorchas iluminaban un gran fresco, colorido de rojo y dorado sobre todo, que ilustraba con esmero una procesión. Hombres y mujeres bailando, algunos arrastrando esplendorosos toros, al son de los músicos.

Recordó la melodía que había escuchado durante su danza con Kiroi. Seguía presente en su cabeza, de donde sabía que jamás se borraría. Sería para siempre un placer y un dolor... Sería para siempre el recordatorio de lo que vivió y jamás volvería a vivir... Jamás volvería a...

Un escalofrío le recorrió la espalda. La música...

No estaba recordándola.

Estaba escuchándola.

Se volvió. Su mirada recayó sobre un hombre joven que, de pie, la contemplaba con atención. Portaba consigo una hermosa lira, colgada al hombro por la parte de delante, de cuyas cuerdas hacía surgir una armonía. La misma, exactamente la misma, que había acompañado su baile ritual. ¡Por la Madre y el Dios Cornudo! ¿Cómo podía ser? ¿Cómo conocía aquel hombre la tonada susurrada por la Diosa? Nadie la había tocado antes, estaba segura de ello, aunque no sabía tampoco el motivo.

¿De qué modo se puede describir la belleza inmaterial? Pues es sencillo hablar de los rasgos de un individuo o de un paisaje, pero no existen palabras para lo que no tiene forma. La música que Starn tocaba en ese instante, ésa que ahora mismo surge de mi lira, era un sonido único, nuevo y ancestral al mismo tiempo. Otros le darán nombre, tal y como veo en el futuro: el Oran Mòr, el Gran Canto; la melodía que resuena desde el principio de los tiempos y se extiende hacia el mañana, susurrada por la mismísima realidad. Antaño cualquiera podía escucharla, pero ahora sólo unos pocos tienen ese privilegio. El resto ha perdido esa conexión con el mundo, a pesar de que es una música de acordes sencillos, tan elementales y hermosos como el arrullo del mar o el viento de verano, como el susurro de la madre a su hijo. Quizás eso era lo que tanto conmocionaba a Lerna: la humildad, la naturalidad. Se adentraba en su interior, devolviéndole lo que creyó perdido: la maravillosa capacidad de sentir.

La figura del hombre quedó enmarcada por la luz de las teas contra las paredes decoradas. Le dio la impresión de que todas las criaturas hechas de tinte sobre la pared danzaban a su alrededor. Él, por su parte, vestía con elegancia, y una clámide dejaba ver un pecho marcado y reluciente por aceite perfumado. Los brazos, torneados a la perfección, lucían varios brazaletes de plata.

Aturdida y al mismo tiempo fascinada, Lerna se dejó llevar por la música. Sin siquiera advertirlo, fue acercándose al joven. La parte de su mente consciente del mundo le gritó la identidad del músico, aunque le pareció irrelevante en ese instante. Se había establecido entre ambos un inesperado vínculo que poco tenía que ver con los nombres o los títulos.

Más tarde, al recordarlo, Lerna no sabría decir cuánto duró aquel momento. Ni poco ni mucho, aunque, cuando él al fin dejó de tocar, el vacío volvió a invadirla. Al menos hasta que le habló.

–Tengo esta armonía en mi corazón desde que te he visto bailar en la arena –le dijo, con voz tímida–. Pero no he podido sacarla hasta ahora, hasta tenerte frente a mí. Tú me has inspirado.

Escuchó sus palabras y las entendió. Pero eran como un murmullo, ya que su atención estaba puesta por encima de todo en su hermoso rostro. No podía dejar de contemplarlo, tampoco quería dejar de hacerlo. De algún modo advirtió que él se sentía feliz. Intuyó un espíritu sensible, una ternura que jamás había vislumbrado en nadie más. Se emocionó, pero, en lugar de lágrimas, fue otra cosa lo que surgió en su rostro, un gesto que casi había olvidado.

Sonrió. Le sonrió. Y él le correspondió del mismo modo, con una risa vergonzosa que le resultó tan brillante como el agua iluminada por la luna. De pronto Lerna ya no se sentía sola y desamparada, no ahora que sabía que en el mundo existía él. Que ambos habían coincidido en el tiempo y el espacio.

Se dio cuenta de que el músico llevaba consigo un cuenco. Lo llenó con el contenido de un frasco, bebió, y luego se lo tendió a ella. La bailarina se apresuró a recogerlo, y los dedos de ambos se rozaron sin que ninguno quisiera impedirlo. Él sonrió de nuevo, y Lerna creyó que la luz se colaba en su alma, más hambrienta de alegría de lo que nunca hubiera imaginado. La joven se llevó el recipiente a los labios, justo en el mismo punto en el que él había posado los suyos. Se explayó en la fragancia del mirto y el lirio que aderezaban el agua. Una corriente fresca descendió por su garganta, revitalizándola. Luego, tal y como marcaba la costumbre, dejó caer el vaso, que se rompió en tres pedazos. Tres: cielo, agua y tierra. Un buen augurio.

Su vida iniciaba un nuevo camino allí, bajo las paredes de Cnosos y la bendición de la Diosa.

Un sendero que transitaría junto a Starn, príncipe de Labyrinthos.

10

Primero llegó el temblor. Lo anunciaron a mediodía los ladridos de los perros, el abrupto vuelo de los pájaros y el repentino llorar de los niños. Una armonía caótica que despertó a cada hombre y mujer de Cnosos.

Egos se hallaba en el balcón de su alcoba, en el ala residencial, dispuesta en terrazas escalonadas conforme descendía la colina. El mirador, a tres alturas sobre el patio central, siempre se le había antojado un maravilloso lugar desde el que dirigir la vista hacia ese norte que tanto lo cautivaba. Allá, más lejos de lo que sus ojos podían alcanzar, existía un continente con pueblos muy distintos al cretense. Soñaba con conocerlo, con descubrir las costumbres no ya de gente como los aqueos, sino de los que vivían tierra adentro, tras los remotos confines explorados. Decían los comerciantes más atrevidos que hombres altos y de pelo rubio moraban allí: los Señores del Ámbar, los llamaban, pues ellos eran quienes extraían y vendían aquel oro del norte que tan preciado era en Creta.

Sus compañeros no aprobaban tales inquietudes. Sabios. Así se decían. Hacía tiempo que era consciente de lo ridículo que sonaba eso. No podían serlo si insistían en cerrarse a nuevos conocimientos. Él trataba de convencerlos de cuántas nuevas lecciones podría reportarles abrirse al mundo, aunque siempre resultaba un esfuerzo vano. Hasta que dejó de intentar cambiar lo que unos llamaban sabiduría y en realidad sólo era arrogancia. Ahora rara vez se reunía con los sabios. Sólo uno de ellos, su apreciado Bacor, parecía más dispuesto a escucharlo. Para el resto era un lunático al que la edad había carcomido la cordura.

Movió la cabeza, desconcertado. Tenía la impresión de que las cosas no eran como debían de ser. Se miró las manos y, asombrado, advirtió que estaban de nuevo libres de arrugas. Él mismo ya no estaba postrado en un lecho ni era prisionero de la senilidad y la locura.

Sólo había sido una pesadilla.

El aire estaba espeso, más de lo habitual en verano. La sensación de bochorno era desagradable. Parecía que se le pegaba a la piel cual túnica asfixiante, hasta producirle una angustia difícil de soportar. Los habitantes del palacio salían a sus balcones. Otros, los que estaban faenando, pululaban por el patio, tan desconcertados como Egos. Miraban aquí y allá. Sentían lo mismo que él: algo se avecinaba.

Y así fue. El vaivén inicial apenas hizo vibrar el agua de la palangana donde el anciano se lavaba. De todos modos, bastó para que el miedo hiciera su tarea. Gritos y gemidos se sucedieron. Las ratas huyeron en tropel. Egos se llevó las manos al pecho, falto de aire. ¿Qué estaba ocurriendo? ¿Por qué le nacía en el pecho una tribulación tan lacerante como si una daga le atravesara el corazón y revolviera en la herida? Debería estar acostumbrado. La tierra donde crecían los cretenses solía agitarse muy a menudo. Eran los sueños inquietos de la Gran Madre, que se removía entre los brazos de su amante Posidón, el agitador de la Tierra. Quizás el miedo fuera debido a que era el único de la ciudad, de toda la isla, que recordaba el Infausto Temblor. Sin embargo, esta vez había algo distinto. Y más aterrador.

El norte lo llamó. De pronto, no pudo apartar la vista de la línea que formaban el mar y el cielo despejado. Nada más existía. Fue entonces cuando surgió la llamarada. Una columna carmesí que rasgó el firmamento. Una lanza ardiente proyectada hacia las alturas, a la que siguió, un suspiro después, el estruendo de un mundo que se resquebrajaba. Egos se llevó las manos a los oídos. Abrió la boca para gritar, pero, si lo hizo, no se escuchó a sí mismo, pues el fragor lo llenaba todo.

El lejano fuego se convirtió en un pilar de humo, y el terremoto, en algo contenido, hasta que se fue reduciendo su intensidad. El sabio pudo volver a escuchar los desesperantes aullidos de los cretenses, que iban de un lado para otro como hormigas asustadas.

Consiguió volver a pensar, durante un momento al menos. ¿Qué horrible catástrofe era aquélla? ¿Y de dónde provenía? Esa segunda pregunta no era tan difícil de responder, en realidad. El primer pedazo de tierra que quedaba al norte era la isla de Tera.

Egos sintió un terrible deseo de contemplar lo que ocurría allí. Cerró los ojos, movido por un impulso sin sentido. Un vahído lo inundó por dentro y, al abrir los párpados de nuevo, comprobó que ya no se hallaba en la Casa del Hacha.

Había visitado Akrotiri muchas veces. La colonia se había hecho grande, pasó de chozas erguidas a edificios de hasta cuatro plantas. Asentada en una colina que lamía la costa, era sin duda la hija más próspera de Cnosos, a la que casi igualaba en lujo y hermosura. Y sin embargo no quedaba belleza alguna en la escena que tenía frente a sí. Desolación. Un tono gris lo dominaba todo. Los techos, aterrazados, estaban cubiertos de una capa de ceniza, al igual que las calles, y la ceniza caía torrencial de un cielo cubierto de escoria y vapores asfixiantes hasta donde alcanzaba la vista. Olía a azufre. Los pies se le hundían hasta la rodilla en aquel hollín que ennegrecía la avenida principal, pero al volver la vista atrás no distinguió sus propias huellas. ¿Por qué, además, no se le quemaba el pecho al respirar ese veneno que flotaba en el aire? ¿Debido a qué milagro no le ardía la piel con unas temperaturas que inflamaban los canastillos de cáñamo esparcidos por aquella ciudad fantasma?

La soledad, el caos y la ruina eran ya los únicos habitantes de Akrotiri. Al llegar a la plaza principal, la tierra aulló. El sonido lo golpeó como una ola. Era mucho más potente que en Creta: el quebrantar del propio mundo, que se convulsionaba desde sus entrañas, revolviéndose sobre sí mismo en una agonía que prometía extender a toda criatura viviente.

El corazón de Tera se retorcía. Ahora Egos lo veía todo desde el cielo, como si fuera un pájaro. Los acantilados que formaban la costa oeste se desmoronaban, las montañas se alzaban para luego caer cual torres de cimientos podridos. Era una visión enloquecedora de la que el sabio no podía apartar la vista. Posidón había desatado el poder de la Gran Madre, que aullaba y se masticaba a sí misma.

Y entonces la isla estalló. Justo en el centro de Tera surgió un brazo de fuego, y se extendió una fuerza imparable que arrancó árboles, derruyó casas y allanó incluso el mar encrespado por el terremoto. La erupción vomitó más de aquellas cenizas, pero sobre todo humo, llamas y rocas al rojo vivo. La ardiente sangre de la Diosa saltó en un terrible aguacero de chispas que incendiaron lo poco que no había ardido antes, en violentas avalanchas que avanzaban sobre la isla.

El mar empezó a hervir cuando la lava acarició sus aguas, creando una niebla densa que escondió la isla. Sin embargo, Egos tuvo el horrible honor de asistir a través de ella al postrer estertor de Tera. La parte central de la masa de tierra se había hundido, quedaba sólo a la vista un montículo de roca y magma que seguía escupiendo..., hasta que dejó de hacerlo. Fue un último bramido, el grito de la muerte. La montaña formada por la propia hecatombe se alzó sólo para estallar de nuevo y arrojar su destructora simiente por encima de las nubes.

Del mismo modo que el guerrero que agota sus fuerzas en combate, el volcán colapsó sobre sí mismo. El mar reclamó el espacio vacío, aunque no sin antes unirse a la locura. Pues la sentencia se transmutó, de fuego a agua: una ola nació al borde de la herida. Egos vio cómo se extendía poco a poco. Sin embargo, era una impresión teñida de falsedad, pues en realidad el muro salado se movía a una velocidad que ni un águila podría igualar. Y crecía, cada vez más, y más, y más...

Un pensamiento cruzó la mente del sabio.

Creta.

Se vio de nuevo transportado. Estaba en Amnisos, el puerto de Cnosos, desde donde contemplaría el final de aquel drama. Vio cómo el hambriento tsunami se abalanzaba sobre la flota de barcos que se movían por las cercanías del embarcadero. Famélico después de la destrucción provocada, Posidón devoró cada navío con su lengua de agua, arrasando después los muelles, edificios y cuanto encontró a su paso. Todas las tierras a mitad de distancia del palacio quedaron bajo el mar hasta que éste, saciado ya, retrocedió.

La devastación arrancó lágrimas en Egos. Lloró como nunca lo había hecho. Su corazón no pudo resistirlo y, del mismo modo que el volcán, estalló en un alarido cargado de dolor. Quedó vacío, sin ímpetu. Parpadeó de nuevo. Y otra vez había viajado en el tiempo y en la distancia, de regreso a Labyrinthos. Ahora bien, no era la misma ciudad que conocía. El patio, los corredores y las anchas avenidas estaban sucias. Las fachadas lucían aparatosas grietas y algunos edificios mostraban sus entrañas a través de las paredes derrumbadas. Muchas de las cornisas en forma de cuernos, en homenaje a Posidón, habían caído desde las alturas sin que nadie se dignara a recogerlas. La gente que pululaba por allí eran almas en pena, de aspecto marchito. El moreno de su piel había desaparecido; su palidez le recordó demasiado a las cenizas de la erupción. No estaban delgados, sino raquíticos, y vestían harapos. ¿Dónde había quedado la opulencia de Creta?

Egos era un sabio, y no tardó mucho en comprender con sólo observar el fino lienzo gris que cubría los cielos. Hacía más frío del habitual, aunque él lo sintió de un modo ajeno, a través de la percepción de aquellos a quienes contemplaba. De algún modo, la catástrofe de Tera tuvo otros efectos sobre la isla además de la simple destrucción de los puertos, ya de por sí algo terrible para un pueblo que se lo debía todo al mar. Las nubes de ceniza conformaban una especie de escudo que debilitaba la fuerza del sol y evitaba que la tierra se calentara. Aquello afectó a las cosechas, que además no pudieron ser regadas en condiciones, ya que el agua dulce estaba emponzoñada por la sal del tsunami y la ceniza. Sin grano, los animales fueron incapaces de dar alimento. La otrora esplendorosa gente de Creta quedó condenada así al hambre, la enfermedad y la muerte.

Se tambaleó, creyó desfallecer ante tanto sufrimiento. Pero el mundo se tornó blanco y un instante después volvió a ser. Estaba de nuevo en la costa cretense, aunque no supo identificar el lugar exacto. No importaba. Aquella ola era distinta: barcos que varaban allí donde podían, por docenas. Hombres de miradas fieras, rostros barbudos y manos armadas. Espadas, hachas, lanzas, escudos... Tenían un mensaje escrito en las facciones duras: conquista.

Los aqueos llegaban para apoderarse de Creta. Empezaba el reinado de Micenas.

El anciano se arrodilló en aquella tierra ahora baldía y la golpeó con los puños. La pregunta era la misma, siempre la misma: «¿Qué hemos hecho para merecer esto, oh, Gran Madre?».

La respuesta le fue concedida. El último salto en el tiempo lo llevó hacia atrás, antes de toda aquella serie de desgracias. A pesar de ello, sabía de manera instintiva que todavía estaba viendo el mañana de su presente. Conocía la estancia en la que se hallaba; el megarón del minos. Lo que allí vio le arrancó la escasa cordura que quedaba en él: dos cadáveres empapando de sangre las losas.

Y un asesino que todavía empuñaba la daga letal. Un asesino ajeno al fantasma que, desde el pasado, lo contemplaba.

11

Se aproximó a él, la silueta recortada por el crepúsculo. Los cabellos le caían sueltos por la espalda. Starn la contemplaba desde el lecho, embelesado, incapaz de fijar sus ojos en un lugar concreto de aquella exquisita desnudez. Lerna era consciente del efecto que causaba en su amor y, traviesa, jugueteó con las manos, siguiendo los curvos contornos de sus caderas.

Incapaz de resistirse por más tiempo, el príncipe la atrajo hacia sí. Primero la abrazó, pues deseaba a toda costa sentir el tacto de la piel contra la piel. La recorrió sin dejar de envolverla, a lo que ella respondió besándolo en el hombro. Temblaron. Durante aquellos instantes iniciales, todo cuanto pudo hacer Starn fue estrecharla con fuerza mientras se frotaba contra ella. Tenía miedo. ¡Sentía un pavor salvaje a que el viento pudiera arrebatársela! Jamás. Jamás había padecido y a la vez disfrutado de nada semejante.

El príncipe, apaciguado el temor inicial, logró apartarse un poco. Se inclinó hacia atrás para verla mejor. Hubiera deseado decir muchas cosas, pero estaba convencido de que ninguna palabra que surgiera de su boca podría dar verdadera forma al sentimiento que lo desbordaba. ¡Ah, el verdadero amor, cuando es joven y fogoso!

Así pues, se entregó a los actos. Apretó los labios contra los de ella sin dejar de recorrer sus piernas. Los besos sabían a miel, y su piel tenía el tacto de una suave brisa marina. La joven, estremecida y desatada en sus gemidos, se apretó más y más contra él. Imposible de domeñar las emociones. Rozaba él un dolor dulce, el de la ansiedad de vaciarse por completo en ella, el de no saber si estaría a la altura, si el amor entregado sería tan poderoso como el amor recibido.

Si era digno de ser su esposo.

* * *

La dulce luz de la lámpara de aceite sólo conseguía formar un halo en torno al lecho de los recién desposados. No importaba. Bastaba para que Starn contemplara a Lerna, que dormía con la placidez de una niña.

Todavía le costaba aceptar que ahora era su mujer, y él, su marido. Puedes imaginar que, en otras circunstancias, dicha unión habría sido complicada, pues la bailarina no tenía sangre real en sus venas. Entonces, como ocurre ahora y ocurrirá mañana, los hombres se empeñaban en poner por delante consideraciones tan absurdas y azarosas como el lugar de nacimiento o la condición social del individuo. ¡Qué distinto sería todo sin tantas trabas estúpidas! Qué distinto, si nos dejáramos llevar por el amor y nada más.

En cualquier caso, el destino había conspirado agradablemente en favor de aquella pareja de amantes. Starn no disponía de hermanas con las que desposarse para mantener la pureza del linaje y, aunque así hubiera sido, tenía por delante a Partolón y Tríome como herederos al trono, y Lerna, aunque de familia humilde, se había ganado un puesto entre los más respetados de Cnosos después de sus proezas en los juegos del toro. Cuando le trasladó a su padre el deseo de tomarla como esposa, el minos no puso objeción alguna.

Y allí estaba, a su lado. Habían yacido por primera vez juntos esa misma noche, ultimada la celebración de los esponsales. Una hermosa ceremonia, mucho más sencilla que el fausto evento que su padre organizó para Partolón y Delgnat. Aun así, toda la ciudad había estallado en una gran fiesta, a la que incluso fueron convocados los doce sabios, habitualmente repartidos entre las grandes ciudades de la isla salvo durante las grandes ocasiones. Acudieron los habitantes de las aldeas cercanas, sin importar que su linaje fuera más o menos insigne, pues ante la Diosa todos eran iguales. Y, si la Gran Madre pensaba así, ¿de qué otro modo habrían de comportarse los reyes? Se celebró un banquete repleto de bandejas de comida, y no faltó el vino ni el hidromiel. Una hueste de músicos interpretó las tonadas más tradicionales, acompañados de cantores que, a coro, solazaron el ánimo de los presentes. Y, al compás de las flautas dobles y las cítaras, los dos amantes bailaron. Sí, no era la música que los había unido; ésa sólo podía surgir de los dedos de Starn, y era suya, de los dos, reservada para la intimidad. Pero aun así lo celebraron con alegría y despreocupación, rendidos a una felicidad imprevista pero bien recibida. El festín se prolongó como una ilusión hasta que la noche, y la pasión, reclamó a los jóvenes esposos.

Starn se levantó con cuidado para no despertar a Lerna. Acarició con cariño el anillo que vestía su dedo anular. Había sido un regalo personal de ella. El grabado sobre el jaspe mostraba una escena tallada con una delicada maestría: una bailarina erguida sobre el toro; sobre ambas figuras, la mirada aprobadora de la Diosa. «Para que nunca olvides el día que nos conocimos», le había dicho al entregárselo. Como si pudiera desaparecer semejante momento de la memoria, el más importante de su vida. Pero, aun así, maravillado por el amor de tal obsequio, se deshizo del sello que, como príncipe, había portado, y adoptó aquel nuevo emblema para sí.

De buena gana se habría recostado junto a ella de nuevo, pero el sueño se empeñaba en no aparecer. Todavía se sentía excitado, todavía demasiado desbordado por las emociones. Así que pensó que le iría bien dar un paseo en la calma nocturna. Tomó la lira, dejó los aposentos y recorrió el pasillo hasta alcanzar la gran escalera. Descendió los cinco pisos que se levantaban sobre el patio central, donde se dejó acunar por un ligero viento que le refrescó la piel. Allí no había nadie, como era de esperar, pero todavía quedaban los restos de los festejos: braseros humeantes; ampollas, frascos y cuencos esparcidos por el suelo; manchas de vino en el enlosado... A primera hora, antes incluso de que levantara el sol, los limpiadores lo dejarían todo impoluto.

De pronto, le pareció advertir el movimiento de una sombra recortada contra las blancas fachadas, justo enfrente de sí. Fuera quien fuera, vestía una toga oscura, en contra de los habituales colores claros preferidos por los cretenses. La figura marchaba hacia el ala noreste, pero debió reparar en Starn, porque se detuvo durante un instante. Y tras un momento de incertidumbre, se dirigió hacia él.

El príncipe dudó. Espoleado por un súbito temor, se le ocurrió presuponer algún tipo de peligro. Tensó los músculos, apretó los puños. Era un buen púgil, quizá no tan diestro como su hermano, pero lo bastante para defenderse si llegaba el caso.

Su miedo se difuminó en cuanto el desconocido se acercó lo suficiente para dejar de serlo. Reconoció las canas, el renqueante caminar, las arrugas en el rostro.

–Eres el último hombre que esperaba encontrarme, Bacor –le dijo al consejero, cuando éste llegó a su altura–. Desde niño has insistido en que la noche existe para el descanso.

–Cuando llegues a mi edad descubrirás que bastan unas pocas horas de sueño. Aunque quizás ya hayas empezado a advertirlo. ¿No deberías estar con tu hermosa esposa? –le sonrió el erudito con aquella expresión ácida tan característica en él.

–No tardaré mucho en volver a su regazo. Pero precisaba aclararme un poco. Ha sido un día... abrumador.

–También la noche, imagino –le guiñó el ojo.

–Tus dotes de observación siguen siendo agudas.

–Fui joven en otro tiempo. Y mi senilidad todavía no me ha arrebatado el recuerdo de la primera pasión.

Starn rio. A Bacor le encantaba hacer bromas con su edad, aunque estaba lejos de ser un anciano senil y caduco. Mantenía una salud envidiable, como todo cretense que no hubiera alcanzado al menos las sesenta añadas. Y desde luego su cabeza funcionaba a la perfección, incluso con una claridad que ya la quisiera para sí el príncipe.

–Por un instante he creído que eras algún tipo de villano, amparándote en la oscuridad y la quietud para perpetrar alguna maldad –comentó jocoso el joven.

–Me temo que tendrás que conformarte con un viejo insomne que se dirigía a la biblioteca para aprovechar el tiempo leyendo. Sé que no es tan emocionante como tu primera impresión, pero esto es Cnosos. Si querías conspiraciones, tendrías que haberte quedado en Egipto.

Bacor tenía razón, por supuesto. ¿Intrigas palaciegas en una tierra donde no existía la carencia, donde hasta las familias más humildes podían disfrutar de un banquete cada noche? Absurdo. No estaban en Egipto, donde las diferencias entre las clases sociales provocaban descontentos, quejas y en ocasiones rebeliones.

–Lerna es una criatura maravillosa, muchacho –le dijo el consejero, y no era la primera vez–. Veo entre vosotros una conexión que va mucho más allá de la carne, algo que no había visto ni siquiera entre tus padres, que tanto se aman.

–¿Sabes? Yo siento lo mismo. Es como si al mirarla a los ojos las emociones de su corazón quedaran expuestas para mí. Pero lo más hermoso es que noto, sin asomo de dudas, que también mi alma se abre a ella. ¡Por la Diosa, no encuentro las palabras!

–Son innecesarias, sólo disfruta de lo que compartís. No te entretendré más, príncipe. –El sabio posó las manos en los hombros de Starn–. Vuelve con tu mujer si ya has aclarado la mente. Agradecerá encontrarte a su lado cuando despierte. Quizás ello te reporte alguna satisfacción más.

Se dio la vuelta tras volver a sonreír. Cuando las sombras del pasillo casi lo habían envuelto, al joven le pareció que apretaba su caminar, como si tuviera prisa. Starn enarcó las cejas. Era la primera vez que veía al consejero apresurar su habitual paso tranquilo.

Cabeceó, apartando cualquier absurda sospecha. Se dio la vuelta, era hora de volver con su mujer, de seguir disfrutando de la dulzura y la pasión. Enfrascado en el ardor que le invadía de nuevo el corazón y la entrepierna inició el regreso a su alcoba.

Tan ensimismado estaba que no advirtió la figura que, entre las columnas, seguía el mismo camino que el sabio había tomado un instante antes.

Después de todo, sí había espacio en Cnosos para las conspiraciones.

12

Lo primero que Bacor aprendió cuando llegó a la Casa del Hacha procedente de Zakros, siendo apenas un muchacho, fue que el palacio tenía dos caras. De día, con las estancias y los corredores iluminados gracias a las claraboyas, la actividad se extendía por cada rincón. Los sirvientes iban y venían, sus pasos resonaban entre las paredes, el bullicio a veces era asfixiante en las zonas comunes. Luego caía la noche y llegaba el silencio. Los murales cobraban vida, a su manera. Las criaturas de las paredes se movían, parpadeaban, animadas por sus espíritus. Las almas de los antiguos habitantes del palacio parecía que todavía moraran allí, negándose con obstinación a abandonar su hogar. Susurros desde las esquinas, presencias apenas percibidas, respiraciones entrecortadas a la sombra de los hachones... Oh, sí, creerás que lo adorno, que mi alma de poeta y bardo exagera. Y quizá sea así, un poco, al menos. Pero esas sensaciones fluctuaban en el interior de mi añorado Bacor, y por tanto también en el mío.

Los cretenses formaban un pueblo alegre y con pocos motivos para temer, cierto. Vivían en la opulencia, la enfermedad les era casi desconocida y nunca tuvieron que preocuparse de enemigos llegados de fuera. ¿A qué debían tenerle miedo? Tal vez a que la tierra sacudiera de nuevo los cimientos del mundo, aunque ya quedaban muy pocos que recordaran el Infausto Temblor. Por aquel entonces Bacor ni siquiera había dejado de mamar.

Sin embargo, no muchos se atrevían a transitar los corredores del palacio una vez caído el lienzo nocturno. Y menos aún para sumergirse en pasillos y salas que sólo un puñado conocía. Los callejones enrevesados conformaban un auténtico perdedero, con frecuentes encrucijadas que confundían los sentidos. Era tan sencillo desorientarse entre las sombras de aquel lugar...

En el ala noreste las habitaciones permanecían cerradas. No existían las conspiraciones en Cnosos, le había dicho a Starn... Se habría reído en otras circunstancias, pues si reinaba la paz y el bienestar en la isla se debía a la labor sigilosa de unos pocos a través de los siglos. Mentiras vergonzantes se habían ocultado debajo de los pisos superiores del palacio, grandes secretos con capacidad para hundir a reyes e incluso reinos.

No era el menor de ellos el que había sacado al anciano erudito de su descanso. Mientras descendía por aquella escalera que tan pocos conocían. pensó una vez más en cuán cruel podían ser las personas en aras de un bien supuestamente mayor. ¿Qué crees tú, mi fiel compañero? ¿Vale todo? ¿Serías capaz de renunciar a lo que más amas si con ello salvaras miles de vidas? Quienes gobernaban ocultamente en Creta pensaban que sí, hasta el punto de que Bacor se veía obligado a mantener la boca cerrada a costa de sus convicciones.Hasta el punto de que se había visto obligado a mentir a aquel que quería como a un hijo.

Se detuvo antes de alcanzar el segundo nivel subterráneo. Le había parecido escuchar unas pisadas a su espalda. «Que el remordimiento no te convierta en un lunático», pensó. Todo era culpa de la atmósfera que se respiraba allí abajo, donde la luz del sol no era bienvenida. Oscuridad para ocultar las negras maquinaciones de unos pocos. ¡Qué apropiado! De todos modos, volvió sobre sus pasos para cerciorarse. Cabía el riesgo de que Starn lo hubiera seguido. Cuando comprobó que tras él sólo marchaban las sombras y las dudas, respiró tranquilo y retomó el descenso.

El pasillo se enroscaba en torno a sí mismo, como una serpiente abrigándose, con puertas a izquierda y derecha. Bacor caminó hasta que un recio portón doble, tachonado con clavos de bronce, le impidió seguir avanzando. Tres hombres, armados con sus respectivos candiles de aceite, lo esperaban allí. Casi tan ancianos como él, Tath y Fios todavía conservaban un poco de negro en el cabello. No así Fochmarc, que se rapaba la cabeza para esconder que ya apenas le quedaba pelo.

–Al fin apareces –dijo el primero.

–He tropezado con el príncipe Starn y me he entretenido.

–Mala cosa... –opinó el del cráneo afeitado–. Espero que no sospeche. Nadie, ni siquiera la familia real, debe conocer lo que nos traemos entre manos.

–Es un muchacho curioso, pero jamás dudaría de mí. –Los miró, dándoles a entender que Starn no era tema de discusión, y ellos asintieron, confiados–. ¿Están todos dentro?

–Sí, nos esperan –anunció Fios.

Bacor empujó la pesada hoja. El áureo fulgor que escapaba de los candiles y los braseros de la sala fue lo primero que recibió al anciano. Junto con el olor a cerrazón, creaba una atmósfera asfixiante capaz de embotar los sentidos. Era una habitación grande, decorada con murales pintados que representaban diversas escenas, todas ellas con la Diosa Madre como espectadora: combates entre púgiles, bailes rituales, ofrendas sagradas... Las hornacinas estaban repletas de rollos, cientos de libros que dejaban constancia de la avidez lectora del inquilino del lugar.

Había nueve hombres en la alcoba, además de Bacor y sus tres compañeros. Ya los he mencionado antes: los Doce Sabios, los ciudadanos cretenses más respetados después del minos, la señora de Labyrinthos y las sacerdotisas. Consejeros de los minos, durante siglos el reino había prosperado bajo su sapiencia. Desde que el primer rey de Cnosos, Minos, consagró a los Doce Sabios, éstos se dedicaron a acumular conocimientos, a recabar información y estudiar ciencias que les ayudaran a realizar su tarea: salvaguardar la sociedad cretense.

A cualquier precio.

Sin embargo, allí había alguien más. Postrado en el diván del centro, aquella mirada vacía producía vértigo a quien intentara asomarse a su abismo. Nadie habría dicho que se trataba de un cretense, pues éstos tenían en alta estima el cuidado del cuerpo y aquel despojo sólo era piel, huesos y cabellos largos, quebradizos, malsanos, como todo en él. Las uñas le crecían hasta curvarse sobre sí mismas y, de no ser por los inciensos, el hedor hubiese resultado insoportable. Nadie podía ponerle un dedo encima, ya que, al intentarlo, al presentir siquiera que alguien intentaba tocarlo, estallaba en ataques iracundos. Y era entonces cuando nacía en él una fuerza inaudita que vencía la senilidad.

Egos era más viejo que cualquiera de los presentes. Bacor lo había conocido hacía casi cincuenta años, poco tiempo después de llegar a Labyrinthos siendo un chiquillo. Entonces era un hombre maduro del que nadie esperaba que soportara tantas primaveras. Pero allí estaba. Resistía el empuje de la muerte día tras día, lo que podría ser tomado como una bendición de la Diosa si no fuera por lo que escondía en su mente. De entre todos los presentes, sin duda él era quien mejor lo conocía. Él había sido su maestro y tutor..., antes de que lo traicionara.

–¿A qué se debe esta reunión improvisada? –preguntó Bacor en tono airado.

Un hombre de larga melena blanca se dirigió a él. La forma de sus cejas, crispadas hacia arriba, le daba un perenne aire malhumorado muy acorde con su carácter.

–A todos nos place esto tanto como a ti, Bacor de Zakros –replicó–. Sé cuánto te afecta todo lo relacionado con Egos, pero no seas irrespetuoso. Preferiría mil veces estar en Festos, comiendo dátiles egipcios tranquilamente sin tener que lamentarme por las oscuras decisiones tomadas en mi vida.

El consejero del rey asintió con la cabeza, aceptando de mala gana la reprimenda.

–Me disculpo por mis modos, Altémenes.

–Se te perdona, por supuesto –asintió el líder de los Doce Sabios–. En cuanto a tu pregunta, te daré una respuesta: como sabes, cada vez que visitamos Cnosos acudimos a esta alcoba en secreto.

–Acompañar a Egos es una débil manera de purgar nuestra culpa, lo sé, pero todos nos sentimos mejor así –añadió Idomeneo, de ojos enormes, por lo que Partolón solía referirse a él como «el Búho».

–El caso es que hemos venido –retomó la palabra Altémenes–. Y en el preciso momento en que he puesto un pie en esta sala, nuestro antiguo compañero ha empezado a hablar... y a recitar una de sus profecías.

Bacor sintió que las tripas se le revolvían. Observó a su antiguo maestro, quien, como era habitual en él, se hallaba perdido entre el mundo real y el de las visiones que padecía. Sus labios se movían, aunque si decían algo sólo era en susurros. ¡Qué terrible maldición que le había usurpado cualquier atisbo de razón tiempo atrás! Y qué dolorosa resultó la decisión que tuvieron que tomar al respecto.

–¿A qué tanto alboroto? –intervino Tath–. Ninguna de sus supuestas profecías se ha cumplido nunca. Este hombre es un demente, por mucho que nos pese. No hay más. Y por eso lo trajimos aquí, recordadlo, si lo habéis olvidado. Debemos evitar que sus locuras lleguen a oídos de la gente común, pues causarían miedo y alboroto. Romperían la calma en la que vivimos. Es un elemento caótico que no podemos permitir en el mundo de pleno solaz que juramos mantener.

–Eso por no mencionar la otra razón: ningún cretense ha enfermado jamás, salvo cuando se halla a las puertas del plácido tránsito final –apuntó Antedón de Malia–. No podemos saber cómo reaccionarían al ver a Egos.

–Nadie aquí olvida todo eso... –dijo Altémenes.

–Ya basta –atajó Bacor, harto de tantos rodeos–. ¿Cuál ha sido su predicción?

–Todavía está recitándola, no ha dejado de repetirla una y otra vez. Así que juzga por ti mismo, hermano.

Altémenes lo invitó con una seña a acercarse a Egos. Una vez al borde del diván, se inclinó hasta sentir en su mejilla el aliento del profeta. Las palabras que escuchó a continuación le provocaron un terrible estremecimiento: «Sangre, exilio, fuego, ruina y conquista».

–Que la Gran Madre nos ampare –se dolió.

Y, entonces, arrancando un gemido de sorpresa entre los sabios, Egos se revolvió. Su brazo, fino como una cuerda de cáñamo, se estiró hasta que los dedos raquíticos en forma de garra se cerraron en torno a la muñeca de Bacor.

El profeta abrió los ojos hasta que casi se le salieron de las cuencas. ¡Por las serpientes de la Diosa! ¡Qué intensidad había en su mirada! Miedo, sufrimiento, angustia... Incluso a través de las mareas del tiempo me pone la piel de gallina aquella escena. Imagina, pues, lo que sintió el consejero del rey, irremediablemente contagiado por aquello que hacía temblar al anciano.

Pero fue cuando habló que el alma se le resquebrajó.

–¡Debes alertarlos, Bacor! ¡Avisadlos!

–¿A quiénes, viejo amigo?

–¡A todos, insensato! ¡El fin está cerca!

13

–Aseguran que hace dos noches encontraron a Inia, una de las muchachas de la cocina, en manos de Idomeo, el aprendiz del panadero real –dijo Lea, casi en un susurro.

Lerna contuvo un suspiro de fastidio. ¡Otra vez no! Estaba harta de aquellos cuchicheos y de las charlatanas damas de la corte que, cada día, se reunían en el megarón de la reina para cotillear veleidades.

–¿Y ahora te enteras? ¡Es noticia desfasada! –le respondió Brinia, la hija del gobernador de Akrotiri.

–En cualquier caso, puedo entenderla –continuó Lea, que era sobrina lejana de la señora de Labyrinthos–. ¿Habéis visto qué manos tan grandes tiene? Y, pensadlo bien, está acostumbrado a amasar panes. ¡Imaginaos la habilidad que tendrá sobre el cuerpo de una mujer!

Una avalancha de ligeras carcajadas llenó el megarón. Al menos, pensó Lerna, las risas quedaban bien con la alegre decoración. Todo invitaba a la chanza, aunque estuviera teñida de vulgaridad: las cenefas en espiral, el azul de la estancia, los preciosos delfines que saltaban en el fresco, sobre el acceso interior... Al habitáculo no le faltaba la luz del día, pues conectaba con un jardín exterior a través de un baño adosado. Era un lugar hermoso y apacible.

Y, aun así, Lerna se sentía incómoda. Por aquellas mujeres, tan insustanciales, tan preocupadas de la cháchara vulgar. Como sus antiguas compañeras en la academia de danza sagrada de Tirinto o las muchachas que habían bailado con ella el día del solsticio... ¿Qué debían pensar de que se hubiera casado con el príncipe por el que todas suspiraban? A veces reflexionaba sobre ello y siempre llegaba a la conclusión de que, si todas las mujeres que había conocido eran de ese modo, salvo ella, quizás en realidad el problema era suyo.

Pero entonces recordaba el profundo amor que Starn le ofrecía con cada gesto, y comprendía que no quería ser como las demás. Porque él no se había enamorado de ninguna de esas chicas, sino de ella. Sólo de ella. Así que algo bueno debía tener para que aquel hombre maravilloso la quisiera tanto.

Por desgracia, cuando no estaba con su esposo las cosas eran distintas y, desde luego, complicadas. Cnosos era una ciudad maravillosa, pero la pompa de la corte le resultaba incómoda. Lerna, nacida y criada en la humildad de una pequeña población y una familia alejada de las excentricidades de la nobleza, se sentía fuera de lugar.

Llevaba en el palacio un par de semanas y todavía no había logrado integrarse, a pesar de sus esfuerzos. A pesar incluso de que cada mediodía acudía al megarón con el resto de damas, lo cual resultaba ser, en el mejor de los casos, un aburrimiento.

–Chicas, chicas, no seáis tan vulgares o escandalizaréis a nuestra pequeña Lerna –dijo Delgnat.

El tono burlón, la mirada cargada de desprecio... La mujer de Partolón no le había dispensado un recibimiento amable. Desde el momento en que Lerna se comprometió con Starn, se mostró fría con ella, y nunca le dio pie a la forja de una amistad que la más joven buscó desesperadamente para así tener un apoyo en la corte. Y no lo comprendía. ¿La veía como una rival? Eso no tenía mucho sentido, pues Delgnat tenía el gran premio, si de eso se trataba: al heredero del minos. ¿Por qué entonces miraba a Starn con ojos de deseo? La joven de Tirinto había advertido muy pronto que devoraba con la mirada a su cuñado. «Pues olvídate de él», solía pensar con cierto divertimento, sabedora de que en el corazón de su esposo sólo había espacio para ella.

Así era Delgnat. Por lo que Lerna había averiguado, aquella mujer calculadora trató desde el primer momento de adueñarse de la atención de todos, de asegurar su posición. Quiso alzarse incluso por encima de Ariaghne, con la intención de acaparar todo el cariño de Partolón. Es bien sabido que la influencia de una madre pesa mucho en un vástago, incluso después de desposarse, y eso era algo que Delgnat no podía permitir.

–Lerna es ya una mujer, no creo que esos temas la espanten a estas alturas –repuso Imea, la esposa de Ith, la única que mostraba cierta amabilidad.

La muchacha quiso responder con un comentario de agradecimiento, pero la pequeña Dorna se le adelantó.

–¿Te dolió, Lerna? –preguntó, con el rostro encendido de vergüenza, y se adelantó a aclarar a qué se refería, como si creyera que nadie la había entendido–. Me refiero a la primera vez con tu esposo...

Era la más joven de la corte, una chiquilla que ni siquiera había sangrado todavía. Hija menor de los reyes de Festos, había sido enviada a Cnosos para ser educada y fortalecer todavía más las buenas relaciones entre ambas ciudades.

–Un poco... –comenzó a responder Lerna.

–Siempre duele, niña. Hazte la idea –la interrumpió Delgnat.

–¡Ah, pero con el tiempo merece la pena! –apuntó Lyeatia, prima de Delgnat, la que más reía sus gracias.

–Bueno, no siempre. A veces te dejan a medias –rio Imea, contagiando a las demás, salvo a Lerna.

–En cualquier caso, no creo que Lerna sufriera mucho. Dicen que en las tierras más allá de Creta, menos civilizadas, las mujeres aprenden a hacerlo desde niñas.

El comentario de Delgnat le pareció terriblemente ofensivo, además de falso, por supuesto. Pero ni siquiera la dejaron replicar.

–Pues yo he oído que en esos lugares las mujeres se preparan para su noche de bodas practicando con las bestias, como cerdos, cabritos... –comentó Lyeatia, haciéndose la inocente, pero con evidente intención burlona, siempre bailando al son malicioso de su prima.

–¡Eso no es verdad! –saltó Lerna, que no podía tolerar por más tiempo tanta mentira malintencionada.

Sin embargo, la futura reina ya tenía marcado su rumbo y no pensaba virarlo:

–Oh, no te preocupes, querida. ¿Qué más da lo que te obligaran a hacer? –le dijo, anulando su queja–. Ahora estás entre gente civilizada. Te educaremos como es debido.

A Lerna le bulló la sangre en las venas y deseó gritar de rabia y de impotencia. Aquella mujer era odiosa. Era muy propio de ella darle la vuelta a la situación y lograr así su propósito. En este caso, humillarla. ¡Pues no se lo permitiría! Se levantó con brusquedad, cegada por la ira; los puños, cerrados; los ojos, brillantes; la mandíbula y los labios, prietos. ¡No iba a dejar que aquella arpía la insultara sin responder como era debido!

Sin embargo, en el último suspiro, cuando las palabras estaban a punto de surgir de su boca –palabras que habrían escandalizado a todas las presentes, te lo puedo asegurar–, un ramalazo de sensatez contuvo su impulso. Comprendió que eso era lo que Delgnat buscaba: una reacción impetuosa que confirmara los insultos.

No le daría la satisfacción.

–Con vuestro permiso, damas, me retiraré –se limitó a decir, clavando la mirada firme y serena en su cuñada; y luego lanzó la pulla–. Las bestias del establo requieren mi presencia.

El desconcierto en el rostro de Delgnat le sacó una sonrisa. Sin esperar respuesta por su parte, se dio la vuelta y abandonó el megarón a paso vivo, haciendo oídos sordos a los airados cuchicheos a su espalda. Iria, la chiquilla que habían puesto a su servicio, que esperaba junto al resto de criadas de las damas en el pasillo, dio un brinco para salir tras ella. Pero Lerna la contuvo.

–No me sigas –le dijo, tratando de contener la congoja que de pronto se había adueñado de su corazón–. Necesito estar sola.

–¡Señora, te perderás! ¡Todavía no conoces bien el palacio!

–Descuida, estaré bien.

Y, bajando por las escaleras que daban al piso inferior, la dejó atrás, mientras las lágrimas se agolpaban en sus ojos.

* * *

No es que fuera infeliz. De hecho, desde el instante en que conoció a Starn la vida había cobrado sentido. Lerna no podía ser más dichosa. No echaba de menos ni a Tirinto ni a sus padres. Quizás a Glaia o a Aristes, pero, en cualquier caso, no se arrepentía de nada. Gracias al príncipe había descubierto la belleza de la vida. Junto a él, incluso los momentos más anodinos, esos que antaño tuvo por vulgares y poco atractivos, le parecían dignos de ser experimentados. Cada uno de los días anteriores a conocerlo, todos y cada uno se le antojaban pedazos de un sueño. Se daba cuenta de que había pasado toda su existencia durmiendo en un escenario apagado, hecho más de sombras que de luces. Y de repente aquel hombre maravilloso había iluminado su corazón. Le mostró los colores a través de la música. Y le desveló el misterio del amor, desconocido para la muchacha hasta el día en que Starn tocó para ella.

Pero, claro, no siempre podían estar juntos. El príncipe tenía asuntos que atender, de esos relacionados con su condición y de los que no podía escapar por mucho que lo deseara. De hecho, en un par de días debía partir hacia Akrotiri para acompañar a Partolón.

Por eso Lerna se había esforzado en relacionarse con las damas de la corte. Era consciente de que las ausencias de Starn serían habituales, así que pretendía entretenerse de esta forma. Se equivocó. El día a día de aquellas mujeres remilgadas era monótono y desde luego aburrido, por no mencionar la animosidad de Delgnat.

Hubiese preferido mil veces volver a ejercitarse como bailarina, pero sus días en el ruedo habían terminado. La ley de Creta no aceptaba de buen grado que los miembros de la realeza arriesgaran su vida frente a los toros, como creo que ya he comentado antes. ¡Y ahora Lerna formaba parte de la familia del minos! Lo echaba de menos, aunque la verdad era que ya no veía el sentido de continuar bailando en la arena. Había alcanzado la conexión con la mismísima Diosa Madre, un instante trascendental que resultaría imposible superar.

Su nueva condición como parte de la Casa del Hacha... Ése sí resultaba un reto arduo de asimilar. Era cierto que la mayoría en el palacio la trataban con decoro, incluso con admiración. Se había ganado su favor delante del toro, antes incluso de convertirse en la esposa de nadie. Aun así, Lerna seguía sintiéndose pequeña en aquel lugar tan suntuoso, tan grandioso, tan...

Enloquecedor. De pronto se detuvo y miró a su alrededor. «Ya he pasado antes por este pasillo», pensó al observar unas columnas. Estaba tan alterada que se había lanzado a caminar sin atender hacia dónde se dirigía. Y ya llevaba largo rato deambulando sin rumbo fijo.

Maldijo su mala fortuna. Se había perdido. ¡Tendría que haber hecho caso del consejo de Iria! Todavía no conocía bien aquella encrucijada de galerías y salas que formaban la Casa del Hacha. Los corredores, pórticos y pozos lunares se sucedían de manera tan caótica que era muy sencillo confundir el norte con el sur, la derecha con la izquierda. Sólo sabía que estaba en el nivel del patio, pero ¿dónde se encontraba éste?

Siguió dando tumbos en busca de una salida, de un recodo conocido, con la esperanza de cruzarse con algún sirviente que pudiera guiarla. Al cabo de un rato, ya con los nervios erizándole el vello, una figura surgió de una especie de escalera diminuta escondida en un rincón. Reconoció al asistente personal del príncipe Tríome. «¿Cuál era su nombre? Ah, sí, Glauco», pensó. Aliviada, lo llamó. El joven volvió el rostro con evidente sobresalto.

–Perdón, no era mi intención asustarte –le dijo Lerna.

El muchacho cerró la puerta que daba a la escalerilla, oscura e insondable. Luego mudó su expresión alterada y la convirtió en pura amabilidad.

–No te preocupes, señora. ¿Qué haces por esta zona? El ala noreste sólo es utilizada por los artesanos.

–Así que aquí es donde me encuentro –rio, apurada–. Me avergüenza decir que estoy completamente perdida. Ya temía quedarme atrapada entre estas paredes para siempre.

–No hay necesidad de avergonzarse. Este lugar a veces desorienta incluso a los que crecimos aquí. Te acompañaré hasta donde desees.

Glauco avanzó decidido, sin vacilar en sus pasos ni en la dirección, así que Lerna lo siguió. Era un hombre joven, no mucho mayor que ella misma, aunque su rostro parecía casi el de un niño. Ese aire infantil lo dotaba de un atractivo especial que, por lo que había escuchado aquí y allá, volvía locas a las mujeres de la ciudad. Pero también le habían llegado rumores de que Glauco prefería la compañía de los hombres, en especial del príncipe Tríome. Delgnat y su corte de loros se burlaban muchas veces de aquello, por odioso que le resultara.

El amor entre dos varones no era algo desconocido en Creta, viejo amigo. Surgía a menudo entre el profesor y el aprendiz, entre quienes se forjaba una relación afectiva y respetuosa donde el adulto debía atender la educación y protección de su joven amante e introducirlo en la sociedad adulta. No había nada infame en ello, salvo lo que los corazones malintencionados como los de Delgnat deseaban ver. Lerna pensó que ése, quizá, fuera el motivo por el que Tríome nunca mostraba cariño hacia Glauco en público. Y por ello la muchacha sentía cierta simpatía por el asistente.

–Dime, señora, ¿estás a gusto en Cnosos? –preguntó él, para combatir el incómodo silencio.

–Sí, claro –respondió Lerna, tratando de esconder las sensaciones vividas momentos antes en el megarón–. Todo es hermoso y plácido en este lugar, aunque también abrumador.

–Entiendo lo que dices. Llevo toda la vida aquí y aún me asombra su grandeza. No hay otra ciudad igual en el mundo.

–No he visto más ciudades, salvo Tirinto –sonrió ella–. Y es cierto que ni se le acerca en grandeza, así que tomaré por cierto lo que me dices.

–Pronto conocerás más urbes, cuando debas acompañar a tu esposo en algún viaje oficial. No necesitarás fiarte de mí, lo comprobarás con tus propios ojos. Nada es comparable a Creta ni a los cretenses.

Lerna inclinó la cabeza a un lado y arrugó la frente. Le pareció detectar cierto tono de desprecio hacia todo aquel que no fuera de la isla. No le gustó, porque lo consideraba hipócrita viniendo de alguien que sufría inmerecidamente los prejuicios de otros.

–Lo siento, señora, no pretendía ofenderte. –Él pareció detectar su incomodidad–. Supongo que hay excepciones agradables entre los pueblos menos civilizados. Veo en ti la prestancia de un cretense y un carácter lo bastante fuerte para medrar en la Casa del Hacha.

La esposa de Starn no supo muy bien cómo tomarse esas palabras. ¿Eran un halago o un nuevo insulto?

Poco después alcanzaron la Gran Escalera, que los condujo hasta el patio central de la ciudad. Lerna inspiró una bocanada de aire, satisfecha de estar de nuevo bajo el cielo abierto, en un lugar reconocible. Tras aquella pequeña aventura estaba segura de que jamás lograría acostumbrarse a la inmensidad de Cnosos.

–No te entretendré más de tus tareas, Glauco –le dijo entonces, con un cortés saludo con la cabeza–. Desde aquí creo que puedo seguir sola hasta mis aposentos. Gracias por tu auxilio. De no ser por ti, todavía seguiría deambulando por ahí dentro, al igual que ese monstruo del que hablan los cuentos.

–Ha sido un placer. –Hizo una reverencia y se dio la vuelta, pero pareció pensarlo mejor y volvió a mirarla–. ¿Podría pedirte un favor, dama Lerna?

–Por supuesto, te lo debo.

–Desearía que no comentarais que nos hemos encontrado hoy.

La muchacha titubeó durante un instante ante la extraña petición.

–¿Por qué? –respondió, desconcertada.

–A estas alturas, mi señora, sin duda sabes que la corte es un nido de cuchicheos y comentarios burlones. Nuestro encuentro, dos jóvenes apareciendo juntos de lugares poco transitados, podría malinterpretarse y ser objeto de rumores insidiosos.

Lerna asintió con la cabeza. Por un momento había creído ver algún tipo de interés ilegítimo en las intenciones de Glauco. Pero sus razones eran más que sensatas. Si Delgnat o alguna de sus ovejas se enteraba de algo así, bien podría utilizarlo para humillarla. Seguro que ni siquiera los rumores sobre los gustos carnales del asistente lograrían frenar su mala lengua.

–Hagámoslo de ese modo, y así nadie sabrá tampoco de mi torpeza para orientarme –contestó con una sonrisa–. Sera nuestro pequeño secreto.

El sol de mediodía caía a plomo cuando Lerna vio desaparecer a Glauco por otra de esas puertas que llevaban al interior de aquel vasto palacio, tan intrincado como su nueva vida.

14

Amnisos estaba situado a media mañana del palacio y su tamaño no tenía parangón con ningún otro puerto conocido. Ni siquiera los estuarios egipcios se le acercaban en grandeza y suntuosidad, lo cual es mucho decir. Cientos de naves atracaban en sus embarcaderos, auténtica medida del poderío marino de los cretenses, aunque algunos de los barcos sólo estaban de paso: dejaban sus mercancías, cargaban otras y se hacían de inmediato a la mar. Durante el día podían escucharse docenas de lenguas y dialectos de bocas de marineros, mercaderes, estibadores, pescadores, calafateadores, remendadoras de redes... Un sinfín de hombres y mujeres, tanto forasteros de remotas tierras como hijos de la Isla Bienaventurada. Gentes de Filakopi, Egina, Laurión o Naxos se reunían cada jornada en el puerto, dando vida, color e incluso aroma al verdadero propileo de Creta.

La mayoría de aquellos extranjeros pasaba al menos una noche en la ciudad. Al olor de semejante negocio los cretenses habían creado muchas distracciones con las que ofrecer merecido descanso y solaz. Entre los edificios de barro –quizá no tan espléndidos como los del palacio, pero sí lo suficientemente dignos para estar a la altura del famoso lujo cretense– podían encontrarse tiendas, lupanares y casas de apuestas. Las veladas siempre eran animadas en el puerto.

Pero centraré esta parte de mi relato en un individuo en concreto. No, no te desvelaré su identidad por el momento, permíteme esta concesión a la intriga. Por ahora me limitaré a decir que llegaba por el Camino Real, la vía que unía Cnosos con el puerto, hasta alcanzar el muelle oficial del minos. Había dejado atrás el puesto aduanero que controlaba las mercancías destinadas a palacio y se adentraba entre la marabunta de edificios. Marchaba intranquilo. Vigilaba en todo momento que el manto que le cubría la cabeza se mantuviera en su sitio, para no dejar su rostro al descubierto. Nadie debía reconocerlo, o eso al menos era lo que deseaba.

Mientras buscaba su destino observaba de reojo a cada individuo con el que se cruzaba, dejando que un rictus de aprensión asomara a sus labios cuando reparaba en un forastero. ¡Era tan fácil reconocerlos! Su aspecto desaliñado y basto en comparación con el refinamiento de los cretenses bastaba. En realidad, la mayoría de transeúntes eran extranjeros. Ningún isleño decente permanecería por gusto en el puerto más de lo necesario, y menos a horas tan intempestuosas.

Los edificios, algunos de dos e incluso tres pisos de altura, se sucedían en filas, con sus fachadas de cal casi indistinguibles. Las plantas bajas alojaban tiendas o talleres diversos, de alfarería, orfebrería o calderería, entre muchos otros. Pero abundaban sobre todo las tabernas. Pues en aquellos tiempos, como en los actuales y sin duda en los venideros, los marineros arribaban a tierra con gran sed y mayores ansias de divertimento.

Fue delante de una de éstas, no la más lujosa en absoluto, donde el encapuchado se detuvo. Ningún cartel anunciaba qué tipo de establecimiento era, pero por la estrecha línea entre las dos cortinas se vislumbraban mesas, se colaban risas e improperios típicos de borrachos y escapaba el hedor del vino agrio.

Dudó. No era aquél el tipo de locales que visitaba habitualmente. De hecho, le costaba creer que tales tugurios existieran en Creta. Rebajarse a semejante vulgaridad, aunque fuera para contentar a los forasteros, le resultaba un insulto a la decencia. Pero tenía una tarea, así que al fin se decidió y entró. Dio al tabernero un nombre, y éste señaló hacia un rincón de la sala. En una mesa, un hombre solitario, de figura recia, bebía como si el mundo fuera a acabar aquella misma noche. El caldo rojo le manchaba una barba con bigote que afeaba un rostro ya de por sí demasiado rudo, no tanto por la nariz ancha como por la desagradable cicatriz que le rasgaba el pómulo izquierdo. Era un aqueo, su aspecto lo delataba. No entendía qué atractivo podían ver las mujeres de aquel pueblo en unos hombres que se dejaban crecer pelo en la cara. Tal vez las bromas de los cretenses fueran, después de todo, una realidad: que las aqueas eran tan barbudas como sus esposos, y por eso consentían.

Se dirigió hacia allí, esquivando las proposiciones carnales de algunas mujeres. Por supuesto, ninguna de ellas era cretense.

–¿El capitán Idomeneo?

El individuo alzó la cabeza y lo miró con unos ojos que no dejaban traslucir ninguna emoción y que, sin embargo, daban miedo.

–¿Quién pregunta?

–Aquel con quien acordasteis una tarea me envía para concretar el asunto y realizar el pago.

–Ah, sí. –Durante un instante, lo que tardó en dar un largo sorbo de vino, pareció que se olvidaba de todo–. Hablemos, pues. Pero mejor muestra tu cara. No negocio con nadie que se esconda.

El encapuchado, aunque a regañadientes, no tuvo más remedio que acceder.

–¡Oh, mírate! ¡Eres un guapo muchachito cretense, de esos que mean perfume!

La mofa resultó hiriente, pero sabía cómo responder:

–Quizá sea mejor que busque a otro, si mi oro es demasiado refinado para ti.

Idomeneo se carcajeó.

–Tranquilo, no le hago ascos al origen de mi sueldo –repuso, tendiendo la mano para demandar la paga.

El cretense le entregó la bolsa de cuero. El otro no mostró reparo alguno en volcar el contenido, sin importarle las miradas ajenas. Examinó y contó las pepitas de oro y plata, las mordió para comprobar que no eran falsas.

–Bien, bien, estoy satisfecho –respondió al fin–. Pero no sé a qué viene eso de concretar nada. Todo quedó claro cuando se me contrató.

–Hay ciertos... cambios. La tarea sigue siendo idéntica en esencia: abordar el barco diplomático que parte mañana de este mismo puerto. Sin embargo, no os limitaréis a asustarlos. Mi amo quiere que nadie salga vivo del navío.

–¡Vaya con los cretenses! Y yo que creía que erais corderitos inocentes.

–¿Supondrá algún problema?

–Poco me conoces si crees eso. –Un brillo de codicia apareció en sus ojos; al fin expresaban algo–. Pero matar es más caro que amedrentar.

Un nuevo saquito cayó sobre la mesa, lo que alegró la expresión del pirata.

–Esto es otra cosa.

15

La cinta dorada que el amanecer extendía por el horizonte cedía veloz ante el rey de los astros. Starn, recostado sobre la borda del *Hijo de Minos*, contemplaba el suave oleaje, que acunaba el navío del mismo modo que lo haría una madre amorosa. Sabía muy bien que aquel manto azul podía entrar en cólera, pero los días se presentaban plácidos gracias a la ofrenda realizada a Posidón. Así lo habían asegurado las sacerdotisas antes de partir de Cnosos.

En cualquier caso, contaban con la seguridad de un transporte sólido, adecuado a la fama de quienes eran considerados los señores del mar. Todo su esplendor se lo debían al comercio, a los viajes sin tregua para abastecerse y exportar sus propios productos: conseguían estaño en las costas occidentales del gran continente, y vendían cerámica, lingotes de cobre o herramientas de bronce en las ciudades de Oriente. No existía puerto, desde Thápsos a Ugarit, que no conociera la excelencia de los cretenses.

Por eso, el arte de su pueblo para la construcción de bajeles no tenía parangón y era envidiado incluso por los egipcios. La falta de buena madera con la que armar navíos robustos, capaces de resistir el oleaje, los obligó a conformarse con recorrer el plácido Nilo sobre barcazas de juncos unidos con cáñamo. Pero Creta no tenía límite alguno.

El impulso del *Hijo de Minos* provenía de los cuarenta y ocho remeros que, abnegados, se esforzaban contra las corrientes. Mucho mejor que depender de que los vientos hincharan una vela, sin duda. Aunque allí estaba, plegada en el palo central, por si las condiciones eran buenas para utilizarla. A cambio, el viaje se hacía más incómodo por el cabeceo del barco impulsado por los canaletes. Pero los cretenses eran hombres de mar, los vaivenes les suponían la misma molestia que a un norteño los brincos de esas extrañas bestias que llamaban «caballos». El timonel, en la popa, manejaba la caña para dirigir el rumbo del navío. Mientras el resto de marineros realizaba sus tareas, los insignes pasajeros pronto preferirían resguardarse del sol a la sombra de la carpa bajo el mástil, en sus cómodos asientos. El casco estaba decorado en los flancos con las habituales palomas, símbolo de las labores diplomáticas. A proa, una cabeza de toro dorada embestía el aire y las olas al compás del esfuerzo de los remeros.

Se dirigían a la colonia de Akrotiri, en el archipiélago al norte de Creta. Era habitual que la familia real honrara a las ciudades hijas de Cnosos con la visita de alguno de sus miembros para que éstas entendieran que no habían sido relegadas por su madre. Y en esta ocasión tendrían a dos príncipes entre sus invitados.

–Estoy seguro de que ahora mismo preferirías estar en otro lugar, con otra persona –dijo Afestes a Starn.

Le sonrió. El escolta, fornido y dueño orgulloso de una trenza que le llegaba hasta la cintura, tenía la habilidad de sacarle una risa siempre que lo necesitaba. En realidad, era mucho más que el jefe de su guardia personal. Se conocían desde niños, pues era hijo de Climostes, uno de los asistentes del minos. Fue el propio Starn quien lo eligió para su servicio cuando regresó de Tebas, pues entre ambos existía una sólida amistad.

–No negaré esa parte, desde luego. Pero ni a Lerna ni a mí nos vendrá mal separarnos durante unos días. Temo que se hastíe de tanto tenerla junto a mí –bromeó el joven príncipe.

–¡Oh, te aseguro que una mujer nunca se cansa de recibir atenciones! –proclamó el otro, carcajeándose.

De pronto, uno de los marineros lanzó un alarido. Starn dirigió la mirada hacia donde aquél señalaba, un punto hacia el este. En un primer vistazo no advirtió nada entre los ligeros vaivenes del mar, pero no tardó mucho en reparar en una mota oscura que contrastaba con el azul de las aguas y del cielo despejado.

Rápidamente, se reunió con Partolón y el capitán del navío en el camarote que éste tenía en la parte posterior. Era un hombre de brazos fuertes y pecho esculpido por sus días de remero, que se movía con el habilidoso ritmo de quienes pasan más tiempo entre las olas que en tierra firme. Atendía al nombre de Babal, aunque muchos lo llamaban Albo, pues tenía el cabello tan rubio como la plata, algo para nada común entre los cretenses. Se decía que en su juventud había tenido que soportar mofas por ello, pero logró tornar lo extraño en exótico y convertirlo en una ventaja. Desde que se hicieran a la mar, unas horas antes, no había dejado de alardear de cuánto admiraban su rareza las mujeres.

–Creo que puede tratarse de un mercante en apuros, pues no parece avanzar más que llevado por las corrientes, señor –comentó.

–No lo dejaremos a su suerte en ese caso –atajó Partolón.

El capitán dio las órdenes oportunas al timonel y el transporte diplomático, convertido ahora en una suerte de partida de rescate, viró hacia su nuevo destino. Conforme se acercaban, Starn se fijó en la embarcación a la que pretendían auxiliar. Albo tenía razón: era un navío comercial. La forma redonda y robusta así lo proclamaba. Tenía un solo mástil, y la vela rectangular aparecía plegada. Los remos estaban quietos.

Los cretenses se aproximaron poco a poco, mientras el capitán daba voces a los posibles tripulantes del mercante. Nadie respondió.

–¿Qué desgracia puede haberlos asolado? –preguntó Partolón–. ¿Es que no hay vida a bordo?

Y entonces, abarloado ya el navío diplomático, llegó lo inesperado. Silbaron los garfios de abordaje, que se engancharon inclementes para unir el destino de ambas embarcaciones. Cuando vio a los piratas saltando hacia él, Starn sintió un intenso pavor, una especie de puño que le estrangulaba la garganta, el corazón y las tripas. Espadas. Aquellos hombres portaban hojas auténticas y no las esgrimían para ningún ritual. Matar. Ése era su objetivo.

–¡Detrás de mí, hermano! –gritó Partolón, como si él pudiera defenderlo sólo con sus puños.

Los miembros de la escolta formaron una barrera para proteger a los dos príncipes. Acasbel e Ith, los más fieles del príncipe heredero, daban las órdenes. El primero era hermoso y carismático; el segundo, intimidante. Pero a Starn no le pasó inadvertido el temblor con que sujetaban unas lanzas que jamás habían utilizado en un combate real.

Por desgracia, no estaban ante bestias descerebradas. Un grito de guerra antecedió a los aproximadamente veinte individuos que se abalanzaron sobre los treinta centinelas. Los cretenses, sumidos en el miedo, reaccionaron con torpeza. Tres cayeron durante la acometida inicial, y quizá fuera el aliento de una cercana muerte lo que hizo que el resto se revolviera y decidiera mostrar mayor resistencia.

Ahora bien, los asaltantes tenían de su lado la habilidad y la experiencia. Desbordaron a los guardias hasta encontrar un hueco por el que colarse y uno de ellos quedó pronto frente a los hijos del rey. Starn fue incapaz de reaccionar. De pronto, le parecía que su carne se había convertido en piedra, que el mundo pesaba tanto que le ataba los músculos. El rostro del pirata, cruzado por una ira irracional que desfiguraba sus expresiones, era lo único que existía.

La hoja de bronce cayó sin piedad. En el último instante, el afán de supervivencia lo hizo reaccionar. Era ágil y rápido, lo bastante para inclinarse hacia atrás al mismo tiempo que ladeaba la cintura. Aun así, el gesto llegó demasiado tarde como para esquivar por completo la espada. El filo lo alcanzó, pero algo lo protegió. Algo dio la vida por él.

Su lira.

Astillas, cuerda y plata saltaron al mismo tiempo que Starn caía sobre sus espaldas. El pirata, que no había esperado aquello, dudó durante un suspiro. Y ése fue todo el tiempo que necesitó Partolón para situarse entre su hermano y el agresor. Un brillo en la mano. Un puñal en ascenso, hambriento, que se hincó en la carne desprotegida del andrajoso hombre. Toda la rabia dibujada en la faz del asaltante se tornó primero en sorpresa y luego en horror, al comprender que le llegaba la muerte. Era terrible. Terrible. Tanta violencia, tanta cólera... Insoportable.

Starn cayó de rodillas, abrumado por la situación. El resto de la batalla transcurrió como un sueño, una pesadilla más bien: lanzas que picaban, espadas que atacaban y defendían, hombres que caían y aullidos de dolor mezclados con el ímpetu desatado. Y, entre tanta barbarie, un personaje se alzó por encima de cualquier otro. Fue Partolón quien cambió las tornas del combate. Él, quien, entre consignas a la supervivencia, con el recuerdo de la Diosa en sus labios, consiguió lo impensable: que un grupo de guardias que nunca había entablado batalla se impusiera a bandidos diestros en el arte de matar. Empañada la vista por las lágrimas, Starn vio cómo su hermano balanceaba una lanza recuperada de uno de los abatidos. Alcanzó a un enemigo y lo atravesó, inspirado por alguna fuerza divina, o eso al menos le pareció. La punta de bronce rasgaba el aire y la carne rival, sin piedad. Y tal era su arrojo que, al fin, los piratas comprendieron que no se enfrentaban a un isleño miedoso, sino a un señor de la guerra que acababa de despertar.

Huyeron.

* * *

Le sobrevino una arcada terrible que no pudo contener. Starn vomitó entre cruentos temblores, dejando escapar la bilis sobre el reguero de sangre de los muchos cadáveres tendidos en la cubierta. ¡Debes entenderlo! ¿De qué otro modo iba a reaccionar quien está acostumbrado a una vida segura, quien ha crecido entre la placidez y la paz más absoluta?

Se palpó el dolorido hombro y fue entonces cuando sus dedos se encontraron con lo que quedaba de la lira. Apenas pedazos colgando y esparcidos por el suelo. La visión del cadáver de su amado instrumento, que tantas satisfacciones le había dado, le provocó una honda tristeza. Recogió los restos con amoroso cuidado, como si de un hijo al que enterrar se tratara.

El escenario, una vez logró armarse de valor para alzar la mirada, resultaba desolador. Quizás hubieran conseguido la victoria, pero la supervivencia no iba a ser para todos. Ocho piratas yacían muertos entre los charcos oscuros. Terrible destino compartido con quince de los guardias y otros cinco marineros cretenses. Al menos Afestes estaba de una pieza, aunque temblaba igual que el resto.

Partolón lo tomó del brazo y lo obligó a levantarse.

–Arriba. Que nadie diga que los hijos de Sear, el minos, se acobardan –le conminó.

–De ti no cantarán cobardía alguna, hermano. De mí, en cambio...

–No seas tan duro contigo mismo. Todavía eres joven. Nunca antes te habías enfrentado a la muerte.

«¿Acaso tú sí?», se preguntó Starn. «¿Cuándo?».

–¿De dónde has sacado el puñal? –quiso saber, extrañado de que su hermano llevara armas.

–Pretendía ser un regalo para el gobernador de Akrotiri, aunque ahora que ha probado la sangre tendré que buscar otro.

–¿Qué locura es ésta? –se lamentó Albo–. Hace décadas que no se ven piratas por estas aguas.

Partolón caminó hasta el cadáver de uno de ellos. Le dio la vuelta, estudió su rostro, los cabellos y las vestimentas. Era el que se había lanzado sobre Starn. Lo reconoció por la horrible cicatriz en la mejilla.

–Estas facciones bastas, las barbas y esas melenas desarregladas... Aqueos, no me cabe duda –aseguró al fin.

Starn se llevó las manos a la cara, incrédulo ante lo que estaba pasando. Partolón trató de animarlo palmeándole la espalda. Pero lo que dijo a continuación no ayudaría a calmar el horror que inundaba al más joven de los príncipes.

–Ya ves, hermano. El mundo se está volviendo cada día más peligroso. –Sus ojos estaban cargados de decisión–. Va siendo hora de que los cretenses hagamos algo al respecto.

16

Los siervos reales sostuvieron frente a los príncipes sendas jofainas de agua perfumada para que se asearan los sucios rostros. Starn, todavía consternado, empezó a lavarse y dejó luego que una solícita Lerna lo secara con un paño de lino.

La muchacha había hecho suya la congoja de él. De tan compungida se le empañaban los ojos al pensar en lo que había pasado su esposo. La muerte lo había rozado. ¡La muerte, ni más ni menos! Y del modo más violento e impensable. Si lo hubiera perdido... No, no podía ni imaginarlo.

Partolón, a diferencia de su hermano pequeño, sí era dueño de sus actos. Apartó la vasija que le tendían de un manotazo, con la expresión crispada por el enojo. El recipiente fue a parar al suelo con un gran estruendo.

–¿Es que lo ocurrido no te resulta lo bastante alarmante para que lo primero en que pienses es en nuestra higiene, padre? –rugió.

Sear arrugó el entrecejo.

En el poco tiempo que Lerna llevaba en la corte había descubierto lo complicadas que resultaban las relaciones entre los miembros de la familia real. Partolón y Tríome, tan semejantes en orgullo por mucho que se negaran a admitirlo, eran dos volcanes siempre al borde de la erupción. Cuando estallaban, solía ser para enfrentar sus fuegos en una malsana competencia por situarse el uno por encima del otro. ¡Ah, cuánto se alegraba de que su amor hubiese caído del lado de Starn! Él poseía calma y un punto de inocencia que esperaba no se hubiera arruinado tras el horrible ataque pirata.

Sear se mostraba más equilibrado. De todos modos, que fuera bueno con sus hijos y cariñoso con los nietos no le restaba un ápice de severidad cuando se trataba de abordar las obligaciones que comportaba su título. Mientras vestía la túnica de rey no quedaba mucho hueco para el padre.

–Para iniciar un debate se precisa aplomo, Partolón. Ya deberías haberlo aprendido. La alternativa es el caos, algo que no pienso permitir.

La ciudad se había sumido en el desconcierto y la preocupación tras el regreso precipitado de los dos príncipes. Los rumores se extendían por todo Cnosos.

–¡Calma, dices! –Levantó los brazos–. ¡Dos de tus hijos han sido atacados! ¡Apenas hemos escapado de la muerte!

–Seguro que no fue para tanto, hermano –intervino Tríome, que bebía vino de una copa mientras se recostaba despreocupado en uno de los bancos de piedra, cerca de Bacor–. Cuatro piratas desesperados no pueden haber puesto en apuros al gran Partolón de Labyrinthos.

–¡Oh, cállate de una vez! –Lo fulminó con la mirada, señalándolo con el dedo–. ¡Habló quien no hace más que inventar falsas cacerías para esconder sus escarceos de cama con los sirvientes!

Tríome saltó como si una abeja le hubiera aguijoneado el trasero. Pero fue la reina quien, una vez más, atajó el inadecuado desvío que estaba tomando la conversación:

–¡Basta ya de comportaros como niños!

A pesar de las circunstancias, Lerna no pudo evitar una sonrisa torcida. La belleza de Ariaghne se encendía cuando se enfadaba, convirtiéndola en una especie de tormenta helada tan hermosa como terrible. Al principio la intimidaba. ¡Era tan fuerte, arrojada y preciosa! Se sentía insignificante a su lado, ella, que todavía era una muchacha, sin nobleza de sangre en su interior, tan poco agraciada en comparación, por mucho que Starn jurara una y otra vez que jamás había conocido a una mujer tan bella. Sabía, además, que su esposo tenía un lugar especial reservado en el corazón para su madre, y tenía miedo de no estar a la altura de semejante adoración.

Sin embargo, todos sus temores se disiparon conforme fue conociendo a la señora de Labyrinthos. Ella la recibió enseguida como parte de la familia, la abrazó sin reserva alguna y le abrió las puertas de su cariño.

–Tienes un alma gentil, dulce y a la vez firme –le dijo, al poco de que Starn la presentara como su prometida–. Eres bella por fuera y por dentro. Me siento afortunada de que Starn haya encontrado a una criatura tan especial como tú. Así que, a partir de hoy, también serás mi hija.

Lerna sintió una profunda emoción y lloró en sus brazos; se forjó entre ambas un lazo que nada sería capaz de desanudar. Si antes la admiraba como reina, ahora lo hacía como madre.

–No podemos dejar esta afrenta impune –insistió Partolón, volviendo al presente de la historia.

–¿Y a quién pretendes culpar? Tal vez fueran aqueos, pero no podemos responsabilizar a todo un pueblo por las acciones de unos pocos –le replicó el minos.

–Además, ¿qué íbamos a hacer? –preguntó Tríome–. No tenemos un ejército, y nuestra flota de guerra quedó desmantelada por completo décadas atrás, cuando acabamos con las antiguas oleadas de bandidos del mar.

–Eso es algo que puede solucionarse.

–¿Qué estás proponiendo exactamente, hermano? –dijo Starn, que al fin se animó a tomar parte en la discusión.

–Lo que sin duda imaginas. Todos los que estamos en esta sala conocemos muy bien cómo es el mundo ahí fuera, lejos de nuestras fronteras. Aunque insistamos en escudarnos en la diplomacia para poder mantener nuestra tediosa tranquilidad, nos hallamos rodeados de pueblos cada vez más belicosos. ¿De verdad sois tan ingenuos para pensar que nadie se fijará en nuestra riqueza? Sean los aqueos del norte, los hicsos de Oriente o cualquier otro, ocurrirá. ¡Y para entonces las palabras dejarán de servir! ¡Tenemos que forjar una fuerza militar que proteja nuestra ciudad y nos permita vengar cualquier ultraje!

–Hijo mío, recapacita –comentó Ariaghne, tratando de dulcificar la voz para apelar al corazón de Partolón–. Hablas de cosas que no conoces, porque jamás las has vivido.

–¿Debemos, pues, dejar que el tiempo pase, y esperar que la Diosa nos proteja eternamente? No, madre. Las divinidades también se cansan, sobre todo cuando los suyos se pierden en la complacencia.

El minos movió la cabeza, frustrado por el comportamiento de su hijo.

–Ay, muchacho empecinado, que ya ni siquiera atiendes a la sensatez de la dadora de tus días –dijo con tono de reproche–. ¡Qué sabrás tú de la guerra! ¿Quieres que te hable de ella? Lo haré, sí...

La voz del primero de Cnosos se extendió por toda la cámara, rellenando cada hueco existente. Lerna sintió cómo su poder la atravesaba hasta tomar forma en la morada del alma. Sear tenía el don de la palabra, la capacidad de conmover a quienes lo atendían..., salvo a Partolón.

–Hace cientos de años, los cretenses conocimos el conflicto y empuñamos las armas. ¿Creías que los cuentos que Bacor te narraba de niño eran invenciones para llevarte al sueño? ¡Fueron reales! Minos, el rey que instauró nuestra dinastía, hijo de la Diosa, fue a la guerra. Alzó un ejército como jamás se ha vuelto a ver en el mundo y durante muchos veranos e inviernos luchó para limpiar las aguas de piratas. Y, sin embargo, todo aquello sólo fueron escarceos.

Lerna casi pudo ver las flotas de barcos de guerra persiguiendo a los navíos de velas negras, tal y como yo los tengo en mi memoria. Presenció en su mente los abordajes, las matanzas, los filos abriendo gargantas y la sangre saltando al unísono con los lamentos agónicos. Tembló.

–Guerra, dices, hijo, tú que sólo has conocido la paz... –continuó Sear–. Minos fue contra Atenas para vengar el asesinato injusto de su hijo en los juegos. Miles de hombres se enfrentaron en esos años; los campos quedaron sembrados de cadáveres, las llanuras, abonadas con la carne de hombres insustituibles. ¡Seres que no volverían a existir! Todos ellos con sus vidas, todos ellos valiosos, con dones que aportar al mundo. Allí, superviviente o parte de ese estiércol desperdiciado, habrías comprendido la verdad que subyace tras la contienda, tal y como lo hizo Minos: en la guerra sólo vence la muerte. Que nunca tengas que aprender esa lección por ti mismo.

Cuando calló, un silencio estremecedor aleteó en el aire. Lerna se sentía igual de vacía cada vez que Starn hacía enmudecer la lira.

–Hablas como si lo hubieras vivido, pero no es así –se atrevió a decir Partolón, tras un instante–. Sólo son historias adornadas.

–Soy Sear, hijo de Sru, hijo de Easru, hijo de Brament, hijo de Atecteo, hijo de Catreo, hijo de Minos, engendrado éste por el divino Posidón y parido por la Gran Diosa. La herencia inmortal me ha legado los recuerdos de los que murieron antes que yo, que recaerán en ti cuando me sucedas, si lo mereces. Ese día lo entenderás todo, pero hasta entonces esta discusión hace rato que ha perdido cualquier sentido –dijo de pronto Sear, hastiado–. No romperé la forma de gobernar que me legaron mis antecesores, que tanta prosperidad nos ha aportado, por un desgraciado y aislado acontecimiento. ¡Y no se hablará más del asunto mientras no haya motivos poderosos para ello!

–Cometes una grave imprudencia, padre. ¡Ojalá Cnosos no tenga que recordarte como el rey que ignoró lo evidente y condenó a su pueblo! Ojalá.

–¿Cómo te atreves a hablarme así?

Pero Partolón ya se había dado la vuelta. Ignorando las exigencias del minos, abandonó las dependencias del trono sin volver la vista atrás.

* * *

La noticia del ataque contra los dos príncipes se propagó veloz, tal y como era de esperar. Ahora bien, gracias a los consejos de Bacor, lograron controlar el cariz que tomaban los rumores. Su plan era sencillo: en lugar de tratar de esconder lo ocurrido, se alentó la narración del episodio, poniendo especial énfasis en que se trataba de un acto puntual de bandidaje. Además, se utilizó el suceso para ensalzar el coraje de los hijos del minos y fortalecer la idea de que la Gran Diosa los protegía.

Así pues, unos pocos días después todos hablaban de la prodigiosa defensa de Partolón y Starn, ya fuera en la Casa del Hacha o en las aldeas de los alrededores. Los hermanos eran audaces, decían, y habían sido imbuidos por la gracia de la divinidad. «Nuestra amada madre vela por ambos», aseguraban algunos. «Nada malo puede acontecerles, pues pura es su sangre», opinaban otros. Comentarios animados también por las sacerdotisas, que aseguraban que la familia real había sido tocada por una grandeza superior.

Gracias a aquellas alabanzas, Partolón vio calmado su enojo. Starn, sin embargo, se sentía incómodo ante lo que consideraba una mascarada deshonrosa. Lerna lo sabía apagado, confuso y perdido en un revoltijo de emociones encontradas. Sufría, podía advertirlo tan claramente como si el dolor naciera de sí misma.

–No hice nada para que se me tilde de héroe –insistía, una y otra vez–. Me quedé allí, parado, asustado como un niño pequeño. Tanta violencia pudo conmigo. Fui un cobarde. Si escapé de la muerte sólo fue por la fortuna de portar mi añorada lira y por el valor de mi hermano.

–Mi amor, te tienes en muy baja estima –le replicó ella mientras lo abrazaba para consolar su padecimiento–. Tener miedo no te convierte en peor hombre.

–¡Partolón no lo tuvo! Tendrías que haberlo visto. Parecía uno de esos guerreros de la antigüedad capaces de grandes hazañas. A pesar del salvajismo del combate, daba gozo verlo por encima de los enemigos.

–Prefiero tus cualidades, esposo: una mente sensata, un corazón humilde y unas manos hábiles en la música y el amor. Los hombres débiles son los que, en cambio, se decantan por el rencor y el falso orgullo. Aquellos que sólo piensan en destacar.

«Como Partolón», quería añadir, pues era lo que pensaba.

Sin embargo, no lo hizo. La confianza entre la pareja era absoluta. Se amaban sin reservas ni secretos. Lerna suspiraba por él de un modo que no podía expresar más que con besos, caricias y miradas. ¿Acaso no fue la Diosa quien los unió, pues fue el regalo por la danza ante el toro que bailó en su honor? Al menos así lo creía. Pero, a pesar de ello, la muchacha entendía que algunas cosas debían callarse. Sabía cuánto quería Starn a su hermano, así que no se atrevió a nombrarlo, ni a relatarle las impresiones que le transmitía con sus actos: que, conscientemente o no, el heredero buscaba aprovecharse de Starn.

–Eso estaría muy bien en un mundo sin mácula, mi amor –respondió él–. Pero empiezo a pensar que Partolón tiene razón: los pueblos más allá de nuestras tierras miran con avidez nuestra prosperidad y se sienten tentados.

–¿Y la solución es volvernos salvajes y violentos como ellos?

–No, pero sí estar preparados.

Lerna notó un escalofrío.

La paz de Cnosos estaba a punto de llegar a su fin.

17

Los jadeos crecieron hasta acabar en un estallido de fuego y pasión. Los dos amantes cayeron el uno sobre el otro y, durante unos momentos, sólo pudieron resollar en busca de aire. Luego, cuando los espasmos de placer cedieron un poco, se dedicaron a acariciarse.

Calma la expresión, viejo gruñón. Ya hemos hablado de esto antes, os aseguré que no eran prácticas extrañas, aunque solían llevarse con discreción para evitar en lo posible las habladurías. Sé que tienes reparos ante las relaciones amatorias entre dos varones, pero recuerda que no se pueden juzgar las sociedades añejas sin tener en cuenta el contexto de sus costumbres. ¿Qué hay de malo en que dos hombres se amen, si es con sinceridad? ¿Es que sus corazones no laten del mismo modo que los de cualquier otro? Porque te puedo asegurar que entre Tríome y Glauco había mucho más que simple atracción carnal. Se amaban de verdad.

Quizá demasiado.

El asistente sonrió al recibir los besos. Era el mejor bálsamo para el dolor que, inevitablemente, siempre acompañaba sus aventuras de cama. Dolor, sí, aunque ya no sufrimiento, no como aquella primera vez. Jamás olvidaría la noche en que Tríome lo inició en el arte del amor. Temblaba cual pajarillo temiendo el salto con el que aprendería a volar. La agonía se mezcló con un deleite que casi lo llevó al paroxismo. ¡Qué intenso aquel contraste! Pero el príncipe lo trató con cariño, haciendo que todo fuera sencillo una vez superado el miedo. Y así había seguido siendo desde entonces.

Por eso lo quería tanto.

Por eso haría lo que fuera por él.

–Lo necesitaba... –suspiró el hijo del minos–. Han sido días complicados. Te prepararé algo que te relaje.

Glauco, sin siquiera cubrir su desnudez, se levantó de la cama y fue hasta el baño de piedra al otro lado de la habitación. Dejó que el agua surgiera de la cañería y, mientras tanto, preparó el fuego de la caldera, situada justo debajo de la gran pila, la cual podía llenarse de leña a través de una portezuela de hierro. Era un sistema ingenioso gracias al cual la piedra caldeaba el agua mientras se llenaba el lavatorio.

–Deberíamos llamar a un sirviente para que preparara el baño –apuntó Tríome.

–Yo soy tu sirviente.

–Eres mucho más que eso, o deberías serlo. No soporto que te encargues de estas tareas tan vulgares.

–Nada es vulgar si su objetivo es hacerte feliz –respondió él.

El muchacho regresó a su lado y lo animó a levantarse. De la mano, lo llevó hasta el baño. Las sales aromáticas ya estaban sobre el agua, y conforme ésta se calentaba desprendían una deliciosa fragancia a lirios y romero. Cuando la temperatura fue la adecuada, ambos entraron en el foso de piedra y lo bañó, apartando el sudor de su piel.

–Se suponía que las cosas no tenían que salir de este modo –dijo Tríome.

–No entiendo. El final ha sido el que deseabas. La relación entre tu hermano y tu padre se ha vuelto más cruda que nunca.

–¡Pero el precio casi excede lo permisible! El plan era asustar a Partolón. Y en lugar de ello casi muere, junto con Starn, que nada tiene que ver con esto.

–Es lo que pasa por contratar a esos aqueos miserables. No tienen palabra. Yo transmití tus órdenes a ese horrible capitán tal cual querías.

No le gustaba mentirle. Sin embargo, el príncipe tenía tal falta de malicia que se hubiese escandalizado al saber que Glauco había cambiado por su cuenta el mensaje a los piratas. Sí, así es, lo has comprendido: él era el misterioso encapuchado que se encontró con el capitán Idomeneo en el puerto; y también él quien dictó la sentencia de muerte de los príncipes, porque así debía ser en su opinión. Creía que Tríome nunca sería capaz de tomar según qué decisiones por sí mismo, de idear los planes que hicieran falta en cada momento. Por eso se había adjudicado la responsabilidad de guiarlo, aunque fuera mediante susurros, sutiles manipulaciones e incluso engaños. Era por su bien: Tríome gobernaría Cnosos y toda Creta. Haría cualquier sacrificio para que así fuera.

–¡No seas tan frívolo! –se quejó el hijo del minos, apartándose–. Casi provoco la muerte de mis hermanos.

–¿Me acusas de frialdad, después de todo lo que he arriesgado por ti? Me ofendes.

–Yo... Lo siento, Glauco. Creo que tal vez estemos yendo demasiado lejos.

El asistente salvó de nuevo la distancia que Tríome había puesto entre ambos. Le puso las manos en el pecho y lo obligó a mirarlo a los ojos.

–¿Te rendirás ahora? ¿Es que no has oído sus insultos esta noche? ¡Es un arrogante con la cabeza hueca, y te ha menospreciado toda la vida! La Casa del Hacha no puede tener un rey así, tan arisco. Sólo tú estás a la altura para ser el próximo minos. Y yo... yo quiero que tengas lo que mereces.

–Lo sé –dijo Tríome, pero las dudas seguían ahí, en su voz titubeante.

–Si tiras un poco más de la cuerda acabará rompiéndose a tu favor. No cejemos, cariño, y te prometo que tu padre pasará por encima de Partolón para nombrarte heredero.

El hijo del rey asintió, a regañadientes.

–¿Cuál será entonces nuestro siguiente paso?

Glauco no respondió de inmediato, pero sabía muy bien qué hacer a continuación.

–Hay secretos que desvelar.

18

Se llamaba Humay y era un gigante de piel morena como el ámbar negro llegado de más allá del norte. Los cabellos, que ya empezaban a blanquearse, estaban cortados al estilo egipcio y apenas cubrían los aros de marfil que colgaban de sus orejas. La prominente mandíbula, los gruesos labios y las facciones exageradas le daban un aire ciertamente exótico. Para sostener la mirada de aquellos ojillos en apariencia apacibles, Partolón tenía que forzar el cuello, pues le sacaba casi dos cabezas. Se sentía pequeño junto a Humay y, si algo no le gustaba, era pensarse inferior a nadie.

A su lado, Starn observaba al imponente personaje con curiosidad. Ya se había topado con otros nubios durante su estancia en Tebas, pero la tarea por la que Humay había llegado a Labyrinthos lo convertía en alguien especial. Cualquiera que no supiera nada de los medjai creería por su aspecto que sólo tendrían utilidad como sirvientes en las tareas más básicas y pesadas. Incluso quienes se acercaban a la vejez, como Humay, parecían tener la fuerza de un buey de carga. Pero en Egipto descubrieron su verdadera valía. Eran apreciados como criados, sin duda, pero mucho más como mercenarios. En otro tiempo nómadas del desierto, ahora eran contratados para que patrullaran las fronteras. Se decía de ellos que su destreza con el arco era inigualable, de tal modo que los egipcios también llamaban a su territorio Tai-Seti, la tierra de la gente del arco.

El propio Partolón se había encargado de recibirlo en el puerto de Cnosos, la madrugada anterior, desde donde lo acompañó a la granja que había adquirido para él en la cercana región de Sklavokampos. La mansión era digna de un rico noble: tenía dos plantas, así como varias dependencias adicionales para la servidumbre y las tareas agrícolas; disponía de gruesos muros, una magnífica puerta doble como entrada, agua corriente, una capilla para orar a los dioses que le fueran propios... Y estaba bien comunicada, pues la habían levantado junto al camino que conducía de Tíliso al santuario del monte Ida. En aquella pequeña comunidad rural, el nubio y su familia pasarían desapercibidos, algo imposible en el palacio. No podía permitir que nadie, en especial su padre, conociera de su existencia. «Su mente obtusa no lo aceptaría», pensaba.

Sólo Starn sabía lo que pretendía con todo aquello, y ya se había asegurado de que no lo revelara, ni siquiera a su esposa. Exigencia que le había costado aceptar.

–No tienes que contárselo todo a tu mujer –le reprochó–. ¿Crees que Delgnat conoce cada paso que doy? ¡Claro que no! Y seguro que ella también tiene sus pequeños secretos conmigo. Es así cómo la confianza se cimenta en una relación.

–Pero esto no es un secreto pequeño, Partolón –se defendió él.

–Desde luego, y por eso es tan necesario mantenerlo oculto por ahora. La lengua de una mujer es ágil y siempre está dispuesta a soltar lo que sabe.

Starn movió la cabeza con gesto de desaprobación.

–Lerna no es así. Si se lo pido, callará.

–Prefiero evitar el riesgo. –Partolón posó la mano en el hombro de su hermano y lo miró con aquella mirada tan segura; mirada que no admitía réplica y a la que nunca había podido resistirse Starn–. Entiendo tu reticencia, así que sólo te pediré que lo escondas hasta que el plan haya dado los primeros frutos. Luego podrás decírselo, si así lo deseas. Además, ¿para qué quieres preocuparla más de lo necesario?

Aquél fue el único argumento ante el que se plegó Starn. Sí, estaba claro que amaba mucho a su esposa, de un modo que Partolón ni siquiera atisbaba en su propio matrimonio. Pero a él lo había admirado toda su vida, algo de lo que el heredero era consciente y sabía sacar provecho. Siempre fue así: el menor de los hermanos danzando al ritmo que al mayor le convenía. Lo convenció; a duras penas, pero lo convenció. Mantendría la boca cerrada durante un tiempo. Si más adelante volvía a mostrar dudas, lo persuadiría de nuevo.

–Así pues, el acuerdo queda claro –dijo Partolón al nubio, hablando en egipcio para hacerse entender.

–Tierras, hombres para cuidarlas y la paz que Creta otorgará a mis hijos... Es un buen precio –respondió el gigante–. Aunque, si por causas ajenas a mí la tarea no se pudiera llevar a cabo, no renunciaré a la paga.

–¿Qué podría impedirte realizar lo pactado?

–Tal vez vuestra carne. Los keftiu sois pequeños y delgados. Según se cuenta, las comodidades os han hecho olvidar cómo se utilizan las armas.

–Pero no el cuerpo, que ejercitamos con esmero gracias a deportes como el pugilismo o la danza sagrada. Y en cuanto a las armas... Por eso estás aquí, para que nos enseñes cómo recuperar lo perdido.

Humay los miró a ambos, evaluándolos.

–Tal vez haya alguna posibilidad, después de todo. Menudos y raquíticos os veo, sí, pero imagino que también ágiles, si os entretenéis saltando sobre un toro. Trabajaremos eso.

–Nadie debe saberlo. Para los habitantes del poblado serás un rico comerciante llegado de Tebas en busca de un retiro para su familia, lejos de la incertidumbre que asola el sur. Lo cual en parte es verdad.

–De mí no surgirá palabra alguna.

Partolón asintió. Sus contactos en Egipto lo habían llevado hasta Humay cuando preguntó por un general de confianza. Tras conocerlo en persona, juzgó que sería un hombre de honor, al menos mientras atendiera bien sus demandas. Así pues, al fin podía dar comienzo la siguiente parte de su plan.

Maldijo a su padre por obligarlo a ello.

19

El verano alcanzó su plenitud a pesar de los temores e intranquilidades por la nueva situación. Lerna decidió dedicarse en cuerpo y alma a saborear cada uno de los momentos al lado de Starn. En apariencia todo resultaba maravilloso y plácido. Durante el día, salían a pasear por los campos de olivos de los alrededores. Se sentaban sobre la hierba y almorzaban, entre risas y besos que parecía que jamás fueran a acabarse.

En ocasiones tomaban el Camino Real y se iban a Amnisos, pues a Lerna le gustaba recorrer las playas cercanas, tal y como solía hacer en Tirinto. La primera vez que Starn la acompañó le preguntó por qué se quedaba mirando el mar, siempre con los ojos puestos en el noroeste. Ella le respondió, como siempre, abriéndole su corazón.

–No estoy segura de por qué lo hago. Desde niña, siempre me he sentido fascinada por la lejanía. Es como si algo me llamara a lo lejos, más allá de donde nacen las olas que bañan Tirinto o Creta.

–Quizá sea algún lugar maravilloso que estés destinada a visitar... –fantaseó su esposo.

–Pues habremos de ir juntos, tú y yo, o nunca –le contestó la joven, sonriendo y acariciándole el pecho–. Porque sin ti no existe lugar que pueda calificarse como maravilloso.

Sin embargo, por muy feliz que se mostrara, a veces percibía momentos de pena en los ojos de su amado. Duraban poco, porque él se rehacía en cuanto advertía que ella lo miraba con aire preocupado. Volvía a reír, se abalanzaba sobre ella para hacerle cosquillas o simplemente la besaba antes de hacerle el amor con dulzura.

Pero esa desazón fue haciéndose más evidente con el paso de los días. Especialmente desde que él le anunció que en unos días marcharía con Partolón, quien había organizado una gran partida de caza para sus amigos más íntimos. Aquello hizo sospechar a Lerna: no tenía mucho sentido que lo que se suponía iba a ser una diversión intranquilizara tanto a su esposo.

Así que decidió tomar cartas en el asunto. Una noche, después de una tormenta de verano que había refrescado el sofocante ambiente, la muchacha le propuso una jornada especial fuera de Cnosos. Su intención: revelar más de un secreto.

–Si voy a estar sin verte varios días, quiero disfrutarte todo el tiempo que pueda hasta que te marches –le dijo–. Y hay un lugar que deseo visitar en tu compañía, aunque no te diré cuál.

–¿Me reservas una sorpresa, mi amor? –bromeó Starn, risueño.

–¿Acaso lo dudas?

–Muy bien –asintió–, lo haremos como desees. No puedo negarte nada. Me tienes atrapado.

Y así fue. Apenas surgieron los primeros rayos de luz, la pareja tomó bastones y hatillos, calzado apropiado, y salió al exterior. Lerna dirigió sus pasos hacia el norte, por el Camino Real, hacia el puerto, y Starn la siguió, solícito.

–¿Vamos a la playa? –trató de averiguar el príncipe menor.

–No. ¡Y me niego a decirte más por el momento! –le riñó ella.

Mientras paseaban, sin prisa alguna, Lerna vio la ocasión de sacar a colación alguno de los asuntos que le preocupaban. Aquel día, más que cualquier otro, notaba a su esposo distraído.

–Ahora sería un buen momento para decirme qué es lo que llevas ocultándome desde hace días.

Él la miró con el entrecejo arrugado. Lo había cazado desprevenido.

–¿Por qué crees que te escondo algo?

–Me lo dicen tus ojos. No estás hecho para engaños y artificios, mi amor, y por eso te quiero tanto.

–Y si te dijera que te equivocas, ¿me creerías?

–Si lo dijeras estarías mintiéndome, cuando prometiste ante los dioses que jamás lo harías –le respondió, sin apartar la mirada–. Y eso me dolería en el alma como ninguna otra cosa. Puedo soportar que tengas tus intimidades, de las que no quieras hacerme partícipe, pero la mentira es inaceptable. Aun así, sé que no lo harás, porque me amas.

Quizá fuera una muchacha todavía, pero también era una mujer decidida, valiente, que no se amedrentaba a la hora de hablar con claridad, en especial ante la persona en la que más confiaba.

Starn, al fin, cedió. Detuvo sus pasos allí mismo, en el camino, y se volvió hacia su esposa para mirarla a la cara.

–Eres demasiado inteligente, y yo un estúpido. Tienes razón en todo, hay algo que no te he contado –admitió, con la cabeza baja y pesaroso–. Con ello te he faltado al respeto. ¿Podrás perdonarme? Sólo quería evitarte preocupaciones.

Lerna le tomó el rostro con manos tiernas y dedos amorosos.

–El perdón está de más entre nosotros. No todos los secretos son malos, eso lo entiendo. Yo misma te guardo algunos... –Starn parpadeó sorprendido, y ella aprovechó para guiñarle un ojo–. Cosas de mujeres, que te desvelaré llegado el momento. Pero cuando algo se oculta por desconfianza y sirve para distanciarse, entonces se corre el peligro de estropear lo hermoso que une a una pareja.

El joven príncipe cabeceó para dar a entender que estaba de acuerdo.

–En cualquier caso –apuntó Lerna–, debes dejar de pensar que soy una gacela de vidrio egipcio capaz de romperse al menor soplo. Me he enfrentado a toros iracundos, a la muerte, la tristeza y la angustia.

–Es cierto. Eres fuerte, mucho más que yo.

–Los dos lo somos, ahora que estamos juntos. Así que cuéntame...

–Sí, claro... Se trata de la partida de caza de Partolón. No es tal, en realidad.

Y Starn le contó todo el plan de su hermano: la contratación de Humay, el adiestramiento secreto, la excursión al oeste, la futura formación de un ejército... Lerna escuchó sin interrumpirlo, sin mostrar emoción alguna. Hasta que terminó.

–De los asuntos que mueven un reino poco puedo opinar. Soy hija de un sencillo mercader y nunca he tenido que enfrentarme a vicisitudes de semejante envergadura. Pero, ya que tú te has sincerado conmigo, no puedo hacer menos: no me gusta cómo actúa tu hermano.

–¿A qué te refieres? –preguntó Starn, con gesto airado.

–Sé que sus intenciones son loables, que sólo lo mueve lo mejor para Cnosos. Y que te ama, también eso lo sé, porque lo veo. Sin embargo, hay demasiado orgullo en su interior. Y eso puede llegar a ser peligroso en hombres de gran poder.

Su esposo se mostró contrariado, aunque guardó silencio. Lerna sabía muy bien que se debatía entre el amor incondicional que sentía por ella y la lealtad hacia su hermano. ¡Qué horrible tener que elegir entre dos personas a las que se quiere tanto! Y, como la muchacha no deseaba que aquél fuera un acto de elección, trató de dulcificar sus palabras:

–Mi amor, perdona si mis palabras suenan bruscas. No quiero, en ningún caso, enfrentarte con Partolón. Sólo digo que debes andarte con cuidado para que no te arrastre hacia sus pasiones. Es más, ni siquiera deberías confiar ciegamente en mi perspectiva. Piensa por ti mismo, toma tus propias decisiones basándote en tus reflexiones.

Starn esbozó una sonrisa traviesa.

–¿Sabes? Suenas como Bacor. Mi intuición era acertada: tienes alma de sabio.

–¡Ay, no me otorgues dones que no poseo! –rio Lerna, alegre como una niña.

Erradicada cualquier incomodidad, Starn acabó por dar la razón a la joven.

–Es verdad que Partolón siempre ha tirado de mí, y yo me he dejado llevar demasiadas veces. Sin embargo, lo he meditado y creo que en este tema él tiene razón: el mundo es cada día más violento. Resulta triste, sí, pero su obligación como futuro minos es prepararse para lo peor.

–¿No temes que la violencia le envenene el corazón?

–Claro que sí, claro que tengo miedo de que eso ocurra. Y por ello debo estar a su lado. A mí me escucha, atiende cuando le hablo, más incluso que a nuestros padres. Soy el único que puede calmar su tormentoso carácter.

Lerna se acercó hasta él y lo abrazó. Ahora se sentía un poco tonta por haber dudado, por pensar que se había dejado manipular por Partolón. Luego, se puso de puntillas y lo besó con fervor.

–Te he tenido por menos, fuego de mi vida –le dijo al despegar los labios el uno del otro–. No volverá a pasar. Confío en ti y te apoyaré sea cual sea tu decisión.

⋆ ⋆ ⋆

Siguieron con el paseo, olvidando los sinsabores y rindiéndose a lo que de verdad les importaba: el cariño que compartían. Dejaron el Camino Real tras una hora de suave caminata y charla, y torcieron a la derecha por un pequeño sendero rodeado de brezos. La pendiente los llevó por la cima de una colina.

–Sé dónde me llevas –confesó Starn.

–¿Sí?

–Claro. Olvidas que he crecido en Cnosos. Conozco los alrededores tan bien como el palacio. Y el lugar al que nos dirigimos... Bueno, lo he visitado muchas veces. El santuario de Ereutija.

–Imaginaba que lo advertirías antes de llegar –rio Lerna–. Tu madre me explicó cómo llegar hasta él.

–¿Y de qué has hablado con ella?

–Eso vas a tener que esperar un poco más para descubrirlo.

–¡Malvada! –bromeó Starn, y le dio un gran beso.

Alcanzaron, al cabo de un rato, un desfiladero rocoso junto a un barranco. Allí un mirador abarcaba todo el valle a sus pies, pero ellos se volvieron hacia la montaña para encontrar lo que buscaban: la entrada a una cueva. Justo antes de que aquella gran boca los engullera, había un altar donde se celebraban las ofrendas. Lerna se detuvo justo delante y sacó algo de su hatillo: una figurita, la de una mujer que portaba sendas serpientes, una en cada mano. Tenía los pechos rebosantes.

Su vientre estaba hinchado.

La expresión de Starn se transformó. Fue como si una luz se adueñara de sus ojos, dibujando líneas de asombro en su piel imberbe. ¡Al fin lo había comprendido! Lerna lanzó una risita. ¡Qué tontos somos los hombres en ocasiones! Hasta al más atento, como Starn, le costaba advertir las señales tan sutiles.

–Estás... estás... Vas a tener...

–Vamos –le dijo, tomándole las manos–. Tú y yo. Has puesto en mí la vida, en todos los sentidos. Estoy encinta.

El pobre Starn no supo qué hacer, cómo reaccionar. Las lágrimas saltaron en sus ojos, y tembló, no de miedo, sino de puro gozo. Allí mismo rodeó a la muchacha y la apretó contra sí con la intención de fundirse, de ser realmente un solo ser. Besos, caricias, de nuevo besos. ¡Cuánto placer el roce de sus labios, el suave tacto de aquellos dedos gentiles! El alma sensible del artista no se había desvanecido un ápice, a pesar de haber perdido la herramienta con la que expresarse. Porque ahora Lerna era su lira.

Y aun así...

–Vamos, mi amor, entremos. Todavía queda una sorpresa.

–Nada necesito ahora. Ya nunca necesitaré nada más que a ti y a la criatura que portas.

–Sin embargo, algo más habrá –sonrió.

Accedieron al interior con cuidado, pues había rocas dispersas que podían ser traicioneras. Lerna llevaba a Starn de la mano, pues él estaba como dentro de un sueño. ¿Quién podría culparlo? Había recibido la noticia más hermosa de cuantas se puedan imaginar, una que elevaba el amor que sentían el uno por el otro hasta nuevas cotas. Algo así requiere un tiempo para ser asimilado.

De pronto, se encontraron en una cámara repleta de estalactitas. Pero no eran columnas que descendían y subían sin más. Iban en parejas, lo que, según los sabios y los sacerdotes, aludía a la divinidad que allí se reverenciaba. Ereutija era hija de la Gran Diosa y Posidón. Allí mismo había sido concebida, decía el mito, en el vientre de su madre, lo que marcó su destino como señora de los nacimientos. ¿A quién, si no, acudían las mujeres cuando sentían su vientre crecer? Ella tenía el poder de traer el parto cuando éste se resistía en acudir, de hacer su camino próspero y suave o de retrasarlo si así estaba dictaminado.

–Se impone dedicarle un himno a la diosa, mi amor –propuso Lerna–, pero no sería un canto completo sin música.

–Ojalá tuviera mi lira... –dijo Starn, apenado.

–¿Por qué no has ordenado que te confeccionen otra?

–El instrumento de un artista no puede ser encargado sin más. Debe tener un significado, debe estar imbuido de sentimiento, o de sus cuerdas jamás saldrá música sincera. Mi lira fue un regalo nacido del amor de mi madre.

Lerna se acercó hasta su oído y le susurró algo con dulzura.

–Ahora será el mío quien te la entregue de nuevo.

Abrió su hatillo y extrajo algo. Cuando se lo mostró a Starn, éste volvió a quedarse sin palabras. ¡Por eso ella no le había dejado cargar sus pertrechos cuando se lo pidió! Era una lira. No espléndida ni de opulenta manufactura u ostentosos adornos. Humilde, sí, ésa es la palabra adecuada, pues así veía ella la música de Starn, su alma. La madera ni siquiera había sido pulida, no la adornaban celosías de plata u oro y desde luego su superficie era limpia, sin grabado alguno. Las nueve cuerdas de bronce parecían a punto de desprenderse. No es necesario que te las imagines, amigo mío. Aquí la tienes, es la misma que yo sujeto y con la que acompaño esta historia.

A pesar de su sencillez, a Starn le pareció deliciosa, más hermosa incluso que aquella que había perdido. La sujetó con la reverencia con la que se toma a un recién nacido. En cuanto la tuvo entre las manos y sus dedos se atrevieron a pulsar una de las cuerdas, el amor saltó en forma de nota musical. Resonó por toda la gruta, rebotando, amplificándose, creciendo en sentimiento. Un latido.

–Que esta lira sea desde hoy nuestro corazón, el de ambos –propuso el joven.

–El de los tres –apuntó Lerna, llevándose su mano y la de Starn al vientre–. No podía soportar la idea de que nuestro hijo creciera sin la música de su padre.

Él asintió antes de volver a besarla. Luego se entregaron a la deuda que habían contraído con Ereutija. El príncipe rasgó las cuerdas. Sintió una primera resistencia, como si al instrumento no le gustara ser manipulado. Aquello le pareció bueno: una lira necesita tener temperamento; nunca, jamás, debe estar domada de antemano. Es el músico quien tiene que hacerla suya.

Y lo hizo. Pronto estableció la conexión. Llegó la inspiración, suave y de manera natural. Los cretenses no tenían un nombre para ese estado donde la conciencia se abre al hombre. Quizá con el tiempo los hombres le den un apelativo digno a ese susurro nacido de la misma tierra y los cielos, al poderoso trance al que sólo los seres más formidables pueden acceder. Deja, deja que mire al mañana... Sí, aquí está, lo veo. El *awen*, así será conocido entre aquellos que el mundo llamará druidas.

Los acordes de la música volaron entre las paredes de la caverna, y a ellos se unió la voz exquisita de Lerna...

–Diosa mía del parto, Ereutija; doncella del trono de los profundos misterios de la vida; hilandera del primer destino de los hombres; hija de la todopoderosa Gran Madre, escucha mi canto. Alienta la semilla que crece en mí, pues es fruto del amor. Ofréceme el dolor del parto si así debe ser, acepto con gusto las amarguras; aligéralo, si me estimas digna de ello. Pero, ante todo, otorga tu gracia a mi hijo, ofrécele la dicha para que tenga la oportunidad de ser, algún día, un gran hombre, una mujer honorable.

Terminó el canto y ambos se observaron. De pronto, le pareció tener una especie de visión. ¡No, no de visión! Era algo más, era como si sus almas se hubieran unido y pudiera ver a través de los ojos de su amante. ¡Qué experiencia tan maravillosa la de verse a sí mismo a través del amor de aquel que más te quiere! Y esto fue lo que Lerna advirtió, emocionada: la luz se colaba por el techo de la bóveda de piedra y los bañaba a ambos. Ella relucía bajo el haz de sol, brillaba, despertando destellos en su mirada como si de pedacitos de cristal se tratara. ¡Era tan hermosa! Así se vio, y comprendió una vez más la envergadura de lo que Starn sentía por ella. Se le cortó la respiración. ¿Cómo podía alguien querer tanto a otra persona? Una pregunta en realidad sin sentido. Al fin y al cabo, ella lo amaba en igual medida.

Él sintió lo mismo, pues también se estremeció. Como en un sueño, Lerna advirtió cómo se agachaba para dejar la lira sobre una roca, con cuidado, asegurándose de que estaba segura. Después, pasó las manos por su cintura y la atrajo hacia sí.

Y allí, en presencia de una diosa, la besó y la amó.

20

Habían pasado diez días desde que concretaran el acuerdo con Humay cuando treinta y dos hombres salieron de la Casa del Hacha, a primera hora de la mañana. Viajaban en carros tirados por bueyes, con Partolón y Starn a la cabeza, seguidos de sus más leales: Acasbel e Ith, Norbh, Soreas, Bir, Cersai, Hermalion, Senboth, Tulmauen, Megor y Muinecan, entre otros. La guardia personal estaba formada por una veintena que seguía al heredero, y otros diez al servicio del hermano menor.

Una partida extraña para una tarea igualmente insólita. Llamarlos centinelas era a todas luces una exageración, o lo habría sido antes del ataque en el mar. Hasta ese momento habían ejercido como asistentes personales y acompañantes de gala en las reuniones diplomáticas, pero aquella experiencia no los había dejado indiferentes. Cuando los príncipes les contaron sus planes, ninguno dudó, ninguno retrocedió.

Ahora, al fin, iban a convertirse en verdaderos guerreros.

La estrategia había sido urdida: anunciaron una batida ficticia que excusaría a los dos príncipes hasta la próxima luna plena. Algo nada extraño, pues los cretenses gustaban de los placeres de una buena cacería. Sus esposas estaban acostumbradas a que se ausentaran durante días, y por lo tanto nadie sospecharía de sus verdaderas intenciones. Salvo Lerna, por supuesto. Starn escondió a su hermano que había roto la palabra dada. No se sintió culpable por ello. Ya le había guardado el secreto a su esposa demasiado tiempo, así que ahora le tocaba a Partolón pasar por lo mismo.

A partir de aquel momento, Humay tomó el mando de la situación. A Starn le había parecido que era un hombre reservado, de pocas palabras, hasta que comprendió que no todo era tan sencillo. Cierto que las proclamas del nubio no podían considerarse discursos, eran escuetas, pero también resultaron ser precisas y contundentes. En definitiva, era un individuo acostumbrado a ordenar y ser obedecido.

Se apostaron en un valle de la región de Montes Blancos, dos días al oeste de Cnosos. Aquella zona era mucho más agreste que las tierras donde vivían Starn y los suyos, por lo que ni siquiera los pastores la visitaban. Por eso la habían elegido.

–No son estos lugares para ir de paseo –rezongó Senboth, al que apodaban «el Viejo» debido a los retazos blancos que manchaban su melena desde la adolescencia.

–¿Acaso te asustan los espíritus de las montañas? –se burló Acasbel, tan alto y hermoso como quisquilloso.

–Por estas tierras caminaron los gigantes de la antigüedad –replicó–. Permíteme que muestre un prudente respeto.

–Llámalo como quieras, pero avisa cuando vayas a mearte de miedo para que me aparte –respondió, Ith, el primero entre los amigos de Partolón–. No quisiera que tu orín me salpicara.

Hubo carcajadas, y quien más alto rio fue el propio Senboth. Aquellos hombres se conocían bien; eran compañeros y los unía la lealtad al heredero. Ni mil chanzas hubieran podido romper lo que compartían.

Las montañas y colinas mostraban una faz blanquecina, como si al moverse hacia poniente fueran perdiendo color, dando nombre al paraje. Riscos escarpados, riachuelos serpenteantes, promontorios dentados... Por lo complicado del terreno, los asentamientos cretenses se limitaban a unas pocas aldeas, la mayoría en proceso de abandono. Sólo la ciudad de Cidonia, en la costa noroeste, se mantenía viva.

El pequeño campamento se levantó junto a un río, en mitad de una arboleda de cipreses donde se abría un claro. Era un bosque muy cerrado, por el que costaba moverse. Los troncos eran gruesos, la corteza vieja, su piel oscura. Transmitía una sensación inquietante que intranquilizó a los hombres, salvo al nubio.

Cuando Humay advirtió las grandes y lujosas tiendas que los cretenses levantaban, ladeó la cabeza en un ademán disconforme.

Pero no dijo nada, todavía. Esperó a que todas las carpas estuvieran levantadas, y entonces las recorrió una por una, cortando las sogas y rajando las telas.

–¿A qué viene todo esto? –quiso saber Partolón, claramente contrariado.

–No hemos viajado un trecho tan largo para rodearnos de comodidades similares a las que tenéis en vuestros palacios –respondió el medjai, sin alterarse lo más mínimo–. Me habéis contratado para que os entrene y haga de vosotros grandes guerreros. Y el éxito de esta empresa depende de que os endurezcáis. Estáis demasiado acostumbrados a los lujos, pero un soldado se forja en la inclemencia, al igual que una espada.

–¿Pretendes que durmamos a la intemperie? –gruñó Einatos, al servicio de Starn.

–Vivís en una tierra cálida, no enfermaréis por pasar unos días al aire libre –concluyó Humay.

Hubo expresiones irritadas, pero Partolón las atajó con firmeza. Starn se sorprendió un poco de que su hermano dejara que otro individuo lo rectificara y mandara sobre él.

Lo primero que hizo el gigante de piel oscura fue ordenar a los hombres que formaran una línea, ataviados con el armamento que, en secreto, el príncipe heredero había encargado para ellos bajo las instrucciones del nubio: espadas de bronce, lanzas largas y escudos con discos de cuero, todo ello fabricado por los artesanos de Malia, que debieron de mostrarse extrañados ante la petición de semejante cantidad de armas al mismo tiempo. Los escoltas de los príncipes trataban de mantenerse firmes, pero estaban tan poco habituados a llevar encima toda aquella parafernalia que temblaban por el esfuerzo. Al mismo Starn le molestaba el peso de la hoja que pendía del tahalí.

–Podría enseñaros cómo luchamos los medjai o los egipcios –empezó diciendo Humay–, pero no serviría de nada. Sois enclenques en comparación, así que vuestra forma de combatir tendrá que ser distinta.

Acasbel, Soreas y algunos más se quejaron por aquel comentario ofensivo, hasta que Partolón los mandó callar de nuevo.

–Vosotros tenéis otras virtudes. Sois rápidos, y vuestra talla menuda os convierte en un objetivo más difícil de acertar. La movilidad será, pues, la mejor táctica de que dispondréis.

Y así dieron inicio las prácticas. El nubio los adiestró en el uso de las espadas, probando siempre su agilidad, pues los cretenses ya eran diestros con las jabalinas y el arco, que utilizaban asiduamente para cazar. Tampoco se les daba mal hacerse valer con una lanza, aunque les costaba complementarla con el escudo, por lo que el hombre impuso como norma que cada hombre llevara equipada su panoplia constantemente, a fin de acostumbrarse a ella. Se dieron situaciones cómicas, pues los hombres no podían abandonar sus armas ni siquiera para hacer sus necesidades. El propio Partolón pudo comprobar lo complicado que resultaba orinar sin poder utilizar las manos.

Hubo otras consecuencias más molestas. Fueron muchas las horas practicando con la espada. El claro se inundó de la armonía dictada por el incesante restallar de las hojas de bronce. Tanto fue así que las manos se les llenaron de ampollas. Aquella misma noche, tras finalizar la primera jornada de prácticas, casi nadie era capaz siquiera de sujetar su arma, tal era el dolor. Les costaba incluso mantener en alto la escudilla de estofado que habían preparado.

–Sangrar y sufrir es el único modo de que la piel endurezca. Pronto se os convertirá en cuero curtido.

–O se nos caerán los dedos uno tras otro –susurró Afestes al oído de Starn, esbozando una sonrisa entre los gestos de dolor.

* * *

Comieron y bebieron con avidez aquella primera noche, sin apenas hablar al principio. Estaban hambrientos, exhaustos y con los huesos molidos por la dureza de los ejercicios propuestos por Humay.

Una vez llenos los estómagos, se mostraron ansiosos por marchar a descansar. Pero ninguno quería ser el primero en levantarse, no fuera caso que sus compañeros lo tomaran por débil. Y el que menos, Partolón. Así que los aprendices de soldado se quedaron frente a la gran fogata, en círculo, bebiendo y combatiendo el cansancio por puro orgullo.

–Joven príncipe, ¿por qué no tocas algo? –le pidió Humay a Starn, al reparar en su lira–. De donde yo vengo la música es una poderosa inspiración para los guerreros.

–Lo haré, si así lo deseas –aceptó él.

Sus dedos tañeron las cuerdas, levantando sobre el campamento una hermosa melodía. Era dulce, tenue; a Partolón le supo a mujer, el canto de un hombre enamorado. Tuvo que reconocer una vez más el arte de su hermano, pues su música lograba evocar sus sentimientos. El heredero se sintió incluso emocionado, aun cuando la pasión por Delgnat hacía bastante que se había enfriado.

Cuando terminó, nadie dijo nada durante unos instantes. Ith fue quien tuvo el atrevimiento de romper el silencio con una chanza:

–¡Ah, pequeño Starn! Te tiene bien agarrado esa esposa tuya...

El aludido arrugó el entrecejo.

–¿A qué te refieres?

–Bueno, sólo llevas unas horas sin verla y ya la añoras, ¿me equivoco? Es al menos lo que sugiere tu canción.

–No negaré cuánto amo a Lerna. ¿Es que acaso tú no echas de menos a Ianthe?

–Sí, claro. ¡A ella y a un montón más de mujeres! –rio.

Todos los presentes, salvo el propio Starn y Humay, aunque éste sonrió divertido, se unieron a la carcajada del mejor amigo de Partolón. El príncipe menor se mostró fastidiado por el hecho de que se mofaran de la relación con su esposa. «¡Bendita ingenuidad!», pensó el heredero del minos.

–Dejad de incordiarlo –trató de defenderlo–. Pronto será padre, y ya sabéis lo estúpido que se vuelve un hombre ante algo así.

–¡Bien por ti, muchacho! –lo felicitó Megor, y le palmeó la espalda con tanta fuerza que casi escupió el trago de vino que acababa de sorber.

–Y tú, hermano, no te enojes con Ith. Sólo te toma el pelo –aseguró Partolón–. Todos entendemos que el matrimonio es nuevo para ti. Vives en esos primeros momentos repletos de belleza. –Entonces señaló el fuego, que danzaba alegremente, dorando los rostros de los presentes y dejando escapar volutas de humo a la inmensidad de la noche–. El amor es como esa fogata: ahora arde con fuerza, pero cuando las ramas y los leños se consuman sólo quedarán rescoldos que, con suerte, servirán para calentarte un poco. Así son las cosas.

–Quizá lo sean para vosotros, por dejar morir ese fuego –respondió Starn, rebosante de convicción–. Pero yo repondré la leña de mi hoguera antes de que se acabe. Mi esposa y yo jamás pasaremos frío, os lo aseguro.

* * *

A la mañana siguiente, Humay los despertó antes incluso de que amaneciera. Hubo quejas y reniegos. Entonces fue cuando se acordaron del vino de más consumido la noche anterior, y se arrepintieron de no haber obedecido las recomendaciones de sus cuerpos cansados. Pero el medjai no les permitió remolonear: a todo aquel que trató de quedarse entre las mantas lo incentivó volcando sobre su cabeza el agua helada de un cántaro. ¡Cómo saltaron quienes lo probaron!

Así continuaron, una jornada tras otra, descansando sólo lo necesario para no desfallecer. En cuanto hicieron suyos los movimientos y las explicaciones del nubio, empezaron a progresar con rapidez, pues eran diestros para las actividades físicas. Su coordinación, beneficiada por los años como pugilistas o danzarines del toro, los ayudó mucho. Sin embargo, la mayor preocupación de Humay iba más allá de las artes guerreras, tal y como comentó a Partolón y Starn durante una pausa:

–Nada de esto servirá si no aprenden a ser disciplinados en la batalla –dijo.

–Son hombres leales, acatarán cualquier consigna que salga de mis labios –los defendió el heredero.

–Hay una diferencia muy grande entre obedecer y saber cumplir las órdenes.

El hijo del minos pensó mucho en ello los días venideros, hasta comprender que el nubio tenía razón, y así se lo dijo a su hermano menor. Ninguno de ellos tenía mentalidad militar. No estaban acostumbrados a la guerra, a las tácticas propias de aquel arte. Ambos estuvieron de acuerdo en que, si iban a ejercer como generales de aquel minúsculo ejército, necesitaban esforzarse más que nadie.

Así, en los escasos momentos de descanso que Humay les permitía, los dos príncipes pidieron al medjai que los instruyera en las tácticas de combate. Formaciones, estilos de mando, estrategias, movimientos inesperados... Hablaron mucho, se empaparon de los años de experiencia de su maestro en el ejército egipcio. Después de tres semanas, Partolón llegó a apreciar la calma dialéctica del nubio. No, no era el bruto que creyó al verlo por primera vez.

* * *

La luna nueva se alzó en el cielo, marcando el final de la excursión. Iniciarían el regreso a la mañana siguiente, y lo harían con enseñanzas nuevas en su haber. Todavía no podían llamarse guerreros, pero los cimientos habían sido colocados.

–Sois inteligentes y decididos –dijo Humay a los dos hermanos–. Si necesitáis ayuda, os la tenderé, aun cuando expire nuestro acuerdo. Pero ahora debéis ser vosotros quienes sigáis instruyendo a estos hombres. Tenéis que tender una férrea conexión con ellos. No basta con que luchen con una lealtad impuesta por obligación u orgullo, es necesario que quieran hacerlo por voluntad propia.

Los miró a los ojos con una mirada certera, cargada de intención.

–Tienen que llegar a desear morir a vuestro lado.

21

La festividad de la Vigilia era, después de los ritos del verano, la celebración más importante. En el equinoccio de otoño, día y noche se convertían en iguales, pero a partir de entonces la luz dejaba su reinado a la oscuridad. Ésta empezaba a crecer a la vez que el frío se acrecentaba y, mientras tanto, la Diosa profundizaba en su sueño permitiendo así que la tierra se tiñera de ocre. Los brotes verdes desaparecían, y los hijos de Cnosos tendrían que vivir de las reservas, que por fortuna eran cuantiosas.

Se había organizado un gran festín en el patio central del palacio. Cuando la oscuridad asomó al cielo, después de las habituales libaciones, se encendieron las hogueras preparadas con alegría durante toda la jornada. Su luz y la voluntad de los cretenses formaban un escudo contra las tinieblas, que a partir de aquella velada serían más fuertes que nunca.

Así dio inicio la vigilancia. La tradición de aquellas gentes dictaba que nadie debía dormir esa noche, pues debían mantenerse atentos a la presencia de los perversos espíritus que acudían para tentarlos desde las sombras. Los hombres se habían pintado el rostro con símbolos ceremoniales, que les darían fuerza para defenderse de las maldiciones. Aunque su mayor protección a la hora de hacerles frente sería permanecer juntos, y bailar y cantar, pues nada es más poderoso contra el mal que la felicidad. Comían platos preparados especialmente para la ocasión, como un sabroso pastel de pepitas de sésamo regado con miel. Cuando amaneciera, en las *pithoi* sólo quedaría un poso de hidromiel o unas pocas aceitunas. Las altas tinajas volverían a ser rellenadas en la próxima recolecta de frutos, nada faltaría para entonces. Mientras tanto, al abrazo del sol retornado, los cretenses victoriosos esparcirían las cenizas sobre los campos en ofrenda a la Diosa.

El jolgorio era tal que nadie reparó en su ausencia. Es lo que ocurre con las criaturas acostumbradas a los subterfugios, las mascaradas y las estrategias ocultas: saben moverse bien en las sombras. Y Glauco había aprendido a ser el mejor en esas artes. Se escabulló entre el gentío antes de que sirvieran las viandas, sin prisa, hacia la entrada del ala noroeste. Sólo aceleró el paso cuando estuvo seguro de que nadie lo observaba.

Entonces sí, presuroso, se movió por los pasillos y las salas, hasta encontrar aquella escalera escondida, cerca de los talleres. La misma por la que Lerna lo había visto salir tiempo atrás. A Glauco todavía le costaba creer que la esposa de Starn hubiera respetado su palabra, pues tenía a todas las mujeres por cotorras incapaces de guardar un secreto. Llegó incluso a plantearse alguna acción preventiva y contundente hacia ella, pero conforme pasaron los días sin que nadie lo acusara de nada comprendió que la muchacha era de fiar.

Una puerta bloqueaba el paso. Sólo un pasador la cerraba, aunque aquella insignificante protección era más bien una indicación para no ser abierta bajo pena de severas consecuencias. Por supuesto, Glauco no tuvo reparos en mover el brazo y descender los peldaños hasta el segundo nivel.

Recorrió los pasillos, recodo tras recodo, siempre mirando a sus espaldas. Estaba asustado, a qué negarlo. Si lo encontraban paseándose por allí, ¿qué explicación podría dar? Tenía una mente rápida para las mentiras, como había demostrado con Lerna, pero las excusas que había preparado en su cabeza no resultaban muy convincentes. Nadie bajaba aquellos peldaños, mucho menos los siervos. Era un lugar que todo el mundo rehuía, y no sólo por el aviso que suponía la puerta atrancada.

Glauco había crecido con las historias acerca del terrible monstruo que vivía en las catacumbas del palacio, una bestia maldita por Posidón desde su nacimiento. Decían que se trataba de un engendro mitad hombre mitad toro, el fruto indigno de la esposa de un antiguo rey anterior al primer minos: lujuriosa y ardiente, al sentirse abandonada por su esposo, buscó consuelo carnal en la compañía del toro más viril que había en los establos. De aquella aberrante unión surgió una criatura horrible, que fue desterrada a las profundidades de la ciudad para ocultar la vergüenza del marido y evitar que hiciera daño a nadie.

Por supuesto, sólo eran leyendas nacidas de una verdad lejana de la que ya no quedaba nada. ¿Quién en su sano juicio podría creer que la semilla de un animal arraigara en una mujer? Y todavía se alterará la historia mucho más. Cuando proyecto mi visión hacia el brumoso futuro, veo a los hombres que sucederán a los cretenses y los aqueos. Se llamarán «helenos», vendrán desde la región del oráculo de Dodona y se mezclarán con cuantos encuentren a su paso. Adoptarán sus costumbres y creencias, pero confundirán muchas cosas, que ya serán antiguas para cuando lleguen a Creta. Creerán que el minotauro, el toro sagrado del minos, es la bestia de los relatos de Cnosos y los bailarines llegados de las colonias, un sacrificio para alimentarla. Incorporarán tales historias desvirtuadas a sus mitos, junto a héroes, dioses y titanes que jamás han existido como tales. ¿Cuánto perdurará la leyenda? Mis premoniciones no alcanzan distancias tan largas...

Pero en aquel entonces sólo se trataba de cuentos para evitar que los chiquillos curiosearan por las zonas donde nada tenían que hacer. Tal vez Glauco las creyera durante su infancia, pero cuando pasó al servicio de Tríome y empezó a indagar en los misterios palaciegos comprendió que la realidad superaba a cualquier ficción para niños.

Fue algo que aprendió a corta edad. Todo hombre o mujer esconde algo. Es la naturaleza propia de cualquier sociedad, en especial si basa su poderío en el comercio y la diplomacia. Tal vez la paz fuera la tónica predominante de Cnosos, pero debajo de aquella fachada la ciudad albergaba un estrato de mentiras, tejemanejes y pactos a los que eran ajenos los habitantes comunes. La información era, por tanto, la mejor de las armas que alguien podía esgrimir. Durante todo aquel tiempo a las órdenes del príncipe, Glauco había escuchado en silencio, sin mostrar interés ni dar opinión –salvo a su amante, y sólo lo que consideraba adecuado–, mientras guardaba cada palabra en la memoria, a la espera de que algún día pudiera serle útil. Por eso, cuando unos meses atrás vio a Bacor en actitud sospechosa caída ya la noche, no dudó en seguirlo. De ese modo descubrió el secreto más importante que guardaba la Casa del Hacha.

Al fin, alcanzó la puerta secreta. ¡Qué ingenuos! Ni siquiera habían dejado un mísero vigilante para custodiar el gran tesoro. ¿Y se llamaban sabios? Estúpidos, más bien. Seguramente creían que bastaría con aquella cerradura de estilo egipcio, un simple pasador de madera encajado en un agujero de la jamba. Reposaba sobre una guía y pasaba entre dos cuñas amarradas en vertical a la hoja, que impedían que pudiera ser retirada. Era un sistema ingenioso, había que reconocerlo, pues para mover el travesaño se precisaba un pedazo de metal curvo y con mango recto; al introducirlo en el hueco, elevaba el pitón móvil de la cuña superior que se introducía en el pasador, liberándolo. Pero a Glauco no le costó mucho forzarlo gracias a la llave maestra que había encargado a uno de los herreros del palacio.

Abrió la hoja y se adentró en la habitación. El fuerte olor a incienso y otras esencias le golpeó el rostro. No era la primera vez que visitaba aquel lugar, pero la aglomeración de aromas todavía lo abrumaba. Lentamente, se acercó al anciano que descansaba en el diván. Tan ruinoso, tan ajado y marchito... Parecía más muerto que vivo, pero abrió los ojos en cuanto Glauco pasó por delante de un brasero y ocultó la mustia luz. Parpadeó hasta aclarar la mirada, como si entonces tomara cuenta del mundo que lo envolvía. Posó los ojos en el sirviente y extendió los brazos suplicante. El joven tuvo que reprimir su asco cuando los dedos agarrotados le tocaron la piel. Sintió las uñas del viejo hincadas en la carne, abriéndole incluso herida.

–¡Egos yo soy! ¡Y alertarlos debo! –gimió el viejo.

La misma proclama, otra vez. Tres noches después de que siguiera a Bacor, Glauco había vuelto a aquella alcoba secreta para descubrir lo que escondía. Escuchó lo que el supuesto profeta tenía que decir, cada palabra de tan absurda premonición. Al principio sólo le pareció un loco, pero no tardó mucho en comprender la suerte que había tenido. Pues lo que aquel visionario proclamaba podía ser utilizado en su propio beneficio, en el de Tríome.

Había llegado el momento de sacarle provecho.

–¡Avisarles debo! –repitió Egos.

El asistente del príncipe sonrió, mientras tomaba al anciano y lo animaba a levantarse.

–Que así sea.

22

Fue la primera Vigilia que Lerna vivió junto a Starn, y la verdad es que comenzó siendo una celebración feliz. La tensión tras el ataque en alta mar había ido menguando hasta desaparecer. El príncipe se mostraba recuperado de la terrible experiencia, volvía a reír y ya no se despertaba en mitad de la noche por las pesadillas.

La muchacha estaba convencida de que parte de esa mejoría tenía que ver con el adiestramiento secreto. No le importaba reconocer que tal vez se había equivocado. El plan le había disgustado al principio, pues no quería que Starn se convirtiera en un guerrero, en un hombre que prefiriera las armas a la lira, la violencia a la ternura. No soportaba la idea de que él saliera a luchar mientras ella se quedaba en Cnosos, temiendo lo peor. Y desde luego no concebía que ese «peor» pudiera convertirse en realidad. Ahora bien, debía aceptar que su esposo había ganado en seguridad desde que todo aquel asunto con Humay comenzara.

¡Ah, pero había otro motivo más importante y hermoso para que Starn reviviera! Los médicos confirmaron el embarazo al día siguiente de que se lo anunciara en la cueva. De hecho, empezaba a ser evidente a simple vista. Su vientre mostraba las primeras señales de redondez, los pechos se le hinchaban un poco más cada día que pasaba y llevaba un par de semanas conviviendo con las náuseas matinales. Sin embargo, nada podía compararse con la fascinante sensación de que una nueva vida crecía en su interior.

–Tendremos que pensar en cómo lo llamaremos, bien sea varón o chiquilla –comentó Starn, poco después de que ella le contara la buena noticia.

–Creo que será un muchacho –dijo, muy segura–. Me lo dice el corazón.

–Entonces, permíteme el placer de darle nombre –pidió, a lo que Lerna asintió gustosa; él empezó a tocar la lira y el Oran Mòr no tardó en traerle inspiración, en darle acceso al *awen*–. Será Tuan para todos aquellos que lo conozcan, que significa «la voz de los suyos». Así, él será mucho más que yo, e incluso mucho más que tú, mi amor. Será mi música y también tu voz, y con ambas narrará la historia de su pueblo.

–Tuan... –pronunció Lerna, sonriendo–. Es hermoso.

No discutieron más sobre ello. Así fue como mi nombre se pronunció por primera vez.

Mientras tanto, la señora de Labyrinthos se convirtió en la mejor aliada de Lerna para enfrentarse a los avatares de la preñez. Tal y como ocurre hoy en día, la responsabilidad de asistir a una mujer durante el embarazo recaía habitualmente en su madre. Pero la de Lerna se hallaba en Tirinto y la relación se había distanciado desde que la joven se casara con Starn. Así que fue Ariaghne quien ejerció aquella tarea, y lo hizo con gusto, alegre de tener la oportunidad de instruir a la que ya contemplaba como a una hija.

De este modo, la relación entre ambas se hizo, si cabe, mucho más fuerte. La dicha de Lerna fue absoluta en esos días, pues tenía todo cuanto podía hacerla feliz: el amor absoluto de un hombre amable y maravilloso, el hijo de éste creciendo en su interior y el cariño incondicional de una madre.

Pero nada es perfecto en este mundo, ¿verdad, viejo amigo? La felicidad de unos es, a menudo, la tristeza de otros. O los celos. Era el caso de Delgnat, la esposa de Partolón, que seguía mostrándose arisca con Lerna. ¿Por qué actuaba con semejante crueldad? Al principio la muchacha no supo qué pensar, pero con el tiempo había empezado a comprender los motivos de su comportamiento: ya no era la novedad de la corte. Alguien, ella misma, había aparecido para disputarle sin pretenderlo el puesto de «dama más apreciada por todos». ¡Como si eso importara a Lerna! En ningún momento quiso otra cosa que pasar desapercibida.

Pero la futura reina empezó a mirarla con malos modos, sin apenas dirigirle la palabra, salvo cuando buscaba atormentarla con alguna burla sutil. La joven de Tirinto advertía con tanta antelación sus intentos que bien podría haberle replicado con inteligencia y crueldad, pero no le veía mucho sentido a responder.

En cuanto a Ariaghne... Bien, ésa era otra historia.

–Es una serpiente odiosa –le dijo a la muchacha en una ocasión–. Si no fuera la esposa de Partolón, ya la habría reprobado con gusto. Pero que no tiente su suerte, porque hasta mi paciencia tiene un límite.

–A veces, advierto que observa a Starn con ojos cargados de deseo... –Al decirlo la joven agitó la cabeza, despreciando sus propios pensamientos–. ¡Ah, seguro que sólo son imaginaciones mías!

–No lo son, niña. Delgnat es así, caprichosa con lo que no tiene y más todavía con lo que no debe tener. Olvida cualquier temor, en cualquier caso. Mi hijo te ama tanto que ni repara en otras mujeres.

–Jamás dudaría de él ni de su compromiso de fidelidad.

–Sea como sea, si Delgnat insiste en su actitud perturbadora, aprenderá que mi temperamento puede estar a la altura de la más fiera de las tempestades.

¡Pero regresemos a la Vigilia antes de que siga desvariando!

La hoguera en torno a la que comía la familia real y los personajes más insignes ardía alegremente. El ambiente parecía animado, hasta el punto de que incluso Partolón intercambiaba comentarios con su padre de vez en cuando. ¿Habían olvidado sus fuertes diferencias? Lerna así lo deseaba.

Allí estaban todos: los Doce Sabios, las sacerdotisas, la siempre distante Delgnat y sus hijos, la reina Ariaghne y el príncipe Tríome, quien extrañamente no iba acompañado de su criado personal, el joven Glauco, del que rara vez se separaba.

Cuando algunos dieron inicios a los primeros bailes, Starn se levantó y le tendió la mano a Lerna al tiempo que le regalaba una sonrisa traviesa.

–Por una vez, bailemos al son de otros músicos, esposa mía.

La muchacha aceptó encantada, y entre carcajadas se unieron a la fila de danzarines que, como las serpientes enrolladas en los brazos de la Diosa, culebreaba por el patio. Saltos, pasos ligeros, contoneos que fluían acuosos... Lerna dejó que la música de los artistas la envolviera. No era tan sentida como la de Starn, pero aun así resultaba alegre y bonita. El punto de unión era el cálido contacto de las manos del hombre que se movía a su lado. Se convirtieron en viento, compenetrados a la perfección, la gracia hecha carne en dos cuerpos y un solo espíritu. Él la sujetaba y la levantaba tomándola por la cintura, siempre con la delicadeza que se le otorga a lo más preciado.

Y, de pronto, las liras dejaron de tañer. Las flautas enmudecieron. La joven, a quien Starn todavía tomaba las manos para realizar un giro de peonza, volvió el rostro hacia los alaridos que llegaban de la fachada que daba al bloque este del palacio. No fue la única. Todos los presentes cesaron risas, cantos y simple charla, atraídos por la interrupción. Entre las columnas apareció un anciano. Vestía con una simple túnica, amarillenta. Su cabello era una maraña raída por el tiempo, un matojo cristalino de aspecto quebradizo. Avanzaba a trompicones, como si estuviera aprendiendo a caminar.

Pero lo más horrible eran aquellos ojos bañados por lo que en principio le pareció locura: abiertos de par en par, casi fuera de las órbitas, devorando el mundo más que contemplándolo. ¡Qué angustia vio en ellos, qué sufrimiento!

Los murmullos se propagaron entre los asistentes al festejo, pero, en cuanto el desconocido volvió a bramar, todos enmudecieron, paralizados por algún tipo de hechizo. Sólo una persona logró reaccionar: Bacor, el consejero del minos.

–¡No más silencios, no más secretos! –vociferó el viejo loco, convulsionándose, en un tono ronco y aun así potente y señalando hacia el sabio.

El extraño se adelantó hasta llegar a la hoguera principal. No iba armado, y nadie temió un ataque. Aun así, el peligro resultaba evidente. Levantó los brazos entonces, y sus ojos se volvieron iracundos, repletos de furioso reproche.

–¡Escuchadme, hijos de Cnosos! ¡Escuchad mi aviso y buscad el cambio en vuestros corazones! Pues habéis comido sin guardar, dormido con despreocupación y fornicado sin pensar en el mañana. ¡Eternos mentirosos, malas bestias, perezosos que no pensáis más que en vuestras barrigas! ¡Pronto se os pedirán cuentas!

Los presentes se miraron los unos a los otros, desconcertados. Los Doce Sabios, que se habían reunido alrededor de Bacor, parecían los más alterados.

–¿Quién eres tú, que osas romper nuestra bendita celebración con aspavientos y gritos? –logró decir Sear, aunque incluso él parecía confuso.

–¡Yo soy «el Arrinconado»! –Y miró a Bacor, quien bajó el rostro–. ¡Ah, pero el pasado no es nada, salvo polvo! ¡Es el futuro el que manda!

Lerna tembló. Por alguna extraña razón, sentía que lo que aquel hombre iba a decir lo cambiaría todo, y no para bien.

–Los días llegan a su fin para la raza de plata. ¡Mis ojos lo han visto! Las señales están prestas a mostrarse.

–¿Qué locura...?

El viejo tuvo la osadía de interrumpir al mismísimo minos, quien, anonadado, no pudo reaccionar.

–¡El hijo se volverá contra el padre, y derramada será su sangre! –Lo señaló, furibundo, dejándolo sin habla–. Traerá el infortunio y la violencia al pueblo. ¡Sobre Creta caerá la maldición! El fuego lloverá; los mares se alzarán hambrientos desde el norte; el día en noche se tornará y llegará la peste, la ruina, el hambre. ¡Caerá sobre todos, allí donde estén! –Alzó de nuevo los brazos y luego los bajó de golpe, como si fuera él quien descargara todas esas desgracias.

De repente, su voz se apagó, dejando paso a un silencio más trágico que cualquier discurso. Lerna captó un brillo en los ojos del anciano que luego descendió por su mejilla. Estaba llorando.

–La ceniza y la sal cubrirán los campos, la tierra se volverá tan estéril como el vientre de las mujeres –continuó, el habla teñida de un pesar lacerante, tan sentido y real que la muchacha lo sintió en su propio corazón–. Y así llegará el extranjero, empuñando espadas y lanzas. Cortará la carne, aplastará los corazones y suya será la potestad de las ciudades. Ningún descendiente de Minos escapará de ella por mucho que se aleje. Todos enloquecerán y se marchitarán, hombres y bestias, por sagradas que se tengan. De este modo acabará el legado del minotauro.

Se irguió cuanto le permitían sus maltrechos huesos y extendió un brazo, como implorando..., hacia Lerna. Starn se puso de inmediato delante de ella, protector.

–¡Pero todavía hay esperanza! –Con la mirada buscaba algo–. Pues también soy «el Anunciador del mañana» y a preveniros he venido. ¡Humildad es cuanto necesitáis! Olvidad la senda del odio, de la presunción y la violencia. Sacrificad lo que más queráis por los vuestros, volved a la pureza, a la inocencia. Quizá así haya salvación para los hijos de Labyrinthos. Ignorad mi proclama, y todo se perderá.

Levantó una vez más los brazos y echó la cabeza atrás. Miró al cielo. Semejaba un junco de hueso y piel que se convertía en lanza horadando el firmamento. Lerna ahogó un suspiro de sofoco cuando estalló su chillido final.

–¡Así he hablado!

El anciano sufrió un escalofrío al tiempo que sus ojos se abrían cuanto era posible y la boca se le crispaba. Como si un rayo lo hubiera fulminado, cayó al suelo. Ya no volvió a levantarse.

Lerna, más compungida de lo que jamás había estado, se refugió en el pecho de Starn. A su alrededor se levantaba ya una algarabía de lamentos horrorizados.

23

¿Cómo había ocurrido aquello? ¿De qué modo Egos había sido capaz de escapar de su confinamiento?

Nosotros ya lo sabemos, ¿verdad, mi buen amigo? Pero las preguntas se amontonaban en la mente de Bacor. Y, aun así, en el instante en que el anciano profeta se desplomó, su única preocupación fue atenderlo. Recogió el cuerpo desgastado y posó la cabeza en su regazo. Sin embargo, en aquel pedazo de carne vencida no existía ya vida. Apenado, trató de bajar los párpados del fallecido, pero éstos volvieron a abrirse en una burla eterna, como si quisieran que la mirada hacia el abismo con la que había muerto permaneciera para siempre.

El caos se adueñó del patio. Lamentos, gritos aterrorizados, sentencias anónimas que proclamaban la desgracia, una especie de eco del visionario. Los Doce Sabios trataron de poner orden, de contener los funestos temores que empezaban a extenderse. Después de todo, no habían errado en su propio vaticinio: la gente reaccionaría de la peor de las maneras si las demencias de Egos llegaban a sus oídos. Todas las precauciones tomadas por el grupo de eruditos estaban justificadas.

¿Por qué entonces Bacor se sentía más culpable que nunca?

El minos, al fin, salió de su propia estupefacción. Dio un paso adelante y se encaró a los ancianos instruidos, exigiendo respuestas.

–¿Qué significa esto? –Los ojos se le fueron casi al instante hacia su consejero de mayor confianza.

–Sólo el agónico lamento de un hombre que perdió la razón hace mucho tiempo –se apresuró a responder Altémenes, el primero de los sabios–. Nada de lo que ha dicho debería preocuparnos.

–Ese anciano... me resulta familiar –tartamudeó Sear.

–¿No lo reconoces, esposo mío? –intervino Ariaghne, haciendo uso de su potestad como reina para discutir con la misma autoridad que su consorte–. Ha cambiado mucho, pero sigue siendo él: Egos, el maestro.

La mirada del minos se abrió de puro asombro.

–¡Egos «el Desaparecido»! –exclamó–. Se desvaneció cuando yo era un muchacho, hará al menos cuarenta veranos. Nunca supimos de su suerte, así que creímos que la Diosa lo había reclamado para sí.

–Así fue, de algún modo –habló Bacor, mientras cubría el cadáver con su propia toga–. La Gran Madre tenía reservado para él un papel que sólo esta noche ha terminado de cumplir.

¿Por qué había dicho eso? Se lo reprochó al instante. Él nunca creyó que Egos estuviera tocado por los dioses, de ahí que aceptara su encierro. Los remordimientos que durante tantos años lo azotaron eran propios de quien se siente traidor a un amigo. ¿O tal vez se estaba engañando? ¿Y si, inconscientemente, una minúscula parte de su alma siempre hubiera tomado por ciertas las profecías de su antiguo maestro?

–No hay ningún plan divino establecido en la demencia de un anciano –le reprochó Altémenes; luego se dirigió al rey–. Gran minos de Cnosos, es cierto que algunos de nosotros no estamos libres de culpa. Cuando la brillante mente de Egos se desvaneció en profundos desvaríos, optamos por una solución dolorosa pero obligada. Lo escondimos, lo mantuvimos a buen recaudo para que no inquietara la calma de la ciudad.

–Locura, qué horrible plaga. Tan extraña para nosotros... –asintió Sear, como aceptando las premisas del primero de los sabios. Se volvió hacia el gentío que, nervioso, esperaba palabras de consuelo. El minos las otorgó con tono poderoso, pues ya se había impuesto a toda confusión–: ¡Pueblo de Cnosos! ¡Escuchadme ahora a mí! Yo, vuestro rey, mensajero de la Gran Diosa y Posidón el Cornudo, os conmino a que no dejéis que los desvaríos de un enfermo rompan la alegría de esta noche. Es, sin duda, una jugada de los malos espíritus para alterarnos, pero no encontrarán en nosotros más que convicción y respeto por la única y gran verdad: que la Madre de la Tierra nos protege de todo mal.

Los asistentes cabecearon, la mayoría de ellos convencidos por su rey. ¿Acaso él les había fallado en alguna ocasión? Pero a Bacor aquellas palabras le supieron amargas; no le apaciguaban el corazón.

No era el único.

–¿Y así termina todo? –estalló una voz.

«No, por favor. Dioses, detened esto», rogó el sabio.

Partolón dio varios pasos al frente, dejando a Delgnat al lado de Topa, el criado. De nuevo el príncipe heredero se enfrentaba al rey. La frase retumbó en la cabeza de Bacor: «El hijo se volverá contra el padre».

–Mucho he oído hablar de Egos, a quien en otros tiempos se le tenía por el más sabio entre los sabios –exclamó el hijo mayor de Sear–. Y ahora, como sus palabras nos molestan, ¿lo llamamos loco? Quizá sería más sensato estudiar su profecía, en aras de evitar males mayores.

–No es el momento de discusiones, Partolón –trató de atajar el minos, con el gesto huraño.

–¡Para ti nunca lo es! –replicó su hijo, airado–. No haces más que huir de las cuestiones importantes, en la creencia de que un poder superior nos seguirá escudando. ¡Pero hasta las divinidades se cansan de hacerlo todo por nosotros!

Sear frunció el ceño más si cabe. Largos mechones le caían por la frente, desde la diadema, en bucles que casi alcanzaban su mirada, ahora tan cercana a la ira. La reina hizo ademán de apaciguarlo, pero él rehuyó el gesto y dirigió un dedo acusador hacia Partolón. Bacor tragó saliva.

–Bordeas la blasfemia.

–¡Por lo visto es el único modo de atraer tu atención! Demuestras una ceguera mayor de lo que creía. –Levantó el puño apretado, mostrándoselo a Sear–. ¡Y por si fuera poco te haces el sordo! No escuchas, te niegas a aceptar lo que otros te decimos por el bien del pueblo. Nos rechazas, a mí, tu hijo, y también a ese viejo profeta que no ha hecho sino refrendar mis certezas. ¿Cuántas pruebas más necesitas de que al otro lado del mar el mundo se prepara para nuestra perdición?

–¿Pruebas? ¿De qué pruebas me hablas? –rugió el minos, con la voz cargada de irritación–. ¿De los disparates de un demente? ¿Del constante descontento de un niño ingrato que se cree poseedor de toda razón? Insuficiente, lo quieras o no. Mi labor como señor de este pueblo es procurar una vida en paz, sin desgracias ni dolor. Si todavía no lo entiendes..., tal vez es que no estás preparado para sucederme. Quizá nunca lo estés.

El silencio fue tan intenso que resultó doloroso. El rostro de cada uno de los presentes se vistió de lamento. Las sacerdotisas miraban hacia otro lado. Los Doce Sabios callaban, seguramente avergonzados de ser responsables de todo aquello. Bacor, desde luego, así se sentía. La bella Ariaghne, dividida entre esposo e hijo, contenía la respiración. Starn seguía abrazando a Lerna, pero sus facciones se mostraban llenas de lamento. Y Tríome..., ¿dónde se hallaba? Allí, retrasado de la contienda, observaba con aire impasible, como si aquello no le afectara mucho.

Maldita animosidad entre hermanos.

¡Ah, cuán testarudo es el orgullo desmedido! Pues el príncipe mayor, que no era dado a torcer el brazo, todavía tenía cosas que decir:

–¿Es una amenaza, padre? ¿Crees que me importa el trono?

Y entonces, Partolón, hijo del minos, príncipe heredero de Labyrinthos..., escupió al suelo. Luego giró sobre sus talones y se retiró. Aferró a Delgnat por el brazo y tiró de ella, al tiempo que ordenaba al criado que se llevara consigo a los tres niños. Rudraige parecía abatido, pero fue el llanto del menudo Slanga el que rompió la noche, rasgando la horrible escena del hijo rechazando a su padre.

Bacor contempló el rictus en la faz de Sear. Podría haber sido de rabia justificada, sin embargo, sólo vio dolor. Un intenso y lacerante dolor.

24

Starn tenía la impresión de que el mundo a su alrededor se desmoronaba pedazo a pedazo. ¿Por qué ahora? ¡Iba a ser padre! La felicidad debería llenar su vida sin dejar hueco alguno para el miedo.

Mientras bajaba por la Gran Escalera, no podía dejar de pensar que sólo una intervención suya evitaría que ese hijo que se acercaba naciera en el seno de una familia rota. Tenía muy claro lo que debía hacer: apaciguar los ánimos. Era el único capaz de conseguirlo, el único que contaba con el aprecio de ambas partes.

Sin embargo, todavía meditaba sobre qué podía decir o hacer para lograrlo. Detuvo un momento sus pasos y se recostó sobre uno de los pilares de la columnata, la que enmarcaba el descenso en torno al pozo de luz central. ¿Qué palabras utilizaría? ¿Cómo sofocar los egos inflamados de un padre y un hermano que se parecían más de lo que ambos estaban dispuestos a reconocer? Orgullosos, engreídos incluso, incapaces de reconocer un error.

Algo surgiría de sus labios. Rogaría si hacía falta. No le importaba. Sólo deseaba apagar las llamas y que todo volviera a ser como antes.

Era una madrugada abierta a la luna y las estrellas, pero sabía que aquellos a los que buscaba no estarían durmiendo, no tras lo ocurrido. Los peldaños lo llevaron hasta el nivel del suelo. Cruzó el peristilo que daba a un corredor, donde un vestíbulo antecedía al salón de las Dobles Hachas, el despacho personal y aposento del minos. Los tres portones gemelos que daban entrada eran el reflejo de otra portalada idéntica en el propileo posterior, por el que se colaba la luz del exterior. Allí, alejado de los protocolos diplomáticos, el rey reflexionaba y se entregaba al descanso diario con la reina. Una estancia hermosa, embellecida por frescos cargados de color y cenefas a media altura y en lo alto de las paredes. Pero, por encima de todo, destacaban los escudos pinzados que colgaban en el muro principal, sobre el trono, representando el emblema del rey.

Sear se hallaba sentado en el sitial de madera. De no ser por la tenue luz de la luna que se colaba entre los ventanales sobre los portones, la oscuridad habría sido absoluta. Los braseros a ambos lados del trono no ardían, lo cual era extraño. El minos había descuidado dar la orden de prenderlos. Se le veía ausente, meditabundo, perdido en hondas cavilaciones en torno a las nuevas preocupaciones surgidas. Menguado, una sombra del rey fuerte al que Starn admiraba. ¿Dónde estaba aquel hombre capaz de lidiar con docenas de asuntos de Estado cada día y, aun así, recibirlo con una sonrisa o un abrazo? Los problemas que se le amontonaban lo habían superado.

–Padre, soy yo.

Sear alzó el rostro. Sus ojos parecieron volver a la vida, aunque mantuvieron el brillo de la tristeza.

–Hijo...

Starn se acercó hasta el sitial. Él mismo, como si fuera uno de los sirvientes, hizo arder los braseros con yesca y pedernal. Cabeceó satisfecho cuando las llamas iluminaron al rey, apartando de él la mortaja pálida y otorgándole un agradable color.

–Sé por qué has venido –dijo Sear.

–Supongo que era previsible.

–Y desearía complacerte, más que ninguna otra cosa. Pero temo que no podré hacerlo.

El príncipe menor se arrodilló ante aquel hombre al que tanto amaba.

–Padre, siento que todo está del revés. –Se llevó la mano al pecho–. Sufro lo indecible al ver cómo mi hermano y tú os empeñáis en enfrentaros. ¡Recapacitad! Volvamos a los días en que el amor desbordaba nuestra familia.

–No es mi culpa cuanto está ocurriendo.

Sear empezaba a levantar sus defensas, aquellas que el orgullo impelía. Pero Starn no estaba dispuesto a permitírselo. Si quería llegar a él, debía evitar que el rey tomara el control del hombre.

–¡Escúchame! Te ruego que por un instante dejes de ser el minos y actúes como padre. Todos conocemos el carácter de Partolón. ¿De quién crees que lo heredó? No excusaré su tono desabrido, pues le pierden las formas. Ahora bien, no puedes negar que sus intenciones son bondadosas. Se preocupa por el reino mucho más que cualquier otro.

–¿Qué es lo que me estás pidiendo, hijo?

–Que os sentéis a hablar. Pero con la mente abierta y vuestros corazones cerrados al orgullo. Atiéndele, no vetes sus ideas, pues podrían sorprenderte para bien.

–Desea la guerra...

–No, padre. Todo lo contrario. Que su tono arrogante no te confunda. Partolón sólo quiere mantener la paz. Pero ve la violencia que impera en el mundo, y tiene miedo de que llegue a nuestra isla. Por eso trata de estar preparado.

Sear quedó en silencio durante unos instantes. ¡Cuán difícil es reconocer un error para quienes acostumbran a tener razón! Es lo que ocurre cuando los hombres son imbuidos con el velo del poder, cuando se les alaba como si fueran dioses: acaban creyéndoselo.

–Está bien, Starn. Lo haré por ti.

El joven sonrió y, llevado por un impulso, abrazó a su padre, agradeciéndole que entrara en razón. Era un comienzo, uno esperanzador. Pero quedaba la tarea más complicada de todas. Pues, si arduo era vencer la resistencia de un rey altivo, no lo sería menos convencer a un heredero engreído.

* * *

Apenas cruzó de vuelta los portones del salón de las Dobles Hachas, se encontró con la luminosa presencia de su madre. Ariaghne confirmó con sus ojos húmedos que había estado escuchando la conversación. Su primer gesto fue acariciar el rostro de Starn con dedos tiernos y una sonrisa amorosa en los labios.

–Ninguna mujer podría estar más orgullosa de su hijo como lo estoy yo ahora.

–Sólo hago lo que creo conveniente para que la paz vuelva a esta familia, madre.

Ella le dio uno de esos besos tenues en los labios que tanto cariño le transmitían. Por algún motivo, a Starn lo emocionó más de lo habitual. Un estremecimiento le revolvió todo el cuerpo.

–Quiero a Partolón, pero ojalá tú hubieras sido el primero –le susurró; y él se emocionó al saberse, una vez más, el predilecto de su madre–. Termina lo que te has propuesto, cariño mío. Si alguien puede conseguirlo, eres tú. Y no olvides nunca cuánto te amo.

Starn se despidió de la reina con un beso en la frente.

* * *

Una sensación incómoda lo acompañaba mientras se perdía de nuevo entre los corredores. Fue al encarar el ascenso hacia el segundo nivel cuando le pareció que un velo oscurecía la luz de los hachones. Se asomó a la lucerna y miró hacia el piso superior, donde se hallaban las alcobas de la familia real. Alguien bajaba las escaleras, alguien que se detuvo cuando reparó en la presencia de Starn. Pareció dudar durante un instante, pero tardó muy poco en volver a moverse.

El príncipe arrugó la nariz, pero continuó subiendo peldaño tras peldaño. Llegó el inevitable momento en que ambos se cruzaron. En cualquier otra situación, el hijo del rey ni siquiera se hubiese molestado en buscar con los ojos el rostro del sirviente, pero la extraña actitud de aquel individuo le llamaba la atención. Sus ropajes no se diferenciaban en nada de los de cualquier criado, una simple túnica blanca. Era un hombre de mediana edad, el cabello ondulado le caía hasta el nacimiento del cuello. No reconoció sus facciones. Tampoco es que resultara algo insólito, pues los trabajadores del palacio se contaban por cientos. No, no fue su aspecto, cretense de los pies a la cabeza, lo que le causó estupor, sino que le sostuviera la mirada. Y que en ella hubiera temor. El miedo del culpable.

Un impulso. La intuición. Extendió el brazo en el instante justo en que el otro lo dejaba atrás y lo aferró del hombro, dispuesto a interrogarlo. Sin embargo, lo que recibió fue un inesperado empujón. Starn se tambaleó hacia atrás hasta caer al suelo. Sorprendido, no logró levantarse antes de que el desconocido se lanzara a una frenética carrera escaleras abajo.

Tendría que haber lanzado un grito de aviso, pero la mayoría de los habitantes del palacio dormían. Para cuando reaccionaran, ese maldito espía –qué otra cosa podía ser– se habría perdido entre los corredores y escalinatas secundarias del edificio. Así que se levantó y comenzó a perseguirlo. Era rápido, aunque las largas y poderosas zancadas del príncipe pronto recortaron la distancia entre ambos. A pesar de ello, el hombre logró mantener su ventaja el tiempo suficiente para llegar al primer nivel y dirigirse hacia la sección de los talleres, al noreste del complejo.

Ahí terminó su huida. Acorralado, en un pasillo sin salida, se entretuvo abriendo una puerta. No estaba cerrada, pero era tan pesada que lo frenó lo suficiente como para que Starn lo alcanzara. Logró aferrarlo por la túnica, con medio cuerpo fuera.

–¿Quién eres? –le exigió–. ¿Por qué huyes?

Por supuesto, no obtuvo respuestas. El cautivo se limitaba a forcejear para intentar liberarse. Y, al hacerlo, los pliegues de la túnica dejaron a la vista algo que portaba en su cinto. Una daga.

El hijo del rey parpadeó, confuso. Bastó para que su prisionero reaccionara: adelantó la cabeza y le propinó un fiero mordisco. Starn lanzó un alarido de dolor e, inconscientemente, soltó a su presa. Para cuando levantó el rostro de nuevo, ya había desaparecido.

Había estado equivocado todo el tiempo. No se trataba de un espía.

Era un asesino.

25

Ariaghne encontró a su esposo en el sitial. Meditabundo aún, pero le asombró ver en su rostro una media sonrisa y una mirada menos sombría. «Un poco de esperanza al fin», pensó. Lo necesitaban. Las cosas no habían hecho más que complicarse en las últimas semanas. Demasiado tiempo temiendo que estallara el conflicto, demasiada tensión emponzoñando a la familia. Hasta que regresó Starn y se permitió albergar la ilusión de que las aguas se calmaran.

–Dime, esposa mía, ¿puede un hombre sentirse al mismo tiempo atribulado y feliz? –le preguntó cuando reparó en su presencia–. Porque es como me siento en estos instantes. A pesar de todas las angustias, reboso de orgullo. Hoy, nuestro hijo Starn me ha dado una lección de generosidad y buen corazón.

–Me he enorgullecido de él desde que salió de mi vientre –asintió ella–. En ese instante supe que tendría un alma sensible y bondadosa. Su merecido premio ha sido Lerna, tan maravillosa como él. Qué afortunados por haberse encontrado, por haber podido elegirse el uno al otro.

–¿Acaso te arrepientes de nuestro matrimonio? ¿Habrías elegido a otro, de tener la oportunidad?

Semejante pregunta podría haberle dolido si no lo conociera tan bien. Se habían prometido fidelidad eterna una noche de hacía casi veinte años, como esposos y reyes. En todo ese tiempo siempre se sintió respetada y había sido feliz en cada uno de los aspectos en que puede serlo una mujer. No tenía nada de lo que arrepentirse.

–Siempre te he amado profundamente, como rey, hermano y hombre. Sin embargo, ambos somos conscientes de que este último amor, el que nace de la carne, no llegó de forma espontánea, nos fue impuesto por la ley. Tuvimos que aprenderlo y aceptarlo.

Pero lo que sienten Starn y Lerna es puro y libre desde el primer instante en que se vieron. No hay nada más hermoso que eso, y soy dichosa de que nuestro hijo pueda disfrutarlo.

–Yo también, desde luego.

–¡Qué gran minos habría sido Starn! Y no digamos Lerna... –opinó Ariaghne.

–Como tú, y mucho mejor que esa oportunista de Delgnat.

–No seas tan duro con ella. Ha sido forjada en la corte, es lo que le han enseñado a ser: fría y calculadora para ganarse una posición en la vida. Son sus armas, y las domina. Lerna, en cambio, es de origen humilde, nunca fue educada para los artificios.

–¡El mundo en verdad está cambiando! –exclamó Sear, perplejo–. Nunca creí que te escucharía defender a esa arpía. Te hastía incluso permanecer en la misma habitación que ella.

–Sólo pretendo ser justa.

–Y lo eres, siempre lo has sido. Mi pilar cuando lo he necesitado, y hoy te necesito más que nunca. ¿Cómo crees que debo obrar? Estoy confuso.

–Necesitas aire fresco para despejar la cabeza. Así aclararás tus pensamientos. –Ariaghne le tendió la mano–. Ven conmigo. Paseemos por el jardín.

El minos aceptó la propuesta. Cruzaron las arcadas que daban al pórtico, desde donde salieron al pequeño patio privado, solaz de ambos cuando deseaban intimidad. A la reina le gustaba especialmente dejarse acariciar por la brisa que removía las exóticas palmeras, traídas especialmente desde Egipto siendo esquejes. A veces se refrescaba los pies en la fuente, rodeada de columnas decoradas con imágenes de la Diosa o las más bellas criaturas que habían surgido de su omnipotencia.

La oscuridad de la noche caía sobre sus cabezas. Los rodeaba el canto de los grillos. Le encantó el fresco que se posó sobre su piel, una bendición más que una molestia. Aun así, su esposo pasó un brazo por su espalda para atraerla hacia sí.

–Starn ha hablado con razón. He estado todo este tiempo acusando a Partolón de ser un obtuso de mente, cuando yo no me he comportado mejor –admitió Sear.

–Que lo reconozcas te honra. ¿Qué harás, pues?

–Hablar con él. Nos sentaremos y debatiremos, usando la razón. Quizá... Quizá no vaya desencaminado en sus argumentos. Es posible que sea razonable formar un ejército como los de antaño.

Ariaghne suspiró con evidente desconsuelo. Ya he expuesto varias veces que, durante siglos, Creta se había mantenido apartada de la violencia que infectaba las tierras más allá de sus costas. Ahora, Cnosos se planteaba abrir sus puertas a semejante veneno. Era un cambio radical que se propagaría con celeridad por toda la isla. La Casa del Hacha era la más insigne de las ciudadelas, y cualquier disposición que allí tomaran sería seguida por los otros palacios. Cuando las espadas se empuñaran en Labyrinthos, poco tardarían el resto de cretenses en convertirse en guerreros. La idea causaba en la reina una honda preocupación.

Guerra y ruina, ya lo había anunciado Egos.

–Me niego a creer que no haya un camino intermedio, más equilibrado –comentó.

–Concuerdo contigo. Estaría dispuesto a crear una fuerza defensiva que proteja nuestras tierras, siempre que ésta nunca se utilice para conquistar –rindió el minos.

–¿Crees que Partolón se dará por satisfecho con eso?

–Tendrá que conformarse. Y, si no lo hace, si insiste en mostrarse agresivo... Bueno, entonces habré de plantearme si es el adecuado para sucederme.

Ariaghne detuvo sus pasos y miró a su esposo con gesto asombrado y temeroso.

–Entregar el reinado a Tríome rompería por completo a la familia... –apuntó con acierto.

–No he mencionado a Tríome.

–¿Starn?

–Tú misma has dicho que sería un gran minos. Una elección que sus hermanos aceptarían con mayor facilidad. Ambos lo aprecian, en especial Partolón, que es quien más me preocupa.

Habían llegado hasta el baño privado, en el megarón de la reina. La decoración, con motivos en tonos azules, la sumía en un estado de relajación que siempre era bienvenido. Podía pasar horas bañándose en la suave penumbra, con la mente y el corazón sincronizados al danzar de los delfines celestes pintados en el fresco, sobre la entrada múltiple.

Tal vez, pensó, sería un buen momento para tomar un baño, aliviar los pesares juntos. Nada mejor que una noche apasionada, y Sear todavía mantenía la fogosidad de la juventud en aquellos menesteres. Por su parte, todavía no era demasiado mayor para darle otro hijo. Sería una gran alegría y, además, podría contribuir a aliviar la enrarecida situación de la familia.

–Aun así, ¿no sería contravenir la ley? –preguntó ella, mientras liberaba el agua de la tubería, para que empezara a llenar el baño de piedra. Era verano, no haría falta calentarlo. Bastaría con el ardor de los amantes.

–En absoluto, puedes preguntárselo a Bacor cuando quieras. La ley dictamina que el minos de Cnosos debe ser de la sangre divina de Posidón. Que el elegido sea el primogénito es una cuestión de sensatez y tradición, pero no hay ninguna norma que lo exija.

–Las costumbres son complicadas de cambiar.

–Pondré todo mi empeño en que no sea necesario llegar a eso, haré todas las concesiones que pueda permitirme. Aunque, si Partolón me obliga a ello, no dudaré.

Se le arrugaba el entrecejo siempre que se mostraba tan decidido. «Ahí está, el orgullo del minos, para lo bueno y lo malo», se dijo Ariaghne. Ella lo adoraba tal como era, a pesar de sus cambios de temperamento. Y trataba de dulcificarlos. Se acercó hasta pegar su pecho desnudo contra el suyo. Él se estremeció al sentir cómo los senos de la reina se aplastaban contra su torso, aguijoneando la piel con sus pezones. Su virilidad reaccionó de inmediato.

Un sonido rompió el instante. Pasos, llegados desde la sala principal del megarón, donde habitualmente solían reunirse las mujeres de la corte. ¿Había regresado Starn? Un mal momento, en todo caso, pero ante aquella posibilidad los dos amantes contuvieron el fuego que se había desatado.

Entraron al salón y vieron a un hombre. No era su hijo, de hecho jamás lo habían visto antes. Sí, Cnosos estaba repleto de sirvientes, resultaba imposible conocer el nombre de todos, pero las caras permanecen, siempre hay un rasgo que se graba en la memoria, que era portentosa en el caso de Ariaghne. Y aquel rostro que la contemplaba, entre resuellos y una mirada encendida de premura, le resultaba ajeno por completo.

Fue entonces cuando vio la daga y se quedó sin respiración.

–No... –gimió la reina, un mero susurro que en gran parte se quedó trabado en su garganta.

Sear también reparó en el arma, y de inmediato se colocó delante de la reina.

–Si tienes el atrevimiento de venir a los aposentos privados del minos y su señora, intuyo que tus intenciones no son loables –dijo con voz firme–. Pero aún estás a tiempo de dar media vuelta. Deja caer ese puñal y márchate, o enfréntate a la ira divina. Éste es un lugar protegido por la Diosa.

No hubo más respuesta por parte del hombre que abalanzarse hacia ellos, levantar el cuchillo y descargarlo. Sear buscó aferrar el brazo agresor; se hizo con él, mientras Ariaghne lo observaba todo paralizada. Sabía que debía gritar, pedir auxilio, y sin embargo no fue capaz de despegar los labios. Estaba como hechizada ante una escena tan irreal. No concebía que estuviera pasando de verdad.

Aquel individuo contaba con la fuerza que daba la juventud. Sear resistió un poco, pero acabó cediendo. El puño armado se coló hasta llegar al pecho del minos..., y pinchó en la carne. Entonces sí, nada pudo detenerlo. Entonces sí.

El grito de la reina nació cargado de dolor. Y la desesperación venció al desconcierto, haciendo que saltara en ayuda de su rey, de su hermano, de su esposo. Cargó contra el asesino y, como una loba defendiendo a su camada, le arañó el rostro. Tal fue el ímpetu que logró hacer caer al agresor. El cuchillo se le escapó de entre las manos, y la reina se lanzó al suelo para tomarlo y tener así la iniciativa.

Pero la desesperación de él no era menor. Sabía que cuanto más tiempo tardara en acabar el odioso trabajo más fácil sería que lo capturaran. Reaccionó lo bastante rápido para alcanzar la daga ensangrentada justo al mismo tiempo que Ariaghne. Ambos forcejearon, y en la disputa se provocaron el uno al otro varios cortes en las manos. Hasta que la mayor fuerza del asesino se impuso. Un puñetazo en el costado hizo que la mujer se apartara.

La hoja fue un rayo plateado que hendió el aire primero, piel después. Ariaghne no sintió nada, sólo la calidez que le empapaba el cuello. Se llevó las manos a la garganta, pero nada pudo hacer para combatir lo inevitable. La debilidad se apoderó de ella y la hizo desmoronarse. Extendió el brazo, quería alcanzar a su esposo, abrazarlo.

Demasiado lejos.

La muerte es una amante que nunca llega tarde, viejo amigo. Salvo para ti y para mí, por supuesto. Pero en ocasiones se muestra ávida, sin duda cruel, y acude antes de lo esperado. Así ocurrió con la reina. Pronto, demasiado pronto se la llevaron de este mundo los dioses. Era tan bella todavía, tenía tanta luz que ofrecer. Nada de eso sirvió para evitar que la sangre escapara de su cuerpo.

Así fue como murió Ariaghne, señora de Labyrinthos, estrella de Cnosos, la más bella de todas las mujeres de Creta.

Y, con ella, el futuro de mi pueblo.

26

Una terrible desesperación se apoderó de Starn cuando llegó al megarón de la reina en busca del grito que había escuchado. ¿Recuerdas que te expliqué cómo la música nace en el corazón del lírico cuando menos lo busca? Pues así ocurrió en ese preciso instante. Sólo que no fue una armonía alegre o cargada de amor, sino una funesta tonada acompañada de un sufrimiento innombrable engarrándose en su pecho.

En cuanto el desconocido se le escapó de entre las manos –algo que siempre le pesaría en la conciencia–, lo buscó con desesperación, pues intuía la tragedia. Pero la zona de los talleres estaba repleta de recovecos y escondites, de salas comunicadas por las que resultaba sencillo escabullirse. Lo perdió de vista, y no fue hasta que pudo serenarse un poco que comprendió cuál podía ser su objetivo. No hacía falta ser muy inteligente para suponer a quién podía buscar un asesino.

Y así supo dónde debía ir.

El miedo le invadió el corazón de tal modo que, más que correr, voló. Largas zancadas alimentadas por una angustia cruda y desgarradora, que casi llegó al paroxismo cuando el aullido llegó hasta sus oídos.

El salón de las Dobles Hacas... Vacío... Entonces, ¿dónde? Sí, el megarón de la reina... Pero, al alcanzarlo..., el azul profundo de las cenefas estaba teñido de horror... La luz de la luna que se colaba por el jardín posterior le mostró una escena que... ¡Oh, siento lo que él, me duele como a él! Resulta tan duro rememorarlo... Es el horror absoluto... Lo veo en mis pesadillas, algunas noches, no importa cuánto tiempo pase... Un velo rojo pinta los recuerdos heredados... No puedes imaginar lo atroz de aquella imagen, lo inasumible que resulta.

Sobre el enlosado blanco, el carmesí de la sangre. La barbarie de dos cuerpos tendidos. Y, de pie, un asesino empuñando el arma que había acabado con algo más que un par de vidas.

Entremezclada con el dolor, la incredulidad, al menos en un primer momento. No, no podía estar pasando. Starn se negaba a creerlo. Frente a sus ojos, que también son los míos a través de esta en ocasiones aborrecible memoria, no tenía la muerte de sus padres, de mis abuelos. Sólo era una pesadilla. Despertaría. Y así también lo haré yo, y esta memoria demostrará que siempre fue falsa.

Pero no lo hizo. Y tampoco yo lo haré nunca.

¡Por los dioses de antaño y cuantos vengan después, no soy capaz de soportarlo! Permíteme un respiro... Cuesta tanto... Sin embargo, debo... continuar, por mucho que me duela. Es importante que el pasado sea relatado, por odioso que parezca, para que no se pierda. Pues incluso lo más abominable puede ser valioso y aportar sabiduría.

El momento de negación se disolvió en un latido, tanto como tardó en aparecer la ira brutal. ¡También esa emoción es mía ahora mismo! ¡También a mí me consume, hasta arrebatarme la razón, tal y como le ocurrió a Starn! A veces me encuentro lanzando un alarido, como él hizo, un berrido infrahumano, todo rabia. Sólo que yo no tengo contra quien cargar.

Él, sí, y con ello debo conformarme. Starn embistió al regicida como si fuera un toro salvaje. Ambos fueron a parar al suelo. La daga salió volando, repiqueteando contra las losas. Pero el odio estaba de parte del príncipe. Empezó a descargar puñetazos, uno tras otro, mientras gritaba, preso de la demencia más pura e irracional. Porque, entretanto la lluvia de golpes impactaba en el asesino, el joven sólo podía pensar en la sonrisa animada de su padre, en el último beso de su madre. Y lloraba mientras bramaba, el corazón roto en cientos de pedazos.

Al final, sus fuerzas se extinguieron. La pena no, amigo mío, ésa jamás se desvanece del todo. Te lo aseguro. Creyendo muerto al criminal, el príncipe se arrastró hasta los cadáveres, abriendo un surco en el charco de sangre, empapándose de ella. Se tumbó junto a su madre. ¡La siento, todavía caliente, entre mis manos! En mis dedos me parece ver el mismo rojo que tiñó a aquel hijo destrozado, que tomó en brazos a esa parte de él que lo abandonaba. Cayó sobre el cuerpo al tiempo que un terrible grito escapaba... ¿de su garganta? ¡No! ¡De su alma!

Allí mismo, mientras deseaba que la muerte también se lo llevara a él, Starn perdió toda su inocencia.

27

Partolón tenía la sensación de que la pena lo partiría por la mitad. Se hallaba en el santuario del ala sudoeste del palacio, donde todo lo que alguna vez le pareció firme se le antojaba ahora tierra quemada tras un gran incendio. De haber sabido que aquél sería el devenir de los acontecimientos, habría hecho las cosas de otro modo.

Contemplaba a sus padres, inmóviles y serenos en los altares funerarios, tan inanimados, y se negaba a creerlo. «Tu culpa, es todo por tu culpa», le decía una voz en la cabeza. El remordimiento, sí, el remordimiento... Una bestia iracunda como pocas, que araña el vientre, se adentra entre músculo y sangre hasta rasgar el alma. Le invadían emociones enfrentadas: rabia ciega, hacia sí mismo especialmente, por no haber evitado la catástrofe; tristeza, ante una pérdida más sangrante de lo que jamás imaginó posible; y odio, odio hacia un mundo que lo había llevado hasta ese punto. A pesar de ello, Partolón se mantuvo estoico. No se esperaba de él otra cosa.

Pronto sería minos de Cnosos.

Era el segundo de los nueve días de luto dispuestos para los funerales de la realeza. Durante ese tiempo, los fallecidos quedaban expuestos en el santuario del palacio, desde el cual la Diosa los custodiaba a través de un hermoso friso; una representación de trazos simples y a la vez detallistas donde el artista había plasmado incluso el lazo sagrado en la espalda de la Gran Madre. Pero a Partolón la mirada de aquel enorme ojo frontal que mostraba la pintura le dolía, porque atravesaba su carne y dejaba expuesta su vergüenza, la culpa de todos los excesos.

El mayor dolor, sin embargo, era que su madre se hubiese visto salpicada por la desgracia. Ella, que siempre fue paciente, un bálsamo para las heridas, una presencia que lo apaciguaba cuando más lo necesitaba. No lo merecía. «¡Si me hubieran hecho caso!», pensó, convencido de que nada de aquello habría ocurrido. Seguirían siendo felices, una familia unida en nuevos objetivos, tan loables como la defensa de lo amado. Pero el tiempo había pasado. Ya nunca más se levantaría la risa en la Casa del Hacha, al menos hasta que no transcurrieran muchos años y murieran todos cuantos habían vivido semejante tragedia. Tendría que cargar con esa culpa el resto de sus días.

Las sacerdotisas se habían encargado de ungir los cadáveres con los mejores ungüentos y aceites, sin dejar de recitar las obligadas plegarias. Oraban para que los espíritus del minos de Cnosos y la señora de Labyrinthos encontraran el camino a la gloria de la Diosa, que los esperaba en las entrañas de la tierra. Sear fue vestido con una sencilla túnica blanca; la diadema real quedó sobre el corazón y, cuando descansara en la cripta, la máscara cornuda en honor a Posidón cubriría su rostro. Por su parte, Ariaghne reposaba con su *labrys* ceremonial, envuelta en un vestido de seda.

El desfile de cretenses era incesante. No, no hizo falta la participación de las plañideras. Bastó con los llantos que cada cretense vertía ante los fallecidos, con los lamentos susurrados y las ofrendas que serían enterradas con ambos. Muchos de ellos acudieron desde las aldeas cercanas, incluso de otras ciudades como Festos o Zakros. Pues los reyes habían sido amados. Justos y generosos, su recuerdo no se extinguiría. Quedarían en la memoria colectiva, al igual que sus antecesores.

Un consuelo demasiado escaso para un hijo herido.

* * *

Durante aquel tiempo, el gobierno de Cnosos recayó sobre los Doce Sabios, quienes lo ejercerían hasta que llegara el coronamiento del heredero, una vez enterrados los anteriores monarcas. El consejo regente sólo se encargaría de administrar las tareas menores, así como la preparación de los ritos funerarios. Toda gran decisión de Estado sería pospuesta, entre ellas el ajusticiamiento del asesino, un tema que a Partolón le preocupaba más de lo que podía expresar.

Fueron los eruditos, por tanto, quienes recibieron a las muchas personalidades. Acudieron los gobernadores de Malia o Festo, entre otras ciudades cretenses. También los más altos responsables de las colonias o las naciones aliadas: Akrotiri, Ugarit, Egipto... Nadie faltó, todos enviaron fastuosas delegaciones cargadas de ofrendas dignas de la memoria de los reyes que marchaban.

Así pues, el palacio se llenó de extranjeros pintorescos, lo que enervó a Partolón. Se contuvo, por supuesto, pues no era momento de demostrar enojo o siquiera descontento. Tuvo que asistir impertérrito a aquella repentina explosión de vida que paradójicamente nacía de la muerte.

Tiempo habría para los cambios cuando tomara la diadema real.

* * *

La noche antes del enterramiento, tal como marcaba la tradición, los hijos del rey y la reina velaron en solitario a los cuerpos. No hubo palabras, los tres príncipes habían perdido el ánimo. Tríome tenía los ojos enrojecidos de tanto llanto, pero sin duda era Starn quien peor llevaba la congoja. Partolón podía entender muy bien que así fuera. Él mismo recordaría a sus padres vivos, en plenitud, pues cuando llegó a la escena del crimen los cuerpos ya habían sido retirados. Pero para su hermano la imagen de los cadáveres envueltos en sangre sería una pesadilla que se repetiría cada vez que cerrara los ojos. Se le veía macilento y de no ser por la solícita perseverancia de Lerna habría enfermado, pues ni siquiera pensaba en alimentarse. Pero ella no estaba allí en esos momentos, la ley lo impedía. Así que fue Partolón quien estuvo a su lado, consolándolo mientras realizaban las oraciones a la Diosa.

La cadencia del rezo fue tornándose monótona, poco a poco, hasta el punto de que la mente del príncipe heredero empezó a vagar a la deriva. Veía todavía los féretros y a sus dos hermanos; oía las voces de ambos, pero el mundo alrededor suyo se había vuelto difuso. Una parte de él seguía recitando; la otra, en cambio, se abría a otra escena, a otra sensación.

Un clamor le llenó los oídos. Reconoció el batir del mar contra unos acantilados, altos, grises. El agua brillaba como si estuviera aceitada y con cada carga las olas estallaban en multitud de estrellas. El sol atravesaba cada gota, creando haces de luz que iluminaban una tierra desconocida. Una próspera joya. Prados de verde hierba, bosques de húmeda frondosidad; colinas suaves, riachuelos cantarines; viento gentil, lluvia vivificadora, frutos jugosos en las ramas de los árboles...

Una tierra esmeralda.

Parpadeó, y la imagen se desvaneció. Trató de retenerla en la memoria, pero le resultó imposible. Los detalles se le escaparon, aunque conservó en el corazón la seguridad de que había visto algo bello. Se dijo que tal vez aquél fuera el lugar donde ahora moraban sus padres.

Pensar en ello lo animó.

* * *

Los tres hermanos permanecieron junto a los reyes hasta que llegaron las primeras luces. Entonces, sólo entonces, Partolón se situó entre los dos altares. Entrelazó sus manos con las de los ausentes en espíritu y dictó la despedida.

–Adiós, padre. Adiós, madre. Ojalá las cosas hubieran sido de otro modo. Ojalá.

28

Lerna rompió a llorar al paso de las literas que contenían a los reyes difuntos. Trató de que sus lágrimas surgieran de modo sereno, de no desmoronarse por completo, pues se había prometido permanecer fuerte. ¿Quién, si no, tenía que ser el apoyo de Starn? No es que fuera su responsabilidad como esposa, es que era lo que deseaba.

Sin embargo, la escena era demasiado incluso para su voluntariosa intención. Las piernas le temblaron, y tuvo que cubrirse los labios para no lanzar un agudo sollozo. Pero el llanto... El llanto fue incontenible, desbordó como un río que crece por encima del cauce, arrasándolo todo a su paso. Sintió la pérdida como suya. ¡También eran sus padres! De algún modo que no lograba entender, sin siquiera advertirlo, Sear y sobre todo Ariaghne habían marcado su vida. ¿No la acogieron con un cariño antes desconocido? ¿Quién había hecho eso, salvo Starn y, como mucho, el bondadoso Bacor?

Fue el sabio, precisamente, quien la consoló más que ningún otro. Su pobre esposo no podía, destrozado como estaba. Y acaso el anciano también, pues había compartido toda una vida con los fallecidos. Pero, a pesar de ello, tuvo entereza sobrante para acercarse a la muchacha y ofrecerle un abrazo y palabras que sirvieron de cierto sostén.

–¡Oh, niña querida! –le dijo la primera noche en que Starn veló a sus padres en el santuario–. No deberías estar sola en estos momentos tan amargos.

El sabio tenía el rostro cruzado por un profundo dolor, que dibujaba arrugas de más en su curtida piel. Se sentó en el borde de la cama, donde Lerna lloraba, y la cogió de las manos. Se quedaron un largo rato en silencio.

–¿Por qué esta desgracia, Bacor? –gimió ella–. ¿Es por mí? Todo ha empezado a desmoronarse tras mi llegada...

–Hija mía, no pienses eso ni por un instante. Tú has sido una gran luz en un ambiente que ya estaba enfermo antes. Sin ti, ahora mismo Starn no tendría nada por lo que vivir.

–Pero resulta tan duro, tan doloroso... –se quejó.

–La vida, a veces, lo es. El problema es que aquí, en Cnosos, lo hemos olvidado.

–¿Y la muerte? ¿Qué me dices de la muerte? ¿Por qué es tan cruel?

¡Qué preguntas tan profundas! ¿Verdad? Cuestiones que ni el más sabio entre los sabios lograría descubrir por completo. Incógnitas universales, pues no existe hombre, mujer, anciano o niño que no se las haya planteado alguna vez.

–No siempre lo es –respondió Bacor–. Para el enfermo, el que sufre o aquel que la vejez ha agostado es una liberación.

Cierto. Ella misma la había deseado cuando creyó que su vida no tenía sentido. Y la planeó, incluso. ¡Gracias a los dioses por disuadirla a tiempo, o jamás habría conocido a Starn!

–En momentos como éste, cuesta creer que pueda aportar alivio.

–Lo sé. Las sacerdotisas aseguran que la muerte es parte de un ciclo natural. Una especie de puerta.

Lerna lo miró con un parpadeo curioso. Aunque las creencias religiosas de Tirinto y Cnosos eran similares, aquel concepto no le era conocido.

–¿Una puerta, hacia dónde?

–Ojalá lo supiera con certeza, muchacha, así no estaría tan triste. A otro mundo, junto a los dioses, asegura nuestra fe. O tal vez regresen en otra forma –dijo, poniéndole la mano en el vientre.

–¿Que mi Tuan tenga el espíritu de uno de los reyes? Sería hermoso, pero jamás he escuchado algo así antes.

–Es lo que creen en las regiones más allá del norte, de donde viene el ámbar. Existen muchos otros pueblos, Lerna, y cada uno tiene sus propias creencias y dioses.

–¿Y cuáles son los verdaderos?

–Quizá ninguno, o todos. ¿Podría ser que fueran los mismos pero con diferentes nombres?

Le gustaba que aquel hombre tan inteligente no escondiera lo que ignoraba, que reconociera con humildad que no lo sabía todo. Ésa, en su opinión, era la medida de la verdadera sabiduría.

–¿Crees que el profeta tenía razón? ¿Se están cumpliendo sus premoniciones?

Bacor frunció los labios y movió la cabeza, sin saber qué responder. Luego dejó que ella reposara su cabeza en el hombro.

–Hasta ayer creía que el futuro no tenía sorpresas para mí. Ahora comprendo lo ciego que he estado. Ojalá tuviera respuestas a esas preguntas, Lerna. También a mí me acosan.

Marchaban en procesión hacia la última morada de Ariaghne y Sear, la cripta real donde eran enterrados todos los reyes. Partolón y la sacerdotisa mayor iban inmediatamente después de los cuerpos, transportados por los seis miembros más veteranos de la guardia real. Tríome y Starn los seguían muy de cerca, y tras ellos, el resto de la familia junto con los Doce Sabios y las sacerdotisas. Detrás, formando una culebra de la que escapaban docenas de gemidos, los representantes diplomáticos venidos a Cnosos.

¡Había tanto dolor en el aire! Lerna acarició con la mirada a Rudraige; movido por la frialdad impuesta por su madre –Delgnat no toleraba la debilidad en los suyos–, el pequeño trataba de contener el llanto ante el inminente adiós a sus abuelos. Tarea titánica para un niño, quien resistía sólo a medias, a tenor del temblor en los labios y el incesante goteo en la nariz. El puño, cerrado con fuerza, guardaba algo. La muchacha sabía de qué se trataba: era el mismísimo anillo del minos, con el emblema de la casa real. El niño lo había reclamado para sí como recuerdo de aquel que había amado como abuelo, no tanto como rey.

La procesión salvó los trescientos pasos que separaban el palacio de la cripta, al noroeste. Era un edificio pequeño en comparación con la Casa del Hacha, una vivienda sagrada ocupada por las sacerdotisas y sus acólitas. El gran vestíbulo dejaba a su izquierda el mausoleo, cuyo primer piso era una sala con columnas. Allí se detuvieron. Sólo la cabeza de la comitiva descendió por la escalera. Primero bajaron uno de los cuerpos, luego el otro, pues el trayecto era angosto. Nunca había pasado que ambos reyes fallecieran al mismo tiempo.

Entraron así en una cripta con el techo al alcance de la mano. Hacía fresco, y las pisadas resonaban en ecos que parecían llegar del pasado. Varios pebeteros y algunos hachones iluminaban la estancia, creando sombras trémulas cuando alguien pasaba. En aquella penumbra, Lerna advirtió la hilera de sarcófagos esculpidos en alabastro, reposo de los antiguos reyes de Cnosos. Le sobrecogió pensar que tantos grandes señores contemplaban su paso a través de las efigies grabadas en las tapas de los féretros. La emoción fue mayor cuando tomó conciencia de qué representaba en realidad la sala: allí moraba el ayer de Labyrinthos, pedazos de su historia, algunos convertidos en fábulas, pues así era la memoria de los hombres. Era el fin de la vida terrenal y el comienzo de la leyenda. Un tipo de inmortalidad desvirtuada que se le antojaba más agria que dulce.

La cámara era amplia, con espacio para nuevas arcas. Dos de ellas esperaban a sus nuevos moradores. Los porteadores depositaron los cuerpos en su interior con la delicadeza nacida de la solemnidad del momento. Con igual cuidado se les acostó de lado, con las rodillas pegadas al pecho, pues eran durmientes que habrían de despertar, aunque fuera en otro lugar. Las oraciones que la sacerdotisa mayor salmodiaba los ayudarían a franquear el paso a su nueva vida, más allá de los mares y los cielos. La esencia primigenia de los dioses yacía en esos parajes distantes, la misma de la que el minos y la señora de Labyrinthos brotaron un día. Junto a los antiguos reyes, Sear y Ariaghne gobernarían en un mundo repleto de luz. Decían las sacerdotisas que en las Altas Esferas no había nieve ni existían inviernos que dañaran la piel. La lluvia era mansa cuando aparecía, un agradable baño primaveral. Los vientos no bufaban, cantaban melodías que llenaban de gozo y reanimaban el vigor de los recién fallecidos.

Palabras. Sólo palabras. Vagas, carentes de calidez cuando se enfrentaban al sufrimiento de quienes se quedan atrás. Tal vez fueran verdad o tal vez sólo se tratara de consignas para calmar el dolor de los vivos. Pero a Lerna no le llenaban el corazón, y por las expresiones rotas a su alrededor diría que también dejaban escasa impronta en quienes la acompañaban.

Una vez colocadas las tinajas con alimentos en cada uno de los sarcófagos, sustento para su viaje divino, empezaron las despedidas personales. Uno tras otro, los más cercanos a los reyes pasearon ante ellos. Emotiva fue la debilidad mostrada por Bacor, al que Lerna siempre había tenido por un hombre dueño de sus emociones. Cuando le tocó el turno a Starn, ella lo acompañó, temerosa de que desfalleciera. El príncipe tomó la mano primero de su padre y la besó, bañándola tanto del toque de sus labios como del agua de las lágrimas. Pero fue al recostarse sobre Ariaghne cuando sus fuerzas se esfumaron y el llanto se le quebró. Gimió, un sonido apagado nacido de lo más profundo de la garganta, terrible. Se arrodilló junto al arca, escondió el rostro en el pecho de su madre y ya no quiso moverse. ¿Debía interrumpir aquel dolor y conminarlo a levantarse? Apenas se le pasó por la cabeza. Starn había amado a su madre tanto o más que a su esposa. En ningún momento sintió celos, pues como mujer entendía la conexión establecida entre lo que un día fuera la misma carne.

Se tocó el vientre y dejó que su marido vaciara toda gota de pena.

29

El sol colgaba muy alto del cielo cuando la cripta fue cerrada. Era un día luminoso, pero la mirada de Bacor se lo mostraba todo como oculto tras un fino velo que opacaba el mundo. No pudo encontrar energía en su corazón para levantar la vista y mirar a los que lo rodeaban. Sabía que en sus rostros vería congoja, y entonces la realidad volvería a imponerse: Sear, el minos al que llegó a llamar amigo, se había ido para siempre.

La procesión, dividida en pequeños grupos, retornó a Cnosos. Escasas palabras, gestos trastocados en seriedad y lamento. Partolón parecía ido, caminaba como si sus miembros tuvieran voluntad propia y la mente se le hubiera perdido en algún lejano lugar. Ni una lágrima le asomó durante todo el ritual, y lo que otros habrían tomado como indiferencia el sabio supo que era constatación del dolor más profundo. ¿Y Tríome? Sus sollozos entrecortados apenas eran acallados por los cuidados de su sirviente, Glauco. Solícito, lo atendía y le susurraba palabras de consuelo preñadas del cariño de un amante.

Sin embargo, nadie sufría tanto como Starn. Aquella expresión vacía era la de la pérdida absoluta de la pureza. El otrora confiado y alegre príncipe menor había recibido un golpe del que pocos hombres lograrían recuperarse. Pues no existe mayor infortunio ni tragedia más horrenda para una sociedad acostumbrada a la placidez que una muerte sin sentido envuelta en violencia. Sólo podía rezar para que el infinito amor de Lerna sirviera para curar las heridas. Bendita fuera aquella muchacha; sin su presencia Starn habría estado condenado a una caída sin fin. Ya en el palacio, cada uno se dispuso a volver a sus aposentos. Había sido una jornada demasiado intensa en padecimientos para lo que era habitual en Cnosos.

Bacor se sentía entumecido, así que no tardó mucho en tenderse sobre la cama y abandonarse a un sueño plagado de pesadillas.

La jornada siguiente amaneció sin que el dolor hubiera mermado, no cuando el anciano consejero recobró la conciencia del mundo y comprendió que la desgracia acaecida no formaba parte exclusiva de los sueños. Necesitaría toda la voluntad que pudiera reunir.

Había un asesino que condenar y un rey que proclamar.

* * *

A mediodía, acudió al teatro, donde tendría lugar el juicio del asesino de los reyes. Se trataba, en realidad, de una formalidad: se le escucharía, pues según la ley todo acusado tenía derecho a exponer su alegato. Y muchos eran los que deseaban saber los motivos de tan execrable crimen. Sin embargo, la sentencia ya había sido dictada. Las irrefutables pruebas aportadas por el testimonio de Starn sólo podían conllevar una pena que Bacor nunca creyó posible ver aplicada en Cnosos: la muerte por horca.

El erudito tomó asiento en el banco situado en la grada de piedra más baja, junto a sus compañeros. Los Doce Sabios serían la voz y el voto en aquel procedimiento. Hubiera sido adecuado que el juez fuera el propio minos, pero las leyes no permitían que el heredero tomara la diadema sin que el espíritu de su antecesor descansara en paz. Y para ello era necesario hacer justicia.

Altémenes, portavoz del grupo de eruditos, dio inicio a la causa dirigiéndose a la multitud de habitantes de Cnosos reunida en torno a ellos:

—¡Pueblo de la Diosa! Sé que todavía tenéis el alma constreñida de dolor por lo ocurrido. Sin embargo, debemos ser fuertes en estos días negros, tal y como nuestros llorados reyes hubiesen deseado.

Su mirada se volvió hacia los miembros de la familia real. Sólo Partolón y su esposa parecían mantener la compostura, junto con una Lerna que resistía por amor a Starn. Éste y Tríome seguían sumidos en esa pena que debilita los sentidos y aturde el corazón. Estaban allí, sí, pero sus mentes todavía lloraban la pérdida.

–Este juicio implica una desgracia sobre otra. Esta ciudad no recuerda en sus anales un acto tan horrible, y es por ello que no podemos dejar de lado la resolución. ¡Que traigan al acusado!

Docenas de ojos se volvieron hacia el pasillo que los guardias formaban entre la muchedumbre. Pero nadie lo transitó. Extraño, muy extraño. Un mal presentimiento embargó a Bacor. ¿Dónde estaba el asesino? Entonces advirtió que alguien se acercaba corriendo. Reconoció al encargado de custodiar al regicida. Axos se llamaba, si su memoria no le fallaba. Ahora bien, que acudiera solo, con semejante urgencia, auguraba una nueva sorpresa. Se detuvo ante Altémenes y, cuando recuperó el resuello, habló:

–El prisionero... –Tosió–. El prisionero ha muerto.

Se levantó un gran revuelo. Bacor se llevó las manos a la frente al tiempo que un repentino mareo le nublaba la vista.

–Explícate mejor –exigió Altémenes.

–Ha sido asesinado. Amaneció vivo, pero al abrir la puerta para traerlo hasta aquí lo he hallado estrangulado.

«¡Justicia!», gritó alguien. «¡La Diosa ha cumplido la sentencia!», alegó otro. Sin embargo, Bacor tenía la seguridad de que la mano que había matado al acusado era humana. Sus pensamientos, más rápidos que su cuerpo avejentado, bullían. La pregunta más importante, la que también podía desvelar aquel giro misterioso, seguía siendo la misma: ¿por qué querría alguien matar a unos reyes que habían gozado de una admiración absoluta? Para alcanzar esa respuesta antes tendrían que plantearse otros interrogantes.

–¿Alguien tiene idea de quién era? –preguntó, haciéndose oír por encima de los demás, consiguiendo de ese modo imponer una cierta calma.

–Nadie parece saberlo –respondió Fios, a quien Altémenes había encargado las investigaciones debido a su perspicacia; la mejor elección habría sido el propio Bacor, por supuesto, pero estaba demasiado involucrado emocionalmente–. Vestía como un sirviente y era, sin duda alguna, cretense. Pero no del palacio, de eso estoy seguro. El resto de criados no sabía nada de él, y su rostro no me resultaba familiar en absoluto.

–Desde la fiesta del Verano, y luego con la boda del príncipe Starn, ha habido muchos forasteros en la ciudad, así que es lógico que no llamara la atención –añadió otro de los sabios, Fochmarc.

La sospecha de que no estaban ante un simple regicidio cobraba consistencia a cada instante. Piénsalo un poco. Sólo hay dos motivos para sesgar la vida de un criminal: venganza o silencio. La primera no tenía mucho sentido, pues todos sabían que la condena llevaría a eso. Pero el silencio planteaba una opción perturbadora: que existía una voluntad oculta tras la muerte de los reyes. Aquel hombre no era nadie, un desconocido sin motivos para cometer semejante salvajada, salvo el oro que pudiera llenar su bolsa. Alguien que no sacrificaría su propia vida, que tenía pensado escapar y que de hecho lo habría conseguido de no ser por la aparición de Starn. Atrapado, en cambio, había pasado a convertirse en un hilo del que tirar, uno que podía llevar a la verdadera mente culpable. La gran pregunta cambiaba de un «por qué» a un «quién». Sin el asesino, tal vez nunca encontraran la respuesta.

–¡Ya basta de charla insulsa! –gritó alguien–. ¡Exijo saber quién me ha arrebatado el derecho de ver morir al asesino de mis padres!

Aquella voz cargada de cólera sorprendió a todos los presentes, pero a quien más le dolió fue a Bacor. Starn se había puesto en pie. Los ojos, enrojecidos por el llanto casi ininterrumpido durante dos días, brillaban de rabia. A su lado, Lerna lo contemplaba entristecida, pero sin intentar contenerle. Quizás agradeciera que regresara de su mutismo.

Altémenes tuvo que emplearse a fondo para instaurar la calma.

–¿Quién tuvo acceso al cautivo? –interrogó de nuevo al prisionero.

–Nadie acudió a verlo, si eso es lo que preguntáis. –Entonces titubeó; su mirada se desvió a la tribuna que ocupaba la familia real–. Nadie salvo…

–¡Habla! –reclamó el portavoz de los Doce Sabios, cansado de las reticencias del guardia–. ¡O sobre ti recaerán las sospechas!

Axos asintió mientras se mordía el labio inferior.

–Esta mañana, muy temprano, alguien se presentó ante mí, exigiéndome que le dejara entrar en la sala donde reteníamos al prisionero. Sé que tenía órdenes de no permitir el acceso a nadie, pero no pude despreciar tal autoridad.

Starn saltó y aferró al centinela por los hombros, zarandeándolo con violencia.

–¡Basta de rodeos! ¡Dame un nombre!

Axos parpadeó y, al fin, pareció vencer sus miedos.

–Aquel hombre era... –un dedo acusador voló hacia el estrado, señalando a uno de los príncipes– el heredero del minos.

Nuevas voces de sorpresa se extendieron por todo el teatro. La conmoción era general.

–¡Maldito seas! –bramó Partolón, que se había levantado y tenía los puños apretados y la expresión del rostro lívida.

–¡Silencio! –demandó Altémenes, golpeando su bastón contra el suelo.

–¿Te atreves a darme órdenes, anciano? ¡Yo voy a ser tu rey!

–¡Pero no lo eres todavía, Partolón! Y este hombre no te ha acusado de nada, salvo de visitar al preso. ¿Lo niegas?

El príncipe le dirigió una mirada furiosa al erudito, aunque no tardó en bajar la cabeza.

–No. Es cierto. Acudí a la sala para interrogar por mi cuenta al asesino de mi padre. Se negó a hablar conmigo. Y bien que deseé descargar mi ira sobre él. ¡Pero me contuve!

–¡O tal vez no lo hiciste! –intervino de improviso Tríome, dirigiéndose luego a los sabios, y luego a los asistentes–. ¿Soy el único que al fin le encuentra sentido a todo esto? ¡Qué oportuno que fueras el último en ver al asesino con vida! ¡Y qué útil que muriera sin poder presentarse aquí para confesar!

–¿Qué insinúas, hermano? –le preguntó Starn, pero el otro no le respondió directamente, prefirió dirigirse al resto de los presentes.

–¡Abrid los ojos! ¿A quién puede beneficiar más la muerte de un sicario que a aquel que lo contrató?

–¡Ésas son acusaciones muy graves! –exclamó Bacor, escandalizado, poniéndose en pie.

Era cuestión de tiempo que alguien llegara a las mismas conclusiones que el consejero. Pero Tríome había ido más allá. Lo que sugería no podía ser. El sabio se negaba a creerlo. ¡Él había acunado a Partolón en sus brazos! Que fuera de temperamento fogoso no bastaba para acusarlo de planear la muerte de sus propios padres. ¡Resultaba una auténtica aberración!

–Eres un idiota, hermano –gruñó el heredero–. El prisionero estaba vivo cuando salí de la celda, puedes preguntarle al centinela.

Axos confirmó sus palabras con un gesto.

–Hay venenos que quitan la vida con la lentitud adecuada a los intereses de quien los administra... –insistió el segundo de los príncipes.

–Tríome, recapacita –medió Starn–. Partolón sería incapaz de algo así. La sola idea me parece inconcebible.

–Tenía más motivos que nadie: padre iba a desheredarlo por su constante rebeldía. Estabais delante cuando lo sugirió. ¡Sabía que la diadema recaería en mí, y no podía permitirlo!

–Ahora lo entiendo, vil sabandija –exclamó el hijo mayor del minos, señalándolo–. Éste ha sido tu plan desde el principio. Emponzoñaste mi relación con padre para, llegado el momento, convertirme en culpable a ojos de todos. ¿Cuáles han sido tus trampas? ¿El ataque a mi barco? ¿La liberación del viejo profeta? ¿El asesinato?

Tríome se abalanzó hacia Partolón, rojo de ira, con los puños cerrados en busca de pelea. Por fortuna para él, Starn se interpuso a tiempo, pues, aunque el hermano mediano era un hábil practicante del pugilato, el heredero estaba muy por encima de sus capacidades.

–¡Calmaos! –exigió Bacor, anteponiéndose al caos general–. Estáis dando un espectáculo bochornoso, indigno de la memoria de vuestros padres.

La mención a los reyes fallecidos pareció calmar un poco los ánimos. Cuando ambos recuperaron la compostura, Altémenes volvió a tomar la palabra:

–Vergonzosa es, sin duda, esta situación. Pero aquí se han planteado cuestiones que tener en cuenta. La sospecha recae con fuerza sobre tus hombros, Partolón. Tu hermano ha puesto de manifiesto un motivo por el que tendrías interés en cometer el regicidio. –El anciano alzó la mano para cortar de raíz la réplica del heredero; sin un monarca nombrado oficialmente, suya era la máxima autoridad de Cnosos–. Sin embargo, también podría ser que la razón estuviera de tu parte, que lo ocurrido fuera un ardid de Tríome para culparte y conseguir el trono.

–¿Qué solución proponéis, pues? –quiso saber Starn.

–La única posible. Los Doce Sabios nos reuniremos de inmediato; reflexionaremos y votaremos. El veredicto surgido por mayoría habrá de respetarse, sea cual sea. Y la pena habrá de decidirla la sacerdotisa mayor tras consultar con la Diosa. Pues Ella todo lo ve y Ella todo lo sabe.

Nadie osó discutir tal decisión. Al fin y al cabo, ¿qué más podía hacerse? Poco a poco, la estancia fue vaciándose. Hasta que sólo quedó Bacor, sentado, con las manos cubriéndose la cabeza. Derrotado. La vida se le hacía añicos frente a sus ojos mientras él se sentía esclavo de una vorágine de sucesos que se le escapaban entre los dedos. De pronto le vino a la mente el viejo Egos y su terrible sentencia: «Los días llegan a su fin para la raza de plata... El hijo se volverá contra el padre... El fin de los hijos de Labyrinthos».

«Maldito seas, profeta», pensó. «Maldito por acertar precisamente en esta predicción».

30

Era ya tarde cuando Starn se recostó en el diván de su alcoba. Se sentía tan incapaz de apartar la mirada del techo encalado como de bajar los párpados y rendirse a un sueño que le aportara algo de claridad. En lugar de eso, sus ojos estaban velados por la angustia, la confusión y el dolor... Si lo vieras como yo lo hago contemplarías el nudo de emociones que lo embargaba, tan claramente como si uno se asomara a su corazón. El golpe había sido duro, muy duro. Lo peor, sin embargo, era que ahora tenía la seguridad de que sólo se trataba del primero de muchos.

Estaba convencido de que los días felices de la juventud se habían acabado. Es ése uno de los momentos más terribles en la vida de todo hombre, ¿no lo crees? Cuando sentimos sobre nuestras espaldas, por primera vez, las preocupaciones de la vida adulta y advertimos que nos han alcanzado al igual que una tormenta de verano: por sorpresa. Entonces nos vemos perdidos, ciegos, y entendemos que los pilares que nos sostenían no eran tan sólidos como creíamos. La ingenuidad de la infancia no regresa nunca después de eso, lo que hace que nos sintamos desgraciados.

Starn había estado paseando por el palacio en un fútil intento de despejar la mente, tratando de asimilar tantas y tan dolorosas revelaciones: un asesino, muerto de manera misteriosa; dos posibles conspiradores, ambos demasiado queridos para soportarlo. Partolón, Tríome. Era incapaz de asumir la idea de que cualquiera de los dos estuviera tras la muerte de sus padres. ¡Que esgrimieran las razones que quisieran! No lo aceptaría. Jamás.

Lerna lo había estado esperando. Lo animó a sentarse en la cama y luego le trajo una bandeja con comida. Nada copioso, apenas unas frutas acompañadas de pan con miel. Ella misma la había preparado. Le gustaba hacerlo, lo prefería a estar constantemente ordenando a los criados que los sirvieran. Ecos de un pasado humilde. Detalles que lo enamoraban.

–Descansa, mi vida.

Más que un consejo, fue un ruego. A veces olvidaba que su mujer estaba sufriendo tanto como él, en algunos aspectos incluso más. Al fin y al cabo, Lerna había llegado a querer bien y mucho a sus padres, así que compartía el sentimiento de pérdida. Pero además debía cargar con la ardua tarea de consolar a un esposo que se mostraba taciturno la mayor parte del día. Maldito mundo, que le obligaba a la pena cuando lo que él quería era solazarse con aquella mujer hermosa y el hijo que portaba en sus entrañas. Deseaba tanto arrancar la pena y olvidarse incluso de quién era, si con ello dejaba de sufrir. ¿Acaso no es lo que todo aquel que padece anhela? Y todos fracasan, pues el dolor es un camino, además de tortuoso, sin atajos. Uno lo recorre hasta que el tiempo lo allana. No existe otra estrategia.

–Tengo el estómago cerrado, Lerna –le dijo, hasta que la súplica dibujada en su rostro lo conmovió–. De acuerdo, sólo un poco. Pero tráeme también vino.

Asintió, y le vertió un poco en una copa. Sin embargo, no se la tendió hasta que Starn engulló un par de pedazos de pera. Quiso apurar la bebida de un solo trago, pero ella se lo impidió.

–Bebe con moderación.

–Moderación... En una tierra en la que todo se desmorona, es una palabra falta de sentido.

–Las cosas se arreglarán –opinó ella, sentándose junto a él; posó la cabeza en su hombro.

–No es ésa la sensación que tengo. Ahora mismo, el destino de Cnosos y posiblemente de toda Creta está en manos de doce hombres y una sacerdotisa. Pero eso, en el fondo, me importa muy poco. Lo que me preocupa es el futuro de dos de mis seres más queridos.

Lerna le acarició la cara, y luego lo besó, posando los labios con la dulzura balsámica que sólo ella podía ofrecerle.

–Entiendo tu pesar. Es horrible cuanto está pasando. Da la impresión de que todo se está pudriendo. ¿Crees que...? –La muchacha se detuvo, parecía dudar de si era adecuado lo que quería decir–. ¿Crees que ese profeta estaba en lo cierto? Sus vaticinios cobran forma.

–Ésa es una cuestión que se me escapa.

Permanecieron abrazados durante largo rato. La calidez de Lerna amodorró a Starn hasta casi quedarse dormido. Unos golpes en la puerta lo despejaron.

–Abre, mi amada –le pidió, mientras apartaba de sí la somnolencia–. Es Bacor. Prometió anunciarme el veredicto antes que a nadie.

El anciano se apresuró a entrar en la alcoba. Su expresión dibujaba tal pena en el rostro que parecía mucho más viejo. Starn lo invitó a sentarse y le ofreció vino y la bandeja de viandas.

–Ahora mismo no podría comer nada sin vomitarlo después –rechazó el hombre.

–¿Tan horribles son las noticias que me traes?

–Peores de lo que esperaba. El consejo ha decidido, por mayoría, con mi voto en contra y los de Tath, Fios y Fochmarc: tu hermano Partolón es culpable de auspiciar el asesinato de vuestros padres. Tríome será el próximo minos.

El príncipe descargó el puño contra la mesita donde reposaban las copas. El golpe fue tal que todo cayó por los suelos. Lerna acudió a abrazarlo por detrás.

–¿En qué pruebas se han basado para dictaminar algo así?

–En ninguna, por supuesto –respondió Bacor–. De ahí mi oposición. No existen evidencias sólidas, sólo sospechas. Aunque también debo decir, en honor a la verdad, que Partolón tiene las apariencias poderosamente en contra. Sus enfrentamientos con Sear viajaban de boca en boca. ¡Si al menos no le hubiera replicado en público! De todos modos, lo que ha decantado la decisión ha sido su visita al prisionero.

–¡Por los dioses! ¿Desde cuándo las apariencias bastan para condenar a un hombre? ¡Creía que en Cnosos existía la justicia!

–Es una situación nueva para todos nosotros, Starn. Nunca había ocurrido algo así desde tiempos inmemoriales. Los escasos crímenes acontecidos en nuestras tierras se limitaban a pequeños hurtos u ofensas menores. Pero un regicidio...

En ese punto, Lerna intervino, dando una nueva dirección a la conversación.

–Culpable ha sido la sentencia, Bacor. Ahora dinos la condena.

El que una vez fuera consejero del rey levantó la mirada, que sostenía un lamento silencioso.

–El retiro de la sacerdotisa mayor ha durado poco. Tras salir del santuario de la Diosa, en la cueva sobre el monte, su proclama ha sido clara y dura: purificación.

Starn no reaccionó en un primer instante. Como si aquel anuncio fuera algún tipo de broma o acaso algo que no le afectara realmente. Luego, al tomar conciencia, una garra lo estranguló por dentro.

Te hablaré de la purificación, mi leal compañero de viaje, pues es una costumbre que se ha perdido a través de los siglos. Y creo que para bien. Aquél era un ajusticiamiento que no se había aplicado en décadas, siglos tal vez, y estaba reservado sólo para los criminales de alta estirpe. ¿Cómo se aplicaba? Visualiza la suerte de Partolón de este modo: lo conducirían hasta la sala del templo, atado y custodiado, donde se le administraría el veneno sagrado. A partir de ese momento su destino quedaría en manos de la inocencia o la culpabilidad: si la Diosa lo juzgaba libre de culpa, intercedería y lo salvaría. En caso contrario, perecería entre terribles sufrimientos.

–¿Cuántos hombres se han salvado de ese proceso? –preguntó Starn.

–Es difícil decirlo. Hace tanto tiempo que no se aplica...

–¡No seas condescendiente conmigo, Bacor! –lo recriminó–. Estoy seguro de que las crónicas antiguas que estás acostumbrado a manejar han dejado constancia de ritos semejantes.

El sabio asintió, pesaroso.

–Ninguno. Nadie ha sobrevivido a la purificación.

Starn se revolvió en la litera. Así que aquélla era la situación: la suerte de Partolón dependía de un antiguo ritual del que nadie había salido vivo. Una tradición anclada en tiempos pretéritos que no había sido renovada durante generaciones.

–No lo acepto, Bacor. –El joven apretaba los dientes, la mandíbula tensa y los ojos cargados de una mirada decidida–. Que la

Diosa me lleve, pero me niego a dejar en sus manos la vida de mi hermano.

–No se me ocurre de qué modo podríamos salvarlo...

El príncipe se levantó, de pronto cargado de una nueva resolución. Empezó a pasear por la habitación sin dejar de pensar en voz alta, exponiendo sus razonamientos a la sabiduría del anciano.

–Pocas alternativas existen, y ninguna que resuelva el asunto por completo. Oponerse formalmente a la sentencia sería visto como un desprecio a la autoridad de los Doce Sabios y la sacerdotisa mayor. Sólo nos quedarían las armas.

–¿Estás planteando una rebelión? –preguntó Bacor, alarmado.

Starn salió hasta la terraza. Observó el panorama. El día estaba llegando a su fin. Los viandantes empezaban a retirarse; los carros, ya vaciados, retornaban a sus cobertizos y almacenes. A pesar de todo cuanto había ocurrido, la vida seguía su lento transcurrir en Cnosos. La muerte y el escándalo viajaban de ciudadano en ciudadano, pero los pies seguían caminando y las manos no dejaban de trabajar. Hombres y mujeres volverían a sus hogares, bien fuera en las aldeas y villas cercanas o en los aposentos del palacio. Pensarían un poco en la desgracia acontecida, pero el sueño les llegaría igualmente y descansarían, seguros de que habría un mañana donde la paz seguiría reinando.

–No, viejo amigo. –El joven príncipe se volvió de nuevo hacia Bacor y Lerna–. Jamás condenaría a mi pueblo a una guerra. Sin embargo, tampoco dejaré que mi hermano muera.

–No entiendo entonces qué propones.

–Ojalá tuviera algún plan...

–Sólo existe un camino.

Los dos hombres se volvieron hacia Lerna, que era quien había hablado, para sorpresa de ambos. Starn miró a su esposa. Sus ojos contenían esa decisión que tanto le encandilaba. ¡Qué fuerza y voluntad la suya! Y qué inteligencia. Si alguien podía tener una solución, era ella.

Lo que no imaginaba era lo dolorosa que sería.

–Nos iremos de Creta –sentenció la joven.

31

Mientras aquellos planes nacían y crecían, la entereza de Partolón estaba siendo puesta a prueba. Aplicarían la purificación en dos días, o eso al menos le habían dicho. Los granos de arena llevaban ya cuatro jornadas cayendo sobre su espíritu, que se tambaleaba bajo el peso de lo que estaba por venir. Hay pocas cosas más crueles que la espera, sobre todo cuando lo que viene es terrible. La vida se detiene, y para el reo deja de existir todo salvo ese mañana al que no se desea llegar pero del que es incapaz de escapar. El tiempo posee una caprichosa particularidad: se nos antoja corto en la alegría e interminable en las penurias. Llega un momento en el que el castigo se vuelve tal que el instinto de supervivencia se desvanece en favor del deseo de que todo acabe, del modo que sea, para dejar de sufrir.

Ésos eran los sentimientos de Partolón por aquel entonces, aunque todavía estaban lo bastante aderezados de orgullo para resistir al desánimo. Habían mostrado con él la deferencia de retenerlo en su alcoba y no en una vulgar celda, permitiéndole además la presencia de su esposa e hijos. Algo que, en cualquier caso, no le reportaba mucho alivio. Sus hijos no hacían más que llorar y llorar, lo cual le crispaba los nervios. Y Delgnat... Bueno, Delgnat no era precisamente el tipo de mujer que se pasaba las horas consolándolo o lamentándose. Su frialdad sólo se convertía en fuego en el lecho, y ni siquiera allí sus cariños eran dulces.

Aun así, su preocupación era más que evidente. Ella, que tanto había deseado ser la señora de Labyrinthos, veía ahora todas sus ambiciones desmoronarse. Mantendría una buena posición incluso tras la muerte de su esposo, pues era la madre de los nietos del minos Sear, quienes todavía podrían heredar el trono en caso de que Tríome no tuviera descendencia. Sin embargo, el objetivo por el que buscó el matrimonio con Partolón quedaba ya fuera de su alcance. El príncipe conocía bien sus aspiraciones, nunca fueron un secreto y jamás le molestaron. El amor estaba bien para alguien como Starn, sin preocupaciones monumentales, pero el heredero de un trono cargado de siglos de responsabilidades no podía permitirse semejantes libertades.

Por el contrario, toda la congoja que no mostraba Delgnat parecía concentrada en Rudraige. Lo veía en sus ojos, bordeados por unas lágrimas que si no se derramaban era por la estricta educación recibida. «Deja el llanto para la soledad de tu alma. Un rey no llora, y tú algún día lo serás», le había dicho Partolón varias veces. Y el niño se esforzaba por mantenerse entero, pero su padre sabía muy bien lo que le pasaba por la cabeza. También él lo había vivido a su edad: envidia. Envidia de sus hermanos, Slanga y Laiglin. La misma que Partolón sintió hacia Starn e incluso Tríome, pues ellos no estaban anclados a las exigencias del legado real.

Aunque eso estaba a punto de cambiar para el chico. Al pensar en ello otra vez, una nueva oleada de indignación le recorrió el cuerpo. El diván recibió su arrebato, una patada fiera que volcó el mueble de forma estruendosa. Slanga estalló en un llanto escandaloso. Laiglin, tembloroso, buscó la cercanía de Rugraide, quien a su vez se mordió el labio mientras una lágrima rebelde se le escapaba.

–Asustas a tus hijos –fue lo único que dijo Delgnat.

Estuvo a punto de responderle con palabras envenenadas de rabia, pero en el último momento se contuvo. «Debo mantener el control», se instó a sí mismo. «Sí, vendrán a por mí, me matarán. Sin embargo, no bajaré la cabeza ni me dejaré llevar por el miedo. No tendrán de mi tal indignidad».

Se asomó a la gran terraza para que el viento fresco le devolviera la calma. Las estrellas estaban ocultas tras las nubes bajas que durante todo el día habían cubierto los cielos. Mientras observaba el firmamento y pensaba en la inminencia de la muerte, sintió de pronto que el aire se enrarecía, como un corazón que empieza a latir frenéticamente. Entonces, le sobrevino un vahído. Se sintió navegar a la deriva, una barcaza dejada a su suerte en alta mar. El velo que cubría la noche lo absorbió, mostrándole un horizonte brumoso tras el que adivinó una forma: era una isla, la misma que había visto cuando velaba a sus padres. Tenía luz propia, titilaba como una esmeralda. Creyó escuchar un canto.

La visión se rompió de forma cruel. Unas voces más allá de la puerta de la alcoba lo devolvieron al mundo real, y un repentino temor le hizo olvidar la ensoñación. Delgnat y sus hijos ahogaron un gemido. Sin siquiera pretenderlo, Partolón tensó el cuerpo, cerró los puños y, por instinto, buscó algún objeto que pudiera utilizar como arma. ¿Los dioses habían escuchado sus deseos? ¿Se adelantaba la ejecución? Ya no estaba tan seguro de que eso fuera lo que quería. No, si suponía que lo ajusticiaran en plena noche, amparados en un vergonzoso secretismo. Como a un vulgar delincuente.

El griterío duró poco. La puerta se abrió de un bandazo y ante sus ojos apareció la última persona que, en aquellos momentos de incertidumbre, había esperado. Starn estaba allí, y el sólo hecho de saber que acudía a salvarlo –¿qué otra cosa podía ser?– le hizo recobrar toda la energía. Lo acompañaban Acasbel, Norbh, Senboth y Soreas, cuatro de los escoltas de Partolón. Empuñaban las espadas que habían encargado en secreto para el adiestramiento, y con ellas señalaban a los dos centinelas apostados en el pasillo. Ambos estaban tan amedrentados que no osaban ni respirar.

Starn se acercó sin perder el tiempo. Partolón caminó hacia él con intención de abrazarlo, pero Starn extendió el brazo para detenerlo. Lo apuntó con la espada, aunque fue el brillo de sus ojos lo que lo desconcertó. Jamás había visto en aquel rostro semejante dureza.

–Mírame, hermano –le pidió, muy serio–. Mírame sin apartar la vista y júrame que no fuiste tú quien ordenó su muerte.

Partolón frunció el ceño, dolido en lo más profundo. ¿Incluso aquel con el que había crecido dudaba de él? Movió la cabeza. No podía reprochárselo, así que hizo lo que le pedía.

–No lo hice –contestó, adusto, clavando los ojos en el rostro de su hermano.

La mano que el joven mantenía en alto descendió. El arma dejó de ser una amenaza.

–Entonces venid todos conmigo. Os sacaré de aquí.

32

Glauco se dio media vuelta y bajó de la cama, dejando que el peso del sueño cayera sobre Tríome. Después de la fogosa cabalgada que habían compartido, el rey se merecía aquel descanso. Cubrió su desnudez con una túnica, y luego abrió la puerta para salir.

No era una noche para dormir. Le apetecía caminar, pensar, seguir prolongando la jornada, el sabor de la victoria. ¡Qué dulce cuando los designios se cumplen! La satisfacción nos desborda de tal manera que olvidamos que el mundo se teje no sólo con nuestra voluntad, sino también con la de otros. Otros que también urden planes.

Las estrategias de Glauco habían salido mejor de lo esperado, mucho mejor. Sorprendentemente, los acontecimientos habían transcurrido sin seguir los cauces que él mismo planeara en su momento, pero eso le importaba más bien poco. Lo relevante era el resultado final: Tríome sería el próximo minos. Apenas podía contener las ansias de verlo en su máximo esplendor, alabado por el gentío, grandioso de porte. «Calma», se instó. «Lo peor ha pasado, ya nada puede quitarme el triunfo».

Cuando su amado portara al fin la diadema tendría que considerar ciertos asuntos, por supuesto. Necesitaría buscarle una esposa, algo que no le quitaba el ánimo. Sería un simple acuerdo para guardar las apariencias, pues un rey necesitaba una reina. La elegida sólo sería un bulto. No temía perder el amor de Tríome; lo sabía suyo y de nadie más.

Descendió casi sin darse cuenta hasta el patio, que estaba silencioso, vacío. Suspiró, deseoso de gritar para descargar su euforia. En lugar de eso se permitió una sonrisa que hasta ese instante había tenido que contener, por resultar poco apropiado y demasiado sospechoso. Pero su gesto de alegría se rompió al llegar hasta él un murmullo lejano, el sonido de pasos por la Gran Escalera. Se apresuró a esconderse tras una columna, amparado en la oscuridad de aquella noche sin luna. Lo que vio lo llenó primero de asombro, e inmediatamente de rabia: un grupo de hombres armados, encabezados por el príncipe Starn, que custodiaba con celo a otros seis individuos.

Partolón y su familia.

Le ardió la sangre como nunca. ¡Traidores! ¡Blasfemos! El hermano menor, ese tonto esclavizado a la voluntad del heredero, había decidido romper la condena impuesta por la ley y la mismísima Diosa. Una sentencia que, por cierto, estaba infecta. Pues lo que Glauco guardaba para sí, lo que ni siquiera había desvelado a Tríome, era que todo hedía a falsedad: la sacerdotisa mayor y algunos de los sabios, los suficientes, habían sido adecuadamente sobornados para que su sentencia fuera la adecuada a sus intereses.

Starn no sabía nada de aquello. De lo contrario, en lugar de huir en mitad de la noche habría acudido a Altémenes para denunciarlo. Glauco se había cuidado mucho de tentar a Bacor o a sus afines. Por lo que el menor de los hijos de Sear sabía, estaba transgrediendo una sentencia dictada por una autoridad superior.

La mente sagaz del joven comprendió al instante las consecuencias de aquella huida: una vez a salvo, el carácter orgulloso de Partolón se impondría. Desde luego, no se conformaría con aceptar la coronación de su hermano. Haría planes. Forjaría un ejército, como debía haber empezado a hacer ya según lo que las armas de sus escoltas sugerían. Y regresaría para reclamar Cnosos, algo que no pensaba permitir. Jamás aceptaría que derrumbaran lo que tanto le había costado construir.

La mente de un hombre desesperado actúa de formas muy extrañas, y no siempre por el camino más adecuado a sus intereses. El curso de acción lógico habría sido marcharse, dar la voz de alarma y dejar que los guardias se encargaran con su superioridad numérica. Sin embargo, algo le hizo cambiar de planes. El apuro entre los que escapaban era tal que no advirtieron que alguien se descolgaba del grupo: Rudraige, el hijo de Partolón. El niño miró hacia atrás, en dirección al pilar tras el que Glauco se escondía. ¿Lo había descubierto? Lo creyó al principio, pero el pequeño sólo miraba en torno suyo, buscando algo al mismo tiempo que se palpaba la túnica. Un brillo cerca de la posición del asistente le reveló qué era lo que el chiquillo había perdido: el anillo de su abuelo Sear. Rudraige también reparó en el objeto. Se acercó corriendo, y entonces Glauco sonrió maliciosamente. ¿Sería capaz Partolón de escapar sin su primogénito?

Saltó de su escondrijo cuando el muchacho estaba a punto de coger la joya. Ni siquiera se molestó en cubrirle la boca. Le permitió gritar mientras trataba de zafarse de la presa. El grupo se volvió, todos a una. Delgnat se llevó la mano a los labios. Partolón levantó la espada y, seguido de sus incondicionales, se aprestó en auxilio del niño.

–¡Detente! ¡Deteneos todos! –exigió Glauco–. Un paso más y le retuerzo el cuello. No será mucho más difícil que degollar a una gallina.

–¡Que los dioses carcoman tu alma, monstruo! –rabió Partolón–. Juro que si le haces algo...

–Será tu culpa, no la mía. Tu elección: entrégate y, cuando hayas sido ajusticiado tal y como las leyes han dictado, lo dejaré libre para que vuelva con su madre.

–Recapacita, Glauco –le pidió Starn–. ¿Qué crees que pensará mi hermano de esto? ¿De verdad crees que aprobará que amenaces a su propio sobrino?

–No te atrevas a decirme lo que opinará Tríome, traidor. Yo lo conozco de verdad, yo lo amo de verdad. Mis sacrificios han sido para que él consiguiera lo que siempre mereció. Pronto, las heridas que durante toda una vida le causasteis se cerrarán y será lo que debe ser: un rey.

–¡Tú organizaste este complot, rata afeminada! –lo acusó Partolón.

–¡Ah, no todo fue por mi mano! –rio Glauco–. ¡Me lo pusiste mucho más fácil de lo que nunca creí posible! Y ahora decide: entrégate o asiste a la muerte de tu propia sangre.

Tenía las manos alrededor del cuello del niño, y su voluntad era firme. Lo haría. Estaba tan obcecado que no dudaría ni un instante. Luego escaparía de la ira del padre, pues era bueno corriendo. En cualquier caso, para entonces la huida habría quedado definitivamente frustrada.

No vio la sombra abalanzándose por su izquierda. Una ráfaga bajó de golpe, y sintió que algo se le desprendía. El dolor y la conciencia de lo ocurrido tardó apenas un latido en aparecer: levantó el brazo y contempló con ojos desorbitados y una angustia desgarradora cómo el miembro terminaba a la altura del codo, de donde sólo surgía un chorro de sangre.

Se desplomó. El tormento era tan agudo que apenas reparó en el responsable. Una mirada de soslayo le mostró a un gigante de piel oscura como el mármol negro. Sin embargo, fue al advertir a Partolón a su lado cuando supo que su vida iba a acabar. El príncipe, con el rictus marcado por la ira, le mostró la hoja de bronce un suspiro antes de hundírsela en el corazón.

Ni siquiera pudo dibujar en su mente el rostro de Tríome antes de que el abismo lo reclamara.

33

Montaron en el último carro tirado por bueyes que Starn había dejado preparado en las cercanías de Cnosos e iniciaron la marcha hacia el puerto de Amnisos. Nadie los siguió. Gracias a la intervención de Humay, la sigilosa huida no se había visto frustrada. El joven príncipe se felicitó por pedirle ayuda, por insistir ante la reticencia del nubio a tomar parte directa en el asunto. Tenerlo en la retaguardia mientras escapaban, vigilando sus espaldas como una sombra, había salvado la situación.

En los muelles los esperaba Bacor, que había cumplido con su parte del plan: doce naves esperaban para zarpar de inmediato. Se habían realizado los sacrificios correspondientes para demandar bonanza durante el viaje, respondidos con buenos augurios. Asimismo, las bodegas cargaban con todo lo que necesitarían para lo que presumiblemente sería un largo trayecto. En los días anteriores, siempre en secreto, el sabio y Starn habían organizado a sus más leales para que acumularan víveres de toda clase: grano y otras viandas, ganado, bronce, oro y plata, cerámica, ropa... Portarían consigo incluso tres sementales, descendencia directa de la simiente del toro del minos, además de otros bueyes de linaje inferior. De este modo la sangre del minotauro perduraría, del mismo modo que el legado de Sear y Ariaghne.

Más de setenta personas abarrotaban cada embarcación, contando a los remeros y marineros, a los que Babal el Albo capitanearía de nuevo en el barco de los príncipes, el *Hijo de Minos*. El pasaje estaba formado por los más fieles a Partolón y Starn: sus sirvientes personales y las familias de éstos, así como los escoltas con los que habían entrenado junto a Humay y quienes los acompañaban. Treinta esposos con sus respectivas esposas. Alrededor de mil personas, todas ellas dispuestas a abandonar su hogar por lealtad a un hombre.

–Gracias por creer en mí, Bacor –dijo Partolón al que fuera consejero de su padre, abrazándolo–. Sabía que no me darías la espalda.

–No se puede condenar a un hombre sin pruebas. No hay justicia en ello.

El príncipe asintió.

–Bien, deberíamos partir cuanto antes. Darán la alarma cuando descubran a los guardias atados o el cadáver de ese traidor. Quizá ya lo hayan hecho.

–Tendréis que marchar sin mí –intervino entonces Humay–. Prometí no volver a involucrarme en más disputas cuando partí de mi tierra. Si os he ayudado, ha sido porque tu hermano me lo rogó.

–¿No hay modo de convencerte? –le preguntó Starn, que se sentía en deuda con el medjai–. Me gustaría recompensar tu apoyo.

–Esta vez no, amigo keftiu. Vuestro camino es incierto, lo cual suele desembocar en peligros. Yo soy viejo y tengo una familia que guardar. Sólo espero que vuestra marcha devuelva la calma a la isla.

Starn aceptó su argumento. Bastante había hecho ya por ellos. El joven sorprendió al hombretón con un abrazo, fugaz, pero sentido.

–Cuidaos –les dijo–. Y recordad que la fuerza de una espada se fundamenta en la fidelidad del corazón.

* * *

–Es hora de irnos –acució Partolón–. Deberíamos estar lejos de aquí para cuando amanezca. Cuando lleguemos a donde sea, empezaremos a planear la recuperación de Cnosos.

Starn lo sujetó del brazo antes de que subiera a la pasarela de acceso al navío.

–No, hermano. Eso no es lo que habíamos pensado.

–¿De qué estás hablando? –Partolón miró también a Bacor y pareció entender de inmediato, a tenor del gesto iracundo–.

¿Estáis proponiéndome que nos desterremos para siempre? ¡Eso es inaceptable!

–Así lo hemos decidido. No iremos contigo, ni Bacor ni mi esposa ni yo, sin la promesa de que jamás volveremos a Creta. –Al decir aquello, la voz se le quebró por el dolor; sin embargo, tragó saliva y se rehízo–: Por nada del mundo condenaré a Cnosos a la guerra que Egos vaticinó.

–¡No puedo renunciar a lo que me pertenece!

–Puedes, y debes. «Sacrificad lo que más queráis por los vuestros», nos dijo el profeta, y demostró estar en lo cierto. ¿Y qué es lo que más amamos, Partolón? –Bacor extendió el brazo, señaló hacia el sur, donde las colinas y los campos de olivo guardaban Labyrinthos–. El hogar, hijo mío. El hogar.

–Si nosotros estamos dispuestos a entregar tanto por ti, si yo voy a arrebatar a mi hijo la posibilidad de crecer en Cnosos, tú no puedes hacer menos –le dijo Starn.

–Habláis de exilio...

–¡Hablamos de comenzar de nuevo, hermano! –Starn sonrió, poniéndole las manos sobre los hombros, tratando de hacerle ver el lado positivo de tan penosa decisión–. Encontraremos otra tierra a la que llamar hogar, donde tú serás rey como mereces. Bajo tu mando levantaremos un pueblo nuevo: el de los «hijos de Partolón».

El príncipe desheredado mostró la intención de seguir quejándose. Pero parpadeó antes y, al atender los ojos suplicantes de Starn, rebajó la tensión de su rostro.

–Rey de un nuevo hogar... Sí, una isla, de colinas glaucas... –balbuceó de modo extraño.

Y ya no volvió a replicar. Simplemente dio un paso sobre la rampa de acceso y luego otro. Subió al navío como si caminara en sueños.

* * *

De este modo, mi apreciado amigo, fue como Partolón, hijo de Sear, minos de Cnosos, aceptó su fortuna. Starn se sorprendió en los días venideros de que no se rebelara contra ello, tal y como había temido. Le agradó que por una vez dejara de lado el orgullo y se posicionara como el líder que todos necesitaban. Con el tiempo sabría de las visiones que su hermano había tenido y comprendería que algo, o alguien, manejaba los hilos.

¿Y qué había de él, de sus propios sentimientos? La marcha le resultaba terriblemente amarga. Pues existe una pena peculiar y muy dura, quizá la única que nunca se desvanece por completo. Las amistades, incluso los amores, se olvidan, o al menos se difuminan entre las brumas del tiempo. Sin embargo, el dolor del que hablo está compuesto por la añoranza y el apego a la tierra donde uno nace y crece, una emoción grabada en el alma. Sí, hemos hablado ya de eso, pero me parece tan importante volver a reflexionar sobre ello... El hogar, el hogar primigenio, forma parte siempre del recuerdo, del corazón. Tal vez exista una poderosa ilusión por conocer nuevas fronteras, no lo dudo, pero también esa sensación de que dejas atrás el lugar donde tu felicidad fue plena. Yo, que jamás he abandonado esta isla en la que nací, lo padezco a través del recuerdo de Starn y su gente. Yo añoro, cada día, un lugar que jamás conocí. Un pueblo que ya no existe.

En el barco, y mientras éste se alejaba del embarcadero para encabezar la partida, el joven Starn tomó la mano de Lerna. Sus ojos estaban llorosos, pero su coraje la mantenía entera. Allí mismo, al despertar de un nuevo día y de una nueva era, la encontró más hermosa que nunca.

–Siento en el alma arrancarte de nuestra patria –le dijo.

Ella recostó la cabeza en su pecho y suspiró.

–En el poco tiempo que he pasado aquí he llegado a querer a Creta. ¡Incluso a Cnosos, a pesar de sus intrincados pasillos! –rio, para esconder la pena, antes de mirarlo a los ojos–. Pero nada de eso tiene sentido sin ti. Tú eres mi hogar.

Starn fue incapaz de agradecer con palabras tanta lealtad. Así que apartó de su mente cualquier discurso e hizo lo que mejor sabía: tomó la lira, esa humilde pero aun así bella lira que hoy sostengo entre mis manos, y tocó para su esposa. Una canción de amor, una despedida que en realidad era la bienvenida al futuro.

Y mientras lo hacía buscó con la mirada la isla de la que, poco a poco, se alejaba. Por un momento le pareció ver las blancas fachadas de Labyrinthos, los rojos pilares y las cornamentas sobre los edificios. Una imagen surgida de la añoranza anticipada.

–Adiós –susurró.

Tenía la voz cansada y el corazón rebosante de melancolía. Una lágrima resbaló por su mejilla.

Nunca más volvería a ver la Casa del Hacha.

Libro II

EL REY EN EL EXILIO

«Los nombraré, no es falsedad alguna,
ciertamente, pues soy de autoridad,
el día que salió sobre el salado mar,
y el país que Partolón dejó».

Lebor Gabála Éren,
Libro de las Invasiones de Irlanda

1

Cuando conocí a Bacor, muchos años después de que abandonara Cnosos, apenas quedaba nada del individuo que partió de la bella Creta para seguir a un hombre que, por aquel entonces, creyó que lo merecía. Se le tenía por erudito y consejero de reyes, pero la experiencia de lo amargo le hizo comprender que su ingenuidad tenía poco que envidiar a la de un niño. «Supongo que por eso la mente se me va tan a menudo al recuerdo», me dijo el día en el que me descubrió su pasado. «El alma me pide hacer balance».

Fue una época cargada de incertidumbre, de sufrimiento, de miedo y de un sentimiento de pérdida tan poderoso que, en ocasiones, lo superaba. Pocos de entre los exiliados lograron evitar la ácida caricia de las lágrimas y el empuje de la pena. Sólo la lealtad a Partolón sostuvo la voluntad de los desterrados. Partolón, a quien proclamaron «rey en el exilio», a la espera de tener una tierra propia. Partolón, el recio pilar, cuya visión le mostraba una meta que alcanzar.

Sin embargo, es justo decir que, en esas primeras semanas de periplo, su voluntad fue la más dubitativa de cuantas viajaban a lomos de los doce barcos vagabundos.

* * *

Recorrieron durante muchas jornadas el borde del continente que quedaba al norte de Creta, distanciándose más y más de la región que los vio nacer. Al principio temieron que Tríome enviara una flota tras ellos, pero si eso ocurrió jamás fueron alcanzados.

Aun así, había poco ánimo a bordo de las naves. Hicieron escala en diversas playas, con la intención de fundar una nueva ciudad, pero ninguna reunía las condiciones adecuadas. La mayoría estaban ocupadas por otros pueblos, y aquéllas que no, lindaban con vecinos demasiado agresivos. Los lugareños pertenecían a tribus acostumbradas a guerrear entre sí: aqueos, léleges o caucones habitaban con la mano más cerca de las espadas que de las azadas, y por lo tanto resultaba arriesgado instalarse junto a ellos.

Pero fue algo más que el sentido común el que los tuvo vagando durante tanto tiempo. Conforme se alejaban de las tierras conocidas, encontraron algunos parajes vírgenes e idóneos para su propósito. Sin embargo, Partolón se opuso una y otra vez a varar los barcos más allá del tiempo necesario para abastecerse. «No es una isla ni sus campos verdes», era la única explicación que ofrecía. Bacor lo achacaba al deseo de hallar un hogar similar al que habían dejado atrás, al menos al principio. Porque tal ofuscamiento acabó por convertirse en una obsesión que nublaba la razón del príncipe cretense y provocaba el descontento entre los exiliados.

–Quizá sea hora de ceder en la búsqueda de una nueva Creta, idéntica a la que hemos dejado atrás –le expuso el anciano.

–No lo entendéis...

–Pues explícanoslo, hermano –lo animó Starn.

Se mostró reticente al principio, pero cuando comenzó a hablar las palabras surgieron en avalancha:

–La he visto en sueños, escucho su llamada cada vez que cierro los ojos: una isla, de colinas y praderas moteadas de un verdor no aceitunado como el que conocemos, sino fresco y húmedo; es el glauco propio de la abundancia sin fin. Al norte, sus acantilados cortan el mar cual escudos hincados en el suelo; y al sur, playas plácidas se extienden hasta dejarse lamer por las olas. Ahora duerme, pero nos espera para que la despertemos.

Había tanta pasión en su discurso... El primer impulso de Bacor fue creer que el deshonor de la huida había hecho mella en la cordura de Partolón. Sin embargo, tras las profecías de Egos su mente se había abierto a posibilidades que antes hubiera dado por descabelladas. ¿Y si los dioses realmente estuvieran ofreciendo un gran regalo a su pueblo? Tenía sentido que lo hicieran a través de su líder.

Cuando Partolón perdió el miedo a revelar lo que sentía, su contagiosa pasión se propagó entre la tripulación. Cada vez que paraban, los reunía a todos y les hablaba, llevándolos al mismo estado febril que lo invadía a él.

–Totach, te digo con el corazón que en esa tierra tendrás nuevamente a tu cargo muchos bueyes, sanos y gordos como jamás habrías imaginado que fuera posible –dijo a uno de los más prósperos ganaderos–. Y también tú, Tarba, o Iomus, Athecbel, Cuil, Dorcha y Dam. Vuestros hijos serán dueños de grandes pastos donde las bestias nunca pasarán hambre. Aunque tú, Malalech, me temo que tendrás poco trabajo en nuestro nuevo hogar, pues allí la enfermedad apenas si existe.

Los partolonianos empezaron a dejarse hipnotizar por aquellas promesas, y le preguntaban sin cesar; deseaban saber más.

–Mis botas están gastadas y las túnicas desteñidas, mi señor –dijo Biobal, que había sido mercader en Cnosos–. ¿Podré vestir con la dignidad de antaño?

–¡No sólo eso, mi buen amigo! –respondió el rey, y le pasó el brazo por el hombro–. Tu familia tendrá ropas, pieles y sedas más hermosas que cualquier otra tejida en Oriente. –Entonces buscó a su esposa, le acarició las manos y le dio un apasionado beso que tomó a Delgnat por sorpresa–. Y tú, mujer mía, verás recompensadas tus privaciones. Joyas destellantes, oro y plata. ¡La Tierra Durmiente no nos prohibirá nada cuando abra los ojos!

La parte racional de Bacor dudaba ante tantos juramentos. Apoyarse en ellos era una idea peligrosa, una puerta abierta al desánimo si el tiempo transcurría sin resultados. De todos modos, reconocía que era mucho peor vivir en el desamparo de las primeras semanas. El nuevo objetivo y las esperanzadoras premisas otorgaron una agradable ilusión, apartaron el desaliento y reforzaron la autoridad del rey.

Al fin, los hijos de Partolón tenían un destino que alcanzar.

* * *

Sin embargo, por mucho que la resolución de los partolonianos se hubiera fortalecido, la inseguridad no los abandonaba por completo.

Resultó que Partolón tenía una imagen muy clara de esa Tierra Durmiente, tal y como la había llamado. Por desgracia no conocía ni remotamente su ubicación. Hubo largas discusiones al respecto. Fochmarc, que había viajado en diversas ocasiones hacia el oeste, aseguraba que existían muchas islas más allá del Egeo. Sin embargo, Albo se encargó de rebajar los ánimos.

–De joven, mucho antes que capitán de la flota del minos, fui marinero mercante. He visitado todo pedazo de roca que existe entre el continente oriental y las puertas del mar Tenebroso. Ninguno es como esa isla que describes, Partolón.

–Y, sin embargo, existe. Sé que existe –insistió él.

–Pues entonces debe hallarse más allá de los Cuernos de Posidón, donde empiezan las aguas desconocidas en las que nadie se ha aventurado.

El temor sombreó los rostros. Seguro que entiendes que un pueblo de navegantes como el cretense poseía en su haber muchas leyendas marineras. Entre ellas, las del mar Tenebroso, que nacía al traspasar los límites que controlaba el Dios Cornudo. Los pocos que se habían asomado fugazmente hablaban de olas del tamaño de montes y criaturas horrendas capaces de engullir hasta las embarcaciones más robustas. Bacor creía que sólo se trataba de exageraciones propias de remeros borrachos, aunque no hubiera apostado su vida en contra.

–Iremos donde haga falta –insistió Partolón–. Si tenemos que ofrecer sacrificios a otros dioses, así se hará. Tal vez sean ellos quienes, desde la distancia, nos llaman.

–Sugiero que vayamos por partes –propuso el sabio–. ¿Qué islas se hallan más cercanas a nuestra actual posición?

Albo se frotó el mentón antes de responder.

–Si seguimos este rumbo al norte, nos toparemos con Cefalonia, Ítaca y Leucás –respondió–. Apenas son unas rocas, así que estoy seguro de que no es lo que buscamos.

–No –asintió el rey–. La Tierra Durmiente es grande. Y verde.

–Supongo, pues, que la siguiente parada debería ser en Sicania. Desde aquí las corrientes y los vientos suelen ser favorables. Sólo tenemos que cuidarnos de las tormentas propias de esta época.

–Me preocupan los piratas –dijo Starn, recordando el ataque sufrido meses atrás.

–Ese riesgo siempre existirá, aunque conforme nos alejemos del Egeo será menor –aseguró Albo–. Dentro de diez días habremos abandonado Sicania, al oeste de la cual no hay muchos pueblos que se atrevan a navegar mar adentro.

El plan les pareció todo lo sólido que las circunstancias permitían. Por tanto, en cuanto dejaron atrás el último de los tres islotes, Leucás, la flota viró hacia el oeste primero, luego también al sur.

* * *

Bacor recordaría siempre aquellos largos ratos asomado a la borda del *Hijo de Minos* en los que se perdía observando el mar. Lo prefería a pasarse el día sentado bajo el dosel que protegía del sol, pues le servía para reflexionar. La desnudez del agua no era distinta a las regiones que hasta entonces había conocido, en el Egeo, pero la impresión de vulnerabilidad resultaba más evidente. Estaban muy lejos de cualquier ciudad aliada, en una zona oscura donde, más que el viento, era la incertidumbre lo que hinchaba las velas de aquella flota de hombres y mujeres sin patria. Él mismo se preguntaba a veces qué esperaba encontrar al otear el horizonte. ¿La isla prometida de Partolón? ¿Una señal de la Diosa de que marchaban en la dirección correcta? Anhelos vagos que se le escapaban entre los dedos.

Curiosamente, sí obtuvo algo: un nuevo amigo. Cada mañana, puntual como el sol, una avecilla se posaba en la roda del *Hijo de Minos*. Nadie más advirtió su presencia. Al fin y al cabo, tan sólo era un menudo mirlo negro.

Por alguna extraña razón, el anciano no le habló a nadie de la criatura, y se convirtió en su pequeño secreto. El ave permanecía unos instantes y luego se marchaba, dejándole con el deseo de un trinar que nunca le ofrecía. Sin embargo, siempre regresaba al día siguiente. ¿Qué lo llevaba hasta allí? Todavía era pronto para que volviera del sur en busca de un clima más fresco. Fuera como fuera, se convirtió en la materialización de su desconcierto, de la ignorancia que ahora regía su vida; el sabio ya había dejado de sentirse como tal.

No era el único cuyas ideas bullían de manera caótica. Un mediodía, la hermosa Lerna dejó la sombra del toldo para unirse a su meditabunda contemplación.

–Sé que los cretenses debéis al mar todo cuanto sois, pero yo soy de Tirinto, y nunca había estado tanto tiempo sin tocar tierra –dijo la joven–. Empiezo a ver este barco como una prisión.

–Hay más que piensan como tú, hija, pero son demasiado orgullosos para reconocerlo –respondió, tratando de dibujar una sonrisa que cada vez le costaba más mostrar–. ¿Cómo está la criatura en tu vientre?

–Poco se queja de los bandazos de este cascarón –rio.

–Supongo que no hay mejor cuna que el mecer de las olas.

Lerna suspiró profundamente. Luego lo miró a los ojos, buscando abrigo.

–Mi esposo te tiene en muy alta estima, Bacor. En el poco tiempo que llevo siendo su mujer, he podido comprobar que ese aprecio no podría estar más justificado. Eres un hombre que sabe escuchar, hablar y consolar.

–Starn me es tan valioso como un hijo. También tú, Lerna.

–Lo sé, y por eso no dudo en revelarte cosas que ni a él me atrevo. Todavía llora por sus padres, soy incapaz de abrumarlo con más preocupaciones.

–¿Acaso sucede algo?

Se mostró dubitativa. La vio insegura, una niña que trataba de encontrar palabras para dar forma a sus temores.

–Bailé con la misma Diosa, allá en Cnosos. La sentí en mi alma, en mis carnes. Me fundí con su esencia, nos convertimos en una. ¡Oh, qué limitadas son las palabras para expresar aquello!

La obsequió con unas palmaditas en su mano. Sabía muy bien a qué se refería, o creía saberlo. En ocasiones, la Diosa solía mostrar escuálidas partes de sí misma a los pobres mortales que oraban por ella con la suficiente devoción. El propio Bacor había percibido fugazmente esa grandeza durante algunas peregrinaciones a los santuarios o en las ceremonias rituales en Labyrinthos. Sin embargo, se decía que nadie se acercaba tanto a la Gran Madre como un bailarín del toro, pues su atrevimiento y coraje era lo que más agradaba a la inmortal.

–Ahora, sin embargo, y conforme avanza este viaje, advierto que me alejo de Ella. –Lloró, con calma, mostrando una profunda amargura–. Durante toda mi vida he sentido el ansia por tierras lejanas, un deseo que llegué a pensar que había sido inspirado por la Diosa. Supongo que por eso vino a mí la idea de dejar Creta. Creí que estaba yendo a su encuentro, de algún modo, y en lugar de eso la pierdo, Bacor. Apenas noto ya su presencia.

–Quizá sólo sea una impresión causada por los nervios del viaje. En cualquier caso, hay otras fuerzas en las que apoyarte, muchacha –le dijo, con la intención de animarla–. Tu marido, tus compañeros, y sobre todo ese niño al que pronto darás a luz.

–¿Tú también crees que será un varón? –rio entonces, mientras se limpiaba las mejillas–. Así que no es sólo cosa mía.

–¡Bendita tu sonrisa! –se regocijó él–. Es en los momentos sombríos cuando los viejos más necesitamos la ligereza propia de la juventud.

Lerna no respondió. Permaneció absorta en las pequeñas colinas que se alzaban en torno al barco, el gesto perdido en el baile de las aguas.

–¿Qué nos traeréis mañana, mis queridas olas? –se preguntó a sí misma, cuando ya no esperaba que dijera nada–. ¿Más pena o, al fin, felicidad perdurable?

El mar, maldito fuera, pronto les daría una respuesta.

2

Posidón les mostró su mejor cara reservándoles un plácido trayecto hasta Sicania. A Lerna le asombró la ubicación de Thápsos, que no se parecía en nada a lo que había visto antes: era una isla alargada a poca distancia de la costa, unida a ésta apenas por un estrecho cordón de tierra.

–¡Qué extrañas y caprichosas formas crea la Gran Madre! –dijo a su esposo.

En cuanto a la ciudad, no podía alardear de grandes lujos. Aunque habían prosperado mucho gracias a los contactos comerciales con los viajeros que llegaban a su puerto, los sicanos todavía vivían en chozas de construcción sencilla. Refinaron sus costumbres y descubrieron otras que antes les eran ajenas, como la construcción de tumbas de estilo oriental y ritos funerarios nacidos en Egipto y Creta.

Fochmarc les contó que, hasta no hacía mucho, aquellos hombres y mujeres habían vivido en una precariedad más propia de salvajes por civilizar, pero su orgullo era tan encendido que no dejaban de alardear de la nobleza de su sangre. Ya sabes cómo somos los hombres, siempre tan celosos de nuestro linaje que cuando éste no nos parece el apropiado lo adornamos. Y los sicanos más viejos todavía hablaban de unos impresionantes lugareños que ocuparon las tierras antes que ellos: gigantes de un solo ojo, criaturas de naturaleza inmortal que llamaban a la isla Trinacria y que desaparecieron antes de la llegada de los antepasados de los sicanos, provenientes de la región que, con el tiempo, será llamada Hispania. Si tal historia era mito o realidad, nadie quedaba que pudiera asegurarlo. Y no seré yo quien se pronuncie o juzgue, pues acepto que mi propio pasado huele a leyenda.

A pesar de la humildad de los hogares que Lerna atisbó desde la distancia, el puerto era amplio y estaba bien preparado. Había negocio asegurado en los muelles. Los sicanos sentían predilección por el marfil y la cerámica llegada de Oriente, que mercadeaban por los dones que crecían en su tierra, en especial el trigo, que llenaba los campos hasta desbordar sus tinajas.

Los partolonianos fueron recibidos con la pompa dispensada a las más insignes personalidades. No era para menos: la visión de semejante flota auguraba un mercadeo como ningún otro en toda la temporada; en muchas, en realidad. Aunque huelga decir que nadie se sintió tan agradecido como los mismos refugiados. La perspectiva de pasar algo más que unas horas alejados de los barcos fue una auténtica bendición. Lerna suspiró de felicidad cuando sus pies tocaron de nuevo un suelo de tierra y no de tablas. Incluso se descalzó, para poder sentir los granos de arena. Estaba tan contenta que tomó las manos de Starn y, traviesa, lo hizo bailar un poco. Él se dejó llevar y, por primera vez desde que partieran de Creta, vio en su rostro una sonrisa de auténtica alegría.

Para otros fue una cuestión todavía más importante. Ith, uno de los lugartenientes de Partolón, había estado preocupado durante días. Su hijo Calio llevaba un tiempo azotado por unas fiebres que se cebaban con él cada vez que se hacían a la mar. Ni siquiera las atenciones de Malalech, el mejor de los sanadores entre los exiliados, sirvieron para remediar su dolencia. Sólo durante las paradas parecía que el chiquillo mejoraba, así que la esperanza era que la estancia en Sicania, que se adivinaba más prolongada, devolviera el vigor al pequeño.

El mismísimo caudillo de Thápsos, Cócalo, acudió a recibir a Partolón. Lo hizo sobre un palanquín, rodeado de una delegación de más de cuarenta guardias vestidos con tanta ostentación como podían permitirse. Cócalo, de cintura ancha y altura considerable, marchaba más engalanado que cualquier otro: pesados adornos de oro y plata le colgaban del cuello, anillos en los dedos, brazaletes más arriba y varios broches sobre la túnica, labrados con exquisitez. Resultaba obvio que deseaban impresionar a los cretenses, aunque semejante saturación de joyas no dejaba espacio para la verdadera elegancia.

–Honorable Cócalo de Sicania, os presento mis respetos –dijo el rey en el exilio, más humilde de lo que Lerna lo había visto jamás–. Soy Partolón, hijo de Sear, y éste es mi pueblo. Yo soy su señor. Os ofrezco mis respetos y agradezco vuestra hospitalidad.

Fochmarc se aprestó a traducir sus palabras al enrevesado idioma de los sicanos, pero resultó que el otro conocía la lengua cretense, lo suficiente al menos para hacerse entender.

–Los viajeros siempre son recibidos con una mesa repleta de vino y buena comida, sobre todo si son tan insignes como vosotros –respondió.

De este modo, el caudillo invitó a los más destacados entre los exiliados a un banquete en su propio palacio, edificio del que se enorgullecía, pero que no tenía ni punto de comparación con Cnosos. Incluso los caseríos menores en Creta eran de mejor manufactura. Lerna estaba segura de que, de haber tenido la oportunidad de contemplar la Casa del Hacha, los sicanos jamás habrían vuelto a alardear de sus artes como constructores.

Mientras bebían una copa y otra copa de vino, Lerna se dedicó a estudiar a los sicanos con gran curiosidad. Resultaban muy extraños a ojos de una joven de Tirinto que ya se había habituado a la suntuosidad de Creta. Vestían túnicas sencillas, humildes, aunque los guerreros de sangre noble, sobre quienes recaía el gobierno de las aldeas colindantes, portaban brazaletes, collares y espadas bien cuidadas. Sus modos eran bastos, sobre todo cuando bebían, comían y festejaban. Tomaban cerveza, salvo los más insignes y los invitados a los que se agasajaba con el privilegio del vino. En cualquier caso, sus apetitos los llevaban a traspasar los límites del decoro. Cuando el banquete terminó, en la mesa sólo quedaron abiertos ojos cretenses.

–Es en verdad un acontecimiento singular que estéis aquí, Partolón –dijo Cócalo, al principio de la cena, cuando todavía disponía de claridad de ideas–. Confieso que en cuanto hemos visto acercarse la flota hemos temido que se tratara de un ataque. ¡Jamás he contemplado tantos barcos juntos!

–Podéis dormir tranquilos, gran señor –le respondió, alzando su copa–. No somos una partida de guerra.

–Pero sí un grupo muy singular. No creo que nadie haya visto a tantos cretenses juntos fuera de vuestra isla...

Era evidente que Cócalo buscaba arrancarles el motivo de su llegada. Había tan poca sutileza en sus modos que hasta alguien como Lerna, poco acostumbrada a los tejemanejes diplomáticos, lo advirtió enseguida. Y no digamos el hermano de Starn, que por una vez actuó con diligencia y medida. La precaución dictaba que debían esconder las circunstancias que habían dado lugar al incierto viaje, para evitar que vieran con malos ojos su condición de exiliados. Así que se limitaron a explicar que eran colonos en busca de una tierra en la que establecerse. Al fin y al cabo, era la pura verdad.

* * *

A Partolón, su familia y los consejeros les ofrecieron estancias en el palacio para pasar la noche. Pudieron al fin descansar sin el vaivén del mar bajo los pies, algo que Lerna agradeció especialmente. Aquella velada hizo el amor con su marido; se dejaron llevar por una dulzura que no habían conocido desde antes de los terribles acontecimientos que los obligaron a abandonar Cnosos. El tiempo, sanador, empezaba a erradicar los estragos padecidos. El caer de los granos de arena nunca es arrollador, sino un lento y suave deslizar. Pero es poderoso, más que cualquier otra cosa, para lo malo, aunque también para lo bueno.

A la mañana siguiente, Delgnat y las damas que la habían acompañado al exilio decidieron hacer una visita al mercado de la ciudad. Invitaron a Lerna por pura cortesía, pues la distancia que había entre ellas seguía siendo un abismo, ensanchado aún más a causa de las circunstancias. Sin embargo, la muchacha comprendía que era necesario revertir la situación. Todos aquellos odios absurdos y rencillas personales sólo servían para ensuciar una convivencia que, más que nunca, resultaba vital. Así que, cuando despuntó el sol, se unió al grupo de mujeres. Delgnat no dijo nada, pero el gesto contrariado en su rostro era elocuente. Por esta razón, Lerna optó por no hacerse notar mucho.

El mercado era una sucesión de palos y lonas que hacían las veces de tenderetes. Aunque los comerciantes vociferaban con el ánimo universal que los de su gremio poseen, en Sicania y en cualquier otro lugar del mundo, había pocas semejanzas con la elegancia de los bazares cretenses. El surtido de productos se les antojó escaso, al menos en variedad, ya que se limitaba a alimentos: frutos secos, especias, pescado recién traído desde las barcas... Encontraron pocas telas, y menos aún que estuvieran a la altura de lo que Delgnat deseaba para sí. Eso la puso de peor humor.

–Aquí no hay más que desperdicios –se quejó–. Nada de esto es digno de la mujer de un rey.

«Un rey sin reino», pensó Lerna, y por un instante hubiese deseado decírselo. La actitud de Delgnat la sacaba de quicio. ¿Para qué quería ropas de seda o más joyas de las que ya había traído consigo? ¿Qué utilidad podían reportarle durante un viaje como aquél? Más le valdría adquirir productos prácticos, como calzado adecuado para ella y sus hijos.

–Los perfumes huelen a meado y los abaceros, a estiércol –le dio la razón Lyeatia, su prima.

–El esplendor de Cnosos es incomparable, desde luego, pero quizás haya algo útil entre tanto tenderete –comentó al fin Lerna, tratando de sacar algo positivo.

–Habla por ti, cuñada. Quizá tú, que has crecido entre ganaderos sucios y pescadores apestosos, estés acostumbrada a moverte entre la miseria y los pordioseros. Pero esto es vergonzoso para una reina.

Sí, aunque crueles, las palabras de Delgnat eran certeras en el fondo: Lerna había vivido toda su vida más cerca de la escasez del pobre que de la abundancia del rico. Y, a pesar de la insatisfacción emocional de su juventud, no sentía que fuera menos por venir de una familia humilde.

En cualquier caso, la arrogancia de Delgnat empezaba a resultarle exasperante. Ya no estaban en Cnosos, en una corte de cotorras que la agasajaban y le reían todas las gracias. De las damas que habitualmente la acompañaban sólo quedaban Imea y Lyeatia. Dorna, la hija de los reyes de Festos, como cabía esperar, prefirió quedarse en Labyrinthos, así como Brinia.

Quizá fuera hora de decir algo.

–Sólo pretendo aligerar la tensión, Delgnat –se atrevió a decir–. Pero disculpa si he interferido en tu constante malhumor.

El arrebato despertó el asombro entre las mujeres. Cuando la sorpresa se desvaneció, Delgnat la fulminó con la mirada.

–¿Cómo te atreves a hablarme así? ¡Soy tu reina!

–Tal vez. Pero una reina, una buena, tiene en consideración a su gente, y de ti sólo he recibido desprecio desde que nos conocemos. Ojalá hubieras tomado ejemplo de Ariaghne, una reina de verdad. Tuviste años para hacerlo.

El rostro se le tornó rojo ante semejante reprimenda. ¡Ella, que estaba acostumbrada a decir y hacer sin que nadie le pusiera una objeción!

–¡Niña maleducada! –la atacó, aunque en realidad pocos años las separaban–. Tu atrevimiento es inaceptable, más teniendo en cuenta que nuestra situación es culpa tuya.

Esta vez fue Lerna quien se mostró desconcertada.

–¿A qué te refieres?

–Calmemos los ánimos –quiso mediar Imea, pero su voz no fue tenida en cuenta.

–¿Acaso crees que no sabemos que la idea del exilio fue tuya? –la acusó Delgnat–. Por tu culpa ahora vivimos sin tierras y nos paseamos entre salvajes.

Lerna sintió que la sangre le bullía de puro enojo. Por muy dulce y amorosa que se mostrara en los buenos momentos, también ella disponía de un genio capaz de estallar ante lo que consideraba injusticias y desmanes. Demasiado tiempo lo había mantenido calmado.

–¿Hubieras preferido que ajusticiaran a tu esposo? Quizás eso te hubiera convenido más. Mejor ser una reina viuda que una que se construya su propio trono. Y quién sabe si la jugada te hubiese salido bien: está claro que Tríome necesitaría una consorte a su lado.

La propia Lerna se dio cuenta al instante de lo excesivo de sus palabras, pero cuando éstas surgen ya no pueden ser retiradas. Ni siquiera las disculpas son suficientes, no del todo, al menos. El poso de lo dicho permanece, como una pulga que se revuelve inquieta y nos carcome el interior. En especial cuando alguna de las partes peca de soberbia, como Delgnat.

Ésta dio un paso hacia delante. Tenía tanta rabia esculpida en el rostro que por un instante Lerna creyó que saltaría sobre ella para golpearla. Debía desearlo con todas sus fuerzas, pero se limitó a transmitirle un odio profundo con la mirada. Luego dio la vuelta y siguió paseando por el mercado.

No volvió a dirigirle la palabra durante el paseo, ni siquiera una mirada, aunque Lerna percibía la ira que escapaba en volutas imaginarias en torno a la reina. Fue entonces cuando se arrepintió más que nunca de su arrebato, pues era infantil y destrozaba el objetivo inicial de tender puentes con su cuñada. Incluso sintió una punzada de miedo ante la posibilidad de que aquel odio desatado se volviera enfermizo, que se desbordara hasta convertirse en un anhelo vengativo. Y la pregunta quedó danzando en su cabeza, una pregunta macabra y preocupante...: ¿hasta dónde sería capaz de llegar Delgnat si decidía hacerle pagar su osadía?

3

El atardecer, de luz dorada y cada vez más lánguida, encontró a Starn sentado en la proa. Refugiado tras el codaste, tenía la mirada fija, perdida, en el punto exacto donde el navío cortaba en dos las aguas. Una lanza desgajando el transcurrir del tiempo, la vida misma, abriéndola con una acometida impetuosa. ¡Ah, pero el destino, como el mar, siempre cierra las heridas que el hombre le inflige! No existe mano mortal capaz de lo contrario. ¿Cómo podría? Sólo somos pequeñas criaturas que hincan la rodilla ante el caprichoso azar. Aunque, bien pensado... Los años me hacen ver que no todo podemos achacarlo a conceptos ajenos al ser humano, que esa excusa sólo sirve para justificar los errores. Somos fruto también de nuestras decisiones, las de quienes nos rodean e incluso las de aquellos que ni siquiera conocemos. Al fin y al cabo, yo mismo he trascendido esos límites, no por elección propia, aunque sí por la de otros.

Divago de nuevo. Perdóname por ello, compañero. Aunque esta vez es adecuado, pues también Starn lo hacía en esos instantes que rememoro. Los ojos contemplaban el agua espumosa, pero la mente se hallaba en otros pensamientos, lejanos y profundos. Reflexionaba sobre sus propias sensaciones, algunas de las cuales no sabía muy bien cómo describir. Se sentía extraño, cruzado por emociones realmente contradictorias: la tristeza por el abandono de su antigua vida frente a la alegría de formar una nueva familia; la incertidumbre de un futuro por revelar contra la ilusión de hallar un hogar; el miedo a las penurias que seguro llegarían encarado a las posibilidades que se abrían...

Sabía que no era el único que tenía el espíritu revuelto. Todos compartían el mismo estado de ánimo, aunque algunos, como Partolón, trataban de mostrarse confiados y dueños de la situación.

Había hablado con Lerna y Bacor, y tenían las mismas inquietudes. Sin embargo, en su esposa vio algo más: un extraño temor sin forma oscurecía sus ojos. Le preocupó lo bastante para preguntarle sobre ello.

–Sólo son manías de embarazada, nada más –trató de calmarlo ella.

–Sabes que puedes hablar de cualquier cosa conmigo, ¿verdad?

Su respuesta fue contemplarlo con esa ternura infinita que tenía reservada para él, sólo para él. Acercarse. Un largo beso, dulce y jugoso, desbordante de cariño.

–Lo sé muy bien. Por eso eres el amor de mi vida.

* * *

Habían permanecido en Thápsos durante tres días, no más de lo que tardaron en llenar de nuevo las bodegas de los barcos. Vendieron la cerámica y todo cuanto les era innecesario mientras los marineros, siguiendo sus vulgares tradiciones, aprovechaban para desahogar cualquier necesidad.

–Mejor aquí que dejar que se paseen entre nuestras mujeres con la entrepierna ardiendo –le dijo Partolón a Starn, acertadamente, tanto que algún que otro pasajero le tomó la palabra e imitó a los miembros de la tripulación.

Y partieron de nuevo. Desde Sicania pusieron rumbo hacia el oeste, en busca de las últimas tierras occidentales. Era una zona poco habitual para Albo, así que durante aquellas jornadas se mantuvo más atento de lo acostumbrado. Observaba constantemente las aguas, olfateaba cual perro de presa el aire para dar buena cuenta de la dirección del viento y apremiaba más si cabe a sus hombres. ¿Has conocido a algún hombre de mar? Qué tonterías te pregunto. Por supuesto que sí, los mismos que yo. Sabes, por tanto, que no hay individuo más supersticioso bajo el cielo que un marinero, y no digamos un capitán. Si no hubiera sido por los buenos augurios desvelados por los nuevos sacrificios realizados, Balbo tal vez se habría opuesto a iniciar una ruta tan complicada, al menos hasta que la estación acabara.

–Es una pésima idea navegar por alta mar en esta época –refunfuñaba a todas horas.

Pero Partolón se había opuesto en todo momento a bordear las costas del norte de Sicania. No quería alargar el viaje y menos aún exponerse a las tribus bárbaras que según Fochmarc vivían en la región. Reprochó al capitán su agrio comportamiento y la desconfianza que destilaba. Al alzar la vista, el rey en el exilio sólo veía cielos despejados. ¿Qué peligro podía caer sobre sus cabezas con tanta rapidez como para no alcanzar la costa? Ninguna amenaza los acechaba, salvo el tedio.

Durante los siguientes días nada digno de mención ocurrió. Sólo que la salud del hijo de Ith volvió a languidecer. El escolta incluso subió a bordo del *Hijo de Minos* para hablar de ello con el rey.

–Temo por él –le confesó–. El viaje lo está mermando. Cada vez que nos hacemos a la mar pierde las fuerzas como si fuera un odre agujereado.

–Ten fe en mí, buen amigo. –El líder le pasó un brazo por encima del hombro, en un gesto cómplice repetido multitud de veces antes; sin embargo, Ith no se mostró más animado por ello–. Sabes que yo jamás arriesgaría nuestras vidas por nada. La Tierra Durmiente existe, y en ella la enfermedad no tendrá potestad sobre Calio.

El amor que el recio cretense tenía por Partolón era tal que no replicó. Pero Starn contempló la duda en sus ojos. Y temió. Si la travesía se prolongaba más de la cuenta y el hijo de Ith empeoraba, ¿sería aquel cariño lo bastante firme para mantener a raya su preocupación como padre? ¿Y si fuera él? ¿Qué amor resultaría vencedor, el de su hermano o el de su hijo?

* * *

La cuarta jornada tras partir de Sicania, el viaje comenzó a complicarse. Una vez más los dioses demostraron que no se podía contar con su palabra, porque el viento de pronto despertó, hambriento. Corría en dirección contraria a las olas, lo que provocaba que el barco se balanceara con violencia, hundiéndose y elevándose entre montículos de agua y espuma. Muchos de los cretenses, a pesar de que estaban acostumbrados a navegar, acabaron doblándose sobre sí mismos para vomitar.

Las velas, adornadas con los símbolos cretenses que todavía recordaban el ayer perdido –el toro, la doble hacha, la Gran Madre...–, se hinchaban como si estuvieran preñadas. Los mástiles temblaban en lo más alto, amenazando con quebrarse. Albo las contemplaba con preocupación, sentimiento que contagió a la tripulación y el pasaje. Nada de sonrisas. Los que todavía resistían los estragos provocados por el mar se sumieron en el nerviosismo, en la incertidumbre, en el recelo que vieron en los ojos de Babal.

Por la tarde, el capitán ordenó arriar las telas ante el temor de que se desgarraran. Los remeros tomaron una vez más la responsabilidad de que los barcos siguieran avanzando. Pero al anochecer llegó el caos, anunciado por las nubes negras que el capitán señaló, casi sobre sus cabezas, todavía visibles con las últimas luces. Se acercaban veloces. Demasiado veloces.

–¡Nunca tendría que haberos hecho caso! –se quejó, mirando a Partolón como si el capitán fuera de pronto el monarca; luego se dirigió a los marineros–. ¡Preparaos todos!

La tripulación tomó posiciones justo antes de que empezara a caer un torrente de lluvia cálida y cargada de rabia. Eran hombres expertos y sabían lo que tenían que hacer aunque Albo no se lo dictara. Mientras el segundo al mando realizaba señas al resto de navíos para que tomaran mayor distancia unos de otros, se desmontó el toldo bajo el que los viajeros solían resguardarse la mayor parte del tiempo. Los apremiaron a bajar a la bodega, a lo que obedecieron con premura, pues ya era evidente que las cosas estaban a punto de complicarse de verdad.

Resulta curioso cómo algunos sucesos importantes no soportan el paso del tiempo y caen en el olvido, mientras que otros, imágenes insustanciales, quedan grabados en la mente. ¿Qué capricho provoca tal cosa? Ni siquiera hoy en día me lo explico. A Starn se le quedaría grabado a fuego el instante antes de descender a las entrañas del barco: volvió la vista atrás y observó a los marineros atando cuerdas, bajando el mástil y plegando la vela. Se movían seguros de sí mismos, como si el azote de la lluvia y los estallidos de agua sobre sus cabezas no fuera más que una simple brisa. Había algo indescifrable en aquella escena, algo que en ese instante no podía comprender, pero que de algún modo era una ventana al futuro: el control frente al caos, la seguridad en contraposición a los azares por venir.

Aquél estaba destinado a ser el último momento de su vida tal y como la había conocido hasta entonces.

El espacio libre en la panza del barco era escaso. Las provisiones y la presencia de los remeros en los bancos obligó al pasaje a hacinarse unos junto a otros. Hedía a sudor, al tufo de los animales, a cerrazón. A través de las tablas que formaban la cubierta, sobre sus cabezas, comenzó a filtrarse algo más que el sonido de las pisadas. El goteo de agua se convirtió en chorros que los empaparon enseguida. Los vaivenes de la embarcación llegaron a ser tan violentos que ya nadie pudo evitar que se le revolvieran las tripas.

Starn se sentó junto a Lerna y la abrazó. Estaba asombrado de que su esposa pudiera resistir con tanta entereza los terribles bamboleos del barco, habida cuenta de que no pertenecía a un pueblo especialmente diestro en la navegación. Pero tenía sentido en cierto modo: ella estaba acostumbrada a las cabriolas típicas de la danza sagrada; había esquivado, saltado y volado sobre poderosos toros. Y además era valiente como nadie más que hubiera conocido. Si alguien podía mantener el temple en una situación como aquélla, era, sin duda, Lerna.

Otros no eran tan afortunados. Aunque Delgnat, Topa y sus hijos se habían atado, tal y como debía hacerse en tales circunstancias, estaban muy asustados. El silencioso sirviente de Partolón trataba de atemperar el llanto de Slanga, con escaso éxito, mientras que Bacor, que sujetaba a Laiglin, hacía todo lo posible por infundir ánimos en el chiquillo.

–Pronto pasará –le repetía una y otra vez entre el fragor que se colaba desde el exterior.

Conforme la tormenta cobraba mayor ímpetu, el tiempo pareció detenerse, o, cuando menos, transcurrir mucho más despacio.

El crujido de las paredes de pino y ciprés, ante el ímpetu de las olas; la salva de truenos, los berridos de los animales... Una estampa confusa, donde por momentos Starn era consciente incluso de su propia respiración agitada. Pero por encima de todo estaba el rugido de Posidón. Tenían la tormenta sobre sus cabezas. El barco sufrió una serie de bandazos tan violentos que, de no ser por las cuerdas, muchos habrían salido volando.

Nadie fue capaz de anticipar lo que estaba a punto de ocurrir, ni siquiera en aquellas circunstancias. La peor de las desgracias los sacudió al mismo tiempo que la ola. Un restallido, mayor que cualquier otro. Astillas que saltaron y agua borboteando. Starn aferró con más fuerza a Lerna y cerró los ojos para implorar al Dios Cornudo que calmara su ira.

Un grito le hizo levantar los párpados de nuevo. Lo primero que vio fue a Bacor, que, con manos desesperadas, aferraba a duras penas al pequeño Laiglin. ¡Su cuerda se había soltado! El boquete abierto en el casco lo succionaba como una bestia hambrienta, tratando de arrebatárselo al anciano de entre los dedos. No resistiría mucho más. Así que Starn, sin pensar en nada más, trató de desanudar su propia soga para acudir en ayuda del chiquillo. Sin embargo, tenía las manos mojadas y el nudo estaba demasiado prieto. El niño, débil, se escurrió antes de que él pudiera soltarse, y durante un instante estuvo perdido por completo. Pero se obró lo imposible: alguien llegó a tiempo para sujetarlo del brazo.

Lerna.

Starn ni siquiera reparó en que ella sí había logrado liberarse de la cuerda. Porque, desde luego, de advertir la intención de su esposa se lo habría impedido. Por despiadado que sonara, prefería mil veces que su sobrino muriera que arriesgar la vida de la criatura que más amaba y la vida que portaba dentro. Pero ya lo hemos hablado, aunque surgirá el tema en más ocasiones: por fortuna, y en otras ocasiones por desgracia, no siempre podemos ser dueños de los acontecimientos que marcan nuestra existencia.

La muchacha demostró una vez más su agilidad y rapidez, aquella que la había convertido en la mejor entre las bailarinas del toro sagrado. Logró poner a salvo al niño, de nuevo en los brazos de Bacor, y acto seguido se encaminó hacia su bancada para atarse una vez más.

Y entonces llegó una nueva embestida del mar, más violenta que cualquier otra antes. Starn... Me falta el aliento. El relato me hiere profundamente. ¡Es tan doloroso rememorarlo a través de sus ojos! Starn fue consciente de cada movimiento, de cada suspiro, de cada elemento que daba forma a la escena, y por tanto también yo lo soy. Fue como si el destino se burlara de ambos y nos hiciera vivir la tragedia con insufrible lentitud y claridad: escucho el viento silbando entre las tablas, el tronar del mar colándose por el agujero; me empapa el agua, me ciega la espuma...

Y la veo a ella. ¡Está ocurriendo ahora mismo! Lerna pierde pie en su desesperación por alcanzar de nuevo su amarra. Por instinto, extiende el brazo hacia su esposo, hacia mí. Los dos correspondemos, desesperados. Pero no basta... ¡No basta, por los dioses! Demasiada distancia entre los dos, ni siquiera alcanzamos a rozar nuestros dedos. Y quiero, deseo apartar la mirada, que me arranquen el pavor que mi padre me transmite a través del tiempo. Sin embargo, está anclado a mi corazón. ¡No puedo dejar de contemplar cómo la valiente muchacha es atrapada por la garra marina! ¡Maldito seas, Posidón, ahora y siempre!

¡Ella tendría que haber sido mi madre, y tú te la llevaste!

Estaba allí, y de pronto ya no. De pronto ya no..., ya no... Se había ido, dejando sólo el rugido del mar... Y el aullido demente de Starn.

4

Permíteme un momento, amigo mío. Necesito recuperarme. Disculpa mi reacción, mis gritos, la cólera y las lágrimas que acabo de derramar. No es la primera vez que me ves en esta tesitura, así que espero que lo entiendas de nuevo. A estas alturas debería ser yo quien comprendiera que de poco sirve, que por mucho que brame o llore el pasado sólo nos responde con un silencio cruel.

Entiendo tu confusión, por cierto. Imagino que a estas alturas de la narración creías que ese niño que Lerna portaba en sus entrañas y al que tenían pensado ponerle mi nombre era yo mismo. Pero nunca dije que fuera mi madre, aunque lo he deseado muchas, muchísimas veces. O tal vez, después de todo, sí lo sea, de algún modo. Ya llegaremos a eso.

Fue una pérdida terrible, la peor de todas. Ninguna de mis palabras, ni siquiera la música de esta lira es capaz de describir lo profundo que llegó a ser el dolor de Starn. De no ser por Partolón, que apresó a su hermano en un abrazo irrompible, se habría lanzado al mar para compartir la suerte de su esposa. Sus berridos, aquel llanto desgarrador, hizo sangrar el corazón de Bacor del mismo modo que la pérdida de la joven.

Como si aquel indeseado sacrificio lo hubiera saciado, Posidón calmó su furia. El temporal fue remitiendo poco a poco, lo que permitió a algunos desatarse y empezar a cubrir el agujero abierto antes de que anegara de agua la bodega.

Otros, sencillamente, no tenían ánimo más que para llorar.

★ ★ ★

Las aguas apaciguaron su ira con tanta rapidez como habían enfurecido. Las crestas enrabietadas se amansaron, la lluvia remitió y el cielo, al fin, quedó claro.

Aquellos que todavía conservaban fuerzas ayudaron a subir de nuevo a cubierta a quienes no podían ni tenerse en pie. Bacor dejó a Laiglin en manos de su madre y acudió junto al rey para ayudarlo a mover a Starn, que se había desmayado. Pero el buen Afestes se le adelantó.

La calma tras la tormenta dejó a los exiliados en una situación muy delicada. Albo había perdido a varios de sus hombres, y el *Hijo de Minos* mostraba graves heridas allá donde uno mirase. Muchos suministros habían caído al mar, junto con algunas bestias, como dos de los toros sementales. Fios, Tath y Fochmarc vieron en ello un mal augurio. Pero Bacor no atendió a aquellas consideraciones tan banales, pues no podía concebir un mayor infortunio que la desgracia de Lerna.

El capitán y sus hombres trataron de reparar el daño del barco, aunque Babal no se mostró muy esperanzado tras examinar las tareas.

–Hemos hecho todo lo posible, pero no resistirá mucho. Debemos alcanzar pronto tierra o nos hundiremos.

–¿Alguna idea de dónde estamos? –preguntó Partolón.

–Imposible saber a qué lugar nos ha llevado el temporal. Lo mejor es prepararse para abandonar el barco y dividirnos entre los restantes.

Tarea que también estaba destinada a complicarse. La flota había quedado tan dispersa que desde su posición sólo podían atisbar a siete de las doce naves. A lo largo de los días siguientes se reencontraron con otras tres, que se habían retrasado. Jamás volvieron a saber nada del resto.

Cuando ya se disponían a repartirse entre los barcos más saludables y abandonar el suyo a su suerte, un marinero lanzó un grito. Volvieron el rostro hacia donde señalaba, y allá, en el horizonte, advirtieron una línea blanca. Tierra. Los hombres chillaron de alegría, las mujeres suspiraron, agradecidas por la providencia, y hubo incluso risas entre los niños. La enhorabuena saltó de nave en nave, mostrando así el alivio que los cretenses compartían. La desgracia más absoluta se había paseado entre ellos y los había perdonado en el último instante.

Pero Bacor se mantuvo sereno. Contempló a Starn, mudo y alejado del mundo, reducido a una sombra en la que no cabía la risa, sólo el azul frío de una melancolía infinita. No vio motivos para el solaz, no tras lo que el joven había perdido.

Alcanzaron de este modo una costa plácida, llena de playas suaves que se dejaban lamer por un agua muy azul. Los marineros fueron los primeros en saltar a la dorada arena, desde donde ayudaron a varar los barcos malogrados tirando de las sogas sujetas a la parte posterior. Una vez asegurados, todos, sin excepción, dejaron las naves para arrodillarse sobre las dunas, agradecidos por estar a salvo. Los hubo incluso que jugaron lanzándose puñados de brillantes granos, como fue el caso de Rudraige y otros niños. Después de tanto como habían sufrido, ¿quién podía culparlos?

En cambio, algunos corazones cargaban con demasiada pesadumbre en su interior para unirse al jolgorio general. Mientras la gran mayoría se dedicaba a disfrutar, Starn se alejó del grupo, cabizbajo. Bacor advirtió que se perdía tras la primera línea de árboles. A pesar de que estaba tan agotado como el resto, siguió la línea de huellas que había dejado en la arena.

Escuchó los golpes antes incluso de alcanzarlo, y se lo encontró sacudiendo un tronco con los puños desnudos. Tenía la mandíbula apretada, los ojos cerrados. No obstante, entre los párpados se le escapaban las lágrimas y, a través de los dientes, un gemido de profunda desesperación.

El anciano se apresuró a detener aquel loco ataque. Lo tomó por detrás, lo rodeó entre sus brazos y sujetó los suyos, cuyas manos estaban despellejadas y ensangrentadas. A pesar de que él era joven y mucho más fuerte que el sabio, se derrumbó al instante. Bacor lo dejó llorar en su pecho, y su intensidad también le desbordó el corazón.

Y, mientras tanto, un murmullo escapaba de sus labios, una y otra vez. Una y otra vez.

–No vale la pena sin ellos... Nada vale la pena sin ellos...

* * *

Partolón no les dejó mucho margen para la diversión despreocupada. El instinto propio del líder nato lo devolvió a la realidad: estaban en una tierra desconocida, diezmados y debilitados. No era el mejor momento para llamar la atención ni bajar la guardia. Así que organizó de inmediato a sus hombres para que montaran guardia en la playa, y requirió a aquellos con quienes solía discutir las decisiones.

–Descansaremos lo que resta del día, y también por la noche –dispuso–. Mañana, apenas asome el sol, enviaré a varios exploradores al interior. Necesitamos localizar cualquier aldea o ciudad, comprobar si los lugareños reciben de buen grado a los visitantes y comerciar con ellos. Hemos perdido muchos suministros. Algunas bestias han muerto y casi no tenemos grano para las que quedan.

–Mis hombres y yo repararemos los barcos –se ofreció Albo–. Hay madera de sobra en los alrededores.

–Así sea. El resto plantaremos un asentamiento temporal para las mujeres, los niños y el ganado.

Acamparon en la playa bajo algunas telas con las que improvisaron toldos para resguardarse. Bacor, sin embargo, se acomodó al raso, cubriéndose con un par de mantas, y dejó que el rítmico titilar de las estrellas lo atrapara.

De pronto, escuchó un ligero batir de alas. Alzó la vista y vio revolotear por encima de su cabeza una pequeña ave. Podría haber sido cualquier otro pájaro, pero reconoció sin asomo de duda al mirlo negro que lo había acompañado durante el trayecto por mar. Se dejó hipnotizar por sus gráciles piruetas, con las que parecía recorrer las constelaciones como el artista que pinta su mural. Por algún motivo pensó en Cnosos. Se dijo a sí mismo que, a pesar de las distancias, el tapiz de luceros que colgaban en el firmamento no era en nada distinto al que tantas veces observaba desde la Casa del Hacha. «Sólo la tierra y los hombres cambiamos. El cielo siempre es el mismo», pensó. «Y aves y estrellas son sus señores».

Perdido en aquel pensamiento de fugacidad, de humilde menudencia personal, le llegó el sueño.

5

El primero de los exploradores que regresó lo hizo sin nada que compartir, salvo el informe de un territorio agreste y en apariencia similar a Creta. Fue el segundo de ellos, un muchacho llamado Brea, hijo de Senboth y el más joven de los escoltas del rey, quien trajo consigo las buenas noticias.

–He encontrado una aldea, a media mañana al noroeste de aquí. Está habitada por hombres mucho más brutos que los sicanos, pero al menos tienen las puertas de su poblado abiertas al comercio, por lo que he averiguado desde la distancia. Abundan los cultivos de cebada en los alrededores.

–Bien hecho –le dijo el príncipe, logrando que Brea sonriera al sentir la aprobación de su líder–. Organizaremos una partida.

Partolón decidió dejar al mando del campamento a Acasbel. Junto con Hermalion e Ith, a quien con buen criterio no quiso alejar de su hijo enfermo, cuidarían de la protección del grupo. Mientras tanto, los marineros seguirían con sus tareas de reparación ayudados por los siervos de las familias nobles. Pero existía otro problema que solventar antes de marchar.

–¿Cómo nos comunicaremos con esa gente? –preguntó Afestes.

–Cuando era joven, viajé en una nave que atracó en estas costas –intervino Albo–. Por desgracia, hace mucho de eso y apenas recuerdo un par de palabras. Creo que otro de los capitanes de la flota conoce mejor el lenguaje nativo. Lo buscaré.

Mientras esperaban, el príncipe exiliado reunió al resto de sus escoltas y los de Starn.

–Vestid con espadas, lanzas y escudos, y con arcos aquellos que los usáis –dijo, y luego posó las manos sobre los hombros de su hermano–. Entenderé si prefieres quedarte aquí. Necesitas sanar las heridas de tu corazón.

–No hay cura posible para mi mal –replicó Starn con gesto adusto.

A Bacor le dolió ver aquella mirada apagada. Eran los ojos de un anciano decrépito, de un alma sin fuerza. Imploró a los dioses que le otorgaran al muchacho un objetivo, una labor, un destino. No importaba el qué, sólo algo que moviera su vida de nuevo.

Se ofreció a ir con ellos, por supuesto, pues quería estar cerca del joven príncipe para calmar su dolor en la medida de lo posible. Además, tenía un gran interés en conocer a los lugareños y los modos en que vivían.

Albo regresó acompañado de un hombre más obeso de lo habitual entre los cretenses. Le empezaba a crecer un poco de barba, como a algunos de los exiliados, aunque le escaseaba el cabello.

–Elecasto es vuestro intérprete –aseguró, señalando al individuo.

–Yo no estoy tan seguro –dijo éste, negando con la cabeza–. Es cierto que domino un poco lo que sea que hablen en este pedazo de tierra, pero en cada poblado tienen un dialecto distinto. Y no sé dónde nos hallamos exactamente.

–Siempre será mejor que nada –adujo Partolón.

El debate se abrió, agrio e incómodo, cuando llegó el momento de reunir los productos con los que comerciar.

–Apenas nos queda oro o plata, y la mayor parte de la cerámica se hizo añicos durante el temporal –aseguró Senboth el Viejo, al que habían encargado el recuento–. Nuestras posesiones ya se hallaban mermadas al dejar Sicania, pero tras la pérdida de los dos barcos sencillamente no tenemos suficiente para mercadear.

–Ése sí es un grave problema –adujo Fios, dando forma a la preocupación general.

–Nos quedan nuestras joyas y sedas personales, así como cualquier pertrecho innecesario –propuso Bacor–. Las gentes que habitan la región quedarán asombradas ante tanto lujo.

–¡Es una gran idea! –exclamó el rey.

Pero la orden no fue bien acogida. Algunos entre los más insignes se quejaron al tener que desprenderse de collares, sellos y demás fruslerías a las que tan acostumbrados estaban. Sin embargo, fue Delgnat quien alzó la voz por encima de cualquier otro, hasta llegar a enfrentarse con su marido.

–¿Tendremos que vestir ahora como pordioseros? ¿Qué nos diferenciará entonces de los salvajes que viven aquí?

–¿Prefieres morir de hambre, mujer?

–Ya que tanto sueles jactarte de ser un buen cazador, ¿por qué no atrapas unas cuantas piezas para llenar nuestras bodegas?

–Muchas presas tendría que capturar para dar de cenar a setecientas personas, y nunca sería suficiente para el camino que nos queda por delante –explicó Partolón–. Eso sin mencionar que las bestias comen forraje, no carne. Necesitamos alimentos que resistan el paso de los días.

–¡No me desharé de todo cuanto me queda de la vida que he dejado atrás por ti!

–¡Ya basta! –Bacor reconoció esa expresión de profundo enojo con la que el príncipe arrugaba la faz, y que no admitía réplica–. Se hará cuanto diga. Y, si estás en desacuerdo, siempre puedes quedarte en esta playa, con tus ropas caras y esas joyas que no te llenarán el estómago.

Terminaron de ese modo las objeciones. Todos entendieron que, si Partolón se mostraba tan inflexible con su propia esposa, el resto no tenía opción alguna de ablandarlo. Así pues, reunieron los ajuares más valiosos y los guardaron en varios cofres. Cada uno sería transportado por dos sirvientes en las parihuelas que habían confeccionado para tal fin.

* * *

Abandonaron el campamento apenas clareó la jornada siguiente, adentrándose en aquella región inhóspita de la que casi no sabían nada. Las tierras occidentales siempre fueron un rumor para cualquiera que viviera más allá de Sicania. Sólo unos pocos marineros cretenses, los más arrojados, habían llegado a sus costas.

Para conseguir lo que a Creta le faltaba no hacía falta sobrepasar Sicania.

Pero un sabio se solaza aprendiendo cosas nuevas. Descubrir parajes desconocidos siempre resulta fascinante para quien tiene la mente abierta al mundo y su belleza. Bacor tardó poco en sentirse vivo otra vez, como hacía mucho tiempo que no lo estaba. Aunque también es cierto que eso le provocó cierto sentimiento de culpa. Habían padecido mucho para llegar allí, y le apenaba que Starn viera en él una alegría que pudiera tomar como un desprecio hacia su pérdida. Al fin y al cabo, también el anciano había llorado por Lerna.

No obstante, la fuerza de la curiosidad era fuerte, y sus ojos contemplaron con pasión cuanto le rodeaba. ¡Ah, todo ese tiempo amarrado a la parsimonia de Cnosos le había hecho olvidar las maravillas de la incertidumbre! Nos suele ocurrir a todos: la costumbre, la monotonía acaba por resultar tan cómoda que olvidamos pronto ese anhelo que tuvimos siendo niños, cuando nuestra existencia se medía por los momentos de asombro que la vida, virgen para nosotros, nos brinda.

La presencia de los lugareños se hizo poco a poco más evidente. Guiados por Brea, se encontraron con los primeros muros bajos que protegían parcelas labradas y caminos de tierra apelmazados para el tránsito de carros. Los campos descendían por las lomas de las colinas, en terrazas que les recordaron a los modos en que cultivaban los olivos en su tierra.

Antes del mediodía alcanzaron las inmediaciones de una meseta irregular, de abruptas pendientes hacia poniente y suaves en el otro lado. El cabezo se levantaba en la orilla oriental de un río, junto a otro cerro del que estaba separado por una brecha con bancales para el cultivo. El poblado se extendía tanto por la parte más llana del altiplano como por las laderas que descendían, y una muralla protegía los flancos más accesibles. Elecasto le preguntó el nombre de la aldea a un labrador que trabajaba en un campo de árboles frutales.

Argar.

Bajo la mirada asombrada de los lugareños con los que se cruzaban, siguieron un camino serpenteante que subía en torno al cerro.

–Esta gente debe tener sangre de cabra, si suben cada día estas malditas cuestas –se quejó Megor, quien como buen arquero siempre había preferido entrenar los brazos y menos las piernas–. ¿Por qué no las hicieron más suaves, como nosotros en Cnosos?

–Son individuos acostumbrados a la guerra, intuyo –razonó Bacor–. Por eso viven en lo alto de estos montes tan impracticables, para evitar ser conquistados. Imaginad que tuvierais que tomar este poblado. Os lloverían cantos y lanzas en cuanto pusierais un pie en el sendero. Vuestra ascensión sería tan lenta que caeríais antes de llegar al final.

El anciano imaginó lo que los habitantes del lugar debieron pensar al verlos. No estaban en su mejor forma, cierto: el típico esplendor cretense había quedado oculto por la suciedad, el cansancio y el ánimo débil. Sin embargo, todavía resultaban una estampa admirable para aquellos hombres barbudos y vestidos con bastos ropones. Y eso a pesar de que sacaban tres dedos de altura a los partolonianos. No era menos cierto, sin embargo, que poseían brazos y piernas finas como tallos. Algunos de ellos parecían más robustos, mejor alimentados e iban ataviados con collares y brazaletes. Supuso que serían miembros de alguna élite, guerreros que, al modo aqueo, gobernaban por encima de otros gracias al uso de la fuerza. Una de esas reglas inmutables por muchos años que pasen: los poderosos siempre comen mejor y están más sanos.

Alcanzaron los portones de Argar, que estaban abiertos. Varios individuos armados con alabardas les salieron al paso. Hablaron en un idioma que, por supuesto, no entendían, pero estaba claro que exigían que se identificaran, así como saber el motivo de su visita. Elecasto avanzó para tratar de hacerse entender; mediante frases en tono conciliador y gestos hacia los cofres, logró hacerles ver que sus intenciones eran pacíficas. Relajaron su actitud y les hicieron gestos para que marcharan tras ellos. Partolón dirigió a sus hombres una mirada. «Estad alerta», parecía decir. Las manos de algunos se fueron disimuladamente a las empuñaduras de sus espadas.

–Como temía –dijo el intérprete–, su dialecto dista del que recordaba. Pero reconozco un buen puñado de palabras. Quizá sea suficiente para entendernos con ellos.

–Es bueno saberlo.

–¿Quieres que te anuncie? –preguntó Elecasto–. Podrías pedir audiencia con su jefe.

–No. Estamos aquí de paso, así que diremos que somos simples comerciantes. Cuanto menos tiempo perdamos con reyezuelos, mejor –respondió el rey de los exiliados.

Bacor arrugó el gesto ante el desprecio implícito de aquel comentario, sobre todo teniendo en cuenta que el propio Partolón era un monarca sin reino. Al menos su plan resultaba sensato. Un encuentro con el cabecilla del lugar podría reportar alguna ventaja, pero lo más probable era que significara un entretenimiento.

El sabio trató de absorber cada detalle del lugar. Basándose en la cantidad de casas, calculó que en aquella ciudad debían vivir unas quinientas almas. La mayoría eran viviendas rectangulares, aunque advirtió algunas de forma irregular o incluso circulares. Pero todas ellas se levantaban con paredes de adobe sobre zócalo de piedra, techadas mediante cañas, ramas y barro. Humilde en comparación con el lujo de Cnosos, desde luego. Preguntó a Elecasto por el modo de vida de esta gente, más allá de lo evidente.

–No sé mucho en realidad –respondió–. Mis estancias en las tierras occidentales fueron pocas y de escasa duración. Aunque recuerdo algunas extrañas costumbres que me llamaron la atención... Por ejemplo, los lugareños entierran a sus muertos bajo el suelo de las habitaciones donde han vivido, meten el cadáver en urnas con el ajuar del fallecido. Son también amantes de la fuerza, por eso gobiernan los guerreros nobles, que se imponen a los jornaleros y a los esclavos.

Le parecieron comportamientos muy similares a las gentes al norte de Creta. Con el tiempo, Bacor reflexionó mucho sobre las similitudes entre pueblos tan alejados entre sí, hasta llegar a la conclusión de que el carácter de los hombres tiende a ser el mismo sin importar el lugar donde nacen, y sus caminos, paralelos. Todos marchan del salvajismo al raciocinio, sólo que algunos, como los egipcios y los cretenses, llegan antes.

Recorrieron aquellas calles angostas y enrevesadas hasta alcanzar una plaza. Era minúscula, tanto si se comparaba con el patio de Cnosos como si no. Pero allí había varios tenderetes donde la gente intercambiaba sus productos, que era lo que les interesaba. El griterío típico de cualquier mercado se acalló en cuanto repararon en su llegada. El enjambre de rostros se volvió hacia ellos y los examinaron con atención durante unos instantes, para luego rodearlos con la intención de escudriñar lo que portaban. Se habían convertido en la novedad del día, tal vez de la temporada, una excentricidad que rompía la monotonía del poblado.

Los nativos se aglomeraron alrededor de los cofres y los productos que los sirvientes cretenses habían tendido sobre el suelo. Palpaban cada objeto, se probaban los vestidos y olían los perfumes sin reparo alguno. En poco tiempo agotaron la mercancía, dejando a cambio sacos y sacos de víveres: cebada en especial, que era lo que les sobraba a los habitantes de Argar, aunque también barriles de carne seca. Consiguieron algunas herramientas que podrían resultar de utilidad, y gracias a ello descubrieron la destreza de aquel pueblo para moldear los metales. Como remate a las negociaciones, alquilaron un carro y una mula para llevar las provisiones hasta la playa.

Todavía se frotaban las manos por el éxito cuando un grupo de lugareños a caballo hizo acto de presencia. Se trataba de muchachos, más jóvenes incluso que Starn o Brea, y llegaban entre risas. Sobre sus monturas cargaban varios animales que por lo que se deducía habían cazado. Vestían ropas que los suyos considerarían lujosas, y se adornaban con brazales y collares de bronce. Pero si algo indicaba su posición por encima de todo eran las espadas que pendían de los cintos. Sólo un noble podría permitírselas.

Se sorprendieron al ver a los cretenses, en especial uno que marchaba con la cabeza más alta que el resto. Al chico todavía no le había crecido el primer vello, pero ya caminaba con paso arrogante. Se acercó hasta los forasteros y comenzó a arrebatar de las manos las piezas que algunos compradores habían adquirido. Las examinaba, y luego las dejaba caer en el suelo con un gesto de desprecio. Nada parecía estar a la altura de sus gustos.

Entonces, el joven bárbaro señaló a Starn, concretamente la lira que pendía de su hombro y, sin mostrar el menor respeto, extendió el brazo para tomar el instrumento. Pero el príncipe quebró su intención apartándole la mano, en un gesto airado que Bacor supo de inmediato que traería problemas. Starn, como el resto, había cedido todas sus pertenencias para ser vendidas, pero no la lira. Y nadie se atrevió a insinuárselo siquiera, pues sabían lo que representaba: junto con el anillo de jaspe, era lo único que le quedaba de su esposa muerta.

El lugareño, sin embargo, se había encaprichado con el objeto y no parecía dispuesto a renunciar a él. Su actitud se volvió si acaso más altanera y exigió a voz pelada su derecho a tener el instrumento. ¿Quién podía culpar a Starn por lo que sucedió a continuación? Cuando el muchacho trató de tomar por la fuerza la lira, él respondió con una ira inusitada. A nadie le dio tiempo de evitar el poderoso puñetazo que impactó en la mandíbula del chico.

El joven argareño cayó al suelo ante lo inesperado del ataque, y allí se quedó, gimiendo de dolor, mientras alrededor de los cretenses la gente exclamaba y se llevaba las manos a la cabeza.

«En nombre de la Diosa, ¿qué hemos hecho?», se preguntó Bacor.

6

–¿Habéis perdido la razón? –vociferó Elecasto, al reparar en lo que decían los ciudadanos de Argar–. No tenéis ni idea de a quién hemos maltratado. Es el hijo del caudillo.

No hizo falta explicar más para entender las consecuencias de la reacción de Starn. El agredido fue auxiliado por sus compañeros de cacería, que se lo llevaron mientras bañaban a los cretenses con miradas iracundas, repletas de ansias de venganza.

–Cargad las provisiones de inmediato –ordenó el rey–. Tenemos que irnos antes de que ese crío le cuente a su padre lo que ha ocurrido.

Y de ese modo, a toda prisa, se marcharon de Argar. Actuaron tan rápido que nadie se atrevió a detenerlos sin órdenes del jefe del poblado, pero Bacor intuyó que aquello no quedaría así. Los escoltas caminaban con las espadas preparadas, en posición de defensa en torno a los dos príncipes. Elecasto, tembloroso de miedo, los apremiaba a acelerar el paso.

Las sandalias arrancaban crujidos al suelo pedregoso del camino. Los argareños con los que se cruzaban, y que no tenían ni idea de lo ocurrido, se apartaban al instante al ver las armas desenvainadas. El cielo se cubrió de nubes, el gris los envolvió, premonitorio de una nueva tormenta, distinta pero igual de funesta que la anterior.

Einatos, uno de los escoltas de Starn que guardaba la retaguardia, lanzó un grito de advertencia. Todos se volvieron al unísono para encontrarse con una columna blanca que cada vez se acercaba más. El polvo de una cabalgada.

–Montan caballos como los aqueos –exclamó Afestes.

Partolón estuvo a punto de detenerse allí mismo para plantar cara a la amenaza. Lo cual, como podrás imaginar, habría sido su final. Pero Starn salió de la cerrazón que lo envolvía cuando más lo necesitaban:

–Aquí nos arrollarán sin que podamos defendernos. Debemos conseguir una posición ventajosa.

Señaló el inicio del bosquecillo tras el cual estaba la playa. ¡Muy inteligente! Los árboles impedirían que los argareños cargaran sobre ellos, y la arena los frenaría si lograban alcanzarla.

–¡Así sea! –gruñó Partolón–. ¡Dejad las provisiones, ya volveremos a buscarlas cuando ganemos nuestra primera batalla!

Los hombres acompañaron la proclama con un alarido cómplice, convencidos ante la seguridad de su líder. Era la hora. Estaban a punto de poner en práctica todo lo que Humay les había enseñado.

Aquel día se convertirían en guerreros. O morirían.

* * *

Abandonaron el carro sin pensarlo dos veces y apretaron el paso hasta alcanzar la arboleda. Los siervos y todos aquellos que no sabían combatir, como el capitán Elecasto o el propio Bacor, continuaron avanzando. Pero el anciano se detuvo antes de llegar a la playa y, resguardado tras un árbol, contempló cómo el rey, Starn y el resto se plantaban justo delante de la primera línea de troncos. En una mano, la lanza; en la otra, el escudo, redondo, mucho más pequeño que los utilizados en Creta como ornamento.

Se situaron unos junto a otros, formando una barrera de cuero, madera y bronce; una empalizada espinosa, silenciosa e inmóvil. Los enemigos aparecieron al fin: brutales y ruidosos, un grupo de treinta hombres rendidos al salvajismo más puro. Se abalanzaron sobre ellos a lomos de esas poderosas bestias que relinchaban sin tener en mente ninguna estrategia. Sólo el afán de matar y vengar la afrenta recibida.

Incluso Bacor, que no estaba instruido en las estrategias de la guerra, advirtió el grave fallo de los argareños. Sin duda eran más fuertes y estaban acostumbrados a blandir sus lanzas, pero quedaba claro que su forma de batallar se limitaba a avasallar de frente a sus contrincantes. Tan despreocupadamente se lanzaron a la contienda que no advirtieron la jugada propuesta por Starn hasta que fue demasiado tarde; tuvieron que frenar su cabalgada antes de llegar a la altura de los cretenses, pues de otro modo se habrían estampado contra los árboles.

–¡Ahora! –bramó Partolón.

Perdida su mayor ventaja, el desconcierto permitió a los exiliados avanzar un paso y acometer a los caballos con sus lanzas. Los hirieron antes de que los jinetes pudieran reaccionar, haciéndolos caer entre bramidos y aumentando el caos. Desde la espesura, Megor y los otros seis escoltas especializados en el arco soltaron sus proyectiles.

Las puntas cretenses penetraron una y otra vez en los nativos, quienes, confusos ante la inesperada oposición, no acertaron a responder. Para cuando quisieron hacerlo, la mitad de ellos yacía en el suelo entre estertores o ya cadáveres.

Uno de los argareños, el que más ornamentos portaba, barruntó una orden y todos descabalgaron, con la intención de enfrentar a los defensores en igualdad de condiciones. «Debe ser el caudillo», pensó Bacor. El lugareño no parecía muy inclinado a dar el combate por perdido. El honor de su familia estaba en juego. ¡Maldito orgullo! Si pudieran contarse cuántas vidas se han perdido por su culpa, desde el mismo nacer del tiempo... Hubiese sido sencillo detenerse, dar la vuelta y volver a la aldea. Pero las pasiones pueden más que la razón, siempre ha sido así. El don del hombre convertido en maldición.

La línea de batalla se deshizo. Se acabaron los planes, ardides y disciplinas. Guerra. Lucha cuerpo a cuerpo. Sin elegancia, sólo supervivencia. Al sabio le horrorizó contemplar una barbarie que había sido desconocida para su pueblo desde los tiempos del primer minos. De pronto, no existía diferencia alguna entre los lugareños y sus compatriotas. Allí, ante la perspectiva de la muerte, todos abrazaron la misma patria: salvar la vida. Y para lograrlo tuvieron que rendirse a la brutalidad extrema.

Pero también vio una rara magnificencia, una fuerza radiante imprevista, pues nacía de la oscuridad del pesar. Allí estaba Starn, alanceando más que ninguno. La rabia supuraba a través de su piel, preñaba los aullidos que acompañaban cada asalto. Extendía y contraía el brazo, una y otra vez golpeaba a cuantos se acercaban lo suficiente. Bacor comprendió que estaba vaciando todo el dolor que había emponzoñado su alma durante los últimos días; lo descargaba en una oleada de furia imparable.

Es extraño recordar aquel momento. Extraño y en cierto modo vergonzoso. Soy un hombre de paz, siempre lo he sido. Jamás he empuñado un arma, lo aborrezco, entiendo que quitarle la vida a otro hombre es la peor muestra de desprecio hacia la bondad. Sin embargo, cuando rememoro lo que Starn sintió ese lejano día, de algún modo una especie de éxtasis animal me inunda también a mí. Entró, entramos, en una especie de arrebato guerrero que afecta a los sentidos, hasta el punto de que incluso el transcurrir del tiempo se ve alterado. Es difícil de explicar, así que lo describiré tal y como lo veo: para Starn, el movimiento del mundo y todo lo que contenía –incluidos él mismo y sus enemigos– dejó de avanzar al ritmo habitual. Una especie de letargo hacía que los brazos y las armas se desplazaran con lentitud. En realidad, ni siquiera era consciente de ello. Yo, sí.

Le clavó la punta de la lanza a uno de los argareños, atravesándole el cráneo. El arma se le quedó trabada en la carne y el hueso enemigo, así que la soltó en el acto y tomó la espada. Encaró al siguiente rival, bailó a su alrededor como si aquél fuera un toro, lo sorteó hasta quedar a su espalda. Bacor oyó su grito, y se estremeció por las palabras que brotaron de él.

–¡Ésta es mi danza, Diosa! ¡La danza de la muerte!

De un tajo, le arrancó la cabeza de los hombros con la hoja de bronce.

7

Cayeron todos. No quedó ninguno en pie. Bárbaros, sí, pero también valientes. O estúpidos, según se viera. Fue el mismo Partolón quien acabó con el caudillo, para luego alzar la espada en un grito triunfante.

Aquélla resultó ser la primera victoria de los cretenses al amparo de las armas. Pero, aunque ellos parecían exultantes, Bacor no sintió gozo alguno. Al ver los cadáveres ensangrentados de los lugareños, un manto de miembros cercenados y vísceras desparramadas, le resultó imposible contener una arcada. Regó con su vómito el árbol sobre el que se recostaba mientras el horror le nublaba la mente. Había estado toda una vida rigiéndose por la tutela de la placidez y ahora, de pronto, la violencia lo rodeaba del mismo modo que una mortaja.

Al menos le quedó el consuelo de que no fue el único impresionado por la situación. Descargada toda su rabia, Starn se arrodilló; permaneció allí mismo, sin moverse, observando las almas que había segado, incapaz de concebir que toda esa muerte hubiera nacido de su mano.

El resto se mostraba exultante, y el rey en el exilio era sin duda el más eufórico. Bacor imaginó que, desde su punto de vista, tenían motivos para estarlo: se habían probado contra enemigos experimentados, y habían conseguido el éxito sin baja alguna. Algunos estaban heridos, cierto, pero nada que no pudiera solventarse con unos emplastos medicinales. Sólo Soreas mostraba daños de relevancia, pues le habían tajado la mano izquierda a la altura de la muñeca. Senboth le envolvió el muñón con una tela para detener la pérdida de sangre.

–Llevémoslo a la playa cuanto antes –los apuró el anciano, agradecido de tener algo positivo en lo que concentrarse–. Malalech debe tratar esa herida de inmediato.

Estaban cerca del campamento, así que Éber y Liger, quien ya reclamaba para sí el título de «guerrero», tomaron a Soreas. Unos cuantos más fueron en busca del carro abandonado poco antes.

–Cuando lo vaciemos en la playa, cargaremos los cadáveres y los llevaremos lo más cerca posible de Argar –dijo Partolón–. Serán bárbaros, pero merecen la oportunidad de enterrar a sus muertos.

–A saber qué rituales llevan a cabo estos salvajes –barruntó Afestes–. Sean cuales sean, los mantendrán lo suficientemente entretenidos para no enviar a nadie más.

Bacor deseó que así fuera. Porque en el caso de que los nativos consideraran la muerte de su jefe como un acto de guerra y decidieran regresar con mayores fuerzas, ni toda la ira del joven príncipe les salvaría.

* * *

Por una vez, la Gran Madre, Posidón o cualquiera que fuera el dios que tuviera poder en aquellas tierras, les fueron propicios. Los días pasaron sin percances, nada interrumpió la férrea vigilancia que los ya guerreros de Partolón dispusieron en torno al campamento.

Cinco jornadas después de haber arribado a la costa, una vez los barcos carenados, se hicieron de nuevo a la mar. La mayoría deseaba tanto dejar aquella región hostil como antes quisieron detenerse en ella. Pero Bacor sabía que el alivio pronto volvería a ser tedio.

Una vez más, Ith fue el único reticente. Había albergado la esperanza de que la estancia se prolongara lo bastante para que su hijo se recuperara por completo. Pero incluso él entendía que el riesgo de recibir un ataque aumentaba a cada momento. A regañadientes, aceptó las consignas del rey.

Desde el primer instante, Albo decidió huir de las aguas abiertas, así que siguieron avanzando con la costa a la vista. Agradecieron la medida, pues en caso de una nueva tormenta dispondrían del tiempo suficiente para detenerse en alguna cala y guarecerse. Además, la visión de los paisajes cambiantes resultó ser un entretenimiento nada desdeñable para los pasajeros.

Avanzaban, pues. De día, sin descanso, bien fuera a vela o a remo; de noche, si el viento les daba empuje en la dirección correcta, aprovechaban para ganar tiempo. Pero, cuando los soplos o las corrientes eran desfavorables, fondeaban en alguna bahía para que los remeros pudieran descansar. Bacor advirtió que el capitán no se separaba de sus mapas. Los consultaba a menudo, y también realizaba anotaciones para incrementar los escasos datos que tenía de la costa.

–Un capitán que se precie debe renovar sus cartas marinas constantemente –le contó–. Sobre todo, cuando se trata de regiones de las que apenas se tiene información.

El tercer amanecer tras reemprender el viaje fue un día especial. Habían tenido una de esas noches claras y amigables que les permitía recorrer un buen trecho. Pero las corrientes empezaban a ser fuertes en su contra, lo que según Albo vaticinaba la llegada a los Cuernos de Posidón. El primer clarear le dio la razón: ante sus ojos apareció una nueva tierra a la izquierda, como en busca de aquella que nacía en el norte. Parecían dos amantes deseando un beso que nunca llegaba. Un pasillo de agua los separaba, un canal por el que el viento se tornaba revoltoso. A la altura de los dos macizos costeros tuvieron que arriar la vela y valerse sólo de los poderosos brazos de los remeros.

Cuando alcanzaron la parte más angosta de aquella lengua azulina, todo el pasaje se asomaba ya por la borda para admirar la impresionante estampa. A proa, recibiendo de lleno las brisas, Bacor miraba a un lado y al otro. Imaginó que extendía los brazos y que con la punta de los dedos alcanzaba las costas opuestas.

Rió como un niño, pero la diversión se convirtió poco después en sobrecogimiento. A mediodía, el mar se abrió más y más. De pronto, el sabio sintió una garra que le estrangulaba el vientre con la fuerza combinada del miedo, la preocupación y la curiosidad.

Habían traspasado las puertas de un nuevo mundo, y ninguno tenía ni idea de lo que iban a encontrar en él.

8

El cielo despejado, el velo dorado del atardecer y la familiar cantinela de las olas formaban un todo en torno a Brath. El niño caminaba solo por la playa con la vista perdida en el mar. ¡Ah, siempre el mar! Una eterna presencia en esta historia, un personaje secundario que conspira en las sombras, para lo bueno y lo malo. Oscuro y cargado de extrañas historias, de cuentos llegados de lugares siempre lejanos, por mucho que uno avance sobre sus aguas.

De lugares que un muchacho no alcanzaba a vislumbrar... todavía. Brath era joven, muy joven, pero en ocasiones le parecía que había vivido muchos años. Día tras día desde que podía recordar, antes de comenzar sus tareas se acercaba a la costa, como si una voz le llamara. ¿Era el viento del norte? Tal vez, porque siempre dirigía su mirada hacia allí. Entonces, una calmada melancolía lo alcanzaba irremediablemente, un anhelo que no tenía forma y a pesar de ello rebosaba fuerza.

Te suena familiar todo esto, ¿verdad? Sí, hay sensaciones que son comunes entre los distintos pueblos e individuos, universales, por así decirlo. Los susurros en la distancia del verdadero hogar, el deseo de llegar más allá... Nunca dije que fuera algo exclusivo de una muchacha de Tirinto. Desde que llegamos al mundo como especie, muchos de nosotros hemos contemplado el horizonte con avidez y ansias de alcanzarlo.

Por tu expresión intuyo que te estarás preguntando quién era ese Brath y por qué tiene relevancia en esta narración. Porque la tiene, más de lo que puede parecerlo a primera vista. Era un chiquillo de pocas palabras y silencios prolongados, un muchacho tímido que destacaba en una comunidad de hombres de ánimo vivaz y dispuestos a la risa y la discusión. Su propio padre bromeaba con él al respecto. «Parece que hayas nacido con la boca cosida», le decía. Brath aprendió a soportar las chanzas, a devolver una muda sonrisa y a centrarse en sí mismo, en esas reflexiones tan poco habituales en alguien de su edad.

Pensaba en las maravillas del vuelo de las gaviotas, en el baile de trazadas de las aves. Solía fijarse en ese tipo de cosas aparentemente sin importancia. Le maravillaba la sencillez con que el mundo se comportaba, y a veces pensaba que todo formaba parte de un mismo baile, de un plan en el que todos –viento, bestias, plantas, hombres– estaban implicados.

De pronto, algo captó su atención, rompiendo el hechizo y devolviéndole a la realidad. Vio unas figuras recortadas contra el mar. Al principio, no pudo creerlo. La sorpresa fue tal que tuvo que frotarse los ojos para asegurarse de que aquello estaba ocurriendo de verdad. Pero al volver a mirar allí estaban todavía, más cerca si cabe: una flota de barcos, que renqueaban, mecidos por la corriente e impulsados cada uno de ellos por decenas de remeros.

Brath era de vista aguda. Aquellos navíos nada tenían que ver con las barcazas pesqueras de los clanes del sur o del norte. No, éstos eran más grandes, mucho más, y esplendorosos y robustos, a pesar de que se los veía ajados, como si hubieran estado navegando durante eras sin fin. Llevaban las velas arriadas, pues el viento era demasiado fuerte; rizaba el agua, envalentonada hasta crear colinas espumosas que podían resultar peligrosas tan cerca de la costa.

Por una vez, el chiquillo se dejó llevar por un fiero ímpetu. Echó a correr, con largas y rápidas zancadas hacia el punto de la playa donde se dirigían los barcos. Como si de un ciervo se tratara, se encaramó al espolón rocoso que dividía la costa y saltó entre las piedras hasta dar de nuevo con la arena. Intensificó su carrera, moviendo los brazos alocadamente mientras gritaba con la intención de hacerse ver por la flota.

Las embarcaciones dejaron atrás la línea de mar encrespada y alcanzaron el interior de la bahía, de aguas más calmadas. El lienzo suave los llevó sin percances hasta la playa. El niño se detuvo a recuperar el aliento sin dejar de observar cómo los barcos atracaban, con la proa encarada a tierra. Muchos hombres y mujeres descendieron, y todos ellos sin excepción se arrodillaban, lloraban y daban gracias por pisar suelo firme. Individuos bajos y de piel morena, delgados, con largas melenas oscuras muy bien cuidadas. ¿Quiénes eran? ¿De dónde provenían? La curiosidad inflamó al muchacho, que se lanzó de nuevo a la carrera.

Entonces, cuando ya estaba cerca de la línea donde las aguas lamían la arena, a punto de mezclarse entre los forasteros, Brath se detuvo y dejó que el sentido común se adueñara de él de nuevo. ¿Y si aquella gente llegaba con intenciones perniciosas? O incluso, aunque no fuera así, ¿habría de ser él, un niño, quien les diera la bienvenida?

Negó con la cabeza. La llegada de visitantes tan insignes debía ser recibida como merecía la ocasión. Brath se volvió y buscó el sendero más cercano que se adentraba en la región. Debía alcanzar la aldea y dar la noticia a los suyos.

La «gente del mar» había llegado, y supo sin asomo de dudas que aquel día jamás sería olvidado por el pueblo de los oestrimnios.

9

Estaba de pie, en el centro del claro rodeado de robles, observando aquella enigmática construcción con las manos cruzadas en la espalda y la curiosidad de un niño en los ojos. La roca era mucho más de lo que aparentaba, Bacor lo intuyó desde el momento en que posó la mirada sobre ella. «Menhir», lo llamaban los lugareños, una piedra que sobrepasaba en estatura a cualquier hombre y que continuaba bajo el suelo herboso. Su piel grisácea, surcada de marcas y cubierta por manchas de musgo, ejercía una poderosa influencia en el anciano. ¿Qué secretos escondían esos signos con forma de ángulo y líneas serpenteantes? ¿A qué o quién representaba el monolito, y cuál había sido el motivo de su colocación?

–Es muy antiguo, mi señor Bacor –escuchó que le decían.

No necesitaba que su pequeño amigo le dijera aquello, pero agradeció sus buenas intenciones. Aunque sólo contaba siete años, Brath resultaba una compañía agradable. Como ya he adelantado antes, formaba parte del pueblo de los oestrimnios, los habitantes de la región. Gracias a su compañía el sabio había aprendido a hablar su idioma al tiempo que descubría los rincones más interesantes de su tierra. Era un chiquillo despierto y con grandes y hermosos sueños. «Algún día levantaré una gran torre junto al mar, desde la que contemplar lo que hay más allá del horizonte», le había revelado hacía unos pocos días. Aquello, de algún modo, dio a Bacor la verdadera medida del corazón del muchacho.

–Los menhires nacieron en tiempos de nuestros antepasados –le contó–. Ya nadie los talla ni los planta.

Sí, es lo que parecían: un monumento al ayer, un pedazo de pasado cuya razón de ser se había perdido en el tiempo. Se explayó contemplando la piedra, haciendo volar la imaginación. Antiguos espíritus lo observaban desde el interior de la roca; dioses, reyes o héroes, de almas ahora pétreas y rostros manchados por el paso de las eras. Nombres perdidos estación tras estación.

Entonces vio que algo se posaba en lo más alto del menhir. Sonrió como si se reencontrara con un viejo amigo al advertir que se trataba del mirlo negro. No lo había vuelto a ver desde que fondearon los barcos, lo cual le hizo sentir durante un tiempo como si le faltara algo. Ahora estaba allí de nuevo, y al fin tenía algo que decirle.

De su pico ambarino surgió una melodía, una poesía sin palabras que tejía el aire con hebras de misterio y vida. Porque ¿acaso no es la existencia misma un secreto por descubrir? El canto portaba consigo el tributo a la Diosa Madre, aunque el rostro que intuía era distinto al representado en los frescos y las estatuas de Cnosos. «Ah, ¡si pudiera narrarlo con la intensidad con que lo percibí!», me contaría muchos años después, siendo yo un chiquillo como Brath. «Pero ni siquiera hoy, aprendidas las nuevas y a la vez antiguas artes, soy capaz de hacerlo. Mi don no es tan grande».

El mirlo sonó como el susurro de la brisa, aunque también con la fuerza del trueno. Le lastimó la carne etérea del alma y a través de aquel dolor pudo hacer suya la auténtica belleza, del mismo modo que el final da sentido al inicio. Entre los resquicios de la herida se coló la sonata, repetitiva cual arrullo de río; lo decía todo, y no decía nada. Dejó que la mente se le fuera. Colinas onduladas y llanuras verdes. Un cielo perlado, el brote surgiendo del fértil vientre de la tierra. Una voz amorosa cuchicheando versos que se ajustaban a los anhelos de su corazón...

Bacor, el perfecto sabio,
de Partolón eres el erudito;
serás el primer hombre, a tu llegada,
que la enseñanza ejercerás en la Durmiente Tierra.

Algo le zarandeó poco después, devolviéndole a la pesada realidad. Brath lo miraba con sus enormes ojos.

–Te has quedado traspuesto, mi señor –dijo.

Se hallaba todavía frente al obelisco, preguntándose en qué había estado pensando, pues no lo recordaba. Pasaría largo tiempo antes de que volviera a su memoria la canción del mirlo, y para entonces su profecía ya se habría cumplido.

–Estoy bien, amigo mío –le dijo. El niño agradecía que le hablara como a un adulto–. ¿Qué estaba haciendo? Ah, sí, el menhir...

Volvió a mirar la roca. Debió ser una ardua tarea erigir el pilar para unos hombres que, por aquel entonces, no conocían siquiera el uso del bronce y cuya ciencia era rudimentaria como la del más bárbaro de los bárbaros. Los oestrimnios todavía recordaban cómo se construían, pues, aunque ya no se practicaba, sí se transmitía la tradición de boca a oreja, de padres a hijos. Brath se lo explicó: los antiguos realizaban un hoyo en el suelo y arrastraban hasta él los menhires sobre troncos, tirando de cuerdas; la piedra quedaba trabada al agujero por su extremo inferior, y luego rellenaban los huecos para mantener la columna levantada hacia el cielo. Casi podía verlos, esforzados en la realización de aquella labor.

No había contemplado más que maravillas desde que los Hijos de Partolón atracaron en el Extremo Occidente. ¡Qué tierra más extraña! ¡Qué distinta a todo cuanto conocían! Los lugareños la llamaban Oestrimnis, que significaba «región escarpada»; y era un nombre acertado, pues allí se sucedían valles, colinas, barrancos, bosques y costas serenas algunas, acantiladas otras. Un rincón hermoso en este mundo.

Desde que pusieron el pie en la región, Bacor se dedicó a explorarla con la ayuda del chiquillo. A veces los acompañaba Starn, y también Rudraige y el menudo Laiglin, que habían trabado amistad con Brath y su hermano menor Eremon. Pero la mayoría de las ocasiones simplemente dejaba que los pies siguieran los de su pequeño amigo. Él le descubrió el monolito y otros monumentos que parecían igual de antiguos. A poco más de cien pasos al norte del menhir había una sorprendente construcción: una gran losa de piedra que reposaba sobre varias verticales, cubierta a los lados por el terreno. La maleza crecía en arbustos y zarcillos, adornando tan singular creación con una especie de capa.

–Son sepulcros donde nuestros antepasados enterraban a los más ilustres guerreros, junto con su ajuar funerario –le explicó el niño.

Cada una de aquellas obras transmitía a Bacor un profundo respeto, una cercanía que no sabía muy bien a qué achacar. Algo se adentraba en su interior, abriendo puertas y sensaciones que nunca creyó poseer. Percibía, o creía hacerlo, insignes presencias en tan vetustos bosques. Susurros entre los pinos, voces de otras épocas tratando de revelarle historias que ya nadie contaba pero que de algún modo advertía suyas. Como si ya hubiera paseado por allí antes.

Los parajes que visitaba relucían de verde y gris. Las rocas, bien fueran naturales o levantadas por hombres ya extintos, aparecían grabadas con runas enigmáticas que dejaban entrever sabiduría y, tal vez, poder. Los nativos rendían culto a varios dioses, entre ellos una Madre Tierra que le recordaba a la honrada Gran Madre de Creta, así como a un dios llamado Edovio. De éste decían que calentaba las aguas termales que salpicaban la región y que portaba una corona astada como la de los ciervos que sus ancestros habían representado en las piedras. Aquello llamó poderosamente la atención de Bacor: una diosa mujer y otro cornudo, como Posidón, en un lugar tan distante a Labyrinthos... ¿Podía achacarse a una mera coincidencia? Su intuición le gritaba la respuesta, alta y clara. Sin embargo, los sabios no hablan sin pruebas de la verdad.

Allí el aire rezumaba una intensa fragancia que llenaba los pulmones de vida en cada bocanada. La hierba era húmeda, no seca como los matorrales de Creta. Las lechuzas cantaban bajo el inmutable dosel de nubes. Llovía mucho y hacía frío; sí, incluso en verano las noches eran frescas. Pero los exiliados habían adquirido ropas de abrigo de los oestrimnios y, por extraño que sonara, ninguno de los llegados de Cnosos se quejaba del clima. Todos estaban contentos.

Todos salvo uno.

10

Había pasado una vida desde que cruzaron los Cuernos de Posidón, o al menos ésa fue la impresión de Bacor cuando alcanzaron Oestrimnis. Las semanas habían transcurrido con una lentitud exasperante mientras seguían una costa cada vez más accidentada, donde las playas fueron dejando paso a acantilados. Aquel mar, aquel nuevo mar, resultó ser de ira fácil: a poco que el clima se endurecía, las aguas se alzaban; e incluso cuando el cielo portaba calma las corrientes obligaban a la flota a detenerse más de una vez.

El trayecto mermó el ánimo de los viajeros. Partolón no había dejado de soñar con la Tierra Durmiente, pero sus arengas ya no llenaban el vacío que muchos de sus hombres sentían en el corazón. El ambiente a bordo se había enrarecido. Todos lo percibían salvo su rey. Algunos empezaban a cuchichear, reuniéndose en pequeños grupos cuyas expresiones irritadas no auguraban nada bueno. La semilla de un futuro amotinamiento, alimentada por la pesadumbre y el fastidio, amenazaba con germinar.

Por fortuna, no fue así, al menos en ese momento. Como una bendición, alcanzaron al fin un brazo de mar que se adentraba en la costa a través de la desembocadura de un río. Habían pasado por otros tres parajes similares, pero el rey en el exilio no quiso atender las peticiones de sus partolonianos, que deseaban anclar ya con el fin de tomarse unos días de descanso. Una vez más, quienes le eran más cercanos trataron de convencerlo de la necesidad de tomar tierra.

–Los pasajeros están agotados y lo que más debería preocuparte: desmoralizados –argumentó Bacor–. Está resultando un viaje muy largo.

–Más lo será si nos detenemos tanto –criticó él–. No lo entiendo. ¿Os quejáis de hastío y ahora queréis que pasemos días aquí? ¡La Tierra Durmiente está todavía por alcanzar! La intuyo cerca.

–Precisamente por eso tenemos que parar, hermano –le instó Starn, cuyo pesar se había convertido en una serena introversión–. O tal vez, cuando te des cuenta, sólo estés tú en el *Hijo de Minos*.

Seguía resistiéndose a tales razonamientos. Tampoco es que se le pueda culpar por ello. En cierto modo, su cabezonería resultaba comprensible. Bacor entendía que sobre sus hombros reposaban preocupaciones y muchos planes, responsabilidades que pocos individuos serían capaces de resistir durante tanto tiempo. Sin embargo, esa admirable abnegación por los suyos y su feliz destino, que era sincera, quedaba eclipsada por su maldito orgullo, eterno e inamovible. ¿Qué podía hacer el anciano para evitar que se ulcerara? «Partolón, no te apartes de tu gente, no quieras alzarte por encima de todos a cualquier precio», habría deseado decirle, pero sabía que un reproche tan crudo lo enervaría.

Al final, tuvo que claudicar. Las advertencias de sus consejeros no lo convencieron, pero hicieron posible que abriera los ojos a la tensión que reinaba entre los pasajeros. Algunos hombres empezaron a enfrentarse entre sí, peleas que obligaron a intervenir al propio Partolón y que se repitieron en toda la flota.

Así pues, justo a la entrada de la siguiente ensenada, la más grande de todas, aceptó varar los barcos.

* * *

De este modo arribaron a las tierras de los oestrimnios, de clima mordiente. El viento bajaba desde el norte. Era fuerte y amargaba las pieles acostumbradas a suaves brisas. Silbaba entre los acantilados, levantaba el mar, llevaba niebla o lluvia y teñía el cielo de un gris apagado. Aunque no llegaron a sufrirlo en carne propia, los partolonianos descubrieron que allí los inviernos eran hirientes. Incluso el verano se antojaba frío en comparación a lo que estaban acostumbrados en Cnosos.

Los lugareños resultaron ser un pueblo afable y hospitalario, a pesar de que su cultura era primitiva. Hombres duros, acostumbrados a pasar penurias, y aun así compartieron con los exiliados todo cuanto tenían. Los pescadores que vivían en cabañas dispersas por la costa los recibieron como si mensajeros de los dioses se tratara, y en cuanto el caudillo de la región supo de su llegada los invitó a su aldea.

Cilen estaba situada a una mañana del mar, entre dos ríos, en un valle que se extendía fértil hacia el sur y que era conocido como la Hondonada de los Susurros. Tal nombre, según supo después Bacor, nacía del extraño fenómeno que se producía en la región: un hombre podía gritar a pleno pulmón y las colinas le devolvían su voz más potente, convertida de pronto en muchas. Entre los lugareños se decía que eran los ecos de los ancestros del clan, que respondían desde su morada inmortal.

El poblado no tenía nada que ver con el esplendor de Cnosos. Incluso el asentamiento más pobre de Creta superaba en lujo a aquel grupo de casas redondas, levantadas simplemente amontonando piedras. Ni siquiera encalaban las paredes, y desde luego no conocían el arte de la canalización del agua. Las calles sólo eran caminos embarrados que confluían en un gran árbol central, un vetusto roble al que los aldeanos rendían respeto como representación de la sabiduría. Los animales campaban a sus anchas, de aquí para allá, en apariencia sin dueño. A Bacor, los aromas a estiércol, madera húmeda y queso en fermentación se le antojaron desagradables al principio, pero con el tiempo se volvieron familiares hasta quedar grabados en su memoria. Por muchos años que pasaran los recordaría..., y los añoraría.

Algunos, como Delgnat y otros nobles cretenses, se quejaron amargamente al ver tanta precariedad.

–¿Aquí vamos a instalarnos? –cuestionó la mujer con abatimiento–. Incluso nuestros barcos huelen mejor.

–Y, sin embargo, comen como no lo hemos hecho nosotros en todo este tiempo –le reprochó Starn.

Bacor, sin embargo, se fijó en otra cosa cuando visitaron Cilen por primera vez: un pueblo unido a su tierra de un modo que jamás creyó posible. Los aldeanos desbordaban alegría, a pesar de que se pasaban el día trabajando. Eran agricultores, ganaderos, artesanos... y guerreros. Porque aquél era un clan que presumía de sus héroes, de espaldas musculosas y largos bigotes, de andares vehementes. Orgullosos de su pasado, que se hundía en lo más profundo de aquella tierra. Aun así, también aseguraban que parte de su sangre era de territorios lejanos: extranjeros llegados de Oriente habían traído consigo la domesticación del caballo y pronto se mezclaron con los lugareños para crear un pueblo mejor, los oestrimnios.

Un pueblo fuerte que, según supo después, protegía con valor a otras aldeas cercanas. Los jefes de los clanes vecinos, cuyo poderío con las armas era menor, se ofrecían como clientes y pagaban los tributos que en cada caso acordaban ambas partes: estaño para elaborar bronce, plata e incluso esclavos. Eran siempre pactos amistosos, que resultaban muy provechosos para unos y otros; al cubrirse con el velo del honor, los más desfavorecidos no se sentían siervos, sino que incluso se tenían por afortunados de poder vivir a la sombra de los oestrimnios. Éstos, a su vez, conseguían productos que de otro modo tendrían que ganar a base de lucha y conquista. Aquellos compromisos funcionaban. La fama de los cilenios era tal que ninguna otra tribu próxima se había atrevido a realizar una incursión.

¡Y cuánta hospitalidad! Desde el primer instante saludaron a los forasteros con un tono amigable, regalándoles afables palmadas en los hombros. Las mujeres, recias la mayoría de ellas, se aprestaban a darles de beber, a la vez que las más jóvenes les ofrecían sonrisas coquetas. Y los niños los contemplaban con ojos asombrados mientras corrían alrededor. Vivían, pues, de un modo sencillo y práctico, sin preocuparse de cuestiones profundas ni por atesorar grandes riquezas.

El caudillo, por cierto, respondía al nombre de Teath. Era el padre del pequeño Brath, a quien había cedido como guía y maestro de su idioma. Al anciano le fascinó el aro dorado que rodeaba su cuello, que por lo que entendió hacía las veces de diadema real. Corpulento como un toro a pesar de la oronda barriga, les dio la bienvenida que cualquiera habría guardado para un hermano perdido tiempo atrás.

Para festejar la ocasión abrió el enorme salón del edificio central del poblado, la construcción más grande y robusta de todas. La techumbre era alta y apuntada, pero, en lugar de estar cubierta de paja o ramas como el resto de hogares, había sido construida con listones de madera. Gruesos pilares sostenían el techo, y en el centro se levantaba una mesa larga donde cabían más de cincuenta personas.

Sus costumbres marcaban que el honor de un caudillo se regía por la fuerza del brazo y lo voluminoso de su hospitalidad. Y al menos en lo que a los partolonianos concernía demostró una esplendidez intachable. Sacrificaron un buey, un cordero y un cerdo para brindarles el mayor banquete que se recordaba en el poblado desde que Teath se convirtiera en caudillo. Mientras esperaban a que las viandas se asaran, calmaron su sed con una cerveza de gusto intenso que jamás faltó en las copas.

Sí, fue un gran recibimiento. Lo cual, te lo adelanto, se volvería en contra de los objetivos de Partolón. Tentador para las almas de unos viajeros cansados de buscar un hogar que los esquivaba. Demasiado tentador.

11

El calor y la luz ambarina de las antorchas, el pesado aroma de la carne asada y el pan recién hecho, la animada charla... A Brath le parecía que la realidad avanzaba sosegada, como si la atmósfera se hubiera vuelto más densa. Igual que en un sueño.

Los niños del clan no se sentaban al lado de los mayores durante las celebraciones en el salón de los guerreros. Dicho honor sólo estaba al alcance de quienes mediante los ritos de hombría se convertían en adultos, y él estaba todavía lejos de ese momento. De hecho, ni siquiera tendría que haber estado en la sala, pues era tarea de las mujeres servir a los comensales. Pero el pequeño Brath se había ofrecido a ser el sirviente del anciano Bacor aquella noche, del mismo modo que le hacía las veces de guía. Teath, su padre y caudillo, se había opuesto al principio, hasta que el viejo sabio le transmitió que para él sería un honor que lo atendiera el mismísimo hijo del jefe del clan.

–Tenéis un vástago despierto y animoso –dijo Bacor, hablando en un más que aceptable oestrimnio–. Digno sarmiento de tan insigne vid.

Aquellas palabras llenaron de orgullo a Teath, quien permitió que su hijo sirviera al anciano. Éste se volvió hacia el chiquillo, que sonreía de pura alegría, y le guiñó un ojo.

Un inciso quizá sea necesario en este punto de la narración, viejo amigo. Te he contado ya varias veces que todos estos acontecimientos llegan a mí gracias a la memoria heredada de mis antepasados. Estoy ligado a lo que vivieron aquellos hombres y mujeres hasta el punto de hacer míos sus pensamientos y emociones. Sin embargo, el pequeño Brath no formaba parte de los partolonianos.

¿Cómo es que puedo dar cuenta de sus sentimientos y cavilaciones? Ésa es una de las incógnitas que jamás he podido responder con certeza. Mis reflexiones me empujan a creer que por algún motivo se estableció una conexión inmediata entre el niño y Bacor. Sospechas fortalecidas por mi inconsistente visión del futuro: las imágenes brumosas que me llegan del mañana, aunque caóticas y confusas, me descubrieron que el destino de Brath estaba ligado al de los hijos de Partolón. Sus descendientes también serán llamados por el canto de esa tierra prometida que tiraba de Starn y los suyos. Los poemas los conocerán como los «hijos de Mil».

Pero esa historia acaecerá mucho después de mi relato...

Hacía ya una luna que los cretenses habían llegado al poblado, pero Brath seguía observándolos asombrado. Los exiliados, que apenas llegaban a los oestrimnios a la altura del pecho, carecían de lógica para el muchacho. Trata de verlo con sus ojos, los de un niño que no había conocido a más gente que la de su propio pueblo. Al principio pensó que se trataba de alguna raza nacida del mismísimo fuego del sol, debido a su piel tostada. Aún le costaba hacerse a la idea de que, tal y como le había narrado Bacor, venían del sur y a la vez de oriente. Pero no de las regiones meridionales que lindaban con Cilen, sino de un lugar remoto que ni siquiera alcanzaba a concebir. Apenas podía dibujar en su mente el gran palacio que el anciano le había descrito, de muros blancos y pilares carmesí, pues nada en el mundo donde vivía tenía similitud. Y esos bailes en torno a los toros..., ¡hubiera dado cuanto fuera por asistir a uno de ellos!

La amistad entre ambas comunidades no había hecho más que crecer conforme pasaban los días. El caudillo oestrimnio guardaba como el más preciado de sus trofeos el obsequio de oro de Partolón. Estaba tan abrumado que la obligación de ser hospitalario que tenía como jefe se convirtió en un acto sincero, hasta el punto de que todas las semanas celebraba un banquete en su honor, al que asistían los más insignes de ambos pueblos.

Teath también ofreció construir hogares para los viajeros en la misma aldea, pero el rey Partolón había preferido que los suyos se quedaran en la playa, junto con los barcos. Mandó levantar un campamento de tiendas con premisas que, de no ser por el juramento de amistad prometido a su padre, incluso a Brath le habrían sonado a excusas.

–Nuestras embarcaciones precisan de muchas reparaciones. Debemos permanecer cerca de ellas –dijo.

Partolón se le antojaba un hombre extraño, más de lo que ya de por sí le parecían los forasteros. Tenía la impostura propia de un orgulloso caudillo, cierto, pero desprendía una imagen distante, como si deseara alejarse de una mundanidad que le resultaba desagradable. Teath lo alababa constantemente, se volcaba en tratarlo como un rey, y aun así Partolón sólo le entregaba a cambio sonrisas no muy francas y simples cabeceos de asentimiento. No expresaba más emoción que la seriedad de quien no desea atarse a sentimientos que puedan revelar vulnerabilidad.

Poco que ver con Starn, que se sentaba al otro lado de Teath. Se parecía tanto a Partolón que no necesitó que nadie le dijera que eran hermanos. Pero donde su pariente era reservado, Starn se mostraba atento y abierto a intercambiar impresiones. Era inteligente, pues junto con Bacor fue el primero en aprender el idioma oestrimnio. Sin embargo, Brath notó algo oculto tras sus sonrisas apagadas y esa mirada que lo curioseaba todo: una honda pena teñía de gris la expresión del sureño. El niño se preguntó a qué se debería, sin imaginar que la respuesta era la más sencilla de todas: había perdido la principal razón de su existencia.

Atrás quedó la hora del jabalí asado y los pasteles de moras. Corría el vino de copa en copa, los asistentes apenas daban abasto para servir a los sedientos guerreros. Los modales mesurados de los hijos de Partolón se embrutecieron a causa de los efluvios del alcohol, que los acercaba un poco a la zafiedad natural de los oestrimnios.

Hasta que la puerta doble de la sala se abrió de un fuerte bandazo. Un cilenio con expresión apurada entró corriendo en busca de Teath. Brath lo reconoció: era Uak, a quien su padre había encomendado la tarea de atender los asuntos relacionados con las comunidades del interior, aquellas que les proveían del indispensable estaño.

–Señor, porto noticias llegadas de los poblados junto a las montañas –dijo.

–Habla, pues, aunque no hayas demandado audiencia como deberías e interrumpas una cena entre amigos.

–Me disculparé por ello luego. –Uak, de larga melena dorada, no parecía muy preocupado–. El clan Belor ha sido atacado.

Brath supo de inmediato que estaban ante una situación extraña que no debía tomarse a la ligera. Sólo tuvo que reparar en el cambio que se produjo en los rasgos hasta el momento alegres de su padre: la sonrisa se convirtió en un gesto serio, las arrugas deshicieron cualquier atisbo de celebración. Pero, aunque sabía que en tales circunstancias se esperaba de él que abandonara la sala, pues todavía no se había ganado el derecho a asistir a los consejos de guerra, el niño no se movió. Por fortuna, nadie reparó en su presencia. Los cretenses también cambiaron el tono de los rostros e hicieron ademán de retirarse respetuosamente. Pero Teath los conminó a permanecer allí.

–Quedaos. Ningún bastardo aspirante a conquistador me obligará a ser descortés con mis invitados. –Entonces miró de nuevo a Uak–. Y ahora, cuéntamelo todo. ¿Quién ha osado agredir a nuestros protegidos?

–Son hombres que jamás habíamos visto antes. Se hacen llamar saefes y pintan su cuerpo con dibujos de serpientes.

–Ninguna tribu que conozcamos rinde culto a las sierpes –barruntó el caudillo–. No imagino de dónde pueden provenir, tal vez del norte, de algún lugar tras la gran cordillera que se dice hay más allá de nuestras tierras. ¿Cuál es la situación?

–Mian, del clan Belor, ha logrado contener y poner en fuga a los primeros atacantes. Pero uno de los prisioneros ha asegurado que sólo era una avanzadilla. Piden nuestra ayuda, en virtud de la palabra que nos une.

Teath se levantó de su asiento, desentendiéndose al tiempo de la jarra de cerveza, de la carne de jabalí, de toda laxitud. De pronto, Brath vio a su padre lleno de una energía que lo engrandecía y lo hacía parecer otro. Un gigante. Un guerrero. Un héroe.

Un rey.

–¡Y el clan de los cilenios responderá! –exclamó–. ¡Como siempre ha hecho y hará!

Los oestrimnios gritaron todos a una, puño en alto y orgullo en la voz. Incluso Brath se sintió pletórico, con ansias de tomar la espada y la lanza para unirse a la batalla.

–¡Eogar! –llamó el caudillo, demandando la presencia del más grande y fiel de sus guerreros, con quien había sangrado en múltiples contiendas; aquél se apresuró a situarse junto a él–. ¡Recluta a los hombres, a cuantos por edad ya tengan derecho a empuñar las armas! Partiremos mañana, en cuanto salga el sol.

Entonces, Partolón también se puso en pie y, haciendo gala de otro tipo de honor, más calmado pero igual de poderoso, se brindó al caudillo que le había regalado su amistad.

–Los hijos de Partolón están a vuestra disposición si así lo deseas, gran Teath.

–No, hermano –sonrió el jefe–. Ya me habéis dado mucho más de lo que ningún anfitrión podría esperar. Dejadnos esta lucha a nosotros, pues es lo que aquellos a los que protegemos esperan. Mostraríamos debilidad a sus ojos si nos presentáramos en la batalla con forasteros. Los asuntos de esta tierra deben solventarse con manos oestrimnias.

–Lo entiendo –aceptó el líder cretense.

Teath sonrió con cierto aire burlón.

–Además, si os lleváramos, saldríamos a menos cabezas que cortar cada uno.

Su carcajada resonó en el salón como el trueno que restalla en el cielo en plena tormenta. Transmitía tal confianza que Brath no tuvo ninguna duda de que su padre volvería cargado de trofeos del enemigo.

* * *

Al alba, los guerreros se reunieron en el centro del poblado. Era una gran multitud, pues cada aldea cercana había mandado a sus hombres. Todos ellos se mostraban ansiosos por iniciar el viaje.

–¡El bronce de mi espada está sediento! –exclamó uno–. Hace ya demasiado tiempo que dio su último sorbo.

La batalla los reclamaba. No es que estuvieran cada día deseando repartir muerte, pues agradecían los placeres que la paz otorga. Pero cuando la guerra vociferaba desde el horizonte no había oestrimnio que se negara a responder a la llamada. Los más insignes iban montados en carros, como su rango obligaba. El resto, la mayoría, harían el camino a pie, impulsados por las ganas de destacar en el combate y así mejorar su posición. Tal vez alguno volvería convertido en un héroe y sería honrado con un gran botín y un puesto de honor en la mesa del caudillo.

Fuera cual fuera su situación en aquel momento, todos portaban con orgullo las armas, que habían sido afiladas de nuevo. El broncíneo de las espadas brillaba en sus cinturones, las lanzas se elevaban al cielo y de los hombros colgaban los escudos claveteados. El equipamiento era de buena calidad en el caso de los más ricos, y escaso o viejo entre los menos favorecidos, reliquias de familia que esgrimían con satisfacción. Pero los filos estaban bien cuidados; cumplirían con su labor.

Se realizó una ofrenda a los dioses a petición de Teath, quien no quería dejar nada al azar. Para la ocasión pidió la presencia del sacerdote principal del clan, Eber, el «Vidente del Roble». El sabio, que deslumbraba con su túnica blanca como una copiosa nevada, se quedó mirando el gran árbol situado en el centro del poblado mientras masticaba las hierbas sagradas. Caminó en torno a él, observando el mecer de las hojas, en qué forma aleteaban éstas. El tono de aquel susurro le diría al viejo adivinador cuanto quería. Acarició la piel cuarteada del guardián arbóreo, absorbió su olor a savia. Después de un rato, levantó el bastón para exigir silencio a la muchedumbre reunida a su alrededor. Abrió los ojos como si deseara devorar el mundo con ellos.

–La Madre Tierra aprueba la justicia de tu causa, Teath.

Terminada la ceremonia, las mujeres y los niños se despidieron de sus maridos y padres. Allí habían acudido también algunos cretenses, los más curiosos, como Bacor y el hermano de Partolón, Starn.

–Mantén la cama caliente, esposa, pues cuando vuelva necesitaré calmar el frenesí guerrero con tu carne –dijo el caudillo a su mujer, hermosa para Brath como una diosa de cabellos nocturnos.

Ella respondió con un largo beso, sin dejar de sujetar al menudo Ajeir, que sólo contaba dos años. Luego de aquello, Teath dedicó a su primogénito un gesto de cariño, removiéndole el cabello ensortijado. De entre todos, sin duda era él quien más destacaba: lucía más brazales que nadie y todos eran de oro. Se sujetaba la túnica con un lujoso broche engarzado en lapislázuli, y el carro en el que se montó de un salto era el vehículo más soberbio de cuantos se habían reunido: el bastidor de madera estaba recubierto de paneles de mimbre y cuero, y había sido engalanado con escudos de bronce en los laterales. Un soberbio trabajo realizado por los mejores artesanos del clan, honrados de poner su buen hacer al servicio del jefe.

Bacor se acercó al muchacho mientras éste veía alejarse a su padre. Posó una de sus encallecidas manos en el hombro del chiquillo, quien sintió cómo los dedos le mordían la piel. Percibió el ánimo que el anciano pretendía transmitirle, recorriéndole el cuerpo, calmando cualquier atisbo de preocupación. ¡Era un guerrero! El más grande del clan.

Había ganado a sus hermanos el derecho a gobernar gracias a un brazo fuerte y a una voluntad igual de férrea. Algún día, Brath tendría que hacer lo mismo con Eremon, Ajeir y cuantos vinieran después.

–Cuando quieras darte cuenta, habrá vuelto –le dijo Bacor.

12

La tercera noche tras la marcha de Teath, unos gritos despertaron a Brath. Eran voces cargadas de terror y apremio que provenían de todas partes, confundiendo su mente todavía adormilada. La fuerte mano de Igreia, su madre, lo devolvió por completo al mundo real. Sus ojos grises le hicieron comprender que no estaba viviendo los últimos coletazos de una pesadilla. La espada que empuñaba apartó cualquier somnolencia posible.

–¡Nos atacan, Brath! –le dijo.

–¿Quiénes? –quiso saber el chiquillo.

–Los hombres serpiente. Nos han engañado.

No hacía falta ser muy sagaz para comprender que los invasores habían atacado a los pueblos mineros como una distracción para sacar de Cilen a los guerreros. Desprotegida la aldea, ahora se colaban en ella para saquearla a placer. Sabía lo que eso reportaría: violarían a las mujeres, tal vez también a los niños, e incendiarían cada hogar después de haberlos vaciado de todo objeto de valor. Para cuando Teath regresara sólo quedarían cenizas.

–Todavía tenemos una posibilidad de salvación –le conminó Igreia, con la entereza de una auténtica reina–. Debes aprovechar la confusión para escapar.

–¡No quiero dejaros solos! –se resistió el niño, señalando a Eremon y Ajeir, que se abrazaban acongojados en el centro de la cabaña.

–¡Escúchame, mi gran héroe! –Su madre le acarició el rostro, sonriéndole por tal arrebato de valor–. No es cobardía lo que te pido. Eres menudo y, si te mueves con sigilo, nadie te verá en la oscuridad, aunque hoy brille la luna. Debes llegar a la playa y solicitar ayuda.

–¡Los forasteros!

–Sí, es hora de saber si honrarán el pacto de hermandad con nuestro pueblo.

La puerta de la vivienda tembló por los aporreos de los invasores. No habría un segundo aviso: el siguiente golpe haría saltar los goznes y abriría la hoja de par en par.

–¡Rápido! –lo apremió Igreia.

En lugar de rendirse al miedo, Brath se dejó llevar por él tal y como le había enseñado Teath: «Utilízalo. Que el temor te dé fuerzas para luchar». Así que se encaramó al poste central de la casa y, con la habilidad de quien está acostumbrado a subir a los árboles, trepó hasta lo más alto. Justo entonces entraron los agresores. Eran cinco, y el niño advirtió enseguida que Uak llevaba razón: aunque se arropaban con pieles, dejaban a la vista los brazos, donde se sucedían largas serpientes tatuadas. Sus cabellos, dorados y largos, parecían paja cayendo sobre un rostro de narices grandes y ojos de rapaz cargados de avidez. Al ver a su madre, sonrieron con una malsana malicia; uno de ellos incluso se relamió los labios. Pero Igreia se encargó de calmar las apetencias de los hombres.

–¡Yo soy Igreia, esposa de Teath, la primera del clan Cilen!

Aquella proclama la salvaría de ser violada y asesinada, al menos durante un tiempo. La reservarían para el final, una vez quedaran hartos de montar al resto de mujeres del poblado.

Aliviado por dicho pensamiento, Brath se coló entre la paja y las ramas de la techumbre, aprovechando el hueco por donde escapaba el humo. Una vez en el exterior, contempló el escenario tanto como le permitía la noche: los hombres serpiente habían acabado sin demasiadas dificultades con los pocos defensores que quedaban en la aldea, pues eran ancianos o jóvenes inexpertos. Y ya estaban reuniendo a las mujeres y los niños para trasladarlos al salón de los guerreros. Tenía que darse prisa. Pronto empezarían a abusar de ellas.

Se movió con tiento, no sólo para evitar cualquier ruido que alertara a los invasores de su presencia, sino porque la superficie de ramas del techo era débil. Un paso en falso y caería sin remedio, rompiéndose todos los huesos y acabando con las esperanzas de su clan. Pero logró alcanzar el borde sin contratiempos y, aprovechando los huecos entre las piedras, descendió hasta el suelo.

Se acurrucó junto a un barril para pensar en su próximo movimiento. Hubiese deseado lanzarse a la carrera, pero el poblado estaba repleto de enemigos que lo descubrirían de inmediato. Así que optó por ir de cabaña en cabaña, a cubierto de cualquier mirada. Avanzaba despacio, demasiado, y el tiempo corría más rápido de lo que él podía moverse. Si no se apresuraba, cuando diera el aviso a los cretenses ya no habría nadie a quien salvar.

Decidió arriesgarse en cuanto se alejó un poco del centro del poblado. Se lanzó hacia delante en mitad de una oscuridad apenas rota por la luz de la luna. Pero entonces, cuando la linde de la arboleda estaba casi al alcance de sus pies, algo surgió de entre los árboles.

Alguien.

Brath se detuvo antes de chocar contra dos hombres serpiente. Durante un latido el tiempo se detuvo y él atrapó en su mente la apariencia de los dos individuos: uno muy delgado, el otro más grueso; ambos tenían barba y lucían huesos que les colgaban de las orejas. El ligero fulgor del ojo celeste iluminó los dibujos de las sierpes y, por un instante, creyó que estaba ante auténticos demonios.

El momento pasó tan veloz como llegó. La sorpresa se disolvió, y los dos guerreros saltaron hacia el niño. Pero Brath era ágil y estaba inspirado por la necesidad: se coló entre las piernas de uno de ellos y corrió hacia el bosque. La maraña lo envolvió y, sin embargo, no dejó que ello le retrasara. El miedo espoleaba sus piernas de tal manera que ni siquiera se volvió para comprobar si lo perseguían.

Hasta que, al fin, las fuerzas le fallaron y tuvo que detenerse. Miró alrededor. No veía nada. Aguzó el oído. Ningún sonido le llegaba. Incluso las bestias que vivían en la arboleda parecían haber enmudecido. Respiró profundamente. Una vez. Otra.

Los matorrales se movieron a su izquierda. Una sombra cayó sobre él y lo llevó al suelo, donde lo tomó de los brazos y lo alzó. Era el hombre serpiente delgado, y por lo visto sólo él había sido capaz de seguirle el paso. El guerrero dijo algo en un idioma con ciertas similitudes con la lengua de los oestrimnios, aunque no lo bastante para entender más que unas palabras sueltas: «mío», «cachorro», «jugoso».

Su captor lo lanzó contra el tronco de un árbol. Brath se golpeó en el rostro y casi al instante sintió que la boca se le llenaba de sangre. Incapaz de moverse, vio de reojo cómo el hombre serpiente se quitaba el cinto, de donde pendía un cuchillo de bronce. «Ensartar», «cerdito», le pareció escuchar, y supo lo que iba a suceder. La imagen de su padre se le apareció de pronto y una furia ciega le nubló la vista. ¡Era el hijo de Teath! No podía permitir que un enemigo lo humillara de ese modo. Así que esperó a que el guerrero se le acercara lo suficiente, con el miembro al aire, y entonces se revolvió. Lanzó una coz hacia atrás. Su pie se encontró con la entrepierna del hombre. Un alarido escapó hacia la noche, y su enemigo se envolvió en sí mismo mientras aullaba de dolor.

Brath aprovechó la ventaja. Alargó el brazo, tomó la daga con la rapidez de un ciervo y descargó la hoja en la garganta del hombre serpiente. Una vez. Y otra. Y otra. Durante un instante, se sintió invadido de un extraño placer, hasta que la lucidez volvió a su cabeza y comprendió que el infeliz ya no se movía.

Un acceso de asco le sobrevino al darse cuenta de que había arrebatado una vida. Entonces, reanudó la carrera.

* * *

Tropezó con algo, una raíz o un pedrusco, no lo vio. No pudo reaccionar a tiempo y cayó de bruces. Brath adelantó las manos para detener la caída, pero al hacerlo se hizo una pequeña herida en la diestra, además de magullarse los dedos.

Sin embargo, se levantó como una piedra que rebota sobre un lago y siguió corriendo hasta que los árboles y arbustos dieron paso a la arena de playa. Gritó, braceó del mismo modo que el día que llegaron los cretenses, tan desesperado que no se daba cuenta de que, en la oscuridad, nadie podía verlo.

Apenas tuvo tiempo de detenerse para no embestir a un hombre. Era Fochmarc, uno de los sabios que formaban parte de la comunidad. Apenas había tenido trato con él, pero siempre le pareció más reservado que Bacor y no tan amable. El muchacho lo tomó de la túnica, desesperado por dar la voz de alarma, pero estaba vacío de palabras por culpa del cansancio.

Cayó desmayado delante del anciano.

13

La pena de un hombre es tan profunda como amargas sus pesadillas. Y los sueños que Starn padecía desde hacía semanas lo eran más de lo que puedo describir. Siempre era lo mismo: estaba a bordo del barco, en la bodega; la tormenta rabiaba de nuevo, como si aquella vez no hubiera saciado por completo su hambre, y los ojos del amor de su vida, la mirada suplicante de Lerna, le pedían ayuda mientras el largo brazo del mar la aferraba para llevársela consigo. ¡No, esta vez no! Starn veía su propia mano tratando de alcanzarla. Cambiaría las cosas, llegaría hasta ella y todo sería distinto.

Pero jamás lo conseguía. Una, y otra, y otra vez. Las aguas siempre eran más fuertes, siempre se la arrebataban. Y él se veía abocado a revivir cada noche el latigazo de dolor, el sufrimiento desgarrador que, de tan poderoso, acababa por despertarlo. Con un grito, lágrimas en los ojos y la mano aferrada al pecho, sin aliento. A veces se tumbaba en el jergón hecho un ovillo y seguía llorando hasta que la fatiga lo sumía de nuevo en un sueño intranquilo que le reportaba poco descanso. Pero en otras ocasiones la ansiedad era tan intensa que le resultaba imposible volver a dormir.

Aquélla fue una de esas noches. Así que, tras lamentarse como el animal herido que era, se levantó y salió de su tienda. La oscuridad, un denso manto. El silencio, apenas roto por el tenso fragor del oleaje que salpicaba los acantilados cercanos. No debía temer despertar a nadie, pues había levantado la carpa a cierta distancia del resto del campamento, obviando los consejos de su hermano o del mismo Bacor. Argumentó que de este modo sus pesadillas no molestarían a nadie, aunque lo que realmente deseaba era estar solo, al menos durante la noche. Ya hacía bastante, creía, soportando la presencia de los demás, sus miradas de lástima, los insistentes intentos de consolarlo... ¡Imposible encontrar consuelo alguno! Ya nada tenía sentido. ¿Cómo podía tenerlo si había perdido lo que amaba? Sus padres, el hogar, su esposa..., su hijo.

Se acercó hasta la playa y dejó que las dulces acometidas del mar le mojaran los pies descalzos. Le costaba creer que aquellas aguas tan calmadas fueran las mismas que, bullendo de ira, le habían destrozado la vida. Durante unos instantes, más largos de lo recomendable, fantaseó con la idea de seguir avanzando. Caminar y caminar, adentrarse en la gélida superficie y simplemente dejarse consumir. Quizás así volviera a reunirse con sus seres queridos.

Lo haría, tal vez. Algún día. Pero aquella noche algo iba a ocupar sus pensamientos. Todo empezó cuando reparó en una figura recortada contra la luz de las antorchas del campamento. No podía ver su rostro, aunque reconoció al instante sus andares felinos, elegantes, sinuosos.

Le sorprendió que Delgnat estuviera despierta en plena noche, y más aún que se alejara del asentamiento. Tan caprichosa era, tan orgullosa, que no la había visto nunca ir a ningún lado sin la compañía de sus cortesanas o de Topa. ¿Qué hacía entonces? Casi sin darse cuenta, se puso en tensión.

–¿Tampoco puedes dormir, cuñado? –le dijo ella, cuando estuvo lo bastante cerca.

–Hace tiempo que el sueño me evade.

Delgnat se acercó a él, pero no se detuvo. Incluso después de toda una jornada, el aroma de su perfume seguía siendo fuerte. ¿Qué ocurriría cuando sus redomas se terminaran? ¿Soportaría ella el olor a sudor que toda piel deja escapar?

Levantó un poco el brazo y posó su grácil mano en el antebrazo de Starn. El contacto le provocó un escalofrío, que en cualquier caso no fue molesto. Casi se permitió dejarse llevar por la sensación, creer que allí había un sentimiento de lástima por parte de aquella reina no coronada. Pero el roce se prolongó demasiado y, cuando sus dedos empezaron a subir, a acariciarlo, comprendió la verdadera intención que escondían. Sintió el fuego que, inevitablemente, despertaba bajo su piel. Llamas muy poco apropiadas.

Se apartó de ella antes de que la pasión se hiciera con el control de su voluntad. Buscó alejarse, hacia su tienda, dejar atrás la tentación. Como si a Delgnat fuera tan sencillo disuadirla.

–¿Por qué me rehúyes? –preguntó la mujer.

–No juegues conmigo. No ahora.

–Me ofendes –respondió, con una expresión contrariada que hubiese parecido sincera de no conocerla tan bien–. Sólo pretendía apoyarte en tus horas bajas.

–Sé muy bien lo que pretendes, siempre lo he sabido.

Le pareció advertir una media sonrisa, pero la oscuridad era tal que no podía estar seguro. La confirmación llegó al instante.

–¿Tan malo es? ¿Tan horrible, que me sienta atraída por tu belleza?

–No lo sería si al menos uno de los dos fuera otra persona. Pero somos lo que somos: yo, el hermano de tu esposo; tú, la esposa de mi hermano.

Delgnat se interpuso en su camino.

–Todo lo que has dicho es cierto, Starn. Sin embargo, hace tiempo que Partolón me tiene desatendida. ¿Debo tragarme mis apetencias de mujer, como si fueran algo malo? Además, ya no estamos en Creta. Las leyes de antaño se han vuelto inservibles. Quizá sea hora de que dejemos de seguirlas y nos rindamos a nuestras necesidades.

–¿Qué sabes tú de lo que yo necesito?

–¿Acaso no es obvio? Sufres, es comprensible. Precisas consuelo o te consumirás sin remedio. Y yo podría proporcionártelo. Una evasión, si quieres verlo así. Al fin y al cabo, somos parientes. Eso es lo que hacemos: ayudarnos.

No esperó a que él respondiera. Posó las manos en su pecho desnudo y empezó a acariciarlo con una delicadeza ardiente. El joven no pudo reprimir un suspiro. Cerró los ojos, se abandonó al fuego que poco a poco iba creciendo. Una de las manos empezó a bajar, más, más, hasta colarse por debajo del calzón. Se estremeció cuando ella le tomó el miembro con fuerza, y gimió cuando comenzó a masajearlo. Durante un instante sólo existió aquella sensación. Nada más. Y una imagen adentrándose entre la creciente lujuria: la de Lerna, las noches yaciendo a su lado, haciéndole el amor...

No pudo soportarlo más. Abrió los ojos al mismo tiempo que la aferraba de los brazos. La idea, impulsada por la quemazón que nacía en la entrepierna, estaba clara en su cabeza: la tomaría allí mismo, y al cuerno con las consecuencias.

Pero, al mirarla, al advertir que aquella mujer no era su esposa, que seguía y siempre seguiría perdida en la muerte, todo volvió a cambiar. La apartó con brusquedad, empujándola de malos modos, iracundo más consigo mismo que con ella.

–¡Maldito sea tu orgullo! ¡Eres como tu hermano!

–Ése es el problema. No entiendes que esto vas más allá del orgullo.

De pronto, su conversación quedó rota por el griterío que se levantaba en el campamento. Ambos volvieron el rostro hacia allí, y advirtieron que la gente salía de las tiendas. Algo estaba ocurriendo.

Starn ni siquiera se lo pensó. Salió corriendo, desentendiéndose de Delgnat y de lo ocurrido. Lo que había estado a punto de ocurrir.

14

El primer rostro que Brath vio al abrir los ojos tenía unos mofletes colorados y una gran nariz, rasgos poco comunes entre unos cretenses normalmente de líneas estilizadas. Era el sanador de los forasteros, un tal Malalech, que le estaba limpiando algunas de las heridas que se había hecho en el rostro durante la huida.

¡La huida! ¡El poblado! Se irguió del camastro, atolondrado por la urgencia y sorprendiendo al curandero, pero una mano calmada lo retuvo.

–Tranquilo, hijo.

Era Bacor que, sentado junto a él, cuidaba su reposo. Aquella gran sonrisa a la que ya se había acostumbrado le apaciguó los ánimos.

–¡Por Posidón, casi acabas conmigo de un salto! –rio Malalech–. Creo que este muchacho está perfectamente.

Le dio unas palmaditas en el pecho y luego salió de la tienda del sabio, donde lo habían acomodado tras desmayarse. Brath supo que no podía perder más tiempo. ¿Cuánto tiempo había permanecido indispuesto?

–Mi señor Bacor, necesito la ayuda de los hijos de Partolón...

–Estamos al tanto de todo. Tras tu angustiosa llegada, intuí que algo había sucedido y le pedí a nuestro jefe que enviara un explorador a Cilen. Acaba de regresar con las noticias que, imagino, venías a transmitirnos.

–Esos bárbaros del interior han invadido nuestro poblado. Tienen a las mujeres y los niños cautivos. ¡Os pido ayuda antes de que los maten!

–Ya se están preparando. –Y le tendió la mano para ayudarlo a levantarse del jergón–. Acompáñame.

Juntos caminaron hasta la carpa central del campamento, donde se alojaba Partolón. Se habían reunido en torno a la tienda, por lo que Bacor tuvo que hacerse escuchar para demandar que les dejaran pasar. Brath recibió el grueso de las miradas. Respeto, pena y decisión. Eso fue lo que vio en cada par de ojos. Aquella gente estaba agradecida de corazón al clan de Cilen y se habían tomado la agresión como algo personal.

En el interior vociferaban los líderes cretenses. Sus más insignes guerreros hacían planes, siendo Partolón y Starn quienes más participaban en una algarabía donde era complicado escuchar y hacerse oír. Bacor, una vez más, los hizo callar con una potente demanda. Te lo aseguro, amigo: cuando una reprimenda surgía de sus labios tenía el poder de las olas rompiendo contra un acantilado. Y lo sé no sólo por estos recuerdos compartidos, sino porque más de una tuve que padecer en mis carnes siendo niño.

–¡Ya basta! El pueblo que nos ha recibido con los brazos abiertos está en apuros, y no les ayudaremos mucho si seguimos aquí cacareando como gallinas.

–Estamos planeando, anciano –se quejó Partolón–. ¿O es que acaso quieres que entremos en tromba en la aldea y causemos con ello una desgracia aún mayor?

–No, desde luego. Pero soy tu consejero, y por tanto te aconsejaré: hablad y decidid rápido. Y contad con lo que sabe este chiquillo tan valiente. Conoce estas tierras mejor que ninguno de nosotros.

El rey en el exilio posó su fulminante mirada sobre Brath, que se sintió de pronto reducido a menos que un suspiro.

–Dinos, hijo de Teath, cuántos son los que os han atacado. Mis hombres no han podido comprobarlo, ya que muchos se hallaban encerrados en vuestro salón.

–Al menos cien, señor.

–Nos triplican en número –dijo Acasbel, entre refunfuños–. Si nos presentamos sin más, nos aplastarán.

De pronto, una risa inundó la estancia. Sorprendidos, todos volvieron el rostro hacia Starn.

–No es momento para bromas –lo increpó el rey, gélido, claramente enojado.

–Perdona..., perdonad. Mi buen Acasbel, llevas razón. Es un suicidio atacar..., a no ser que podamos alistar a más guerreros. Muchos más –manifestó, de manera críptica.

–Habla, hermano –le instó Partolón.

Y cuando lo hizo, no sólo sonrió Starn.

15

Radac levantó las piernas y las apoyó en la gran mesa que presidía el salón recién conquistado. Era el momento de disfrutar de los premios del saqueo que él mismo había ideado, como no dejaba de proclamar. Su satisfacción y la de los suyos era absoluta: los saefes, hijos del dios Serpiente, volverían con los morrales repletos de riquezas, cantando y alabando la estrategia de su jefe. A la plata, las sedas o el grano se unirían los esclavos que se llevarían consigo, que ahora se hallaban reunidos en el edificio principal de la aldea.

Pero antes los catarían. Sus hombres habían estado ocupados buscando trofeos, pero, una vez las bolsas llenas, los ojos empezaron a mirar con apetencia el único fruto que quedaba por degustar: las mujeres. El caudillo Radac había reído al ver cómo los suyos se amontonaban para ser los primeros en elegir a una hembra. Volaron los puños, por supuesto, mientras ellas contemplaban las peleas atemorizadas, tratando de proteger a sus hijos. ¡Ah, cómo temblaban!

Así es como siempre han sido los saqueos. No importa de dónde vengan los hombres: si su afán es la rapiña, actúan con crueldad, despreciando la debilidad de las víctimas. Y en los saefes esta ansia era tan natural como el respirar. Se decía que todos sus niños nacían con el deseo de ser conquistadores, de viajar, de tal modo que aprendían a caminar mucho antes de lo que era común en otras razas. Era un pueblo antiguo, muy antiguo. Tribus en constante movimiento, siempre en busca de nuevas tierras. Llevaban siglos expandiéndose, tantos que ya nadie recordaba el hogar primigenio del que partieron sus antepasados. Del norte y del este, decían los más viejos, pero ni siquiera ellos sabían exactamente de dónde. Incluso sus creencias se habían alterado tras mezclarse con otras poblaciones. Pues, aunque los hijos de la Serpiente eran fieros luchadores, no siempre se dejaban llevar por el pillaje y la batalla. A veces llegaban a las nuevas regiones y las hacían suyas mediante la intimidación, sin necesidad de desenvainar una espada. Se asentaban en esas zonas y vivían en paz durante unas temporadas. Pero, tarde o temprano, el hambre de más volvía a presentarse y se ponían de nuevo en movimiento.

De entre todos los que pugnaron por las mujeres, su hijo Ogur fue el vencedor de la contienda. No esperó ni un suspiro. Tomó a una chica muy joven a la que apenas le habían crecido los pechos. Ella lloró; se resistió. Otra de las prisioneras, tal vez su madre, trató de arrebatársela al captor, pero éste le dio un puñetazo en el rostro que la desplomó en el suelo.

Allí mismo, frente a todos sus compañeros, rasgó la túnica de la muchacha y, subiéndose la suya, empezó a violarla. Los gritos agónicos de la joven se mezclaron con las risotadas de los saefes que animaban a Ogur. Radac también reía, aunque con más calma. Él no debía preocuparse por elegir sus premios, pues ya se había reservado los más jugosos, entre ellos la mujer de más alta categoría.

Y ella lo sabía. Lo contemplaba sin apartar la mirada, lejos de derrumbarse al miedo como otras. Se mostraba valiente, había que reconocerlo. Pero las agallas desaparecerían en cuanto él se introdujera en su interior. Estaba convencido, así había ocurrido muchas otras veces.

Radac levantó la jarra y se la llevó a los labios, pero apenas quedaba cerveza que paladear.

–¡Que alguien llene mi vaso! –exigió.

Una de las mujeres, a la que habían obligado a servirlos, llenó un pichel de un barril cercano y se dispuso a volcar su contenido en el recipiente del jefe. Pero éste la detuvo con un gesto de la mano.

–No, tú no, zorra. Quiero que me sirva ella.

Señaló a la esposa del caudillo oestrimnio. Ésta ni se inmutó. Avanzó con paso calmado, dejando a sus hijos a cargo de otra, y se situó frente a Radac. Tomó el pichel y lo elevó sobre el vaso. Entonces, en el último instante, movió el brazo y dejó que el caldo dorado se derramara en el suelo.

–Igreia, la primera del clan Cilen, no sirve a nadie más que a su marido y a su pueblo.

La respuesta que recibió fue una bofetada. El jefe de los saefes se levantó del asiento y la aferró de las muñecas.

–Ya lo creo que vas a servirme. ¡A mí y a mi verga!

La agarró por detrás, cruzando los brazos sobre su espalda, y la arrojó contra la mesa sin soltarla. Pero, si esperaba que aquella dama se revolviera como una campesina, del modo que a él tanto le gustaba, se llevó una gran decepción. Igreia se mantuvo serena, firme, dueña de sus emociones.

–Te aconsejo que me mates después de esto –escuchó que decía–. Mátame, y también a mi marido, si eres capaz de hacerlo. Porque si alguno de los dos queda con vida no pararemos hasta cobrar venganza.

Radac sintió crecer la rabia. Sí, le daría lo que demandaba. Primero la violaría de la manera más brutal que pudiera: la rasgaría por dentro. Y luego la dejaría morir en el suelo, desangrada, para que su marido la encontrara fría e inerte. Y que viniera a buscarlo después. Lo estaría esperando.

La puerta de la sala se abrió con un fuerte estrépito, y uno de los guardias apostados en el exterior entró en la estancia con expresión entre confusa y risueña.

–¡Radac, se te reclama! –exclamó.

El caudillo arrugó una mueca contrariada. No le gustaba que lo interrumpieran, pero la risa contenida del centinela lo llenó de desconcierto. ¿A qué se debía tanta chanza? Aquellos hombres habían aceptado la tarea de vigilar el poblado con mal humor, pues significaba que serían los últimos en probar a las mujeres. ¿Y ahora aparecía allí, medio carcajeándose y demandando su atención?

–Más te vale que merezca la pena, Iferdan, o cuando vuelvan los oestrimnios encontrarán tu cabeza junto a la de estas rameras.

La despreocupación del guardia se desvaneció ante tal amenaza. Tragó saliva antes de volver a hablar:

–Jefe, ha llegado un grupo de extraños a las puertas del poblado. Vienen armados y exigen batalla.

El silencio se adueñó del lugar. Incluso Ogur detuvo su salvaje embestida, dejando a la mujer tirada en el suelo.

–¿Te burlas de mí?

–En absoluto, señor –insistió Iferdan, levantando las manos–. De todos modos, y aunque no entiendo de dónde han salido, ni siquiera deberías preocuparte. Apenas se trata de una docena de hombres.

–¿Doce guerreros? –Radac boqueó como un pez–. ¿Son oestrimnios?

–Lo dudo. Jamás había visto a gente tan extraña. Y sin duda están dementes si se atreven a desafiarnos siendo tan pocos. Por eso me reía, jefe.

El caudillo soltó a la esposa de Teath, quien se irguió sin perder la compostura.

–Luego continuaré donde lo he dejado –le dijo y, tras coger espada y escudo, hizo una seña a sus hombres–. ¡Vamos a ver qué quieren esos locos!

Radac y sus cien guerreros salieron al frescor de la noche, que en poco tiempo se convertiría en día. El amanecer ya empezaba a asomar por encima de las colinas que guardaban el valle. Las copas de las arboledas pronto captarían la luz y estallarían en su verde habitual.

La escena con la que se encontró el caudillo, desde luego, le hizo comprender el gesto de mofa con el que Iferdan había ido a buscarlo. No era para menos: ante sus asombrados ojos, doce hombres pertrechados con escudos redondos y lanzas. Allí estaban, plantados, sin moverse, formando en tres filas de cuatro sujetos cada una. Desde luego no eran oestrimnios, quedaba claro al ver sus pieles morenas y las largas melenas recogidas en mechones, aceitadas.

Los saefes, tras mirarse entre sí, estallaron en una sonora carcajada. Cuando al fin Radac recuperó el aliento, hizo la pregunta:

–Por el Padre Serpiente, ¿quiénes sois vosotros?

Uno de los desconocidos avanzó un paso y se quitó el casco de bronce. El caudillo vio una expresión decidida dibujada por unos rasgos finos.

–Yo soy Partolón, rey de los partolonianos, hermano de juramento del clan de Cilen.

Apenas si lo entendió, pues su dominio del idioma de los oestrimnios era defectuoso.

–¿Partolón? ¿Qué nombre es ése? –se mofó Ogur.

El líder de los forasteros apuntó con su lanza al hijo del jefe tribal.

–Por burlarte de quien ha sido tocado por la Diosa, te prometo que caerás sin remedio ni perdón posible.

La cara de Ogur se volvió roja, y no dudó en desenvainar la espada. Su padre lo contuvo con una sola mirada.

–¿Amenazas a mi hijo? ¿Tan estúpido eres?

–Os amenazo a todos. Marchaos ahora mismo, dejad cuantas riquezas habéis tomado, y os dejaré vivir.

–¿Tú y cuántos más?

Partolón sonrió. Pero había malicia en su gesto.

–¡Yo, y mi ejército!

Y levantó la lanza de nuevo, pero esta vez señalaba al cielo, que ya clareaba. Entonces, desde no se supo dónde, se elevaron unos gritos. No, no sólo unos pocos... ¡Eran muchos! Resonaban en el valle, provenientes de decenas, de cientos de gargantas. Surgían de todos los rincones que uno pudiera imaginarse.

El efecto fue fulminante. Radac y los suyos escudriñaron a su alrededor, desconcertados, con el miedo en el cuerpo. Pero por mucho que otearon no vieron a nadie. Y aun así los ecos se acrecentaban, se acercaban cada vez más. Una riada de enemigos invisibles se abatía sobre ellos.

Cayó la primera flecha. Certera, se hincó en el pecho de uno de los saefes. Radac, con un grito, exigió a sus hombres que se defendieran. Pero la confianza había hecho que no trajeran consigo los escudos. La lluvia de proyectiles acabó con varios guerreros antes de que el caudillo advirtiera que en realidad la andanada no había sido muy numerosa.

Pero cuando comenzó a comprender la estratagema fue demasiado tarde. Partolón y los suyos se lanzaron hacia delante, una pequeña daga tratando de herir a una gran masa. Sin embargo, no estaban solos. Por varios puntos del poblado, desde el norte, el este y el sur, surgieron pequeños grupos armados. Saltaron desde los árboles, espada y lanza en mano, golpeando, atropellando a los sorprendidos saefes con el sol a su espalda. La partida de Radac se encontró con que el mismo mundo se volvía contra ellos: la luz de la mañana los cegó mientras contemplaban al arrojado enemigo, y fueron incapaces de reaccionar. El valle se llenó de los aullidos de unos y los lamentos agónicos de otros.

Cuando Radac recuperó la visión, sus ojos le mostraron el peor de los espectáculos imaginables: uno de los guerreros enemigos, que se parecía mucho a Partolón, atravesaba a su hijo Ogur con una lanza. Contempló la escena, inmóvil, mientras muchos de sus hombres huían ante semejante aluvión de muerte encarnada.

Y tan rápido como ocurrió, así terminó. De repente, Radac se encontró solo, rodeado de cadáveres. La ira lo inundó. Alzó la espada y corrió hacia Partolón, totalmente fuera de sí, poseído por la locura. Pero la fuerza de Radac se encontró con la agilidad y el brazo diestro de un hombre capaz de bailar a su alrededor. Tenía los pies ligeros, y sus brazos golpeaban con una fuerza y precisión irresistibles. El jefe tribal se había probado docenas de veces en batalla, pero jamás había visto a nadie luchar de ese modo. Era viento y a la vez trueno; dominaba su cuerpo de un modo que no parecía humano. Hubo un rápido centelleo, bronce contra bronce, y uno de los filos probó la carne. El líder de los hombres serpiente lanzó un chillido cuando la mano se le desprendió de su lugar natural, todavía empuñando la espada, y luego se miró el muñón que vertía sangre como si se tratara de una fuente.

Cuando cayó al suelo, sintió por primera vez la punzada de la vulnerabilidad. Tan poderoso como siempre se había creído, y ahora de pronto estaba a punto de recibir la muerte de manos de un desconocido. Lo miró a los ojos, tratando de apelar a los últimos restos de valor que le quedaban.

–No, salvaje. No seré yo quien te otorgue un final.

Alguien se acercó. Una figura que momentos antes había estado a punto de gozar. Igreia todavía tenía la cara marcada por los golpes. Partolón le tendió la espada, y la mujer la tomó asintiendo con la cabeza.

–Te puse sobre aviso. Te dije que me mataras –le dijo–. Gracias por no hacerme caso.

Levantó la espada y descargó el primero de los golpes que lo decapitarían.

16

El día fue radiante para los míos tras la batalla de Cilen. Al menos tanto como puede serlo una victoria nacida de la muerte. Sigue pareciéndome aborrecible cualquier celebración de la violencia y agresividad humana, pero debo reconocer que existe cierta épica en los triunfos amparados en actos de justicia. Y existen pocos más justos que la defensa de un amigo necesitado. Ojalá no hiciera falta alzar las armas para ello. Quizás algún día mis ojos puedan verlo.

Aquel amanecer, los hijos de Partolón se convirtieron al fin, y por derecho propio, en auténticos guerreros. Pues fueron bendecidos y reconocidos como tal por otros más acostumbrados a la guerra.

Teath y sus hombres regresaron en sus carros y caballos dos jornadas más tarde. Venían frustrados porque, como ellos mismos contarían después, en cuanto los atisbaron ya en tierras del clan Belor los hombres serpiente huyeron. No plantaron la menor resistencia, y se quedaron sin saciar las ganas de batalla que habían arrastrado durante el viaje.

Empezaron a entender los motivos de tan extraño comportamiento al otear de nuevo Cilen y advertir los estragos causados en los cultivos por los saqueadores. Más aún cuando vieron la gran hoguera de cadáveres enemigos que aún ardía. Algunas cabezas habían sido clavadas en picas en torno al fuego. Serían tratadas con aceite, exhibidas como orgullosos trofeos, pero también como advertencia para quien volviera a sentir la tentación de atacarlos.

Cuando Brath vio llegar a su padre, salió corriendo hacia él y, de un salto, se aupó al carro. Bacor, que lo esperaba junto a los otros partolonianos, advirtió que Teath parecía cansado y tenía ojeras, aunque la urgencia por saber lo ocurrido era mayor que cualquier debilidad de la carne.

–¿Qué ha ocurrido aquí? –preguntó a su esposa apenas tocó el suelo con los pies.

–Nos engañaron, mi fiel señor –respondió ella–. Todo fue un engaño para que el ejército partiera y poder saquear la aldea a placer.

Teath se mostró abrumado, incapaz de expresar tanto desconcierto.

–¿Cómo? ¿Cómo lograsteis vencerlos?

–Tu hijo demostró el mismo valor que su padre, pues arriesgó la vida por escapar y alertar a los extranjeros. –El anciano vio cómo el niño se sonrojaba, pero mantenía la cara alta, con el orgullo dibujado en los labios prietos–. Lucharon por nosotros, amado mío. Demostraron un honor propio de los más legendarios héroes. Y ganaron.

Teath miró a Partolón y al resto de exiliados. Caminó hasta ellos con los ojos húmedos por la emoción. Le brillaban de admiración y agradecimiento, y, al situarse frente al rey en el exilio, extendió el brazo y se hizo un corte con la daga. Bacor tragó saliva cuando escuchó las palabras del caudillo oestrimnio, mientras éste dejaba que el caldo carmesí goteara sobre la tierra.

–Ésta es mi sangre –dijo–. Y ahora también es la tuya. Mientras yo, mis hijos o mis nietos sean jefes de este clan, este hogar será tan vuestro como si hubierais nacido de una mujer cilena.

El cretense se adelantó un paso y tomó la misma daga que el señor del poblado había utilizado, y también se hirió. Las gotas cayeron justo en el mismo lugar, uniéndose en una promesa juramentada.

–Y mientras Partolón tenga un soplo de aliento, te llamará hermano.

Bacor sonrió cuando estallaron los gritos de alegría por parte de ambos pueblos. La rueda del destino daba vueltas sin parar. ¿Se detendría al fin en Oestrimnis? Una idea tentadora, ya te lo he dicho antes, pero que no le llenaba el corazón por completo.

El norte seguía reclamándolo.

17

Lluvia, viento y sol se sucedieron hasta que el verano devoró la primavera. No era aquélla una tierra de calores, como la siempre recordada Creta, sino que incluso en las jornadas radiantes no estorbaba vestir una túnica. Algo que ya no molestaba a los hijos de Partolón, cuyas costumbres comenzaban a cambiar. Por ejemplo, las mujeres habían dejado de mostrar los pechos desnudos desde hacía tiempo, pues los oestrimnios hacían gala de un pudor que no querían ofender.

Cilen y las regiones colindantes lucían su rostro más brillante, regadas por una fertilidad no vista desde hacía varias temporadas. La tierra resultó generosa con sus frutos, tanto como los vientres de las mujeres oestrimnias, que bendijeron a su clan con nuevos miembros. También partolonianos experimentaron la alegría de varios nacimientos, de niños fuertes y sanos como de nuevo lo era Calio. El hijo de Ith había olvidado la enfermedad, y ahora reía y jugaba como cualquier otro.

No parecía que existiera ningún mal que pudiera enturbiar tanta alegría. Pero la calma no deja de ser un intervalo entre tormentas, y por eso está destinada a terminar, irremediablemente.

Aun sospechándolo, Bacor no se dejó llevar por el desasosiego. El buen tiempo invitaba a largas excursiones en compañía de Brath, Starn o Rudraige. Aquella tarde, con la luz todavía en el cielo, el anciano regresaba al asentamiento en la playa tras uno de esos paseos. Había dejado a su pequeño amigo con los suyos y recorría ahora el robledal que antecedía a la costa con el alma henchida de satisfacción. Día tras día, no podía dejar de agradecer a aquella tierra que le permitiera absorber su esencia pasada y presente, la belleza que destilaba, la paz.

De pronto, el chasquido de las ramitas y el roce de los matorrales lo alertaron de que no estaba solo. Lanzó un suspiro de alivio cuando de entre la maleza surgieron Starn y Afestes.

–¿Te hemos asustado, sabio? –rio el escolta principal del príncipe, sin mala intención.

–Por supuesto que sí –le replicó, devolviéndole la pulla con actitud serena–. Sólo los necios no sienten miedo.

La jornada de caza parecía haberles ido bien. Cargaban con un buen puñado de piezas, del cuello de Starn colgaban varias liebres lustrosas y Afestes arrastraba un venado.

–Ha sido un día interesante para todos, por lo que veo –dijo Bacor.

–Así es –asintió Starn.

Ya no era el mismo de antes. El muchacho alegre había recibido muchas lecciones desde su regreso de Egipto, la mayoría de ellas teñidas de sufrimiento y muerte. ¿Dónde estaba el niño que reía a cada momento? ¿Dónde, aquel que saltaba y corría con la vitalidad de un mundo? El anciano lo miraba ahora y veía a un hombre, sí, pero alguien insensibilizado a fuerza de tanto perder. Desde aquel arrebato de furia en Argar sus palabras eran pocas y los silencios muchos.

Él advirtió el escrutinio y lo que estaba pensando, pues sonrió con un gesto desganado.

–Estoy bien, viejo amigo –aseguró.

–Quizá, pero hablar ayuda. Si hay veneno en tu interior, no hay mejor modo de expulsarlo.

Asintió con la cabeza y, para sorpresa del sabio, dejó caer las capturas y se sentó sobre un tocón cercano. Invitó a Afestes y a Bacor a hacer lo mismo. Ambos se acomodaron frente a él.

–Supongo que ninguno de nosotros es el mismo que cuando salimos de Cnosos –comentó–. Y yo más que nadie. Pero no quiero que te preocupes por mí. He aceptado mi suerte.

–¿Y cuál es ésta, según tú?

–La soledad, por supuesto. Permanecer siempre incompleto. –Levantó los hombros–. Lo supe en el momento en que vi a Ler...

Dudó. Cerró los ojos y apretó los dientes. No se atrevía a nombrarla. El dolor todavía era demasiado reciente, demasiado inmenso.

–Lo supe en el momento en que la vi ser engullida por el mar. Incluso en ese instante de confusión y horror extremo, sólo podía pensar en que perdía la parte más importante de mí. Algo que jamás recuperaré.

Bacor lo dejó llorar. Eran lágrimas calmadas, que derramaba sin la angustia del primer momento de desconsuelo, aunque el anciano intuía que el verdadero dolor estaba en el interior: un corazón arrasado que jamás dejaría de sangrar.

–Resulta curioso –dijo el sabio poco después–. Los hombres nos paseamos por este mundo con la certeza de que conocemos la realidad. Pero yo creo que lo que vemos es sólo un reflejo de cuanto sentimos. Y eso, en ocasiones, nos limita. No nos damos cuenta de que nuestras vidas traspasan los muros de lo que somos.

–Tus enigmas son cada vez más complicados de descifrar –intervino Afestes, provocando que Starn dibujara una nueva sonrisa apagada.

–En realidad, es más sencillo de lo que parece –les aseguró–. ¿No os habéis fijado en que hay días que al levantaros todo parece más luminoso? Y en cambio el cielo brilla con la misma intensidad que la jornada anterior, que tan gris se nos antojaba. También ocurre al contrario.

–Somos esclavos de nuestro ánimo –asintió Starn.

–Así es. Y algún día, aunque ahora ni siquiera lo concibas, romperás esas cadenas. Dejarás atrás todas las convenciones establecidas por tu corazón, que hoy tomas por inamovibles, y el sol volverá a parecerte luminoso y las nubes, menos grises. El tiempo destruye hasta la morada más resistente, pero también apaga los fuegos que parecen no tener fin.

–Me gustaría tanto que fuera así... –confesó el joven, con tono desesperanzado.

Bacor lo tomó de las manos, fuerte, transmitiéndole todo su aprecio, que no era poco.

–No será hoy, ni mañana. Pero te prometo, hijo mío, que algún día volverás a sentirte completo.

18

Cuando Starn, Afestes y Bacor llegaron a la tienda de Partolón y su familia, lo encontraron entrenando con el pequeño Rudraige. Ambos empuñaban espadas de madera, aunque se apreciaba que al niño le costaba sostener la suya en alto. Dibujaba su esfuerzo mordiéndose el labio, y el brazo le temblaba. Por lo visto, llevaban horas así.

–¡Los pies! –le gritó al niño–. ¿Cuántas veces te he dicho que debes separarlos más? Necesitas estabilidad.

El chiquillo lanzó un reniego, pero obedeció al instante. Ponía gran empeño en aprender. Al fin y al cabo, ¿qué hijo no desea conseguir la aprobación de su progenitor? Es otra de esas leyes de la vida que son inmutables sin importar de dónde provengamos. Tanto como la insaciable exigencia de los padres, a quienes este esfuerzo siempre les parece insuficiente. Y pocos tan severos como Partolón. Jamás lo habría reconocido, y desde luego montaría en cólera si alguien se lo insinuara siquiera, pero era más parecido a Sear de lo que deseaba. ¿Hablábamos de las reglas que rigen nuestra existencia? He aquí otra: que las actitudes de un hombre pasen a su cachorro, aunque éste las aborrezca.

El rey adelantó la espada, forzando un ataque frontal que el muchacho a duras penas logró contener. Sólo la posición de sus piernas le dio la oportunidad de resistir. Ignorar el consejo de su padre habría significado acabar en el suelo, derribado por la fuerza del impacto.

Por supuesto, no soportó una segunda acometida. Partolón era de brazos poderosos y habilidoso en los movimientos, gracias a su pasado pugilista. Así que le resultó muy sencillo burlar la defensa del muchacho para asestarle un golpe en el hombro con el arma de madera. Rudraige lanzó un alarido, aunque había más frustración en su voz que dolor.

–¡Me has hecho daño! –se quejó.

–Alégrate de que no sean espadas de bronce afilado –le reprochó Partolón, brusco y cortante–, porque en ese caso ahora mismo tendrías el brazo medio colgando.

A Starn se le escapó una carcajada.

–¿Acaso te hace gracia, hermano? –le señaló el mayor–. No te reirías tanto si tu sobrino tuviera que entrar en combate hoy mismo.

–Simplemente pensaba que eres muy valiente con quienes no te llegan a la altura del pecho –se burló, guiñando un ojo a Rudraige–. Me gustaría verte luchar contra alguien de tu tamaño.

El chiquillo también se rio. Partolón, al fin, rompió el gesto serio y lo convirtió en una mueca de sorna, aceptando la broma. Porque si el afán competitivo entre padres e hijos es grande, mucho más lo es entre hermanos.

–Ah, y supongo que ése serías tú.

Levantó la mano y le hizo señas para que se acercara.

–No lo dudes –fanfarroneó Starn.

Un momento después estaban los dos cara a cara. Rudraige, junto a Bacor, se mostró expectante, sin saber muy bien a quién animar. Adoraba a ambos por igual, padre y tío.

Al principio ambos se mostraron cautos, las posturas firmes. El rey dibujaba una expresión torva, y Starn dejaba traslucir esa serenidad forjada a golpe de desgracias. Se movieron en círculo, de costado, para ofrecer el menor objetivo posible al rival. Las armas en alto. Parecía un baile, de pies y miradas, de voluntades. Una falsa acometida, primero; una finta después, luego un quite. La tensión creció hasta que a Bacor le dio la impresión de que aquello era más que una simple chanza entre parientes.

El verdadero duelo comenzó de mano de Starn, quien intentó un ataque lateral sin avisar de sus intenciones. Partolón, que todavía creía que estaban tanteándose, reaccionó con dificultad, pero logró bloquear la acometida. Si había algo que no le gustaba al mayor de los dos hermanos era que la iniciativa la llevara otro, así que se lanzó al ataque con cierta temeridad. Su fuerza se lo permitía: un movimiento después, era él quien hacía retroceder a mi padre. Encadenó varios golpes salvajes y a la vez medidos, que el otro desviaba o incluso esquivaba haciendo gala de su mejor arma, la agilidad. Como danzarín del toro, sus movimientos eran fluidos, medidos, perfectos.

Y así siguieron luchando; las poderosas estocadas de Partolón contra la velocidad de reacción de Starn. El primero parecía estar en todas partes y el segundo en ninguna, pues esquivaba cada una de las ofensivas. El anciano los observaba sin atreverse siquiera a respirar, hasta que el más joven detuvo un tajo dirigido a la cabeza. A Bacor le pareció un acto temerario por parte del hijo del minos. La potencia del golpe habría bastado para abrirle el cráneo a Starn. Por un momento, el sabio pensó en detener el combate, incluso se adelantó un paso. Afestes lo contuvo tomándolo del brazo.

–No se puede detener un duelo –dijo, como si hubiese sido un hombre de armas durante toda la vida–. Además, ya sabes cómo son. Se lo tomarían a mal.

–¿Y si se hieren?

–Tranquilo, no creo que se hagan más que algunos moratones o un hueso roto. Deja que se desfoguen.

Partolón lanzó entonces un golpe lateral en busca de las costillas de su hermano, pero una vez más sólo encontró aire. El contraataque le llegó desde el costado izquierdo: la espada de madera de Starn se coló por debajo del brazo hasta darle con la punta en la axila. El rey contuvo un grito y se revolvió a tiempo para lanzar un estoque a la pierna izquierda de su pariente. El sonido de la madera contra la carne se escuchó en todo el patio.

Resollaban ambos, agotados, y aun así sin intención de detener la lucha. Starn parecía cojear ligeramente, y Partolón se dolía allá donde le había tocado. Esta vez se adelantaron los dos al unísono, dispuestos a dar el último golpe. El mayor realizó un barrido con su arma, acercándose a su objetivo con sus ligeros pies de pugilista. El más joven se tambaleó ante la presión; la pierna dolorida le traicionó mientras retrocedía y fue a caer al suelo, de espaldas.

Allí vio Partolón su oportunidad. Se abalanzó hacia delante, confiado, bajó la espada para rozar con ella la garganta de su hermano y poner fin al duelo. Pero Starn rodó a un lado y el otro, incapaz de detenerse a tiempo, se fue contra la tierra. El instante de desconcierto fue suficiente para que la rapidez de Starn se impusiera: desde el suelo, arrodillado al lado de su hermano, simuló una puñalada en el corazón de su contrincante.

–Estás vencido –proclamó.

Partolón se levantó de un salto, con el rostro rojo por la frustración y la rabia. Tan furioso estaba que lanzó la espada de madera contra la arena de malas maneras. «El orgullo una vez más», pensó Bacor. «El estúpido orgullo». No puedo estar más de acuerdo con él. Quizá sea el peor de los defectos del hombre, esa soberbia de querer siempre estar por encima de los otros, de no aceptar la derrota como algo constructivo, sino como una vergüenza. Pero no nos engañemos, también puede ser algo que nos impulse a ir más allá, a superarnos. Supongo que es como cualquier otra cosa: en el equilibrio está la virtud.

–Un golpe de fortuna –balbuceó malhumorado, y luego miró a su hermano menor con los ojos entrecerrados–. Has mejorado mucho. Ya no revelas tus intenciones antes de iniciar un ataque.

–He estado practicando por mi cuenta –confesó Starn, apoyado en la espada de madera para recuperar el aliento–. Y algunos guerreros oestrimnios me han enseñado un par de trucos.

Rudraige comenzó a alabar a su tío sin decoro alguno, lo que enfureció más a Partolón y provocó las risas del flamante ganador de la pelea.

–Me parece bien que os mostréis tan animados –dijo el líder de la partida, con cierta burla–. Así encajaréis mejor lo que tenía pensado deciros.

El modo en que lo reveló... El anciano se sintió profundamente preocupado.

–Bacor, mi fiel consejero, convoca a todos los cretenses. Mañana, al atardecer, habrá una asamblea.

–¿Qué vamos a discutir? –preguntó Starn, que no lo había adivinado todavía.

–Nada, pues sólo yo hablaré. Haré un anuncio que he postergado demasiado –le respondió, con tono insolente.

Por el gesto que Starn dibujó, Bacor supo que al fin lo había comprendido.

–Nos vamos de Cilen de una vez por todas.

19

El sol hacía rato que se había escondido cuando comenzó la asamblea. En su lugar, solapado con la noche, un cierto malestar se afianzaba con cada palabra que pronunciaba Partolón.

La preocupación de Bacor no se había desvanecido junto con la luz, más bien se afianzaba conforme crecía la negrura del firmamento. Estaba convencido de que convocar el concilio con tanta antelación había sido un gran error, pues permitió que los rumores se extendieran, que la gente acudiera cargada de teorías y temores. Las discusiones habían saltado de boca en boca durante toda la jornada, removiendo los espíritus. Acostumbrados ya al calmado transcurrir de los días, sentían de nuevo y de repente la incómoda vuelta de la incertidumbre.

El anciano examinó los rostros con atención. No estaba muy seguro de que la idea de volver a la mar fuera del agrado de la mayoría. Tal vez la disposición sería bien acogida por Delgnat, quien se había mostrado en todo momento asqueada de la cercanía de los lugareños de Cilen. Echaba en falta más que nadie los lujos de Cnosos y, desde luego vivir en una carpa, vistiendo apenas dos mudas, no le parecía digno de una reina.

Para el resto, en cambio, dejar de moverse había supuesto un gran alivio. Algunos guardaban todavía la esperanza de que aquél fuera su nuevo hogar, a pesar de que Partolón se había negado a cambiar el asentamiento temporal por una morada más estable. Tenía sentido, era lo razonable. La amistad con los oestrimnios no había dejado de fortalecerse tras el suceso con los saefes, lo que garantizaba protección frente a cualquier problema futuro. La región, fértil, jamás les negaría grano para comer, piedra para construir o estaño y cobre para forjar herramientas.

La verdad era que nadie recordaba ya la Tierra Durmiente, salvo Partolón, Starn y el mismo Bacor. Sin embargo, éste se sentía partido en dos, pues conservaba el deseo de marchar en busca de ese hogar susurrado, pero a la vez pensaba que en Oestrimnis todavía quedaba mucho de lo que disfrutar. Había descubierto muchas cosas buenas allí. El mundo se le había revelado como jamás antes a través de la más simple de las bellezas: los colores de la primavera, con esas colinas cubiertas del glauco y el púrpura de las flores, cuando la vida estallaba con la claridad del primer amanecer de la creación. Fue consciente, plenamente, de los ciclos de renacimientos de la naturaleza, en los que tomaba parte el hombre sin darse cuenta. Su visión empezó a abrirse, a captar, todavía de manera fugaz, el orden y concierto de la existencia. Había aprendido más en aquella tierra que durante toda su vida en Creta.

Cuando Partolón habló una vez más de la Tierra Durmiente, cuando dijo que había vuelto a soñar con esa maravillosa isla de valles regados por la abundancia, su proclama llegó con desgana a los oídos de sus hombres y mujeres.

–Nuestro verdadero hogar sigue reclamándonos –aseguró a la multitud reunida en la playa–. Su fuerza atraviesa las distancias, tan escasas ya que la voz resuena vigorosa en mi alma. ¡Somos los hijos de Plata, merecemos una tierra propia! Me he cansado de malvivir en una tienda. Hora es de que demos el siguiente paso en nuestro viaje. El último.

Alguien se adelantó entre el gentío. Alguien que osó tomar la palabra sin esperar el permiso de Partolón. Al advertir de quién se trataba, a Bacor le recorrió un escalofrío, porque intuyó lo que iba a pasar.

–Los oestrimnios se brindaron a construirnos cabañas como las suyas, pero tú te negaste –dijo Ith, serio como nunca se le había visto antes.

–Porque os habríais acomodado. ¡Y éste no es nuestro lugar! Es el país de otros, no estamos ligados a él. No es suyo el susurro que escucho en mi cabeza.

Bacor habría podido decir a Partolón que aquello no era cierto, que Oestrimnis estaba dispuesta a acogerlos. Pero la imagen y el canto del mirlo acudieron a su mente. También él ansiaba llegar a la Tierra Durmiente y despertarla.

–¡Ah, sí, esa famosa isla esmeralda de la que no paras de hablar! ¿Hace cuánto que la buscamos, sin éxito? Tal vez es que no existe. Tal vez... –dudó Ith, pues lo que estaba a punto de decir debía resultarle tan doloroso como lo fue luego para el resto–. Tal vez te la has inventado para tenernos anclados a tus caprichos.

–¡Cómo osas hablar así a tu rey!

–¿Es que acaso alguien te ha nombrado como tal? Ni siquiera tienes un reino sobre el que gobernar.

Años después, al relatar aquella historia, el sabio recordaría el rostro cruzado por la rabia de Partolón, al que poco le faltó para saltar al cuello de Ith. Quiso la Diosa que, antes de hacerlo, volviera los ojos hacia el consejero, quien le imploró con la mirada: «Calma».

–Sí, es cierto –reconoció, mordiéndose la lengua–. No soy rey más que de palabra. Y tal vez no haya sitio para otro minos allí donde quiero llegar. Pero os he traído hasta aquí. A pesar de los peligros, que han sido muchos, la gran mayoría seguís vivos.

Sin embargo, Ith no estaba dispuesto a claudicar. Sus razones eran tan poderosas como las de Partolón.

–A duras penas algunos. Sabes cuánto ha perjudicado este viaje a mi hijo. Las largas travesías sobre el barco lo debilitaron de tal modo que mi esposa y yo llegamos a temer lo peor. ¿Acaso no has visto cómo ha cambiado? Antes era robusto, igual que su padre, ahora apenas es piel sobre hueso. Y cuando empieza a recuperarse al fin me pides que lo exponga de nuevo.

Partolón, sin embargo, no se mostró conmovido.

–Te lo imploro, mi señor –rogó Ith, con voz lastimera–. Quedémonos en estas tierras. En nombre de nuestra amistad.

Por su postura forzada, medio inclinada, el guerrero parecía a punto de arrodillarse, de hundir el rostro entre los pies de su amigo. Pero muchos lo miraban, así que la vergüenza lo mantuvo atado.

–Repito, una vez más, que debemos marchar –insistió el rey, impasible–. Y te pido por favor que no trates de aprovecharte del aprecio que te tengo, pues quien lidera a un pueblo debe estar por encima de sus sentimientos personales.

Ith dejó escapar un gemido, seguido de un suspiro. Volvió a levantar la mirada, que se le había endurecido de nuevo.

–Me pides, pues, que elija entre dos deberes: el de súbdito y el de padre. Juramento o sangre. –Movió la cabeza, apesadumbrado–. La elección me destroza, pero está clara.

Tras esto, el escolta se volvió y abandonó el círculo formado en torno a Partolón. Con grandes zancadas, se perdió más allá de los asistentes, junto con su esposa y su hijo, desentendiéndose de la asamblea. Estallaron los murmullos. Las voces se elevaron en forma de jadeos disonantes, solapándose entre sí hasta convertirse en un parloteo atropellado. Aquellos que habían navegado en el barco de Ith fueron los que más agredidos se sintieron, y no tardaron en seguir su ejemplo.

Y de este modo la discordia se impuso entre los hijos de Partolón por primera vez.

20

–¡Maldito bastardo desagradecido!

Partolón lanzó el vaso contra el suelo alfombrado de su tienda, haciéndolo añicos. Escupía fuego, más que palabras. Roía con las manos los reposabrazos del taburete. Se estremecía de puro enojo.

–¡Maldito bastardo desagradecido! –repitió, alzando todavía más la voz.

–Sería mejor que te calmaras, hermano –le pidió Starn.

Era el único que se atrevía a hablarle en aquellos momentos de tempestad casi irracional. El resto prefería esperar a que el mal genio remitiera para evitar ser el objetivo de sus exabruptos. Que fue justo lo que le ocurrió a mi padre. Partolón alzó la vista y lo fulminó con ella antes de volver a despotricar.

–¿Que me calme, dices? ¡Ese hijo de una furcia ha puesto en mi contra a todo el pasaje del barco que comandaba! Incluso se le ha unido alguno más.

–Todavía estamos a tiempo de enmendarlo –intervino Bacor, tratando de dulcificar su discurso para no airear más el fuego del príncipe.

–¡Oh, ya lo creo que sí! ¡Lo pasaré a cuchillo, y se acabó!

–No piensas lo que dices... –Starn movió la cabeza, demostrando su desacuerdo.

–No te atrevas a defenderlo. Me ha traicionado, se ha limpiado el trasero con todo cuanto he hecho por él. De no ser por mí, su padre lo habría despreciado. Yo le di la posibilidad de recuperar el honor que perdió durante aquel combate en el que lo derroté.

–Olvídate del honor, el orgullo y esas cosas insulsas. ¿Son más importantes que la vida de tu amigo más querido?

Se resistió a dar su brazo a torcer. Ya he comentado en diversas ocasiones que cuando Partolón se aferraba a una idea no la soltaba, por muchas razones sensatas que se le presentaran. Se levantó casi de un salto y empezó a dar vueltas por la estancia, como un oso acorralado.

–Debes entender que ahora él es padre –comentó el anciano, apelando a su humanidad–. Es normal que se preocupe por el bienestar de su hijo enfermo. ¿No harías tú lo mismo por Rudraige?

Lanzó un reniego ininteligible, lo cual el sabio agradeció. Luego volvió a atravesarlo con aquella mirada llameante.

–Entonces, según vosotros, mis leales consejeros, ¿debería dejar que hiciera lo que se le antojara? ¿Le doy un abrazo y me voy, prescindiendo otra vez de buena parte de mi pueblo?

–Yo estoy de acuerdo con mi señor –se adelantó entonces Acasbel, rompiendo su habitual mutismo.

Bacor lo contempló durante un instante. Podía entender que el primero de los escoltas de Partolón opinara igual que su líder. También había sido amigo de Ith y, como el príncipe, sentía que éste había escupido en su amistad.

–Si accedes a sus pretensiones, será un signo de debilidad para el resto de nuestros hombres –opinó.

–Bien. ¡Muy bien! –exclamó Starn, de pronto–. Matémoslo, pues, y a cualquiera que se oponga a tu voluntad, hermano. ¡Deshonremos nuestra casa más de lo que ya lo está!

–No te propases –gruñó Partolón, señalándolo con el dedo–. Ninguna de las afrentas ha nacido de mí.

–Pero está claro que las perpetuarás, si decides actuar contra tu propia gente –insistió el más joven–. ¿Crees que esto no pesará en tu conciencia? Un acto tan horrible te arrebatará la paz para siempre. Recapacita, aunque sólo sea por ti mismo.

–¡No quiero escuchar más! Mi paciencia se ha agotado. Actuaré de inmediato. –Se dirigió hacia Acasbel y dio las órdenes que todos temían–. Prepara a mi guardia. Prenderemos a ese malnacido. Y, si se resiste, haremos lo que tengamos que hacer.

Starn se adelantó, decidido.

–La cólera habla por ti. Sea como sea, no tomaré parte en esto, hermano. Haz lo que tengas que hacer sin mí y sin mis hombres.

Hizo una señal a Afestes y ambos salieron de la tienda sin decir nada más, igual que había hecho Ith horas antes.

–¡Vete, sí! –gritó Partolón–. ¡Pero no te inmiscuyas o también acabarás con unos grilletes!

La sentencia llegó a oídos de Starn, pero no se dignó a volver el rostro. Incluso en aquel estado de rabia, Bacor no creyó que Partolón fuera capaz de ejecutar semejante amenaza. No contra su hermano, al que sabía a ciencia cierta que amaba.

Y, aun así, dudó. Porque también había estado seguro de su cariño por Ith, y allí estaban, a punto de enfrentarse a una terrible decisión.

A aquel hombre parecía quedarle poco del niño que educara en Cnosos.

21

Los leales a Partolón se reunieron frente a su tienda, en una comitiva armada que lideró el propio rey, ataviado con las mejores galas. Bacor realizó un último intento por solucionar la situación:

–Déjame conversar con Ith –le pidió–. Es un buen hombre, tal vez ya esté lamentando lo ocurrido.

–Se acabaron las palabras, ese tiempo ha pasado. Ha llegado el momento de actuar, Bacor.

Y no quiso atenderlo más. Se fueron a impartir la justicia a la que, creían, estaban obligados. Lanzas y escudos, espadas. Pertrechados para usar la fuerza si Ith se resistía. La comunidad entera los seguía, con los rostros marcados por la preocupación pero incapaces de apartar la vista, de alzar la voz, de oponerse al hombre que los había llevado tan lejos contra todo pronóstico. Incluso en aquellos instantes, la figura de Partolón se alzaba poderosa e incontestable. Quizá precisamente por la ira que lo envolvía, la resolución lo hacía más grande. Un gigante. Parecía un gigante. Por desgracia, uno colérico.

Recorrieron las calles dibujadas por las antorchas hasta alcanzar la carpa de Ith. Alrededor de ella se habían congregado sus seguidores, a la espera de lo que intuían que iba a ocurrir. Sin embargo, el rebelde no se había escondido. Lo esperaba en primera línea, por delante de su esposa y de Calio. Estaba desarmado, erguido con un porte calmado a la par que orgulloso. En sus ojos había tanta paz como determinación. Bacor supo que no cedería.

Partolón se detuvo a unos pasos de él. Lo señaló con la lanza y Acasbel se adelantó para hablar con una voz tan candente como las teas que los iluminaban.

–¡Ith, hijo de Ig, atiende mi pregón! ¡En el día de hoy, y por las leyes del rey en el exilio, se te proclama culpable de un delito de desobediencia a tu señor!

–¿Cuál es mi condena? –exigió saber el ajusticiado.

–Serás apresado y llevado como esclavo –anunció Acasbel sin que le temblara la lengua–. Quedarás despojado de tu rango y nobleza.

A una señal del líder de la guardia, Senboth el Viejo y Ulrag avanzaron hacia Ith. El segundo portaba cuerda de cáñamo entre las manos para maniatar al sentenciado. Éste levantó los brazos y juntó las muñecas, manteniendo los puños cerrados. Pero no llegaron a envolvérselos con la soga.

–¡Aquí me tenéis, no me opondré a los designios de la Diosa! –clamó–. Pero exigiré que sea el rey quien ejerza el castigo, pues sólo así demostrará que la razón lo asiste.

Partolón torció el gesto, pues no podía oponerse a tal exigencia a no ser que quisiera ver menoscabada su autoridad. Le arrebató la cuerda a Ulrag con malos modos y ató las manos del condenado. Ahora bien, cuando tiró de él para llevárselo consigo, Ith no se movió. El monarca apretó los dientes y volvió a intentarlo, pero el ajusticiado era mucho más grande y tenía los pies bien plantados sobre la arena. Apenas logró zarandearlo.

–¡Camina, maldito seas! –bramó, con los ojos inyectados en sangre.

–¿Es que acaso no puedes cumplir por ti mismo tu sentencia, mi señor? –dijo Ith–. Quizá sea porque la Diosa no te otorga la fuerza necesaria para llevarla a cabo. Quizá sea porque es una resolución injusta.

Partolón estalló en un ataque de rabia como jamás se había visto antes. Soltó la soga y, encolerizado, desenfundó la espada. Por los dioses antiguos, todavía se me corta la respiración al recordarlo, igual que le ocurrió a Bacor y a tantos otros. El brillo del filo de bronce se apoderó del anciano, petrificando sus miembros y agarrotándole el corazón. Aquello no podía ocurrir. No debía ocurrir.

–¡Hazlo! –bramó Ith–. ¡Descarga tu golpe, si tan convencido estás! Pero hazlo mirándome a los ojos. Contempla mi rostro.

Así lo hizo, posó la mirada en la de su viejo amigo y por un momento no vio al traidor. De pronto tenía delante, una vez más, a aquel niño con el que había vivido mil travesuras y correrías, aquel que buscaba su aprobación por encima de cualquier otra cosa y que siempre lo apoyó, en cada una de sus decisiones.

Lo que iba a ser una estocada envuelta en odio quedó paralizada en el tiempo: el brazo hacia atrás, el impulso recogido en unos músculos temblorosos, la hoja apuntando su objetivo sin saber si llegaría a él. Partolón cerró los ojos, apretó la mandíbula, mostró los dientes mientras las arrugas dibujaban en su cara la increíble tensión que lo desgarraba por dentro. Una lágrima resbaló por su mejilla.

Al fin, levantó de nuevo los párpados. Dejó caer el brazo, y la angustia del rostro se tornó en una seria expresión de suficiencia.

–Eres indigno de que vierta tu sangre. Fuiste una de las personas más importantes de mi vida, pero ahora ya no eres nada. Nunca volveré a nombrarte. Has muerto. Yace, pues, en esta tierra, que será tu cementerio antes y después de que te acoja en su seno. Nunca conocerás la grandeza del reino al que acudimos. Ése será tu castigo.

Dura sentencia, duras palabras. Ith también derramó lágrimas, y Bacor comprendió que aquella herida le había hecho más daño que perecer a través de la espada. Se había preparado para la esclavitud, incluso para la muerte, pero no para el desprecio de un amigo.

22

Partolón anunció que partirían en dos jornadas. Todo parecía a favor: las mareas de verano eran apropiadas para navegar, y los barcos hacía tiempo que habían sido reparados. Las bodegas estaban llenas gracias a los oestrimnios, que les habían entregado todo tipo de suministros con los que afrontar aquel último tramo del viaje. La carne salada, la fruta seca, el queso y la comida para los animales fue repartida entre los navíos. Los hombres de Cilen habían sido muy generosos, pues les ofrecieron casi la mitad de su rebaño: terneros jóvenes sobre todo, que ocupaban menos espacio en las embarcaciones y que crecerían fuertes en la nueva tierra. Herramientas, armas, ropa... No les faltaría nada durante los primeros días en su nuevo hogar.

En la playa, la mañana de la partida, los oestrimnios se reunieron junto a los barcos. Nadie faltó aquel día de despedidas, pues entre unos y otros se habían forjado amistades e incluso algún que otro amorío. Pocos se mostraron tan apenados como el caudillo Teath.

–No he sido un buen anfitrión, si estáis tan dispuestos a iros –se lamentó.

Pero Partolón, que como todos los suyos había aprendido a admirar a aquel hombre llano, le aseguró que no tenía queja alguna.

–Tu honor ha quedado engrandecido por el trato que nos has dado, hermano. En las crónicas que narremos en la Tierra Durmiente, la hospitalidad de los oestrimnios tendrá un lugar preferente, pues nos acogisteis cuando más lo necesitábamos.

Puedo sentir el calor del abrazo que compartieron a continuación. A través de las memorias de mi pueblo he conocido a todo tipo de individuos, pero no temo decir que ninguno tan sincero en la amistad como Teath. El rey en el exilio, a su vez, no desmereció tal aprecio y ofreció un regalo digno de veras. Había ordenado a varios sirvientes que recogieran de entre la flota los escasos objetos de valor que les quedaban. Haciendo de nuevo oídos sordos a su esposa, logró reunir un tesoro compuesto por aros, cuencos, jarras y hasta el peine más apreciado por Delgnat. En total, más de cuarenta piezas de oro macizo, que en adelante sería llamado «el tesoro de Partolón».

Ante semejante obsequio, Teath, incapaz de hablar debido a la emoción, se arrodilló ante Partolón... y lloró.

★ ★ ★

El caudillo de Cilen pronunció la invocación de despedida a los hijos de Partolón, a quienes desde entonces considerarían como parte de su pueblo, a pesar de ser de origen tan distante.

–Que vuestra travesía sea afortunada, hermanos –proclamó en nombre de los suyos–. Y que cada uno de los que pongáis un pie en la nueva tierra sea agraciado con salud y bienestar. Levantad casas firmes, criad ganado sano y parid hijos fuertes. Y, cuando os sentéis a contar historias al lado del fuego, recordad esos días en los que morasteis entre nosotros.

Su voz siguió enumerando las virtudes que para ellos había supuesto conocer a los exiliados. Bacor asistió a la ceremonia con asombro. No importaba si alguna vez había sido condescendiente con aquel pueblo, a quienes veía como gente inculta. Desde el primer momento sintió un profundo cariño por ellos, aunque fuera del mismo modo que lo tendría un maestro ante un pobre granjero sin formación: desde la superioridad. ¡Qué ciego había estado, ahora lo entendía! Los oestrimnios siempre fueron mucho más que simples bárbaros. Sus leyes, su forma de vida, las emociones que bullían en ellos... Eran sinceras, nacidas de costumbres antiguas y naturales, sin espacio para el artificio, la mezquindad o la mentira. Su cultura se basaba en la responsabilidad hacia la comunidad y se veía fortalecida por el amor a la dignidad y el honor bien entendido.

Había aprendido tanto de ellos... Un cambio se produjo en su interior en algún momento, sin siquiera advertirlo, nacido de la influencia de aquellos norteños idealistas y valerosos. Sí, Bacor advirtió que su postura sobre la vida ya no era la misma. Se había convertido en alguien nuevo; no un oestrimnio, desde luego, pero tampoco era ya un cretense. Las ciudades, los palacios y las intrigas de Cnosos le parecían ahora lejanas e insustanciales... En su día había tenido a los suyos por civilizados y, sin embargo, ahora comprendía la realidad: ellos eran los auténticos salvajes, acomodados en la opulencia, convirtiéndose a través de las eras en individuos frívolos con más apego a las riquezas que a lo que de verdad importaba: la tierra y el prójimo.

Aquellas enseñanzas se las llevaría consigo a su nuevo hogar.

⋆ ⋆ ⋆

Pero antes de zarpar tenía que decir adiós a alguien muy querido. El pequeño Brath, al igual que su padre, apenas podía contener el llanto. Se había encariñado del sabio tanto como éste de él, y sobre ambos se cernía la misma pena. Era un buen muchacho, valiente, inteligente y voluntarioso. Al mirarlo entonces a los ojos, un ligero vahído le trajo una visión. Advirtió en el muchacho un futuro lleno de esplendor: realizaría grandes cosas, o las harían sus hijos o nietos, siguiendo el legado del hombre sabio y honorable en que se convertiría. El canto del mirlo, que revoloteaba alrededor de Bacor, recitó un nombre que sólo él escuchó.

Breogán.

—No deseo que te marches, mi señor —confesó el niño, como si el consejero no lo imaginara ya.

—Hay cosas que no pueden dejar de hacerse. Y, aunque sea al final de nuestros días juntos, no me llames «señor». Soy Bacor, tu amigo.

El pequeño se sorbió la nariz a la vez que sonreía, conmovido. De pronto, abrió mucho aquellos ojos claros que tenía y bañó al anciano con una mirada radiante.

—¡Llévame contigo! ¡El norte me llama, siempre ha sido así! ¡Deseo saber qué hay más allá de las olas! —empezó a decir, atropelladamente.

Durante un suspiro, Bacor fabuló con la idea de llevarse al niño consigo. ¿Lo aceptaría su padre? Pero comprendió que aquellos pensamientos eran una locura. El chiquillo pertenecía a las tierras oestrimnias y, si era cierto que los vientos norteños lo reclamaban, habría de iniciar ese viaje a su debido tiempo, cuando fuera un hombre y pudiera responsabilizarse de su propia suerte.

Se arrodilló frente a él, le tomó las manos mientras lo contemplaba con tanta benevolencia que el muchacho supo de inmediato que sus deseos no se verían complacidos.

–Mi buen Brath, has sido para mí mucho más que el cayado o el guía que precisaba. Ojalá tuviera potestad para aceptarte a mi lado, pero esta misma tierra que me enseñaste a amar me dice que tu tiempo aquí no ha acabado. Te esperan buenos años, serás un hombre insigne que llevará a su familia más alto que ningún otro de tus antepasados. Lo veo, lo saboreo, lo siento.

El niño, llorando una vez más, asintió y aceptó el discurso. Se echó en sus brazos.

–Gracias a ti, hijo, soy más de lo que era cuando llegué aquí –le dijo–. Tú, un niño, has enseñado a este viejo más que cualquier maestro que haya tenido jamás.

El consejero se puso en pie de nuevo. Tras darse la vuelta, se encaminó al *Hijo de Minos*, que esperaba para ser devuelto a la mar. Entonces volvió el rostro un momento para ofrecer una última sonrisa a su pequeño gran amigo.

–Cuando construyas tu torre, sube a ella y mira al norte. Te estaré saludando.

23

El océano palpitaba. Era un corazón que mecía los barcos entre latidos de una fuerza que sólo el buen clima contenía. Un arrebato de cólera, y aquella parsimonia se convertiría en furia desatada.

Sin embargo, era el viento, convertido en una canción en honor a los hijos de Partolón, el que los ayudaba a avanzar hacia el norte. Tras tanto tiempo con los pies sobre la tierra, los exiliados volvían a sentirse parte del mar. Recuperaron su esencia cretense, la de sus padres, abuelos y bisabuelos, la de unos antepasados que gobernaron las corrientes marinas para convertirse en los dueños absolutos de las olas.

Puntual con los amaneceres, el mirlo volvió a presentarse ante Bacor, que lo recibía con agrado. Pero esta vez la criatura también buscó a Starn, quien aceptó aquella nueva amistad con una sonrisa. Lejos de sentir celos, el sabio agradeció de corazón ver un poco de alegría en el rostro del joven. Creyó que aquélla era otra de las señales que el pequeño pájaro le ofrecía.

Algo aguardaba a Starn. Algo maravilloso.

* * *

Seguían la costa de Oestrimnis, dejándola a la vista por si un cambio en los cielos les exigía detenerse. Aquellas regiones seguían estando habitadas por tribus de oestrimnios, aunque no tuvieran relación directa con el clan de Cilen. Se cruzaron con muchos pescadores que los saludaban con una mezcla de temor y admiración, pues nunca habían visto barcos como los suyos. Incluso hubo algunos caudillos que se acercaban lo bastante como para hacerse oír y preguntarles en tono desafiante por sus intenciones. El mismo Partolón los tranquilizaba, asegurándoles que no acudían para conquistarlos y los invitaba a subir a bordo para compartir con ellos el poco vino que les quedaba. Les hablaba de su amistad con el clan de Cilen, y éstos asentían, pues la reputación de Teath estaba fuera de toda duda.

No pasaron muchos días antes de que la línea de tierra cambiara de dirección, hacia el este. El mar se movía plácido, y los vientos seguían siendo propicios, lo que permitió que los remeros se mantuvieran descansados. Aun así, Babal el Albo desconfiaba, y se lo hizo saber a Partolón.

–No creáis que será así durante todo el trayecto.

Pero al rey en el exilio no le apetecía preocuparse por predicciones funestas. Estaba contento. Creía que las penurias habían quedado atrás y mostraba un ánimo exuberante. Trataba en todo momento de animar al pasaje, tan voluntarioso que su alegría se contagió como una bendición. Incluso se lo podía ver colaborando en las tareas propias de la embarcación, como cualquier otro, algo extraño en otras etapas del viaje. En un par de ocasiones tomó los remos, sin importarle mojarse los pies con el agua de mar estancada ni el olor de la orina que los esforzados bogadores se veían obligados a descargar allí mismo. Nada parecía capaz de afearle la expresión.

Cuando no se hallaba ocupado, pasaba largos ratos en la parte delantera del barco, mirando siempre al frente, como si con su mera voluntad pudiera acortar las distancias.

–Tan lejos como hemos viajado, y que sólo ahora me sienta de verdad más allá de cualquier límite –dijo en una ocasión.

A Bacor le sorprendió aquella reflexión tan profunda, pues Partolón siempre había sido un hombre poco dado a ellas. ¿Estaba empezando a cambiar algo en él o sólo se trataba de un espejismo?

* * *

Ocho días después de torcer hacia levante, llegaron a un gran golfo, y la costa los obligó a virar en dirección norte. El viento se volvió ligeramente en contra, así que las velas dieron paso de nuevo al uso de los remos. Aquellos que los movían sudaron, entre gritos de ánimos y reniegos preñados del deseo de que la brisa volviera a soplar a su favor.

Por otra parte, los mapas del capitán resultaban de escasa utilidad a esas alturas. Era lógico: ningún cretense había llegado tan lejos jamás como para dejar constancia de ello. Al principio, se valieron de las indicaciones dadas por los oestrimnios, pero éstas tampoco ya les valían de mucho. Habían alcanzado territorios que jamás soñaron.

–Al norte, tenemos que ir hacia el norte –insistía Partolón, que de pronto parecía frustrado.

–Una indicación muy vaga, mi señor –respondió Albo–. Necesitamos más información, o corremos el riesgo de acabar en cualquier parte menos donde pretendemos.

«Aunque, para el caso... Ni siquiera sabemos hacia dónde vamos», dijo en voz baja el capitán mientras se retiraba, creyendo que nadie lo había escuchado.

24

La mañana se levantó sobre una neblina que no tardó mucho en desvanecerse, quizá rota por los gritos de las gaviotas. Starn, en la proa del *Hijo de Minos,* contemplaba al mirlo, que trazaba hermosas piruetas contra el cielo teñido de manchas grises. Estaba embelesado por una desconcertante ilusión cuyo sabor había olvidado hacía tiempo. Acarició con los dedos la madera de la lira, que colgaba de nuevo sobre su hombro. Ni siquiera sabía por qué la había sacado del cofre, donde había estado presa desde hacía tanto tiempo, desde que la desgracia se cebara con él. Un impulso incontrolable.

En algún momento se le ocurrió que debía descifrar los símbolos que el ave dibujaba en su rítmico danzar. Creyó que había un mensaje en la cadencia del batir de alas, en ese baile sobre el viento que encrespaba las olas del mar. Una música por tocar. El pajarillo se acercó más. Cual pluma atrapada en una corriente de aire, levitó junto al oído del príncipe cretense y empezó a cantar. La melodía alcanzó la mente de Starn de inmediato, y éste se vio obligado a tañer las cuerdas de la lira.

Éstas vibraron con una voz familiar, arrancando recuerdos de felicidad pasada. Sin embargo, también propagó algo nuevo, formado por todo lo que Starn había experimentado desde la última vez que la tocó. Todo lo que había sufrido. La música del Oran Mòr, como su propia existencia, ya no era la misma. Ahora sonaba a mar, al dolor de la pérdida, a desesperanza, a la placidez y la amistad del pueblo con el que se habían hermanado. ¡Ah, una vez más desearía ser capaz de trasladarte mi visión directamente! Así verías que aquella canción era la vida, su vida. Y, por primera vez en largas semanas, un deseo de futuro.

Las notas se fundían con los trinos del mirlo, convirtiéndose en un conjunto, en algo más. Hablaba. El ave hablaba. El canto, un susurro; y en él percibió palabras que, acompañadas por el batir de alas y los acordes de la lira, formaban una balada. Y un nombre.

Lerna.

Entonces la vio. Allí estaba, justo frente a él. Tan hermosa como la recordaba. ¡Era ella! ¡Te lo juro! Tenía su rostro, cada línea dibujada era idéntica y, sin embargo, había algo distinto. ¿Cómo explicarlo?

Oh, perdóname. Sé que me altero con facilidad, sobre todo en las partes más intensas de este relato. Supongo que lo comprendes. En el fondo soy un hombre como cualquier otro: mi alma desea, en ocasiones, regresar a esas partes hermosas de mi pasado, o el de mi pueblo, en este caso, y por eso te narro esta historia. ¿Qué espíritu no se convulsionaría al contemplar de nuevo un amor perdido?

Starn sí lo hizo, desde luego. Dio un paso atrás, de pronto sofocado por aquella visión inesperada. Le faltaba el aire, y su cabeza se negaba a aceptar la imagen que los ojos le hacían llegar. Pero el corazón... El corazón le saltaba de pura emoción, y deseaba rendirse a lo que no podía ser más que un sueño.

–Sólo eres una visión –objetó el joven, reprochándose a sí mismo el simple hecho de decirlo, temeroso de que semejante desconfianza la hiciera desaparecer–. No estás aquí realmente.

Lerna sonrió. Curvó los labios con la delicadeza de siempre; el mismo gesto que había adorado desde el primer momento en que ella se lo regaló, en aquella fiesta donde la buscó y que tan alejada quedaba en el tiempo. Tanto como Cnosos en el espacio. La muchacha dio un paso hacia delante. Starn pudo oler su perfume. Sí, era distinto. Olía a hierba fresca y húmeda, a lluvia recién caída. Sin embargo, cuando Lerna levantó la mano y acarició la mejilla de su esposo, el tacto fue el mismo de siempre.

–Soy tan real como tú has hecho que lo sea. Me llevas en tu interior allá donde vas. Gracias a ti estoy arraigada a la Tierra Durmiente, has unido mi espíritu con el del nuevo hogar. La isla te reclama.

Starn parpadeó, incrédulo ante semejante revelación.

–¿A mí? Creí que Partolón era el elegido. Él tuvo la primera visión, y muchas otras que llegaron después. Incluso Bacor ha sentido la llamada de la Tierra Durmiente.

–Tu hermano sólo ha sido una herramienta para conseguir un fin. La isla le habló a través de los sueños porque podía arrastrar consigo a muchos más hombres que tú –explicó Lerna–. Y el anciano... Será necesario en nuestro nuevo país. Él establecerá sin saberlo los cimientos de una nueva clase de sabios. La gente los llamará druidas.

–¿Y yo? ¿Cuál es mi papel en esta historia?

Lerna volvió a sonreír.

–Tú, mi amor, serás el padre de aquel que contará nuestra historia a cuantas generaciones vengan después. ¿Acaso no fue ése el nombre que elegimos para él? Tuan, «la voz de los suyos»... Pero no sólo de los partolonianos, sino de todo aquel que ame esta tierra como a un hogar. Por sus venas correrá tu sangre y la mía, así como la savia de los árboles de la isla y el torrente de sus riachuelos. Él será el hijo del Pasado y el padre del Mañana.

Se tocó el vientre, que de pronto, ante los ojos de Starn, aparecía hinchado. Un alma latía allí dentro, podía sentirlo. Y comprendió: del mismo modo que la esencia de Lerna se había fundido con la de la Tierra Durmiente, también el espíritu de aquella criatura que nunca llegó a nacer se uniría con el nuevo niño que, según la aparición, estaba por brotar.

–¿Y si nunca alcanzamos la isla? Estamos perdidos. Desde hace días no sabemos hacia dónde dirigirnos.

–Te lo diré: allí donde la tierra acaba y a la vez empieza. Buscad la gran isla Alba, que precede a la Tierra Durmiente. Pero debes hacer algo por mí. Es necesario que así ocurra.

Starn asintió. Haría cualquier cosa que ella le pidiera.

–Debes ser el primero en pisar el nuevo hogar. Nadie debe adelantarse, ni siquiera Partolón. Tú, y nadie más que tú, debe despertar a la isla. Y entonces le darás un nombre que nacerá de tu corazón. Sólo de ese modo se cumplirá todo cuanto te he contado.

–Así se hará, mi señora. Y sólo hay un nombre que gritaré, sólo uno.

–No lo digas, todavía no. Resérvalo para ese momento.

Fue incapaz de contener el anhelo por más tiempo. La abrazó, y ella lo recibió con el calor y la dulzura de antaño. Buscó sus labios; los besó. Tan dulces, tan dadores de vida como siempre. Un estremecimiento le recorrió la carne y el alma...

Fue doloroso separarse de ella otra vez. No le importaba que fuera una ilusión, que la locura lo hubiera envuelto en su manto. Gustoso se rendía a semejante demencia, si eso significaba reencontrarse con la mujer a la que amaba. Pero algo le hizo ver que era necesario apartarse, dar un paso atrás, dejarla ir... una última vez. Porque ahora tenía la seguridad de que la volvería a ver. De que ambos estaban tan unidos que nada podía separarlos. Ni siquiera la muerte.

–Te amo –dijo, una expresión sencilla de su sentimiento, la más adecuada.

Lerna le ofreció un último beso, delicado, un hermoso roce en los labios.

–Tanto como yo a ti. Y será el amor el que haga posible lo que está a punto de ocurrir.

Las palabras resonaron en la mente de Starn. Una y otra vez. Una y otra vez...

* * *

Sintió que una mano lo zarandeaba. Parpadeó, y despertó como si hubiese estado durmiendo. La figura que estaba a su lado, aunque conocida y apreciada, no era la misma que unos instantes antes.

–¿Te encuentras bien, hijo? –le preguntó Bacor.

Starn movió la cabeza, tratando de despejar la somnolencia que lo había cautivado. Luego, recordando, dibujó una expresión alegre. La más alegre desde hacía largas semanas.

–Sí, amigo mío. Lo estoy –reveló.

–Estabas como perdido en otro mundo, aunque tus dedos no dejaban de arrancar bellas notas de la lira. ¿Qué ha ocurrido?

Exultante, Starn puso las manos en los hombros del consejero.

–La he visto, Bacor. A Lerna. Y ella me ha indicado el camino. Sé hacia dónde tenemos que ir.

El sabio lo miró con incredulidad, pero entonces volvió la vista hacia el mirlo que todavía revoloteaba por encima de Starn.

–Hablemos con Partolón.

25

Partolón dudó largo y tendido cuando su hermano le contó su visión. La expresión del rostro le fue cambiando, desde el escepticismo hasta algo que a Bacor le pareció demasiado similar al desagrado.

Celos. Malditos celos, odiosa debilidad de los hombres manchados con ese orgullo exacerbado que tanto hemos criticado. ¿De dónde nacían en esta ocasión? La respuesta es simple: el vástago del minos siempre había creído ser el primero, incluso el único, en recibir las misteriosas revelaciones acerca de la Tierra Durmiente. De hecho, Bacor se había cuidado bien de no contarle sus propias sensaciones, que sólo Starn conocía. Ahora, de pronto, el rey de los exiliados veía mermada su exclusividad. Alguien más había sido llamado por una voz sobrenatural. Otro elegido, que bien podía ser su sustituto, pues Partolón hacía tiempo que sólo escuchaba silencios.

Starn no reparó en el gesto contrariado de su hermano. Seguía hechizado por su extraño reencuentro con la esposa perdida. Sin embargo, el anciano advirtió que contenía la pasión de su discurso. Ciertas incoherencias en su relato hicieron pensar al sabio que el joven guardaba para sí una parte de la visión. No se lo reprochó. Tenía derecho, y seguro que había un poderoso motivo para hacerlo.

–Donde la tierra acaba y a la vez empieza el mundo –barruntó Afestes más tarde, durante la asamblea convocada en el *Hijo de Minos*. Todas las grandes personalidades de la flota se hallaban allí–. Malditos acertijos...

–No lo son tanto –opinó Fios, el sabio–. El final de algo puede ser su principio al mismo tiempo. Depende de la posición desde donde se observe.

Otro de los consejeros, Tath, pensaba como su compañero.

–Sí. Vedlo así: el camino entre Cnosos y Zackros, ¿dónde empieza en realidad? ¿En una o en la otra? ¿Y dónde termina? Estamos ante un caso similar.

–Veamos si lo he entendido –intervino Partolón–: buscamos un lugar que, viniendo desde el interior del continente, sea el final de la tierra, pero que también puede considerarse el inicio de ésta si se llega desde la dirección opuesta.

–Justo eso –asintió Bacor.

–¿Y dónde se encuentra ese lugar, por la Diosa? –se quejó Babal.

–No muy lejos, estoy seguro –dijo Starn–. Buscaremos a los oestrimnios que viven aquí y preguntaremos.

Era una idea sensata. Así que, en adelante, mientras seguían viajando hacia el norte, se detuvieron en las playas con más asiduidad. Pasado el mediodía, mucho antes de lo habitual, dirigían los barcos de nuevo a tierra y se adentraban para buscar poblados donde recabar información. Temieron encontrarse con más problemas, pero resultó que los lugareños, aunque asombrados ante tan extraños viajeros, los recibieron con la característica hospitalidad a la que ya estaban acostumbrados.

Al principio no supieron darles razón. Nadie conocía un lugar con las características que les describían, ni sabían de ninguna isla blanca y enorme. Pero, poco a poco, conforme continuaban hacia el norte, algunos empezaron a hablar de clanes que vivían en una lengua de tierra que se extendía hacia poniente, a la que el tiempo dará el nombre de Armórica. «Los últimos hombres», así los llamaron, pues decían que más allá de aquella península no existía nada salvo el mar infinito.

En efecto, la costa se volvió hacia el sol poniente al fin, alertándolos de que se acercaban a su primer gran destino: el fin del mundo y, al tiempo, el comienzo. No tardaron mucho en encontrarse con aquellos últimos hombres, quienes por supuesto no se llamaban de este modo a sí mismos. Se presentaron ante los partolonianos como «los que viven antes del mar», y ciertamente su cultura era similar a la de cuantos pueblos se habían encontrado antes en las tierras bañadas por el océano: sus poblados eran pequeños y las cabañas en las que habitaban muy rudimentarias, aunque estaban protegidas por altas empalizadas. Vivían cerca de los pastos con los que alimentaban a su ganado y de los campos que cultivaban, pero su principal sustento eran los bosques en los que cazaban y el mar en el que pescaban.

Tampoco pasaron el suficiente tiempo con ellos para advertir las sutilezas de su sociedad, pues Partolón no deseaba más entretenimientos. Gracias a que su idioma era, en parte, similar al de los oestrimnios, parlamentaron con un caudillo, a quien agasajaron con los últimos y escasos restos de su tesoro. De su gratitud obtuvieron las primeras palabras acerca de la gran isla Alba. La llamaban así por el blanco de sus acantilados, que los marineros más viejos habían visto con sus propios ojos. La comitiva cretense no pudo esconder la emoción al escuchar aquella explicación, aunque el caudillo del lugar confundió su gesto con incredulidad.

Un tanto contrariado, señaló la gran joya que colgaba de su cuello, sobre el fornido pecho. Bacor jamás había visto un collar como aquél, ni nadie de los suyos. Se trataba de una lámina de oro que adoptaba la forma de la luna creciendo hacia la plenitud. Tenía un repujado suave hecho a cincel, casi inapreciable, que recorría los bordes del objeto. Era una pieza bellísima.

–Si dudáis de mis palabras, creed en vuestros ojos –dijo el caudillo–. El padre de mi padre visitó la gran isla Alba cuando yo ni siquiera había llegado al mundo. Y de allí se trajo este collar, que ahora es el símbolo de mi familia. Está hecho, le dijeron, con el oro que brota de una tierra que está incluso más allá. Un oro protegido por terribles demonios de un ojo con cabeza de cabra.

¡Allí estaba! Bacor lo supo enseguida, y Starn, si debía hacer caso de su expresión sonriente y luminosa. Era la primera vez en tan largo periplo que alguien mencionaba su destino final. La Tierra Durmiente no era un sueño de unos pocos.

Existía.

¡Ay, amigo mío, no imaginas lo profunda que fue la alegría entre los partolonianos! Y la urgencia que, de pronto, los consumió.

La mención a esos supuestos demonios no los disuadió, pues los sabios vieron en ella un miedo ancestral parecido al de los supuestos monstruos que poblaban el mar occidental, que habían resultado ser falsos. Se apresuraron a abandonar la región rodeando la punta más extrema de la península. Debían continuar, según les habían dicho, hasta que el mar se estrechara y pudieran alcanzar con la vista las costas de la gran isla.

Uno podría pensar que, luego de tantos días de travesía, de largas semanas sin fin, unos pocos momentos más no significaban nada. Pero todo se vuelve más angustioso cuando atisbas la llegada al destino final. Los nervios se acrecientan, la impaciencia alcanza cotas de locura. Las molestias a las que los partolonianos habían llegado a acostumbrarse se les antojaron de pronto insoportables: el mal olor de tantas jornadas sin poder bañarse; la orina y los excrementos de los animales; la falta de espacio... «Tenemos que llegar pronto», pensó Bacor. Y rezó para que no ocurrieran más imprevistos, pues dudaba de que los suyos pudieran resistir una nueva decepción, por nimia que fuera.

* * *

Las aguas se apretaron y, casi por sorpresa, advirtieron una línea blanca al oeste. Hubo gritos exultantes, risas y cantos cuando entre los viajeros de la flota se extendió la noticia.

Allí estaban, en el horizonte: las costas albas, levantándose más y más esplendorosas conforme se acercaban. Bacor contempló impresionado las extrañas formas que podía adoptar la Gran Madre. Extrañas, pero bellas. Parecía una muralla blanca esculpida por los dioses, veteada por oscuras líneas y coronada por pastos verdes. Albión, Britania..., ésos son los nombres que veo en el futuro.

La flota siguió la nueva costa hasta llegar a la punta sur de la isla, una región rota por los vientos que obligó a los remeros a esforzarse de nuevo. Sobre todo, cuando se lanzaron hacia el trecho de mar abierto que los alejaría de la isla en un último acto de fe. Último porque suponía el paso definitivo, en el que hallarían su nuevo hogar o se perderían en un inabarcable océano.

Babal y los demás capitanes mostraron una vez más su recelo. Las corrientes eran poderosas, mucho más de lo que jamás habían sentido durante la travesía. No tenían nada que ver con el plácido mar que rodeaba Creta y el mundo que habían conocido antes de cruzar los Cuernos de Posidón.

De pronto, Bacor se estremeció ante la certeza de que se hallaban más allá del mismo mundo. Así lo sentía. Los vínculos con la antigua tierra, con el pasado, se habían roto por completo.

–Ya no somos cretenses –dijo a Starn–. Nunca más lo seremos. Hoy nacemos de nuevo.

26

Los partolonianos, todos y cada uno de ellos, tenían la mirada puesta en los vigías. Ojos anhelantes, nervios desatados. Esperaban de ellos un grito, un aviso, una proclama que llevara un nombre: la Tierra Durmiente.

A Bacor le invadían los mismos nervios, aunque trataba de disimularlo con una actitud calmada. Era un sabio, se esperaba de él que transmitiera entereza, calma, así que trataba de mantener la inquietud a raya a través de la contemplación serena. Apoyado en la borda, en compañía de Starn, observaba cómo la luz del sol que nacía a sus espaldas bañaba el prometedor horizonte. Sin embargo, su espíritu estaba más alterado que ningún otro. Lo sabía, no tenía la menor duda: aquél era el día. Lo intuyó cuando apareció el mirlo, más danzarín de lo habitual.

Sin embargo, fue el príncipe el encargado de hacerlo realidad. Extendió el brazo y señaló a lo lejos mientras sus ojos, abiertos de par en par, se llenaban de lágrimas. La niebla matutina se apartó lo suficiente para dejar ver una línea oscura. El joven susurró un nombre, en voz tan queda que no logró entenderlo. Luego exclamó.

–¡Allí! ¡Allí!

La alegría estalló de barco en barco como un relámpago cruzando los cielos. No hubo grito que no se quebrara por la emoción, ni partoloniano que no mostrara alegría. Cada uno tomó el anuncio a su manera: los hubo que se abrazaron con aquel que tenía a su lado, y otros que simplemente se dejaron caer de rodillas en el entarimado para dar gracias a la Diosa.

Después de tantas vicisitudes y lamentos... Disculpa una vez más mis lágrimas. La emoción de aquellos hombres, que tanto habían padecido, es también la mía. Es la indescriptible sensación de regreso al hogar, aunque en este caso jamás lo hubieran visto antes... Hay algo en la tierra anhelada que te ata, que te llena por dentro. Algo que va más allá de banderas e himnos, de estúpidas patrias mal entendidas. Algo que está en el viento que te mece los cabellos, en la fragancia que aspiras al tomar aire, en el suelo que pisas. ¡Ni toda la sabiduría del mundo podría ponerle nombre!

Partolón se adelantó hasta la proa. Erguido como una estatua, con el rostro severo atisbaba aquello que se le había anunciado tiempo atrás. Y derramó lágrimas como Bacor jamás le vio hacerlo. Ni siquiera tras la muerte de sus padres se permitió mostrar semejante vulnerabilidad. Pero lloraba ahora con la sinceridad de un niño y la alegría de quien ha recuperado una parte de sí mismo. ¿Acaso no tenía derecho a emocionarse? La empresa por la que renunció a su legítimo derecho como heredero del minos había llegado a su fin con éxito. Una victoria mayor que ninguna otra.

La conquista de un reino.

¿Y qué hay de Bacor? Su turbación no fue menor, en absoluto. Ni la de Starn. Ambos compartieron el instante, abrazados y exultantes, temblorosos. Pues nadie, ni siquiera Partolón, comprendía como ellos los auténticos entresijos de lo que estaba por venir. Un ignoto mundo estaba allí, al alcance de su mano.

Una Tierra Durmiente que él y los suyos despertarían.

* * *

Pasada la primera impresión, Partolón ordenó bordear la isla para hallar el mejor lugar donde atracar. Mientras, los exiliados contemplaban la tierra expectantes. Les pareció que el mar fluía de pronto con una lentitud insoportable, que los bajeles eran como caracoles perezosos que no avanzaban en absoluto.

Al fin, los vigías advirtieron un pequeño remanso que se adentraba con trazo calmado en el interior de la isla. Entre dos penínsulas, la bahía los llevó hasta el estuario de un río, aquel que quienes vendrán mucho después llamarán Inbhear Scéine. El agua cambió de color al pasar de ser salada a dulce, lo que fue tomado como una señal definitiva de que todo había acabado... o sólo comenzado.

Y así, alcanzado el final del brazo acuoso, se desataron las pasiones. Los hombres, mujeres y niños saltaron por la borda antes siquiera de pensar en amarrar los barcos. Todo quedó atrás: útiles, armas, bestias... Veinticuatro esposos con sus veinticuatro señoras. Y sus familias. Hijos e hijas. Sirvientes. Sólo los marineros, y a desgana, quedaron en las embarcaciones.

Partolón fue con los suyos. Incluso Bacor. Sus huesos eran viejos y los músculos se le cansaban con mayor facilidad que antaño, pero de pronto se vio imbuido de una fuerza que lo obligó a unirse al jolgorio general. Corrió entre las aguas, aunque sabía que no vencería, que no sería el primero en alcanzar tierra. No le importaba, le bastaba con vivir el instante, reír de alegría como si su alma fuera de nuevo joven. Un niño; sí, había regresado a la infancia, a la despreocupación y a la inocencia. De algún modo estaba naciendo de nuevo. Surgía de las entrañas de una madre, el ayer, en el mundo del mañana.

Por delante de él, y de Partolón y de cualquier otro... Starn. Nadie podía compararse con él. ¡Por los antiguos tiempos y los futuros, cuánto ímpetu! Mi padre se había convertido en una centella. Volaba con rápidas zancadas, hacía saltar el agua con cada una de ellas. Adelantó a su hermano desoyendo las exigencias que proclamaban que, como líder del grupo, suyo era el derecho de ser el primero. A Starn lo espoleaba la promesa hecha a su amor.

Tanta convicción tuvo el premio deseado. Suyo fue el pie que despertó a la durmiente tierra. Levantando los brazos, extendiéndolos para abrazar el nuevo hogar, la llenó con su voz. Y le dio nombre.

–¡Lerna!

* * *

Cuando los partolonianos llegaron hasta su altura y se desplomaron, agotados pero felices, Bacor temió por un instante que Partolón se enfrentara con Starn por haberle arrebatado el privilegio de nombrar la isla. Sin embargo, el hermano mayor había relajado el ceño fruncido ante lo hermoso del momento. Se arrodilló allí mismo, sobre la arena, tomó un puñado de fango con piedrecillas y lo besó.

Bacor lo vio como una buena señal. Por primera vez en toda su vida el orgulloso líder había cedido una victoria. ¿Por qué no? Quizá Lerna fuera de Starn más que de ningún otro, pero aquel paraje tenía belleza de sobra para cada uno de sus hijos adoptados. El exilio había terminado, y Partolón al fin podría ser un rey de verdad.

–¡Grande es este día, hermano menor! –le dijo Partolón a Starn–. ¡Será recordado como una celebración de muerte, tanto como de vida!

Una afirmación desconcertante, ¿verdad? Así se lo pareció también a quienes lo escucharon, pero él no se apresuró a explicarlo.

–¡Oh, creéis que me he vuelto loco! –dijo al fin–. ¡De muerte he dicho, sí! La de una antigua vida caduca. Y también de vida, pues hoy nace una era de esplendor. Así como la noche precede al día, del mismo modo la muerte es la antesala de la vida. ¿No lo creéis así, Tath, Bacor, Fios y Fochmarc?

Los cuatro sabios sonrieron, mostrándose satisfechos de la perspicacia de su rey.

–Has hablado con sabiduría, señor –dijo Bacor.

Partolón se rio alto y claro.

–¿Has escuchado, Starn? Los instruidos me tienen, al menos por una vez, como su igual. Jamás antes me habían llamado sabio. Yo te digo que es cosa de esta maravillosa isla. Morando en estas colinas todos seremos más ricos de corazón y mente.

¿Y qué había de Bacor? ¿Qué obtendría de aquella tierra? Levantó la vista hacia el cielo. Estaba nublado. Sintió una gota que le caía sobre el rostro, luego otra. La llovizna arrancó más felicidad entre los suyos. A él le reportó una respuesta: Lerna le regalaba el conocimiento de lo puro y de lo hermoso.

Lo que en esos instantes de gozo no imaginaba era que también recibiría el conocimiento de lo horrible.

Libro III

EL DESPERTAR DE LERNA

«¡Márchate, oh, niño humano!
A las aguas y lo silvestre
con un hada, de la mano,
pues hay en el mundo más llanto
del que puedes entender».

William Butler Yeats, *The Stolen Child*

1

Ya ha durado bastante esta pausa, ¿no crees? Deja sólo que tome mi lira de nuevo, pues nada es igual sin ella. Y que venga nuestro común amigo. Ah, aquí está, pequeño mirlo de canto dulce, portador de mi memoria. ¡Susúrrame al oído los hechos del ayer una vez más! Pon las palabras en mis labios y dejemos que las cuerdas borden la música que dará forma a los lugares que ya no existen.

El relato... El relato encara su final, mi buen amigo. Pero no temas, porque ya lo hemos hablado: nada termina realmente. La vida, la misma existencia, es un círculo. Y el conocimiento se perpetúa gracias a los hombres que seguimos narrando el pasado, como yo, como otros que sin duda vendrán con el tiempo.

Volvamos, regresemos atrás, a esos días que ya te resultarán casi tan familiares como a mí.

* * *

Starn, de cuya carne estaba destinado a surgir quien esto te cuenta, caminaba descalzo por los campos de su nuevo hogar. Lo hacía así porque prefería sentir la tierra viva contra la planta de los pies, sin importarle que se le ensuciaran de barro. ¿Acaso un hombre acariciaría a su amada con las manos envueltas? Para él, aquel suelo que pisaba era la carne de Lerna. De algún modo percibía que un corazón latía bajo la hierba y la roca. Mujer vestida con ropajes distintos a los habituales, pero mujer al fin y al cabo. Su esposa.

No había vuelto a verla desde aquel día en el barco, pero la intuía cercana. A su alrededor, en todo momento: cuando levantaba la vista cada mañana para ver qué le ofrecería el cielo; cuando paseaba entre las praderas y bebía del rocío sobre las hojas; cuando la noche caía y el ulular de las aves nocturnas despertaba. Estaba allí y le hablaba de mil y una formas, aunque él no terminara de entender lo que pretendía decirle.

Se sentía feliz vagando sin rumbo ni propósito. Le bastaba con llevar consigo su más preciada posesión, la humilde lira, y tañer sus cuerdas en busca de las armonías apropiadas para la belleza de aquel mundo por descubrir. Se había liberado de cualquier carga, de tener un objetivo que alcanzar, y simplemente se contentaba con dar un paso y luego otro. ¡Pues ya había llegado a su meta! O al menos eso creía. Todavía no era consciente de que en la vida sólo existen paradas para descansar.

Para Starn el tiempo se medía ahora por el gemido del viento sobre las colinas de la nueva y bella tierra; por el suave arrullo de los ríos; por el roce de la lluvia, casi siempre delicado, aunque a veces se volvía iracundo como si pretendiera arrancarle la piel, y por las notas de su instrumento. Se alejaba de cuantos conocía y, en medio de aquellos parajes que despertaban, lanzaba un grito. No de rabia u odio, más bien se trataba de un desahogo, de volcar la extraña pasión que yacía en su interior y lo desbordaba. Siempre había un nombre en aquel estallido impetuoso. Y siempre era el mismo.

Lerna.

* * *

Como si deseara ser cortés con sus hijos recién llegados, la isla les ofreció un primer invierno suave, gracias al cual los partolonianos pudieron establecerse sin mayores padecimientos. Se habían desplazado tierra adentro, hacia el norte, dejando atrás el estuario donde desembarcaron, hasta hallar un lugar propicio: una llanura herbosa, rodeada de arboledas repletas de robles y tejos, junto a un riachuelo. Aquellas aguas, frescas y surcadas por grandes truchas, danzaban entre la densa fronda de árboles hasta llegar al lago que gobernaba el valle. Montañas de aspecto imponente flanqueaban el maravilloso emplazamiento, guardianas en la distancia.

Al pie de uno de los montes, junto a una cascada, decidieron construir su ciudad. La alegría era tan grande que se trabajó mucho y bien. En aquellos primeros tiempos no hubo distinción entre el mismísimo Partolón y el más humilde de sus siervos. Las hachas danzaron con avidez sobre los troncos de los árboles, los picos sobre la roca. Lerna les entregó madera y piedra para sus moradas, y de este modo levantaron nuevos espacios donde antes no los había. La isla les hacía sitio, una madre amorosa que acomoda el nido a sus polluelos recién nacidos.

Bajo la pasión inigualable de su exultante rey, la diligencia y sentido común de Starn y los consejos de los sabios, surgió una aldea. Y esta vez sí, fue Partolón quien la nombró: Hija de Cnosos.

Y allí mismo se proclamó rey de Lerna.

* * *

Starn alcanzó el linde del bosque y lo traspasó. Dejó que lo abrazara el manto protector de los robles, vestidos de musgo y helecho. El aire olía a húmedo, pero no a podrido. La luz se filtraba entre las hojas, formando haces que más parecían dedos volátiles surgidos de otro mundo. Las tonalidades de verde esmeralda reverberaban a su alrededor, al compás del fresco eco de sus composiciones. Parecía como si ambos, música y color, tuvieran un acuerdo tácito para alimentarse mutuamente.

Aquellas arboledas eran distintas. El entorno se le introducía dentro, buscaba su alma. Esa sensación... permanece incluso hoy en día, ¿verdad? Los escuchas sin ser consciente de ello. Susurros de oradores invisibles que nos acercan certezas de una profunda trascendencia: que la muerte es el camino a una nueva vida –la muerte de los cretenses, la vida de los partolonianos–; que el pasado es presente aquí, que lo antiguo sigue vivo... De una forma básica, grosera y casi inadvertida, Starn sentía que la realidad que había conocido antes de su llegada a la isla estaba sesgada por percepciones limitadas a lo físico, y sólo ahora empezaba a advertir que había algo más. El sobrecogimiento era tal que el vello se le encrespaba constantemente. Era hermoso, como todo lo que ofrecía Lerna, y por ello merecía ese nombre.

Mientras seguía avanzando hacia el destino que tenía en mente, el joven príncipe pensó en lo que la isla les había proporcionado. Protegidos por un refugio estable, la vida de Partolón y los suyos progresó en poco tiempo. Disfrutaban de una caza abundante, ya que habitaban los bosques muchos animales, entre ellos grandes jabalíes y orgullosos ciervos rojos. También, por supuesto, sembraron campos, y tal era la fertilidad de aquella tierra, a pesar de que jamás había sido cultivada, que obtuvieron generosos frutos durante la primera primavera: forraje para las bestias que los exiliados habían traído con ellos y cebada con la que elaborar cerveza.

Los partolonianos se aferraron a la felicidad con pasión. Cada uno de ellos se dedicó a lo que su corazón le demandaba. Starn, como ya te he contado, se convirtió en paseante y músico, el embrión de aquellos a los que un día se les llamaría bardos. Babal el Albo había pasado de ser capitán a mercader, junto con Biobal. Brea, el hijo de Senboth, destacó como constructor por encima de cualquier otro, pues él fue quien primero levantó una casa. Malalech siguió siendo médico, pero también descubrió una nueva pasión: la elaboración de cerveza. Tal y como Partolón les había prometido, Totach, Cuil, Dorcha, Dam, Athecbel, Iomus y Tarba se hicieron cargo del ganado traído desde el país de los oestrimnios.

¿Y Bacor? El anciano consejero sorprendió a todos. Al poco de asentarse en la isla, anunció que dejaba Hija de Cnosos para trasladarse al bosque cercano, alegando que deseaba conocer mejor las tripas de la nueva tierra, volcarse por completo en la búsqueda de conocimiento. Aun así, no siempre estaba solo. Starn acudía a menudo a la pequeña casa que le había ayudado a levantar en medio de la arboleda. Y, reconocido como el más sabio de los venidos de Creta, los padres llevaban a sus hijos para que los educara. Él les transmitía útiles cuestiones acerca de los animales, las plantas, el cielo y los ciclos de las estaciones; lecciones legadas de Cnosos, pero también muchas que estaba descubriendo en el nuevo hogar. De este modo, Bacor se convirtió en el primer maestro de Lerna.

Starn llegó al fin al lago, enorme y de aguas claras. Los árboles se agolpaban hasta la orilla del estanque e introducían sus raíces incluso en el agua, como si de serpientes sedientas se tratara. La quietud reinaba en aquel lugar, que invitaba a tenderse sobre la hierba fresca para contemplar el cielo, a remojar los pies, a disfrutar del canto de los pájaros. Su anciano amigo le había dado nombre: lago del Aprendizaje. Cuando le preguntó el motivo de tal elección, le aseguró que desde que se instalara allí no había hecho más que aprender nuevas cosas.

En la orilla de la calmada laguna se hallaba el hogar de Bacor. Una cabaña circular, hecha de mimbre y bálago, con el tejo de ramas entrelazadas y tierra apelmazada. No era muy grande, apenas siete pasos bastaban para cruzarla, pues el sabio prefería la comodidad a la ostentosidad. La habían construido sobre unos pilares que la elevaban un poco sobre el suelo herboso, para así evitar que la humedad se introdujera en el interior.

El anciano se hallaba en el exterior, junto a uno de los robles. Contemplaba las ramas del árbol con aire meditativo mientras el mirlo revoloteaba alrededor.

–¿Ahora cavilas el modo de subir a lo alto de las copas, mi buen Bacor? –bromeó Starn, arrancando un suave tañido a las cuerdas de la lira.

El sabio reparó entonces en su presencia y lo saludó con una sonrisa. El mirlo hizo lo propio con una serie de trinos, justo antes de posarse en la mano que le tendió el joven.

–Tal vez lo haga, pero no era eso lo que tenía en mente. Fíjate...

Starn contempló el punto que el antiguo consejero señalaba: unos arbustos con forma redondeada que colgaban de las ramas del árbol. Lo extraño era que no parecían parte del guardián de piel cuarteada.

–¿Qué estoy mirando exactamente?

–Algo fascinante, aunque pueda parecer simple y anodino: dos plantas distintas que conviven. La más pequeña, a la que de momento he llamado «mordedora», aprieta con fuerza a su anfitrión. Presumo que se alimenta de ella, pero no parece dañarla. Una fabulosa simbiosis que demuestra que la unión otorga poder.

Cuando hablaba de las criaturas que crecían o caminaban por Lerna, a Bacor se le iluminaban los ojos. Todo le fascinaba, desde el vuelo de un águila a los relámpagos durante una tormenta. Elementos tan comunes en esta isla como en la que habían abandonado y que, sin embargo, tenían un halo de novedad y le inspiraban atrevidas ideas, planteamientos extraños y teorías reveladoras. Ésa era la diferencia con el príncipe: para éste las explicaciones no tenían importancia. Sin embargo, el anciano no cejaba en su búsqueda, en tratar de entender hasta la más insignificante de las facetas de la existencia. Donde Starn veía la isla con el corazón, Bacor lo hacía con la cabeza.

–Suena apasionante, pero imagino que no me has llamado para mostrarme esto.

–No, esto no. –Volvió el rostro de nuevo hacia él, aunque ya no vio alegría, sino un cierto tinte de preocupación y el regreso de la ancianidad–. Se trata de otra cosa. Acompáñame.

Volvieron a adentrarse en el bosque, aunque no por donde había llegado el joven, sino hacia el norte. Bacor, ataviado con una amplia túnica blanca, no abrió la boca durante todo el trayecto, y Starn no le demandó ninguna explicación. Confiaba en él como si de un padre se tratara y comprendía que lo que fuera que quisiera enseñarle no podía ser explicado antes de tiempo.

Llegaron a un claro parcialmente cubierto por unas cuantas ramas desvergonzadas de los robles cercanos, y Starn pudo ver así lo que, dedujo, preocupaba a su amigo: siete rocas, del tamaño de carneros gordos. No le habrían llamado la atención de no ser por su cuidada disposición. Formaban un círculo delimitado a la perfección. No hacía falta ser un sabio para entenderlo.

Alguien las había colocado de ese modo.

Starn se acercó hasta las piedras y las examinó. De piel gris ceniza, aunque manchadas de blanco y abrazadas en su base por madreselvas, no le parecieron muy especiales. Hasta que advirtió varios símbolos grabados. Asemejaban caras talladas, pero no lograba entender a qué hacían referencia.

–Lo descubrí hace unos días, durante un paseo. Sabes lo que significa, ¿verdad?

–Insinúas que no estamos solos en Lerna...

–Ésta es una prueba irrefutable, hijo.

–Podría ser obra de algún antiguo pueblo ya desaparecido.

Bacor negó con la cabeza.

–El lugar parece que no ha sido hollado desde hace mucho tiempo, cierto, pero esos grabados no acusan el desgaste de la intemperie –razonó el anciano–. Estoy convencido de que los constructores de esto, o sus hijos, no andan muy lejos.

Starn se frotó el mentón mientras trataba de encontrar un fallo en los argumentos del sabio. Tarea destinada al fracaso, como bien sabía. Si Bacor le mostraba aquello, si le ofrecía una teoría, era porque él mismo ya había descartado cualquier alternativa.

–¿Qué sugieres?

–El conocimiento es la clave para la anticipación. Deberías plantear la cuestión a Partolón y pedirle que destine hombres a la exploración de Lerna. Y, si tú estás al mando de dicha misión, mucho mejor. Necesitáis estar preparados por si se diera el peor de los casos.

Cruzó la mirada con el consejero a la vez que arrugaba el entrecejo. «Necesitáis estar preparados», había dicho. Era como si de algún modo Bacor se estuviera excluyendo voluntariamente de la comunidad de los partolonianos. No le gustó, pero si algo lo confundió sobremanera fue advertir que lo comprendía.

Aunque Starn todavía vivía en Hija de Cnosos, cada vez se sentía más extraño entre los suyos.

2

Partolón estaba de pie en la puerta que daba acceso a su hogar, el más grande e imponente de todos los edificios del poblado. Se trataba de un palacio minúsculo en comparación con el más modesto de Creta; aun así, era la única construcción de tres plantas, lo que daba buena cuenta de su importancia. Las habitaciones del servicio se hallaban en el piso inferior, mientras que en el intermedio Partolón había ordenado la instalación de la sala del trono, donde además se realizaban las asambleas. La parte superior alojaba las estancias de la familia real.

Sin embargo, mantenía el estilo clásico: la fachada, coronada por el símbolo cornudo de Posidón, seguía en un pórtico con imponentes columnas; los pasillos y escaleras convertían las plantas del edificio en un pequeño caos de rincones; el juego de luces de las claraboyas; las pinturas murales que representaban diversos momentos festivos; el patio interior, poco espacioso al lado del de la Casa del Hacha...

Aunque sólo Starn y él mismo lo intuían, aquél era otro de los motivos por los que Bacor había abandonado Hija de Cnosos. Desde el mismo momento en que Partolón le puso ese nombre torció el gesto. Y más lo agrió conforme el poblado crecía y adquiría el aspecto del antiguo hogar.

–Es como ignorar todo por cuanto hemos pasado para llegar aquí –le había dicho en la única ocasión en que confesó su desagrado–. Ya no somos los mismos, la experiencia debería habernos cambiado. Precisamos tener una perspectiva diferente. Esta tierra nueva, asombrosa, exige que nos adaptemos a ella, no que la adaptemos a nosotros.

–¿Tan malo es que rindamos recuerdo a nuestros orígenes? –respondió el rey.

–No, desde luego. Lo que me preocupa es que eso nos lleve a cometer los mismos errores.

Nunca más volvió a hablar del tema, aunque aquel reproche se convirtió en una astillita que le fastidiaba de vez en cuando. Sobre todo, porque sabía que también Starn compartía el punto de vista de Bacor, aunque no lo dijera en voz alta. Ambos creían que debían crear una comunidad nueva, libre de las ataduras de un pasado repleto de amarguras. ¡Pero él era el rey de Lerna, como antes tendría que haberlo sido de Cnosos! No renunciaría a su cultura sólo porque un viejo empezara a desvariar.

Al fin y al cabo, ciertos aspectos diferían por obligación con el país que habían dejado atrás. El palacio de Partolón no podía albergar a toda la comunidad, como antaño se hiciera en Cnosos. Una edificación tan enorme y compleja como la Casa del Hacha no surgía en unas pocas semanas, se necesitaban años y años de ampliaciones. Y mientras tanto el resto de partolonianos necesitaba un techo bajo el que guarecerse.

Así que aquella urbe creció distinta. Desde la villa del rey nacía una calle principal hacia el norte. Era la única que estaba empedrada, y moría en una plaza junto a la puerta de la muralla, sin duda la más llamativa de las novedades. Los cretenses nunca habían construido muros en su patria natal, pero estaban en tierra desconocida. Por muy bella que fuera Lerna, ya habían visto su cara más salvaje durante algunas cacerías: osos, ciervos muy territoriales y lobos que podían sentirse tentados por el ganado. También les llamó la atención una especie de perro de orejas puntiagudas y pelaje rojizo. El lienzo de piedra los mantendría alejados al tiempo que daba lustre a la aldea.

La calle formaba una columna vertebral en torno a la cual se levantaron las viviendas de adobe, con techumbres planas y aterrazadas. La mayoría tenían una sola planta, salvo la de las personalidades más insignes. En éstas, el piso inferior generalmente era utilizado como granero o taller, aunque la mayoría de suministros que el poblado almacenaba para el invierno se guardaba en las despensas comunitarias de la zona norte, a salvo en las grandes *pithoi*.

El rey contemplaba la actividad de su gente con satisfacción magnánima. Junto al río, calmadas las aguas tras descender de la cascada, las mujeres se afanaban en las tareas de limpiar y destripar los peces que sus maridos habían pescado por la mañana. Era parte de los preparativos para el gran banquete del solsticio de invierno. Partolón había ordenado sacrificar al mejor de sus toros, el primer vástago nacido de la semilla de uno de los tres sementales herederos de la estirpe del minotauro. Se lo ofrecería a la Gran Diosa. Porque Ella estaba allí, los había acompañado desde Creta y se había instalado con ellos en la isla. O al menos eso decían los tres sabios, Fios, Tath y Fochmarc. Tal vez era lo único en lo que todavía estaban de acuerdo con Bacor, quien, sin embargo, no veía con buenos ojos que se la reverenciara con las mismas celebraciones de antaño.

–¿Y de qué otro modo habríamos de hacerlo, si no? –se quejó el rey ante la crítica del que fuera consejero de su padre.

El distanciamiento entre ambos era insalvable, pero en aquellos días el esplendor y la alegría enmascaraban cualquier conato de tristeza. La comida abundaba, los niños crecían sanos y las mujeres empezaban a alegrar a la comunidad con nuevos retoños. Delgnat fue la primera que anunció que estaba encinta, lo que ilusionó a su esposo. Sería su primer hijo nacido en la isla, así que no tenía ninguna duda de que la criatura estaría bendecida.

Sí, habían olvidado las angustias de su largo viaje. A cambio tuvieron que dejar de lado los refinamientos de Cnosos. Aún apreciaban los lujos, sólo que éstos se amoldaron a lo que las circunstancias permitían. Se habían convertido en amantes del trabajo duro y, aunque se engalanaban con torques y brazales de bronce al modo oestrimnio, dejaron de vestir con ropajes de seda. Sólo la reina, todavía, en su afán por distinguirse de las otras mujeres. El resto utilizaba ahora túnicas de estopa y lino basto, más apropiadas para el ambiente húmedo de la isla. No se confeccionaron apenas sandalias descubiertas, sino calzado que cubría por entero los pies para salvaguardarse del fango. La piel, antaño morena gracias a los soleados días de su patria de origen, se les había tornado pálida, acorde con el habitual cielo gris. Y los cuerpos esbeltos se robustecieron. De la exquisita sociedad en la que vivieron antaño poco podían aprovechar en aquel medio todavía precario.

Al levantar la vista de nuevo, Partolón reparó en Starn, que se acercaba con decisión hacia él. Lo había visto marcharse temprano, apenas empezó a salir el sol, hacia los bosques. Desarmado, estaba claro que pretendía visitar a Bacor. Partolón frunció el cejo al pensar en la influencia que el viejo todavía tenía sobre él.

–¡Buen día, hermano menor! –sonrió el rey.

–Bueno es.

–¿Vienes de parlotear con ese anciano solitario?

Starn dibujó una mueca de fastidio.

–Sí. Pero te agradecería que dejaras de mofarte de él. Antaño fue como un padre para ti.

El rey no hizo mucho caso de la recriminación. Al fin y al cabo, no había sido él quien se había desentendido del consejero. Bacor ya no era el mismo hombre, dejó de serlo cuando pisó Lerna. En opinión de Partolón, una mezcla de locura y despreocupación se habían apoderado de él, y con ellas había dado la espalda a los suyos para irse a hablar con los pájaros y los árboles. Justo cuando más necesitaban de su guía. Jamás lo reconocería, pero se sentía dolido por lo que consideraba una deslealtad, y por mucho que su hermano siguiera encariñado con el viejo no pensaba cambiar de opinión al respecto.

–Sí, sí... –cabeceó para acallar las críticas de Starn.

–Bacor ha descubierto algo.

«Seguro que ha averiguado el motivo por el que las hojas son verdes o el cielo azul», pensó, pero no dijo nada para no molestar a su hermano.

–¿De qué se trata?

–Convoca una reunión del consejo, pues más oídos deben enterarse de esta historia.

* * *

En la sala del trono se reunieron, además de Partolón y Starn, los miembros de la asamblea. Eran los más apreciados por el jefe de la aldea, aquellos con quienes discutía las grandes decisiones: Acasbel, Senboth el Viejo y los tres sabios, Tath, Fochmarc y Fios, actuales consejeros del señor de Hija de Cnosos. Por su parte, el príncipe contaba con el apoyo de Afestes.

Las mujeres trajeron la cerveza de Malalech para que los hombres empaparan las lenguas durante la discusión. Starn, como convocante del concilio, fue el primero en hablar.

–Bacor, «el que conoce el roble», ha realizado un inquietante descubrimiento: no estamos solos en la isla.

Las caras de los presentes mudaron hacia el asombro, la sorpresa y, claramente, la incredulidad.

–¿De qué estás hablando? –quiso saber el rey.

–Encontró una formación de rocas, sin ninguna duda artificial.

–¿Unas cuantas piedras y ya se cree ese advenedizo que estamos en peligro? –rezongó Fios, con la voz cargada de resquemor.

Los tres sabios estaban tan dolidos con Bacor como Partolón. Él, que por experiencia debería haberlos representado, decidió marcharse a vivir al bosque. A partir de entonces no escondieron su resentimiento hacia quien creían que había rechazado las antiguas leyes de Creta. Algo que no parecían muy dispuestos a perdonarlo.

–Yo mismo las he visto –confirmó Starn, molesto–. Aunque al principio dudé, comprendí que Bacor tiene razón. Son monumentos levantados hace poco, no importa su función. Sus constructores, o quienes los sucedieron, podrían estar todavía en Lerna.

–O haber desaparecido hace mucho. ¿Cómo, si no, explicamos que tras un año jamás nos hayamos topado con ellos? –argumentó Tath.

–Apenas hemos abandonado esta zona –replicó el príncipe–. La construcción de Hija de Cnosos nos ha tenido ocupados desde entonces.

Partolón decidió intervenir antes de que la reunión se convirtiera en una discusión entre su hermano y los tres sabios.

–Bien, quedan claras las posturas. Mi pregunta ahora es qué recomendáis cada uno. Starn...

–Pienso que sería buena idea organizar varias partidas de exploración y enviarlas en todas direcciones. Aunque las teorías de

Bacor fueran erróneas, es necesario averiguar cuanto podamos de nuestro nuevo hogar. ¿Qué pueblo no conoce su país? Quién sabe, además, qué maravillas podremos encontrar.

–Sabios consejeros...

Fochmarc tomó la palabra, no sin antes torcer los labios en un gesto serio.

–Creemos que todo esto sólo es una más de las extravagancias de Bacor, que empieza a caer en la senilidad. No vemos la utilidad de enviar hombres a tareas tan prosaicas cuando hay todavía tanto que hacer en Hija de Cnosos.

Partolón asintió. Opinaba igual que los tres sabios y les habría dado la razón de inmediato. Pero no quería despreciar con tanta severidad las buenas intenciones de Starn. Así que decidió un curso de acción digno de la magnanimidad de un rey.

–Fios, Tath y Fochmarc están en lo cierto. No podemos prescindir de tantas manos como precisaría la tarea que recomiendas, hermano. Pronto llegará un nuevo invierno y debemos estar preparados. Aun así, entiendo que tu inquietud es certera. Por ello aceptaré que formes un grupo pequeño entre quienes te siguen y realices las expediciones que desees.

El jefe de la aldea se sintió satisfecho de sí mismo. Su disposición le pareció inteligente, dejaría satisfechas a ambas partes. Estaba convencido de que su padre habría estado orgulloso de él.

–Sabia y digna decisión –atajaron los tres sabios.

–Se hará como tú ordenes, señor –respondió Starn, no del todo contento, pero aceptando lo que le ofrecía.

3

De este modo, Starn recogió para sí la tarea de explorar Lerna. Y la tomó con ánimo, tratando de olvidar el desprecio mostrado hacia Bacor y sus consejos. Eligió como compañeros a algunos miembros de su antigua escolta: Megor, Tuscas y, por supuesto, Afestes. Confiaba en ellos. Mas había asuntos que considerar al respecto: los tres habían formado sus propias casas nobles, con familias a las que atender y responsabilidades que Starn quería respetar.

–No os ordeno que vengáis conmigo –les dijo–. El tiempo de obedecer sin más ha pasado. Os habéis ganado la posibilidad de elegir vuestro propio camino, aunque éste se aleje de mí.

–Eres idiota si piensas que me perderé esta aventura –respondió Afestes.

–También yo iré a donde quiera que vayas –aseguró del mismo modo Megor–. Me vendrá bien alejarme de vez en cuando de Geila. Esa mujer es insaciable. Parece que sólo piensa en traer niños al mundo. Apenas ha parido al primero y ya está hablando del siguiente.

–Y por supuesto que me tendréis que soportar a mí –dijo Tuscas–. Ni me imagino los líos en que os meteríais si fuerais solos.

Esa bravuconería escondía algo que sobrepasaba la lealtad. Era amistad, otra de las caras del sentimiento más poderoso que atesoramos, el amor. Una emoción, por cierto, que valoramos siempre por debajo de lo que merece. Ah, sí, ya lo creo. Amar a una esposa, a un hijo... Eso es sencillo, porque se supone que es lo que corresponde, porque viene reforzado por la pasión carnal o la sangre compartida. Pero ¿y los vínculos hacia aquellos a los que nada nos ata? ¿Qué hace que se conecten de por vida almas sin relación alguna?

Regresemos con Starn. Respondió con un abrazo a sus compañeros. Podían alardear cuanto quisieran, pero todos ellos habrían preferido quedarse con sus esposas e hijos, lo sabía. Él, en cambio, no contaba con nadie que le calentara el hogar.

Pero tenía a Lerna. Y ya era hora de descubrirla.

* * *

Starn decidió ser cauto en su primera expedición y no alejarse mucho de Hija de Cnosos. A primera hora de la mañana salieron del poblado, hacia el este. La oscuridad apenas empezaba a desvanecerse, y lo hacía despacio, por esa niebla característica que se extendía cada día poco antes del amanecer. El cielo, sin embargo, estaba claro.

El viaje, según explicó a sus compañeros, no se prolongaría más de dos jornadas, incluyendo la vuelta. Su intención era recorrer una cordillera que había avistado semanas antes, durante una partida de caza. Montañas que alcanzaron con el sol ya en el cielo, todavía bajo. Los cerros, de pendientes suaves, corrían de poniente a levante como si de una columna vertebral se tratara.

Como siempre hacía, Starn dejó que los maravillosos paisajes de Lerna le llenaran la vista y el corazón, inspirándole nueva música. Fue una gran experiencia que sus amigos tomaron con chanzas y despreocupación. ¿Quién no agradece dejar los problemas atrás durante un tiempo, olvidar deberes y exigencias?

Mediada la mañana alcanzaron otro lago. ¡Ésta es una tierra de estanques, lagunas y marismas! Y en aquel tiempo había algunas que hoy ya no existen, del mismo modo que muchas de las que vemos estaban por nacer en esos días. ¡El mundo cambia, los árboles caen y vuelven a crecer, los hombres llegan y se van!

Tras un descanso, Starn y los suyos bordearon la plácida superficie por su orilla norte y siguieron la falda más septentrional de la cordillera. El valle quedó a su zurda, hasta que otro brazo montañoso los obligó a seguir avanzando con montes a un lado y a otro. Siguiendo ese cauce, viraron al sur, y luego de nuevo al este, entre paredes verdes y marrones.

A media tarde llegaron a una cañada a los pies de uno de los cerros, donde un arroyuelo caía desde una pequeña cascada. Lo que vieron los dejó boquiabiertos: una manada de bestias cuadrúpedas pastaban en el lugar, entre los arbustos que crecían sobre la hierba. Reconocieron aquellos animales sólo gracias a su estancia en Argar y en la tierra de los oestrimnios, pues en Creta no existían. Eran caballos. De menor estatura que los de Cilen, pero de cuerpos robustos y bien formados. Las tonalidades de su pelaje variaban entre castaño, blanco, negro, alazán... Un delicioso prado multicolor de vida autóctona. Starn pensó que, después de todo, Bacor tenía razón. Lerna albergaba en su seno a otros habitantes.

Al verlos comprendió que la fortuna los sonreía. Un plan nació en su mente al instante.

–¡Deberíamos tomarlos! –dijo a sus compañeros.

Tuscas fue el primero en replicar.

–¿Para qué queremos esas criaturas? Nuestros bueyes sirven igual de bien para arar la tierra.

–Tenéis que pensar en grande –insistió Starn–. Los oestrimnios utilizaban estos animales como tiro para sus carros, sí, pero también para viajar sentados en su lomo. Nuestra tarea de exploración sería mucho más sencilla. Abarcaríamos más distancia en menos tiempo.

Como tantas otras veces, fue Afestes el primero en apoyar la idea del príncipe partoloniano.

–¡Pues vayamos a por ellas! –dijo, animoso–. ¿Acaso será la tarea más extraña que hemos emprendido?

Pero Megor levantó las manos para detenerlo cuando ya se disponía a dejar el refugio desde el que observaban.

–¡Tú no tienes mano con los animales! No harías más que espantarlos. Dejadme a mí. Si puedo dominar a un terco buey a mi antojo, estos... caballos... no serán muy complicados.

El grandullón se encaminó hacia donde los equinos pastaban tranquilamente. Avanzaba despacio, tratando de mostrarse lo menos amenazante posible. Los caballos levantaron la cabeza y tensaron los cuerpos al advertir a un intruso de dos patas.

De pronto, cuando Megor estaba a punto de alcanzar a un ejemplar de un oscuro brillante como la noche sin estrellas, la manada entera se puso a rebufar, a agitarse. El explorador, sospechando lo que iba a ocurrir, dio un par de zancadas para llegar hasta el caballo.

Pero éste ya se había movido, así que el fornido partoloniano se fue de cabeza contra la hierba. Afestes, Tuscas y Starn se carcajearon desde su posición, con risas tan estruendosas que sacaron de quicio a Megor. Se levantó, y trató de nuevo de tomar al animal que lo había burlado, aunque éste era más ágil y listo de lo que podía parecer y volvió a esquivarlo. Sin embargo, ninguno de los cuadrúpedos se alejaba demasiado. Parecía como si estuvieran jugueteando.

Después de unos cuantos intentos, Megor se rindió.

–¡Estúpidas bestias! –se quejó, mientras trataba de quitarse de encima el barro y la hierba.

No fue el único en fracasar. Afestes y Tuscas también lo hicieron. Ninguno de los dos logró acercarse lo suficiente como para tomar a un caballo por la crin. Lo probaron todo: cambiaron de animal, buscando a los más menudos o los más viejos, con la esperanza de que alguno de ellos fuera más confiado; les ofrecieron comida, se acercaron agachados, arrastrándose incluso... Y nada sirvió.

Entonces llegó el momento de que Starn lo intentara. Había estado observando a sus amigos, comprobando lo infructuoso de sus estrategias, así que se olvidó de jugadas extrañas y simplemente se fue acercando. Decidió ir a por el mismo ejemplar que Megor. Un paso. Luego otro. Lo acompañaba el revoloteo del mirlo, siempre a su lado en los momentos significativos. El equino lo observaba, así que le ofreció lo mismo: una mirada intensa. Un cruce en el que, para su sorpresa, encontró una voluntad. El pájaro se posó en su hombro y trinó una vez más su gran canto al oído. Starn sintió que algo emergía: un eco arrastrándose desde las profundidades de su ser, hasta alcanzar la conciencia. Desprendió la lira de su hombro y tocó...

Lerna nos acerca,
a través de los campos verdes,
a través de las eras.

Ven, Llanura,
juega y trota a mi lado;
corre conmigo ahora.

El animal relinchó al son de la música y las palabras del joven. Pero no se apartó. Más aún, rindió la orgullosa cabeza cuando Starn extendió el brazo para tocarlo. La conexión se estableció, surgió la confianza. La criatura frotó su hocico contra el pecho del joven mientras éste le acariciaba el rostro.

–Llanura, ése es tu nombre –le dijo, emocionado–. Y es el apropiado, porque contigo recorreré los páramos de esta amada tierra.

Le pareció que conocía al caballo de toda la vida. O tal vez era su alma, indisoluble de la isla esmeralda, que contenía una pizca de la esencia de la amorosa Lerna.

Y a partir del instante en que Llanura permitió que Starn lo cabalgara, el resto de la manada se tornó dócil. Afestes, Megor y Tuscas eligieron montura, y los equinos que quedaron sin jinete, una treintena, siguieron a su líder.

Cuando el grupo regresó a Hija de Cnosos, los partolonianos salieron de sus casas para contemplar fascinados la asombrosa escena. La riada de caballos llegó hasta la mismísima puerta de Partolón, donde Starn presentó el fabuloso botín.

–Lerna nos entrega un nuevo regalo, hermano.

4

Transcurrieron las estaciones. Una temporada y luego otras once. Así de rápido caen los días, como las hojas en otoño. El sol sube y baja sin cesar, y los hombres apenas lo apreciamos, sumergidos como estamos en nuestros vulgares cometidos. Hasta que en algún momento levantamos la vista y nos damos cuenta de que ya no somos tan jóvenes.

El poblado creció en tamaño hasta casi alcanzar las murallas. Y en prosperidad, por supuesto. La caza era más abundante que nunca, ahora que podían transportarla con los caballos; el ganado daba carne de calidad y leche en abundancia; los campos entregaban a sus cuidadores generosas mieles, mientras los peces de los lagos parecían caer a propósito en las redes de los pescadores.

Nacieron muchos niños. En ese tiempo, Delgnat le dio a su esposo diez hijas: llegó Aife, muy coqueta, seguida por Aine, más alta que cualquier otra muchachita. Fochain tenía los rizos rojos como el fuego, algo extraño, aunque sin duda le ganaría un buen marido en el futuro. Muchus y Melepart eran inseparables, traviesas como ninguna otra, a diferencia de la inocente Glas. Grennach, Ablach y Gribennach todavía eran muy pequeñas, pero habían heredado la hermosura de Delgnat.

Sin embargo, entre todas ellas Starn tenía un vínculo especial con la mayor de sus sobrinas, Aidne. Esta maravillosa muchachita, curiosa y dulce, será un personaje importante de esta historia a partir de ahora. Mucho más que sus hermanas. Así que nos detendremos un poco a hablar de ella. Te preguntarás por qué era la preferida de su tío y, aunque no siempre existe un motivo para la predilección, esta vez sí lo había: le recordaba a su añorada madre. Ariaghne estaba en ella de algún modo.

Pasaban mucho tiempo juntos. A ella le encantaba sentarse a los pies de su tío durante horas cuando él tocaba la lira. Starn observaba con ternura los labios entreabiertos de la niña, el brillar de sus ojos ante la música. ¡Con qué claridad se reía de las sátiras y cuánto lloraba con los cuentos románticos! Resultaba imposible no regocijarse con una oyente tan entregada.

Con el tiempo, Starn comprendió que la chiquilla estaba secretamente enamorada de él. Bueno, no era tan secreto, la verdad, pues ella nunca trató de esconderlo. Se trataba de un enamoramiento infantil, qué duda cabe, el de la niña que idolatra a su héroe sin atender a esas facetas oscuras y complicadas que todos poseemos. Para Aidne, Starn era el más apuesto y bueno de los hombres que tenía a su disposición. Y lo amaba con todo su corazón.

–¿Cuando sea mayor me casaré contigo? –le preguntó, antes de que él marchara de Hija de Cnosos en un nuevo viaje.

En realidad, a la chiquilla no le faltaba mucho para que le llegara la hora de tomar esposo. En la tradición cretense, como intuyo seguirá ocurriendo durante mucho tiempo, las muchachas se desposaban tras el primer sangrado. Y las once primaveras de Aidne la acercaban a ese momento.

–La costumbre dicta que tu marido sea Rudraige –comentó Starn.

Sí, ya te lo expliqué al principio de esta historia: lo habitual en la realeza cretense era que, para mantener la pureza del linaje, los matrimonios se dieran lugar entre miembros de la misma sangre. No ocurriría sólo con Aidne. También tendrían que vivirlo Aife y Aine, quienes se desposarían con Laiglin y Slanga, llegada la hora.

–Pero Rudraige no me gusta. Es frío como padre, y no tierno como tú. Tú, que siempre tienes tiempo para mí cuando nadie más lo tiene. Y que me traes regalos cuando regresas de tus viajes... –le dijo, mostrando con orgullo el collar de conchas que le había confeccionado tras una de sus visitas a la costa.

Ella tenía razón. El primogénito de Partolón había ido cambiando el carácter con el paso de los años. El niño alegre y abierto fue tornándose taciturno, y se distanció incluso de Starn, con quien antaño reía y jugaba. No era malvado, pero su interés, su único interés, estaba en complacer a su padre. Tarea complicada que lo tenía sumido la mayoría del tiempo en un estado de tensión absoluta. En cualquier caso, era mejor partido que Laiglin, quien conforme crecía ponía más de manifiesto una preocupante falta de virtud. En opinión de su tío, había heredado lo peor de ambos progenitores: era altanero, manipulador, falso, y siempre estaba molestando a otros muchachos, especialmente a sus propias hermanas. «El Ardoroso», solían decir para referirse a él, aunque de no ser el hijo del rey muchos lo habrían llamado Laiglin «el Cruel».

Starn no supo muy bien qué responder a su sobrina para no lastimarla. Le enternecía el cariño que ella le profesaba, y en otras circunstancias tal vez hubiera estado dispuesto a corresponderla. Era una muchacha maravillosa y ya se percibía que sería una mujer muy hermosa. ¿Qué mal había en hacerla feliz? Sólo tenía que decirle a Partolón que deseaba convertirla en su esposa. El rey estaría tan complacido de que su hermano aceptara continuar con las antiguas costumbres que se lo concedería. De hecho, no hacía más que insistirle para que se decidiera a formar su propia familia.

–El tiempo del luto hace tiempo que pasó, Starn. Tienes que continuar con tu vida –solía decirle.

–Es cierto, ese tiempo acabó –siempre respondía lo mismo–. Porque el luto se guarda por aquellos que se han ido. Y Lerna sigue aquí, conmigo.

Dudaba de que él entendiera la profundidad de sus palabras, como tampoco esperaba que lo hiciera Aidne. Porque, más allá de que también Starn creyera que debían alejarse de las tradiciones para construir unas nuevas, había algo que le impedía plegarse a los deseos de la princesa: Lerna. Su esposa todavía vivía, en una forma nueva tal vez, pero seguía siendo ella. Y él permanecía ligado a la mujer que le prometió amor eterno, al destino que le tenía reservado. ¿Cómo podía explicarle algo así a una niña?

–Escúchame, Aidne –le dijo, entrelazando sus dedos con los de la pequeña, tras arrodillarse frente a ella; con la otra mano le acarició los bucles oscuros–. Te quiero, nunca creas lo contrario. Te quiero como sólo he querido a unas pocas personas. Nada me haría más feliz que ser tu esposo y cuidar de ti el resto de mi vida. Pero no puedo hacerlo, por mucho que lo desee.

–¿Por qué no? –sollozó la niña.

–Porque llevo conmigo una gran carga que me impide ser lo que tú mereces. Hasta que no aligere mi espalda no puedo hacer feliz a nadie. Así que tendrás que tomar otro marido, alguien que sí sea capaz de darte todo eso. Pero no te preocupes, yo cuidaré de que él te trate bien. No permitiré jamás que nadie te haga daño.

Tras decirle aquello, la cogió con cariño de la carita y juntó los labios con los de ella. Ambos se quedaron unidos durante un rato por tan deliciosa caricia. Ése era el único regalo que podía permitirse darle: su primer beso.

* * *

A pesar de la soledad que él mismo se había impuesto, Starn no se sentía apartado. Además de la sensación de que, fuera donde fuera, siempre tenía a su lado el espíritu de Lerna, contaba con sus amigos. Afestes, la propia Aidne –que siguió admirándolo a pesar de la negativa a sus deseos– y, por supuesto, Bacor. La niña lo atendía con devoción, su amigo siempre lo apoyaba y el anciano era el único que verdaderamente lo entendía.

Al sabio, por cierto, era extraño verlo por el poblado. Ni siquiera pisaba Hija de Cnosos en las grandes celebraciones. Algunos lo acusaban de huraño, en especial Tath, Fios y Fochmarc, quienes se encargaron de propagar ciertas burlas hacia su antiguo compañero. Starn se encolerizaba cada vez que escuchaba a alguien decir que el anciano estaba senil o que había dado la espalda a las antiguas tradiciones de Creta, aunque esto último no dejaba de ser cierto. Pero los tres sabios eran los consejeros de Partolón, y por mandato suyo nadie podía tocarlos.

–Los tres bufones, eso es lo que son –le dijo a Afestes, Tuscas y Megor, junto a quienes cabalgaba desde hacía días–. Se han convertido en despojos que sólo saben adorar a mi hermano. No tienen ni una idea propia, al menos ninguna que vaya más allá de criticar a Bacor.

–Mejor que no te oiga el rey –comentó Megor.

Los oídos de Partolón no podían llegar tan lejos. Las partidas de Starn y los suyos se habían sucedido una tras otra, siempre en las estaciones de verano. A aquellas alturas ya habían explorado todo el sur de la isla sin encontrar ninguna de las tribus que temió Bacor, sólo más restos de su presencia. El hermano del rey empezaba a pensar que tal vez su primera impresión fuera la correcta: que las fenomenales construcciones no eran más que vestigios de un pueblo ya desaparecido.

A pesar de ello, los viajes continuaron. Starn los defendía con el argumento de que conocer la tierra en la que vivían era imprescindible y fructífero, como había demostrado el descubrimiento de los caballos. Durante su recorrido también encontraron minas de estaño y cobre, y ríos que dejaban grandes pepitas de oro en sus orillas.

Pero nunca habían llegado tan lejos del poblado como ahora. Llevaban nueve días cabalgando, a trote pausado, y según los cálculos de Starn debían hallarse en el centro de la isla, aunque desviados hacia el este. Su intención era, al fin, alcanzar el norte de Lerna, por lo que apenas estaban a mitad de su viaje.

Daba gracias por tener compañeros tan leales que aceptaran ausentarse durante tanto tiempo de sus hogares y soportaran la fatiga de los desplazamientos. Cuando echaban pie a tierra para descansar, al atardecer, Starn les concedía siempre el tiempo que merecían para recuperar las fuerzas.

Lo que no imaginaba era que todo estaba a punto de cambiar para él. A decir verdad, el hermano del rey sólo empezó a intuirlo aquella misma noche. Tuscas y Afestes dormían plácidamente; sólo se escuchaban los ronquidos de Megor. A Starn, tendido de espaldas en la hierba, la ausencia de los típicos ruidos de los lugares salvajes le pareció muy extraña.

De pronto, alzó la cabeza, movido por el instinto. Y la vio. Allí, al borde del resplandor de la hoguera, sin adentrarse del todo en el círculo iluminado. Una figura femenina, pequeña, pero envuelta en un fulgor propio, tan tenue que apenas se apreciaba. Una capa alba le caía por los hombros, en contraste con aquel cabello largo y negro tan familiar. Tan amado. Tan añorado.

Al fin, Lerna se presentaba de nuevo ante él.

–Dime que no es un sueño –acertó a decir.

–Pronto dejará de serlo, amor mío –le sonrió ella–. Te lo prometo.

Y entonces se desvaneció, como si nunca hubiera estado allí. Pero el claro sonido de su voz seguía flotando en el aire cuando despertó a la mañana siguiente.

* * *

Los cascos de los caballos machacaban la hierba hasta convertirla en barro. No había caminos en Lerna, aparte de aquellos que habían creado alrededor de la región que controlaban. Allí, tan lejos de Hija de Cnosos, todo era virgen.

Alcanzaron una estepa, que irremediablemente los llevó hasta una colina hacia la que Starn se vio atraído sin poder evitarlo. Bajó de la grupa de Llanura e inició el ascenso de la ladera tirando del caballo sin saber muy bien por qué lo hacía. Sus tres compañeros lo imitaron, y poco después alcanzaron la cima. La loma no era muy alta, en realidad, pero desde allí la vista se extendía en todas direcciones hasta donde sus ojos se lo permitían.

Algo tiraba de él. Lo sentía bajo sus pies, que de pronto eran como raíces hundiéndose en la tierra, extrayendo vida... y energía. Decidió, en un impulso, descalzarse. Lo primero que sintió fueron los guijarros, la tierra y las briznas de hierba haciéndole cosquillas en las plantas. Pero luego... Era una vibración, un latido. Y se hacía más fuerte conforme se acercaba al centro de la colina. Le pareció una especie de camino que seguir. Dejó en manos de Afestes su caballo y avanzó hasta el punto exacto de donde surgía el pálpito. Él no lo sabía todavía, pero aquél era el corazón de Lerna.

Fue como si caminara en sueños. Ninguno de sus amigos lo siguió. ¿Estaban atemorizados? Tal vez. El lugar era antiguo, y desde luego estaba vivo, o al menos así lo sentía Starn. De algún modo comprendió que la colina percibía los sentimientos de quienes la visitaban, y respondía en consecuencia: miedo al asustadizo, solaz al corazón animoso y asombro para la mente curiosa.

Se detuvo allí donde el latido era más intenso. El mirlo, sobre los hombros del príncipe, cantaba haciendo más apacible el estallido de sensaciones. Notó que el vello se le erizaba y tembló de pura emoción al sentir la conexión con la tierra, el lazo que los unía, la consciencia de la mismísima isla. Quizás él no fuera el primero en percibirla, pero sin duda el foco de fuerza era muy anterior a cualquier hombre.

Ni siquiera advirtió cómo los dedos se le iban hacia las cuerdas de la lira. La música saltó, y tuvo la impresión de que un gran conocimiento se escanciaba en su alma.

Los vio en torno suyo: tenían la piel pálida, el cuerpo esbelto y alto, el cabello fino, los rasgos tan delicados como una llovizna agradable. Mirándolos experimentó una rara sensación de atemporalidad. Parecía que aquellos seres no tuvieran edad o tuvieran tanta que habían conocido todas las eras del mundo. Eran espíritus más que mujeres y hombres, pero al mismo tiempo estaban hechos de carne y sangre. Se habían reunido alrededor de una piedra, con absoluta reverencia. Un monolito al que admiraban, un objeto de poder que habían llevado consigo y que conectaba con aquella fuerza natural que surgía de la isla.

«Lia Fáil», los escuchó susurrar. La piedra del destino.

La roca en la que se posan mis talones,
de ella toma nombre esta isla;
entre dos playas y poderosas aguas,
toda ella será llamada Inis Fáil.

Mientras acompañaba aquel canto que le llegaba, sin tener conciencia de ello, Starn se movió entre esos desconocidos. Sin embargo, éstos lo ignoraron... No, en realidad eran incapaces de verlo, comprendió. Y así se dio cuenta de que no estaba allí o, mejor dicho, eran aquellos gráciles personajes quienes no lo estaban. Se hallaban en otro tiempo.

El corazón de la isla le estaba entregando una visión del futuro a través de la música, tal y como me ocurre a mí en ocasiones. Sensaciones, imágenes y recuerdos por ocurrir. A veces llegan cuando soñamos o meditamos, pero son tan fugaces que se nos escapan antes de entenderlo. Sólo unos pocos, privilegiados o desdichados, podemos retenerlas lo suficiente.

Se preguntó entonces quiénes eran aquellos individuos. Desde luego, no hijos de Partolón. «¿Vendréis a Lerna algún día? ¿Seréis amigos o enemigos? ¿Y dónde estaremos entonces nosotros?». Todas esas cuestiones y muchas otras se le agolpaban en la cabeza. De repente, cuando empezó a razonar, a sustituir el sentimiento por la reflexión, la tonada se quebró y la imagen desapareció. Starn sacudió la cabeza para aclararse las ideas antes de volver con sus compañeros.

–Has estado mucho tiempo parado, sin siquiera pestañear –le dijo Afestes–. Queríamos acercarnos para sacarte del hechizo, pero no podíamos movernos.

–Hay una magia oscura muy poderosa en este lugar –susurró Megor, mirando alrededor con ojos temerosos.

Starn sonrió con cierta desgana y negó con la cabeza.

–No es oscura ni alberga maldición alguna, os lo aseguro. Y tampoco es magia, al menos no de la que conocemos.

–¿Entonces? –preguntó Tuscas.

Pero él se mantuvo callado. ¿Cómo iba a decirles que había visto el futuro y que los hijos de Partolón no estaban en él?

5

Les pareció que aquel rincón era demasiado imponente para actos tan vulgares como dormir o siquiera comer, así que decidieron que no se detendrían.

Pero, antes, Starn quiso investigar algo más. En la misma colina, al norte, había un montículo con la forma de un cuenco vuelto del revés y cubierto de hierba. Desde cualquier dirección habría parecido una simple protuberancia del terreno, salvo por la extraña melladura en la ladera sur que atrajo su atención. Al acercarse comprobó que se trataba de una entrada, cubierta por atrevidas madreselvas y matorrales que habían conquistado el lugar para sí. Los apartó un poco con la intención de entrar, pero una gran losa vertical se lo impedía. Por suerte era lo bastante delgada para apartarla entre los cuatro.

–¿Es buena idea entrar ahí? –le preguntó Afestes, con el miedo en el rostro, en cuanto dejaron el paso abierto–. Todo este lugar es demasiado... No sabría describirlo, la verdad.

Sí, Starn también lo percibía: una fuerte presión en el pecho, causada por algún tipo de enigmática fuerza que brotaba del interior de la construcción en oleadas. La misma que había sentido momentos antes.

–Antiguo, intenso, poderoso... –respondió Starn, asomando la cabeza por el dintel de la abertura, donde se abría un corredor–. Llámalo del modo que quieras. Pero no hay maldad aquí, salvo la que nosotros llevemos dentro.

¿Cómo sabía aquello? El corazón se lo decía. Y la observación. El mirlo lo esperaba más allá del acceso y, si su pequeño amigo lo animaba a seguirlo, nada debía temer.

–Vale, pero si no te importa prefiero esperar aquí fuera –dijo Megor, cuya expresión grave dejaba muy claro su temor.

Para entonces, Starn ya había dado un primer paso. El pasillo era muy estrecho, corto, tan bajo que tuvo que doblar el cuello un poco, y se extendía hacia las entrañas del promontorio. Al pisar el suelo del túmulo, la energía atávica le zarandeó cuerpo y alma, arrebatándole el aliento. Pero más que miedo lo que sentía era una especie de respeto que alcanzaba cotas desgarradoras. De pronto, tuvo la impresión de que se estaba adentrando en el vientre de la Diosa Madre, donde se desarrollaba la vida antes de ser parida o a donde regresaba tras su muerte para volver a ser engendrada. Nada más entrar, a la izquierda, vio que una de las losas verticales que soportaba la estructura estaba grabada con símbolos extraños: círculos, líneas en zigzag y espirales que parecían girar como un remolino en el agua. Las siguió con los dedos. Rocas similares formaban el techo, soportando el asombroso peso de toda la tierra apelmazada del montículo.

El pasadizo terminaba en una cámara no demasiado grande. Más de aquellas losas se apilaban hasta dar lugar a una bóveda monumental. La luz del atardecer entraba a duras penas desde el corredor, pero no lo bastante para iluminar la estancia, así que caminó despacio, guiándose con las manos sobre las paredes. Tal vez, con el transcurso de los meses, el sol se pondría de acuerdo para coincidir con la abertura y ofrecer su dorada muerte diaria a aquel lugar.

¿Dónde estaba? Le parecía escuchar voces, aunque en parte sabía que se trataba de susurros de su imaginación, ecos del pasado. Una tumba, un espacio para el reposo del cuerpo y el viaje del alma. No podía ni concebir los ritos que los constructores del edificio habrían llevado a cabo entre aquellas paredes. Pero yo, sí. Los años, además, me han permitido explorar cada rincón de la isla y descubrir que toda su superficie está plagada de túmulos similares. La tribu de los dioses que Starn había visto, los Tuatha Dé Danann, los utilizarán como morada final cuando su tiempo bajo el cielo expire. Imagina el arte de los constructores de aquel lugar. Fueron capaces de tallar y transportar rocas fenomenales, de colocarlas de modo preciso para que, sin argamasa ni ningún otro artificio, resistieran el paso de los siglos. ¿Quién realizó tal hazaña? Sin duda, los primeros hombres en pisar la isla, cuyo nombre pronto descubriremos.

–Esto le encantaría a Bacor –se dijo a sí mismo en voz queda.

No había mucho más que ver, y sentir era algo que podía llevar consigo. Pero antes de salir de la tumba para reanudar el viaje, se fijó en algo. Uno de los perezosos rayos de luz incidió en un objeto, que brilló titilante. Starn se agachó y desenterró el misterio: un broche, de oro repujado, labrado de tal modo que contenía en su superficie una de las mismas espirales que había visto en piedra. Era una joya maravillosa. Por un momento pensó en si resultaba adecuado llevársela consigo, si cualquier espíritu que estuviera presente lo tomaría como un robo. Pero luego se dijo que lo mejor era darle uso a algo tan hermoso en lugar de dejar que se perdiera para siempre. Y él sabía a quién ofrecerle la pieza.

–Ya tengo tu regalo, mi querida Aidne.

Llevaron los caballos loma abajo, todavía por las riendas. Antes de lanzarse al trote, con la intención de encontrar un lugar donde pernoctar, el partoloniano miró atrás, hacia la loma. La vio envuelta en el reflejo del sol y le pareció que una corona de oro la envolvía. Se despidió de ella con un nombre nacido del alma. El mismo que el tiempo repetirá en los labios de todos los que contemplen este lugar.

La Colina de los Reyes.

* * *

El terreno se allanó un poco después de varios días de viaje hacia el norte. Se encontraban en unas tierras que por aquel entonces no tenían todavía nombre, pero que algún día serán conocidas como la región de Ailech. El viento les traía el olor a sal del mar septentrional. El final de la isla estaba cerca.

A lo largo de las muchas partidas llevadas a cabo durante los años, Starn había descubierto grandes preguntas y pocas respuestas. Algo que nunca le molestó demasiado, pues a diferencia de Bacor él no precisaba de explicaciones para sentirse satisfecho. Sin embargo, fue entonces, al alcanzar los límites reales de Lerna, cuando empezó a inquietarse. Lo invadió una profunda soledad, un sentimiento de desamparo imprevisto, como si peligrara algo que había estado esperando. Buscando.

En la meseta que atravesaban apenas crecía una escasa maleza en el suelo blando y encharcado. A su izquierda quedaba un gran lago, y en medio de éste un pedazo de tierra al que no podía llegarse a pie o a caballo. Lo peor era el suelo, que se volvía cada vez más húmedo, hasta hubo un momento en que los cascos de los caballos se apelmazaron de fango. Tuvieron que rodear anchos charcos y cañadas que crecían buscando el sorbo de aquella tierra embarrada. La marcha se hizo lenta y cansina, tanto por la inestabilidad del terreno como por las nubes de moscas y mosquitos.

–Esto es lo que se dice un lugar deprimente –se quejó Megor.

Nadie respondió, alicaídos como estaban. El gris del cielo, la desolación del lugar, el frío que los calaba... Durante aquel día y el siguiente casi no avanzaron. Luego, el escenario empezó a cambiar. Dejaron atrás el humedal, el suelo se hizo más firme y más allá apareció un bosquecillo, sobre una colina.

Fue Tuscas el primero en reparar en que, por detrás de la arboleda, algo se alzaba hacia las nubes. Algo que a Starn le hizo brincar el corazón de nuevo, de expectación, de anhelo... y de preocupación.

Una columna de humo.

* * *

–Quizás algún rayo haya prendido la maleza –propuso Megor, tan ingenuamente que ni siquiera él mismo parecía creérselo.

–Lo dudo –comentó Starn–. El cielo está cubierto, como siempre, pero no son nubes oscuras de tempestad.

El misterio era demasiado apetitoso para dejarlo pasar. Al fin y al cabo, para eso estaban allí. Así que dejaron la prudencia y los caballos atados a un árbol y se adentraron en el bosque. Frente a ellos sólo podían ver troncos, robles en su mayoría, vetustos y tan apretujados que resultaba complicado no toparse con alguna rama.

No había caminos, por supuesto, por lo que a veces tenían que sortear las raíces retorcidas de aquellos ancianos gigantes.

Starn miraba continuamente a su alrededor. Crecía en él la incómoda impresión de que algo los observaba. ¿Algo? Más bien alguien. No creía que fuera el espíritu de su esposa, pues percibía una poderosa desaprobación. En cualquier caso, también sus compañeros lo sentían, pues Tuscas, Megor e incluso Afestes no dejaban de echar miradas fugaces hacia todos lados.

Cuando parecía que los árboles se habían puesto de acuerdo para cerrarles el paso, la luz se hizo más intensa. Se abrió un pequeño claro y, tras el primer fulgor del sol, cegador luego de tanto rato a la sombra, apareció... un monstruo.

La figura, inmensa, estaba allí, de pie, mirándolos. Afestes desenvainó la espada de bronce, y Tuscas buscó una flecha para su arco, con manos tan temblorosas que la saeta se le escurrió entre los dedos y fue a parar a la hierba. Y Megor, el supersticioso Megor, se quedó blanco, con la faz esculpida a cincel por el terror más frío posible: la boca a medio abrir, los labios temblorosos y la mirada desencajada. El terror lo dominó por completo, y un instante después se arrojó de cara al suelo.

¿Y Starn? Bueno, su miedo no fue tan intenso como el de sus compañeros. ¿Acaso tenía algo que temer en realidad? Nada poseía, nadie lo esperaba. Salvo esa tierra sobre la que se erigía aquella bestia.

Erigir. Sí. Es apropiado decirlo así. Y mi padre lo comprendió cuando al fin pudo vencer la cegadora presencia del sol. Fue incapaz de reprimir una carcajada hilarante ante su propia estupidez. Porque aquello que los había asustado era sólo una estatua. Con rostro esculpido, de ojos enormes, horizontales, sin vida alguna. La nariz, recta, acababa en el inicio de una barba puntiaguda. El ídolo, pues qué otra cosa podía ser, también tenía un cuerpo, donde se apreciaban dos brazos cruzados.

Pero lo que llenó de asombro a Starn fue lo que nacía sobre la cabeza de piedra: una cornamenta. De ciervo, sí, pero por alguna razón era una vívida imagen de las estatuillas de Posidón en Cnosos, en aquella vida que ahora se le antojaba tan distante. Grandes cuernos, de un semental. Daba igual la bestia, significaban lo mismo: la fuerza, la masculinidad, la poderosa semilla que preñaba a la Gran Madre. ¿Cómo podía ser que pueblos tan distantes tuvieran creencias similares? Porque estaba claro que aquella escultura había sido tallada por manos humanas.

Las dudas, después de tantos años de exploración, quedaban despejadas. ¡Tenía que regresar a Hija de Cnosos y contárselo a Bacor! Todavía era lo bastante fuerte para un viaje calmado hasta aquella región tan lejana. Estudiaría el ídolo y podría darle un significado.

Starn estaba tan absorto en su descubrimiento que ni siquiera advirtió que olvidaba lo más importante. ¡El humo! Antes incluso de que sus compañeros se pronunciaran, vio algo por el rabillo del ojo. Una sombra fugaz. Una ráfaga. Unos arbustos que se movían aquí y allá. Un instante después, lo intuido se convirtió en realidad.

De dónde habían surgido, cómo los sorprendieron sin hacer ruido, no podría decirlo. Cuatro figuras casi tan altas como el monumento, luego otras dos, y al final diez en total. Era una visión espeluznante. Aquellos desconocidos se valían de dos piernas para moverse, y vestían ropajes, aunque fueran de esparto. Sin embargo, tenían la piel blanquecina, las caras manchadas con un tinte rojo que bien podía ser sangre; las cabezas achatadas y de frente prominente les otorgaban rasgos tan bastos que contrastaban con la finura natural de cualquier hombre nacido en Creta. Desde luego, parecían demonios.

E iban armados. Lanzas, garrotes y espadas, de aspecto tosco, como sus dueños, pero que herirían la carne como cualquier otra arma más elegante. Las dirigieron hacia ellos. Ante aquella amenaza real, Megor olvidó el terror que instantes antes lo había inundado y lanzó un grito de guerra, al tiempo que levantaba el escudo. Los extraños se revolvieron, gruñeron con una lengua ininteligible y se dispusieron a encarar a la muerte.

A recibirla. Pero, sobre todo, a ofrecerla.

6

Y ahora tendrás que disculparme una vez más, amigo mío, pues voy a dejarte con la intriga sobre lo que ocurrió con Starn. Sí, entiendo que es un fastidio, pero permíteme esta licencia como narrador. Pues mientras todo aquello pasaba, otros partolonianos daban pasos que tendrían graves consecuencias en el futuro y que también deben ser atendidos.

La noche hedía a tedio, a sensaciones que no se calmaban y ardores que quedaban por extinguir. Delgnat se sirvió una copa de vino, que degustó junto al ventanal de su hogar, observando el quieto firmamento nublado. Ni una estrella allá arriba. Ni una luz que calmara ese fastidio que la llenaba. Y, aunque la hubiera, ¿de qué iba a servirle? No era ese tipo de fuego el que precisaba su corazón. Sus entrañas le quemaban por motivos más carnales.

En la cama, Partolón yacía completamente dormido, ajeno a las cavilaciones de su mujer. «Mírate, tan despreocupado», fue lo que le dijo en su cabeza, un pensamiento construido desde el reproche más agrio. Reflexiones que la llevaron de nuevo al pasado, como solía ocurrirle tan a menudo; a un tiempo donde las cosas entre ambos fueron distintas. Recordó los días en que ella era lo primero para él, incluso lo único. En esos momentos casi parecía que estuviera pensando en otra persona.

Tal vez su matrimonio se arreglara por conveniencia, como tantos otros desde que las mujeres y los hombres yacen juntos, pero Delgnat se encargó de hacerse valer desde el primer instante en que sus padres, y los de su primo, llegaran al acuerdo. Nunca quiso ser una simple consorte en la sombra. Ambicionaba que se la considerara tanto como a Partolón. Para ello utilizó sus propias armas, entre las que estaba su belleza. Los deseos de la carne eran fuertes en el hijo del minos de Cnosos, o lo fueron al principio. Era ansioso, de fuego vivo, y Delgnat supo aprovecharse de ello. Durante esos primeros años sólo tenía que susurrarle naderías ardientes al oído y abrirse de piernas para tenerlo satisfecho y, por tanto, influir en él. Tampoco fue jamás una obligación, o algo desagradable, pues ella misma disfrutaba entrelazándose con su esposo.

Luego las cosas empezaron a cambiar. Las constantes discusiones con el minos, el distanciamiento con su madre y la preocupación acerca de la amenaza que, según Partolón, se cernía sobre Creta lo llevaron a espaciar los encuentros conyugales. De hecho, después del nacimiento de Laiglin no volvieron a yacer como se espera de un matrimonio. ¿Cómo no iba a suspirar por otros hombres, como el mismo Starn? Su marido la tenía completamente desatendida, lo cual mermaba su influencia sobre él e incrementaba el ardor.

Ya en Lerna tuvo esperanzas de que la relación entre ambos volviera a ser como antaño. Pero siempre había asuntos que atender, y ella no estaba entre los más acuciantes. Así que Delgnat ideó una estrategia para solventar el problema.

–Un nuevo hogar exige una nueva prole –le dijo–. Y es el rey quien debe dar ejemplo.

Apelar al orgullo del rey funcionó, tal y como había esperado. Durante un tiempo, los esposos volvieron a acostarse juntos. Delgnat creyó revivir. Se sintió mujer de nuevo, deseada y amada, sobre todo cuando quedó encinta otra vez. ¡Y de una niña, al fin! Aidne fue una bendición que se repitió con ocho hijas más.

Y ahí acabó todo. Desde que pariera a Gribennach, hacía casi dos temporadas, Partolón había vuelto a dejarla de lado. Aunque no lo dijera, sabía que estaba desilusionado porque había sido incapaz de darle otro varón. Nada de lo que ella dijo le hizo cambiar de opinión; nada de lo que intentó, ni el más ardiente o lascivo de los susurros.

¿Puedes entender lo que eso significa para una mujer? Especialmente para una que todavía era la más hermosa entre los suyos, que todavía atraía la mirada de cualquier hombre. Delgnat sabía con absoluta certeza que, a partir de entonces, sería relegada al ostracismo. Y esta vez para siempre. ¿Qué debía hacer, pues? ¿Dejarse languidecer hasta que las arrugas le arrebataran el último atisbo de hermosura?

Cualquier otra se hubiera plegado, pero no ella. Era Delgnat, la reina de Hija de Cnosos. Tenía en su sangre demasiada herencia del primer minos, de la Diosa, como para abandonarse a la complacencia.

Al menos, había algo que aún podía controlar.

* * *

Nadie la habría reconocido con aquellos ropajes sencillos. La túnica deshilachada y una capa cuya capucha le ocultaba el rostro a la perfección eran más propios de una criada que de una reina. Tampoco es que hubiera muchos ojos vigilantes, pues la noche era cerrada, amenazaba con lloviznar y refrescaba demasiado para pasear por las calles de tierra de la ciudad.

Además, ni siquiera abandonó el palacete del rey. Tan sólo tuvo que bajar y salvar el patio interior, el único lugar en el que podía ser vista desde fuera, para llegar al ala oeste del edificio. Alcanzó una puerta que no parecía tener nada de especial. Salvo su morador, que la esperaba. O eso podía deducirse, a tenor de la luz que escapaba por los resquicios.

Delgnat no se entretuvo. Tocó con ligereza la hoja de madera, que se abrió con premura. La figura familiar de un hombre fibroso, con el torso desnudo, la recibió. Fue verlo y empezar a salivar de deseo.

–Mi fiel Topa... –le dijo ella, cuando entró en la estancia y cerraron la puerta.

Él, por supuesto, no contestó. Pero su silencio natural tenía ventajas más que evidentes: nada de reproches, de negativas, de excusas estúpidas.

Se lanzaron el uno contra el otro, ardiendo. Su sirviente, su amante desde hacía un tiempo, no se entretuvo en caricias y menudencias. Casi le arrancó las ropas, tras lo cual sus manos se fueron hacia los pechos de la reina. Delgnat dejó escapar un gemido al sentir cómo le estrujaba los senos con la furia apasionada que ya sólo él le ofrecía.

Todavía. Todavía tenía poder sobre alguien.

7

Los nativos condujeron a Starn y los suyos, ahora prisioneros, a través de una cañada estrecha que los llevó fuera del bosque. Un gran río, de aguas muy rápidas, formaba un profundo valle conforme extendía su cauce. Montículos, barrancos y depresiones se sucedían, iluminadas por los restos de luz del sol moribundo.

Mientras caminaba, con el aliento de sus captores sobre la nuca, Starn se alegró por enésima vez de haber contenido el ímpetu de Megor. Al examinarlos con atención se había dado cuenta de que estaban ante cazadores y no guerreros, pero aun así seguían siendo muy superiores en número. Doce hombres contra cuatro. Rendir las armas fue su única posibilidad de seguir respirando.

Supongo que te preguntarás quiénes eran aquellos individuos. Pronto lo sabrás. Starn estaba igual de confuso, aunque también se sentía más fascinado que atemorizado. Trató de iniciar algún tipo de conversación con los extraños, pero le hicieron poco caso. No podía culparlos. ¿Qué hubiera hecho Partolón de encontrarse con un grupo de desconocidos merodeando por Hija de Cnosos? De todos modos, sus intentos por comunicarse estaban destinados al fracaso. Uno de los cazadores, el del pelo pajizo que marchaba justo detrás, lo apremió a aligerar el paso punzándolo ligeramente con la lanza. Y algo le dijo, aunque en una lengua ininteligible. Se preguntó entonces cómo les explicaría que no estaban allí para acecharlos. Un problema de cuya resolución dependían sus vidas.

Alcanzaron el fondo de la ribera hasta la orilla oeste del río. Justo al lado de las aguas, un poblado. Una aldea, más bien, de casas redondas de mimbre y ramas, con pieles como puertas y chimeneas de piedra. De todas las comunidades que habían conocido durante su largo viaje hasta Lerna, ninguna le pareció a Starn más primitiva que aquella que ahora contemplaba. En aquel primer momento no distinguió un solo lujo: ni collares, ni brazales ni ninguna otra joya. Los aldeanos vestían toscos chalecos de piel de cabra y, por el barro en sus caras y manos, parecían tener poco apego por la higiene.

–Aquí hay gente que no ha tomado un baño jamás –se burló Megor.

Tampoco estaban acostumbrados a las novedades. Porque en cuanto repararon en la llegada del grupo, enloquecieron de curiosidad y cierto temor. Las madres llamaron a sus hijos para protegerlos, y más hombres se acercaron con rapidez para exigir explicaciones a los cazadores. Éstos respondieron de malos modos, pues estaban ante todo pendientes de vigilar a sus presas y conducirlas a algún lugar concreto.

Los llevaron a una extraña construcción dentro del mismo río. Se trataba de una choza redonda, grande y regia, con un picudo techo de paja y a la cual se accedía a través de una pasarela de troncos a modo de puente. Le resultó asombroso porque el edificio no se asentaba sobre tierra, sino que sus cimientos estaban anclados al lecho del río, en el agua. A Starn no le costó mucho entender la utilidad de semejante edificio. Al estar aislado de tierra firme era fácil de defender, bien de bestias salvajes o de enemigos armados. En caso de ataque, bastaba con dar la voz de alarma para que los aldeanos se refugiaran en su interior. Tal vez incluso destruirían el puente para dificultar con ello el acceso.

La pasarela crujía con cada uno de sus pasos, pero era resistente y soportó el peso de tantos hombres. La plataforma quedaba cercada por sendos petriles a cada lado, confeccionados con ramajes tejidos entre balaustres. Antes de llegar a la puerta del edificio, alguien les salió al paso. Un personaje robusto como pocos que hubiera visto antes, alto, de cabellos como el fuego y una barba amazacotada del mismo color. A diferencia del resto de lugareños, él sí portaba varios adornos. Por encima de los brazales destacaba una torques en el cuello que lo proclamaba como alguien especial. Miró a los cautivos con expresión asombrada y a la vez dura, y luego dejó que los cazadores le explicaran. Starn no entendió nada, aunque apreció una palabra que se repetía más que ninguna otra, y siempre tras una inflexión de respeto en la voz: Ciogull. Dedujo por ello que ése debía de ser el nombre de aquel nuevo personaje, y también su importancia: estaban ante el caudillo del poblado.

Ciogull cortó la plática del hombre del pelo como la paja y empezó a pasearse entre los capturados. Los estudió con atención, sin reparo alguno. Su mirada de ojos negros era altiva, como la de cualquier jefe de clan. Starn procuró resistir su escrutinio sin bajar la cabeza, devolviéndole la mirada, para que el otro viera en él un igual, alguien con la voluntad necesaria para intercambiar impresiones.

Su atrevimiento fue malinterpretado. El puño del cabecilla voló por sorpresa para impactar contra la desprevenida mejilla de Starn. El golpe fue tan salvaje que éste se fue al suelo sin remedio. Afestes, Tuscas y Megor se revolvieron. Con gran destreza, desarmaron a los cazadores que todavía los apuntaban con las lanzas, tomaron las armas y se aprestaron a defender a su líder. Habría sido la muerte para todos ellos, pues, si la posibilidad de acabar con diez individuos era escasa, ¿qué opción tenían rodeados por docenas y docenas?

–¡Alto! –ordenó Starn, extendiendo el brazo mientras se levantaba de nuevo–. ¡No es ése el camino! Estoy bien.

O casi. Le ardía el rostro. El puñetazo le había abierto una brecha en el pómulo, por donde sentía gotear la sangre. Sin embargo, temía mucho más la reacción de los nativos.

Para su sorpresa, no hubo represalias. Los partolonianos se dejaron desarmar y, a una orden de Ciogull, se los llevaron de allí. Salvo a Starn. El caudillo lo señaló, y mediante gestos le indicó que lo siguiera al interior del edificio. Por si acaso no lo entendía, el del pelo pajizo lo apremió con su lanza.

La cabaña sólo recibía luz por la entrada y de la hoguera que ardía en el centro. Las penumbras parecían poderosas allí, pero la atmósfera no se le antojó tétrica. A Starn le pareció una simbiosis perfecta: las llamas doradas refulgían contra las paredes de avellana y lana de ovino, tejidas para aislar del frío exterior; la luz jugueteaba con la oscuridad, manteniéndola a distancia allí donde se abrazaban la sombra y el fulgor. Equilibrio.

Una mujer se sentaba sobre un jergón de pieles, no en un trono. Y, aun así, al reparar en ella Starn sintió un escalofrío. La serenidad de su mirada y la calma de la postura le otorgaban una solemnidad asombrosa. Sus cabellos eran de un negro brillante, largos, y enmarcaban un rostro atemporal. No vio arrugas en la piel blanca, aunque la vasta experiencia de una larga vida se percibía en lo profundo de sus ojos, abiertos a todo cuanto existía. Su vestimenta era sencilla, una túnica adornada de flores, con una capa hecha de culantrillos y hojas.

Pero si algo le arrebató la atención fue el maravilloso collar que pendía en su pecho. Starn ya había visto antes una joya similar, en el cuello de aquel jefe al que consultaron en la última etapa de su viaje. El disco de oro, fino como la seda, tenía la misma forma de luna creciente. Sin embargo, era de una manufactura mucho más refinada. Cuando su captor lo situó frente a la mujer y lo obligó a arrodillarse ante ella, el partoloniano se fijó en que la delgada lámina dorada contenía grabados de una delicadeza sorprendente: líneas que se cruzaban aquí y allá, hechas por una mano habilidosa, que sin duda debían representar algo. Le pareció reconocer alguno de los símbolos de los monumentos de piedra que había visto antes.

La mujer miró a Starn a los ojos. No dijo nada, ni en su idioma ni en ningún otro, simplemente lo observó durante largo rato. Por extraño que pareciera, el explorador no se sintió incómodo. La naturalidad que emanaba era como un bálsamo, y en su mirada podía ver un espíritu pacífico..., aunque también un fuego implacable, mucho más sutil. Esperó no tener que padecerlo jamás.

Ciogull habló entonces. Fue escueto, para que Starn comprendiera.

–Lot –dijo, señalando a la mujer.

El partoloniano inclinó la cabeza en señal de respeto antes de presentarse.

–Starn, hijo de Sear.

–Starn –repitió Lot, con una voz grave que le recordó el rumor de las tormentas de Lerna.

Ahora sabía cómo se llamaban sus captores. Porque eso eran y, si en algún instante creyó que el suceso quedaría sólo en un malentendido, la esperanza se desvaneció cuando Lot hizo un gesto a Ciogull. Le indicó que lo apartara de su vista, y él obedeció como un rey a su reina. Llamó a otros dos hombres, que tomaron a Starn por los brazos y se lo llevaron de allí.

* * *

Lo trasladaron hasta una de las cabañas, junto a sus compañeros, donde dos centinelas circunspectos montaban guardia. Los hombres que les quitaron sus enseres se mostraron maravillados por la bella factura de las espadas, una de las pocas herencias materiales de sus días en Creta. Lo más doloroso para Starn fue que se llevaran su lira, aunque le tranquilizó ver con qué respeto y reverencia la trataban.

–Bueno, estamos en un buen aprieto –dijo Tuscas, cabizbajo.

–¡Los Cuernos de Posidón si así es! –barruntó Megor–. Ni siquiera nos han atado. Sólo tenemos que esperar a la noche, dejar fuera de combate a esos dos que guardan la puerta y escapar tranquilamente.

–Piénsalo mejor –le contestó Starn, mientras se masajeaba el pómulo hinchado–. ¿Te has fijado en las camadas de perros que tienen? Son razas cazadoras, al igual que sus amos. Nos atraparían antes de que pudiéramos alejarnos, sobre todo ahora que no tenemos los caballos.

–¿Nos dices que debemos resignarnos?

–No hay nada que temer por ahora. Si quisieran vernos muertos, ya lo estaríamos. No creo que sea eso lo que pretenden.

Afestes intercambió con él una de esas miradas suspicaces y cómplices que tanto lo caracterizaban.

–Has estado un rato en ese edificio, y conociéndote algo habrás sacado en claro para afirmar tal cosa.

–No vi maldad en esta gente, si te refieres a eso, sólo incertidumbre –respondió–. Pensadlo un poco: de repente aparecen unos forasteros, de aspecto muy extraño, y para colmo armados. ¿Cómo habríamos reaccionado nosotros en Hija de Cnosos? Seguramente del mismo modo.

–Quieren ver si somos peligrosos, averiguar más de nosotros... –caviló Afestes.

–Es lo que pienso. Si pudiéramos hablar su idioma, o ellos el nuestro, aclararíamos este asunto con facilidad.

–Sí, bueno, yo sigo pensando que mejor nos iría largándonos de aquí –insistió Megor–. A saber qué están planeando para nosotros. ¿Y si les da por sacrificarnos?

Starn iba a contestarle que era un estúpido por pensar siempre de modo tan negativo, pero entonces la tela que cubría la puerta se movió, hasta apartarse por completo y dejar paso a la luz exterior y a una mujer. Era una anciana, con los ojos puestos en el suelo, como si temiera que los forasteros le robaran el alma a través de la mirada. Portaba un cesto con alimentos y una jarra, que se limitó a dejar en un rincón antes de desaparecer por donde había llegado.

Comieron de aquellos frutos secos y pan de bellota, con desconfianza al principio por si era una treta para envenenarlos. Luego se recostaron, fatigados del viaje y de las preocupaciones. Y al fin cayeron, uno tras otro, en un profundo sueño. Excepto Starn. Le dolía el rostro allí donde le habían golpeado, aunque aquella molestia era una nimiedad. Se sentía extrañamente perturbado, con el alma y el corazón en vilo sin saber el motivo, lo cual le robaba el descanso.

Entonces, cuando su desasosiego era mayor, alguien entró en la cabaña. Una silueta delgada se recortó contra las antorchas apuntaladas de fuera antes de que la cortina volviera a caer y cubriera de nuevo el lugar de penumbras. Y, aun así, siguió viéndola. El vacío interior que en él era tan natural de pronto se llenó de emociones, emociones largo tiempo arrinconadas. El aire... El aire le faltó al ver a aquella muchacha que, sin anunciarse, había entrado en la tienda del mismo modo que en su vida.

De nuevo en su vida.

Resolló en busca de alimento para los pulmones, como quien ve algo que su mente no logra concebir. Porque allí estaba ella. Había acudido a su lado, al fin, y esta vez no como una aparición.

Lerna era, de nuevo, de carne y hueso.

8

Se levantó de inmediato, con brusquedad, sin pararse a pensar en que podía despertar a sus compañeros. En la cabeza sólo tenía un pensamiento con forma de mujer. Con forma de Lerna.

Avanzó un paso, dispuesto a dar otro y lanzarse en un abrazo sobre ella, pero la voz de la razón le hizo reparar en el último instante en varios detalles que enfriaron su ardor. En primer lugar, el cabello de aquella joven no era oscuro como el de su esposa fallecida, sino rojo, encendido como el bronce al que iluminan las llamas. Descubrió que, aunque los rasgos del hermoso rostro eran casi idénticos a los que recordaba, mostraban sutiles diferencias. Tenía la piel pálida, no morena como los cretenses, y a pesar de que el cuerpo bajo la humilde túnica era liviano, como el de Lerna, se le antojó mucho más joven de lo que sería su amada si siguiera viva. Poco más que una mujer en realidad, una muchacha que apenas estaba en edad de sangrar.

Pero los ojos... ¡Ah, los ojos! Eran en todo los de Lerna. La misma luz, pura y curiosa; la misma risa chispeando en los iris como relámpagos en una tormenta de verano. En ellos vio ese espíritu sensible que lo enamoró en Creta, que creyó perder después y que recuperó de algún modo en sucesivas apariciones. ¿Cómo podía ser aquello? Que le evocara idéntico sentimiento, que el ardor le quemara la carne como antaño y que la emoción íntima del alma tuviera la misma intensidad que cuando contempló a su esposa por primera vez.

El deshielo de su corazón fue un hecho. Aquella primavera inesperada fue tan repentina que trajo consigo una intensa debilidad. Starn cayó de rodillas. Sus amigos seguían durmiendo y no acudieron a auxiliarlo, pero de haberlo hecho él les hubiese mentido diciendo que estaba bien. Porque nunca volvería a estarlo, no del todo. O tal vez sí, sólo que la felicidad era tan poderosa que su cuerpo no podía resistirla.

La muchacha portaba un cuenco de agua. Mediante señas, que parecían el danzar de avecillas juguetonas, le indicó que se acomodara en el suelo. Incapaz de decir nada, con la garganta y los labios cerrados por la emoción, dejó que la joven se sentara en cuclillas frente a él. Con cierta timidez, tomó la escudilla con agua y humedeció un paño con el que lavó el moratón en el rostro de Starn. Las caricias eran dulces, sus manos tan corteses que caían sobre su magullada piel como gotas de rocío.

Fue entonces cuando cruzaron las miradas por primera vez. Los ojos... Siempre es en los ojos donde se halla la naturaleza de una criatura. Allí se aprecia un atisbo de su verdadera esencia. Y los de aquella muchacha, verdes como la propia isla, estaban cargados de inocencia. Pero también había algo más: una fiereza exenta de cualquier tipo de maldad. Algo así como la de la hiedra que crece descontrolada sin importarle hacia dónde se extiende.

La muchacha le correspondió con una sonrisa tierna. Levantó la otra mano y con los dedos gráciles capturó unas gotas del llanto que el partoloniano derramaba sin ser consciente de ello. Abrió la boca. Habló. Starn quedó embelesado por la musicalidad de su voz. Le recordó al soplo del viento en las llanuras y también... también... ¡a su lira! De algún modo, reconoció el tono de las cuerdas y quizás un poco del suave trino del mirlo. Hubiera deseado entender lo que pretendía decirle, pero, aunque más delicado, el idioma era el mismo que el de los nativos. Aun así, se habría pasado días y días escuchándola.

Pero ella se fue poco después, sin decir nada, dejándole una nueva sonrisa que necesariamente era insuficiente. Starn quedó de pronto más vacío de lo que jamás lo había estado..., salvo cuando murió su esposa.

* * *

Para su alegría, la joven volvió antes de que amaneciera. Fue lo primero que vio Starn cuando despertó del sueño que le había llegado al poco de que ella marchara la noche anterior. Sus compañeros ni se inmutaron, por cierto; seguían durmiendo como si aquella muchacha no existiera.

Desde el instante en que se adentró de nuevo en la cabaña, se sintió revivir. Siempre sonriente, la muchacha se arrodilló frente a él y tomó un poco del emplasto que traía en una hoja de roble. Con suavidad, lo extendió sobre la herida, y Starn se estremeció por la frescura y el alivio que le proporcionó el mejunje.

Hecho esto, ella mostró su intención de levantarse, pero el príncipe no se lo permitió, esta vez no. ¿Cómo iba a hacerlo? Tanto tiempo esperando que algo así ocurriera y ahora... ¿debía dejarla marchar? ¡Jamás! La agarró de las manos, sin pensar. Carne contra carne. El contacto fue tan intenso que creyó que el corazón le estallaba de gozo. Tenía la piel tan suave como Lerna. Los pliegues de sus dedos estaban en el mismo lugar, se extendían del mismo modo. ¡Por la Diosa Madre, resultaba desconcertante! Tanto, que suspiró entre temblores cuando las sensaciones le recorrieron los huesos y los músculos, amenazando con devastar su ser. Estaba profundamente turbado, pero la chiquilla lo calmó con la mirada, a través de un guiño que lo llenó de calidez. Luego, permanecieron un rato en silencio, compartiendo esa contemplación serena y a la vez apasionada.

–Si sólo supiera tu nombre... –preguntó al fin Starn, sin muchas esperanzas de que la joven le entendiera.

Pero la comprensión reside más allá del verbo. ¿No lo has pensado nunca? La sacerdotisa que logra transmitir el amor de sus dioses a los nuevos creyentes que no la entienden; la madre que conoce las necesidades de su hijo cuando éste todavía no sabe hablar; los amantes a los que una mirada basta para comprender lo que sienten... Hay un lenguaje que está por encima de las palabras, que reside en el poder de las emociones. El idioma más antiguo del hombre.

La nativa soltó una de sus manos. Sólo una, y la posó en su propio pecho.

–Tara –dijo.

Ése era su nombre. Tenía que serlo. Y le pareció hermoso, como todo en ella. La muchacha rompió a reír con esa alegría que sonaba como la de Lerna. Su esposa, el amor de su vida, la luz de su alma.

Comprendió que había vuelto a encontrarla.

⋆ ⋆ ⋆

Los días transcurrieron con la placidez de las hojas cayendo en el otoño que se oteaba en el horizonte. Se volvieron tan tediosos para los compañeros de Starn como agradables para el jefe de la partida.

Tara era la causa, por supuesto. ¿Has estado enamorado de una mujer? No hace falta que me respondas. Sé que es una pregunta irrespetuosa, así que discúlpame por semejante atrevimiento. En cualquier caso, ¿no te parece asombroso cómo desafía lo establecido? Incluso el tiempo. Especialmente el tiempo. Cuando alguien está junto a la persona amada parece que los días sean cortos, como en invierno, y las noches fugaces, al igual que en verano. Era justo lo que le ocurría a Starn. Le recordaba a la época en que conoció a Lerna, cuando todo era novedoso y sólo había espacio para el descubrimiento.

La muchacha lo visitaba cada noche después de que la anciana les trajera la comida, y siempre cuando sus compañeros ya se habían dormido. Starn se acostumbró a pasar en vela hasta la madrugada; sólo se acostaba cuando ella marchaba, poco antes de salir el sol.

Tara se reía mucho, era de una alegría propensa a desbordarse. A su lado, el partoloniano olvidó incluso que era un cautivo y dejó de pensar en que, allá en la aldea de Hija de Cnosos, su hermano tal vez estuviera preocupado por su tardanza. En lugar de ello se sentaba junto a la chiquilla, embelesado por sus muecas coquetas: las miradas rápidas, de soslayo, cargadas de ternura y sentimiento; las medias sonrisas intencionadas, que lo impulsaban a imitarla, a recuperar un gesto para el cual había perdido la costumbre. Dejaba que las palabras de la joven le alcanzaran a lomos de esa voz ligera, cual pluma. Incluso al principio, cuando todavía no entendía su idioma, le llenaba por completo el susurro de aquel espíritu alegre.

Tanta atención ponía que, no mucho tiempo después, empezó a distinguir el ritmo de aquel dialecto y a comprender el significado de algunas palabras.

–*Fomoré* –le dijo durante una de sus primeras jornadas juntos, abriendo los brazos, como si pretendiera abarcar a todo el poblado. Luego señaló a través del hueco de la puerta, señalando con su dedo grácil a los hombres que custodiaban la cabaña.

–*Fomore* –repitió Starn.

–*Fomoré* –rectificó ella con delicadeza.

Lo pronunció bien la segunda vez. Ella asintió, claramente satisfecha de tener un alumno tan capacitado y bien dispuesto. Al fin, Starn conocía el nombre del pueblo que los había capturado.

Los fomorianos.

* * *

Fue sólo su primera lección en la lengua del pueblo Fomoré, a la que seguirían muchas otras durante las semanas siguientes, junto a Tara.

Llegó el día en que, para sorpresa de los partolonianos, les permitieron salir de la cabaña. Los centinelas los seguían con las lanzas dispuestas, cierto, pero al menos pudieron desentumecer las piernas un par de veces cada jornada. Starn aprovechó estos instantes para apreciar cuál era su modo de vida. Donde sus compañeros creyeron ver una comunidad de hombres y mujeres de costumbres zafias, el hijo de Sear percibió otra realidad.

En absoluto eran gentes retrasadas. A menudo solemos caer en tales errores cuando hablamos de pueblos que, en nuestra soberbia, consideramos menos civilizados. Pecaron en ese sentido los cretenses, y lo harán muchos más después; al extender sus fronteras y encontrarse con otras comunidades, con costumbres extrañas, los tildarán de salvajes sin entender que la inteligencia no reside sólo en los avances tecnológicos. Era algo que Starn podía ver en los fomorianos, como antes lo viera en los oestrimnios: poseían un profundo talento, basado en el arraigo a la tierra, y una sabiduría popular legada por sus antepasados. Hábitos sencillos gobernaban su mundo, y con eso les bastaba.

–¿A qué dioses reverenciáis? –le preguntó a Tara, cuando fue capaz de hacerlo en su idioma.

–¿Dioses? ¿Qué son esos dioses? –se extrañó ella, pues al no conocer la equivalencia de tal palabra él había utilizado el término en lengua cretense.

–Seres inmortales que todo lo pueden, aquellos que marcan el destino de vuestro pueblo.

La muchacha ladeó la cabeza y lo miró confusa. No tenía ni idea de lo que le hablaba.

–Nada es inmortal. Todo muere, tarde o temprano. ¿Cómo, si no, nacería nueva vida? Aquello que se marcha siempre regresa, aunque sea en otra forma.

Starn supo de este modo que aquella gente no adoraba a ningún dios. Le pareció tan desconcertante... ¡Hasta los oestrimnios tenían un panteón de divinidades!

–¿Y los círculos de piedras o los túmulos? –le preguntó.

–Su fin es acceder al poder oculto en las entrañas de la isla. Aunque hay otros modos de hacerlo. Esta tierra es generosa entregando sus dones, si uno es merecedor de ello.

Él le habló acerca de la construcción que habían explorado antes de ser capturados. Una tumba, le dijo ella, construida por sus antepasados, en cuyo interior fluían las energías del manantial que él había llamado Lerna. Los antiguos percibieron esos poderes y los utilizaron para consagrar a sus muertos más insignes, o para acceder al conocimiento profundo, en los círculos de piedras. Para ello construyeron esas formas, alineadas con el sol y los astros, con las que formar una unión entre el mundo y las altas esferas. Sin embargo, no utilizaban el nombre de ninguna entidad para sus rituales. «Sólo uno, pero casi nunca se le menciona, pues para los fomorianos es mucho más que un ser: es la esencia de la isla misma», aseguró la muchacha.

A pesar de lo que esto pueda dar a entender, los nativos no eran un pueblo sin fe. Sus vidas transcurrían en la confianza hacia cuanto los rodeaba. Los vio vivir de lo que los campos les ofrecían, reconociendo los frutos que obtenían. Cuidaban de las bestias con un aprecio auténtico, agradeciendo y devolviendo cada bien recibido. Nunca advirtió que tomaran más de lo que necesitaban. Y en cada muerte convertida en presa reverenciaban al ciervo abatido, al ave cazada, al salmón capturado en sus redes. Era incluso superior al respeto que los cretenses otorgaban a los toros sagrados. Para los fomorianos toda criatura que trotaba, reptaba, nadaba o volaba era un igual. Un hermano. Hijos del mismo vientre.

Starn pensó de inmediato en Bacor, y supo que aquella gente le habría gustado.

9

Seis lunas estuvo lejos de Hija de Cnosos Starn antes de que Bacor empezara a inquietarse por él. A pesar de que le había asegurado que aquella travesía lo llevaría más lejos que ninguna otra antes, el anciano llevaba días sumido en una profunda preocupación. No era el único, por cierto, pues también Aidne echaba de menos a su tío. Fue por ello que, cuando acudía a visitarlo, Bacor tratara de esconder sus temores, para que así la chiquilla no tuviera que soportar también ese peso. Sin embargo, lo primero que preguntaba ella al llegar al lago era si había noticias de Starn.

Un día, ese sentimiento fue tan poderoso que el sabio supo que algo iba a ocurrir. Lo percibía, con absoluta claridad, y decidió que debía prepararse. De uno de los cestos que guardaba tomó un puñado de bellotas; de otro, corteza de roble, y, de un tercero, una hoja de muérdago. La semilla, la piel y el huésped. Trituró las dos primeras, y luego coció todos los componentes, poniendo especial cuidado en no excederse en la medida del muérdago. Una pizca, pues más podía envenenarlo.

No era aquélla una ciencia de Creta, sino una nueva descubierta por un hombre que examinaba la naturaleza, se preguntaba cómo funcionaba ésta y luego trataba de aprovechar ese conocimiento en su beneficio. Una ciencia que intuyo sobrevivirá en el futuro. ¿Podría decirse que todo comenzó aquí, en este punto de la historia, de manos de Bacor? ¿Fue el primer druida? Es posible, así se lo había manifestado la inmaterial Lerna a Starn. Sin embargo, creo que una ciencia puede ser descubierta en varios lugares al mismo tiempo y por personas distintas. A menudo ocurre, lo hemos visto en esta misma historia: menhires y alabanzas a dioses similares en escenarios tan remotos que nunca pudieron estar en contacto... Tal vez otros, como los fomorianos o los oestrimnios, también tuvieran nociones de ese arte que se conocerá como «druídico».

Pero volvamos con Bacor. Él había descubierto aquel preparado mediante la observación y el diligente estudio de su nuevo hogar. Vio cómo el muérdago y el roble convivían en absoluta comunión, y comprendió que estaba ante una señal: una pequeña criatura, nutriéndose del alimento que el mundo le ofrecía y utilizándolo para crecer. Pensó que tal vez un hombre también podía hacer lo mismo si adquiría las propiedades del muérdago.

Removió la mezcla sin cesar, hasta que se convirtió en una pasta que retiró del fuego. Dejó que se enfriara y entonces tomó un poco con los dedos. Se los llevó a la boca. Estaba amargo, aunque había cierta dulzura en aquel sabor metálico, tan fuerte que se apoderó de sus sentidos.

No fue algo inmediato, pero al cabo de un rato sintió claramente cómo su percepción, poco a poco, se abría como una flor. Fue más consciente de sí mismo y del mundo que lo rodeaba, como si una mano esculpiera a cincel cada detalle, cada línea de la existencia. Era una sensación asombrosa; le parecía que navegaba sobre el viento, más libre de lo que nunca había sido. No era sólo conocimiento, también una comunión con la realidad. «Formo parte del universo, soy uno de esos pedazos sin el cual nada estaría completo». Tales fueron sus pensamientos. Los muros de lo convencional se tambalearon y empezaron a desmoronarse, piedra a piedra.

Al atardecer, cercano el velo de la noche, su estado de conciencia se había alterado tanto que tuvo que abandonar la cabaña. El alma le demandaba salir a pasear por los alrededores del lago. Aquel rincón de su mente todavía lastrado a lo mundano sabía que era una actitud desaconsejable, pues a esas horas, al amparo de la oscuridad, muchas criaturas salían, y algunas de ellas estaban hambrientas. Pero el impulso era fuerte. Si algo había aprendido Bacor desde que partiera de Creta, era que cuando al corazón le llega una llamada es bueno responder a ella.

Pasos inconscientes, que apenas rozaban el suelo, lo llevaron hasta el círculo de piedras, el mismo que le había mostrado a Starn años atrás. Pies movidos por sensaciones que escapaban a la razón. Susurros que le dictaban consignas que todavía le costaba comprender, pero que cada vez oía con mayor claridad...

«Debes escuchar. Debes ver. Debes soñar».

Obedeció a las voces del interior del círculo de piedras. Se adentró en la construcción y, ya cercado por los rocosos guardianes, tomó asiento sobre la hierba. Y, al fin, se tendió por completo. El sopor intenso del roble y el muérdago le llenó la mente.

Durmió.

* * *

Cuando abrió los ojos vio un cielo claro, más luminoso de lo habitual. Extraño, distinto. Un azul sin nubes se mezclaba con un firmamento estrellado. Luceros colgando de una bóveda soleada. Día y noche al mismo tiempo.

Se incorporó, pensando que nada de aquello tenía sentido, y de repente se dio cuenta de que no estaba en ningún círculo de piedras. ¡Estaba en Hija de Cnosos! En la misma plaza, acompañado por alguien más. A unos pasos de él, otro hombre se levantaba con el mismo desconcierto en el rostro. Era Starn. Se miraron, conscientes ambos de la presencia del otro. ¿Cómo habían llegado allí?

Quiso preguntarle, pero advirtió que el joven empuñaba una espada, y eso le causó un gran desasosiego. El bronce, manchado de rojo, goteaba sobre la tierra. Y salpicaba un suelo repleto de muertos, cadáveres que no parecían de partolonianos. Starn, al reparar en ello, lanzó un alarido, y luego dejó caer el arma como si le quemara de asco. Ya era tarde. La sangre empezaba a mezclarse con el fango, la hierba, las piedras. El suelo supuraba savia carmesí, empapando las sandalias del anciano y las botas del explorador.

De pronto, un potente estrépito desde la lejanía se adueñó del mundo. La tierra tembló. Grandes grietas se abrieron aquí y allá, en la calle principal, y del cielo llovió fuego que quemó los tejados. Luego vinieron las cenizas, que amenazaron con sepultarlo todo. Perdición. Lo comprendió. ¡Sabía lo que estaba a punto de ocurrir!

Desgracia, horror... Ya lo habían predicho, allá en Labyrinthos. La maldición de los cretenses.

La maldición de Egos el Arrinconado.

Tras el conocimiento, llegó la confirmación de su infausto destino. Alzaron ambos la vista, compartieron el mismo asombro, el idéntico pavor. Pues ante ellos se alzaba un gran torrente de sangre, llamas y humo, un muro que no parecía tener fin. Ocultó el cielo de estrellas y avanzó destrozándolo todo a su paso, devorando los montes, las arboledas, las praderas y, al fin, la ciudad.

Bacor compartió una última mirada con Starn antes de que la gran ola los aplastara.

10

Despertó con un angustioso lamento a punto de estallar de sus labios, pero en lugar de ello Starn no pudo más que gemir y sollozar. Las manos se le fueron directas al pecho, como si pretendiera recomponer el ánimo maltrecho.

Dolor e infortunio es lo que había visto en aquel... en aquel... ¡Oh, cuánto hubiese deseado decir que era un simple sueño! Pero tras todo lo vivido tenía claro que se trataba de una visión convertida en pesadilla. Una premonición compartida con Bacor. Al recordar la espada en su mano, que chorreaba sangre, lo golpeó una angustia tan fuerte que casi se convirtió en vómito. Se sintió sucio, maligno, pues comprendía de algún modo instintivo que aquella profecía lo señalaba como culpable de algún terrible acto. Un acto que causaría el fin de los partolonianos.

Lloró en silencio. Sólo al menguar las lágrimas advirtió, asombrado, que no se hallaba en la cabaña de los fomorianos. Había un techo sobre su cabeza, sí, pero era de roca y musgo colgante. Un tapiz de hierba corta cubría el suelo de la cavidad, que no llegaba a ser cueva allí donde Starn se encontraba, pues se abría al exterior por ambos lados, al bosque. Le llegaba el sonido de un riachuelo cercano, y con él una calma profunda, balsámica, que hizo desaparecer poco a poco la amargura. La corriente de plata terminaba en una pequeña laguna, a la vera de la colina que formaba tan singular cobijo.

Percibía los secretos que aleteaban en el aire. Verdades ocultas, antiguas certezas como las que guarda una noche sin mañana a la vista. Una velada eterna en un lugar donde el tiempo no es más que un recuerdo que languidece. ¿Sería el reflejo de la luna nacarada, en las aguas del estanque, quien le revelara esos misterios?

O tal vez lo hiciera la delgada figura que, junto al lago, lo esperaba. Una luz con forma de mujer, de blanca piel, envuelta en un manto de hermosura por encima de un vestido de seda, tenue como jamás Starn había visto, ni aun en Cnosos. ¿Dónde había quedado aquella túnica basta habitual del poblado? El cabello se le mecía ante el soplo de un ligero viento, semejante a una llama. Pero no de las que queman, sino de las que calientan el corazón. Los capullos que aderezaban su melena rojiza se abrían en flor, estallando en el rosado de las fucsias y el amarillo esplendoroso de las aulagas. Brotaban, crecían, vivían, como si se alimentaran de una tierra que en realidad era carne, sangre y hueso.

Durante unos instantes, Starn la contempló en silencio, rendido como sólo lo había estado ante una mujer. Fue pensar en ese nombre, Lerna, y Tara levantó la vista. Tara, tan igual y tan distinta a su esposa. El mismo espíritu esculpido de nuevo en otra piedra diferente, sin embargo con las mismas técnicas. La misma mano.

La doncella sonrió mientras extendía el esbelto brazo, con los dedos anhelantes hacia él.

–Ven...

La petición fue irresistible. Se aferró a aquellos zarcillos suaves, que se enroscaron entre los suyos con una delicadeza que le estremeció por fuera y por dentro. Y juntos caminaron, descalzos, sobre una herbosa tierra preñada de eras. El nombre se le escapó de entre los labios...

–Lerna... Mi Lerna...

La muchacha entonces se volvió, y con gesto afable le preguntó:

–¿Por qué me llamas así?

–Me recuerdas a alguien a quien amé.

Tara le regaló una nueva sonrisa, de una ternura indescriptible.

–Eso es hermoso, pues si la amaste y ves en mí algo de ella significa que te importo.

¿Importarle? Era mucho más que eso. Tara se había adueñado de todo lo que era Starn. Pensaba en ella a todas horas, y se estremecía al hacerlo. Sin importar que otros asuntos lo desvelaran, la presencia de la joven era constante, de un modo u otro.

–Pero esta noche tu corazón sufre –le dijo de pronto, posando la mano en el pecho del partoloniano–. Has visto cosas que te han perturbado.

–Dolor, muerte y perdición –respondió, sin detenerse a reflexionar sobre lo extraño de que ella conociera sus visiones–. Tales son los males que me han visitado antes de aparecer en este bello lugar. ¿Cómo he llegado aquí?

–El destino puede tirar muy fuerte. Y, aun así, no hay fuerza que nos arrebate por completo las decisiones.

Tara levantó los brazos y alzó el rostro hacia el firmamento, con los ojos cerrados. Y de pronto le pareció más alta y grande, como si su esencia se desbordara más allá de los límites de la carne. Sabia y antigua, a pesar de la piel tersa, así la vio. Vetusta como la misma tierra.

–Has sido testigo de cosas que serán, pero que todavía no son. Y, por tanto, hay tiempo para cambiarlas. –Bajó la vista, derramando todo su cariño sobre Starn–. Tu alma es buena, hijo de Sear. Por eso fuiste llamado a nuestro hogar, para convertir la destrucción en vida.

Le volvieron a la mente las palabras de la aparición que tuvo en el barco, antes de llegar a la isla. El espíritu de Lerna se lo había dicho antes: «Tú, mi amor, serás el padre del Renacido».

–Tuya es la decisión de empuñar la espada y derramar la sangre, o de enfundar la muerte y derrotar a la maldición de los tuyos. Si fracasas, los partolonianos caeréis, indefensos ante las mareas del mañana. Y con vosotros, los fomorianos. Nada de lo que hoy existe perdurará.

Un movimiento sensual, y la prenda que la cubría cayó al suelo. Y allí, bañada por la luna y dejando una sombra débil en la hierba, se le presentó natural, sin nada que tapara la perfección de su cuerpo.

–Pero sea como sea, yo te amaré.

Starn se acurrucó junto a ella. No sentía un abismo oscuro, como el de la desesperación o la apatía que durante tanto tiempo gobernó su vida. No, viejo amigo, era algo hermoso, un remanso de luz, un refugio cálido con forma de mujer.

Apartó su propia ropa, de la que se desprendió porque se le antojaba molesta e innecesaria, allí, donde los secretos no existían. Y la rodeó con sus brazos, esparciendo sobre la muchacha todo el amor que había tenido agazapado en su interior.

No hubo palabras durante aquel largo abrazo, sólo estremecimiento. Starn sintió la respiración de la joven, profunda y serena; el calor que desprendía su pequeño cuerpo; el anhelo, tan intenso en Tara como en él mismo. Un latido poderoso, el temblor de una tierra que despertaba de verdad, por primera vez en eras. Empezó a entenderlo entonces, aunque sólo de un modo fugaz, de la manera que percibiría que algo es distinto, aunque sin saber con exactitud por qué. Le tomó el rostro entre las manos, aquel deliciosa rostro, y la miró, dejándose llevar por la luz de Lerna. Era ella, pero también Tara. Y algo más.

Mucho más.

–¿Qué eres?

La respuesta bastó para acallarlo.

–Soy tuya.

La estrechó de nuevo contra su pecho. Cayeron el uno hacia el otro, salvando piel, músculo y hueso; una avalancha de fuego y humedad que acabó con un hombre volcando todo su ser en el interior de una mujer. Y así permanecieron, el uno en el otro, bajo un cielo de roca, estrellas y luna de fulgor plateado.

11

A la mañana siguiente, Starn se levantó antes que el amanecer. Para entonces, ella se había marchado. Aun así, no lo lamentó, pues le había dejado el mejor de los regalos: una ilusión y un ánimo que no había conocido más que con Lerna. ¡Qué afortunado, volver a sentir lo mismo! Idéntica pureza, la misma pasión. Más intenso incluso, como si no sólo hubiera recibido el cariño de una mujer, sino de todo un mundo.

Regresó al poblado fomoriano caminando casi en sueños, llevado por una mano que lo guiaba y protegía. Se movió entre los árboles y los vapores del pantano, entre los arroyos que iban a parar al lago cercano. El rocío cubría las hojas y las flores, una tela de escarcha que brillaba imitando al firmamento. Alcanzó el límite del asentamiento, donde el silencio pesaba sobre los lugareños. Hasta las bestias domésticas dormían, así que nadie advirtió su retorno. Hubiera podido escapar, volver a Hija de Cnosos, pero cada paso lo llevó hasta la cabaña donde se hallaban retenidos sus compañeros. Pasó entre los guardias, que también estaban traspuestos. Entró, se acostó cerca de Afestes, y cerró los ojos. Una sonrisa se le marcó en el rostro antes de sumirse en el descanso.

Una sonrisa por Tara.

* * *

No volvió a verla. Los días pasaron sin que ella se presentara, y Starn se sumió en una melaconlía que, sin embargo, no era hiriente. En aquella velada juntos había recogido tanto de la muchacha que no quedaba vacío en su interior que pudiera angustiarlo. Tara había curado su dolor emocional.

Cuatro noches más tarde, algo sucedió en el poblado. Durante los paseos, Starn y los suyos apreciaron un gran ajetreo entre los fomorianos: hombres, mujeres e incluso niños iban y venían de aquí para allá, atareados, acarreando víveres y otros enseres.

Al quinto día, cuando el atardecer languidecía, los prisioneros fueron escoltados hasta el centro del poblado. Todos los fomorianos se habían reunido allí, y en procesión partieron, incluso los cautivos. Abrían la comitiva la reina Lot y Ciogull, que ahora él sabía que eran madre e hijo; pero, por más que oteó, Starn no advirtió la presencia de Tara. «¿Dónde estás, mi vida?», se preguntó, sin esperar respuesta alguna.

–¿A dónde nos llevan? –quiso saber Afestes.

–¿Es que no te lo imaginas? –intervino Megor–. Van a ajusticiarnos, al fin.

–No digas estupideces –le recriminó Starn–. Si quisieran vernos muertos hace tiempo que lo habrían hecho.

No hablaron más. Se dejaron llevar por un camino que serpenteaba bordeando la colina, primero, y luego el bosque. Alcanzaron una cañada, y después un manantial de agua clara. Se abrió un claro, con otro de esos círculos de piedras tan característico de aquella cultura. Cubiertas con el mismo liquen por el tiempo, al abrazo de la tierra de Lerna.

–Tal vez esperaban el momento propicio para sacrificarnos –dijo de repente Tuscas.

Starn no lo creía, por supuesto. Había llegado a conocer los modos de esa gente, su manera de ver la vida, y en ningún momento reparó en que tuvieran costumbres que los inclinaran a ofrecer a seres humanos para reclamar dones para su pueblo. Por su parte, sus compañeros no habían conectado del mismo modo con los fomorianos y por ello nunca dejaron de desconfiar. Pero ¿y si tenían razón? ¿Y si él se había dejado llevar por el sentimiento hacia Tara?

Cuando la luna apareció sobre el cerro, Lot encendió la leña amontonada en el centro del círculo que conformaban las construcciones. Hogueras, como en la Vigilia cretense. Una vez más, costumbres similares en sociedades distintas. Bacor le había hablado de ello en una ocasión, no hacía mucho. El anciano creía que los hombres, no importaba dónde hubiesen nacido, tenían una naturaleza común. Los dioses podrían tener nombres distintos, y sus hábitos diferenciarse en muchos puntos, pero al final siempre rendían pleitesía a los grandes poderes que daban forma a su día a día: el agua que riega las cosechas, la tierra que da frutos, los cielos que ofrecen un lugar al que mirar... y el fuego, purificador, dador de luz.

Todos se situaron alrededor de las las llamas, incluidos los prisioneros, a los que se les indicó que debían sentarse junto a Ciogull y Lot. Starn esperaba que dijeran algo, pero no lo hicieron al principio. Se limitaron a servir multitud de viandas: cordero, con rábanos y cebollas, asado en las mismas hogueras, que también ofrecieron a los cautivos. Y entonces sí, cuando terminaron, hubo palabras.

Lot fue quien habló, mientras Ciogull se mantenía en silencio, con un gesto crispado en los labios y la rabia contenida en los ojos.

–Vuestro tiempo aquí ha acabado –dijo la mujer; el dorado de las llamas la iluminaba, escondiendo la palidez de su piel–. Es hora de que volváis con los vuestros.

Los compañeros de Starn se miraron entre ellos, incrédulos. No dominaban la lengua fomoriana como su líder, pero tras tantos días en aquel poblado habían aprendido lo suficiente para intuir el significado de la afirmación de Lot.

–¿Nos dejáis partir, sin más? –quiso saber Starn.

–No por mi gusto... –intervino Ciogull, quien claramente no estaba de acuerdo con la decisión de su madre.

La poderosa mirada de ella lo llamó al silencio.

–Mi hijo teme que, ahora que conocéis dónde nos hallamos, regreséis con los vuestros y nos sometáis. Pero yo tengo esperanza de que las cosas no transcurran de ese modo. Os hemos dejado ver cómo vivimos. Os hemos mostrado que no somos peligrosos, salvo cuando se nos amenaza. Sólo pedimos que nos dejéis en paz. La isla es lo bastante grande para nuestros dos pueblos.

–Una alianza entre los partolonianos y los fomorianos resultaría ventajosa para ambos –dijo Starn, deseoso de que algo así sucediera, pues si no podía regresar a aquel poblado tampoco volvería a ver a Tara–. Podría hablar con mi hermano, convencerlo de que...

–¡No! –exclamó Ciogull–. ¿Acaso debemos decirlo mediante las armas? ¿Es el único lenguaje que entendéis? ¡No queremos vuestra amistad! Nada podéis darnos que deseemos. Mi señora ha sido clara: olvidad que existimos, y nosotros haremos lo mismo. La mitad sur de la isla es vuestra. Pero, si traspasáis la tumba sagrada, entonces conoceréis nuestra fiereza.

La tumba sagrada... Tara le había hablado de ella: la construcción en la colina, allí donde había sentido aquella fuerza extraordinaria y hallado el broche de Aidne.

Starn asintió con la cabeza.

–Si ése es vuestro deseo, aquí y ahora prometo que cumpliré con él –dijo, con voz apenada, al entender que estaba renunciando a volver a ver a Tara–. Y trataré de que los míos hagan lo mismo.

–Así debe ser, hijo de Sear –comentó Lot, de pronto con voz dulce, consoladora–. Creedme, es lo mejor. Ya hemos pasado por esto antes. Hace años, en los tiempos de mis abuelos, vivíamos más al sur. Hasta que unos hombres del oeste desembarcaron en esta tierra. Al principio se mostraron amables, querían comerciar y entablar amistad. Los correspondimos, y fuimos hospitalarios. Entonces repararon en nuestro oro. –Señaló su collar–. La ambición se apoderó de ellos, pero nada de lo que nos ofrecían se acercaba en valor a lo que para nosotros no tiene precio: los símbolos sagrados de nuestro amor por la tierra.

»Así que quisieron tomarlos por la fuerza. La lucha fue horrible. Tuvimos que ser muy crueles para ganar la guerra. Al fin logramos expulsarlos, aunque no sin que nos arrebataran algunas de nuestras maravillosas prendas. Hastiados de tanta muerte, decidimos trasladarnos a estas regiones del norte ante el temor que otros volvieran a encontrarnos. ¿Comprendéis ahora por qué no deseamos vuestra amistad? No sabemos si algún día se convertirá en odio, y no estamos dispuestos a pasar por algo así de nuevo.

Starn asintió. Claro que lo comprendía. Y lo aceptaba. Aquel relato, además, sirvió para desvelar la verdad acerca de esos demonios que habían mencionado los «últimos hombres», años atrás. Y por qué tenían uno de esos collares tan parecidos al de Lot. Sí, así es, mi buen compañero: las historias que narramos, en muchas ocasiones, están adulteradas; es posible que incluso ésta que te cuento contenga, sin pretenderlo, deslices. Es inevitable, pues las ensuciamos con nuestro punto de vista, con prejuicios que enmascaran la realidad. Los hombres de la gran isla Alba que lucharon con los fomorianos tuvieron que justificar sus malas acciones, y para ello los convirtieron en monstruos cuando regresaron a su hogar. Y, a sí mismos, en héroes. La mentira, que es de movimiento veloz, se extendió a lomos de los barcos y los labios de los comerciantes que llegaron a la región de Armórica. Así nacieron los terribles Fomoré.

–Nuestros pueblos son demasiado diferentes, no funcionaría –concluyó Lot–. Al menos, por ahora.

Ella tenía razón, por supuesto. ¿Aceptaría Partolón un pacto de igualdad con individuos a los que, en su visión limitada, tendría por poco más que salvajes? No. De manera consciente o inconsciente, entrarían en conflicto. Siempre ocurría lo mismo: la civilización más avanzada consumía a la otra. Lot lo sabía, también Ciogull, aunque su temperamento sin duda lo hubiera llevado a decisiones más drásticas.

Era la elección correcta.

* * *

A la mañana siguiente, se dispusieron a abandonar la aldea. La reina Lot tuvo el gesto de acercarse a despedirlos.

–He venido a daros un último adiós –dijo, aunque sus ojos sólo miraban a Starn–. Y a ofreceros disculpas por arrebataros vuestra libertad durante tanto tiempo.

–No hay necesidad de pedir perdón, mi señora –respondió, con sinceridad–. No nos maltratasteis, y además hemos aprendido muchas cosas nuevas.

Lot sonrió, y llevó su mano hasta la cara de Starn. Le acarició el mentón.

–En un mundo más justo, podríamos haber sido amigos, hijo de Sear.

–Quizás aún podamos llevarlo a cabo.

–Quizá... –asintió–. Portad con vosotros mi bendición, si de algo sirve.

–Reconfortará mi corazón. Y, sin embargo, deseo pediros un último gesto... –Starn dudó, pero necesitaba trasladarle aquello que le quemaba el corazón–. Una de las doncellas que nos atendió..., también desearía despedirme de ella. Su nombre es Tara.

La expresión de Lot cambió por completo. La reina de los fomorianos mudó la dulzura por el asombro más absoluto, y luego por una ira contenida que asustó a Starn.

–¿He dicho algo que os haya ofendido? –se apresuró a disculparse.

–Según nuestras leyes, sí. Ninguno de nosotros pronuncia ese nombre, salvo en nuestra festividad más sagrada. Y por ello es imposible que un fomoriano se haga llamar así.

–¿Por qué?

–Es el nombre con el que conocemos a esta isla..., y al espíritu que le da vida.

Ahora fue Starn quien no supo qué decir, cómo reaccionar.

–No... no lo entiendo. Fue ella quien me lo dijo... Hablamos, reímos y yacimos juntos...

–¿Aseguras, pese a que es una blasfemia para nosotros, que el espíritu de la isla se hizo carne para ti y se entregó a tus brazos?

–Es lo que todo mi ser me grita –respondió él, con mirada convencida.

Esperó que Lot estallara en una furia incontenible, pero ella lo escrutó hasta alcanzar su alma y debió ver que decía la verdad, aunque dicha verdad fuera incomprensible.

–Eres sin duda una criatura especial, Starn, hijo de Sear –concluyó–. ¡El tiempo desvelará los entresijos de este misterio! Adiós.

La reina se dio la vuelta y regresó al centro del poblado, dejando al hombre completamente confundido.

* * *

Varios fomorianos armados los acompañaron hasta los límites del poblado. Les devolvieron sus enseres, incluso las armas. Starn suspiró al tomar de nuevo entre sus manos la lira de Lerna, como si se reencontrara con un antiguo amigo, y también al recuperar el broche que había encontrado en aquella tumba antigua.

Nadie más acudió a despedirlos. Ni siquiera la muchacha de cabellos de fuego que se había adueñado del corazón de Starn. Tampoco Tara. Y, sin embargo, él sentía que estaba a su lado.

12

Partolón practicaba con la espada con sus hijos, en el patio del palacio, cuando vio llegar la partida de Starn. A su paso despertaba la alegría entre los aldeanos, que dejaban cualquier tarea que tuvieran entre manos para saludarlo. Por unos momentos, el rey olvidó la gravedad que se había impuesto a sí mismo desde que tomara las riendas de los suyos. Volvió al pasado, a ese día en el que su hermano regresaba de Egipto y él lo recibía con una sonrisa y un abrazo sincero, de corazón.

Por eso es tan difícil juzgar a un hombre. Todos somos complicados, pues estamos hechos de distintos retales, cosidos por el transcurrir del tiempo y las experiencias vividas. Algunos son pedazos de tela basta y otros, suave seda. Con el paso de los años Partolón se había agriado, y sin embargo todavía quedaba en él un rescoldo firme de amor por sus seres queridos. Ningún alma es pérfida o bondadosa por completo.

Inmediatamente, tanto él como sus hijos soltaron las armas y fueron hacia él. Las niñas, que habían estado observando con admiración a sus hermanos, también echaron a correr hacia su tío. Sin embargo, Aidne se adelantó a todos. Ella saltó en primer lugar, ella corrió más que nadie. Cuando Starn descabalgó, le echó los delgados brazos al cuello, al tiempo que rompía a llorar y lo cubría de besos.

–¡Oh, por la Gran Diosa, cuánto has crecido, mi niña! –le dijo él, acariciándole las mejillas para secarle las lágrimas–. Ya nadie puede negar que eres la más hermosa de Hija de Cnosos.

La chiquilla se sonrojó sin menguar su sonrisa.

–Me basta con serlo para ti...

Starn le guiñó un ojo y sacó algo del morral. Partolón no vio de qué se trataba, aunque supuso que era uno de esos regalos que él le traía siempre que volvía de sus viajes. Se lo entregó con disimulo, como siempre hacía para que sus otros sobrinos no se sintieran celosos. Pero es que, para Starn, ninguno de ellos era como Aidne.

Cuando la chiquilla lo tuvo entre sus dedos, lanzó un suspiro de emoción.

–¡Es precioso! –fue lo único que acertó a decir.

–Es muy antiguo, mi pequeña –escuchó que le decía–. Seguro que perteneció a una gran princesa, así que es justo que ahora lo lleve otra igual de radiante.

Ella volvió a abrazarlo, las lágrimas de nuevo corriendo por sus mejillas.

–Lo guardaré durante toda mi vida.

Pero ya todos los niños rodeaban a Starn, y Partolón atrapó a Starn por el hombro en un gesto de puro alivio.

–¡Hermano! ¡Nos tenías preocupados! –exclamó, y era sincero al decirlo.

Starn debió de advertirlo, pues se lo agradeció con una sonrisa. Sin embargo, apreció de inmediato que algo en él había cambiado. Su mirada parecía distinta, aunque no supo identificar muy bien en qué sentido. ¿Más segura? ¿Menos apática? Nosotros sabemos ya a qué era debido, pero para Partolón resultaba un enigma.

–Dudaba de que me echarais de menos –dijo, medio en broma medio en serio.

–Al principio tu tardanza no me quitó el sueño, pues ya me avisaste de que este sería vuestro viaje más largo. Pero, conforme pasaban los días... ¡Demasiadas lunas has estado fuera! Iba a esperar un par de jornadas para enviar partidas en tu busca. Por fortuna, eso ya no será necesario.

–Hemos tenido suerte en muchos aspectos, Partolón. Incluso hallamos de nuevo nuestros caballos al volver. De otro modo, habríamos tardado todavía más.

El rey de Lerna advirtió que su hermano tenía mucho que contar, y que no todo era bueno. Pero lo vio agotado.

–Ven, sígueme. Me lo relatarás mientras comemos y bebemos.

El jefe de los exploradores asintió. Despidió a Afestes, Megor y Tuscas, que marcharon nerviosos a reunirse con sus familias, y luego fue tras su hermano. Las niñas se desentendieron pronto y regresaron a lo que estaban haciendo antes. Salvo Aidne, por supuesto, quien insistió en acompañarlos, pues por nada del mundo deseaba separarse de Starn. Ante la insistencia de la muchacha, Partolón aceptó su ofrecimiento de servirles durante la cena.

–Hermanita, deja ya de beber los vientos por nuestro tío –la increpó Laiglin, antes de volver a las prácticas con la espada–. Resulta patético.

La niña dibujó un mohín triste, pero no replicó.

–¿Qué hay de patético en que quiera pasar tiempo con alguien a quien aprecia, Laiglin? –la defendió Starn.

Partolón sabía que su hermano y su segundo hijo no tenían la mejor relación del mundo. Podía comprenderlo. Laiglin era complicado. Hasta su padre advertía que había malicia en él, pues siempre estaba dispuesto a despreciar a los demás y disfrutaba mostrándose superior. Por eso chocaba tanto con su tío, que era todo lo contrario. Sin embargo, no le preocupaba mucho. Al fin y al cabo, las riendas de Hija de Cnosos estaban destinadas a Rudraige. El tiempo puliría las formas del mediano, estaba convencido. Poco a poco maduraría y dejaría de comportarse como un niño malcriado.

–¡Bah! Las mujeres sois tan caprichosas... –barruntó el príncipe, y luego se marchó, sin esperar una respuesta.

El salón del trono estaba decorado a la manera cretense, con el escudo de doble lóbulo colgando en las paredes. No le pasó desapercibido el gesto amargo de Starn al contemplar aquellos adornos. Estaba acostumbrado a ello. Desde que posaron el primer pie en Lerna se había mostrado incómodo con la idea de utilizar de nuevo los símbolos cretenses Su oposición no fue tan recalcitrante como la de Bacor, pero ahí estaba, y a Partolón le resultaba molesta. Por fortuna, Starn era poco dado a la discusión, así que rara vez mostró en voz alta su disconformidad.

En cuanto se acomodaron, Partolón, por supuesto, en el trono, y Starn en el de consejero principal, a la izquierda, Aidne se apresuró a abrir una de las tinajas y verter un dorado líquido en la jarra. Escanció en primer lugar el vaso de su padre, como mandaban las normas, y luego el de su tío, quien le guiñó un ojo.

Starn probó un trago y luego lanzó un suspiro de satisfacción.

–¡Ah, la cerveza de ese maldito truhán de Malalech mejora cada día!

–Sí, ya es más diestro en su elaboración de lo que jamás lo fue entablillando huesos y curando fiebres.

Compartieron una franca y prolongada carcajada, que sonaba a los días antiguos, cuando siendo adolescentes se escapaban a las bodegas de Cnosos para emborracharse y burlarse de todo el mundo. Pero era tiempo prestado, o al menos así se lo parecía a Partolón. Starn guardaba mucho, y a él no le gustaban los secretos..., salvo que fueran los suyos.

–Cuéntame lo ocurrido, pues parece que has pasado por grandes vicisitudes –lo instó al fin.

Starn le narró sus experiencias durante un largo rato: las extrañas ruinas en el norte, ésos a los que llamó fomorianos, cómo los mantuvieron cautivos... No obstante, parecía que se reservaba cosas para sí. Lo aceptó, por el momento. Tiempo habría para sonsacarlo más.

–Hay mucho que asimilar de entre lo que me has contado, hermano –dijo, luego de unos instantes de reflexión–. Pero por encima de todo está el honor de nuestra casa. Eres sangre de mi sangre, y que te apresaran sin acción hostil por tu parte me resulta intolerable.

Starn cabeceó, claramente en desacuerdo.

–Olvídate del orgullo, Partolón. Es un lastre en un mundo que no nos pertenece. Los fomorianos jamás me maltrataron, sólo pretendían que comprobara por mí mismo que no son una amenaza.

–No seas tan ingenuo como lo fue padre. Su mera presencia supone un peligro, sobre todo ahora que saben de nuestra existencia. Nada nos asegura que no vayan a venir mañana a por nosotros, como hicieron los hombres serpiente en el poblado de los oestrimnios.

–Sí hay algo que te lo asegura. Yo lo hago. Esa gente no busca ni riquezas ni esclavos ni más tierras. Sólo quieren vivir en paz. ¿No te sirve mi palabra?

Partolón calló. El ambiente había vuelto a enrarecerse, tanto que Aidne los miraba con preocupación, temiendo un enfrentamiento. Pero el rey no tenía una respuesta clara a la pregunta de Starn, así que no quiso seguir discutiendo, lo cual no quería decir que aceptara sus premisas. La confianza ya no era la de antaño. Todo había cambiado mucho, y Starn no era ajeno a eso. Comulgaba demasiado con las ideas de Bacor.

–Debo pensar en cuanto me has dicho. Y lo haré durante el tiempo que esté ausente.

–¿Adónde vas?

–Ahora que has aparecido, ya no tengo motivos para posponer los días de pesca que prometí a mis hijos.

Starn se puso serio de repente. Tomó a Partolón por los hombros y habló con una gravedad que jamás había utilizado antes:

–No vayáis al norte, hermano. El sur es amplio, nos sobra con esta región.

«Soy el rey de Lerna, e iré donde me plazca», habría replicado, pero decidió no iniciar una nueva disputa. Se prometió que actuaría como un rey sensato, que aprovecharía esas jornadas de descanso con Rudraige, Slanga y Laiglin para pensar. Cuando regresara, convocaría una asamblea y sometería el tema de los indígenas a debate.

Sin embargo, en su corazón ya tenía la decisión tomada: no estaba dispuesto a permitir que nada ni nadie pusiera límites a su nueva patria. Y lo solucionaría por los buenos modos..., o por los malos.

13

Apenas un par de días después, hasta el último habitante de Hija de Cnosos conocía la aventura de Starn y sus compañeros. El hermano del rey hubiese deseado mantenerlo en secreto hasta el regreso de Partolón, pero tendría que haber imaginado que nada de lo que sabía Megor podía quedar oculto durante demasiado tiempo. Bastaba una cerveza para que éste empezara a soltar la lengua.

El descubrimiento de otro pueblo en Lerna supuso una gran impresión para los partolonianos y fue carne de rumores durante largo tiempo. Starn, a cargo de Hija de Cnosos en ausencia de su hermano, insistía en que no había nada que temer. Pero sus compañeros de partida no tenían una visión tan optimista. Así que tuvo que ordenarles que dejaran de alimentar el miedo de la gente.

–Nada ganamos con las especulaciones que brotan de boca en boca.

–Tienen derecho de saber la verdad –insistió Megor, que se sentía señalado.

–Starn tiene razón –admitió Afestes–. Ni siquiera sabemos cuál es la verdad. Sólo que nos dejaron marchar cuando podrían habernos matado.

–Así es. Odio prohibiros que habléis, pero es sensato que mantengamos los labios sellados al respecto hasta que Partolón vuelva y se convoque la asamblea. Es allí donde debemos exponer lo que pensamos.

Sin embargo, ni siquiera el propio Starn podía abstraerse por completo de la preocupación general. No dudaba de la palabra de Lot, pero se sentía intranquilo, como si una sombra se cerniera sobre la idílica existencia de los partolonianos. Tenía en la memoria, todavía, la horrible visión compartida con Bacor. Algo se avecinaba, aunque no proviniera de los fomorianos.

* * *

Precisamente, lo primero que había hecho tras su regreso fue hablar con Bacor. De los fomorianos, en primer lugar, pero sobre todo de aquel sueño. No les resultó fácil, a pesar de la confianza absoluta que tenían el uno en el otro. Lo que ambos habían experimentado fue terrible y les afectaba el ánimo pensar en ello. Pues había algo que no les pasaba desapercibido.

–Me recuerda a la profecía de Egos... –dijo Starn, susurrando apenas el nombre del malogrado sabio, como si el simple hecho de decirlo portara consigo las desgracias que aquél auguró.

–No, no te lo recuerda. Es lo mismo –afirmó Bacor, con el gesto más ceñudo que el príncipe le había visto en mucho tiempo–. A estas alturas creo que ambos tenemos claro que somos parte de un gran acto. Ha sido así desde que ese hombre, mi maestro en otro tiempo, empezó a dictar tan infausto destino.

–Nada parece detener ese futuro. Hemos seguido todas las señales y consignas: abandonamos Cnosos y renunciamos a la guerra a la que Partolón tenía derecho por el trono; vagamos durante muchas y largas semanas en busca de un nuevo hogar, y atendimos a la presencia que nos llamaba desde esta isla. ¿Qué más debemos hacer?

–Quizá no es lo que debemos hacer, sino algo que hemos hecho y todavía no hemos expiado.

Ahora fue Starn quien frunció el ceño. Jamás había escuchado en Bacor un reproche al pasado.

–¿De qué estás hablando?

–Ojalá lo supiera con certeza. Sólo son sospechas vagas que en absoluto surgen de la razón, así que prefiero guardarlas para mí. Sin embargo, hubo algo más, ¿verdad? –preguntó, bañándolo con la mirada de quien sabe leer en el corazón de un amigo.

–Nada escapa a tu sabiduría –rio Starn.

–Di mejor aprecio y experiencia. Sé cuándo callas algo.

–Vi a Lerna, Bacor –le desveló, y al hacerlo se le escapó un escalofrío de emoción–. Pero esta vez no era una aparición. Era de carne y hueso, aunque tenía otro nombre: Tara.

Le relató lo ocurrido: que ella le había enseñado el lenguaje de los fomorianos, las revelaciones que le contó, que hicieron el amor y la sensación de que aquella muchacha era la encarnación de su esposa muerta. Y algo más, como había insinuado Lot.

–¿No te dijo Lerna, cuando se presentó ante ti durante el viaje, que la habías arraigado a estas tierras? Esto lo confirmaría. Lo antiguo se abre a lo nuevo; lo inmortal, a lo finito –razonó el sabio–. No creo que sea coincidencia que estos acontecimientos tan importantes lleguen justo cuando nos hemos encontrado con los fomorianos.

–Los cadáveres durante la visión... eran hombres de Fomoré. ¿Piensas que tiene relación?

–Todo está conectado, hijo mío. El pasado construye el futuro del mismo modo que lo que ocurre en Cnosos tiene efectos en Lerna. ¿Acaso las decisiones que allí tomamos no nos trajeron aquí? Ahora lo veo con la claridad que antaño me faltaba: importa poco que las distancias las dicte el tiempo o el espacio; en ambos casos, son irrelevantes.

Starn se revolvió incómodo en el tocón sobre el que se había sentado. Su viejo amigo sonaba más críptico que nunca.

–Tengo que pensar sobre esto –le dijo al fin–. Siento que, para bien o para mal, nos acercamos a un momento crítico.

«Al final», se dijo Starn. No lo expresó en voz alta, pero tuvo la impresión de que Bacor pensaba exactamente lo mismo.

* * *

Hubo más asuntos que lo distrajeron. Asuntos más mundanos que ya os he avanzado antes, pero que igualmente resultaban imperiosos.

Starn se había convertido en un hombre atento a los detalles. Se lo debía a su tarea como explorador, que le exigía aguzar los sentidos y estar atento a todo. Ya era en él normal advertir y tomar nota de hasta la más insignificante de las menudencias, como los ropajes que llevaban los partolonianos con los que se cruzaba o la actitud sibilina de sus sobrinas cuando tramaban alguna travesura.

Era de esperar, por tanto, que descubriera el secreto más oscuro de Hija de Cnosos. Fue la quinta noche tras la partida de Partolón. Había salido de su casa, en el centro del poblado, al comprender que aquella noche el sueño no le llegaría con facilidad. Paseaba abrazando el silencio, dejando que la helada oscuridad le erizara la piel. Era algo que siempre le había gustado, un hábito que databa de los días en Creta. Sin embargo, allí en Lerna el frío era mucho más intenso y por ello más eficaz a la hora de aclarar las confusiones de la mente.

Los pensamientos lo llevaron hasta el palacio de Partolón. Como tantas otras veces buscaba el río, donde tenía pensado remojar los pies y, tal vez, darse un baño rápido. Pero, de repente, advirtió un tenue fulgor en el patio de la villa del rey; las llamas de un candil cuyo combate contra la negrura de la noche quedaba fuera de lugar. La luz le mostró, aún en la distancia, una figura de sobras conocida: Topa, el sirviente personal de la familia real.

¿Por qué Starn se escondió tras un fresno? No había nada de extraño en que un criado se moviera por el palacio en el que vivía y servía a su señor. Se le ocurrían multitud de tareas que podían haberle asignado, incluso en plena noche. Y, sin embargo, la escena lo alarmó.

¿Intuyes el motivo? En efecto: la memoria, el recuerdo. Durante un instante volvió a su cabeza otro supuesto siervo con el que se había cruzado en plena noche. Años atrás. En el hogar que abandonó. Tuvo la misma impresión que aquella vez que se se topó con el que resultaría ser el asesino de sus padres. Es el instinto quien nos dice que algo no marcha como debería, y que a menudo queda socavado por la razón, para nuestra desgracia; una sensación primaria, surgida de los albores del ser humano; un legado de cuando solíamos ser las presas, y no los cazadores.

Su temor aumentó cuando se dio cuenta de que la silueta se movía con ademanes más sigilosos y apresurados de lo habitual. Resultaba dolorosamente obvio que buscaba pasar inadvertido, a pesar del candil. Así que decidió poner en juego las dotes como montaraz que había adquirido con los años: pies ligeros y de pisada mullida; bocanadas calmadas, expiraciones silenciosas... Sus pasos sigilosos, al amparo de las sombras, le permitieron seguirlo sin que Topa sospechara nada. Era sencillo esconderse en los pasillos y escaleras del palacio, generoso en recovecos de todo tipo.

El criado subió las escaleras principales y no se detuvo hasta alcanzar la última planta. Los aposentos privados de la familia real. Una angustiosa sospecha empezó a tomar forma en el pecho de Starn, y de inmediato rogó a la Diosa Madre estar equivocado.

Topa detuvo su caminata, al fin, frente a la puerta más grande de cuantas habitaciones había en el piso. El hermano del rey se pegó contra la pared, al final del pasillo, oculto en la oscuridad. Deseó que nadie más que él escuchara los desbocados latidos de su corazón. El temor se convirtió en certeza cuando la hoja de madera se abrió y la figura de la bella Delgnat se recortó a su espalda.

Cualquier duda quedó desvanecida cuando la reina de Hija de Cnosos se abalanzó sobre el sirviente para besarlo, con esa lujuria con la que a él mismo lo había tentado en más de una ocasión. Topa correspondió con el mismo ímpetu y, sin esperar a entrar en la habitación, le desgarró la túnica de seda casi transparente. La levantó, y ella le rodeó la cintura con las piernas. El primer gemido de Delgnat, apenas contenido, hizo que Starn apartara la vista. Suficiente para no volver a pegar ojo ni aquélla ni las noches siguientes. Así que se deslizó hacia las escaleras con la idea de que el desmoronar de su mundo había comenzado.

14

Las criadas llegaron a primera hora de la mañana, conforme a las órdenes recibidas hacía tiempo. A Delgnat le gustaba comenzar el día con un baño humeante, gracias al cual le era más fácil afrontar los fríos amaneceres a los que, por mucho que lo intentara, no lograba acostumbrarse. De otro modo se pasaba tiritando hasta el mediodía, cuando el sol se dignaba a caldear un poco el ambiente. Y no siempre.

Tras la reverencia de rigor hacia su reina, las tres mujeres empezaron a llenar la bañera con el agua caliente de los cántaros que habían subido desde la cocina gracias a un mecanismo de poleas. Una forma primitiva y farragosa, comparada con el sistema de alcantarillado del que disfrutaron en Cnosos. Tecnología inviable en Lerna, para desgracia de todos, pues los inviernos eran tan gélidos que el agua se congelaba por la noche y destrozaba las tuberías.

Mientras, Delgnat se desvistió y masajeó su cuerpo, especialmente alrededor de la entrepierna. Se sentía dolorida, aunque se trataba de un entumecimiento en cierto modo agradable y que la hacía sentir viva. Deseada.

Quién iba a decir que la solución a sus necesidades la había tenido durante tanto tiempo a su lado. El leal Topa... Reparó en él con mirada de deseo no mucho tiempo atrás, tras parir a su última hija. Y resultó ser más que válido; un amante entregado y de absoluta confianza, dada su mudez. Fue muy sencillo seducirlo, él se prestó casi de inmediato, lo que hizo sospechar a Delgnat que había estado secretamente enamorado de ella. Posiblemente desde siempre.

La reina se metió en la bañera, despacio. El agua estaba en su punto, tanto que suspiró de placer cuando se tendió por completo.

La más joven de las criadas comenzó a lavarle la cabellera, desenredando mechón a mechón con esmero. En silencio, por supuesto. Delgnat así lo prefería. Los parloteos sin sentido de la servidumbre la exasperaban. Quizá fuera ése otro de los motivos de que eligiera a Topa. Él hacía lo que tenía que hacer, lo que se le demandaba, sin discursos ni promesas que pudieran ser rotas. Sin juzgarla. Y luego se marchaba, dejándole espacio y libertad absoluta. Era una relación casi perfecta.

Antes de que el agua se enfriara, la ayudaron a salir de la bañera. Le secaron el cuerpo y la ungieron con perfume, y luego se vistió con un hermoso vestido de seda, de tacto suave y delicioso, y sin embargo ni de lejos el mejor de los que le habían confeccionado. Delgnat era, en todo, la mujer más importante del poblado. Una reina siempre debe estar presentable, destacar por encima de cualquier otra. Algo que ella se tomaba muy en serio.

Poco imaginaba que su red de secretos y mentiras estaba a punto de venirse abajo. Resulta en cierto modo desconcertante, ¿no crees? La verdad tiende a esconderse de nosotros cuando la buscamos y, sin embargo, rompe las cadenas si tratamos de apresarla. ¡Como un niño travieso, haciendo siempre lo contrario de lo que le ordenamos!

Cuando ya se disponía a dejar sus aposentos, llegó Aidne, que solía ser casi tan madrugadora como su madre.

–Cada día te levantas más temprano, hija mía –le dijo, tras darle un beso fugaz.

–El viejo Bacor dice que cada instante que pasamos despiertos es precioso –respondió ella, mientras se colocaba el broche que Starn le había traído como regalo de su último viaje y del que nunca se separaba; valioso presente, quizá demasiado para una niña–. Así que he pensado que cuanto más tiempo lo esté, más momentos buenos tendré.

«Ah, claro, el viejo Bacor...». Delgnat trató de reprimir un gesto de fastidio. Se le escapaba el motivo por el cual su esposo todavía enviaba a las niñas con el anciano sabio, teniendo en cuenta que apenas lo toleraba ya. Si por ella fuera, buscarían a otro maestro, en la misma Hija de Cnosos. Resultaba un incordio mandar a los chiquillos del pueblo cada jornada, siempre acompañados de una partida de hombres armados para que los protegieran en los bosques. «¡Que acuda él al poblado!», había exigido a Partolón. O mejor aún: que dejaran de poner en sus manos la educación de los chiquillos, ya que tanto se desentendía de los asuntos de la comunidad. Pero el rey, por lo visto, no deseaba romper por completo su relación con Bacor.

–Supongo que tus hermanas siguen durmiendo...

–¡Claro! ¡Son unas perezosas! –rio–. Cualquier día de éstos, las tatas tendrán que despertarlas pinchándolas con espadas.

Delgnat levantó los hombros y luego le rio la gracia. Sabía que tenía razón, que sus niñas solían complicar las cosas a las nodrizas. Pero para eso las había elegido, para criarlas. Amaba a sus hijos con locura, pues eran su carne y su sangre. Pero ella era la reina, y no pensaba rebajarse a la vulgaridad de limpiar sus traseros o darles de comer. Por eso los había destetado a todos a la menor oportunidad que tuvo.

Unos golpecitos en la puerta acabaron con la conversación. Era Acasbel, quien, como jefe de la guardia real, se había quedado al cargo de la seguridad de la reina.

–Alteza, tengo un mensaje que daros –le dijo, con esa voz ronca tan característica en él–. Starn solicita vuestra presencia para tratar un asunto de vital importancia.

A diferencia de Aidne, a quien la sola mención de su tío le iluminaba la mirada, Delgnat arrugó la nariz. La petición era desde luego muy extraña. Su cuñado hacía tanto tiempo que la rehuía que ella había abandonado la seducción para ganárselo. Desde aquel momento en que él estuvo a punto de rendirse, en el país de los oestrimnios, apenas si le había dirigido una mirada.

–¿De qué se trata? –quiso saber.

–Os he transmitido su ruego, nada más me ha dicho.

–¿Dónde debo acudir?

–Al salón de Minos y Ariaghne.

La reina dejó escapar un suspiro entre los dientes apretados, mezclado con unas palabras de fastidio.

–¿Dónde, si no?

* * *

Acudió sola, por supuesto. Algo le decía que era lo más apropiado. Tuvo que mostrarse dura con Aidne, que había implorado acompañarla. Delgnat estaba harta de ver cómo su hija se deshacía de amor por Starn. En parte por celos, celos del cariño que su cuñado dispensaba a la niña, por los detalles y regalos, por los abrazos, caricias y besos. Le resultaba frustrante comprobar que su propia hija, gracias a su inocencia, había conseguido de aquel hombre más que ella con todas las artimañas puestas en juego durante tantos años.

De pronto se le coló una idea muy sugerente en la cabeza. ¿Y si para eso la requería? ¿Y si Starn, contra todo pronóstico y cuando menos lo esperaba, al fin se sentía atraído por ella? Le divirtió imaginárselo de rodillas, declarándole su amor. O, mejor aún, tomándola con la ardiente fuerza que sabía guardaba en sus brazos y en otros miembros de su recio cuerpo. Pensar en ello le despertó una oleada de fuego en las entrañas. Topa la satisfacía bien, pero Starn era su obsesión desde hacía tanto que no dudaría en entregarse a él.

Lo encontró sentado en uno de los bancos de madera, en el centro de la estancia, tan absorto en la contemplación de los frescos que adornaban las paredes que ni siquiera reparó en su llegada. El salón de Minos y Ariaghne... Fue la primera sala que Partolón planeó para el palacio, y del mismo modo la única que contó con el beneplácito absoluto de su hermano, e incluso de Bacor.

Cuatro columnas dispuestas en paralelo a la entrada, sin portón alguno, formaban la antesala. La luz bañaba los muros, colándose desde la planta superior a través de una gran claraboya, al estilo cretense. Más allá de esto, la habitación no habría tenido nada de especial si no fuera por las pinturas. Hasta la misma Delgnat tuvo que reconocer la maestría de Griber, aprendiz de Téctamo en Cnosos y ahora muralista real en Lerna. Si había un lugar en el poblado que podía rivalizar con la hermosura de su antigua ciudad era sin duda el salón de Minos y Ariaghne. ¡Con cuánto amor los habían representado a ambos! Allí estaban, entre celosías de colores, los padres de Partolón y Starn. Sear y la señora de Labyrinthos bailaban, regían y oraban, y sólo faltaba su voz para que estuvieran allí en realidad.

La calma estremeció incluso a la gélida Delgnat.

–¿Me buscabas, cuñado? –se anunció la reina.

Él apenas se inmutó. Tal vez sí se había dado cuenta de su presencia, después de todo.

–Siéntate, mi señora.

Así lo hizo. Se acomodó en el mismo banco, muy cerca de aquel hombre cuya sola presencia la estremecía por dentro. Tan cerca, que notó el efluvio de su masculinidad a través de la túnica de él.

–Te preguntarás por qué te he llamado...

–Ha sido una sorpresa, después de tanto tiempo sin dirigirme la palabra.

–Permite que antes te diga por qué aquí. –Starn señaló uno de los frescos, aquel en el que cada uno de sus padres sujetaba una doble hacha ceremonial, la *labrys*–. Como bien sabes, esta sala está consagrada a su memoria. No te imaginas el dolor que siento cada vez que vengo aquí. La añoranza es tal que las viejas heridas se abren y se me escapa la vida junto con el llanto. Los echo tanto de menos...

Delgnat era muchas cosas: manipuladora, de trato frío, lujuriosa y, por encima de todo, una luchadora dispuesta a cuanto fuera necesario por sobrevivir. Pero, a pesar de lo que mi relato pueda sugerir en ocasiones, también disponía de un corazón capaz de sentir lástima. Eso fue lo que le ocurrió en ese momento. Era la primera vez que Starn le abría su alma, y aquella vulnerabilidad removió algo en su interior. Sólo recordaba haberlo visto así dos veces, y siempre por culpa de las pérdidas: la de sus padres, precisamente, y la de Lerna. En esas ocasiones, como en la que os estoy narrando ahora, tuvo un mismo pensamiento hacia él. Que lo amaba.

Sí, mi buen amigo. A su manera, tan particular, sin ser consciente de ello, Delgnat quería a Starn. Confundiendo el deseo carnal con el amor sincero, mezclando ambos hasta no saber lo que de verdad sentía. ¡Qué complicado es para algunas personas algo tan sencillo!

Quiso consolarlo tomándolo de la mano, pero al posar sus dedos en los de él sólo encontró carne petrificada. Y entonces el momento se torció.

–Por eso estamos aquí, mi reina –continuó Starn–. En esta sala predomina el dolor, y lo creas o no doloroso es lo que voy a decirte. Pero también es un lugar donde cabe la esperanza, el recuerdo de los buenos momentos. Y a eso voy a apelar en ti.

–No te entiendo...

–Sí, basta de dar vueltas sin sentido. Seré concreto: conozco tu ignominioso secreto. Sé con quién yaces por las noches.

Mil inviernos le helaron el vientre. Su primer impulso fue el que cualquiera tendría: negar la acusación. Sin embargo, hacerlo la colocaba en el camino de la desesperación, de perder el control y acabar implorando. Y una reina nunca implora.

–¿Eso es todo? Esperaba... otra cosa –respondió, manteniendo la compostura, mirando a su acusador a los ojos sin pestañear.

–Me alegra que, al menos, me respetes lo suficiente como para no responder con una mentira. –Volvió a señalar la pintura de sus padres–. Y a ellos.

Delgnat levantó los hombros. ¿Qué sentido tenía negar la evidencia? Starn nunca hablaba por hablar. Estaba claro que si se atrevía a acusarla era porque disponía de pruebas irrefutables. En cualquier caso, había algo en él que la obligaba a ser sincera, incluso en aquellas circunstancias.

–¿Desde cuándo lo sabes? –preguntó la mujer.

–El tiempo suficiente para agravar mi conciencia.

–Seguro que ni siquiera es una sorpresa para ti, ¿verdad? Ya te conté cómo me trata Partolón, tú mismo puedes verlo. ¡El poblado entero lo hace! Sus asuntos son lo único que le importa, y mientras me tiene olvidada, no me dedica ni un gesto de cariño. Sólo se acuerda de mí cuando quiere un vástago, y parece que ya ha quedado satisfecho al respecto.

–Nada de eso justifica tus actos. Has engañado a tu esposo, a tu rey. Y con un criado, para más deshonra. ¿Cuánto hace de tus encuentros con él?

–Ya te lo he dicho: desde que dejó de querer más hijos. ¡Resistí durante años, Starn! Sólo me ofrecí a ti, lo que habría sido más digno para todos. Un hombre tiene la obligación de cuidar a la mujer de su hermano. Ni siquiera es tarde todavía para ello.

Se lo dijo en tono seductor, aunque también desafiante. No pensaba mostrarse sumisa. Jamás.

–¿Hablas de dignidad? –Starn negó con la cabeza–. No hay honor alguno en cuanto has hecho ni en cuanto propones. Y, desde luego, yo no caeré en tus redes, por muy hermosa que seas.

–Mis redes... Hablas como si fuera una conspiradora buscando la perdición de mi esposo, de mi pueblo. –Aquello la había herido, y sintió que empezaba a crecer la rabia–. ¡Con todo lo que he tenido que soportar! No te imaginas lo que es ser la mujer de un hombre que apenas te habla.

–Supongo que mantener tu privilegiada posición alivia semejante carga.

Delgnat hizo volar su mano hasta el rostro de su cuñado. La bofetada fue tan fuerte que Starn ladeó la cabeza.

–No te atrevas a rebajarme al nivel de una zorra. No después de mis sacrificios. ¿Me quedé en Cnosos con la familia de mi padre? Habría sido sencillo ofrecerme como reina a Tríome... A pesar de sus inclinaciones, él me habría aceptado de inmediato para obtener otra victoria sobre su hermano. ¡Pero no, me mantuve leal a Partolón! Lo seguí a lo desconocido. Era mi obligación, hacia él y hacia mis hijos.

Starn permaneció pensativo durante un rato. Delgnat había puesto sobre la mesa algo de lo que hemos hablado antes: las cosas no siempre son tan sencillas. En especial, los hombres y sus actitudes, capaces de lo mejor y lo peor al mismo tiempo.

Guardaron silencio un poco más, algo que la reina agradeció. Le daba la oportunidad de recuperar la calma que había empezado a perder. Además, tenía la lengua seca de tanto intercambiar impresiones. Su cuñado debió de adivinarlo, pues le ofreció un odre que llevaba consigo y que no había visto hasta ese momento. El vino le endulzó el paladar, pero sólo tomó un sorbo. Tenía el estómago vacío y no quería que se le embotara la mente.

–Sabes que sólo hay una cosa que puedo hacer –le dijo él, al fin.

–Sí, claro. El deber, una de esas farsas en las que os escudáis los hombres... –respondió ella, despectiva–. ¿Quién se aferra a la mentira ahora, cuñado? En realidad, puedes hacer lo que quieras: olvidar todo esto, pues sabes que en el fondo no he hecho nada malo, y así protegerías la paz de Hija de Cnosos; o causar un gran dolor a tu hermano con el que nos arriesgamos al derrumbe de nuestra comunidad.

–Hemos pasado por mucho. Soportaremos un poco más.

Extendió el brazo y, con dedos tiernos, lo tomó de la mejilla, exigiendo una mirada compartida.

–¿De verdad? ¿De verdad lo crees?

No hubo respuesta, lo cual ya de por sí decía más que cualquier palabra.

–Cuando regrese Partolón convocará una asamblea para tratar el tema de los fomorianos. Será entonces cuando le confieses tu falta, para que él pueda juzgarte como rey. Te daré ese tiempo para que concibas los argumentos más adecuados. Quizás eso vaya en favor de tu defensa.

–¿Y si no lo hago? ¿Me delatarás?

–Sí –dijo, tras levantarse.

Delgnat hizo lo mismo. Estaba claro que la conversación llegaba a su final.

–Me espera la afrenta pública. El exilio. Tal vez incluso la muerte –insistió la reina, sin bajar el rostro–. Has sellado mi destino.

Starn dio un paso hacia ella y, para su sorpresa, la abrazó. Fuerte, ofreciéndole una ternura conmovedora.

–Ésa es la cuestión que nunca entendimos, mi hermosa reina. Por la que nos hallamos en esta situación...

La miró a los ojos. Y a Delgnat le pareció que no hablaba sólo del asunto que les había reunido allí.

–Nadie, salvo uno mismo, puede sellar su destino.

15

El ambiente en el salón del trono hedía a tensión, a incomodidad. Partolón podía advertirlo en los rostros ceñudos y las expresiones taciturnas de los presentes. Desde el momento en que regresó de su partida de pesca le había parecido que el poblado se hallaba cubierto por una mortaja de desánimo.

–¿Empezamos de una vez? –apremió el rey, con malos modos, cortando la cháchara que saltaba de boca en boca entre los consejeros–. Parecéis viejas cotorreando en el mercado.

Era mediodía, así que todavía no se habían encendido las antorchas, aunque sí el gran fuego que caldeaba la estancia desde el hogar de piedra. Los asistentes fueron ocupando sus asientos, frente al trono; sólo Starn, como asistente principal del rey, su esposa y los tres hijos varones tenían derecho a sentarse al lado del rey. Ninguno de ellos a su altura, por supuesto, siempre retirados, un poco por detrás.

Partolón paseó la mirada entre los miembros del consejo. De pronto le asaltó la sensación de que los veía por primera vez, de que le resultaban extraños. Fue sobre todo al contemplar a Senboth, el Viejo, más apergaminado incluso que los tres sabios; había acudido apoyándose en su hijo Brea. La hora de la despedida final estaba cerca para él, era más que evidente, y pensar en ello le provocó una desconcertante preocupación.

–Señores, no creo que sea necesario recordar por qué se ha convocado esta reunión. Conocéis bien el relato de mi hermano, así que sólo queda hablar de lo que debemos hacer al respecto...

–Si me perdonas –le interrumpió Starn–, creo que sería buena idea que este consejo supiera de mi boca lo que vivimos. Los rumores que se han extendido desde mi vuelta adulteran la verdad.

Partolón apenas pudo reprimir un suspiro de fastidio. Había deseado ir al grano, evitar en lo posible que el concilio se prolongara demasiado. Estaba harto de farragosas discusiones tras las cuales siempre lo obligaban a ceder de algún modo. ¡Era el soberano y quería que su voz fuera ley!

–Adelante –le dijo, no obstante, con un gesto de hastío con la mano–. Pero sé breve.

Starn hizo gala de todo su poder de oratoria. Narró con pasión su aventura con los fomorianos, poniendo especial énfasis en el hecho de que jamás los maltrataron, de que lo único que habían pedido era que se los dejara en paz.

–No son nuestros enemigos, así que lo mejor sería no convertirlos en eso –concluyó.

–Sin embargo, os mantuvieron presos durante muchos días –apuntó Fochmarc–. Arrebatar la libertad a alguien no es signo de amistad.

–Nunca he dicho que quieran ser nuestros amigos.

–Si no son una cosa, por fuerza tienen que ser la otra –insistió el anciano.

–La vida no se mide en blanco y negro. Me sorprende que deba enseñar semejante lección a un sabio.

La agresiva respuesta de Starn provocó que el rostro de Fochmarc se congestionara de pura furia. Antes de que estallara la disputa y arruinara el debate, Malalech se interpuso acertadamente.

–Esos... fomorianos... viven lejos de esta región, si no he entendido mal. ¿Por qué no nos olvidamos de ellos por ahora?

–Sí, como hizo mi padre con los aqueos –intervino Partolón, señalando a Starn, a Afestes y a Acasbel–. Y casi matan a algunos de los que estamos aquí.

–Aquello fue una anécdota, hermano. Aceptaría tu argumento si todo el pueblo aqueo hubiera tratado de invadir Cnosos, pero sólo se trató de una banda de piratas.

Partolón se revolvió en el trono, enojado. «¡Maldito seas, Starn!», pensó. «¿No podemos estar de acuerdo, aunque sólo sea por una vez?».

–Señores míos, tal vez la solución esté a medio camino –habló Senboth, aunque un repentino acceso de tos lo obligó a pausar su plática; volvió a ella tras beber un trago de vino–. Podemos dejar en paz a esos nativos, por ahora, y al mismo tiempo prepararnos por si algún día se da lo peor.

–Formar un ejército defensivo... –asintió Soreas, el Manco–. Aumentar nuestras fuerzas. Me gusta.

–Mientras no pasemos del límite que marcaron los fomorianos, cualquier idea me parece buena –afirmó Starn.

–¡Yo digo no a eso!

El grito de Partolón los tomó por sorpresa. Sobre el salón descendió un silencio tenso.

–Pero, hermano...

–¡Ya basta! Habéis expuesto vuestras opiniones, ahora yo diré la mía. –Formó un puño con la diestra sobre el reposabrazos del asiento real–. Éste es mi reino. Me fue entregado por los dioses en una visión. De un extremo al otro. Así que no dejaré que un grupo de bárbaros me diga hasta dónde puedo ir.

»Se hará lo siguiente, porque así lo ordeno: empezaremos los preparativos para enviar una comitiva diplomática hasta la región de esos... fomorianos. Yo la encabezaré, y conmigo vendrá mi hijo mayor. –Rudraige irguió la espalda y dibujó una expresión de orgullo en la cara–. Ya va siendo hora de que empieces a aprender cómo se gobierna.

–¿Y cuál será el cometido de dicho séquito? –preguntó, serio, Starn.

–El único que un verdadero rey debe ofrecer: les otorgaré la condición de vasallos. No temas, seré bondadoso con ellos. A cambio de su fidelidad, obtendrán de mí aprecio, protección y ayuda en tiempos de necesidad. No es nada descabellado, ¿verdad? –preguntó, dirigiéndose a los tres sabios–. Ya lo hacíamos en Creta, con colonias como las de Akrotiri, y también los oestrimnios de Cilen actuaban de ese modo.

–Juiciosas disposiciones, alteza. Dignas de un gran monarca –lo aduló Tath, con el asentimiento también de Fios y Fochmarc.

Nadie más se atrevió a replicar al rey. La mayoría hizo lo posible por esconder su presencia. No se atrevían ni a dirigirle una mirada, por si acaso él creía ver un atisbo de desacuerdo. Sólo Starn parecía tener el coraje para replicar.

Pero, cuando se disponía a hacerlo, uno de los portones del salón se abrió. El chirrido de los goznes atrajo la atención de todos, y el asombro se instaló entre ellos tanto como momentos antes el silencio.

Pues allí estaba Bacor. Se adentró en la estancia sin esperar a que nadie se lo permitiera. El sonido del bastón en el que se apoyaba inundó los oídos de los presentes. Paso calmado y, sin embargo, firme. La convicción se reflejaba en su expresión severa.

–¿Qué haces aquí, anciano? –le interrogó Partolón, cuando al fin logró imponerse al asombro.

–También yo me alegro de verte, mi rey –fue la respuesta que le dedicó.

–No estoy de humor, así que contesta a mi pregunta.

–Antaño fui parte de este consejo, y no recuerdo que nadie me expulsara de él.

El monarca bebió un largo trago de vino para calmar un primer conato de ira. Intuía el enfrentamiento que se avecinaba; todos lo hacían, en realidad.

–Tú mismo lo hiciste cuando dejaste de venir, de interesarte por los problemas de tu pueblo.

–¿De qué sirve mostrar interés cuando nadie te hace caso, cuando hasta el que es como un hijo te desprecia y te insulta? –Levantó la mano y movió la cabeza, negando la respuesta que ya preparaba Partolón–. Pero no he venido a defenderme de afrentas sin importancia.

Entonces se inclinó hasta arrodillarse delante del rey y bajó la cabeza, sumiso. Los asistentes, incluido Starn, se miraron confusos. Desde luego, nadie podía esperar algo así.

–¿Qué es esto? –balbuceó el monarca.

–Lo que parece, mi señor: un ruego. Te imploro que vuelvas a la senda de la sensatez. –Cualquier indicio de reproche había desaparecido de la voz del sabio; sólo quedaba la súplica sincera–. He estado escuchando desde fuera con la esperanza de que mi intervención resultara innecesaria. Pero tu decisión me obliga a tomar parte. Por favor, no acudas a la región de los fomorianos.

Partolón estaba tan desconcertado que ni siquiera fue capaz de reaccionar con enojo.

–Esa resolución ya ha sido tomada, anciano. No sé por qué debería cambiarla.

–Por el mismo motivo que has alegado para llevarla a cabo, hijo de Sear. –Lo miró implorante–. Estás en lo cierto: esta tierra te fue descubierta en una visión. A ti antes que a nadie más. Pero otros también hemos sido agraciados con ese don. Tu hermano y yo mismo compartimos, hace no mucho, un aviso en sueños. –Miró entonces a Starn–. Una espada ensangrentada en manos de un partoloniano, y muchos cadáveres en el suelo. Y luego la muerte y la destrucción, a fuego y sangre. Atiende a esto que te digo, rey de Lerna: la más terrible de las desgracias pende sobre nuestras cabezas.

–Hablas como aquel loco de Creta, Egos el Arrinconado... –dijo el rey.

–Ya no dudo de que él fue el más cuerdo de nosotros –respondió, mirando con desprecio a los tres sabios–. O, al menos, el único que vio la verdad desde el principio.

–Hermano, Bacor tiene razón –intervino Starn–. Una visión compartida por dos personas debe ser tomada en serio, del mismo modo que aquella que nos trajo aquí. Atiende sus razones y sigamos con nuestra vida pacífica.

–¡Ah, por el Dios Cornudo! Vuestra testarudez me exaspera casi tanto como la mudez del resto de este maldito consejo. ¿Es que ninguno de vosotros tiene argumentos para convencer a estos dos idiotas?

Fios se levantó de su asiento e hizo una leve reverencia al rey.

–Vuestro enfado está justificado, alteza. –Luego se dirigió hacia Bacor–: Entiendo tu preocupación, viejo amigo, pero nuestro señor ha dictado su ley y es justa. Si los dioses hubiesen querido que fuera de otra forma, esa visión de la que hablas le habría llegado a él directamente.

–¿Que me entiendes, viejo amigo? –replicó su antiguo compañero, en tono hiriente–. Ninguno de vosotros tres me ha entendido desde hace mucho tiempo. Me duele ver en lo que os habéis convertido. Sois aduladores anclados a un pasado marchito, de miras tan cortas como largos vuestros egos. Lo único que sabéis ofrecer a vuestro señor son lisonjas, pero ni un consejo, ni la menor réplica constructiva. ¿Y os llamáis sabios? ¡Bufones, eso es lo que sois! ¡Los tres bufones!

Tath, Fochmarc y Fios saltaron iracundos ante semejante insulto, y sólo la intervención de Starn, que se puso delante de Bacor, evitó que lo agredieran. El caos estalló en la sala, y de nada sirvieron los gritos de Partolón, incapaces de sobreponerse a la barahúnda general. Hasta que el rey se levantó. Para asombro de todos, desenvainó la espada y la clavó con furia justo frente al trono, en el estrado de madera.

–¡Ya basta! –rugió, roja su faz–. No quiero oír una palabra más. ¡Yo soy el señor de Hija de Cnosos, de Lerna! ¡Que nadie lo olvide!

–El único que lo ha olvidado eres tú, muchacho necio –le recriminó Bacor.

Aquello colmó la paciencia de Partolón. Imagínalo con los ojos inyectados en sangre. La mano se le fue a la espada, la desclavó del suelo y la levantó por encima de su cabeza. Dio un paso hacia el sabio. ¿Qué habría pasado si Starn no se hubiera interpuesto, si no lo hubiera sujetado? Quiero creer que la cordura lo habría refrenado antes de cometer lo impensable. Quiero creerlo..., pero no estoy seguro.

–¡Hermano, por favor! –trató de calmarlo–. ¡Este hombre nos vio crecer!

Pero el rey era incapaz de atender a razones.

–¡No es nadie para mí! –escupió, señalando al anciano con el arma–. ¡Vete de aquí, maldito seas! ¡Lárgate antes de que te ensarte como la rata que eres! ¡Vete, y que no vuelva a verte!

Bacor, con el rostro sumido en la tristeza, mostró intención de decir algo. Veo el arrepentimiento en él, aún hoy, el reconocimiento de sus malas formas. Sin embargo, Starn negó con la cabeza. «Déjalo, ahora no es el momento», le dijo con la mirada. Así que el anciano se limitó a despedirse con una reverencia, dio media vuelta y abandonó la sala.

Nunca más se lo volvió a ver en Hija de Cnosos.

16

Starn se dejó caer sobre el sillón y se llevó las manos al rostro. Un sollozo se le escapó entre los dedos. «¿Cómo? ¿Cómo hemos llegado a esto?», se preguntó una y otra vez.

Nadie parecía dispuesto a retomar la conversación. Partolón seguía rezongando y maldiciendo a Bacor. Aterrados por la idea de alimentar más la furia del rey, los consejeros se revolvían silenciosos en sus asientos, unos más afectados que otros: Senboth, Malalech, Soreas, Afestes..., ¡incluso Acasbel, siempre leal al rey, se mostraba desconcertado! Y Rudraige, pobre muchacho, pues para él Bacor había sido una figura importante en su vida.

Y luego estaban los tres sabios. El desconsuelo de Starn casi se desvaneció al comprobar la maliciosa sonrisa que esgrimían. ¡Con gusto se habría levantado y zarandeado a aquellos hombres! Allí estaban, henchidos como pavos, regodeándose de lo que, en su miseria, consideraban una victoria. «Corto te has quedado, mi buen Bacor», pensó, rechinando los dientes; «no son bufones, son hienas».

Él mismo deseaba salir de aquel lugar emponzoñado de odio y rencor, a pesar del asunto que quedaba por tratar. Antes de empezar la reunión había decidido que plantearía la infidelidad de Delgnat. Pero, tras lo ocurrido, tenía claro que no era el momento de exponer algo así. La reacción que pudiera tener Partolón lo aterraba.

Era un pensamiento obsceno, repulsivo: por primera vez en la vida tenía miedo de su propio hermano. ¡De su propio hermano! Ni siquiera cuando montó en cólera contra Ith, en el país de los oestrimnios, lo había visto tan agresivo.

Poco a poco, el monarca fue rebajando su enojo. Volvió a sentarse en el trono, exhausto, vacío y derrumbado como un árbol desarraigado por una terrible tormenta. ¿Se estaría reprochando su actitud? ¿Recapacitaría y pediría disculpas a Bacor? En ese instante era lo que más deseaba Starn, pero albergaba escasas esperanzas. El orgullo de Partolón había alcanzado cotas enfermizas.

–Si esto es todo, doy por finalizada esta maldita asamblea –gimió, a la vez que exigía al escanciador real que llenara de nuevo su copa.

–En absoluto. Queda algo por discutir.

Era Delgnat quien había hablado, quien estaba de pie, con el rostro alzado, soberbia y firme. Desde luego, aquello sí que no se lo había esperado.

–Dejadlo para otro día, mi señora –le rogó el mismo Starn.

Ella lo miró con ojos fríos.

–¿Para cuándo, cuñado? –respondió, altiva–. ¿Para cuando a ti te convenga? No esperaré, no permitiré que nadie mueva mis hilos. Todavía sigo siendo la reina.

–¿De qué demonios estáis hablando? –exigió saber Partolón, entrecerrando los ojos.

El mal ya estaba hecho. Starn asintió, apesadumbrado, y al mismo tiempo fascinado por la valentía que acababa de demostrar Delgnat. «Quizá la he juzgado mal después de todo», pensó.

La reina avanzó varios pasos y se colocó frente al rey, en el centro de la sala. ¡Qué regia era su estampa! Nunca, jamás, la había visto Starn tan decidida. Una voluntad que quedaba reafirmada por su belleza.

–Has estado pocos días fuera, esposo. Y, sin embargo, en ese tiempo se han vertido quejas sobre mi comportamiento.

–¿Qué tipo de quejas? –preguntó Partolón, con el rostro surcado de arrugas iracundas.

–Acerca de mi fidelidad como tu mujer.

El rey apretó el puño y lo descargó contra el reposadero del trono. De los labios de los asistentes, desconcertados, empezaron a brotar lamentos y expresiones de sorpresa.

–¡¿Quién, en nombre del Infausto Temblor?! –bramó–. ¡¿Quién osa mancillar el honor de mi reina?!

Starn se preparó para levantarse y asumir la responsabilidad que le tocaba. Entonces Delgnat lo volvió a sorprender.

–Eso no importa, mi señor. La acusación es cierta.

Seguro que puedes imaginar la cara de asombro que puso Starn, ¿verdad? No podía entender por qué Delgnat callaba su nombre. De ese modo lo dejaba fuera de la ira de Partolón, quien ya estaba bastante resentido con él por defender la postura de Bacor. La miró, conmovido, y fue entonces cuando comprendió que, al fin y al cabo, ella le había dicho una gran verdad.

Lo amaba.

El monarca la señaló con un dedo.

–Explícate, mujer. Y hazlo rápido, pues mi paciencia hace rato que se ha agotado.

–He buscado los placeres del lecho en los brazos de otro hombre. ¿Deseas más brevedad?

–¡¿Te burlas de mí?! –aulló Partolón.

–No es cosa de mofa, mi rey –siguió ella–. Sin embargo, y aunque sea una afirmación dura, te digo que la falta no es mía, sino tuya. ¿Acaso no me has tenido desatendida desde que nos casamos? Una mujer necesita la miel de su esposo y, si no la recibe, como es de ley, la buscará en otro.

–¡Te envileces frente a tus propios hijos! –dijo, señalando a Rudraige y a sus hermanos.

–En absoluto –volvió a defenderse la reina–. Será una buena lección. Aprenderán que tienen un deber hacia las esposas que elijan en el futuro, si no quieren que ellas busquen el placer en sus criados.

La faz de Delgnat se puso lívida al comprender que había cometido un desliz.

–¡Topa! ¡Ruin y desagradecido! –graznó el monarca, que lo comprendió al instante–. ¡Que me lo traigan aquí ahora mismo! ¡Acasbel, cumple mis órdenes!

El jefe de la guardia real asintió y salió a toda prisa.

–¡Tampoco él tiene la culpa de nada, esposo, salvo de cumplir las órdenes de su reina! –dijo Delgnat, y fue la primera vez que rogó.

–Yo decidiré si es culpable o no.

Starn no pudo mantenerse al margen por más tiempo. Si no hacía algo, aquello podía acabar de la peor de las maneras para Delgnat.

–Hermano mío, la ley de nuestros padres dictamina que los juicios se decidan en asamblea.

–¿La misma ley que casi me cuesta la vida, allá en Cnosos? ¿La misma que violamos para exiliarnos? –preguntó Partolón, con desprecio–. Creí que precisamente tú querías hacer las cosas de otra manera.

–No en esto. Nadie debe poseer un poder absoluto, sobre todo si con ello puede decidir sobre la vida y la muerte de los demás. Esa responsabilidad sólo está en manos de los dioses.

Antes de que el rey pudiera responder, Acasbel regresó trayendo consigo a Topa, quien, aunque desorientado, estaba claramente alarmado.

–¡Tú, desgraciado, al que he alimentado durante años! –lo increpó Partolón–. ¡Confiesa o niega tu crimen!

El criado miró a un lado y al otro, a su señor, y también a la reina. Pero fue Malalech quien se atrevió a intervenir:

–Alteza, sabéis bien que no puede hablar para defenderse.

A pesar de ello, el sirviente se abalanzó sobre los pies del rey. Lloró e imploró con gemidos, lo único que podía articular. Partolón lo apartó de un puntapié, que impactó en su cara y lo lanzó al suelo.

–¡Basta, perro! –Luego se dirigió al consejo–: Bien, queréis justicia, ¿verdad? ¡Dictadla, pues! ¡Dictadla! Mi veredicto ya lo conocéis.

Aterrorizados, pero intentando conservar el honor, los consejeros dieron su dictamen. Empezaron los tres sabios, demostrando una vez más que no les importaba más que defender la opinión del rey, estuviera o no equivocado.

–Grande es el agravio que has cometido, mi reina –habló Tath en nombre del trío–. Deliberados y grandes tus crímenes, por los que es justo que vuestro esposo demande un precio. Has injuriado a quien siempre te protegió. Y con tu acto impuro abres la puerta a malos hábitos que otros puedan adoptar para sí. Culpable te hallamos.

El dictamen había comenzado, y Delgnat ya tenía en su contra tres votos. Starn tomó la voz entonces, con la esperanza de poder influenciar en el resto de consejeros.

–Nadie ha obrado aquí como debería, opino yo. –De pronto sintió la fuerza del canto, las palabras que surgían de la inspiración propia del *awen*–. ¡Oh, Delgnat, qué problemas has causado! Y, sin embargo, no te falta razón en algo. Partolón, hermano mío del alma, mi agradable señor, por el que lo he dado todo, hasta mi propia esposa... Mira nuestras manadas de vacas, excelentes y dadivosas; observa, fíjate en ellas: cuando hay necesidad no esperan a un toro en especial, sino que se acercan a uno cualquiera para que las cubra. Tú has descuidado tus obligaciones, has provocado la necesidad en tu mujer, y ahora pagas por ello.

Había tal fuerza en su voz que ni siquiera el rey se atrevió a replicarle. Bajó la cara y, por primera vez, mostró vergüenza.

–Así que mi voto es claro: el pecado recibido por Delgnat, reina de Hija de Cnosos, es mayor, y por tanto la exime. Es inocente hasta donde puede serlo una mujer desatendida.

Uno tras otro, el resto fue manifestándose. Hubo disparidad en sus dictados, desde quienes concebían que el acto de la reina era mucho más aberrante que el de Partolón, hasta quienes se atrevieron incluso a ser casi tan críticos como Starn. Malalech, Afestes y Senboth disculparon, con menor o mayor énfasis, la falta de Delgnat. La sorpresa vino por parte de los hijos de ambos: Slanga, el menor y por tanto más apegado a su madre, la defendió; Rudraige, dividido entre el amor a una y las ganas de agradar hacia el otro, se abstuvo, y en cuanto a Laiglin... Fue terrible, amigo mío. No encuentro otro modo de describirlo.

–La mujer, cuando contrae matrimonio, debe aceptar al hombre como lo que es, su superior –dijo, airado–. Sus satisfacciones no pueden estar por encima de las de su esposo, del mismo modo que los deseos del súbdito jamás deben prevalecer sobre los de un rey. Te has comportado como una vulgar ramera, madre, y por ello te desprecio.

«Por mi amada Lerna, cuánta ruindad», pensó Starn. Le resultaba imposible aceptar que aquel muchacho tuviera un corazón tan podrido por la vileza. ¡Y hacia su propia madre! El profundo y patente desprecio hacia las mujeres del que hacía gala rayaba en la maldad. Sintió lástima por Aife, la segunda hija de los reyes, destinada a desposarse con aquel chico de moral enfermiza.

Aquélla fue la única sentencia que conmovió a Delgnat, la única que la hizo llorar. Por todos es sabido, desde el inicio de los tiempos, que no hay amor y lealtad más importante para una madre que la de sus hijos. Ellos están por delante de cualquiera, incluso del esposo. Resulta comprensible que, a la reina, tan entera y firme siempre, se le quebrara el corazón.

Así pues, la votación se tradujo en una igualdad de opiniones absoluta. Cinco disculpas contra otras tantas condenas, gracias a la abstención de Rudraige. No obstante, faltaba el veredicto de Partolón. Por su condición de regente, la ley disponía que siempre debía darse en último término, para ser decisivo en casos disputados como aquél. Lo cual significaba que Delgnat ya estaba condenada. El monarca había dejado clara su postura desde el principio.

Por eso a Starn le sorprendió que su hermano se quedara, de repente, mudo. Allí estaba, derrumbado de malos modos sobre el trono, con la vista perdida en el suelo y el espíritu en algún mundo lejano. ¿A qué esperaba para declarar la culpabilidad de su esposa? ¿Dónde se había ido toda su furia?

–Mi señor... –intervino entonces Acasbel.

Sirvió para sacarlo de su estado distraído. Partolón levantó la cabeza, y Starn vio en él arrugas en las que jamás había reparado. Le cruzaban la frente, le rodeaban los ojos. Eran líneas de preocupación, de pena y devastación. Volvió a sentir compasión por él. Siempre había cargado con un gran peso sobre sus hombros, pero aquella asamblea, llena de enfrentamientos, decepciones y malos tragos, quizás había sido demasiado.

–Hoy, unos y otros habéis socavado mi ánimo como nunca antes –dijo con un hilo de voz–. Os maldigo a todos por ello.

Nadie se atrevió a defenderse. Partolón se inclinó hacia delante para poder apoyar la cabeza en las manos y los codos sobre los muslos, como si le pesara. Luego volvió a mirar a los presentes.

–No condenaré a mi esposa, la madre de mis hijos. Acepto mi culpa en este asunto.

Starn no podía creerlo. ¡Su hermano cambiaba de opinión contra todo pronóstico! Imaginad el dolor que debía devorarlo por dentro para que por una vez se tragara su orgullo.

Por desgracia, todavía estaba hambriento por resarcirse. Se levantó, de repente con el vigor recuperado. Caminó hacia Topa y ordenó a los custodios que lo levantaran.

–Tú, en cambio, no tienes excusa ni por tanto perdón. Cediste al deseo, te burlaste de tu señor. La mala acción por ambos cometida recaerá sobre ti.

Ni siquiera Starn pudo anticipar lo que iba a ocurrir. El rey, en un movimiento fugaz, tomó la espada que instantes antes había clavado en el suelo. Sin detenerse, sin permitir que nadie reaccionara, trazó un arco ascendente que llevó el bronce hasta el vientre del criado. El metal, brutal e inmisericorde, horadó la carne, desgajó las tripas, y se abrió camino hasta alcanzar el otro lado. Partolón apretaba los dientes y tenía el rostro desfigurado por la ira; fijos sus ojos, fijos en la mirada desencajada de Topa, que mezclaba la sorpresa, el terror y, unos instantes después, el dolor.

El salón se llenó de caos. Starn lo vivió como si fuera un alma más allá del mundo, observando la demencia del ser humano desde fuera, sin poder actuar en modo alguno. ¿Sabes lo que pasó por su cabeza cuando el cuerpo de Topa cayó en el suelo? ¿Cuál fue su pensamiento cuando reparó en la sangre que manchaba la espada, como ocurriera en la visión compartida con Bacor? Que aquél ya no era su hermano. Que no reconocía a la criatura esculpida por el odio que tenía delante. Lo que no comprendió, ni siquiera entonces, era que aquel Partolón oscuro siempre había estado ahí.

Pronto lo haría.

17

Bacor abandonó el poblado a toda prisa, llevándose consigo la mirada de cuantos se amontonaban en los alrededores del palacio del rey a la espera de las decisiones que allí se tomaran. Muchos lo interpelaron, pero el anciano estaba tan afectado que rechazó dar cualquier explicación. Su actitud dejó murmullos poco halagüeños a su espalda.

Pero ninguno de ellos le pesó tanto como los amargos reproches e insultos que Partolón le había dedicado. Su corazón, seguro que podréis imaginarlo, lloraba como jamás antes. El desprecio de aquel hombre al que había visto pasar de niño a rey se situó entre las peores heridas sufridas en su vida, al mismo nivel que la muerte de Sear y Ariaghne o la pérdida de la joven Lerna. No dejaba de ser cierto que Partolón lo había rechazado hacía ya años, pero lo ocurrido aquella mañana era completamente distinto: el rey lo había sentenciado para siempre. Un trago ya de por sí amargo que esta vez iba acompañado de algo más visceral. Odio. Odio profundo. Odio convencido, incurable, imposible de calmar. Durante el resto de sus días, Bacor recordaría la mirada impresa en los ojos del monarca; la mirada de un hombre que se considera traicionado por alguien a quien, a pesar de todo, todavía amaba; la mirada que no tiene ya remedio, que es absoluta y concluyente.

La mirada que pone fin a la amistad.

En fin... El sabio regresó a su cabaña con semejante peso sobre sus espaldas y el corazón. La niebla, persistente ya en esos primeros días de otoño, casi se había desvanecido por completo. Unos graznidos le hicieron levantar la vista hacia el cielo. Una bandada de cuervos. Una bandada, como un jirón de humo negro, se movía hacia Hija de Cnosos. Cuervos, señores de la incertidumbre, anunciadores de la confusión, del caos y de un mañana infausto.

El bosque ocultó casi por completo el cielo y le entregó un momentáneo respiro. La paz, sin embargo, fue breve. Los pensamientos pronto volvieron a teñirse de pesimismo. Entre los últimos estertores de bruma, los árboles le semejaron robustas lanzas, soldados dispuestos para la guerra.

La guerra... Sabía que se avecinaba, y guerra siempre significa muerte. La visión se lo había susurrado, y Partolón se lo confirmó con sus viciadas ínfulas de monarca. Lo veía tan claro... Cerró los ojos para escapar de la bestia que lo acosaba, pero resultaba imposible; allí estaba, rondando por su cabeza. El verdadero enemigo de esta historia: el orgullo. «¡Malditos seamos!», se dijo. Malditos los hombres, por buscar imponerse en lugar de adaptarse.

Estaba seguro de que, con el descubrimiento de los fomorianos, la infausta trama que Egos había predicho allá en Cnosos había vuelto a ponerse en marcha. Durante los últimos diez años, en los que su pueblo se dedicó sencillamente a crecer en paz, llegó a creer que habían logrado sortear su destino. Ya no lo creía, claro, lo cual era otra fuente de sufrimiento, pues de nuevo tenían mucho que perder; más que nunca, en realidad. Aquella isla era lo que estaba en juego, aunque no como una propiedad. Cada rincón recorrido y disfrutado se le antojaba ahora más su hogar que allí donde nació. Las montañas eran tanto las costillas de la isla como las suyas propias. Las praderas, su piel, y los bosques, el vello que el viento fresco le erizaba. Sin embargo, ahora sabía que no era sólo su tierra. Otros estaban conectados a ella del mismo modo. Lo cual, por cierto, le parecía maravilloso: Lerna era una madre que enlazaba edades y gentes, reuniéndolos en su regazo para amamantarlos como a hijos. Una misma familia.

Por desgracia, él mejor que nadie sabía que las familias no siempre estaban bien avenidas.

* * *

Siguió caminando, dejando que aquellos pensamientos funestos danzaran macabros en su cabeza, como los cuervos que había visto antes. Llegó poco después al lago del Aprendizaje, con el firme propósito de dejarse caer en su cabaña y sufrir el amargo veneno del fracaso. «Necio» había llamado a Partolón, pero ahora creía que el verdadero ignorante era él mismo, por creer que podría convencerlo. Y por ceder a la furia, al enfrentamiento. Él, que tanto creía en defender sus convicciones mediante la argumentación, también se había dejado llevar por el ego. Y ya se sabe que cuando dos insensatos se enfrentan sólo la insensatez sale victoriosa.

Cuando ya subía por la empinada pasarela que daba al interior de la choza, un sollozo le devolvió al mundo real. Era un llanto de tono sentido, que creyó reconocer, y así lo confirmó cuando traspasó la puerta exterior. La menuda figura que se agazapaba en el suelo, rodeándose ella misma, levantó el rostro, sorprendida por la llegada del sabio. Los ojos de Aidne, grandes, preciosos y ahora iluminados por las lágrimas, tardaron un poco en reconocer a Bacor debido a la luz que se colaba desde el exterior y ensombrecía su rostro.

–Mi niña, mi buena niña, ¿qué te ocurre?

La pequeña se abalanzó sobre él en busca de un abrazo que, por supuesto, encontró. Allí se refugió durante un largo rato, pues Bacor le permitió desahogarse sin interrogarla. ¿De dónde había salido? Era tan distinta a Partolón y a Delgnat que le costaba verla como la hija de ambos. Ni siquiera tenía similitudes con el resto de sus hermanos. No existía en ella maldad alguna, ni el menor ápice de soberbia o cualquier otro mal hábito.

En realidad, conocía la respuesta perfectamente. Desde que la sostuviera por primera vez supo que en ella había renacido la maravillosa esencia de Ariaghne, la señora de Labyrinthos. Todo aquel que había conocido a la malograda reina de Cnosos coincidía en este punto. Resultaba lógico, por tanto, que de entre todos los niños a los que Bacor había educado ella fuera su preferida. Sentimiento que era mutuo y que supuso un fastidio para Partolón conforme éste se distanciaba del anciano. Tras lo que acababa de ocurrir, el sabio tenía claro que el rey prohibiría a su hija que volviera a acudir al lago, lo que significaba que el resto de padres harían lo mismo. Sus días como maestro estaban llegando a su fin.

Pero todavía no.

–Bacor, tengo miedo... –sollozó la princesa.

Al apartarla un poco para mirarla a los ojos, reparó en que ella tenía las manos manchadas de sangre. Aterrorizado, la examinó en busca de la herida. Hasta que reparó en el reguerillo carmesí que descendía por las piernas de la chiquilla, bajo la túnica.

Aidne, según las leyes de su pueblo, acababa de convertirse en mujer.

Bacor tomó un trapo limpio y, tras humedecerlo, le limpió la sangre de las manos con delicadeza. Luego se lo entregó a la princesa y la animó a que hiciera lo mismo con la entrepierna.

–¿Qué voy a hacer, abuelo? Ahora tendré que casarme con Rudraige.

Lo llamaba así, a veces, y el sabio se enternecía. Por eso le dolía tanto decepcionarla, como estaba a punto de hacerlo entonces. Es tremendamente doloroso no poder dar a un ser querido la solución que desea, la que necesita.

–En un mundo más justo serías libre para elegir, mi pequeña –le dijo, acariciándole los cabellos–. Pero en éste..., me temo que en éste hay cosas que son inevitables. Créeme, nadie más que yo desearía que no fuera así.

Era el pesimismo quien hablaba a través de su boca.

–Pero yo quiero a Starn –gimió, acariciando el broche que le había regalado, su posesión más preciada.

Conocía el amor que la princesa dispensaba a su tío, por supuesto y, a pesar de su juventud, creía que era tan sincero y verdadero como podía serlo en alguien que apenas había experimentado la vida. Tal vez, con el tiempo, se desvanecería, pero estaba convencido de que en ese instante no era simplemente un capricho fantasioso. Aunque sí una quimera, teniendo en cuenta que el corazón de Starn seguía latiendo por la misma mujer de siempre.

Y, sin embargo, tal vez...

El anciano le hizo una seña para que esperara. Luego se levantó y buscó entre los frascos que había acumulado en una estantería hecha con la madera desprendida de los robles y las encinas. Pues toda aquella casa la había levantado con la carne que los árboles mudaban de manera natural. Nunca tuvo corazón para mutilarlos.

Con el paso de los años, y aunque carecía de los conocimientos médicos de Malalech, había estudiado las propiedades de muchas de las hierbas de Lerna. Sin embargo, en esta ocasión tomó el tallo de una planta que nunca antes de su llegada se había visto en la isla: bolsa de pastor. La trajeron consigo desde Creta, aunque las semillas que plantaron florecieron como si aquella tierra fuera la suya. Preparó una infusión con las hierbas y luego se la dio a beber a Aidne.

–Tómate esto, hija mía. Reducirá mucho el sangrado. Mientras tanto, cubre tus zonas bajas con paños para esconder la sangre y cámbialos a menudo. No hables de esto con nadie, ni siquiera con tu madre.

–¿Por qué? –dijo, mientras soplaba el caldo para que se enfriara.

Le acarició el cabello y le dio un beso en la cabecita.

–Quizá, por una vez, podamos vencer a lo inevitable.

18

La comitiva que debía viajar hasta la región de los fomorianos tardó sólo un par de días en prepararse. Partolón había apremiado la partida, y Starn intuía el motivo: deseaba alejarse de su esposa cuanto antes.

Delgnat, por cierto, no había acudido a despedir al rey y su séquito, ahora reunido en la plaza. Quizás hubiese sido declarada inocente de su infidelidad, pero no escapó de aquello sin una condena. Partolón ya no confiaba en ella y había ordenado que se la mantuviera recluida en el palacio mientras él estuviera ausente. Del mismo modo, se dictaminó que ningún hombre podía visitarla sin la presencia de al menos dos criadas.

Así pues, aquella mañana la reina fue una ausencia clamorosa. El resto de los partolonianos acudieron sin falta a despedir a la compañía, formada por el rey, sus tres hijos varones y la guardia real. Más de treinta hombres a caballo, ataviados con sus mejores ropajes, las armas recién enceradas y el emblema de la doble hacha ondeando en manos del banderizo. Starn los contempló, apesadumbrado por las circunstancias, y no vio nobleza en tan hermosos ornatos.

–Toca algo con la lira, hermano –le pidió un Partolón desganado después de abrazar a sus hijas–. Anima nuestra partida.

Eran las primeras palabras que le dirigía desde la conclusión de la asamblea. No hacía falta ser muy inteligente para comprender por qué el rey había levantado un muro entre él y su hermano: Starn, una vez más, se había opuesto a los designios del monarca. Y en dos ocasiones, tanto con el asunto de los fomorianos como en el juicio de Delgnat. A pesar de que el mismo Partolón cambió de parecer al respecto, estaba claro que este nuevo enfrentamiento había hecho mella en su relación.

–No hay ánimo en mí ante semejante misión –respondió Starn, y luego, casi de forma desesperada, tomó al rey del brazo–. Partolón, aún hay tiempo para recapacitar. Por los años en Cnosos, por todas las correrías que vivimos. Por el vientre que nos engendró a los dos: quédate. Dejemos en paz a los fomorianos.

El rey se apresuró a desasirse de los dedos de su pariente. Gesto contrariado, desprecio mal disimulado.

–Te debo la vida, Starn. Tú, y sólo tú, me permitiste llevar a cabo el sueño de Lerna cuando me salvaste de una muerte segura, allá en Cnosos. Y por ello te permito los constantes desaires con los que, desde entonces, me castigas. ¿Es que ya no eres capaz de apoyarme? Socavas mi voluntad ante los demás, una y otra vez.

El explorador bajó la cabeza, preso de su dolor.

–Lamento que creas que trato de castigarte, que me opongo a ti para hacerte daño. Sólo trato de ser fiel a nuestro pueblo, a su bienestar. Es mi convicción que, si molestas a los fomorianos, pondrás en marcha tanto su desgracia como la nuestra.

De un salto, sin atender aquellas proclamas, Partolón montó en su caballo.

–Adiós, hermano. Nos veremos pronto.

A una señal del rey, la comitiva dio comienzo al viaje. Lentamente, dejándose agasajar por el pueblo, que lanzaba pétalos de flores a su paso y los jaleaba como si de héroes se tratara.

Detrás de todo el gentío quedó Starn, hijo de Sear. Abrazada a su cintura estaba a Aidne, contagiada por la preocupación de su tío. Eran los únicos que no aplaudían. Los únicos que lloraban.

–Ojalá que así sea, Partolón. Ojalá que así sea.

* * *

Los aldeanos se dispersaron en cuanto la partida se perdió más allá de la vista. Nada podían hacer, salvo regresar a sus tareas y esperar. Aidne y Starn también volvieron a otros asuntos, aunque ninguno de los dos pudiera quitarse de la cabeza la sensación de temor.

Ambos caminaron hacia el palacio cogidos de la mano. Él sintió que la chiquilla lo tomaba con una fuerza especial y, al contemplarla, le pareció ver algo distinto en ella, algo que no logró identificar. Aidne se sonrojó ante aquel escrutinio.

–¿Qué ocurre, tío? –le preguntó.

–No estoy seguro. Pareces... diferente.

–¿Más fea? –rio ella, porque sabía cuál sería la respuesta.

–¡Eso nunca! –se apresuró a decir él–. En todo caso, tu belleza crece a cada suspiro que te observo.

La princesa volvió a ruborizarse, pero no dejó de sonreír. Había en su gesto cierto orgullo ante aquella galantería... y también secretismo. Starn, que había aprendido a leer en sus ojos y en su alma, supo que le ocultaba algo. Las siguientes palabras de la niña se lo confirmaron.

–Quizá sí sea diferente.

Por supuesto, él no entendió el comentario. Las mujeres, a menudo, suelen decir que los hombres somos cortos de entendederas para según qué asuntos. ¡Razón no les falta! Nosotros ya sabemos a qué se refería Aidne, ¿verdad? Pero para Starn esa mirada coqueta era todo un misterio.

–¡Oh, lo olvidaba! –dijo la muchacha, de pronto–. Tengo un mensaje para ti de Bacor. Quiere reunirse contigo en el lago, cuanto antes.

Starn asintió. De hecho, tenía pensado visitar al sabio ese mismo día. No había hablado con él desde la horrible reunión y sentía que debía hacerlo con urgencia.

–Iré enseguida, aunque antes hay otra persona con la que tengo que hablar.

–¿Mi madre? –adivinó Aidne.

–Sí. ¿Cómo está?

–Muy triste. Se pasa las horas en la parte trasera del patio, ocultándose de todos salvo de las criadas que la guardan. Se siente avergonzada, pero el dolor más grande es a causa de Laiglin. –Ella arrugó la frente, dibujó líneas de enojo demasiado cercanas a la furia, algo extremadamente inusual en alguien tan dulce–. ¿Por qué se comportó así? ¿Cómo se puede tratar de ese modo tan cruel a tu propia madre?

–Yo mismo no lo entiendo.

–Hay algo enfermo en Laiglin, tío.

¿Qué podía responderle? Él pensaba lo mismo.

–¿Y tú, mi niña? ¿Cómo estás?

Se detuvieron justo frente a la entrada para poder mirarse cara a cara. Starn llevó su mano hasta el broche dorado que pendía de su vestido de seda; luego, subió hasta la mejilla de la chiquilla y la acarició con la ternura que se le dedica a un pajarillo herido al que no se desea lastimar. El calor del contacto sobre la piel hizo que la preciosa flor con forma de muchacha se estremeciera. Se rompió su respiración. Una lágrima resbaló, y él la atrapó con un dedo.

Esperaba que ella le revelara lo apenada que estaba por la situación de su madre, pero en vez de eso se encontró con otro tipo de respuesta, una inesperada. Aidne se acercó hasta él y le dio un beso en los labios. Starn, por supuesto, se dejó hacer. Permitió que aquellas suaves dunas se amoldaran a las suyas y, en parte, correspondió.

Cuando la muchacha terminó, al fin, estaba más colorada que nunca. Dibujó una gran sonrisa, feliz, esplendorosa y, como si hubiera hecho una travesura, se fue corriendo sin decir nada.

«Sí, algo ha cambiado», pensó Starn. De algún modo, sintió que esta vez no lo había besado una niña. Lo había besado una mujer.

* * *

Tal y como le había contado Aidne, encontró a Delgnat junto a la cascada del patio trasero, que quedaba oculto desde la calle principal. Allí había un pequeño jardín y unos bancos. Aunque no tenía cercado ni límite alguno, aquél era un recinto privado para la familia real. Tras la orden de reclusión de la reina, con mayor motivo.

Su cuñada estaba apoyada en una de las columnas, contemplando el salto de agua, absorta en los reflejos que el sol mañanero arrancaba a las volutas de agua. Dos sirvientas la vigilaban desde el otro lado del patio, lo bastante lejos para permitirle cierta sensación de intimidad, lo bastante cerca para no perderla de vista en ningún caso. Parecía absorta, serena en cualquier caso, pero Starn, con acierto, intuía que en su interior la azotaba una terrible tormenta. Tempestad furibunda que él había desatado.

–Mi reina... –se presentó.

–¿Ya se ha marchado «mi esposo»?

Percibió el rencor con el que había pronunciado la última palabra. Hasta un sordo lo habría hecho.

–Sí –respondió.

Le costaba ser más locuaz. La culpa lo carcomía.

–Y mis hijos. Dos de los cuales no me hablan. Uno incluso me odia.

Starn acusó el golpe como si lo hubieran lanceado.

–Nunca fue mi intención llegar a este punto.

Delgnat suspiró y se dio la vuelta para encararlo. Supuraba rabia, pero de un modo contenido, como si la pena la equilibrara. La pena por el desprecio de sus hijos, la pena por la muerte de Topa, por ser considerada una furcia por todo el poblado.

–¿Qué creías que pasaría? ¡Oh, no, lo sabías tan bien como yo! Pero tuviste que poner por delante tu estúpido orgullo.

–No me acuses de tus males, Delgnat –se defendió, con escasa convicción–. Fuiste tú quien cometió la falta a sabiendas de que era traición. Al menos tu suerte no fue la misma que la de Topa.

–¿Debo, pues, mostrarte gratitud por tu defensa en el juicio? ¡Sí, claro, estoy en deuda contigo por permitir que me encierren en esta jaula de oro! –se burló, abriendo los brazos como si pretendiera abarcar todo el palacio; luego lo miró. los ojos convertidos en rendijas–. Pero veo lo que te consume, veo por qué has venido en realidad...

–Para ver cómo estás, para ofrecerte mi compañía y apoyo.

–Sí, ésa que nunca te has dignado a darme durante estos años... No, «cuñado», no has venido por eso. Lo que deseas es que te diga por qué no te delaté. –Era justo lo que Starn buscaba, pero le dolía pedirlo, incluso ahora que se lo ponían tan fácil–. Si tengo que responderte a eso es que realmente nunca has sabido lo que siento por ti.

El hermano del rey negó con la cabeza.

–No utilices el recurso del amor. Me deseabas, sí, eso lo he sabido siempre. Pero ¿amarme? En absoluto.

–Tan sabio y tan estúpido... No comprendes que el deseo a veces conduce al amor. Quizá no al principio, pero sí con el tiempo. Aunque ni siquiera yo misma lo supiera en su momento. Te amaba. Con todo mi corazón. Todavía lo hago.

Starn parpadeó, cegado por la sorpresa. «¿Tan ciego he estado?», pensó. Y sí, lo había estado. Cegado por su lealtad a Partolón, por su amor por Lerna, por el dolor al perderla, por la ilusión de encontrar el nuevo hogar, por Tara...

–Yo... no sé qué decir...

–Ahora ya nada serviría. Vete, déjame sola. Y nunca vuelvas a visitarme.

Starn, dolido, asintió. No porque la amara como mujer, pues su corazón seguía rendido a Lerna y a la nueva forma que creía que había adoptado. Sin embargo, por primera vez veía a su cuñada como algo más que una manipuladora preocupada sólo por su gloria personal. Comprendió lo que ya te he dicho, que cualquier hombre o mujer es un tapiz hecho de otras piezas, y que no todas están podridas.

–Ojalá lo hubieras entendido antes... –escuchó, cuando ya se marchaba.

Pero ya no volvió el rostro.

19

–Creí que unas cuantas señales, un par de visiones y unos pocos años estudiando esta tierra me darían auténtica sabiduría... –se lamentó Bacor–. Ahora veo que hace falta mucho más.

El anciano cerró los ojos y suspiró. Las arrugas del rostro, ya profundas, se acentuaron hasta semejar la corteza de un árbol. El mirlo estaba sobre su hombro, junto al cuello, ya fiel compañero que se presentaba cuando más lo necesitaba. Trinó y luego lo acarició con su diminuta cabecita, con clara intención de consolarlo.

–No seas tan duro contigo mismo, amigo mío. Tampoco yo he actuado como debería –dijo Starn, con la misma intención que el pajarillo.

Aquello hizo que, por un momento, Bacor dibujara una leve sonrisa. Le pareció gracioso que los papeles se invirtieran: lo habitual era que él, mayor y más experto en los asuntos de la vida, aliviara los pesares y las dudas del hermano del rey. Él, quien diera las lecciones. Y, sin embargo, allí estaban; el joven animando al viejo, el pupilo alentando al maestro.

–Mi falta es mayor, hijo mío, por mi condición de consejero. ¡Pero qué voy a aconsejar, si me dejo llevar por los impulsos del corazón! Sabio es aquel que los controla y no permite que lo dominen. La impotencia que sentí ante la cerrazón de Partolón... –negó con la cabeza, reprendiéndose a sí mismo–. ¡Oh, nada de eso me excusa!

–Tal vez sea mejor olvidar lo ocurrido. Ninguno podíamos hacer nada. Mi hermano ya no atiende a razones. Ha tomado una decisión y no la abandonará. Tendría que haberlo supuesto y no haberle desvelado la existencia de los fomorianos o la infidelidad de Delgnat.

–Secretos de tal envergadura acaban por salir a la luz, tarde o temprano.

–Es frustrante. Me siento como si intuyera en el aire una terrible tempestad, con su característico olor, y no pudiera detenerla, o encontrar refugio al menos. Te lo pregunto de nuevo, Bacor: ¿no hay nada que podamos hacer?

–Tú mismo lo has dicho: está en manos de Partolón. Él es la pieza clave. El resto sólo podemos tratar de convencerlo, y ya sabes lo difícil que es eso.

El anciano tenía en su mirada un atisbo de resignación. Las fuerzas escaseaban. Era mayor, no tanto para la decrepitud, pero sí para que el ímpetu ardoroso de la juventud estuviera casi extinto. Deseaba sentarse, desentenderse de tantos y tantos problemas y dedicarse en exclusiva al estudio del bosque.

Sin embargo, todavía había gente a la que amaba y que necesitaba de su ayuda.

–He reflexionado mucho sobre lo ocurrido –dijo–. Y creo que estamos en un momento donde ya no caben más interferencias. El juego encara su última ronda. El tiempo de posicionar las piezas ha pasado.

Starn bajó la cabeza, como si el peso de la pena lo obligara a ello. Bacor posó la mano en su hombro para hacer que lo mirara.

–Ocurra lo que ocurra con eso, aún hay algo que podemos hacer bien, hijo mío. Quizá no sea tan importante en el gran esquema de nuestro destino, pero no debemos dejarlo de lado.

–¿A qué te refieres?

–A Aidne, por supuesto.

–No te entiendo...

–Ha empezado a sangrar.

Starn abrió mucho los ojos, aunque su sorpresa no parecía tan grande como había esperado.

–Yo... intuí algo en ella..., algo diferente. ¿Es posible que lo percibiera?

–Tu mente y tu espíritu son receptivos, más que en cualquier otra persona –asintió Bacor–. No necesitas ningún mejunje para acceder plenamente a la inspiración, como me ocurre a mí. Así que sí, supongo que lo habrás intuido. ¿Sabes lo que significa?

–Que está lista para desposarse. ¿Por qué no me lo ha dicho? ¿O a su madre?

–¿No lo ves? Porque no desea casarse con Rudraige. Lo que para otras muchachas es motivo de alegría y orgullo, para ella significa una condena.

–¿Qué podemos hacer? Son las leyes de nuestro pueblo.

–¡Leyes! Por ellas estamos donde estamos. Por esa terquedad de mantener lo que está obsoleto, pues vienen de otro tiempo y otra tierra diferente. Hay cosas que están por encima de las reglas: las personas, la tierra y sus criaturas. Deberíamos confeccionar nuevas normas, que hablaran de lo que realmente importa.

Aquellas palabras fueron como una bofetada para Starn. Frunció el ceño y apartó la mirada. Y eso sólo ocurre cuando uno recibe la amarga revelación de la verdad.

–Sabes bien de lo que hablo, hijo. Acabas de contármelo: pusiste la lealtad hacia tu hermano por encima de alguien, de Delgnat, y eso ha costado una vida y un matrimonio despedazado. Pero con Aidne se nos presenta la oportunidad de hacer las cosas de otro modo. Debes dar un paso adelante: ofrécete a Partolón como su esposo. No te lo negará. Y ella tampoco, pues te ama con locura.

Starn se levantó del tocón sobre el que se sentaba, separándose unos pasos de Bacor. Empezó a caminar, confuso, sin siquiera saber cómo gesticular.

–Pero yo no la quiero, no como ella desea y merece. Mi corazón es y siempre será de Lerna, de Tara.

–Lerna es sólo un recuerdo en tu cabeza, y Tara, un sueño. Ambas criaturas etéreas pueden convivir con una esposa de carne y hueso. Quiérela como la quieres ahora, que es mucho. Quizá con el tiempo, cuando ella florezca del todo, surja también la pasión carnal. En cualquier caso, tienes que protegerla de la infelicidad que la marchitará si toma a otro hombre. Sólo tú puedes hacerlo.

Ambos volvieron a mirarse. En Starn había desolación, aunque Bacor estaba seguro de que no se trataba de repulsión al hecho de casarse con Aidne. Sus reticencias no provenían de la chiquilla, sino de asuntos más elevados.

–¿Y el destino que Lerna y Tara me auguraron? ¿No estaré traicionándolo?

–Si algo he aprendido con este asunto de las visiones es que éstas son siempre crípticas, confusas y difíciles de interpretar. Como acertijos hechos en la oscuridad. ¿Quién sabe? Quizás esto forme parte de ese destino. Tal vez para llegar a él debas tomar a Aidne como esposa.

Starn permaneció en silencio. Reflexionaba. En él las dudas se acumulaban, en avalancha, sin dejarse ordenar. Bacor no esperaba una respuesta repentina Y, en realidad, prefería una contestación meditada. Los rayos de sol que se colaban entre las copas de los robles se movían en una danza constante conforme el astro ascendía.

–Lo siento –dijo al fin, y su voz estaba preñada de sentimiento de culpa–. No puedo hacerlo, no sin estar convencido por completo.

El anciano, serio, bajó los hombros, y una sombra le oscureció el rostro. Pero, aun decepcionado, palmeó la espalda del apesadumbrado Starn.

–Te entiendo, muchacho. Y no te obligaré a seguir un camino en el que no crees. Rogaré a los dioses de esta tierra que protejan y alivien el dolor de la pequeña Aidne. Ojalá encuentre la paz que tan huidiza se muestra con nosotros.

Los labios de Starn se movieron sin que las palabras se dignaran a salir de su garganta. Volvió el rostro hacia las tranquilas aguas del lago.

–Estoy cansado, Bacor.

Sabía a lo que se refería. Lo sabía muy bien.

–Y yo, hijo mío. Terriblemente cansado.

20

No fue Starn quien se quedó al mando de Hija de Cnosos. Partolón dejó claro que estaba harto de su constante oposición, así que en esta ocasión dejó a los tres sabios como gobernadores del poblado.

Sin embargo, cualquier desazón que aquello pudiera causar en el jefe de los exploradores perdió importancia conforme pasaban los días y Partolón no regresaba. Durante dos semanas esperaron la vuelta del monarca, y cercana la tercera, más del doble de tiempo cuanto se precisaba para ir y volver a caballo hasta el norte, Starn logró convencer a los ancianos para que ordenaran un grupo de rescate que él mismo se ofreció a comandar.

No llegó a partir. A mediodía, los cuernos de los guardias restallaron con tal fuerza que todo patoloniano dejó sus tareas para abalanzarse a mirar sobre la muralla. Cuando Starn llegó a las puertas de la empalizada, éstas ya estaban abiertas de par en par. Cinco hombres, de aspecto maltrecho y sin atisbo de nobleza, entraron en el poblado. Seis caballos, en cambio. Sobre el sexto, un cuerpo inerte.

Así regresó Partolón, sucio como un vagabundo, con las ropas hechas jirones, herido en cuantos aspectos podía estarlo un hombre. Destrozado como ser, y Starn comprendió debido a qué. La angustiosa y helada garra llamada dolor le había estrujado el corazón. Uno de los cadáveres... Lo reconoció a pesar de la palidez de la piel, manchada de sangre reseca, de la carne tiesa como la de un madero.

«No, por Lerna y Tara, no nos hagáis esto...».

Pero no había nada que hacer. Nunca lo hay con la muerte.

Era el cuerpo de Rudraige.

Starn quiso derrumbarse allí mismo y morir. Aquel niño, aquel niño que él había visto nacer. Aquel niño con el que había jugado por los pasillos de Cnosos. Aquel niño que amó casi como a un hijo, a pesar de la distancia de los últimos años. ¡También se había ido! ¿Es que ése era su destino? ¿Perder a todos los que amaba?

¡Ah, pero ningún dolor se puede comparar al de una madre ante la pérdida de su hijo! Ni prohibiciones ni condenas pudieron mantener a Delgnat en el palacio cuando supo de la vuelta de los suyos, del mismo modo que nada había capaz de contener el bramido que se elevó desde su boca. ¡Oh, amigo mío, cuánta angustia, cuánta congoja! De nuevo me resulta inenarrable. De nuevo soy incapaz de describir el sentimiento que se adueñó de la reina. La mujer, rendida por completo a la demencia, apartó de un empellón a cuantos encontró en su camino, para luego derrumbarse sobre el hijo muerto y regarlo con el llanto más estremecedor y amargo de cuantos tengo en mi memoria. Me oís bien. Ni siquiera vi dolor semejante en Starn al perder a Lerna.

Pocos, muy pocos habían sobrevivido al infortunio. Acasbel y Hermalión, de entre la escolta real. Y, al fondo, sin ánimo tampoco para mostrarse cruel, Laiglin, con quien cabalgaba un Slanga cuya mirada parecía perdida en la locura.

Compungido como nunca, Starn atendió a Partolón que, aunque malogrado, no parecía herido de gravedad.

–Mi hijo... muerto... –El rey parecía ido–. El horror nos atrapó..., la desgracia...

–¿Qué ha ocurrido, hermano? ¡Cuéntame! –lo zarandeó Starn.

–A traición... –tosió Partolón, y pareció volver al mundo real–. Nos atacaron como bestias, como los demonios que sin duda son. Les di la oportunidad de servir a la causa de nuestro nuevo reino, y esos monstruos... –tosió– nos obsequiaron con pura barbarie.

Luego de decir aquello, se desmayó. Ante el desconcierto de los tres sabios, superados por las circunstancias y su propia ineptitud, Starn pidió a varios criados que llevaran al rey al palacio y buscaran a Malalech de inmediato.

Entonces, cuando acompañaba a los sirvientes, vio a Aidne, petrificada a un lado del tumulto. Se acercaba entre temblores, con los ojos arrasados en lágrimas, hacia el lugar donde todavía estaba el cadáver de su hermano. Starn se apresuró a rodearla entre sus brazos y acercarla hacia su pecho.

–No lo mires, mi niña. Conserva el recuerdo de cuando estaba vivo.

–¡Es mi culpa! –gimió ella, casi incapaz de hablar.

–No digas eso, ni lo pienses siquiera...

–¡Pero lo es! ¡Lo es! –insistió Aidne–. ¡Yo deseé que pasara algo que impidiera nuestro matrimonio! ¡Y ahora está muerto!

Llanto contra llanto, Starn la apretó más contra sí mismo.

* * *

A pesar de que Rudraige llevaba varios días muerto, no fue enterrado hasta que su padre estuvo en condiciones de asistir al velatorio, cuatro jornadas después del regreso. Mientras tanto, Malalech y sus asistentes embalsamaron el cuerpo y prepararon la tumba.

Una de las pocas órdenes que pudo dictar Partolón mientras luchaba contra la fiebre fue la construcción de una cripta real, muy similar a la de Cnosos. Tenía que ser fastuosa, más grande incluso que el palacio, pues debía honrar a Rudraige y servir de tumba a los reyes venideros. Los tres sabios eligieron un emplazamiento privilegiado, en una hondonada que había a mitad de camino del lago del Aprendizaje. Aunque no existieran senderos trazados, era una zona de paso natural que bajaba desde el norte, por lo que, de este modo, cualquiera que viniera de allí se encontraría con la tumba y admiraría la memoria de Rudraige, príncipe de Lerna.

–O temerá la venganza de su espíritu, si es uno de sus asesinos que acude a conquistarnos –proclamó Fochmarc.

Aunque no compartiera semejante rencor, Starn se unió al grupo de hombres del poblado que se ofreció para ayudar. Pico en mano, cavó sin apenas detenerse a descansar. Se trabajó mucho y rápido. Tan inflamados de pena estaban que se entregaron a aquella tarea como el náufrago que con desespero se aferra a la tabla que puede salvarlo.

A Starn se le agolpaban los pensamientos en la cabeza. La mayoría de ellos tan sólo le devolvían el recuerdo de aquel muchacho a quien ya nunca más vería. Lloraba entonces, y las lágrimas caían mezclándose con la tierra. Sin embargo, reflexionó también sobre las consecuencias de lo ocurrido, sobre todo cuando un ya recuperado Laiglin apareció en la zona el segundo día de excavación. Se paseó entre ellos, con su típica mirada avinagrada, pero en ningún momento mostró la voluntad de tomar una herramienta y unirse a la tarea. Se fue poco después, dejando funestas cavilaciones en su tío en las que antes no había reparado: aquél era ahora el heredero de Lerna. Dentro de un tiempo, mucho o poco, sería rey... Y esposo de Aidne.

Las cosas habían cambiado por completo, así que por fuerza debía reconsiderar la petición de Bacor. A pesar de que Rudraige no era como antaño, estaba convencido de que sería una pareja aceptable para su hermana. No la maltrataría, al menos. Algo que no podía esperar de Laiglin. El destino volvía a mostrarse esquivo. ¿Tendría razón Delgnat al decir que eran otros quienes lo sellan por nosotros? ¿Le estaba gritando Lerna que ése era el camino que debía tomar? En cualquier caso, Starn seguía siendo dueño de sus decisiones. Nada lo obligaba a ayudar a Aidne. Salvo su amor por ella.

La tercera jornada preveían terminar la excavación. Starn no había perdido las fuerzas. Esquirlas de roca saltaban con cada golpe, con afán de perderse en los revoltijos de su mente embrollada. El hoyo era enorme y profundo, y pronto tendrían que detenerse. De pronto, al descargar el pico, empezó a brotar agua, para su desconcierto y el de los demás. Al principio sólo fue un fino hilo, pero no tardó en ensancharse, en convertirse en un auténtico surtidor que llenaba el socavón.

–¡Rápido, todos fuera! –ordenó.

Los hombres se apresuraron a obedecerlo. Pero las paredes eran resbaladizas y no era fácil trepar por ellas. A algunos les costó más que a otros, y Starn tuvo que ayudarlos desde el fondo. Al final, sólo quedó él, y para entonces el agua ya le llegaba a la cintura. Tenía las manos y los pies mojados, y no lograba auparse. Se estaba acumulando tanto barro en el fondo que le anclaba los pies e impedía que pudiera flotar. Si no hacía algo, acabaría por ahogarse.

Tenía el pecho casi cubierto cuando alguien, atado con una cuerda, se descolgó por el agujero y le tendió la mano. Partolón estaba allí, recuperado en apariencia, con una mirada decidida. No se lo pensó mucho, tomó el brazo extendido y permitió que los auparan a ambos. Los brazos de los partolonianos vencieron la resistencia del fango.

Cuando recuperaron el resuello, los ojos se dirigieron hacia aquella nueva masa de agua recién nacida. Aquel suceso sirvió para sacar de su dolorido mutismo a Partolón, que vio en aquello una señal propiciada por la misma Lerna. La pasión lo poseyó de nuevo. Exaltado, levantó el brazo y bramó bien fuerte, haciéndose escuchar:

–¡El lago de Rudraige! ¡He aquí un nuevo signo! ¡Lerna ha llorado por mi hijo y ha creado un lecho de lágrimas! ¡Y yo no necesito más para saber que nuestra causa es justa, y éste nuestro hogar! ¡Esos malditos fomorianos sabrán cuán poderosa es la ira de los hijos de Lerna! ¡Venganza!

–¡Guerra! –lo siguió Acasbel.

Arrastrada por la intensidad de la plática de Partolón, la muchedumbre pronto acompañó los aullidos con gritos que demandaban tanto una cosa como la otra. Sólo Starn se contuvo del éxtasis general.

La tempestad estaba sobre sus cabezas, y no había dónde refugiarse.

21

Cuando las aguas dejaron de manar se llevó a cabo el rito funerario por Rudraige. Ante la nueva situación quedaba claro que no se le podía enterrar donde habían pensado, así que se ideó algo nuevo: construyeron barcas, y en una de ellas acomodaron el cuerpo sin vida del príncipe.

La extraña procesión navegó hasta el centro del nuevo lago. En la principal de las barcas, velando al cadáver hasta el último instante, navegaba la familia real. Las niñas lloraban, y Aidne más que ninguna, abrazada siempre a Starn; Slanga seguía inconmovible, tanto que algunos decían que había caído en un trance del que jamás escaparía; Laiglin, por su parte, apretando con saña la empuñadura de su espada, refugiaba el dolor mediante la ira.

Y luego estaba Delgnat. Incluso Partolón se conmovió por ella. Le pareció que había perdido la vitalidad, el ansia de seguir respirando. Macilenta, marcada por las ojeras y sin un ápice de color en el rostro. Sin el aderezo del carmín ni el toque de sus perfumes daba la sensación de ser una simple campesina. Durante aquellos días habían sido las criadas quienes la vistieron e incluso la alimentaron. No existía voluntad alguna en su interior.

Ya en el medio del lago, el mismo Partolón tomó una vez más en brazos a su primogénito. Lo posó, con amor absoluto, sobre las aguas, pero no dejó todavía que se hundiera. Quería decir algo, una despedida que albergara sus sentimientos, esos que siempre le costaba tanto manifestar cuando se alejaban de la rabia. Sin embargo, las palabras no eran su fuerte, así que ninguna surgió. Sólo el llanto.

Una voz se elevó. Pura y poderosa, acompañada del trinar de una lira y el gorjeo de un mirlo. Starn tomó como suyo el dolor de su hermano y permitió que la música lo hiciera canto. Fue, una vez más, el verbo de su pueblo.

Sobre Lerna, de los más bellos tonos,
como yo relato fundado en estos ojos,
hallamos en estas llanuras y picos
apenas dos lagos antes de nosotros.

Dos, sólo uno bello,
y nueve ríos ciertamente espléndidos;
torrentes con aguas creadoras de canto,
de brillante color albo.

Muchos lagos surgirán, percibo yo,
famosos serán sus nombres, dignos de admiración,
brotarán en los valles, bajo las cimas de los cerros,
cuando llegue el tiempo, en la Lerna interior.

Pero ninguno será tan sagrado como éste,
ninguno como el que guarda al buen Rudraige;
él, que murió orgulloso en baluarte
de Partolón, su padre.

No hubo alma que no se conmoviera ante la belleza de aquella canción. Partolón irguió de pronto los hombros, y todo su cuerpo se estremeció, inundado de un repentino sentimiento de orgullo hacia su primogénito. Levantó la vista, realizó un ruego a la Diosa y al magno Posidón para que guiaran el alma del chico hasta la morada donde ahora vivían sus padres. Ellos cuidarían de él.

Al volver su mirada al mundo, advirtió una figura que observaba desde el otro lado del lago, el opuesto a la ciudad. Reconoció la figura medio encorvada, apoyada en el cayado, así como los hábitos blancos. Bacor. Al principio se enojó al volver a verlo, pero entonces entendió que el anciano había acudido a dar su adiós a Rudraige. Y consintió, comprensivo por una vez. Él también había amado al muchacho.

Todavía sujetando a Rudraige para que no se hundiera, pues le habían atado piedras para ello, le dio un beso en la frente.

–Te libero de la vida y sus miserias. Duerme, mi querido hijo. Duerme y sueña conmigo.

Y entonces lo soltó. Una punzada de miedo lo invadió, haciéndose con su voluntad, mientras veía descender el cuerpo. Plácido, con los brazos atados sobre el pecho, Rudraige, hijo de Partolón, hijo de Sear, se perdió en la oscuridad de las aguas.

Y allí mora todavía, mi buen amigo. Imperecedero a las eras del mundo.

* * *

Aunque Partolón ardía en deseos de marchar contra los fomorianos, una partida de guerra no es algo que se pueda improvisar con un chasquido de dedos. Suponía una tarea monumental, que sin embargo se tomó con los ánimos encendidos. El sentimiento de venganza era compartido por casi todos, más fuerte en los corazones de las familias que habían perdido a sus padres, esposos, hermanos o hijos...

Se talaron más y más árboles, con cuya madera prepararon lanzas, escudos, arcos y flechas. Babal tuvo que partir apresuradamente hasta la isla Alba, donde a lo largo de los años había establecido contactos mercantiles, en busca del estaño que precisaban para forjar las espadas de bronce. Nadie quedó ocioso; hasta las mujeres y los niños participaron, confeccionando flechas o preparando las raciones que el ejército llevaría consigo. Los curtidores dejaron las pieles a remojo en los aceites que las endurecerían, convirtiéndolas en el cuero que habría de formar parte de las armaduras de los guerreros. El tronar de los martillos de los herreros llenó Hija de Cnosos en esos días.

Aquel ajetreo henchía de orgullo a Partolón. Veía a su gente volcada en un mismo objetivo y sentía que ahora estaban unidos. Pensó, incluso, que de ahí surgiría algo grandioso, una nueva era de gloria y esplendor. No aceptaría menos, pues sólo eso estaría a la altura del sacrificio de su hijo.

No hubo, como te digo, muchos momentos para el descanso, el solaz o la discusión que no estuvieran orientados a establecer las estrategias de la guerra. Pero, en uno de ellos, Starn pidió audiencia con su hermano. Al principio pensó en negarse, pues intuía que trataría de nuevo de convencerlo de que se olvidara de la lucha. Sin embargo, el sentido canto que le dedicara a Rudraige había sido tan hermoso que creyó que al menos le debía ese gesto. Aun así, se lo dejó claro desde el primer instante.

–Si vienes en busca de un cambio de parecer por mi parte, ahórrate el esfuerzo.

–No vengo a ti por eso –le dijo, circunspecto–. Entiendo que, tras lo ocurrido, sólo existe ya el camino del horror. He aceptado, con resignación, que nuestra vida o nuestra muerte está en tus manos.

–¿Qué quieres de mí, entonces?

–A Aidne. Quiero tomarla como esposa.

La petición fue tan imprevista que Partolón apenas si acertó a parpadear, asombrado.

–¿A mi hija? –boqueó, al cabo de un momento–. No... no lo entiendo. Sé que ella siente adoración hacia ti, pero tú nunca has mostrado interés en ese sentido. Bueno, ni por ninguna otra mujer.

–Todo ha cambiado, ahora.

El rey lo escudriñó con calma, tratando de discernir en la expresión de su pariente si esas palabras significaban lo que creía. Nunca se había mostrado como un hombre especialmente sagaz, pero tampoco era estúpido.

–Es por Laiglin, por supuesto –sentenció Partolón–. Temes que él no se comporte bien con ella. Tratas de protegerla.

Starn, más sumiso de lo que lo recordaba, se limitó a asentir. El monarca levantó las posaderas del trono y dio un corto paseo por la sala.

–Sí, mi hijo es... complicado. También yo puedo verlo. ¿Pero de verdad crees que le permitiré que la maltrate?

–Hay daños que, encerrados en la privacidad del hogar, no se advierten. En cualquier caso, Aidne jamás será feliz ni con él ni con nadie. Sólo conmigo. Me ofrezco en sacrificio para asegurar su bienestar.

–¿Y qué pasa con tu amor hacia Lerna?

La mención a su esposa fallecida fue como hundir una daga emponzoñada en su pecho.

–Tú mismo lo dijiste: tengo que continuar con mi vida. Aidne es el más hermoso e inocente de los corazones de Hija de Cnosos. No concibo destino más grandioso al que consagrarme.

A Partolón se le escapó un suspiro. La cabeza le dolía de tantas preocupaciones. Nunca, jamás terminaban los imprevistos, los problemas que atender, las decisiones que tomar. ¿Por qué no podían dejarlo reinar en paz? Era aquélla una de esas ocasiones en que todo rey se siente hastiado, hasta el más comprometido.

–Laiglin se lo tomará como un desplante.

–Puede tener a cualquiera de sus hermanas.

–¿Es que ellas no merecen ser protegidas?

–Sólo tengo un cuerpo. Si crees, como yo, que deben ser resguardadas de su temperamento volátil, tendrás que intervenir directamente.

El rey levantó los brazos para cortar la discusión.

–Ofréceme algo más, hermano. Algo que no pueda rechazar.

Starn frunció los labios y, acto seguido, se arrodilló.

–Permíteme a Aidne y juraré aquí mismo que iré contigo a la guerra. Nunca más volveré a oponerme a tu voluntad.

Aquello todavía lo sorprendió más que la propuesta. ¡Starn estaba renunciando a su libertad! De algún modo, era como convertirse en un esclavo absoluto, para siempre.

–Levanta, pues llevas sangre real y resulta indigno que te humilles de ese modo, incluso ante tu rey –le pidió Partolón–. Está bien. Veo que tu convicción es poderosa. Tomo tu palabra, y a cambio te ofrezco lo que deseas: mi hija mayor, princesa y luz de Lerna, será tu esposa.

Todo había sido dicho, pues. Y así fue cómo mi padre renunció a sí mismo en virtud del amor. Aunque no fuera el que él hubiese deseado.

22

Junto al lago del Aprendizaje, Bacor había preparado un altar debajo del roble más vetusto, el único del cual pendía muérdago. No era más que el tocón de un árbol desraizado tiempo atrás, pero no se le ocurrió lugar más adecuado para oficiar la ceremonia.

Allí se celebraría la boda entre Aidne y Starn. En la intimidad del bosque. Sus únicos invitados serían de corteza y hojas, testigos silenciosos cuyo juicio sería más crítico que el de cualquier criatura de carne, o así se lo pareció al novio. ¿Cómo es posible que la hija de un rey y el hermano de éste contrajeran nupcias de este modo? Sin una ceremonia fastuosa o la presencia de padres, familiares e ilustres; sin un gran banquete, donde corriera el vino y la carne asada.

Pues bien, aquél había sido el deseo expreso de Partolón. Quién lo diría, ¿verdad? Y por una vez sus razones eran sensatas: con la guerra a la vista, el régulo no deseaba que nada enfriara los ánimos o creara disensiones. Lo temía, por parte de Delgnat, aunque ésta no mostrara interés en alejarse del borde del nuevo lago, donde seguía velando a su hijo muerto, y, sobre todo, por Laiglin, que tampoco sabía nada del casamiento. Lo necesitaba centrado en la próxima batalla.

–Os casaréis en secreto, y sólo lo anunciaremos cuando regresemos –les ordenó.

Ambos aceptaron, qué duda cabe. En primer lugar, porque Starn también prefería que el asunto no tuviera trascendencia. Aidne, por su parte, estaba en una nube. Toda la pena que durante días la había mantenida traspuesta de pronto se desvaneció, pues iba a cumplirse su sueño más anhelado. Cuando él se lo pidió, tan dulce y sentido, creyó que se había introducido en alguna fantasía, pues era demasiado hermoso para ser verdad. Pero lo aceptó, de inmediato, y la emoción estalló en llanto. Aunque supiera que lo hacía por protegerla y no porque la amara.

–Me entregaré a ti –le dijo, como respuesta–. Y trataré a partir de ahora de ganarme el derecho a que me veas como mujer, a ser digna de ti.

–Soy yo quien jamás estaré a la altura de lo que mereces, y por ello te pido disculpas.

Aidne apareció bajo el marco de la puerta, en la cabaña de Bacor, donde se había arreglado. Un vestido sencillo, apenas un velo de seda; sin ornamentos, salvo el broche que él le había regalado. Cerraba la tela por la parte de arriba, dejando a la vista el nacimiento de sus pequeños senos. Y aun así estaba bellísima. Starn, que la esperaba al final de la pasarela, quedó embelesado. Que su corazón estuviera con Lerna o con su nueva manifestación, Tara, no era impedimento para que fuera consciente de semejante evidencia.

De pronto bajo un hechizo, se limitó a tenderle la mano cuando ella llegó a su altura. Con la otra tomó la esbelta cintura, llevándola casi en volandas hasta donde esperaba Bacor. ¿Quién sino él podía oficiar el compromiso?

Ya frente al anciano, éste ató sus manos con una prenda, que cuando se separaran por cualquier razón deberían partir en dos y llevar consigo. No era aquélla una ley cretense, sino fruto del propio Bacor.

–El bosque os recibe con agrado. A ti, Aidne, hija de Partolón, hijo de Sear, y a ti, Starn, hijo de Sear –comenzó a recitar–. Venís a mí movidos por el amor, con la intención de prometer que permaneceréis juntos, tanto tiempo como lo deseéis. Pues si algo nos enseña esta tierra es que la vida es cambio, y no es prudente extender juramentos que van más allá. Así que construid la dicha entre ambos para que evitar que este compromiso se marchite.

La muchacha se quedó mirando a Starn, quien vio su tierna intención: quería alcanzar las profundidades de su inminente esposo, acceder a lugares remotos que sólo una persona antes había logrado tocar. «Pobre niña», pensó, creyendo que jamás lograría semejante objetivo. Sin embargo, el solo hecho de intentarlo con tanta sinceridad bien merecía que él se ofreciera por completo, sin importar sus verdaderos sentimientos. Los apretaría, los comprimiría hasta esconderlos en algún rincón, donde no enturbiaran la alegría que juntos pudieran construir. Al fin y al cabo, ¿no tenía también él derecho a ser feliz, después de tanto como había sufrido?

–Seré tuya mientras me quieras a tu lado, mi amado Starn –le dijo la chiquilla, con los ojos húmedos y los labios temblando de emoción; su nombre en ellos le sonó extraño, pues hasta el momento siempre lo había llamado «tío»–. Y, cuando no sea así, no seré de nadie más, pues sin ti no tendré amor alguno que entregar, ni hombre a quien desear ofrecérselo.

Él sostuvo la mano de Aidne contra su mejilla, sintiendo por primera vez un ramalazo de pasión carnal. Quizá desear amarla con tanta sinceridad empezaba a hacerse realidad.

–Eres tan bella y dulce, el tesoro más valioso que ha nacido en Lerna. –Se obligó a no pensar ni un instante en la denominación que él mismo le había dado a la isla, que ahora comprendía que también podía tener un regusto amargo–. Jamás he conocido pureza como la tuya, y deseo protegerla de todo mal, de todo dolor. Ésa, ésa es mi promesa, la misma que siempre, consciente o no, he tenido presente hacia ti.

Aidne se enjugó las lágrimas con la mano, a pesar de que Starn no había hablado de amor. Él no podía insultarla con una mentira, y la muchacha se lo agradeció con una sonrisa. El resto llegaría, o no llegaría, pero el esposo cumpliría con cuanto se esperaba de su condición. No sería como Partolón.

–Así pues, quedáis atados por vuestros votos. Sed consecuentes con ellos, pues la tierra, el bosque y el cielo son guardianes de las promesas.

Bacor los condujo orilla arriba, alejándolos de la cabaña. A una distancia prudente para la intimidad, había una construcción con forma de cuenco al revés. No muy grande, la puerta sólo era una cortina y dentro ardía un pequeño fuego cuyas volutas de humo escapaban por un agujero. Un lecho perfumado con las hierbas de la fronda los esperaba.

–Consumad vuestro enlace, y de este modo seréis esposos a ojos de dioses y mortales. Ni siquiera ellos podrán romper esta unión.

El sabio los dejó solos. Aidne se puso entonces a temblar como un cervatillo asustado. Starn comprendió su miedo ante la perspectiva de yacer juntos, de ser desflorada. Sólo iban a tener esa noche antes de que él partiera, al amanecer, con Partolón y el resto del ejército. Sin embargo, no quería forzarla. Le acarició el rostro antes de hablarle con ternura.

–No debemos hacer nada si no te sientes preparada.

–El coraje es vencer los miedos. Y yo los venceré por ti –respondió ella, sabiamente.

Starn la llevó dentro. Suavemente, con delicadeza, la fue desvistiendo. La acarició, la besó mucho, y Aidne se dejó hacer. Le ardía la piel, se le escapaba el resuello ante los roces de los dedos de su amante.

–Relájate –la animó.

–Me siento culpable. Mi hermano acaba de morir. ¿Qué derecho tengo a sentirme feliz?

–Todo el del mundo, mi niña. Todo el del mundo.

–Llámame «mi amor», por favor. Deseo serlo de verdad.

Acercó los labios a su oído y, tras apartarle el pelo, se lo dijo, arrancándole el mayor de los suspiros.

–Mi amor...

La tendió en la manta calentada por la fogata. Entonces, al contemplar el rostro bañado por las llamas, a Starn le pareció que Aidne ya no era Aidne. Otra faz, otros ojos y otra boca. Lerna. Y Tara. Eran ellas, estaban allí. Se habían introducido en la chiquilla y le sonreían, lo animaban a continuar. Fue la confirmación que había soñado: estaba haciendo lo correcto, no traicionaba a nadie.

De este modo, fue él quien primero perdió el miedo. Y entonces brotó el deseo. Su carne de pronto necesitaba la de ella, tres y una al mismo tiempo. Cuando al fin la penetró, no lo hizo con la delicadeza que había planeado, pues de pronto se sintió poseído por un frenesí intenso. Fue incapaz de contener un gemido que contenía tres nombres de mujer.

–Mi amor... Aidne... Tara... Lerna...

Ella no se quejó ni una sola vez por tener que compartir a su esposo.

23

Cuarenta jinetes y casi doscientos hombres a pie partieron a la mañana siguiente, en cuanto asomó el sol. La despedida fue grandiosa, pero corta, pues Partolón ya no podía soportar más la espera. Las esposas se despidieron de sus maridos y también de los hijos que ya tenían edad para manejar la espada o la lanza. Aidne y Starn tuvieron que apartase de la muchedumbre para esconder las muestras de amor de su recién inaugurado matrimonio. El rey, el único que conocía el secreto, los vio ocultarse tras la encina junto a la fuente de la plaza. Cuando regresaran tendría que afrontar la decisión que había tomado con respecto a ellos. Rezó para que, con la victoria en la mano, no hubiera conflicto.

Poco después marchaban a través del valle, hacia el norte, bordeando el bosque en torno a los dos lagos, el viejo y el nuevo. Al ver las aguas que ahora guardaban a Rudraige, su convicción se fortaleció todavía más. Repararía la afrenta con sangre fomoriana, les haría pasar por lo mismo. Más aún, sólo un final le parecía aceptable: exterminarlos a todos, especialmente a los hijos. Era un pensamiento horrible y sin duda reprobable. También, sin embargo, comprensible. La cordura de un padre se desvanece sin remedio cuando le arrebatan el fruto de su carne. A Partolón, además, lo amparaban las únicas palabras que le había dirigido Delgnat antes de marchar, las primeras desde que se escondiera en aquel luto que ya no abandonaría nunca.

–Mátalos, sin excepción alguna. Que no quede ninguno con vida. Prométemelo.

El rey lo hizo, por supuesto. Y ambos supieron que aquel juramento no sería roto.

* * *

Durante las primeras horas, Starn obsequió a las tropas con la música de su lira. Finas y esbeltas, dulces, las notas danzaban en el aire y animaban los corazones. Sin embargo, aunque no hubo palabras en la interpretación, en ocasiones Partolón percibía pasajes empañados de cierta tristeza.

Aquello lo molestó, pero no dijo nada a su hermano. En lugar de ello, apremió para que la partida marchara más rápida, hasta que Starn le aconsejó volver al sosiego. Alegó con sensatez que hombres y caballos debían llegar descansados a la batalla, sobre todo estos últimos.

–Los fomorianos son muchos más que nosotros, nos abruman en número –comentó–. Sin embargo, no tienen monturas, y ésa es nuestra mayor ventaja. No debemos desaprovecharla, si pretendemos vencer, sólo por arribar a nuestra meta un día antes.

Partolón lo aceptó a regañadientes. A partir de entonces cabalgaron rápido durante la mañana, aminorando de tanto en tanto para no extenuar a los animales y a quienes viajaban a pie. Tal y como la experiencia de Starn como explorador señalaba, se detenían a mediodía para dar un respiro a las monturas y a los jinetes. Tras una parca pero reconfortante comida, continuaban el viaje, ya sin forzar a las bestias. En cuanto el sol amenazaba con esconderse más allá del mundo, buscaban un lugar propicio, comían y descansaban, sin desprenderse siquiera de sus armaduras y con las armas cercanas, hasta el retorno del astro rey. Apenas éste asomaba, saltaban a los caballos y continuaban.

Donde Partolón no admitió variación alguna fue en el plan que había dispuesto para enfrentarse a los fomorianos. Tampoco es que hubiera trazado una gran estrategia, pues nunca fue un líder de mente privilegiada para lo militar. Su idea era llegar hasta la aldea del enemigo a la carga y arrasarla sin contemplaciones, sin permitirles siquiera saber quién ni cómo había caído sobre ellos. Serían implacables, ésas eran las órdenes.

–Ninguna de esas bestias debe sobrevivir.

La mayoría lo aceptó con gritos de euforia, pues compartían la ira de su rey. Sólo Starn, y en menor medida su amigo Afestes, respondieron con una escueta inclinación de la cabeza, acompañada de un gesto apesadumbrado.

★ ★ ★

Faltaba poco para llegar. El sol aún estaba bajo y el ejército del rey recorría la zona de Ailech, como antes lo hicieran Starn y sus compañeros. El lago que daba al mar estaba a la izquierda, y seguían su contorno por terreno húmedo y fangoso. Aquel lugar, Mag Ithe, con el tiempo, será escenario de grandes batallas...

Y la primera estaba a punto de desatarse.

De repente, se escuchó un fuerte aullido, más de bestia que de hombre. Partolón y sus hombres detuvieron la marcha, desconcertados, pues no veían enemigo alguno alrededor. El espanto inicial creció sin límites cuando del fango emergieron unas criaturas abismales. ¡Eran auténticos monstruos! Brotaban de la tierra como muertos resucitados de sus tumbas. Y había tantos que pronto los rodearon.

¿Cómo no iban a echarse a temblar, a pesar de todo el ánimo inicial? Esperaban enfrentarse a salvajes, sí, pero hombres al fin y al cabo. Y ahora, en cambio, se veían acorralados por auténticas abominaciones. Los caballos piafaron, inquietos, y los parolonianos estaban paralizados de miedo..., hasta que su rey desenvainó la broncínea espada, enarbolándola como una bandera. Ardía un fuego en su interior que lo protegía de tan aterradora visión.

–¡Arriba vuestros corazones, hijos de Partolón! –bramó–. ¡Apartad vuestro miedo! ¡Que no os engañe su aspecto, sólo son brutos sucios de barro!

Como si despertaran de un sueño y comprendieran que éste no era más que una tonta pesadilla infantil, los soldados dejaron de temer. Advirtieron que su caudillo tenía razón: aunque de aspecto horrible, no eran más que hombres chorreando fango que habían esperado agazapados bajo el barro con el afán de sorprender a sus enemigos.

–¡Blandid las armas hasta una victoria venturosa! –les pidió el rey.

Restallaron los cuernos, otra vez. Los cuernos que representaban la voz de Posidón. El Dios Cornudo habló sobre la llanura de Mag Ithe.

Su dictado fue la muerte.

24

«Han dispuesto vigías a lo largo de la ruta que lleva al norte», pensó Starn, cuando vio aparecer a los fomorianos. Estaba claro que, tras lo ocurrido con la comitiva diplomática de Partolón, esperaban represalias. La estrategia dejaba bien claro que no estaban ante bárbaros sin raciocinio, como su hermano y el resto se empeñaban en creer. De hecho, el aspecto que habían asumido, terrorífico, era otra estratagema. Y muy efectiva.

Ya no cabía la posibilidad de evitar el enfrentamiento. Starn había albergado la esperanza de propiciar un encuentro entre el rey y sus iguales, Lot y Ciogull. Tal vez, creía, si lograba que ambas partes conversaran las cosas pudieran arreglarse. Una ilusión muy tenue, en realidad, pues la muerte de Rudraige impedía cualquier acuerdo. Ahora quedaba claro que únicamente quedaba el camino de las armas, aquel que no permitía vencedores, sólo vencidos.

Starn casi no podía creer que aquella gente fuera la misma con la que había convivido semanas atrás. ¿Cuáles eran los disfraces, los que vio entonces o esos atavíos horribles con los que les presentaban batalla? Ambos, por supuesto. Sabía mejor que nadie que hasta del hombre más amable puede brotar la crueldad cuando se ve desesperado por defender a los suyos, por ofrecerles venganza. Él mismo lo había experimentado cuando falleció Lerna.

Una vez superado el miedo gracias a la arenga de Partolón, las tropas actuaron con diligencia. El rey mandó formar cuatro frentes, uno de ellos a su cargo y los otros al de Acasbel, Afestes y el propio Starn. Los fomorianos los atosigaban por vanguardia y retaguardia, y además dos nuevas hordas llegaban por los flancos. Por la izquierda surgían del mismo lago, como una plaga de langostas. Unos ochocientos habría, como poco.

–¡Hija de Cnosos! –exclamó el monarca, y azotó a su montura para lanzarse a la batalla.

Todos lo imitaron. Los infantes que marchaban a pie formaron una barrera para contener a quienes venían del lago y del otro lado mientras la caballería se encargaba del resto. Starn y los suyos se abalanzaron sobre quienes los atosigaban por la parte posterior. Las lanzas que hendían desde la altura ventajosa que proporcionaban los corceles, junto con las embestidas de éstos, causaron estragos entre los fomorianos.

Rodeado ya de enemigos, el hermano del rey advirtió horrorizado que entre ellos también había mujeres. Guerreras valientes que se atrevían tanto o más que cualquier hombre, que no retrocedían ni cuando tenían el bronce rival a un palmo de sus rostros. Resultó ser otra táctica muy efectiva, pues los partolonianos dudaron a la hora de enfrentarse a las muchachas. El mismo Starn mostró reparos a la hora de descargar su lanza. A pesar de lo que le había dicho Lot, temía que cualquiera de ellas pudiera ser Tara. Así que, en la medida en que se lo permitían aquellas formidables contendientes, se limitaba a desarmarlas y dejarlas inconscientes.

El combate siguió hasta sumirse en esa confusión tan habitual que siempre, sin excepción, acaba por adueñarse del campo de batalla. Llegó el momento en que unos y otros estaban tan apelotonados que los partolonianos fueron ya incapaces de cargar. Starn vio cómo un grupo de muchachas derribaban del caballo a uno de sus hombres y lo acuchillaban en el suelo. Ni siquiera pudo llegar a su lado para ayudarlo.

Trató de hacerse espacio en torno a él, de reagrupar al grupo. Con la lanza marcó un perímetro a su alrededor, sin permitir que ningún enemigo lo traspasara. Pero ningún compañero llegó hasta él y, en algún momento, un hacha quebró el fuste del arma. Llanura se encabritó, y casi lo arrojó al suelo. El animal, surcado de heridas, resistía con la lealtad del más fiel de los amigos. Starn se dijo que también le debía el mismo trato, así que, advirtiendo que ya los caballos servían de poco, descabalgó.

–Vete, compañero –le dijo–. Regresa a la pradera, lejos de esta barbarie, y vive.

Le palmeó los cuartos traseros y la bestia relinchó. Con la cabeza acarició el costado a su jinete, y luego emprendió un poderoso trote. Se abrió paso sin piedad, aplastando a cuantos se encontraba, hasta que fue sólo un borrón en la distancia.

Una garrocha le rozó el cuello, sacándolo de su estupor. Starn se echó a un lado, al tiempo que desenvainaba la espada y luego, balanceándola, desvió el arma enemiga antes de que se clavara en su pecho. Recuperada la iniciativa, encaró al guerrero fomoriano que trataba de matarlo. Mi padre descargó la espada en un mandoble que se hubiera hundido en la cabeza del joven contrincante –no debía contar ni con quince primaveras–, si éste no hubiera ladeado la cintura. Aun así, la hoja de bronce siguió su trayectoria y le cortó la oreja, hiriendo de paso el hombro. El muchacho olvidó entonces el peligro, roto por el dolor, y cayó al suelo aullando como una bestia. Con gran pesar de su corazón, Starn ahogó su sufrimiento dándole muerte.

Tuvo un momentáneo respiro entonces, breves suspiros en realidad, pero que le permitieron escudriñar la confusión reinante. Las armas danzaban aquí y allá; unos gritos buscaban una pizca de coraje y otros prometían muerte, y luego estaban aquellos que la anunciaban con dolor y miedo. Los últimos se le antojaron los peores, tan dolorosos, injustos y crueles que tentado estuvo de dejar caer el arma y salir de allí corriendo, como lo había hecho Llanura. No podía saberse quién tenía ventaja, si los partolonianos o los fomorianos, pues reinaba el caos.

Hasta que reparó en ella. La reina Lot. Estaba allí también, comandando a las bravas mujeres. Era su capitana y la mejor de todas ellas, una furia desatada a la que nadie podía enfrentarse y salir con vida. Llevaba el rostro cubierto de tintura blanca y fango oscuro. Parecía una diosa, la diosa de la muerte. Cuando reparó en Starn, olvidó cualquier otro rival y se dirigió hacia él con la furia tiznando su rostro.

–¡Traidor! –le gritó, haciéndose oír por encima del fragor de la batalla, señalándolo con la lanza–. ¡Confié en ti y nos traicionaste!

–¡Intenté evitarlo! ¡Juro que no he dejado de buscar una solución a esto!

–¡No con suficiente ahínco!

Ahí murieron las palabras. Entre aullidos, Lot se precipitó al combate. Starn se asombró de la audacia y la poderosa arrogancia de la reina. No porque fuera una mujer, sino porque la había conocido contenida y amable. Sin embargo, incluso entonces, en el poblado fomoriano, había visto en su interior un fuego agazapado, unos rescoldos esperando ser avivados. Ahora esas brasas se habían convertido en un incendio terrible: su lanza relucía cada vez que danzaba entre sus manos; las piernas, tan resistentes como la del varón más entrenado, se movían en zancadas tan poderosas que parecía que nada en el mundo podría detenerla; la larga trenza en la que se había recogido el cabello se balanceaba, como los flecos de una bandera.

El grito de carga fue aterrador. Plena de ímpetu, alanceó a Starn, buscando su pecho. El partoloniano apenas pudo deslizar el cuerpo a un lado para evitar el golpe, pero Lot balanceó el fuste hacia atrás y hacia abajo, logrando rozarle de soslayo el muslo, con la punta. Le rasgó la túnica y le arañó la piel. Su furia era incontenible. Contrastaba con el desconcierto de él, incapaz de ver un enemigo en la reina fomoriana. Su voluntad estaba quebrada por la culpa. ¡No deseaba combatir con ella, y mucho menos dañarla! Así que se mantuvo a la defensiva, un embate tras otro, esquivando, deteniendo golpes, retrocediendo.

Nadie los molestó, en eso fue afortunado. Lot lo había elegido como rival y ninguna de sus guerreras osó interponerse en el combate. En cuanto a los partolonianos..., había enemigos de sobra para cada uno de ellos.

Starn poseía la habilidad para hacer que aquel enfrentamiento se prolongara y resultara imprevisible, pero no el ánimo. La reina se arrojó sobre él de nuevo, con la hoja de la lanza hacia abajo, de tal modo que salvó la línea de defensa horizontal que el hombre había formado sujetando su fuste con ambas manos. Las varas quedaron entrelazadas. Starn, que había esperado un impacto frontal, no pudo evitar que Lot le arrancara el arma de las manos al estirar la suya hacia atrás. La mujer le dio un puntapié en el estómago, y cayó de espaldas.

Lo siguiente fue el talón contra las costillas, inmovilizándolo y señalándolo con la lanza. Había perdido, y ahora estaba en manos de su enemiga.

–Se acabó, hijo de Sear.

–Terminadlo, pues, mi señora. Pues tenéis razón, he fallado a todo el mundo: a mis padres y a mi esposa no los pude salvar; a mis dos hermanos fui incapaz de mantenerlos unidos; a la reina Delgnat jamás la valoré como merecía; a Bacor y a mi querida Aidne tendré que abandonarlos, y más he contrariado a mi pueblo, por no hallar el modo de evitar el destino al que están abocados. Terminadlo, sí, y permitidme regresar con mi Lerna.

Lot echó atrás el brazo armado. Iba a descargarlo. Hacerlo habría cambiado esta historia en modos que no logro imaginar. Sin embargo, la reina de los fomorianos no estaba vacía de emociones. Dudó antes de descargar el golpe. Quiero creer que se sintió compadecida por el dolor de aquel hombre que asumía su derrota con estoicismo. O tal vez creía que todavía no había llegado su hora y que ella no debía ser quien decidiera en contra.

Bajó la lanza hasta rendirla. Y apenas lo hizo, su cuerpo se convulsionó violentamente, al mismo tiempo que los ojos se le abrían hasta el infinito. El vientre le estalló con violencia, dando paso a una punta de bronce manchada de sangre.

–¡No! –gritó Starn, horrorizado por la imagen–. ¡No!

Sin embargo, estaba hecho. La recia y aun así bella figura de Lot se desplomó, y él se apresuró a recogerla entre sus brazos. Sólo entonces pudo ver el artífice de la desgracia.

–Afestes..., ¿qué has hecho? –gimió, llorando.

–Iba... Iba a matarte.

Pero Starn ni siquiera le respondió. Acunaba a Lot mientras trataba, en vano, de contener la hemorragia por la que se le escapaba la vida. De pronto se encontró con los dedos de ella acariciándole el rostro. Contempló en la brava mujer una sonrisa y una paz como jamás vio antes.

–No derrames... No derrames lágrimas por mí, hijo de Sear –gimió, con sus últimas fuerzas–. Pues yo me voy... Mi alma parte con alegría y sin rencores para regresar al mundo en otra forma.

Pero tú... –tosió sangre– tú te quedas con el corazón lleno de pena. Si el espíritu de la isla en verdad te eligió, me temo que el propósito por el que lo hizo... sólo llegará mediante el sufrimiento. ¡Adiós!

Mientras la batalla se recrudecía, Starn sencillamente lo olvidó todo. Se dobló sobre aquella mujer excepcional y ahogó en su cadáver un terrible grito.

Así se fue Lot, reina de los fomorianos. Valiente y orgullosa hasta el último suspiro. Algunos deformarán el pasado y dirán de ella que fue un monstruo, una diosa terrible y sedienta de sangre. Jamás lo creas.

25

Cuando al fin Starn logró levantar la vista más allá de la reina, la realidad le pareció difusa a través de las lágrimas. Una pesadilla hecha realidad. La lucha se había encrespado definitivamente. Ya no había lugar para ingeniosas estrategias, sólo cabía el combate cara a cara, crudo, sin respiro. Allá donde miraba sólo veía seres sin cordura, dementes que únicamente sabían, o podían, hablar con el lenguaje de las espadas, las lanzas, las hachas... El estruendo lo rodeó, como una tempestad de terrible poder desatada justo sobre su cabeza; la misma que llevaba tanto tiempo intuyendo y que, a pesar de sus esfuerzos, al fin estaba allí. Cerró los ojos, gritó con más fuerza mientras se llevaba las manos a la cabeza, y arreció en su llanto.

Nadie osó tocarlo mientras tanto. O el mundo se había olvidado de él o los fomorianos, al verlo sujetando el cuerpo de su señora, tan compungido, decidían perdonarlo. Un destello de cordura en la barbarie. Sin embargo, no tuvieron piedad por el resto de partolonianos. Su salvajismo estuvo a la par al de éstos. Pues así es la guerra. Tal y como Sear, el minos, dijo a su hijo allá en Cnosos. Desde que el hombre es hombre se ha alabado el honor, el orgullo de participar en una batalla. «Un hombre se curte mediante la espada», dicen muchos. Ninguna necedad mayor que ésa. ¡Ninguna! La ignorancia y la incultura son quienes nos hacen decir semejantes estupideces. No hay nada, nada que pueda ser tildado de loable en buscar conscientemente el final de otro ser.

Y todos quienes así hablan, tan estúpidos, lo entienden demasiado tarde. Cuando ven la sangre correr; cuando el suelo enfangado se tiñe con el color del vino y por doquier se esparcen las entrañas de enemigos y compañeros; cuando el bronce rival vence su defensa, de la que tanto se habían vanagloriado, y muerde la carne. Entonces, entonces lo entienden. Entonces, cuando sienten que el suspiro se les escapa para no volver. Entonces, sólo entonces, comprenden cuán frágil es la vida.

Y cuán amarga la muerte.

A pesar de que el terreno embarrado los perjudicaba, el primer ataque a caballo de Partolón había logrado abrirse paso entre las filas enemigas, en lo que al principio podía considerarse el frente de la batalla. Ahora esos límites estaban desdibujados. La mayoría de jinetes se habían visto obligados a descabalgar y luchaban espada en mano. No hubo una segunda carga, aunque para entonces los números ya estaban equilibrados.

¿Y el rey? ¿Qué hizo mientras su hermano quedaba traspuesto por la culpa? Ah, Partolón... Una furia sin fin, asesina, lo espoleaba. Parecía una fuerza de la naturaleza imparable. El enemigo lo buscaba constantemente, pues reconocían su liderazgo y ansiaban ser quienes lo derrotaran. Pero si alguien en toda aquella locura tenía un ideal que le daba fuerzas, aunque fuera enfermizo, era Partolón. Golpeaba sin cesar a cuantos se le oponían, un juez que sentenciaba a golpe de lanza. Resplandecía, se movía con precisa decisión y jamás parecía tener bastante, pues apenas acababa con un fomoriano ya buscaba otro al que matar. Cada acometida estaba colmada de un ánimo vengativo, y de sus labios sólo surgía un nombre: Rudraige. Su lucha habría sido hermosa, un baile magno, de no estar accionada por aquel celo malsano.

La suya era la única voz consciente. El resto eran gemidos y berridos de dolor; sollozos de quienes veían que el final se les acercaba y comprendían esa verdad tan certera. Poco a poco, conforme enmudecían para siempre las voces de quienes languidecían, el fragor fue acallándose. De éstos, la mayoría eran fomorianos. Habían luchado con idéntica fiereza, pero, aunque eran muchos más, al final pagaron su falta de experiencia como guerreros. Cientos de cuerpos se esparcían por el lodazal, enfangados en una masa sanguinolenta. Quienes se lamentaban eran rematados, por piedad en algunos casos, por ciega ira en otros.

Fue una masacre espantosa. ¿Ves mis lágrimas mientras te lo narro? Pues es igual cada vez que lo recuerdo. Así es la memoria absoluta, tanto un don como una maldición. Starn tampoco podía reprimir su horror. De pronto, el campo de batalla se tornó tranquilo, silencioso, salvo por el graznido de las aves carroñeras que sobrevolaban en círculos, aprestándose al inminente festín. El hijo de Sear se movió entre los cadáveres con los brazos exánimes, arrastrando los pies. Su expresión era la de la desolación absoluta. Fango, sangre y lágrimas habían formado una máscara que se agrietaba debido al rictus de pena, el único gesto que podía dibujar en el rostro.

Buscó a su hermano. En realidad, no le movía la preocupación por averiguar si estaba vivo o muerto. Nada le importaba ya, y creyó que esa abulia se mantendría en él hasta el final de sus días. ¿Qué otra cosa podría conmoverlo después de aquella jornada? Estaba equivocado, por supuesto.

Partolón y los supervivientes se reunieron fuera del campo de cadáveres. La mayoría de hombres no parecía mucho más entera que el propio Starn. Nadie con un mínimo de sensibilidad podía mostrarse incólume ante semejante carnicería, ni siquiera en la victoria. Triunfo, por cierto, que se pagó a un alto precio. De los más de doscientos hombres sólo habían sobrevivido una cuarta parte. Cincuenta, y algunos de ellos gravemente heridos. Malalech, que se había mantenido fuera de la contienda, no daba abasto tratando de salvar la vida de éstos. Saltaba de uno a otro, desesperado e impotente en algunos casos. Buenos y admirables partolonianos murieron aquel día, aunque se comportaran con salvajismo en sus últimos instantes: Soreas el Manco, Miolcu, Tulmauen... Starn se arrodilló ante el cuerpo de Megor y, aunque no le quedaban más lágrimas, se lamentó por él. Jamás volvería a escuchar su voz, tan alegre y risueña. Las vulgares bromas, los reniegos bienintencionados... Pero si algo le dolía era saber que, con el tiempo, desaparecerían de la memoria; incluso su imagen estaba destinada a desvanecerse, salvo para mí.

Sólo un puñado de fomorianos quedó con vida. Seis hombres y un par de mujeres. Y, entre ellos, Ciogull. El hijo de Lot tenía una fea herida en el vientre, pero a pesar de ello mantuvo la cabeza alta cuando un hombre lo obligó a arrodillarse frente a Partolón. Sólo desvió la mirada cuando apareció Starn, y fue para maldecirlo.

–Nunca tendría que haber dejado que mi madre me convenciera. Si te hubiera matado cuando te tuve delante...

–¿Qué ha dicho? –preguntó Partolón, que no entendía el lenguaje fomoriano.

Starn no respondió a su hermano, pero sí al caudillo.

–Vuestro destino pesará sobre mi conciencia para siempre.

–Más profundo será tu castigo, perro –le dijo, con un rencor más que justificado–. Aquí y ahora te digo que vuestro pueblo está condenado. Más que el mío. Pues nosotros regresamos a esta tierra para alimentarla de nuevo. Pero vosotros... Vosotros vais a abandonarla. Nunca seréis parte de ella.

Partolón, cuya sed de venganza todavía no había sido colmada, ni jamás lo sería, clavó la lanza en el terreno enfangado.

–Ya basta de parloteo.

Desenvainó la espada y se aprestó a sujetar la cabeza de su enemigo con toda la convicción del mundo. El broncíneo filo rozaba el cuello de Ciogull, quien, a pesar de su aspecto asilvestrado, sucio de barro y sangre, sostuvo la mirada del insigne verdugo. Nadie se atrevió a romper el momento con un mísero resuello, ni hablemos ya de una queja.

Ni siquiera Starn. Tenía más motivos que el resto y aun así contemplaba la escena sobrecogido, sumido en un estado de trance que le impedía parpadear. Sabía que debía detenerlo, presentía que las consecuencias de aquel terrible acto serían devastadoras, pero fue incapaz de reaccionar.

Sólo él lo comprendía, sólo él. La cruel verdad: que aquél era el momento, el punto de inflexión, el acto del que pendía el destino de los suyos e incluso de muchos otros, lejanos en el espacio y el tiempo. Las gratas experiencias, las penurias, cada enseñanza aprendida a través del gozo y el dolor... Todo aquello se desvanecería, quedaría reducido a una sucesión de suspiros dentro de la larga historia que conducía a ese instante. A ése, y no a otro.

Una decisión sin retorno.

A Partolón no le tembló el pulso. ¡A quién quiero engañar, viejo amigo! Lo que ocurrió entonces se maceró durante largos años. Aquel hombre había elegido su camino cuando decidió interponer el orgullo al amor, así que ahora sólo estaba siendo coherente consigo mismo. El movimiento fulgurante con el que rebanó el pescuezo de Ciogull empezó en otra tierra. Una que estaba a punto de morir, al igual que todos sus hijos.

La carne se le abrió en una línea y durante un instante pareció que quedaría sólo en eso, en un fino trazo sin consecuencias. Pero llegó la sangre, y brotó con fuerza, provocando la agonía del caudillo. Se le fue la vida al mismo tiempo que la sangre, entre ahogos. Si existe una muerte más ignominiosa que otra, aquélla desde luego estaba por encima de la mayoría. La escena era tan horrible que Starn miró hacia otro lado.

Sus ojos fueron a posarse justo en la espada de Partolón, teñida de rojo carmesí. Se quedó prendado de la sangre que resbalaba por la hoja, manchando el resto del bronce. Le pareció que era el peso del destino quien hacía descender la savia vital, acumulada en la punta, donde se formó una gruesa gota a punto de desprenderse. Recordó su visión, y supo que no había vuelta atrás. La perla roja se separó, salvando el trecho entre el bronce y la tierra. Cuando se unió a ella, en el mismo instante en que Ciogull se desplomaba...

Cómo describirlo... Me cuesta, a pesar de que lo veo con absoluta claridad. Primero llegó un repentino sofoco, que sintieron hasta los caballos que quedaban con vida. Se pusieron a pifiar, se encabritaron. Algunos incluso se alejaron al trote, llevados por una repentina demencia. Y, aunque no lo supieron hasta días más tarde, en Hija de Cnosos los toros que contenían la simiente divina de Posidón bramaron, enloquecieron, huyeron o cayeron muertos. Posidón, el Dios Cornudo.

Posidón, agitador de la tierra.

El corazón mismo del mundo se estremeció, luego de aquello. Sí, ésa es la mejor manera de decirlo. El temblor hizo palidecer a los partolonianos mucho más que la batalla recién librada. Una vibración leve, en apariencia insignificante y, aun así, terrorífica. Pues se colaba a través de los pies como si de sarmientos se tratara, arraigando en el vientre al igual que cientos de agujas. Resultaba tan enloquecedor que muchos de los hombres, que instantes antes se habían enfrentado a la muerte con el rostro bien alto, se echaron al suelo y gimotearon, socavados por el pánico.

–Empieza... ya empieza... –susurró Starn; pensó en Bacor, pero, sobre todo, en Egos el Arrinconado.

El terremoto se prolongó y ganó en fuerza. Sonaba distante, venía de tierras muy lejanas, aunque de algún modo todos los allí presentes intuyeron su origen. Presentimiento que se confirmó cuando, en la cúspide de uno de los temblores, el fuego estalló en el horizonte.

Ningún ojo humano había visto aquello antes, y muchas generaciones pasarían hasta que algo similar volviera a contemplarse: una gran llamarada, delgada y casi invisible por la distancia, pero que se elevaba poderosa en el cielo hasta alcanzar las nubes. Nadie se atrevió a respirar, hasta que un estruendo potente y siniestro los golpeó. Venía del mismo lugar que el humo y las llamas. Del sur, y también del este.

Venía de Cnosos.

Mientras los hijos de Partolón afrontaban su mayor vergüenza, Creta agonizaba. Tal y como Egos había presagiado, la antigua tierra de Tera, donde se levantaba la fastuosa Akrotiri, se retorcía como un enfermo sin salvación posible. Los montes se resquebrajaban, se abrían para vomitar el ardiente magma que corría por sus venas. Pero la agonía estaba destinada a extenderse más allá, y abrazaría a cuantas islas encontrara a su paso con una lengua de agua surgida de las violentas sacudidas y el gran colapso final. Las olas arrasarían los puertos, adentrándose en Creta hasta emponzoñar de sal arroyos y cosechas. Pronto, el veneno sulfuroso expulsado desde las entrañas de la diosa caería sobre la Casa del Hacha, y el minos Tríome sentiría arder los pulmones. ¿Pensaría en sus hermanos exiliados mientras veía sobre sí la ruina?

La profecía de Egos se apoderó de Starn, y no pudo evitar tomar la lira y cantar la más terrible de las tonadas que jamás surgió de sus labios:

¡El hijo se volverá contra el padre, y derramada será su sangre!
Traerá el infortunio y la violencia al pueblo.

¡Sobre Creta caerá la maldición!
Ningún descendiente de Minos escapará de ella, por mucho que se aleje.
El fuego caerá, los mares se alzarán hambrientos desde el norte;
el día en noche se tornará, y llegará la peste, la ruina, el hambre.

¡Caerá sobre todos, allí donde estén!
La ceniza y la sal cubrirán los campos,
la tierra se volverá tan estéril como el vientre de las mujeres.

Y así llegará el extranjero, empuñando espadas y lanzas.
Cortará la carne, aplastará los corazones, y suya será la potestad de las ciudades.
Ése... ése será el fin de los hijos de Labyrinthos.

Mientras cantaba, el cielo se tornó gris allá donde se levantaba el pilar iracundo. La mancha fue ensanchándose de forma casi imperceptible. Entre estrofa y estrofa, Starn reconoció con una despiadada frialdad lo que sólo podía ser una mortaja. Se extendía sobre el devenir de los hijos de Partolón.

Iban a morir, igual que toda la estirpe de Minos.

26

Pero el destino de los partolonianos no iba a decidirse sólo en el campo de batalla. En Hija de Cnosos estaba a punto de escribirse un nuevo y lamentable capítulo.

Al borde del lago, Delgnat seguía velando a su hijo muerto. La reina no había consentido que nadie la moviera de allí, pese a los vanos intentos de las sirvientas y las súplicas de sus hijas. Unos y otros temían que tantos días y noches a la intemperie acabaran con su salud, pero la hermosa reina se había perdido para siempre en aquellas aguas que eran tanto la tumba de su hijo como de su propia cordura. Parecía enraizada en la orilla, como un árbol cuya semilla hubiera germinado allí y ya sólo pudiera ser removida mediante la cruel hacha.

Así, amanecer tras amanecer, sus ojos inmersos en la pena se llenaban de un anhelo demente. No trataré de ahondar en la profundidad de su dolor, pues me temo que sería incapaz de hacerle justicia. Sólo otra madre lo entendería. Nadie más puede hacerlo. La pérdida de un hijo es, sin duda, la derrota más desoladora. Una sin posibilidad de revancha. Te destruye sin remedio.

Las sirvientas tenían orden de no separarse de su lado, pero era Aidne quien la cuidaba, como si la madre se hubiese convertido en hija desvalida. La muchacha, que todavía mantenía en secreto su matrimonio con Starn, se alzó por obligación en la señora del poblado. Trató los temas que le correspondían a la reina y aun así encontró tiempo para darle de comer. Con infinita ternura le ofrecía cucharadas de sopa o le introducía mendrugos de pan en la boca, como si de un pajarillo se tratara, animándola a masticarlos con palabras dulces.

Poco a poco, la reina fue convirtiéndose en un elemento más del paisaje de Hija de Cnosos. Tanto que quienes allí se habían quedado, mujeres, niños y ancianos, se acostumbraron a su presencia junto al lago y ya nadie le hizo caso. Regresaron a sus quehaceres, como mucho a penar por los guerreros que habían marchado. Olvidaron a la reina loca, que tan distante se mostrara siempre a todos.

Aidne, en cambio, no dejó de atenderla. Ordenó levantar una carpa para que el frío no hiciera estragos en ella, aunque tuvieron que dejar la lona siempre abierta para que pudiera observar la acuosa morada de Rudraige en todo momento. Sus otras hijas también la visitaban, pero eran muy pequeñas y la mayor pensó al fin que no era bueno que vieran a su madre así.

–Os dejo al cargo del resto de nuestras hermanas –dijo a Aife y Aine, que la seguían en edad–. Vosotras las vigilaréis mientras yo me encargo de nuestra madre.

Asintieron, obedientes. Las desgracias habían acabado con la infancia de quienes todavía podrían haber sido animalillos juguetones un poco más. Así es el mundo, así es la pérdida. Socava la seguridad que creíamos tener, destruye el presente y amenaza el futuro. Nos empuja al abismo.

Un abismo que estaba a punto de hacerse más profundo.

* * *

En el norte, Partolón acababa de cortar el cuello a Ciogull. Tierra y cielo respondieron a su acto cruel, temblando y estallando. Las casas se tambalearon, los objetos en los estantes bailaron y algunos incluso cayeron al suelo. Las reses gimieron como si estuvieran heridas y muchas de las bestias se desplomaron, muertas de repente. Dos de los tres toros sagrados, uno blanco y otro pardo, enloquecieron en tal medida que arremetieron contra la cerca hasta liberarse. Se lanzaron a la carrera, corneando aquí y allá cuanto encontraban a su paso, tan agresivos como doloridos, hasta que al fin se perdieron entre los bosques.

Los habitantes de Hija de Cnosos salieron a las calles aterrorizados. Y quedaron luego presos de la visión del pilar ardiente que rompía contra las nubes. Algunos, muchos, se arrodillaron para rogar a la Diosa Madre y al Cornudo que los protegiera de lo que fuera que estuviera desatándose. No pocos mencionaron el nombre de Egos.

El caos fue tal que las sirvientas dejaron sola a Delgnat. ¿Quién podría culparlas? La situación era excepcional... El mundo se tambaleaba y la bóveda sobre sus cabezas era hendida por una lanza de fuego. Durante largo rato la cordura se desvaneció en el poblado. Gritos, lamentos, llantos es todo lo que había.

Entre tanta locura, y por extraño que suene, sólo una persona mantuvo la serenidad. Precisamente aquella que menos cabía esperar. La reina salió de la tienda y contempló tranquila el fenómeno celeste. De su rostro desapareció el dolor y surgió una ligera sonrisa. Miró a su alrededor, después, y vio cómo la gente corría o se desplomaba.

–Hormigas, eso es lo que somos... –fue lo único que dijo.

Se quitó la túnica de seda. Desnuda, dio un paso hacia lo orilla, y luego otro. Sus pies se hundieron en el barro, primero; luego, en el agua. Ésta subía por su cuerpo, lamiendo la suave figura, devorándola poco a poco conforme ella misma se entregaba.

–Ya voy, mi niño. Seremos uno de nuevo.

Delgnat, reina, esposa de Partolón, dejó que el lago la cubriera hasta desaparecer. Nunca más se la volvió a ver.

Ah, viejo amigo, qué triste devenir. El único consuelo que nos queda es el recuerdo y la añoranza. Las eras pasarán, siempre lo hacen. Vendrán otros pueblos, que darán nuevo nombre a estas tierras. Espero que esta historia perdure de algún modo, y que cuando esos forasteros se asomen a la superficie oscura de la laguna de Rudraige lo hagan con una oración en sus labios. Una oración por la mujer que allí mora, una madre que amó tanto a su hijo que no dejó que la muerte los separara.

27

El regreso a Hija de Cnosos fue parco en palabras y pródigo en pensamientos funestos. ¿La victoria? La victoria no supone alivio ni alegría alguna cuando viene acompañada de señales horrorosas. No hay triunfo si tras la batalla los mismos dioses te ofrecen fuego y humo en el cielo. Partolón era la viva imagen del abatimiento general: había matado a docenas de fomorianos, blandiendo la lanza siempre con el nombre de Rudraige en los labios; pero sus ansias de venganza no se apagaron, ni con el primer muerto ni con Ciogull, el último. La sangrienta compensación que se cobró ese día, a pesar de ser generosa, no saldó la deuda. Porque nada, ni aunque hubiera acabado con cada hombre o mujer del mundo, hubiera sido suficiente.

La muerte no llena vacíos, sólo los ensancha.

Y así volvieron al poblado, con el ánimo macilento y en realidad derrotados. No resonaron los cuernos desde el interior de la muralla, y no hubo más contento que el de las esposas y madres que se reencontraron con sus parientes. En todos los que habían permanecido en la aldea se dibujaba el mismo gesto de temor, provocado por el fenómeno en el cielo y la voz de Egos en forma de temblor.

Lo ocurrido hizo más real el presagio. Starn lo supo de boca de Aidne, que fue a su encuentro entre lágrimas. Ese llanto era nuevo, y de alivio por el regreso de su esposo, pero éste advirtió que corría por un camino ya abierto en sus mejillas.

–Mi madre... –le confirmó ella, entre hipos y temblores–. Se ha ido. Ha muerto.

Starn no pudo aceptarlo al principio. Delgnat, tan bella como orgullosa... ¿Cómo podía ser que ya no existiera? Laiglin lloró como nunca lo había hecho y jamás volvería a hacerlo, quizás arrepentido de la crueldad mostrada hacia su madre. Slanga se arrebujó en los brazos de sus hermanas, desconsoladas todavía. Y Partolón... Por los dioses antiguos, jamás en mi memoria vi su faz tan blanca y falta de expresividad. La noticia lo sumió en un desánimo absoluto. El rey dejó de serlo en aquel instante, cuando comprendió, al fin y por primera vez, que Egos, Bacor y Starn siempre tuvieron razón: había sentenciado a su propio pueblo.

Lo que ninguno de ellos sabía era que dicha sentencia la había dictado años atrás, en la vieja Cnosos.

* * *

Los días se volvieron grises a partir de entonces, y no hablo sólo de una simple sensación. Una especie de velo, tan tenue que no podía distinguirse a simple vista, se instaló entre el sol y la tierra, enfriando su fulgor. Los partolonianos no lo sintieron inmediatamente, pero conforme pasaron las jornadas el clima se volvió más frío. El invierno resultó ser el peor de cuantos habían vivido desde su llegada a la isla. Muchas cosechas se perdieron, y los animales ya no parieron crías, salvo algunas demasiado débiles para servir de nada. Cuando llegó la primavera, y luego el verano, y las temperaturas apenas cambiaron, el miedo cobró fuerza sobre los hijos de Partolón.

Tanto como crecieron los temores y las preocupaciones, así decayó el ánimo en Hija de Cnosos. El rey empezó a perder interés en los asuntos de su pueblo, que eran muchos y acuciantes. Casi ni se molestaba en atender a quienes acudían a él. Se encerraba en el palacio y dedicaba las horas a beber de los barriles de cerveza y vino.

Fue ésta la razón por la que la influencia de Laiglin aumentó poco a poco, lo cual resultó no ser una buena noticia, en especial para Starn y Aidne. El hermano seguía molesto porque consideraba un desplante de su padre el haber entregado a la muchacha a otro que no fuera él. No es que la amara, pues de hecho la despreciaba como a todas las mujeres. Se trataba, como suele ser habitual, de un sentimiento de propiedad: Laiglin consideraba a Aidne algo que le habían arrebatado.

Tan enrarecido llegó a estar el ambiente para los recién desposados que Starn tomó la decisión de marchar de Hija de Cnosos para escapar de las malas miradas de Laiglin. Construyeron una choza junto al lago del Aprendizaje y se instalaron allí, con la única compañía de Bacor. Aun así, Starn cargaba con sus propias pesadillas, de las que no podía evadirse. La batalla en Mag Ithe y el fenómeno celeste pesaban en su corazón tanto que pocas fueron las veces en que se le vio sonreír a partir de entonces. Aidne se esforzó de veras en hacerlo feliz, aunque tampoco a ella le sobraba la alegría tras la muerte de su madre. En ocasiones, era él quien se obligaba a ofrecerle un gesto en apariencia feliz, aunque demasiado forzado para engañarla. Por las noches, el sueño lo esquivaba hasta altas horas de la madrugada, y sólo hacerle el amor a su esposa aliviaba un poco la amargura. Sin embargo, era siempre un acto pleno de angustia, un desesperado intento de sacarse de dentro el veneno y, por tanto, destinado al fracaso.

⋆ ⋆ ⋆

Aidne y Starn no recibían muchas visitas desde Hija de Cnosos. A veces se acercaba Afestes para hablar con su amigo, pero la relación entre ambos había ido enfriándose conforme el antiguo jefe de los exploradores caía en la misma apatía generalizada. Tras unos meses, ya sólo se acercaba Albo, y apenas porque habían acordado que le trajera alimentos y ciertos productos que necesitaban para subsistir. Fue a través de él que supo la preocupante deriva a la que se había abocado el poblado.

–Los toros sagrados no han regresado y las vacas han dejado de dar leche –le contó Babal–. Y Malalech ya no tiene con qué elaborar cerveza.

Aquellas noticias preocuparon más a Bacor y a Aidne que a Starn. El sabio llevaba todo aquel tiempo, desde el fenómeno celeste, estudiando el bosque. Había manifestado que existían señales preocupantes: las aves volaban erráticas y a destiempo, rompiendo con sus ciclos migratorios, y algunas ni siquiera se habían presentado cuando tocaba; además, el ligero descenso de la luz solar hacía que los árboles crecieran más despacio.

–No se aprecia en los vetustos robles, pero sí en los retoños jóvenes –explicó a Aidne en una ocasión–. Éstos, que como los niños deberían crecer con rapidez, ahora apenas lo hacen.

–¿Cómo es posible? –le preguntó la muchacha.

–Los árboles recogen cuanto los rodea, y eso les da forma. Son especialmente sensibles a la luz de nuestro astro, que es como un destino que alcanzar. Si ésta es menor, también lo será su crecimiento.

Llegado el verano, más frío de lo que debería, Acasbel se acercó a la cabaña con un mensaje para Starn.

–Tu hermano te reclama –le dijo, con gesto más serio de lo que era habitual en él.

–Sus asuntos ya no me interesan. Lo único que deseo es permanecer aquí, en paz.

–Éste sí te interesará. Se muere.

Entenderás que aquellas palabras tuvieran la suficiente entidad para hacerle cambiar de opinión. Starn tomó su caballo y, sin decir nada a Aidne para no atormentarla, acompañó a Acasbel.

La Hija de Cnosos que se encontró lo conmocionó profundamente. El poblado había perdido el lustre que alguna vez llegó a tener. Los arbustos crecían sin control en las calles de tierra, y las madreselvas empezaban a adueñarse de algunas chozas abandonadas, con los techos desfondados. La poca gente que vio fuera de sus hogares tenía la piel pegada al hueso, con líneas dibujadas por la mano del hambre.

El jefe de la guardia real lo condujo hasta los aposentos privados del rey. Starn se quedó sin respiración. Partolón estaba tirado en el lecho. No quedaba nada de él que pudiera reconocer. A la delgadez extrema y los escalofríos se sumaban hechos mucho más preocupantes. Tenía los labios y la nariz oscurecidos, como con gangrena por haberse expuesto a un frío intenso. Y luego, las bubas, unos tumores blandos concentrados sobre todo en el cuello, aunque Starn supuso que debajo de la túnica escondería más.

–Ah, hermano, al fin estás... has venido... –gimió, con voz tan baja que a duras penas logró escuchar sus palabras.

Malalech estaba sentado en un taburete junto al enfermo, mientras avivaba el fuego de un brasero que caldeaba la habitación. Se levantó al verlo y le palmeó la espalda, pesaroso. También Laiglin andaba por allí, de pie, recostado sobre una de las paredes, pero sólo le dirigió una despiadada mirada. Estaba claro que, de haber sido por él, Starn nunca habría sido avisado.

–Comenzó hace una semana, más o menos –le explicó el sanador entre susurros, para que el monarca no lo escuchara–. Primero fiebre y tos. Creí que sólo era un catarro, ya sabes, por estas temperaturas tan bajas. Pero cuando empezaron a salir esas llagas... Bueno, ahí supe que la cosa era grave. Es algún tipo de peste que jamás había visto antes. Le he administrado una infusión a base de corteza de sauce para aliviar el dolor.

–¿Puede hacerse algo?

El silencio fue la mejor respuesta.

–Dejadme a solas con él –pidió a todos.

Malalech asintió, y tanto él como Acasbel abandonaron la estancia. No así Laiglin, que no se movió.

–No me alejaré de mi padre en estos momentos –gruñó.

–Te avisaré si ocurre algo mientras estoy aquí, sobrino –insistió Starn.

–He dicho que no...

–Y yo digo que sí –intervino entonces Partolón, entre toses–. Márchate, hijo.

Todavía quedaba autoridad en su voz, aunque estuviera sepultada por la enfermedad. Aun así, la tez blanquecina y las llagas le daban el aspecto de un muerto más que de un vivo. Starn se acercó y ocupó el asiento de Malalech. Buscó las manos de su hermano. Al rozarlas, el doliente se quejó; Starn reparó entonces en ellas: también estaban gangrenadas. Sintió cómo el estómago se le daba la vuelta.

–No se lo tengas en cuenta... A Laiglin...

–Mi máxima preocupación, ahora mismo, no es él.

–Debería serlo... Sin mi presencia, temo que se desate su crueldad... He sido un padre horrible...

–Deja de fustigarte –lo recriminó con suavidad, pero se le hizo un nudo en la garganta y no pudo decir más por el momento.

–Es la verdad, ahora que estoy cerca del final lo veo. Y no sólo... no sólo un mal padre. También un pésimo hermano y un peor hijo. Si te hubiera hecho caso... y a Bacor..., no a esos estúpidos bufones... –murmuró, y al hacerlo tosió.

Los labios ennegrecidos se le agrietaron, dejando salir una sangre tan espesa que apenas resbaló hacia abajo. Aun así, Starn le limpió el mentón, con la vista nublada por las lágrimas.

–Egos tenía razón –siguió diciendo–. Siempre la tuvo. Se acerca mi final. Seré el primero, aunque me temo que todos me seguiréis pronto. Pero no deseo marcharme con semejante peso encima, hermano. Hay secretos que desvelar. Su mirada mostraba una claridad de mente que escapaba entre la fiebre y cualquier tipo de delirio. Fui yo, y no Tríome. Yo ordené matar a padre...

A Starn se le clavó aquella confesión del mismo modo que lo haría un cuchillo en el corazón. Durante un primer momento sólo fue capaz de abrir la boca como un estúpido, incapaz de creer lo que estaba escuchando. Luego resolló, mientras una presión insoportable le crecía en el pecho. Se incorporó, casi de un salto, y entre temblores negó con la cabeza.

–No... No es posible... Deliras...

–Ojalá lo hiciera, hermano... Lo juro por los dioses que estoy a punto de conocer. –Escupió un coágulo de sangre, lo que aclaró un poco su voz–. Me he arrepentido tantas veces de ello... Pero creí... creí que hacía lo mejor para nuestro pueblo... La amenaza estaba ahí fuera... Él no lo veía...

–No... Me miraste a los ojos y me juraste que no fuiste tú...

–Lo siento... He sido el peor de los reyes y los hermanos...

Ha habido mucho dolor en esta historia, amigo mío. Sin embargo, el que sintió Starn en ese momento no puedes alcanzar a imaginarlo. Yo apenas soy capaz a pesar de tener sus memorias impregnadas en la cabeza. Fue como si los cimientos de sus últimos años de vida se derrumbaran sin remedio. De repente, todo lo que creía real se desvaneció, haciéndole ver la envergadura del monstruoso acto de Partolón. Una decisión que había provocado un alud terrible, arrastrando consigo la vida de toda una civilización. Pues el asesinato del minos Sear y Ariaghne, señora de Labyrinthos, había conducido a acontecimientos que jamás habrían ocurrido de otra forma: sus padres seguirían vivos, para empezar; nadie habría tenido que exiliarse y, en consecuencia, Lerna también estaría a su lado, así como su hijo; al igual que Delgnat, Rudraige, Ith, Megor, los fomorianos e incluso Glauco; los partolonianos no estarían siendo devorados por la pobreza y el hambre, y tal vez los dioses hubiesen aplacado cualquiera que fuera la catástrofe que se había desatado en Creta.

«El hijo se volverá contra el padre, y derramada será su sangre».

La profecía de Egos, al fin, se había cumplido.

Starn perdió cualquier atisbo de cordura. El velo blanco de las lágrimas dio paso a otro tipo de neblina, una mezcla entre rabia, pena y demencia; las voces de tantos y tantos muertos le gritaban en la cabeza, acusaciones preñadas de mofa. «Vénganos», le decían. «Véngate».

Cuando se inclinó sobre su hermano y extendió las manos hasta cogerlo del cuello, ya no sentía nada. Sólo una fría determinación de que debía acabar con aquella historia para siempre. De que ninguno de los hijos del minos merecía seguir vivos. De que debían perecer del mismo modo que lo había hecho la descendencia del minotauro. La profecía se encargaría de ellos, uno por uno, pero él personalmente acabaría con aquel ser que había puesto en marcha la rueda del aciago destino. Sus dedos apretaron cada vez con más fuerza. El rey abrió tanto los ojos como la boca y, por puro instinto, trató desesperadamente de apartar aquella tenaza implacable.

Demasiado débil, por supuesto. Demasiado débil para algo más que boquear y contemplar el familiar rostro que adquiría la muerte al presentarse ante él.

★ ★ ★

–Se ha ido... –dijo Starn a quienes esperaban fuera de la alcoba.

Acasbel, Laiglin y Malalech se apresuraron a entrar para comprobarlo por sí mismos, pero él no pensaba quedarse ni un instante más allí. Un penoso paso tras otro, sin fuerzas siquiera para lamentarse, lo condujeron fuera del palacio primero y luego de Hija de Cnosos. Escuchó, vagamente, los gritos de pena por el rey muerto, aunque no causaron en él la menor turbación. No pensó, siquiera, en Bacor o en Aidne.

Caminó, caminó y caminó, hasta que los pies le dolieron. Y aun así siguió adelante, hacia un destino nubloso, hasta que las suelas se le gastaron y las piedras le abrieron heridas en las plantas. Era como si la tierra que antes le resultaba esponjosa de pronto fuera hiriente. Se mofaba de él. Y el viento silbaba sin cesar, una risa cruel que le impelía a seguir avanzando.

Huía, espoleado sólo por la tristeza. El *awen* se había abierto en su alma, apoderándose de toda voluntad. Podía escucharla esta vez, con mayor claridad que nunca: la gran música, el Oran Mòr. Ya ni siquiera necesitaba la lira, que había dejado en la casa del lago. La melodía era como un hilo que seguir, y lo condujo durante días en los que, milagrosamente, el cansancio no apareció. Hasta que llegó a su destino, y entonces toda la fatiga lo alcanzó de golpe.

Starn, hijo de Sear, mi padre, se echó sobre la hierba en lo alto de la Colina de los Reyes. El mirlo, el precioso y leal mirlo, acudió a posarse sobre él para acompañarlo en el tránsito. Allí durmió por última vez, antes de que una voz lo despertara, en un lugar muy distante donde no existía el dolor. Con un suave susurro.

–Te he estado esperando tanto tiempo, mi amor...

28

¡Oh, mi buen amigo, alabo tu paciencia! Sé que abuso de ella, de la amistad que me has brindado. Pero es la única que me queda. Un poco más, te pido. El final está ya muy cerca.

Aidne esperó la vuelta de su esposo, pero éste jamás regresó. La esperanza no la abandonó, a pesar de ello. Día tras días se levantaba y, tras hacer las tareas más indispensables, se tendía en un tocón y simplemente se quedaba oteando entre los troncos, deseando con todas sus fuerzas verlo aparecer. Prefería vivir en aquella mentira, pues aceptar la verdad hubiese sido devastador.

Bacor, en cambio, supo desde el principio que la historia del hijo mediano de Sear en el mundo había terminado. Lo intuyó cuando vio al pequeño mirlo negro revoloteando por encima de su cabeza. El trinar no era alegre, o así se lo pareció. Luego, el avecilla emprendió el vuelo de nuevo por encima de los árboles. No volvió a verlo en mucho tiempo.

Y ahora es cuando te preguntas cómo es posible que la narración haya acabado así, de forma tan repentina. ¿No se suponía que Starn iba a ser mi padre? ¿Dónde estaba yo entonces? Ésa es la cuestión. Él no lo sabía cuando abandonó el bosque para ver a su hermano, nadie en realidad tenía constancia de ello todavía: en el vientre de la bella Aidne ya crecía su simiente.

Llegué al mundo a través del sufrimiento, como cualquier otro niño. Sin embargo, los dolores del parto se vieron incrementados por la honda pena de mi madre ante la ausencia del amado esposo. No fue sencillo. Rompió aguas en ese instante extraño del día en el que la realidad permanece en vilo mientras la noche cede el paso a la luz. Era, en todo, una jornada especial: en Creta, habría tenido lugar la festividad del Toro Blanco de Posidón, que marcaba el inicio del pastoreo de los bóvidos y la crianza; tendrá su eco en el futuro, como todo, un reflejo de antaño que adoptará otra cara pero mantendrá su esencia. Bealtaine también girará en torno a la fertilidad y el crecimiento. Una vez más, los patrones se repiten. Podría creerse que una memoria silenciosa se transmite a través de la tierra, entre pueblos que, aunque jamás coincidan en el tiempo, sí pisarán el mismo suelo.

Por desgracia, era la peor de las épocas para una celebración. Yo no lo supe hasta muchos años después, a través de las visiones, pero mientras tomaba mi primer aliento de vida el último de los partolonianos en Hija de Cnosos exhalaba su último suspiro. Bueno, eso no es cierto por completo, pues todavía quedaban dos, Bacor y la propia Aidne.

Sin embargo, ella no iba a permanecer mucho más con nosotros. El parto fue complicado, se prolongó durante varias horas, mientras Bacor la animaba y ayudaba. Las venas se le marcaban debajo de la piel blanca y sudorosa, y la valiente muchacha gritaba en busca de un alivio que no llegaba.

Lo veo. Es un recuerdo hermoso aunque, debo reconocerlo, en parte perturbador. Contemplarse a uno mismo llegando al mundo es un baño de humildad, un sobrecogimiento que estremece el alma y te da la medida de tu finitud.

–¡Un poco más! –le dijo Bacor, al final–. ¡Ahora ya veo la cabeza!

Aidne, volcando cuanta energía le quedaba, empujó de nuevo y me hizo salir. De este modo, el espíritu que Lerna y mi padre engendraron se hizo carne, al fin. Fue posible a través de la mediación de la isla, de Tara, que conservó mi esencia y la introdujo en Aidne. Así pues, soy el único hombre que puede decir no sólo que tiene una madre, sino tres. Tres, número importante, ahora que lo mencionamos. Recuerda a la Gran Diosa, Posidón el Cornudo y Ereutija, madre, padre e hija; el pasado, presente y futuro; cuerpo, alma y mente. ¿Vendrán nuevas trinidades con el tiempo? Percibo que sí. Recuérdalo: la existencia se mide en ciclos.

El anciano ni siquiera necesitó darme unos azotes para que llorara, pues nací con los ojos bien abiertos, aunque en silencio. Bacor me cubrió rápidamente con una manta, y después me entregó a Aidne...

... quien no pudo estrecharme entre sus brazos. Al contemplar a la muchacha, quieta e impertérrita, con un primer velo de palidez en el rostro, el corazón se le resquebrajó como una vasija al caer al suelo. La joven madre, que tanto había luchado, permanecía ahora inmóvil y callada. Aidne había empezado a languidecer tras la marcha de Starn, y sólo el hijo que portaba en su interior la hizo seguir adelante. En cuanto acabó dicha tarea, ya no pudo soportarlo más y la pena la consumió.

Pobre criatura, condenada desde el principio... ¡Es tan injusto que seres inocentes, que jamás han actuado con malicia, se vean infectados por las decisiones egoístas de otros! Sin embargo, ésta es la maldición con la que el ser humano carga, la de no ser por completo dueño de su vida, la de estar ligado a quienes le precedieron. Y, por tanto, a aquellos que lo seguirán cuando ya no esté. ¿Una maldición he dicho? Bueno, así me lo parece cuando recuerdo un momento tan triste como éste, aunque ambos sabemos que «maldición» y «don» son conceptos no necesariamente opuestos.

Bacor la enterró con el sol alto, junto al lago. Una tumba sencilla, a pesar de que era una princesa por cuya sangre había corrido la de los dioses antiguos. Pero le parecieron más apropiadas las flores que cualquier joya o estatua de alabastro. Eran más sencillas, como lo fue ella.

–Has vivido tan poco, dulce Aidne –se lamentó, con el niño entre los brazos–. Y sin apenas conocer la felicidad. Reúnete con tus antepasados, parte con la paz que otorga el haber dejado algo maravilloso en este mundo.

El pequeño hizo un gorgoteo adorable, como si lo hubiera entendido y se lo agradeciera. Bacor, que había estado penando ante el hecho de que era el último hijo de Partolón que quedaba en la isla, sonrió con ánimo. Alzó al rubicundo cachorro tanto como sus brazos le permitieron. Un rayo de ese sol, que aquel día parecía más luminoso de lo habitual en los últimos tiempos, le bañó la cabecita. El escaso y fino cabello se le iluminó, y parecía que portaba una corona de oro.

Así me vio, y por tanto así me veo a través de su memoria: una vida hermosa, vigorosa, resplandeciente y sin mácula alguna.

–Bienvenido, Tuan. Nuestra voz cuando ya nadie quede.

Entonces, un viejo amigo retornó. El mirlo se deslizó por el haz luminoso hasta posarse, delicado, en mi cabeza. Y cantó.

29

Y ahora, al fin, puedo seguir narrando a través de mis propias memorias. No me llevará mucho, pues mi papel en esta historia, a pesar de los años que llevo en este mundo, es poco importante. Al menos, en la consecución de hechos.

Sí, ya sé que, generalmente, nuestros primeros años suelen ser de grato recuerdo. No hay prejuicios ni condicionantes morales que empañen esa percepción nacida de la inocencia, y la sordidez que pueda presentarse suele esconderse por parte de aquellos que nos protegen. En ese sentido no fui distinto a otros niños, pues debo reconocer que mi infancia resultó placentera. Bacor se encargó de ello. Me crio con el esmero de un padre, aunque yo lo llamaba abuelo, y me educó en todos sus conocimientos sobre la tierra. Permitió que fuera feliz, que la alegría forjara mi carácter, aunque para ello tuvo que mantenerme ignorante de mi pasado.

Hasta que empezaron las visiones. La primera vez que se abrió el cofre que guarda la memoria colectiva de mi pueblo fue poco después de cumplir los catorce años. Se acercaba el periodo de lactancia de las ovejas y yo acarreaba agua del lago cuando, en su plácida superficie, vi algo. Debí permanecer largo rato en trance hasta que vino a buscarme. No me interrumpió, pues intuyó lo que me pasaba.

–Vi una ciudad, grandiosa. Parecía un solo edificio, como un palacio enorme, de blancas fachadas, columnas rojas y cuernos en las cornisas –le conté.

No entendí la imagen, pues me fallaba el conocimiento del pasado para darle sentido. Pero Bacor sí sabía de lo que hablaba, y debía ser importante, pues provocó en él un estremecimiento y algo que jamás había visto en su rostro: lágrimas.

A la mañana siguiente volvió a sorprenderme. Tomó un cayado y me indicó que lo siguiera. Esto era algo novedoso. Por aquel entonces, mi abuelo ya era muy anciano, tanto que apenas podía dar diez pasos sin fatigarse. La mayoría de tareas las realizaba yo, pues sus fuerzas no le permitían grandes empeños. Aun así, me condujo a través del bosque hasta que lo abandonamos. Caminábamos despacio, y tuvimos que detenernos muchas veces para que él pudiera recuperar el aliento, pero al fin cruzamos el río que desembocaba en el lago, llegamos más allá de lo que jamás había ido nunca. Bacor me había insistido mucho, durante toda mi infancia, en que no debía salir de la arboleda. Nunca me dijo el motivo, y reconozco que muchas veces me sentí tentado de desobedecerlo. No me culpéis, era fogoso como solemos serlo todos de jóvenes, poco dado a meditar las consecuencias de mis actos. Sin embargo, mi amor por el sabio era tal que ni por un instante dudé de que su orden era por mi bien. Así que le hice caso.

El cielo era tan luminoso sin las copas de los árboles sobre mi cabeza... El hilo de agua nos llevó hacia el sur, mientras Bacor me contaba que en otro tiempo su corriente fue mucho mayor. Entonces apareció ante nosotros otro lago, más pequeño que el del bosque. Él se detuvo, lo contempló y volvió a llorar. Un nombre surgió de sus labios. Un nombre cuyo significado estaba a punto de comprender.

–Rudraige...

No quiso darme explicaciones todavía. Poco después, junto a una cascada, apareció una construcción tan fabulosa que jamás podría haberla imaginado. Aquellos muros, a pesar de presentar derrumbes a lo largo de su perímetro y haber sido invadidos por culantrillos y otras hierbas trepadoras, arrancaron de mi boca un gemido de admiración.

Dos grandes portones, situados al norte de la muralla, daban acceso al poblado. No tuvimos problemas para traspasarlos, pues una de las hojas estaba abierta casi por completo. A partir de aquí nos paseamos entre las ruinas, cubiertas de maleza. Las casas habían perdido sus techumbres y algunas paredes. Bacor andaba pensativo y no encontré el valor para romper su mutismo. Además, yo mismo estaba demasiado estupefacto, así que pasé aquellos primeros momentos inspeccionando el lugar. Flotaba en el aire una sensación. No era un olor ni nada que pudiera percibirse con los sentidos físicos. Quizá, un poco, con el oído. Presencias todavía arraigadas que susurraban palabras de lamento que no lograba entender. Me esforcé, de veras que lo hice, hasta que creí captar un mensaje en el viento.

«Partolón, ¿de dónde vino él a esta Lerna nuestra?».

Ese nombre, Partolón, me provocó un escalofrío. Como te he dicho, no sabía nada de mi pasado, y aun así sentí que aquel personaje tenía que ver conmigo.

Bacor vino a por mí y me condujo hasta el edificio más grande del poblado. Reconocí al instante la arquitectura del gran palacio que había visto en mi sueño lúcido, aunque éste era infinitamente más pequeño. Tenía una decoración similar, no obstante: los cuernos en las cornisas, la fachada antaño blanca y ahora amarillenta, los robustos pilares... Era, sin duda, heredera de alguna cultura que me resultaba muy familiar.

Recorrimos sus salas frías hasta descubrir una estancia presidida por un trono. Con gran reverencia, mi abuelo lo limpió, utilizando su propia túnica, y me invitó a sentarme en él. Dudé. Desde luego, yo no era ningún rey.

–Es apropiado, hijo, créeme –aseguró–. Tu sangre te lo permite.

Obedecí. Y, al tomar asiento, el *awen* se abrió para mí una segunda vez. En esta ocasión me llegaron más imágenes, atropelladamente, como una avalancha que me abrumó tanto que tuve que forzarme para romper esa conexión.

La muerte de unos padres a manos de un asesino. El exilio. Doce barcos. Un gran viaje en busca de la Tierra Durmiente. Una terrible batalla. La perdición.

Cuando abrí los ojos, estaba llorando. Miré suplicante a Bacor. Necesitaba una explicación, con desespero.

–¿Qué me está pasando, abuelo? ¿Qué son estas visiones de lugares y personas que no conozco?

–No es ningún mal lo que te aflige, hijo mío, salvo que desees que lo sea. Lo que ves es el pasado, uno que vives a través de la memoria de quienes te precedieron: los hijos de Partolón.

Otra vez ese nombre.

–¿Por qué me afecta tanto?

–Porque es tu pueblo. Y tú, como el espíritu de esta isla vaticinó, vas a ser el depositario de su historia y la de todo aquel que pise esta tierra a partir de ahora.

Sacó algo de su zurrón, un bulto envuelto en telas. Me quedé sin aire. Llevaba catorce años con Bacor y jamás había visto aquel objeto, a pesar de que conocía cada recoveco de nuestra cabaña. ¿Dónde lo había tenido escondido?

¿De qué estoy hablando? De esto, de la lira que ahora mismo sostengo. Cuando la tuve entre mis manos por primera vez... ¡Ah, si pensé saber lo que era estar maravillado, lo redescubrí en ese instante! Aquel instrumento, este instrumento, tan sencillo, vibraba con un poder que no puede ser explicado, sólo percibido. Contenía la carga emotiva que mi padre le imprimió. En tan humilde objeto se halla todo su amor: por Lerna, Tara y Aidne; por su hermano Partolón; por su pueblo; por Cnosos, el hogar que dejó atrás, y por el nuevo, esta Lerna que tomó el nombre de su esposa. Pero la lira también rebosa culpa, frustración por no poder evitar el odioso destino. Alegría, dolor, fascinación... Esta lira es un pedazo del alma de Starn, hijo de Sear.

Casi no me atrevía a tañer las cuerdas, pero cuando lo hice, a pesar de no haber tocado nunca antes, asomó una melodía preciosa. Justo en ese momento, una criatura apareció revoloteando para unirse a nosotros. Bacor sonrió.

Era un mirlo negro. Entonó un trino delicioso, que puso en mis labios las palabras de una canción.

Partolón, ¿de dónde vino él
a esta Lerna nuestra?
Eruditos, de lúcida expresión,
¿dónde dejó su patria y tierra?

Aquí tenéis, ¡oh, compañía de sabios,
cuyo saber no ha sido descuidado!,
en esta canción, entonada por nosotros,
la solución a mi pregunta.

Permanecimos en Hija de Cnosos durante dos días. Pasé gran parte de ese tiempo hilvanando aquella canción monumental, poseído por la gran música. Entre estrofas, Bacor me explicaba la trama de esos recuerdos heredados, pues mi visión de ellos todavía era turbia e imperfecta. De este modo descubrí al fin mi pasado; supe de las alegrías y las desgracias por las que pasó mi padre; conocí a mis dulces madres, al orgulloso Partolón, a la incomprendida Delgnat y al llorado Rudraige; me emocioné con la muerte de Lerna, la de Aidne e incluso la de Partolón. Todo estaba en esa canción: cada gesto amable, cada experiencia buena y terrible, cada crimen y cada hazaña. Unas y otras daban forma al futuro de los hijos de Partolón y sentí que no me pertenecía por completo, que era deudor de los actos de otros.

–Será una carga muy pesada, abuelo –le dije, tras concluir mi recorrido por el pasado a través del canto.

–Sin duda, aunque también un gran honor –respondió–. Hay verdades quizás indescifrables, hijo mío, y una de ellas es que nunca sobreviene una mortandad sin que escape alguien para contarla. Tú eres el último de los partolonianos, de la raza de Minos, con el legado de la Diosa Madre y Posidón, pero también imbuido con el espíritu de esta isla, Lerna. Eres el enlace entre el pasado y el futuro.

–Lo aceptaré, sí. Aunque te equivocas en algo, abuelo: no soy el último. También estás tú.

–Por poco tiempo –dijo, con una sonrisa triste–. Por poco tiempo.

Aquella sentencia me provocó una profunda preocupación, a pesar de que era de una evidencia innegable. Bacor acumulaba ya más años que cualquier otro partoloniano, más incluso que el profeta Egos. Su muerte era esperable. Y, aun así, ¿a qué nieto no le perturbaría esa certeza? Había pensado poco en ello, antes de ese día, pero a partir de entonces fui incapaz de quitármelo de la cabeza.

¿Quién iba a imaginar que ocurriría tan pronto? Dos semanas después de regresar del poblado, como si supiera que su cometido había terminado, Bacor me dejó. Se acostó una noche y ya no volvió a despertar. Mi único consuelo fue saber que no sufrió, que se marchó con placidez. Quiero creer que los dioses, o tal vez Tara, le concedieron esa prenda, pues de todos los partolonianos él había sido el único que se mantuvo siempre apartado de la senda oscura.

Lo enterré junto a mi madre. Y lloré, por supuesto. Durante muchos días, hasta que mis ojos se secaron por completo y sólo podía gemir. Luego me levanté. Miré a mi alrededor y comprendí mi nueva realidad.

Estaba solo. Como nunca lo había estado nadie antes.

30

Muchas vidas parece que han pasado desde aquel día, viejo amigo. Todos se fueron, nadie quedó a mi lado. Ni siquiera los fomorianos. Los he buscado una y mil veces, aun a riesgo de que la monstruosidad cometida por mi abuelo Partolón provocara en ellos el ansia de matarme. Pero nunca los encontré. Es como si se hubieran desvanecido, aunque imagino que los supervivientes de la gran batalla de Mag Ithe andarán ocultos, temerosos de ser vistos de nuevo.

Así que solo me he quedado. Bueno, no del todo, ¿verdad? Sigues a mi lado, el único que no me ha abandonado. Aunque no es que luzcas muy bien, si me permites decirlo. Deberías rasurar esa barba tan larga y fea.

Vamos, sólo es una broma. No te ofendas. Alegra el gesto, deja de parecer un anciano achacoso con los ojos velados por la demencia. Y deja de hablar con el reflejo que el agua de la charca te devuelve. Tu propia imagen. Así de loco estás, te pasas los días parloteando contigo mismo. ¿Cómo? ¿Qué dicen tus labios agrietados? ¿Que me muera ya? ¿Que soy un terco cabezota que roba a los gusanos su banquete? Pero si muero yo... Si muero yo, también lo harás tú.

¿Que estás harto de escuchar la misma historia una y otra vez? ¡No te burles de mí, bufón que me robas el rostro, el tiempo y la locura! ¡Soy un rey! Tuan, señor de Lerna... Merezco respeto. ¡Sí, un rey, como lo oyes! De la sangre del minos de Cnosos. Si las cosas hubieran sido de otro modo, me seguirían y alabarían tantos súbditos como puede alimentar esta isla... Pero... supongo que tienes razón al cabo... Mírame ahora... ¿De qué soy rey? Del aire y el vacío, de los ríos sin peces, de una tierra donde ningún hijo nace. Rey de la nada, ése soy yo.

¿Qué hago aquí, perdiéndome a mí mismo? Sólo me quedan los recuerdos, y la mayoría ni siquiera son míos, sino de quienes me precedieron, hombres y mujeres a los que jamás conocí. Sin embargo, me susurran sus historias al oído, llevan haciéndolo largas décadas. Algunas veces esa memoria ancestral es el espolón al que me agarro para evitar que la locura absoluta me engulla, cual mar furibundo. Otras, la mayoría en realidad, reafirman mi soledad hasta el punto de arrancarme el llanto. Es entonces cuando surge la pregunta, la única que importa. La que resume todo mi dolor.

«Muerte, ¿por qué me has abandonado?».

¡Maldita seas! ¡No haces más que confundirme! Quieres mi perdición. Mereces que te maltrate yo a ti. Pero cuando mi manotazo de niño enojado rompe la quietud de la charca, cuando el agua se revuelve y te pierdo de vista, un pavor profundo me sobreviene. Me inclino sobre la superficie, tan desesperado que ni reparo en el crujido de mis huesos. Las privaciones me han convertido en un anquilosado junco, de cabellos largos y desmadejados. Mi barba, que pende de mi cara como el muérdago lo hace de los grandes robles centenarios, acaricia la piel acuosa del manantial.

¡No te vayas, amigo mío! ¡Disculpa mi arrebato y vuelve a mí!

La poza recupera la quietud y tu rostro, idéntico al mío, regresa para consolarme. Gracias, y perdóname. No volverá a pasar. Entiende mi pesar. Eres lo único que me queda, el único con quien puedo hablar. Al principio conversaba con mi sombra, como si fuera Bacor y no se hubiera ido. Pero ella no podía ofrecerme un rostro, unos ojos a los que mirar. Y tampoco era muy habladora que digamos.

Fue duro, no te engañaré. Cuando aquel al que llamé abuelo murió, empecé a sentir miedo de todo, aunque nada en esta tierra mostrara intención de dañarme. Sin embargo, me asustaba ante el aleteo de los pájaros o al pisar una rama seca. ¡Hasta el ligero vaivén producido en los matorrales por un conejo era motivo para que saltara!

Lo peor fueron los lobos. Acuérdate de cómo aullaban por las noches, impidiéndome dormir. Los imaginaba enormes, de pelaje gris, con largas lenguas y ojos amarillentos, mandíbulas babeantes ávidas de hincar mi carne, aunque ésta empezara a perder la ternura de la juventud.

El temor se tornó tan insoportable que ya no pude controlarlo. Huí del bosque, donde creía percibir ojos vigilantes detrás de cada tronco, y corrí incansable. Había enloquecido de tal modo que lo abandoné todo, salvo mi fiel lira, aunque mis uñas son ya tan largas que apenas me atrevo a tocarla, no sea caso que corte las cuerdas por accidente. Vagué sin sentido hasta que al fin opté por refugiarme en las montañas, en cuevas profundas donde esas imaginarias y horribles bestias no pudieran encontrarme. Podría decirse que me convertí en una de ellas, pues viví tan salvaje como los animales. Aprendí a correr sigiloso, a ser invisible como un gato montés, a oler las presas de las que me alimentaba y saltar sobre ellas con las garras por delante. Ladraba, gruñía y mordía con unos dientes que se acostumbraron a despedazar la carne cruda...

¿Qué haré ahora, mi buen Tuan? No lo sé. Entiendo que deseas que termine la historia al fin. Necesitas dormir. Y olvidar. También yo. Estoy tan cansado... Pero temo que eso no sea jamás posible, que esta condena resulte eterna.

La angustia se apodera de mí una vez más. Grito, clamo al cielo de Lerna, ahora gris, pero mi voz se desvanece en una inmensidad silenciosa. Es la misma respuesta que obtendría en el interior de una tumba, pero ése es un regalo que me evade.

Sólo el viento se atreve a contestarme. Me envalentona los cabellos ralos, enredando los mechones con los de mi barba. Es una brisa fuerte llegada del sur, que se cuela entre los harapos que forman mi vestimenta. ¿Por qué seguía llevándolos? La piel se me había endurecido contra las inclemencias, luego de tantos años a la intemperie. Y desde luego no había nadie ante quien ocultar mi desnudez. ¿Entonces? Quizá fuera un último rescoldo de pudor, o más bien la necesidad de mantener al menos una de las costumbres de los hombres. La última barrera antes de convertirme en un animal.

Soy un rey. Soy un rey. Lo repito una y otra vez. Me yergo sobre mi sitial, esta colina cerca de la costa, desde donde la vista domina tanto el interior salvaje de mi despiadado país como la frontera infranqueable que supone el mar.

El mar. El mismo con el que soñaba Lerna.

Y de pronto lo veo. Lo inesperado. Llegando desde más allá de la novena ola. ¡Una flota de barcos! ¡Fíjate! ¿Los ves? ¡Llegan los nuevos hijos de la isla! Había perdido la esperanza después de tanto tiempo... Míralos, son como Partolón y los suyos. ¡Debo acudir a darles la bienvenida!

Salto y corro como si fuera una cabra. Me deslizo por los senderos que la lluvia ha marcado, y lo hago con la alegría de un muchacho. Una loma detrás de otra, ya estoy junto a los acantilados. Fíjate, no son pocos bajeles. Cuento unos treinta y cuatro navíos, robustos y de hermosas velas. Han fondeado cerca de la arena, y diversas barcazas se aproximan ya a la playa para explorarla.

De pronto me detengo. Un nuevo ramalazo de sentido común me previene, me dice que sea cuidadoso. Así que me escondo entre las rocas y vigilo a los recién llegados. Visten ropas coloridas, mucho más que cualquier pueblo que pueda recordar en la memoria de los partolonianos. Sus vestimentas y joyas hacen referencia a multitud de animales, algunos de los cuales me son desconocidos, como una especie de felino enorme con la piel tiznada de rayas. ¡Y lucen grandes tatuajes!

Son guerreros, resulta obvio. Me basta con contemplar los arcos, las espadas, los andares orgullosos y prestos a la acción. ¿Y a quién sirven? La respuesta llega en forma de alabanza. La realizan los desconocidos en cuanto uno de ellos, más prominente que el resto, pisa la tierra de Lerna. Se arrodillan a sus pies y empiezan a llamarlo por un nombre. Se me queda grabado en la cabeza.

Nemed, hijo de Agnoman.

Por la Gran Madre que el latido de mi corazón se detiene al reparar en su caudillo. ¡Veo a Partolón en él! No, no es su apariencia física lo que acrecenta mi impresión. Es más bien el aura que emana, preñada de un orgullo tan malsano como el de mi abuelo.

Bacor tenía razón, lo entiendo al fin: todo vuelve a repetirse. La existencia no es sino una cadena de ciclos. Un nuevo Partolón, y con él otra vez desgracias y catástrofes. Pues, si comparte su carácter y destino..., ¡vendrán con ansias guerreras! Manchados de desfachatez, querrán apropiarse de Lerna como si de un premio se tratara.

Y cuando me encuentren, ¿qué verán? ¿A un hombre solitario o a un engendro salvaje como los fomorianos se lo parecieron a mi abuelo?

No, amigo mío, no podemos presentarnos ante los nemedianos. Ellos llegan con grandes fastos, cargados de riqueza y belleza, y nosotros sólo somos unos viejos decrépitos con el aspecto de un arbusto seco y arrugado. Parecemos cuervos muertos de hambre. Mira tus dedos, mira los míos... Han crecido hasta convertirse en garras curvadas, largas y amarillentas.

¡Oh, odioso destino! Tanto tiempo esperando nueva compañía y ahora debo rehuirla... Me alejo, qué otro remedio me queda. Vuelvo a la espesura, entre lágrimas, penando por mi existencia miserable. ¿Dónde queda ya el brillante destino que me auguraron tiempo atrás? Todo es desdicha y pesar. Todo cae, se desvanece, aquí en el mundo.

Y ya nunca regresa.

* * *

Los días se han sucedido, uno tras otro. Días en los que sólo acierto a caminar, a vagar más bien, sin un destino. Y, aun así, mis pasos me han llevado aquí, precisamente aquí. La Colina de los Reyes, un lugar nuevo para mí. Un paraje que sólo guardaba en la memoria heredada. Supongo que ésta es la que me ha guiado entre las oleadas de dolor y locura.

El promontorio me provoca tal sensación de paz... ¡Oh, alguien ha regresado! Es el pequeño mirlo, que, gracioso, revolotea a mi alrededor. Y trae algo consigo. La gran música. ¡Ah, tantos años después la vuelvo a oír! Su tonada, en boca del hermoso pajarillo, se me antoja dulce y reparadora. Me invita a acostarme en el centro mismo del altozano, al igual que lo hiciera mi padre antes que yo.

Y, como él, duermo. Y sueño. La existencia de repente se torna neblinosa. Los árboles y las rocas parecen borrosos, pero a la vez relucen con un ligero fulgor que es de todos los colores y a la vez de ninguno.

Al levantar la mirada, hay una figura junto a mí. La reconozco, pues la he visto en mis visiones, y aun así me estremezco como si contemplara por primera vez su belleza. La dama viste un largo atuendo de gasa esmeralda, que deja traslucir en su caída un cuerpo perfecto; la larga cabellera le llega más allá de los hombros, y es rojiza, ardiente; la piel, blanca como el marfil, brilla con el fulgor de una estrella. Sé muy bien quién es.

Tara.

¿Cómo no voy a caer de rodillas en presencia de una de mis madres? Me lanzo a sus pies y los unjo con besos y lágrimas. «Levanta, Tuan, hijo de Starn, de Lerna y de Aidne», me dice ella. «Mi hijo». Al escuchar su voz comprendo de dónde viene toda hermosa música que existe en el mundo. Me yergo tal y como me ha pedido, pero a pesar de que soy mucho más alto me siento empequeñecido. «Di mi nombre», me pide, y entre risas lo grito: «¡Tara! ¡Tara, espíritu divino de la Tierra Durmiente! ¡Tara, el amor de Starn! ¡Tara, mi amada madre!». Ella sonríe, y todo el valle se llena de luz y magnificencia.

«Sí, yo soy Tara, la Tierra Durmiente; pero también Lerna, la Gran Madre; seré Ogigia, la isla Antigua; Hibernia me llamarán los romanos, la Tierra del Hielo; también Inis Ealga, la isla Noble o Crioh na Fuinedah, la isla Remota; Ierne, Eire e Irlanda; tendré tantos nombres como pueblos habiten en mí. Pero tú, que tanto me has amado, serás siempre mi hijo. Y formarás parte de mí por siempre. Tu destino está unido al mío».

¿Qué es esto? Siento el latido de un poderoso corazón. Una nueva vida, otra vez digna. Levanto la cabeza y miro alrededor. La noche cubre la colina, sus estrellas refulgen como si acabaran de nacer en ese preciso instante. El aroma de la hierba húmeda también se me antoja refrescante. Huele a vida.

Algo ha ocurrido. Algo maravilloso. La pena de tantos años de soledad y derrota de pronto se ha quedado en el pasado. Es como si despertara de una larga pesadilla, y al hacerlo dejara atrás la desolación del mismo modo que una serpiente muda su piel. Sólo que yo resurjo en otra forma. Una nueva y gloriosa identidad.

Ya no soy un hombre. Me levanto esplendoroso sobre cuatro recias patas. He vuelto a nacer como un hermoso y joven cuerpo, consciente de mí mismo a pesar de ello. Durante largo rato admiro lo ocurrido, pruebo esta novedosa identidad. Pisoteo la hierba, balanceo los grandes cuernos –de sesenta puntas cada uno– y respiro a través de unas fosas nasales por las que se cuela el aroma de un mundo resplandeciente.

He renacido. Mi madre, Lerna, ha vuelto a parirme. Esta vez he anidado en una placenta hecha de roca, agua y hierba. La Colina de los Reyes ha sido el vientre, yo el niño que inicia un nuevo ciclo. Y lo hago anunciándome con un barrunto enérgico que llega hasta el último rincón de la isla. Aquí estoy, de nuevo un rey. El rey de los ciervos.

Yo soy Cernunnos.

Epílogo
Axis mundi

Y el resto es leyenda.

Cernunnos se convirtió en el señor de los rebaños de Lerna. Allá donde iba, grandes manadas de ciervos lo seguían y le rendían pleitesía. Bajaban la cabeza ante su poderío, pues reconocían en su sangre el legado del minotauro fundido con la esencia de la isla, Tara.

Fue feliz durante todo ese tiempo, al menos hasta que la historia se repitió de nuevo: los nemedianos, a los que contempló y guio desde la distancia, también perecieron presa del orgullo. La gran música lo llamó de regreso a la Colina de los Reyes. Y mientras su carne cambiaba por segunda vez, cantó:

El tiempo del rey de los Ciervos ha pasado;
de trote rápido y seguro, de cornamenta invencible en los combates;
mi bramido ha resonado en Lerna, brillante sentencia lanzada al viento.
Pero vuelvo a ser viejo, incapaz de disputar las hembras a los jóvenes.
Es la hora, pues, de morir y nacer de nuevo.

Y se convirtió en jabalí. El señor de los Jabalíes. Robusto y negro, y al igual que antes, caudillo de un nuevo pueblo.

El ciclo se repitió una y otra vez, coincidiendo con la llegada de nuevos conquistadores. Los cambios siempre tuvieron lugar en la Colina de los Reyes. Así, pues, el hijo de Lerna fue jabalí con la llegada de los Fir Bolg, halcón con los feéricos Tuatha De Danann –quienes trajeron la piedra del destino que Starn vislumbrara en la Colina de los Reyes– y, al fin, salmón, cuando arribaron los orgullosos hijos de Mil desde la tierra que algún día sería conocida como Galicia. Los descendientes del pequeño Brath de Cilen.

Quedaba, aun así, un último paso para cerrar el ciclo de ciclos. Durante siglos, el amo de los ríos nadó a su antojo entre las aguas cantarinas de aquella isla que ya se llamaba Irlanda. Saltaba las cascadas con un vigor sin igual, más sabio de lo que jamás había sido. Pues ése es el poder de los salmones, y él, sin duda, era el más majestuoso de todos. Pero también se hizo viejo y llegó un día en el que no pudo escapar de la trampa de un pescador. Tan hermoso le pareció a éste que no dudó en entregárselo como ofrenda al cocinero del mismísimo rey del Ulster para que creara el manjar más delicioso que pudiera imaginarse.

De este modo, el señor Cairill, vástago de Muiredaig, agasajó a su esposa Dil con el salmón. Y cuando la mujer lo comió se llevó a su interior el espíritu del Hijo de Lerna. El alma reposó en letargo hasta que el noble la dejó encinta y la esencia adquirida se volcó en la nueva carne.

Ciclos. Caminos formando círculos que jamás tienen fin y quizá tampoco un principio. Senderos que en ocasiones se enredan creando laberintos, pero que siempre encuentran una salida, pues no existe un final, sólo el siguiente cambio.

Al igual que aquel espíritu errante surgió de la unión de Lerna y Starn, germinó en el vientre de Aidne y renació en la tierra, de nuevo volvía a pasar lo mismo con Dil.

Fue una criatura sana, que recibió los dones de todas sus vidas anteriores. Sensible, fuerte, creativo y sabio. Fue en todo un mac Cairill, con sangre de reyes, pero el nombre que le pusieron pronto quedó atrás. Cuando pudo pronunciar sus primeras palabras, él mismo se impuso otro.

–Soy, y siempre seré, Tuan.

La voz de los suyos.

Nota del autor

Cualquiera que me haya seguido como escritor a lo largo de estos años sabe bien que si existe una obra que me ha marcado es la de J. R. R. Tolkien. Además de darme el empujón que necesitaba para convertirme en narrador de historias, el autor británico me ha permitido descubrir las diversas mitologías que inspiraron su *legendarium* particular: entre otras, el ciclo artúrico, el *Cantar de los nibelungos*, el mito de Beowulf o las diversas leyendas nórdicas (sin ir más lejos, Gandalf es una versión de Väinämöinen, personaje de la epopeya finlandesa «Kalevala»). Lo curioso es que entre todas esas historias que influenciaron a Tolkien, según él mismo aseguraba, no estaban las leyendas irlandesas. Como buen inglés nacionalista, parece que sentía cierta animadversión hacia todo lo relacionado con la cultura gaélica.

A pesar de ello, el descubrimiento de lo mitológico me llevó inevitablemente hasta la Tierra Esmeralda. En algún momento, mientras buceaba en busca de más mitos de las culturas del norte de Europa, me topé con la *Scél Tuain meic Cairill do Finnen Maige Bile*, que traducido del irlandés antiguo significa «La historia de Tuan mac Cairill contada por Finnian de Movilla». Esta pequeña leyenda forma parte de un compendio de poemas recopilado en el siglo XII en el monasterio de Clonmacnoise, conocido como el *Lebor na hUidre* o «Libro de la vaca parda». Además de la particularidad de ser el manuscrito en irlandés más antiguo que se conserva, relata el llamado «ciclo feniano», centrado en las hazañas del mítico Fionn mac Cumhaill y sus seguidores. Es una de las sagas principales de la mitología irlandesa.

La historia de Tuan mac Cairill (el término «mac» significa «hijo de») me llamó poderosamente la atención desde el primer momento. En ella se narran las distintas migraciones que sufrió Irlanda por parte de varios pueblos mitológicos. Nada demasiado original, en principio, salvo por el hecho de que estos relatos estaban contados por alguien que los había visto todos y cada uno de ellos a través de los siglos: Tuan mac Cairill. Un hombre inmortal que lograba burlar a la muerte encarnándose en diferentes animales cuando la vejez lo amenazaba. Quedé irremediablemente prendado de aquella leyenda y amplié su conocimiento con «El Libro de las Invasiones» (*Lebor Gabála Érenn*). Esta nueva recopilación de manuscritos daba contexto a las invasiones que Tuan refiere en su corto poema y pretende de algún modo crear una especie de mito fundacional de Irlanda. Los pueblos que se enfrentaron a la conquista de la isla fueron el de Cessair, el de Partolón, el de Nemed, el de los Fir Bolg, el de los Tuatha Dé Danann y, por último, el de los hijos de Mil, llegados de Galicia.

A esas alturas mi fascinación era tal que, diez años antes de la conclusión de esta novela, utilicé estas leyendas como base para un relato. Un texto, dicho sea de paso, tan torpe y limitado como lo era su autor por aquel entonces. Se centraba únicamente en la reescritura de la llegada de Partolón y los suyos (no se extendía ni diez páginas). ¿Por qué de Partolón y no de Cessair, que supuestamente es anterior? Porque los estudiosos creen que esta primera historia es una incorporación posterior agregada por el cristianismo. No olvidemos que, a finales del primer milenio y principios del segundo, la Iglesia estaba tratando de consolidar su posición en una Irlanda que había vivido aislada incluso de la influencia romana. Las creencias paganas de los antiguos celtas estaban muy presentes todavía entre la gente común, y el mejor modo de introducir aquella nueva religión era solaparla con dichos mitos. Para ello, los monjes incorporarían el relato de Cessair, la mención al diluvio universal o a la torre de Nimrod (de Babel). Sin embargo, la historia del despertar de Irlanda comenzaría originalmente con Partolón, a quien convertí en protagonista de aquel relato que ni siquiera ahondaba en sus orígenes.

Concluí el texto, pero éste se quedó en mi ordenador durante años, olvidado por completo. Hasta que un buen día lo releí. Entre la vergüenza de ver aquella parca y lamentable narración recuerdo que pensé que la historia de Partolón narrada por Tuan seguía siendo fascinante, y que merecía una nueva oportunidad. Un renacimiento por todo lo grande, que aprovechara todas las posibilidades del mito. Aunque también tuve claro que necesitaba un nuevo punto de vista, un acercamiento menos fantasioso y más realista.

Así surgió la idea de emparentar el mito y la Historia. Porque, tal y como dice la cita de Tolkien que abre este libro, tanto uno como otro surgen del mismo concepto, el pasado, y de la necesidad de tener un punto de partida sobre el que construir una identidad como sociedad. En este instante es cuando empezaron los problemas, algunos de los cuales voy a explicar para que el lector tenga una comprensión mayor de la obra.

En primer lugar, estaba la cuestión del contexto cronológico en el que situar la historia, así como el geográfico. Las fechas son confusas, varían dependiendo de las fuentes consultadas: según *El Libro de las Invasiones*, el origen de Partolón habría que situarlo en el mundo griego, dos mil seiscientos años tras la creación del mundo (*Anno Mundi*). Según la correspondencia entre la tradición judeocristiana y el calendario gregoriano, dicha época se correspondería con el 1288 a. C. Sin embargo, en aquel momento los griegos no existían como tales, y desde luego las ciudades-estado de la época distaban mucho de tener el potencial marítimo necesario para alcanzar el Atlántico. De hecho, ninguna cultura hasta la aparición de los fenicios tendría la capacidad de plantear un viaje semejante..., salvo una que ya existía.

La solución era mirar un poco más atrás, hacia la Creta del minoico neopalacial (1700-1350 a. C.). Esto sigue planteando un cierto desfase, que decidí obviar dados los elementos argumentales que esta maravillosa civilización me brindaba, el más importante de los cuales era poder seguir ligando a Partolón con el mundo helénico o prehelénico. Porque, como he apuntado, si en aquellas épocas pretéritas existía una sociedad con capacidad para alcanzar Irlanda desde el Mediterráneo, ésa era, sin duda, Creta, la primera gran talasocracia de la que se tiene noticia, con un poderío similar o incluso superior al de Egipto. La llegada de una flota de minoicos a costas tan alejadas de su origen no es en absoluto una locura. Hay constancia documental y arqueológica de relaciones comerciales entre las culturas del Egeo, especialmente la micénica, y los pueblos atlánticos, pues los primeros necesitaban el ámbar o el estaño que allí se producía para su industria metalúrgica. De hecho, en el arte rupestre de la costa gallega se han encontrado representaciones de barcos de aspecto mediterráneo de finales del tercer milenio antes de Cristo, los petroglifos de Oia, lo que conectaría directamente con la cultura minoica.

Durante la documentación me sorprendieron las similitudes entre algunas creencias cretenses y gaélicas. Se cree que ambos adoraban a una Diosa Madre que representaba a la mismísima tierra, algo por otra parte común en sociedades que miraban siempre hacia la fertilidad de las cosechas. Y sus dioses varones también tienen conexiones. Existen menciones a Poseidón, o Posidón, en tablillas micénicas escritas en lineal B, en las que aparece como «Posedawone», por lo que se cree que es anterior a las divinidades olímpicas, a las que se incorporó luego. Por cierto, tampoco era inicialmente un dios del mar. Según Hesíodo, en su *Teogonía*, ese título se decidió a suertes. Una de las teorías etimológicas argumenta que «Posedawone» significa «esposo de la tierra», conforme a la Gran Diosa mencionada antes. La relación de Posidón con los famosos toros minoicos viene por la leyenda del toro de Creta, que a su vez daría lugar al minotauro, y que pone de manifiesto la simbología de los cuernos en esta figura. Elemento que, junto con otros como los rituales de sacrificio, lo acerca de manera realista al Cernunnos de los celtas continentales, que en Irlanda era más conocido como Dearg Corra. Los toros, por si fuera poco, tienen mucha presencia en los mitos irlandeses, como se puede comprobar en la leyenda de «El robo del toro de Cuailnge» (*Táin Bó Cúailnge*), perteneciente al ciclo del Ulster.

La elección de Creta me permitió también la inclusión de sus propios mitos, como el del mencionado monstruo que vaga por el interior del laberinto. Palabra, por cierto, con una etimología muy curiosa. La primera referencia a la palabra *labyrinthos* se encuentra en una inscripción micénica en lineal B, con la forma de la expresión *daburinthoyo potnia*, traducido como «la señora del laberinto». Podría hacer referencia a la propia Diosa Madre que recibía culto en Creta (cultura que los micénicos heredaron de los minoicos), o tal vez a la figura de la reina, debido a la posible conexión entre *labyrinthos* y *labrys*, que dotaría de un significado propio al término: Casa del Hacha. La reina recibiría, por tanto, el título de «señora de la Casa del Hacha».

Un apunte: es evidente que la mayoría de los términos que he utilizado en la novela para referirme a lugares, culturas y conceptos provienen de lenguas muy posteriores al momento que narro (griego, latín, gaélico, etc.). Por ejemplo, la palabra que da nombre a los oestrimnios deriva de la palabra griega «strymos», que significa «agreste», pero no tenemos constancia de cómo se referían a sí mismos los habitantes de las tierras gallegas, minoicas o irlandesas de la antigüedad. Del mismo modo, «Cernunnos» es un nombre de origen latino, que elegí por delante del más apropiado «Dearg Corra» por ser más conocido para el lector. Incluso «Lerna» (adaptación personal del «Ierne» utilizado por Piteas de Masilia en el siglo IV a. C.) es un préstamo muy posterior. Éste es un problema endémico que he tenido que padecer a lo largo de mis anteriores novelas históricas, ambientadas también en épocas anteriores a Cristo.

Aquel primigenio relato acerca de Partolón se vio enriquecido en todos los sentidos. Ahora contaba con un escenario de inicio fabuloso y completamente histórico, el Palacio de Cnosos, sobre el que pude documentarme a placer. Utilicé cuantas referencias arqueológicas pude en mi provecho. Por ejemplo, cuando el príncipe Tríome comenta a su hermano Starn el deseo de crear un mural con su supuesta hazaña contra el gran toro salvaje, estoy basándome en una pintura que existe de verdad. Se puede contemplar una reconstrucción parcial justo en el mismo lugar que menciona el personaje. Del mismo modo, la cacería de Tríome toma algunos elementos del séptimo trabajo de Heracles, la captura del Toro de Creta, al igual que la procesión posterior es una escenificación del famoso fresco «El príncipe de los lirios». Y, por supuesto, la danza frente al toro de Lerna se basa también en las pinturas halladas en el yacimiento de Cnosos.

Pero si había un acto que podía aprovechar para aportar drama y conflicto era el del destino de la Creta minoica. Existen ciertos indicios de un gran terremoto que afectó a Creta alrededor del 1700 a. C. (el Infausto Temblor, como lo llamo en la novela). La isla se halla en una zona propensa a los fenómenos sísmicos, pero ninguno fue tan virulento como la tragedia que asoló a los cretenses décadas después: el despertar del supervolcán de Thera, en la actual isla Santorini, la erupción minoica. No puedo resistirme a hablar un poco sobre este acontecimiento, pues estamos ante una de las catástrofes volcánicas más destructivas de la Historia conocida. Su envergadura fue tal que la columna de cenizas que proyectó se elevó treinta y cinco kilómetros, alcanzando la estratosfera. Generó un tsunami de entre cuarenta y cien metros de altura, que obviamente devastó la costa norte de Creta y causó el declive de la civilización minoica. Pero la peor parte se la llevó la isla de Thera, que tras ser cubierta por un manto de cenizas de siete metros al final sencillamente colapsó, hundiéndose gran parte en el mar. Las consecuencias fueron devastadoras también más allá del escenario principal, pues provocó un cambio climático en todo el Mediterráneo oriental y parcialmente en el resto del planeta, como se deduce del débil crecimiento de los anillos de los árboles en lugares tan lejanos como América del Norte o Irlanda. ¿Pudo observarse el fenómeno desde tierras irlandesas, como yo planteo? No ha quedado testimonio alguno de ello, obviamente. Pero, si consideramos que el suceso fue cuatro veces más potente que la erupción del Krakatoa, y ésta se vio desde Australia, a siete mil kilómetros –el doble de distancia–, no parece increíble pensar que así pudo ser. Muchos historiadores tienen claro a día de hoy que lo ocurrido en Santorini tuvo tal eco a través de los tiempos que, mucho después, inspiró al filósofo griego Platón para la creación de su Atlántida.

Resulta evidente que la futura explosión de Thera, gracias a la profecía de Egos, iba a tener un gran peso en el destino de los personajes. Pero sería el asesinato de los reyes, tal y como dicta el mito de Partolón, el conflicto que los llevará al exilio. Nada dice *El Libro de las Invasiones* del viaje, por dónde transcurrió y qué andanzas vivieron los partolonianos. Eso me dio libertad casi absoluta para abordar la segunda parte de la novela. Aproveché para que la partida cretense le mostrara al lector pueblos y paisajes fabulosos, como la cultura argárica o la Galicia de la Edad del Bronce.

De nuevo he utilizado referencias arqueológicas reconocibles, como el menhir que Bacor contempla cerca del poblado de Cilen, ubicado en la actual ría de Arosa. Recibe el nombre de «Lapa de Gargantáns», y cualquiera puede visitarlo en Moraña, municipio de la provincia de Pontevedra. Datado entre el IV y el III milenio a. C., es el único en toda Europa que se conserva en el lugar donde fue descubierto. Estrategia que repito con el ajuar que Partolón ofrece a Tath, caudillo oestrimnio, y que en realidad es el famoso «tesoro de Caldas de Reis», un surtido de piezas de oro enterrado en la finca As Silgadas que, aunque es contemporáneo a la época, no tiene nada que ver con el que yo he mostrado al lector. Por cierto, otra joya utilizada, el collar de Lot, es una de las *lunulae* de origen irlandés, características de la Edad de Bronce, e incluso exportadas a otros lugares de Europa.

Una obra como ésta, a medio camino entre la mitología y la Historia (de una época además tan arcaica), por fuerza debe estar plagada de licencias. Es el caso del canto que recita Sear, el rey, durante la primera celebración. Está adaptado libremente del «Himno a Zeus» de Palaikastro, una inscripción hallada en la región del mismo nombre, al este de Creta. El texto, en griego antiguo, data del año 200, aunque se considera que es una composición mucho más antigua, del 300 a. C. o incluso anterior. Aun así, es poco probable que hunda sus raíces en la época minoica. Veo más factible que el Zeus cretense sea una adopción nacida ya en época helénica. Algunos expertos consideran que la figura de Zeus sustituyó a algún dios de la fertilidad nativo, motivo por el cual lo he utilizado haciendo referencia a la Diosa Madre cretense. Otro canto adaptado es parte de la profecía de Egos, cuyo autor es en realidad Epiménides de Cnosos, quien criticaba precisamente a sus compatriotas por su vida despreocupada.

Del mismo modo, algunos personajes y elementos están expresamente desubicados en el tiempo. El joven Brath sale mencionado en la mitología irlandesa y gallega gracias a su vástago, el insigne Breogán, quien sería el legendario constructor de la torre con la que fantasea el muchacho: la torre de Hércules, en A Coruña (reedificada luego por los romanos). Estos individuos aparecen en la última de las invasiones del *Lebor Gabála Érenn*, la de los hijos de Mil, por lo que dentro del contexto mítico es imposible que Brath existiera en la época de Partolón. En cualquier caso, me pareció un bello apunte a la íntima conexión que existe entre dos tierras hermanadas como lo son Galicia e Irlanda. Con los saefes pasaría algo similar: su llegada a tierras gallegas, si damos validez a una teoría actualmente en entredicho, tendría lugar mucho después, hacia el 600 a. C. Al igual que ocurre con los escitas, a los que se cita por primera vez en textos del VII a. C. En la época del relato la zona desde donde se expandirían los escitas, la meseta iraní, estaba ocupada por los pueblos protoiranios. Es altamente improbable que llegaran antes a la península ibérica, pero para mantener la cohesión con el mito irlandés, donde se los menciona expresamente, he decidido no modificarlo.

Los mitos también contienen abundantes lagunas, pues su función al fin y al cabo no es descriptiva del mundo donde se desarrollan. Por ejemplo, *El Libro de las Invasiones* nos dice que a su llegada a Irlanda Partolón se ubicó en la cascada de los Dos Necios, en clara referencia a la aventura amorosa de su esposa Delgnat. Sin embargo, no aporta datos para ubicar este escenario. En consecuencia, exploré la Irlanda actual para encontrar un emplazamiento no muy lejano al lugar de desembarco, pero que ofreciera a aquellos primeros colonos una posición ventajosa a la hora de establecerse. El lugar escogido fue el Parque Nacional de Killarney, concretamente junto a la cascada de Torc, que bien podría ser la mencionada antes. Esta zona aporta la presencia de dos lagos que pueden ligarse a la supuesta creación de lagunas por parte de los partolonianos, tal y como menciona el *Lebor Gabála Érenn*. Algo tan poco transportable a un relato que pretende ser realista logré aprovecharlo gracias al asunto de la tumba de Rudraige, que se correspondería con Muckross Lake, uno de los lagos de Killarney. Otro escenario de confusa localización es Mag Itha, el lugar donde tiene lugar la gran batalla contra los fomorianos. Se asume generalmente que se halla en algún punto entre el lago Swilly y el Foyle, en el actual condado de Donegal.

Por desgracia, es habitual que la mitología entre en contradicción con el pasado que la arqueología o la documentación histórica nos dibujan con exactitud. La mayoría de círculos de piedras, menhires o túmulos, tanto de Irlanda como de Galicia, fueron erigidos en el Neolítico. Es el caso de las distintas construcciones ubicadas en la colina de Tara, en el condado de Meath. El montículo de los Rehenes (Dumha na nGiall), esa fascinante estructura alineada con la puesta del sol del 8 de noviembre y el 4 de febrero (fechas antiguas de las dos fiestas principales celtas, Samhain e Imbolc), data del 2000 a. C.; y la célebre piedra del destino (Lia Fáil), probablemente también, aunque las leyendas irlandesas aseguren que fue llevada a la isla por los Tuatha Dé Dann que Starn vislumbra en su visión.

Como el lector podrá comprobar, esta novela ha resultado ser una costosa obra de ingeniería, cuyos engranajes tuve que encajar cuidadosamente durante varios años. He buscado equilibrar los diversos aspectos, esto es, la fidelidad al mito original, el contexto histórico real y la ficción, en beneficio de un argumento que resulte accesible, reconocible y, por encima de todo, atractivo. Para ello no he dudado en tomar cuantas licencias he considerado oportunas, tratando en cualquier caso de respetar la esencia de la leyenda. Debo insistir, por tanto, en que, aunque esté vestida con el disfraz de novela histórica, *Lerna. El legado del minotauro* no debe ser abordada exactamente como tal, sino desde su vertiente mitológica.

Espero que el resultado sea del agrado de todos. Si he logrado transmitir la pasión que toda esta mitología causó en mí, me doy por satisfecho.

Agradecimientos (y una pequeña petición)

Empecemos por la petición...

Este libro ha tenido la desgracia o la fortuna de aparecer justo durante la peor crisis sanitaria que el mundo ha afrontado en tiempos modernos. Espero que para cuando lo tengas en tu mano, querido lector, lo peor haya quedado atrás. Sin embargo, las consecuencias de la pandemia del coronavirus lamentablemente van a prolongarse mucho, y el mundo del libro va a ser uno de los más afectados. No sé, mientras escribo estos agradecimientos, si podremos vernos en persona en alguna presentación o feria del libro. En cualquier caso, esta situación me lleva a pedirte un favor: no dejes de comprar libros. Y acude, en la medida de tus posibilidades, a las librerías, especialmente a las de barrio, que son las que más van a sufrir. Si ellas desaparecen, el libro quedará huérfano de un hogar cálido y seguro donde poder ir a buscarlo. Tú puedes evitarlo, y sé que lo harás. Por eso, mi primer y más importante agradecimiento es para ti.

Debo continuar en rigor por la gran familia de Edhasa, por volver a acogerme con esta nueva obra tan poco clasificable dentro de la novela histórica; tanto a Penélope, mi editora, y capitana de un equipo extraordinario, como a mis compañeros escritores. Hemos compartido tantos momentos, tantas tertulias *on-line* y mensajes, durante este confinamiento, como con amigos y familiares.

No menos reconocimiento merece mi agente literaria, Déborah. Gracias por seguir estando ahí a pesar de todo cuanto te ha ocurrido en los últimos tiempos, bueno y malo.

Amigos de siempre (Raúl y familia), amigos nuevos, familia (mis padres, mi hermana, siempre orgullosos hasta de mis pasos más pequeños)... Nada de esto sería posible sin vuestro apoyo.

Ni sin tu inspiración, Irlanda.

Dramatis personae

Personajes mitológicos

Ablach: novena hija de Partolón y Delgnat.
Acasbel: jefe de la guardia real de Partolón.
Afestes: amigo y jefe de la guardia real de Starn.
Aidne: hija mayor de Partolón y Delgnat.
Aife: segunda hija de Partolón y Delgnat.
Aine: tercera hija de Partolón y Delgnat.
Babal el Albo: capitán cretense del barco *Hijo de Minos*.
Bacor: consejero del minos Sear, uno de los doce sabios de Creta.
Brath: hijo del caudillo de Cilen, del pueblo de los oestrimnios.
Ciogull: caudillo de los fomorianos.
Delgnat: esposa de Partolón.
Fios: consejero de Cnosos, uno de los doce sabios de Creta.
Fochain: cuarta hija de Partolón y Delgnat.
Fochmarc: consejero de Cnosos, uno de los doce sabios de Creta.
Glas: séptima hija de Partolón y Delgnat.
Grennach: octava hija de Partolón y Delgnat.
Gribennach: décima hija de Partolón y Delgnat.
Laiglin: hijo mediano de Partolón y Delgnat.
Lot: reina de los fomorianos.
Malalech: médico al servicio de Partolón.
Megor: escolta de la guardia de Starn.
Melepart: sexta hija de Partolón y Delgnat.
Muchus: quinta hija de Partolón y Delgnat.
Partolón: hijo mayor de Sear, rey de Cnosos, en Creta. Hermano de Starn y Tríome.

Rudraige: hijo mayor de Partolón y Delgnat. Mitológico.

Sear: rey de Cnosos y padre de Partolón, Tríome y Starn. Aunque según la mitología Minos era un personaje concreto (un rey), los historiadores actuales creen que en realidad la palabra «minos» hacía referencia a cualquiera de los reyes cretenses. No habría, por tanto, un minos, sino que cada hombre que se convertía en rey de alguna de las ciudades cretenses tomaba dicho nombre a modo de título.

Senboth el Viejo: escolta de la guardia de Partolón.

Slanga: hijo pequeño de Partolón y Delgnat.

Soreas el Manco: escolta de la guardia de Partolón.

Starn: hijo menor de Sear, rey de Cnosos, en Creta. Hermano de Partolón y Tríome.

Tath: consejero de Cnosos, uno de los doce sabios de Creta.

Teath: caudillo de Cilen, del pueblo de los oestrimnios.

Topa: criado mudo de Partolón.

Tuan, hijo de Cairill: en irlandés, Tuan mac Cairill. Nada se sabe de la historicidad del personaje, pero su linaje parece relacionarlo con los reyes míticos del Ulster, Cairill mac Muiredaig (su padre) y Báetán y Demmán (sus hermanos).

Tuscas: escolta de la guardia de Starn.

Personajes ficticios

Altémenes: consejero de Festos, líder de los doce sabios de Creta.

Ariaghne: reina de Cnosos, señora de Labyrinthos, y madre de Partolón, Tríome y Starn.

Aristes: compañero bailarín de Lerna en Tirinto.

Calio: hijo de Ith.

Cócalo: caudillo de Thápsos, del pueblo de los sicanos.

Egos: profeta. Anteriormente, consejero de Cnosos, maestro de Bacor, y primero entre los doce sabios antes de desaparecer de manera repentina.

Glauco: asistente personal del príncipe Tríome, además de su amante.

Humay: mercenario egipcio de origen nubio, perteneciente al pueblo de los medjai.

Idomeneo: capitán pirata aqueo.
Ith: amigo y escolta de la guardia real de Partolón.
Lerna: bailarina de la danza del toro. Natural de Tirinto.
Radac: cabecilla de los saefes.
Tara: muchacha fomoriana.
Tríome: hijo mediano de Sear, rey de Cnosos, en Creta. Hermano de Partolón y Starn.

Glosario de topónimos

Ailech: región que se extiende, aproximadamente, a lo largo del actual condado de Donegal. En algún momento entre el siglo IV y VI, se estableció allí el clan de los Uí Néill del norte. Era un grupo de familias descendientes del legendario rey de la provincia de Connacht, Niall Noígíallach («Niall de los nueve rehenes»), que se dividieron en dos grupos: los del norte, y los del sur, que se asentaron en las tierras de Mide (actual condado de Westmeath) y Brega (condado de Meath).

Akrotiri: yacimiento arqueológico en la isla de Santorini y antigua ciudad de la época minoica, probablemente nacida como colonia cretense. Toma el nombre de un poblado actual cercano, pues se desconoce el original. Al igual que la isla, fue arrasado por la erupción volcánica. Sin embargo, la gruesa capa de cenizas cubrió la ciudad y la preservó en perfecto estado hasta el día de hoy. Junto a las ruinas de Cnosos es el yacimiento que más información ha aportado a los historiadores sobre la cultura minoica.

Amnisos: puerto de la antigua Cnosos, en Creta, que cobró relevancia hasta convertirse en un poblado.

Argar: el Argar es uno de los yacimientos arqueológicos más importantes de la península ibérica. Fue un poblado prehistórico situado en el actual municipio de Antas, en Almería, y su relevancia es tal que da nombre a la cultura argárica. Los restos allí encontrados desde 1890 mostraron al mundo una civilización sorprendentemente jerarquizada para la época, hasta el punto de que algunos investigadores se atreven a catalogarla como un estado. Desaparecieron en torno al 1500 a. C. de manera tan brusca que los historiadores han propuesto como causa una fuerte deforestación y degradación medioambiental, debido a una intensa actividad agrícola.

Argólida: situada en la región del Peloponeso, actualmente es una unidad periférica de Grecia. En la época de este relato, constaba de varias polis independientes ocupadas por pueblos pregriegos (como los pelasgos). Las principales eran Argos, Micenas y Tirinto. Poco después de los sucesos de la novela, con el declive de la civilización minoica, la cultura micénica se asentaría en la región, extendiéndose por todo el Egeo hasta alcanzar Creta.

Cilen: poblado ficticio situado en la actual Caldas de Reis, provincia de Pontevedra. El nombre proviene del gentilicio del supuesto pueblo céltico que ocupaba aquel territorio, los cilenos, posteriores a la época de la novela y pertenecientes a la cultura castreña.

Cnosos: principal asentamiento de la civilización minoica. Está situada cerca de la ciudad Heraclión, a unos 5 km de la costa norte de la isla de Creta. Este nombre, sin embargo, corresponde al yacimiento en sí. No sabemos cuál era el término que los cretenses utilizaban para designar el complejo.

Egina: isla situada al sur de Salamina, en el golfo Sarónico.

Filakopi: ciudad principal de la isla de Milo (famosa por el hallazgo de la Venus de Milo) durante la Edad del Bronce, en el archipiélago de las Cícladas.

Hija de Cnosos: poblado ficticio de los partolonianos a su llegada a Irlanda, situado en el actual Parque Nacional de Killarney, junto a la Cascada de Torc.

Inbhear Scéine: actual estuario de Kenmare, en el condado irlandés de Kerry, entre la península de Beara y la de Iveragh.

Keftiu: término que aparece en algunas estelas egipcias. Según algunas teorías, sería el gentilicio con el que los egipcios conocían a los cretenses.

Laurión: en realidad es una montaña en el sur del Ática que da nombre también a una región. Sus minas de plata han sido explotadas desde la prehistoria.

Mag Ithe: escenario de la primera batalla que, según la mitología irlandesa, se dio en la isla. Su localización está en discusión, aunque mayoritariamente se cree que se ubicaba entre los lagos Foyle y Swilly, en el condado de Donegal.

Medja: también conocida por los egipcios como Tai-Seti («la tierra de la gente del arco»), era una región situada en el norte de Sudán. Estaba habitada por los medjai, pueblo trashumante que pronto estableció contacto con el Antiguo Egipto, hasta convertirse en tributario. En la época de la novela, el término medjai había empezado a utilizarse para referirse a las tropas del ejército egipcio que exploraban el desierto, debido a que eran de dicha procedencia.

Naxos: es la isla más grande de las Cícladas, y da nombre a su capital.

Oestrimnis: con este topónimo en latín, Avieno, el poeta romano del siglo IV, mencionó en su *Ora Maritima* una región indefinida que se extendía por el noroeste peninsular, especialmente por Galicia, aunque alcanzando también el sur de Francia. Suele traducirse como «extremo occidente», y a sus habitantes los llamó «oestrimnicos». Dicha denominación no tiene ningún fundamento arqueológico o histórico, y en todo caso su uso sería posterior en el tiempo. De hecho, y debido a la imprecisión de Avieno, ni siquiera los historiadores contemporáneos están seguros de si la ubicación se correspondería con la zona de Galicia. Pero ante la ausencia de un término contemporáneo a la época de la narración he decidido utilizar dicho término.

Santuario de Ereutija: En la mitología griega, Ilitía era la diosa de los nacimientos y las comadronas, hija de Zeus y Hera. Se cree que su origen es minoico y, por tanto, anterior a las divinidades clásicas (salvo Poseidón), pues aparece documentada en tablillas micénicas en lineal B con la forma E-re-u-ti-ja. Según Homero en la *Odisea*, su culto se realizaba en la caverna de Ilitía, cerca de Amnisos, donde se han hallado ofrendas votivas. Su condición de hija de Posidón y la Gran Diosa es, en cambio, invención propia.

Sicania: los sicanos, mencionados por el historiador ateniense Tucídides, fueron un pueblo que ocupó Sicilia en la Edad del Bronce. Su origen previo está poco claro: el propio Tucídices menciona que llegaron desde la península ibérica, pero, como él mismo ampliaba dicho territorio hasta el Ródano, es posible que se refiriera al sur francés. Su presencia hizo que la isla fuera conocida como «Sicania». Con la posterior llegada de los sículos, que desplazaron a los sicanos hacia el centro, la isla pasó a llamarse Sicilia. El término «Sicania» no debe confundirse con otra ciudad antigua, mencionada por Avieno y Hecateo, situada en Iberia.

Sklavokampos: yacimiento minoico cretense, situado al oeste de Cnosos, donde se halló una villa minoica.

Tera: antigua isla, situada en el mar Egeo, justo al norte de Creta. Fue arrasada por la erupción minoica, hasta el punto de que parte de ella quedó sumergida por las aguas, dejando en su lugar el pequeño archipiélago que hoy se conoce como Santorini.

Thápsos: yacimiento arqueológico situado en Sicilia, y que da nombre a la cultura homónima. En realidad, no hay noticias de una urbe así antes de 1500 a. C. Previamente se hallaba establecida la denominada cultura de Castellucio, de la que no se conocen nombres de ningún asentamiento.

Tirinto: una de las polis principales de la Argólida, aunque en la época de este relato todavía no había alcanzado su apogeo, que llegaría con la expansión de la civilización micénica.

Uaset: nombre egipcio de la antigua ciudad de Tebas, situada en la actual Luxor. Sucedió a Menfis como capital de la undécima dinastía, condición que mantuvo durante más de mil años, salvo algunos momentos puntuales, como durante la invasión de los hicsos.

Ugarit: antigua ciudad-estado portuaria situada al norte de Siria, surgida en el Neolítico. El pueblo ugarítico estaba emparentado con los cananeos.

Ulster: provincia tradicional del norte de Irlanda. En la época en la que aparece en el relato, su nombre era probablemente Ulaid, pero he decidido mantener este término más conocido para facilitar al lector la ubicación de la región.

Zakros: ciudad palacial minoica, en Creta.

Esta edición de *Lerna*,
de Javier Pellicer,
se terminó de imprimir en Liberdúplex,
el 28 de septiembre de 2020